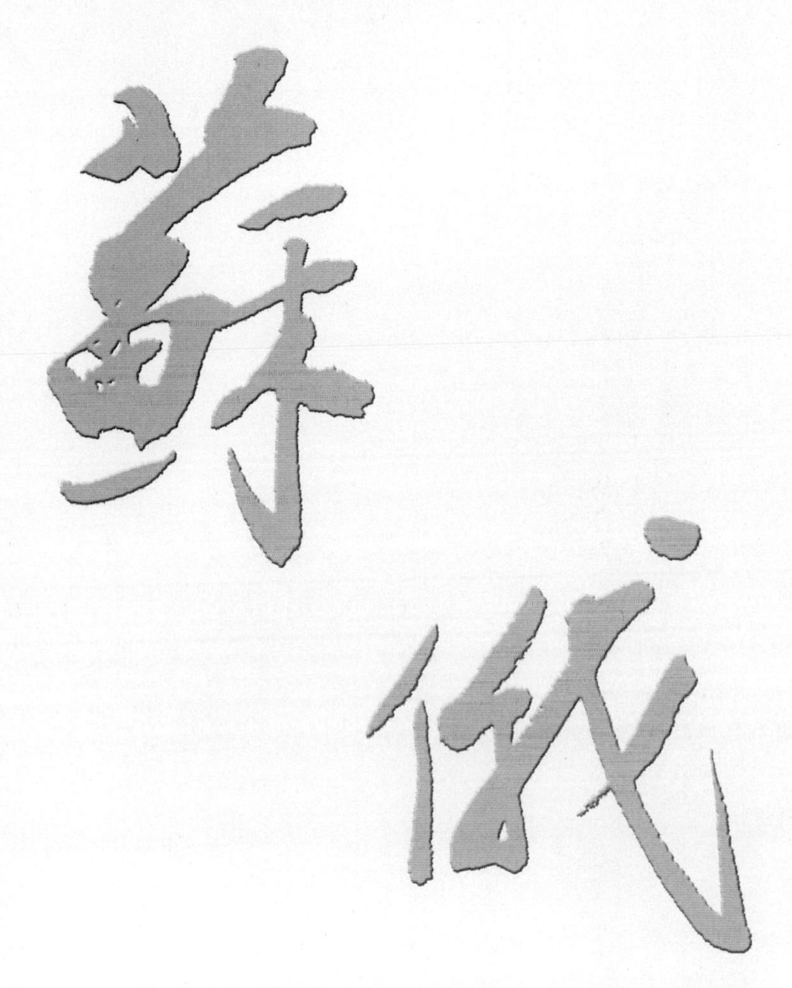

新聞傳播史論

胡逢瑛、吳非◎著

註明：

本課題屬於中國大陸國家新聞211課題

「關於中國傳媒體制的調整與創新建設」

目次

緒論

問題背景與研究發現

2000 年前夕，普京在葉利欽總統的拔擢之下接掌了政權，一夕之間在俄羅斯從默默無聞的政治官僚變成了家喻戶曉的政治明星，然而，西方國家卻非常擔憂這匹政治黑馬究竟要將俄羅斯帶往何方？普京這位在俄羅斯國內極具民意支援的民選總統，終歸要在任期屆滿時離開政治舞臺的中央，因此筆者認為，普京在兩任總統任期之內，最重要的貢獻將會是建立一個可預測性的和有法可循的政治機制，以確保俄羅斯政權能夠和平轉移，以及國家機器保持正常運行和政治制度得以完善規範，促使俄羅斯將在後普京時代仍能夠繼續朝著強國之路穩定發展，而關於強國的戰略，普京首先贏得俄羅斯民眾的認同主要體現在堅決打擊恐怖活動和解決寡頭政治兩個方面，因為維護俄羅斯國家的領土完整、社會的秩序安全以及能源的經濟戰略，都與俄羅斯重振國力有著密切不可分的關係，筆者也發現，大眾傳播媒體正是在普京的治國方略中扮演著最關鍵的輔助角色，普京對媒體體制的一系列改革，一方面結束了寡頭媒體動搖國本的紛亂年代，另一方面開啟了媒體國家化與社會化的進程。

俄羅斯媒體國家化進程最明顯的特徵就是國家資本進入金融寡頭的媒體，以及國家電視廣播媒體監管機關和領導集團—全俄羅斯廣播電視公司的中央集權管理形式的建立。在俄羅斯是否在足夠的公共領域空間成為西方關注的一項的焦點，國家與社會的區隔性是界定媒體是否有哈貝馬斯（J.Habermas）所稱的公共領域的標準。若是將國家社會型態以政府、社會團體與公民個人在公共領域中的互動關係來看，那麼政府介入媒體專業化運行越多，導致社會團體與公民在媒體發聲的權力就越小，也就形成了一種「國家社會化」或是「社會國家化」的重疊狀況，這一種缺乏公共領域的狀態，例如蘇聯時期，另一種沒有公共領域的狀態是媒體在體制內由於非專業化的介入因素而完全失效，媒體脫離社會團體與公民個人，導致上層建築與下層建築完全脫離，媒體沒有發揮聯繫協調的作用，例如蘇聯末期最為明顯。因此公共領域的範圍大小與媒體是在國家社會中運行的範圍有關。目前在俄羅斯媒體的公共領域當中仍存在相當大的新聞自由的論述空間，媒體各有自身的政治立場，包括批評普京總統的媒體、支援普京的媒體和中立的媒體，他們都有各自支援的媒體集團與讀者群，那麼媒體與政府互動的空間範圍與關鍵尺度在哪裏？筆者在研究中發現，從蘇聯到俄羅斯政治改革時，其中有一個重要的因素一直存在於媒體改革當中，就是當主流媒體在國家資本的控制之下，任何普京的政敵，若是想利用國家安全系統泄密給媒體的方式來操作政治鬥爭或針對普京進行人身攻擊的話，這種事情是可以避免的，例如在戈爾巴喬夫執政末期與葉利欽執政時期在媒體中出現過多的人事鬥爭與政府醜聞，因此普京不完全是為了控制新聞或言論自由才發展國家媒體，更重要是避免媒體在國安系統介入後可能出現過多的政治鬥爭的新聞醜聞，普京是國安系統出身，深知這種操作的利害程度。當然，普京的強國作為與他對媒體回歸國家社會的規劃，更避免了本可能在俄爆發的顏色革命，這也就遏制了俄羅斯被肢解成為一個能源供應地弱國的可能性。

本書結構與內容安排

本書首先探討的是俄羅斯報業控管模式與印刷媒體市場化趨勢。俄羅斯政府對媒體的控管主要著重在平面媒體與廣播電視上面。在 1991 俄羅斯通過聯邦《大眾傳播媒體法》之後，俄羅斯的印刷傳媒在整體上的發展方向是向市場化方向進行的，俄羅斯報紙市場化對於報社而言主要是兩個方面的改革，一是管理，另外一個是編輯集體。1994 年到 1998 年間，報紙的管理是依靠寡頭的經濟支援而得以維持，2000 年，在普京總統執政以後，俄羅斯印刷傳媒開始走入正規，印刷傳媒的主要收入來源為發行量和廣告兩項，政府同時還通過國家預算來平衡媒體在某些時候所出現的虧損，同時俄羅斯政府也意識到自己應當在預算中加入國家公關行為的資金投入，這些資金主要投入在媒體、政黨、群眾組織和基金會當中，資金來源是政府管理與媒體生存的聯繫鈕帶。俄羅斯政府控管報紙與印刷業務的方式是首先著力在政策方面的把關，在報紙生成的最開始階段就在政策上把印刷業分級定類，可以說俄羅斯報業競爭仍是在非市場經濟條件下運作完成的，這樣俄羅斯整個報業的運作就可以回到普京對於未來意識形態發展的定位上，報業的基本職能在遇到任何問題的前提上都會馬上回到預定的政策上。自蘇聯解體之後，在1992-2000 年年間，儘管俄羅斯媒體發展的方向發生了翻天覆地的變化，與此同時俄羅斯還執行了首部被稱為有自由傾向的傳媒法，但在俄羅斯媒體八年的發展過程當中，在俄羅斯國內出現的新聞亂像卻與新聞自由沒有直接的關係，因為 1996 年之前，儘管在俄羅斯出現了所謂的完全新聞自由，俄羅斯人可以根據傳媒法來自由辦報或者成立電臺或者電視臺，但是政府會進行嚴格的審查把關。2004 年在俄羅斯發生的國外大型媒體購並俄羅斯出版社的案例中，我們不難發現，這些案例少了俄羅斯報紙的資本與外國媒體的結合，這其中的主要原因主要可以歸結為，進入俄羅斯報紙的門檻太高，問題不在於合作的資本，而是合作後按照俄羅斯現在的行政規定，這些資本將會被用於印刷設備的更新，而不是進入編輯的管理階層或廣告的運營上。俄羅斯很多的媒體人和學者就公開指出，現在俄羅斯媒體最大的問題就在於媒體如何進行市場化管理與營運。媒體專業出版社總經理阿克波夫就指出，俄羅斯報紙市場尚未成型，而市場化的先決條件並不存在，這其中最主要的原因就在於現在俄羅斯的報紙系統有 90%的資金都來源於政府系統和依賴政府的個人投資者，這些投資者通常比較關心報紙在資金運用上是否能夠取得政府的支援，這其中出版單位和印刷廠成為報紙主要關注的單位，俄羅斯報業機構現在很少制定非常詳盡的未來發展計劃，對於報紙資金的管理計劃也很少涉及。關於俄羅斯報紙的市場化趨勢與管理，作者在本書的第一章節中做出問題闡述與探討。

俄羅斯政府對於 21 世紀電子媒介環境的總體設想與廣播電視體制的改革，反映在跨媒體的「國家所有公共服務體制」的形成，這個概念始於俄羅斯前總統葉利欽執政的後半階段。1997 年 8 月 25 日，葉利欽頒布總統令《全俄國家電視廣播公司的問題》，1998 年 5 月 8 日，葉利欽又簽署總統令《關於完善國家電子媒體的工作》，葉利欽以總統令的方式宣佈以俄羅斯國家電視臺為基礎，成立以國家股份為基礎的跨媒體國家壟斷集團——全俄羅斯國家廣播電視公司，在原有的全俄羅斯國家廣播電視公司的名義之下擴大規模，這一國家媒體的勢力範圍包括俄羅斯國家電視臺、文化電視台、體育台、俄羅斯電台、燈塔電台以及遍及八十八個行政區、自治共和國的地方電視廣播與技術轉播中心。這一總統令的頒布表示，俄羅斯聯邦政府已經開始逐漸收回自前蘇聯解體之後各大電視臺獲得新聞自由權，同時中央與地方共同建設新聞媒體的構想已經逐漸形成，至於其他出現在 90 年代的商業型電視臺的如：獨立電視臺（已被國家化）、第六電視臺（已被取消頻道經營執照）等等，那只是對於國家媒體的有益的補充，並且進一步在普京執政時期，政府完成了商業媒體國家化的重組工作。20 世紀的 90 年代，在俄羅斯從計劃經濟向市場經濟轉型的過程中，電視行業的變化最引人注目。按照俄羅斯傳媒法的規定，電視播出所必需的許可證必須由廣播電視委員會頒發，電視許可證是每一年都需要審核一次，如果電視臺沒來得及申請的話，許可證會自動延長一年。自葉利欽執政之後，各大電視臺對於許可證的審核過程都持懷疑的態度，認為傳媒法對於許可證的規定過於寬泛，而使得該項法律都需要依靠廣播電視委員會來進行具體的解釋與操作，其中爭論的焦點就在於電視節目在轉播過程中會用到屬於國家財產的電視塔，因而國營與私營的電視臺應當保證國家的機密不被泄露，電視臺經營許可證只是一種手段。全俄羅斯國家廣播電視公司就控制著電視塔的發射權力，也等於間接影響電視許可證的發放或延續。這個權力在普京 2000 年執政之後被更加實際地控制住。2004 年普京再度連任總統之後，8 月份頒布總統令成立文化與大眾傳播部，正式將廣播電視改革的方向與文化發展結合起來，這一點顯示俄羅斯的國家媒體勢必得到發展，商業媒體不是俄羅斯政府弘揚國家主義的主戰場，文化與大眾傳播部成立後，廣電監管結構也所變化。對於俄羅斯廣播電視的管理問題，作者在本書的第二章節中做出探討。

本書的第三章節是探討全俄羅斯國家廣播電視公司集團所有權中化的困境與前景。1991 年 12 月 26 日，蘇聯正式解體，俄羅斯新的政治體系開始發展形成，新的傳播體系也隨之開始建立發展，媒體進入了激烈的轉型時期。俄羅斯政治學者伊爾欣（Ирхин Ю. В.）認為，任何政治體系中的社會關係都包含著政府權威部門的決策。俄羅斯莫斯科國立大學新聞系教授施匡金（Шкондин М. В）認為，由社會各個成員組成的資訊關係應該形成一個統一整體的資訊空間體系。俄羅斯執政當局創辦媒體、建立媒體事業領導集團，並且持續加強新聞宣傳主管單位統合、分配和管理的功能，這是俄中央政府在媒體轉型過渡期間逐步摸索出控制媒體的方式。而在這個整體的資訊空間中，俄羅斯政府以部級的新聞主管機關—俄羅斯聯邦廣播電視服務處、俄羅斯聯邦廣播電視委員會和俄羅斯聯邦出版委員會合並為後來的出版印刷、廣播電視與大眾傳播部（МПТР）負責全俄政策研議與技術管理，以及國家媒體事業領導集團—全俄羅斯國家廣播電視公司（ВГТРК）負責廣播電視事業的規劃、監督、管理與營運的單位，兩者結合來強化政府在資訊空間中的主導地位。2004 年 6 月，俄羅斯出版、廣播電視與大眾傳播部又重新調整，出版部被政府獨立出來成立為另一個部級單位—出版印刷與大眾傳播辦公室，廣播電視部則與文化部合並成為文化與大眾傳播部，廣播電視的功能是屬於娛樂功能或是文化功能基本上在此已有一個明確的定位，這樣的定位讓發展商業媒體變成次要的發展方向，而國家的廣播電視媒體則必須成為承擔弘揚文化任務的重要載具。在獨聯體國家這兩年當中相繼爆發顏色革命之後，美國外交關係委員會近期發表報告認為，美國不應再把俄羅斯當成戰略夥伴，而應對普京「獨裁」政府採取「選擇性合作」或「選擇性抵制」新策略，該委員會同時建議美國應該加速俄羅斯鄰國烏克蘭與格魯吉亞加入北約的內容，並且應該增加對俄羅斯民主團體的支援。俄羅斯政府一向認為國家媒體政策是防堵顏色革命的重要手段，在俄羅斯廣播電視全面轉向數位化之際，國家資本仍是發展俄羅斯國家廣播電視的主要資金來源，俄羅斯媒體的職能與屬性與俄羅斯的國家發展有密切不可分離的關係。筆者在研究中發現，普京在急欲恢復俄羅斯昔日大國雄風的過程中，部分延續採取了列寧與史達林的媒體中央集權的政策，俄羅斯國家廣播電視在數位化過程中仍是秉持著普京的資訊空間一體化的媒體政策原則，因此普京的做法與強國之路是相輔相成的關係。

本書的第四章節是探討俄羅斯金融寡頭、跨媒體集團和普京的能源外交關係。2000 年後，很多菁英則主要是進入俄羅斯國家的國安系統。1995 年後出現的一批專業菁英，其主要目的在於快速提升國家整體的經濟實力，另外拉攏選民中對葉利欽有好感的選票，並且吸引中間選民改變政治傾向。在 1996 年選舉之後，俄羅斯專業菁英的範圍開始逐漸擴大，尤其反應在 2000 年後的媒體中。協助普京制定新聞方面的智庫以及各個媒體單位中都充滿了專業媒體菁英的身影。俄羅斯媒體專業菁英在 2000 年媒體寡頭退出媒體經營管理之後，成為了唯一的媒體管理人員，新聞自律成為這些媒體專業菁英的工作準則。2004 年，當《消息報》的總編和部分記者公開支援被捕的寡頭霍多爾科夫斯基之後，在總統普京的壓力之下，總編和部分記者最終選擇離開《消息報》。媒體菁英作為傳媒的主體要素，他們與總統和政府互動成為俄羅斯社會穩定的關鍵因素。隨著蘇聯的解體，在二十世紀九十年代的整個十年當中，新成立的俄羅斯聯邦共和國並沒有挽救國民經濟向下滑落的頹勢，俄羅斯國營能源大企業與有相當金融背景的企業及銀行的領導人，趁著國有企業進行「私有化」之機，在大肆傾吞國有資產之後，形成人們所熟知的「寡頭」與「寡頭經濟」。俄羅斯金融工業集團對俄羅斯社會經濟與政治生活產生了極具深遠的影響。2000 年以後，俄羅斯寡頭從對大眾傳播領域的絕對控制到控制權的喪失，這基本上屬於媒體回歸作為第四權力結構的基本特性的過程，此時俄羅斯媒體更像是國家機關與企業組織的一個結合體，例如現全俄羅斯國家廣播電視公司的集團總裁杜博羅傑夫（Олег Добродеев）由普京總統直接任命。俄羅斯的國家廣播電視調查中心的專家小組，2006 年 1 月 4 日出爐一份關於 2005 年俄羅斯最有影響力的廣播電視和最有影響力的媒體人的調查報告顯示，全俄羅斯廣播電視公司總裁杜博羅傑夫是俄羅斯最有影響力的媒體人。關於俄羅斯能源外交，歐洲是俄羅斯石油、天然氣的最大客戶和外匯的主要來源國，但北約東擴是西歐國家為保證自身安全的必要選擇，歐洲希望俄羅斯最好成為一個保證能源供應的弱國。俄羅斯與歐洲國家建設的石油與天然氣管道是在前蘇聯就已經建好的，這主要是當時蘇聯為了賺取外匯而建的，這些管道現今是驅動俄羅斯經濟發展的主要動力。那麼，中俄之間的管道是否有同樣的意義呢？俄羅斯方面當然不希望是這樣，因為俄羅斯與中國基本上是平等的戰略夥伴關係，俄羅斯當然希望在建成管道之後，雙方面在更多的領域取得合作和利益。據筆者的長期觀察，俄羅斯人比較擅長和注重戰略問題，就是長期的合作，如不成，這個龐然大物可以無限期等待，而中國人在外交上更加看中戰術問題。如果我們對此不能夠完全理解的話，雙方的交流就會經常回到原點。

本書第五章是比較分析美英自由主義新聞觀與蘇聯列寧主義新聞觀體系建構與僵化問題。俄羅斯聯邦自從成立以來，為了維持經濟的發展一直在充當西方國家資源供應地的角色，這是俄羅斯的悲哀。對此現在俄羅斯總統普京早已有所體會。早在列寧時代，列寧早就有所預見和避免。在史達林時代，史達林靠自己的力量實現了蘇聯國家的工業化，但在期間，蘇聯卻逐漸陷入黨組織管理的僵化和意識形態理論落後的局面。最後蘇聯在體制陷入僵硬與戈爾巴喬夫執政不力的情況之下，意外地被美國外匯圍堵的技術操作給解體了。美國在 2001 的 911 事件之後，現實主義抬頭，單邊軍事行動破壞國際現有在聯合國框架下的體系，2005 年 9 月卡特裏娜發生颶風，這場風災本身對於美國人來講是非常不幸的，但它卻暴露了美國在上個世紀克林頓執政期間高經濟發展之後，布希一再強調單邊主義和反恐政策所帶來的社會非平衡發展的現狀，布希在這五年的執政期間，在國家經濟發展方向上最終選擇了全力發展大型企業的經濟模式，換言之，布希執政之後意外地暴露美國的國內治理以及媒體的自由主義陷入了僵化，只是在克林頓執政期高經濟發展將媒體在全球化體系中推向了全世界，擴大了美國傳媒霸權的地位，在美國強大傳媒的宣傳之下，營造了美國等西方國家的自由主義打敗了蘇聯馬列主義的輿論氛圍。現在俄羅斯政府同樣需要建立相關的機構來重新瞭解列寧和史達林以及蘇聯時期的政府運作和意識形態的特點，因為直到現在為止，儘管蘇聯解體已經十幾年，但在大多數俄羅斯人心目中，蘇聯解體仍被視為大帝國悲劇性的崩潰，而不是擺脫共產主義制度獲得的解放。因此重新看待史達林為蘇聯整體國家建設帶來的貢獻，可以使我們能夠正確對待蘇聯解體的真正原因。史達林在列寧去世之後領導蘇聯黨和人民，在蘇聯一國建立起社會主義制度，這種嶄新的社會主義制度，它以建立美好幸福生活的遠景為號召，極大地激起人們的勞動熱情，在這一時期，蘇聯在政治、經濟、文化等方面的建設取得了巨大的成就，他在極短的時間內使蘇聯實現了國家工業化，使第一個社會主義國家由一個經濟比較落後的國家變成了一個工業強國，取得了不依附於西方國家的獨立地位，在二次世界大戰之後，蘇聯的威望空前增長，並成為世界兩大強權國家之一。但在赫魯雪夫後期討論史達林的功績同時，使得國家開始在意識形態上空轉，這種空轉或強或弱地一直持續到蘇聯解體。事實上，普京現在繼承列寧與史達林的強國政策，普京對於媒體的概念有兩個方面：一個方面就是繼承馬克思的「機制機關論」、列寧的「國家工具論」、史達林的「媒體強國意識形態與資源優勢論」，另一方面，就是一部分普京融合「媒體公共服務論」與「自由多元結構」中專業主義的部分，不過雖然自由主義是專業主義的前提，但是專業主義又不完全等於自由主義，因為專業主義還包含其他重要的組成要素在裏面，例如倫理道德、宗教差異、民族情感、性別差異與階級和諧等等概念在裏面。因此俄羅斯媒體理論基本上是「馬列斯」一脈相承，普京在融入西方自由多元主義的結構功能與英國廣播公司公共服務制的理念，作為媒體回歸國家與社會。

本書的第六章節是探討蘇聯解體與媒體的互動關係。實際上蘇聯媒體在整個的「公開性」改革過程當中仍一直扮演政府喉舌的角色，直到蘇聯解體為止。儘管在部分媒體上出現很多批評政府的文章和報道，但進行具體的分析之後我們會發現，這些文章與報道基本上都與當時戈爾巴喬夫所倡導的「公開性」改革與「新思維」發展方向基本相符合。因為我們眼中的這些所謂批評性的文章主要分為兩種：一種是以歷史反思為主，其中以批評蘇聯的前任領導史達林與布裏茲涅夫為主，這些文章寫作的主要目的是為戈爾巴喬夫改革的成效不彰進行開脫；另一類文章就是屬於官員之間的相互攻擊，這些則屬於蘇聯政壇不穩定的表現。當時「改革派」與所謂的「保守派」相互鬥爭非常激烈，由於這些文章經常出現在報刊中，使得改革顯得異常混亂，於是蘇聯政治上層建築的不穩定便產生了，而媒體並沒有自己的聲音。在葉利欽執政的前期與中期，在寡頭資金的支援下，媒體又成為新權貴階層的代言人，不過，媒體的公共論壇領域也同時在擴大，媒體成為改革的希望。蘇聯媒體與戈爾巴喬夫的「公開性」改革的基本關係是：在六年的改革當中，媒體始終是政府改革的人事角鬥場，是政府多變政策的傳聲筒，媒體始終保持政府喉舌的角色不變，但由於蘇聯政府與黨內的人禍、內亂最終導致蘇聯解體。「公開性」改革最後三年間出現的媒體自由化現象並不是蘇聯解體的最主要原因，媒體只是蘇聯改革中上層菁英人事變動的另外一個戰場。媒體報道的不「公開性」最後導致蘇聯宣佈解體時，民眾無法從國家政府與媒體那裏瞭解到蘇聯解體究竟意味著什麼。當蘇聯國旗在克裏姆林宮頂上緩緩降下時，蘇聯人民的冷漠表現無遺，紅場上並沒有太多的人去關心蘇聯的解體。直到現在，很多外國記者與觀察家還不明白這一幕為什麼會發生，這種人民缺乏政治參與責任感的冷漠，基本上是在「公開性」改革的過程中蘇聯媒體發展過於惡質化的體現。

本書從探討普京重建意識型態體系到回溯列寧、史達林建構的意識型態帝國，一共分為七章，反覆探討俄羅斯媒體體制的改革問題，可以說每個章節既可自成體系，但又一脈相承，細心的讀者可以看出本書的脈絡。自戈爾巴喬夫推行「公開性」改革以來，俄羅斯放棄了蘇共居於意識型態領導的地位，蘇聯解體之後，俄羅斯意識形態朝著多元化方向的趨勢自由發展，隨之而來的問題是多元化帶來的一切混亂與無所是從，這個現象一直到普京執政之後得到緩解，俄羅斯媒體大體經歷了混亂、整頓和自律的三個階段。1999 年，俄羅斯多數政要參加了在達沃斯舉辦的世界經濟論壇，在那次論壇上，西方記者提出了一個非常經典的問題：Who is Mr. Putin？2000 年 1 月底，又是在這個論壇上，又有記者又提出了同樣的問題，第一次提問是西方人充滿了對於普京的不瞭解，第二次提問則是在問普京的政治主張和對於意識形態的態度具體到底為何？作者在本書的第七章節中主要闡述普京將如何建立意識型態體系，以及普京如何重建媒體管理模式，在防堵顏色革命在俄爆發同時還要促進俄羅斯公民社會的建立。特別引起廣泛關注的是，俄羅斯總統普京對於媒體的管理模式基本上結合了蘇聯時期的階梯式的層層管理模式，這反應了俄羅斯現今媒體管理的基本情況在當今全世界當中也稱得上是最特別的且獨樹一格的。普京對媒體秩序的重建將促使媒體扮演推動俄羅斯重建國際秩序與國際體系以及推動俄羅斯國內公民社會願望的一支重要的社會政治機制。

研究現況與資料來源

目前在俄羅斯的媒體研究機構多與國際媒體研究機構建立了研究項目聯合的合作關係，這些研究組織或研究中心主要是以研究俄羅斯媒體的獨立性為主，普京政府經常會關注這些研究單位的研究報告，當然這些研究單位也與政府經常保持互動，普京並沒有因為發展國家媒體而過多幹預這些獨立學術與研究機構的存在，這是俄羅斯的一個特殊現象，就是國外必須仰賴俄羅斯這些研究機構對俄羅斯媒體的研究，而這些研究單位的領導層都是過去熟悉政府運作的媒體菁英與官員，目前與政府仍維持密切的關係。俄羅斯新聞與傳播研究首先存在最大的問題就在於研究資源過度集中化與資料搜集不易，研究主要集中在少數的研究中心和非政府媒體組織，例如設立在莫大的研究單位有立法與媒體實務研究中心和資訊權問題研究院，其國際合作夥伴有：European Audiovisual Observatory、IAMCR-International Association For Media and Communication Research、ANO Internews、B. Cardozo Law School & Oxford University Centre of Socio-Legal Studies，此外，支援媒體獨立性與言論自由的非政府媒體研究組織包括：保護記者的公開性基金會（ФЗГ），其國際合作夥伴有：IFEX、Reporters sans frontieres、WPFC、Amnesty International 等；ANO Internews Russia，其國際合作夥伴有：TACIS Reginal Media、USAID、Open Society Institute、Reuters Foudation、IREX、UNICEF、CAF、MDLF、CEU 等等；歐亞媒體基金會（Евразия-Медиа），其國際合作夥伴有：the Association of Independent Regional Publishers（AIRP）, Internews-Russia, and the International Center for Journalism（ICFJ）the U.K. Foreign & Commonwealth Office 等等；獨立廣播基金會（Фонд независимого радиовещания,），其國際合作夥伴有：BBC、Internews 等等。

這些研究單位的研究成果並不在市面上出售發行，研究成果的相關資料或部分公佈於網站上或印刷成書贈送給學術單位，或著研究者需直接親赴該些單位索書，圖書館資料庫不一定會即時藏這些書籍，一般研究者不是那麼容易搜集到許多資料，無論是在俄羅斯的教育界還是在業界，他們本身對於自身媒體在轉型過程中的資料收集並不是非常地充分，這樣造成研究相當困難，使得即使在最權威的莫斯科國立大學新聞系教授的教材當中，包括筆者的研究方法主要重視的是宏觀分析、政策研究、現狀探討、問題剖析和歷史溯源，研究者使用的資料基本都來自政府報告、報紙和自身經驗觀察和親身感受，這有別於俄羅斯的非政府的媒體研究組織重視實地調查與問卷計量分析，並且主題主要是集中在俄羅斯政府控制媒體的情況上面。這樣為研究帶來了內外有別的兩個結果，一個是西方學者對於俄羅斯本身的研究並不是非常地認同，連帶在國際會議中也非常少出現俄羅斯學者的身影；另外俄羅斯學者與政府建立了非常密切的關係，學者的意見往往會成為政府的政策，而學校中也會出現媒體政策參與者和制定者的身影，比如在莫斯科國立大學和外交部所屬莫斯科國立國際關係學院，就經常會有總統辦公室、新聞部等國家單位部級以上官員進行講課，俄羅斯官員與學者之間密切的關係可見一斑。俄羅斯學界本身對於媒體的研究還是以莫大新聞系為主，重要學者包括 Засурский Я. Н（老紮蘇爾斯基）、Засурский И. Я（小紮蘇爾斯基）、Кузнецов И.В（庫斯涅佐夫）、Овсепян Р. П（奧夫塞班）、Прохоров Е. П（普羅霍羅夫）.、Реснянская Л.Л（列斯尼亞斯卡婭）、Федотова Л.Н.（費多多娃）、Шкондин М.В（施匡金）等人為學術界各研究方向和領域的代表，另外國際關係學院則以 Артемов В. Л（阿爾丘莫夫）為為媒體外交派系的代表，Артемов В. Л（阿爾丘莫夫）曾是蘇聯國際新聞記者組織（IOJ）駐捷克的執行秘書長。兩位作者在俄羅斯留學多年，從師於這些知名教授，對俄羅斯媒體發展的觀察與感受很多，回國數年仍沒有忘記對俄羅斯媒體改革的探索，陸續在兩岸三地發表了相關論文與評論文章數十篇，也在國內重要新聞傳播會議包括中國新聞史學會和中國傳播學會的年會上發表過相關論文，同時也參加國際會議包括 IAICS（國際跨文化研究學會）和 IAMCR（國際媒體與傳播研究學會）與 RCA（俄羅斯傳播學會）發表關於俄羅斯媒體的論文，兩位作者希望儘可能地與國內外學者進行有益的交流。這次有幸能夠參與到童兵教授的課題研究組，敦促筆者將俄羅斯廣播電視與報紙的管理以及普京對媒體的改革特點做出一個階段性的歸納總結。本書參考資料以俄文資料為主、中文資料為輔，作者在寫作過程當中主要使用的是俄文一手資料，其困難與繁雜程度可想而知，這樣做的主要目的在於給廣大的讀者以最直接的觀感。當然寫作過程中錯誤在所難免，有待各界的批評與指教。

課題支援與致謝對象

本書主要是在復旦大學童兵教授的指導下完成，屬於童老師主持的國家新聞 211 課題二期的一個子課題「關於中國傳媒體制的調整和創新建設」的一部分。在此，筆者首先要特別感謝童老師信任筆者並且委以重任，使得筆者對推進俄羅斯傳媒研究略盡微薄之力。在這裏筆者還要特別感謝張駿德教授的鼓勵支援，堅定了筆者繼續研究俄羅斯媒體的信念。同時筆者也要特別感謝復旦大學的趙凱院長、黃芝曉教授、李良榮教授、張國良教授、劉海貴教授、孟建教授與黃旦教授等對俄羅斯傳媒發展提出的問題與建議，使得筆者認為有必要繼續探索與研究這些老師前輩們提出的問題與建議，這對於筆者進一步的研究有著莫大的助益。在此期間，筆者還要感謝張濤甫副教授與張殿元副教授這些朋友的幫助和情誼，彼此間的切磋與交流添增了研究的靈感與樂趣。在筆者的上一本專著《轉型中的俄羅斯傳媒》出版問世之後，新聞教育學界老前輩方漢奇教授寄來賀信，內容如下：俄羅斯的傳媒正在轉型，大作裏對這一巨大轉型過程的歷史記錄，很有學術價值。另外老前輩趙玉明教授也寄來賀信，在此兩位筆者非常感謝兩位老師的支援與鼓勵，以及感謝北京大學的華人媒體與俄羅斯媒體研究專家陳曼麗教授對於筆者所進行的俄羅斯媒體研究寄予關心。筆者也非常感謝香港城市大學講座教授李金銓教授邀請筆者前往香港參訪，筆者也受到李老師深厚學問的啟迪，讓俄羅斯傳媒研究方向與視野注入了新血。與此同時，中文大學李少南教授、浸會大學黃煜教授、浙江大學張允諾教授、汕頭大學陳婉瑩教授以及臺灣的政治大學李瞻教授、劉幼俐教授、文化大學明驥教授、李細梅教授、楊兆麟教授、楊景珊教授，都在如何將俄羅斯大眾傳媒研究的國際化問題上給予了專業的指教和建議。筆者還要感謝所在單位的暨南大學新聞與傳播學院蔡銘澤院長、劉家林副院長、董天策副院長、曾建雄教授和馬秋楓教授，以及校黨辦、人事處饒敏處長、社科處仇光永處長在筆者研究期間給予的幫助與支援。在本書即將付梓之際，兩位筆者還要感謝遠在莫斯科國立大學的指導教授費多多娃女士（Федотова Л.Н）、新聞系系主任紮蘇爾斯基教授（Засурский Я. Н）、資深教授施匡金教授（Шкондин М.В）、普羅霍羅夫教授（Прохоров Е. П）、庫斯涅佐夫教授（Кузнецов И.В）以及關係學院國際新聞系首席教授阿爾丘莫夫教授（Артемов В. Л）對我們在俄羅斯留學期間的專業指導與生活關懷。最後要特別感謝秀威資訊出版社總經理宋政坤先生、主編許人傑教授和執行編輯林秉慧小姐的幫忙，才能使得本書能夠順利出版。

胡逢瑛、吳非

於廣州暨南大學

第一章

俄羅斯報業控管模式與印刷媒體市場化趨勢

在 1991 俄羅斯通過聯邦《大眾傳播媒體法》之後，俄羅斯的印刷傳媒在整體上的發展方向是向市場化方向進行的，俄羅斯報紙市場化對於報社而言主要是兩個方面的改革，一是管理，另外一個是編輯集體。1994 年到 1998 年間報紙的管理是依靠寡頭的經濟支援而得以維持，2000 年 5 月俄羅斯總統普京對於當時的寡頭進行整肅，在普京總統執政以後，俄羅斯印刷傳媒開始走入正規，印刷傳媒的主要收入來源為發行量和廣告兩項，政府同時還通過國家預算來平衡媒體在某些時候所出現的虧損，同時俄羅斯政府也意識到自己應當在預算中加入國家公關行為的資金投入，這些資金主要投入在媒體、政黨、群眾組織和基金會當中。資金來源市政府管理與媒體生存的聯繫鈕帶。政府如何與媒體建立溝通聯繫成為了蘇聯解體以後葉利欽總統與普京總統的新任務。1995 年俄羅斯總統大選前，前總統葉利欽曾經設想形成一種總統—寡頭—媒體的三者互動的模式，寡頭主要負責媒體的管理和資金來源的問題，並在大問題上支援總統或政府的政策，但問題在於俄羅斯經濟發展一直處於低迷狀態，寡頭很難從媒體的經營當中獲得利潤，寡頭對於媒體的投入是沒有回報的，這樣寡頭只能從媒體和政府的政治利益的交換當中獲得利潤。現今俄羅斯總統和媒體寡頭與媒體的互動模式已經有了巨大的改變，俄羅斯金融和企業寡頭對於媒體的影響基本上已經限制在資金的層面上，而對於媒體的管理和政府政策執行已經變為總統和國有企業的責任。

俄羅斯政府控管報紙與印刷業務的方式是首先著力在政策方面的把關，在報紙生成的最開始階段就在政策上把印刷業分級定類，可以說俄羅斯報業競爭仍是在非市場經濟條件下運作完成的，這樣俄羅斯整個報業的運作就可以回到普京對於未來意識形態發展的定位上，報業的基本職能在遇到任何問題的前提上都會馬上會到預定的政策上。自蘇聯解體之後，在 1992-2000 年年間，儘管俄羅斯媒體發展的方向發生了翻天覆地的變化，與此同時俄羅斯還執行了首部被稱為有自由傾向的傳媒法，但在俄羅斯媒體八年的發展過程當中，在俄羅斯國內出現的新聞亂像卻與新聞自由沒有直接的關係，因為 1996 年之前，儘管在俄羅斯出現了所謂的完全新聞自由，俄羅斯人可以根據傳媒法來自由辦報或者成立電臺或者電視臺，但是政府會進行嚴格的審查把關。2004 年在俄羅斯發生的國外大型媒體購並俄羅斯出版社的案例中，我們不難發現，這些案例少了俄羅斯報紙的資本與外國媒體的結合，這其中的主要原因主要可以歸結為，進入俄羅斯報紙的門檻太高，問題不在於合作的資本，而是合作後按照俄羅斯現在的行政規定，這些資本將會被用於印刷設備的更新，而不是進入編輯的管理階層或廣告的運營上。

現今俄羅斯印刷業的優勢就在於國內新聞紙的價格遠遠低於國際價格，俄羅斯報紙的發行量在蘇聯解體之後陷入空前低迷，但俄羅斯新聞紙的出口卻空前高漲，可以說蘇聯解體並沒有影響生產新聞紙企業的效益。據俄羅斯官方統計自 2004 年之後，俄羅斯報紙對於新聞紙的需求量已經大幅度提高，儘管在全色報印刷上俄羅斯的印刷設備落後，並且全色報紙的發行並不符合成本要求，老舊的單色印刷基本上已把成本降低到最低，只要報社與政府的關係保持不錯，那報社就能保證正常的盈餘。在 1998 年後的 5 年間，俄羅斯政府總共投入 20 億美元在印刷廠的設備更新上，這其中每年有 2.5 億美元是被迫要投入的，俄羅斯政府認為印刷廠設備的更新要嚴格按照政府的預算執行，設備更新的進程要符合國家媒體的發展。2004 年俄羅斯的媒體市場包括印刷媒體與電子媒體在內，總共市場的容量為 60 億美元，2004 年俄羅斯的印刷市場經歷了空前的發展階段，市場的容量增加到 19 億美元，到 2008 年為止，俄羅斯媒體市場的容量預估將會增加到 75-80 億美元。由於近幾年俄羅斯國內的形勢趨於穩定，以及盧布的外匯價格已經有長達 5 年沒有大的變化，這使得在 2006 年之後，社會和政治類型的報紙的發行量將會上漲，此時新聞紙的需求也將會增加。部分俄羅斯學者認為，2005 年至 2007 年俄羅斯報紙的總發行量將會保持每年 2-3%的增長量，但報紙的家數將會減少，而對於吸收廣告的競爭將會更加白熱化。俄羅斯的很多學者認為現在報紙的發行是報紙發展的最大瓶頸。在蘇聯解體之後，俄羅斯報紙發行渠道的複雜性是難以想像的，這與世界其他國家有著非常大的區別，在俄羅斯聯邦成立的最初幾年，莫斯科和其他城市的街頭售報亭或售報攤都是與所謂的馬匪有著千絲萬縷的聯繫的，因而在某種程度上街頭售報亭或售報攤都是馬匪經濟或稱影子經濟的一部分。報紙銷售渠道的不暢和不能執行報紙的回收制度，這些都不是個人或者是寡頭能夠解決的問題。

第一節　俄羅斯印刷廠和新聞紙受政府管制

印刷廠（Полиграфия）是報紙存在的最基礎的組成部分，而報紙的成本控管是報業營運的關鍵因素。俄政府與報紙的互動關係在俄羅斯媒體進行所謂的自由化之後，印刷廠的作用在政府管理印刷媒體時再次成為關鍵。俄羅斯聯邦政府對於印刷廠的管理在 1996 年之後逐步變得非常嚴格，雖然如此，每年印刷廠在數量上還是保持快速地增長，而且直到現在，印刷廠無論在數量上、還是質量上還有可發展的空間。例如，2000 年，在俄羅斯境內存在 6000 個各種形式的印刷廠，而僅在之後的兩年，2002 年底，俄羅斯又出現了 1000 多家印刷廠。這些已經存在的和正在成立的印刷廠絕大部分是私人的、商業用途的印刷廠，它們主要的任務是印刷廣告和書籍。現今在俄羅斯為報紙服務的印刷廠主要有三種所有形式：聯邦印刷與大眾傳播辦公室直屬印刷廠、非政府印刷廠和地方印刷廠。在政府嚴格控管印刷廠印製能力的情況下，印刷廠的屬性決定了其自身的發展實力。私人印刷廠的印製水平在先天的市場競爭中已經不敵中央政府直屬的印刷廠。

一、印刷廠分級定類決定市場區隔

第一類是俄聯邦印刷與大眾傳播辦公室直屬的中央印刷廠。2002 年底，聯邦印刷與大眾傳播辦公室直屬的印刷廠總共有 37 家，但這 37 家印刷廠中的設備水平是不完全一樣的，為此俄羅斯聯邦印刷與大眾傳播辦公室在 1999 年展開了「政府支援國家印刷廠」（Поддержка государственной полиграфии）的計畫，該計畫在 2000 年底結束。在該計畫執行完之後，俄羅斯聯邦印刷與大眾傳播辦公室直屬印刷廠中有 3 家印刷廠可以承接全部彩色報紙的印刷，4 家印刷廠可以承接半彩報紙的印刷。另外，43%的聯邦印刷與大眾傳播辦公室直屬印刷廠是專門為出版社服務的。這樣幾乎所有的莫斯科中央報紙和部分地方報紙是在聯邦印刷與大眾傳播辦公室直屬印刷廠內完成印刷的。

第二類是非政府印刷廠。10%的非政府印刷廠完成了除政府印刷廠之外 27%的業務，這其中最大的、設備最好的非政府印刷廠為：金剛石印刷廠（Алмаз-Пресс），另外還有俄羅斯與美國的合資的印刷廠，名為二手印刷廠（сэконд-хенд）。其他的私人印刷廠基本上以印刷廣告為主，大部分的私人印刷廠並不具備印刷全彩色報紙的能力。現在準備上全彩色報紙印刷的私人印刷廠包括：超級—M 印刷廠（Экстра-М）、特快—莫斯科印刷廠（Пронто-Москва）、國際傳媒集團印刷廠（Интермедиагрупп）媒體、職業媒體級團印刷廠（Проф-Медиа）。

第三類是地方印刷廠。1100 家地方印刷廠分割了 31%的地方報紙的印刷，如果講聯邦印刷與大眾傳播辦公室直屬印刷廠完全在非市場的條件下運作的話，那麼，地方印刷廠則是在主動的尋找業務，並且由於地方印刷廠面臨的最大問題是設備陳舊，沒有資金來更新設備，所以像私人印刷廠所承接廣告印刷，地方印刷廠是沒有實力來完成的。

在俄羅斯雖然印刷出版社非常的多，但真正能夠全彩色印刷的印刷廠卻只有四個，這樣造成的壟斷效果基本上與蘇聯時期是非常相像的，這樣使得很多的雜誌都到俄羅斯相鄰的國家，如芬蘭、瑞典等國家，而且俄羅斯到國外印刷出版的雜誌價格要比在俄羅斯國內印刷的雜誌的價格要低，這樣的現象非常的怪異。1998 年當俄羅斯經濟陷入金融危機的時候，與美國《新聞週刊》合作的俄羅斯《總結》雜誌曾一度把雜誌的印刷搬到芬蘭去印刷，印刷的方式是：首先將雜誌的內容刻成光碟，然後將光碟帶到芬蘭，整個的印刷在芬蘭完成，最後雜誌再由俄羅斯聖彼德堡口岸進口到俄羅斯。

總體來講，中央印刷廠的數量雖少，但權力最大、資金最多，並具有壟斷印刷全國性發行的報紙以及全彩色印刷設備的能力。其次，私人印刷廠的數量最多，但市場份額都集中在廣告印刷上，不具有影響全國報紙發行的能力。而地方印刷廠既不具備中央權力的優勢，也不具備資金優勢，只能在夾縫中求生存，地方權力機關的關照成為地方印刷廠生存的唯一條件。俄羅斯印刷廠的設備有 80%需要更新，印刷廠的設備已經大部分老化，或者是新設備配件明顯不足，所有這些都妨礙了俄羅斯印刷廠申請 ISO 證書的進程。俄羅斯本土生產的印刷設備並不能夠達到國外的水平，現今的印刷廠設備一定要進行大面積的更新，這些都需要大規模的設備進口，俄羅斯印刷廠的管理人員希望國家能夠大幅降低海關關稅來進口印刷廠所需的設備，並且最好再降低新聞紙的進口稅（НДС），但這些恰恰是政府最難滿足的要求。顯然，俄羅斯政府控管報紙與印刷業務的方式是首先著力在政策方面的把關，在報紙最開始階段就把印刷業分級定類，可以說俄羅斯報業競爭仍是在非市場經濟條件下運作完成的，這樣俄羅斯整個報業的運作就可以回到普京對於未來意識形態發展的定位上，報業的基本職能在遇到任何問題的前提上都會馬上會到預定的政策上。

二、新聞紙控制有利於大報生存

現今俄羅斯印刷業的優勢就在於國內新聞紙的價格遠遠低於國際價格，儘管在全色報印刷上俄羅斯的印刷設備落後，並且全色報紙的發行並不符合成本要求，老舊的單色印刷基本上已把成本降低到最低，只要報社與政府的關係保持不錯，那報社就能保證正常的盈餘。在 1998 年後的 5 年間，俄羅斯政府總共投入 20 億美元在印刷廠的設備更新上，這其中每年有 2.5 億美元是被迫要投入的，俄羅斯政府認為印刷廠設備的更新要嚴格按照政府的預算執行，設備更新的進程要符合國家媒體的發展。

2001 年，俄羅斯聯邦政府一共生產了 171.5 萬噸新聞紙，這比 1997 年多生產了 58 萬噸新聞紙，但據俄官方統計，在全俄羅斯境內的報社總共新聞紙的需求量為 179.5 萬噸這中間有 8 萬噸的差距，與此同時，俄羅斯新聞紙的出口在 2001 年下降了 9%。但俄羅斯政府認為新聞紙並沒有供需不足的問題，這主要新聞紙價格體系決定的，俄羅斯大的報社使用新聞紙每噸的價格為 420-450 美元，而小的報社得到的新聞紙每噸價格為 550-600 美元。如果我們以 2004 年廣東進口新聞紙的價格計算，廣東進口新聞紙的價格為每噸 444.45 美元[1]，這樣我們可以看出在俄羅斯的小報紙如果沒有很大利潤的話，小報紙經常以高於國際市場近 200

[1] 資料來源：http://info.paper.hc360.com/html/001/001/001/15035.htm

美元的價格獲得新聞紙，這可以說是小報紙的災難。自 1998 年俄羅斯金融危機之後，新聞紙的價格在這之後的五年間並沒有太大的變化，這主要還得益於盧布與美元的匯率沒有太大的變化。俄羅斯重要的報社在新聞紙的使用方面是可以賒帳的，很多的時候報社可以在年中的時候才向政府還錢，這樣可以看出，大報紙占儘先機，而小報紙在俄羅斯是隨時有可能倒閉的，倒閉的原因就在於非市場的公平待遇。

自蘇聯解體之後，俄羅斯執行了首部被稱為有自由傾向的傳媒法，但在俄羅斯媒體八年的發展過程當中，在俄羅斯國內出現的新聞亂像卻與新聞自由沒有直接的關係，因為 1996 年之前，儘管在俄羅斯出現了所謂的完全新聞自由，俄羅斯人可以根據新聞法來自由辦報或者成立電臺或者電視臺，但是政府會進行嚴格的審查把關。俄羅斯政府部門按照傳媒法的精神，辦一份報紙政府大約需要一個月時間進行審批，成立一個電臺審批時間大約為兩個月，成立電視臺的時間最長大約三個月，而且還要進行嚴格的資產審核。1999 年俄羅斯媒體內部人士轉達，辦一份報紙大約需要 3000 美元，電臺大約 2 萬美元，電視臺則需要百萬美元。表面上看在俄羅斯似乎已經達到了完全的新聞自由，但實際上，俄羅斯政府對於報紙的控制手段還是非常嚴格的，這就是政府嚴格控制新聞紙的使用，這使得在俄羅斯儘管有很多的報紙發行，但報社所使用的新聞紙還是五花八門的，有的報紙看上去大小非常像週刊，而且使用的新聞紙質量非常的低。

俄羅斯報紙的發行量在蘇聯解體之後陷入空前低迷，但俄羅斯新聞紙的出口卻空前高漲，可以說蘇聯解體並沒有影響生產新聞紙企業的效益。據俄羅斯官方統計自 2004 年之後，俄羅斯報紙對於新聞紙的需求量已經大幅度提高，而現今在俄羅斯新聞紙的生產企業卻只有三個，他們分別為「伏爾加有限公司」(Волга)、「康大博有限公司」(Кондопога)和「薩力康姆紙工業有限公司」(Соликамскбумпром)。另外，在現階段俄羅斯新聞紙發展遇到瓶頸的同時，俄羅斯雜誌、地圖和高質量的免費發行物的用紙卻大量依靠國外，這些高質量的新聞紙或稱銅版紙主要從俄羅斯的鄰國芬蘭和丹麥進口，1998 年當俄羅斯經濟陷入金融危機的時候，俄羅斯高級新聞紙的生產幾乎處於停頓狀態，因此俄羅斯的雜誌社曾一度將雜誌的印刷搬到芬蘭，每週出版的雜誌在芬蘭印刷完成之後，再由聖彼德堡的海關進口到俄羅斯。

2004 年俄羅斯的媒體市場這包括印刷媒體與電子媒體在內，總共市場的容量為 60 億美元，到 2008 年為止俄羅斯市場的容量將會增加到 75-80 億美元。2004 年俄羅斯的印刷市場經歷了空前的發展階段，市場的容量增加到 19 億美元，比前一年增長了接近 10 億美元的份額，純利潤達到 5.2-5.3 億美元。2004 年報紙所吸收的廣告量為 12.5 億美元，俄羅斯整個的傳媒在廣告市場上一共吸收了 30 億美元的資金，這比 2003 年提高了 10 億美元[2]。

---

[2] 本節的主要資料來源為俄羅斯記者保護基金會所組織的俄羅斯媒體調查小組所寫的媒體報告，該報告題為：《俄羅斯媒體工業十年發展》（Индустрия российских средств массовой информации），小組的成員來自俄羅斯與美國的媒體專家。參與報告的專家分別為：Е.Абов（"Проф-Медиа"）、Ф.Абраменко（ИД "Провинция"）、О.Аникин（НТВ）、А.Аржаков（Ifra）、А.Архангельская（НАИ）、А.Асхабова（СТС）、В.Богданов（"Агентство подписки и розницы"）、А.Вдовин（"Интерньюс"）、Н.Власова（ФНР）А.Воинов（НАИ）、И.Дзялошинский（ИРП）、В.Евстафьев（РАРА）、М.Жигалова（"Проф-Медиа"）、Е.Злотникова（"Культура"）、М.Калужский（IREX）、О.Карабанова（ИРП）、С.Клоков（ГИПП）、Р.Кряжев（Primann）、Г.Кудий（МПТР）、Б.Кузьмин（МАП）、Г.Либергал（"Интерньюс"）、К.Лыско（"2x2"）、А.Малинкин（"Агентство подписки и розницы"）、Е.Марголин（МПТР）、Д.Менакер（IREX）、О.Никулина（СИРПП）、Р.Петренко（СТС）、А.Рихтер（Институт проблем информационного права）、В.Румянцев（НТВ）、М.Сеславинский（МПТР）、Д.Соловьев（"Открытые системы"）、С.Спиридонов（REN-TV）、Г.Уваркин（МПТР）、А.Федотов（RPRG）、Ю.Федутинов（"Эхо Москвы"）、Ф.Фоссато（Internews Network）、О.Щербакова（НАТ）、И.Яковенко（Союз журналистов РФ）。負責總體審查的專家包括：Е.Абов（"Проф-Медиа"）、А.Аржаков（Ifra）、М.Асламазян（"Интерньюс"）、А.Воинов（НАИ）、А.Друккер（MTV）、Т.Карпанова（"За рулем"）、А.Качкаева（"Интерньюс"）、К.Лыско（"2x2"）、В.Рябков（МПТР）、И.Рудакова（"Интерньюс"）、Г.Уваркин（МПТР）、А.Федотов（RPRG）、Ю.Федутинов（"Эхо Москвы"）、Ф.Фоссато（Internews Network）。參加前期策劃的專家包括：А.Городников、В.Гродский（Gallup Media）、Г.Кудий（МПТР）、М.Калужский（IREX）、А.Малинкин（"Агентство подписки и розницы"）、Н.Муравьева（СИРПП）、В.Монахов（"Интерньюс"）、А.Рихтер（Институт информационного права）、А.Цимблер（"Европа плюс"）。

俄羅斯對世界媒體增長前景的預測

對於2005-2008 年世界媒體的增長情況

*資料來源為在俄羅斯註冊的美國普華永道公司（PricewaterhouseCoopers）
排名順序為原報告的順序

資料來源為：國際印刷業協會（Межрегиональной ассоциации полиграфистов）

俄羅斯近幾年印刷設備和紙張的進口量（單位為：百萬美元）

（Объём импорта в Россию полиграфических услуг оборудования и бумаги）

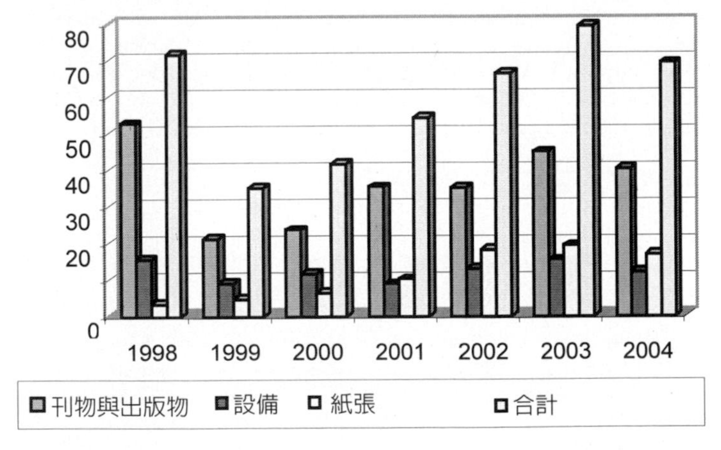

資料來源為：國際印刷業協會（Межрегиональной ассоциации полиграфистов）

俄羅斯印刷設備與紙張的進口總量 1998-2004 年（計算單位為十億美元）

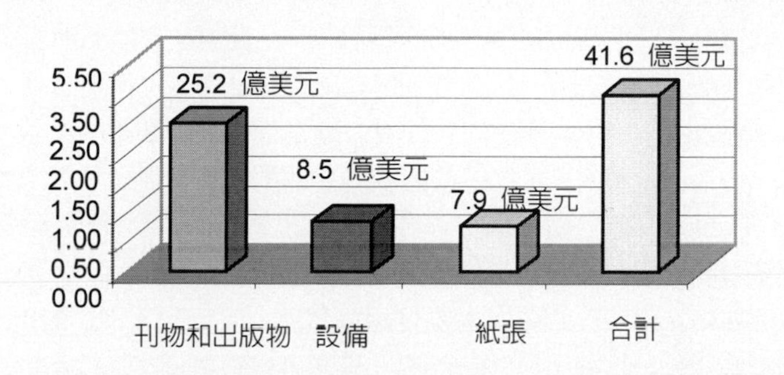

三、國外資本首先進入俄出版事業

按照 2004 年美國普華永道財會公司（PricewaterhouseCoopers）公佈的報告，隨著 2004 年歐盟的成員國已經變為 25 個國家（從 2004 年 5 月 1 日起，波蘭、捷克、匈牙利、賽普勒斯等 10 個中東歐和地中海國家正式加入歐盟，歐盟成員國增加到 25 個），歐洲國家的經濟流通將會變得更加流暢，此時媒體公司在 2005 年也將會增長 14%。荷蘭的獨立傳媒（Independent Media）出資 1.42 億歐元購買了芬蘭 Sanoma 雜誌，與此同時，儘管俄羅斯還不是歐盟國家，俄羅斯國內媒體已經感到這股成長的力量，但非常可惜的是 2004 年至 2005 年兩年間，外國媒體開始增加對俄羅斯媒體的投資。Hachette Filipacchi Shkulev 公司和俄羅斯國際傳媒集團（《ИнтерМедиаГруп》）在 2004 年春天投資 200 萬美元購買俄羅斯 Gameland 出版社 20%的股權，同時德國 Heinrich Bauer Verlagsgruppe 國際出版公司在 2004 年秋天購買俄羅斯最大的出版集團《Логос-Медиа》集團的股權，並成為《Логос-Медиа》集團的股東，收購的資本額大約為 1000-1200 萬美元。2004 年 12 月 ИД Родионова 出版社購買《Домовой》雜誌。

2004 年在俄羅斯發生的國外大型媒體購並俄羅斯出版社的案例中，我們不難發現，這些案例少了俄羅斯報紙的資本與外國媒體的結合，這其中的主要原因主要可以歸結為，進入俄羅斯報紙的門檻太高，問題不在於合作的資本，而是合作後按照俄羅斯現在的行政規定，這些資本將會被用於印刷設備的更新，而不是進入編輯的管理階層或廣告的運營上，那麼，這些不多不少的外國資本將會發揮最低的效用，外國媒體資本在獲得利潤之後也無法自由的轉移資本。而對於出版社而言就沒有這樣的憂慮，嚴格的講，上述的出版社出的報紙都不是傳統意義上的報紙，這報紙在印刷上並不使用新聞紙，而是近似於新聞紙的紙張，印刷成本一般都會比較高，這樣這些出版社之間的資本流動就成為必然，在 2004 年-2006 年這是這些出版社尋找外國投資者的高峰期，同時這些出版社還會向美國和英國進行投資。

俄羅斯現在出版社的發展主要有兩個發展方向，一個是小型出版社和自己所屬的報紙直接出售，或者由外來的專業管理資本進行聯合，形成新的出版社或者推出新的報紙或者雜誌；另外，把出版社直接變為大出版社或者國外公司的分支機構。俄羅斯很多出版社所屬的報紙或雜誌在發展過程當中始終達不到當初預期的效果，這其中最主要的原因就在於這些出版社所屬的報紙或雜誌的專業新聞人員不夠，而俄羅斯的大學的新聞專業也不能夠滿足業界的需求，這樣出版社的資本管理就成為出版社發展的頭等大事，出版社對於編輯階層的管理也建立在上下級的關係之上，那麼編輯自身的積極性也就很難發揮。出版的發展只有寄託在本國或外國資本注入的過程當中，如果國家對於外國資本的管理過於嚴格的話，那麼，這些出版社的發展就只有依靠地方經濟的發展，最終俄羅斯決定了這些所謂非常自由的出版社的發展空間。

第二節 俄羅斯報紙行銷通路走向市場運作

俄羅斯傳播通訊學會的研究報告認為（Ассоциация коммуникационных агентств России АКАР），2005 年至 2007 年俄羅斯報紙的總發行量將會保持每年 2-3%的增長量，但報紙的家數將會減少，而對於吸收廣告的競爭將會更加白熱化。另外，由於近幾年俄羅斯國內的形勢趨於穩定，以及盧布的外匯價格已經有長達 5 年沒有大的變化，這使得在 2006 年之後，社會和政治類型的報紙的發行量將會上漲，此時新聞紙的需求也將會增加，此時這些報社將會儘量利用地方的資源來印刷和發行報紙，在除莫斯科和聖彼德堡的其他地區，利用當地新聞紙的政府配額可以獲

俄羅斯印刷出版社出版量的排名

位置	出版社	報紙出版的總的數量（千為單位）	印刷報紙種類
1.	專業媒體出版有限公司（ЗАО《Издательский дом《Проф-Медиа》》）	6132,6	90
2.	國際傳媒集團出版集團（Издательская группа 《HFS-ИнтерМедиаГрупп》）	6113,6	62
3.	超級媒體有限公司（ЗАО 《Экстра М Медиа》）	5749,9	12
4.	《理論與事實》報業集團有限公司（ЗАО《Аргументы и факты》）	4452,3	74
5.	拉格斯媒體有限公司（ИГ 《Логос-Медиа》）	4020,0	15
6.	健康生活出版無限公司（ООО《Редакция вестника《Здоровый образ жизни》）	3149,3	1
7.	《莫斯科先鋒報》編輯出版部（Редакция газеты《Московский комсомолец》）	2925,7	78
8.	中心出版社（ИД《Центр plus》）	2900,0	3
9.	C-資訊出版社（ИД《С-Инфо》）	2718,9	7
10.	《完全機密報》信託公司（ГК《Совершенно секретно》）	2530,0	2
11.	生活出版社（ИД《Жизнь》）	2100,0	60
12.	州立出版社（ИД《Провинция》）	1964,5	46
13.	對談出版社（ИД《Собеседник》）	1773,3（統計時間為2003 年 10 月）	19
14.	新聞世界出版社（ИД《Мир новостей》）	1390,0	6
15.	普龍塔—莫斯科出版社（ИХ《Пронто-Москва》）	1148,1	108
16.	大衆傳播系統出版社（Концерн Системы Масс-Медиа）	1108,0	5
17.	梅格波利斯快訊出版社（ИД《Мегаполис-Экспресс》）	1038,0	5
18.	我的家庭出版社（ИД《Моя семья》）	982,3	2
19.	《經濟報》出版社（ИД《Экономическая газета》）	834,0（統計時間為2004 年 10 月）	16
20.	獨立媒體出版社（ИД《Independent Media》）	802,7	23

（注：統計內容截至到 2005 年 2 月為止，資料來源為《2005 年俄羅斯報紙和定期刊物市場調查報告》，ЗАО 為「有限公司」的縮寫，ООО 為「無限公司」的縮寫，ИД 為「出版社」的縮寫，ГК 為「信託公司」的縮寫）

得來自政府的低價新聞紙，這樣儘管報紙在印刷上趕不上中央級印刷廠的印刷質量，但報紙的印刷總成本不會增加，擴大的發行量將會吸引更多的廣告，這些廣告與其他國家報紙廣告的定位不同。

其次大企業公司投放的廣告是靠報紙的有效發行，但在俄羅斯很多情況不盡如此，俄羅斯在邊遠地區的發行首先會獲得政府的重視，來自邊遠地區的廣告本身儘管廣告費不高，但貼近地方的廣告卻可以受到當地讀者的歡迎，兩者相加，報社在邊遠地區的發行是有利潤的。在俄羅斯報紙市場日益尖銳的今天，彩版印刷是報紙擴大發行量的有效途徑，但俄羅斯現在出版的報紙在很大程度上還沒有採用彩版印刷，比如全國發行量最大的報紙之一《消息報》在頭版已經開始彩版印刷，但在裏面還基本上採用黑白照片，只有部分的廣告是採用彩色印刷，這與《消息報》的大報身份不相符的。按照國家計畫 2004 年在莫斯科市郊已經興建了兩個完全彩色印刷的印刷廠，分別為：專業媒體印刷廠（《ПрофМедиаПринт》）和超級印刷廠（《Экстра М Принт》），而且政府還計畫在列寧格勒州（Ленинградская обл.）和別爾姆（г. Пермь）興建兩座全彩色印刷廠。

一、報紙零售業務鎖定中青年讀者

俄羅斯報紙的銷售量在最近兩年的固定訂閱戶並沒有大幅提高，報紙的零售業務卻在 2.4 萬固定售報亭和 3.3 萬個流動售報攤的協助下取得了 22%的增長。如果報紙的銷售變得以零售為主的話，報紙固定的讀者群基本上將會變為中青年讀者為主，整個報紙的新聞走向將會變得更加軟性和具有討論性，這樣對於記者的要求將更加嚴格，這對於現今俄羅斯大學的新聞教育是一個挑戰。

2003 年俄羅斯印刷媒體的獲利情況與 2005 年的預測

（單位為百萬美元）

- 廣告中的利潤
- 實際的發行量－零售
- 實際的發行量－訂閱戶

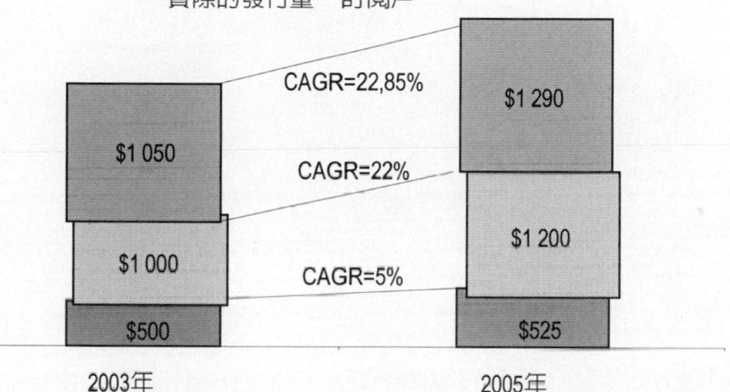

資料來源為：俄羅斯俄羅斯印刷媒體發行學會（Ассоциация распространителей печатной продукции）網站為：http://www.arpp.ru/

俄羅斯媒體發行市場結構（Структура рынкадистрибуции）

2004年莫斯科市報紙的銷售方式

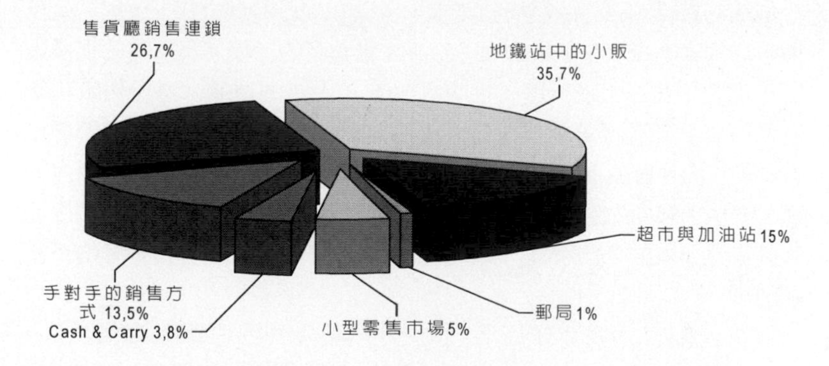

資料來源為：俄羅斯俄羅斯印刷媒體發行學會（Ассоциация распространителей печатной продукции）網站為：http://www.arpp.ru/

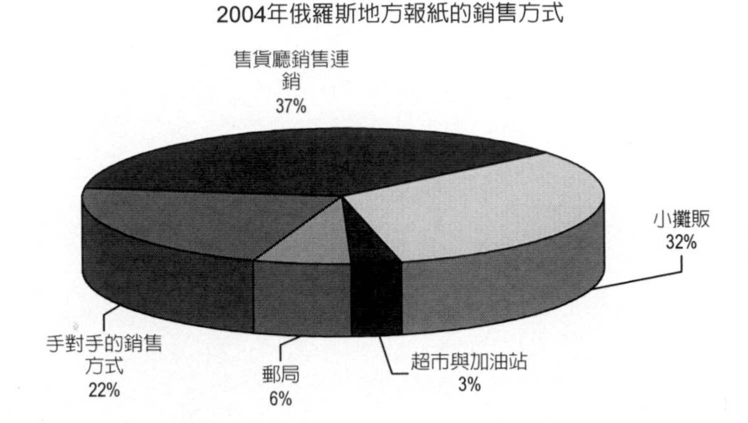

資料來源為：俄羅斯俄羅斯印刷媒體發行學會（Ассоциация распространителей печатной продукции）網站為：http://www.arpp.ru/

二、零售方式將制約報紙發展

俄羅斯的很多學者認為現在報紙的發行是報紙發展的最大瓶頸，如果莫斯科報紙的發行量還大量依靠銷售連鎖、地鐵站的售報亭和超市的話（這些銷售點的售報量占到總銷售量的 77.4%），這對於廣告上來講是無法真正瞭解讀者的結構和需求，這樣在一段發展之後，會制約報紙廣告商的廣告投放量。按照 1985 年蘇聯讀者的習慣，莫斯科的很多人每天都買 5-6 份報紙，每個星期還買 6 本左右的雜誌，每份報紙和雜誌的讀者群都有百萬。現在報紙和雜誌的種類迅速增長，但讀者群日益萎縮，另外再加上俄羅斯幅員遼闊，報紙和雜誌的流通領域成為大問題，再加上郵局的定報率並不是很高，這樣使得報紙和雜誌的利潤都流失到流通領域的公司手裏，印刷出版報紙本身並不能夠維持報社的正常運轉。

在這裏有一個非常好的例子，那就是「俄羅斯印刷代理處」（Агентство "Роспечать"）的正常運轉。「俄羅斯印刷代理處」建立已經有 85 年之久，但在蘇聯時期它只是幫助報社將報紙送到一些邊遠地區的單位，它並沒有任何的市場化運行，但在俄羅斯時期它獨立了，成為一個公司，「俄羅斯印刷代理處」自己的優勢就是與俄羅斯全境內的 4 萬個郵局保持直接聯繫，「俄羅斯印刷代理處」運送到每個家庭或單位的報紙每天有 80 萬份，而且訂戶的訂閱方式非常簡潔，訂戶可以到售報亭直接填寫表格訂閱，甚至網路用戶可以通過網路填寫表格訂閱，付費採用刷卡的形式，「俄羅斯印刷代理處」主要分佈在俄羅斯的 14 地區和共和國，並佔有這些地區的 20%的報紙銷售市場[3]。這樣負責專門訂閱的公司還有「家庭速遞無限公司」（ООО《ДМ-Пресс》），「家庭速遞無限公司」主要是通過莫斯科市 130 個報刊亭來實現整個印刷媒體在莫斯科市的流通，同時還通過莫斯科周邊地區來進行整個印刷媒體的流通，「家庭速遞無限公司」的報刊亭大約有 8-10 平方米大小，主要分佈在地鐵站和主要商場旁，「家庭速遞無限公司」還開展莫斯科市內的快件業務[4]。

這些報紙銷售網站的獨立運作將會使得郵局的作用在莫斯科市印刷市場的作用逐漸削弱，這樣的負面效果就是價格比較貴的流行雜誌或者比較有趣報紙將會逐漸佔領市場，而嚴肅報紙或者雜誌的銷售量會日益萎縮，並且報紙和雜誌的內容變得不是十分關鍵，據「地鐵圖公司」（КМП《Метрополитеновец》）總經理利特維諾夫（М.В. Литвинов）在一次訪談中談到，很多的報攤銷售人員反映，報紙銷售的利潤還不如買地鐵圖和相關產品，而報紙的銷售只是為了留住客戶[5]。對於報紙來講是否能夠進入銷售點才是關鍵，而銷售點還可以在這些銷售的雜誌當中安插自己的廣告，一個月下來，一個銷售點的收入大約都有 1500 到 6000 美元不等。

如此看似非常矛盾的問題的關鍵還在於俄羅斯的報社和雜誌社並沒有建立一套完整的報紙和雜誌回收制度。也就是說俄羅斯售報亭銷售的報紙和雜誌，報社和雜誌社是不回收的，售報亭要完全承擔報紙買不出去後的經濟損失，那麼，最後報社、雜誌社和售報亭之間形成一種惡性循環的狀態。而報社和雜誌社不願意建立回收制度的主要原因則在於

---

3 http://www.rosp.ru/index.jsp?r0=0
4 http://www.dm-distribution.ru/index.php?action=raspr（該網頁可以看到報刊亭的大致樣子）。
5 http://www.gipp.ru/openarticle.php?id=5941

俄羅斯政府的稅務制度，比如報紙出版後所使用的新聞紙的使用稅是按照買出去的報紙還是按照回收的報紙計算都是一個非常大的問題，這是稅務制度上的根本問題，按照現在俄羅斯比較僵硬的稅務制度來看，這是一道無解的題。如果俄羅斯的稅務都走上電子化階段的話，這種狀況還是有可能改變的，稅務單位對於報社徵稅的手段已經成為妨礙報紙發展的絆腳石。

三、建立報紙發行網路與回收制度

現在俄羅斯政府已經在比較商業化運行的馬阿特媒體有限公司（ЗАО《МААРТ-МЕДИА》）和拉格斯（ГК《Логос》）試點報紙的回收，因為這些商業公司在出版報紙時比較少利用國家資源，比如這些報紙就不用到新聞紙，而是用一些價格比較高的進口紙張，在發行方面也比較商業化運作，這些都減少了政府在徵稅上的壓力。另外在發行渠道方面，這些商業公司都與發行公司簽有協議，這樣可以在報紙買出後的半個月時間內在回收資金。

在蘇聯解體之後，俄羅斯報紙發行渠道的複雜性是難以想像的，這與世界其他國家有著非常大的區別，在俄羅斯聯邦成立的最初幾年，莫斯科和其他城市的街頭售報亭或售報攤都是與所謂的馬匪有著千絲萬縷的聯繫的，因而在某種程度上街頭售報亭或售報攤都是馬匪經濟或稱影子經濟的一部分。報紙銷售渠道的不暢和不能執行報紙的回收制度，這些都不是個人或者是寡頭能夠解決的問題。儘管俄羅斯每一個公民按照《傳媒法》的規定有自由辦報的權力，但無論是個人投資者還是大的資本家，只要是投資在報紙方面，在俄羅斯都是很難盈利的。現在看來，只有俄羅斯政府才能最終解決報紙銷售渠道和報紙的回收制度的問題，政府只有改革稅務制度才能建立報紙的回收制度，而只有增加郵局的硬體和軟體設備後，才能吸引更多的客戶正常訂閱報紙。

據俄羅斯俄羅斯印刷媒體發行學會的統計報告顯示，2005 年 1 月 1 日的統計資料表明，2004 年俄羅斯全年的報紙銷售量為 3.21045 億份，這比 2003 年增長了 575.3 萬份。其中郵局的訂閱量為 3300 萬份，在 2000 年至 2005 年間，郵局的訂閱數量一直保持在 3300 萬份和 3100 萬份之間。該報告認為，俄羅斯郵局系統在定報紙和期刊中並沒有發揮其應有

2003 年俄羅斯印刷出版物通過郵局訂閱的分佈圖

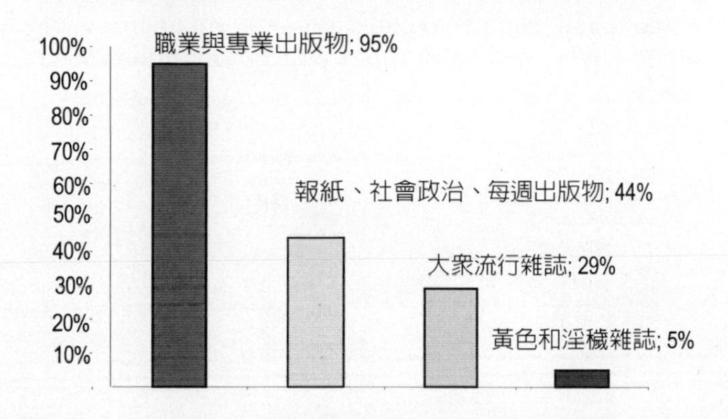

資料來源為：俄羅斯俄羅斯印刷媒體發行學會（Ассоциация распространителей печатной продукции）網站為：http://www.arpp.ru/

的作用，俄羅斯很多的郵局與蘇聯時代的郵局並沒有太大的區別，俄羅斯的郵局並沒有達到電子化的程度。

2004 年 9 月，俄羅斯的 10 個出版公司在印刷媒體通路不暢的情況下決定成立新的銷售通路公司—出版首創公司（НП《Издательская инициатива》），這 10 個出版公司分別為：支援盧布出版社 ИД《За рулем》），理論與事實報業公司《АФС》，特快—莫斯科出版社《Пронто-Москва》，專業媒體出版有限公司《Проф-медиа》，電子資訊—康利佳出版公司《ЭДИПРЕСС-КОНЛИГА》，愛格蒙特—俄羅斯出版公司《Эгмонт Россия》，獨立媒體出版公司《Индепендент медиа》，生意人報業集團出版公司《Коммерсантъ》и 莫斯科印刷聯盟出版社《Московский союз печати》）и 莫斯科出版者聯盟出版社 НП《Союз московских издателей》。出版首創公司首先成立了印刷聯盟公司（Союзпечать），印刷聯盟公司主要是負責莫斯科地區印刷品的出版和發行，印刷聯盟公司下面還有兩個分公司，一個是莫斯科印刷聯盟出版社（《Союз московских издателей》），另一個是刊物發行公司（НП《Распространение прессы》）。印刷聯盟公司在創建的過程當中還得到了聯邦印刷和大眾傳播辦公室和俄羅斯郵局的支援。

Удельный вес подписных тиражей по видам изданий к общему подписному тиражу за 2 полугодие 2004 года

Удельный вес подписных тиражей по видам изданий к общему подписному тиражу за 2 полугодие 2004 года *

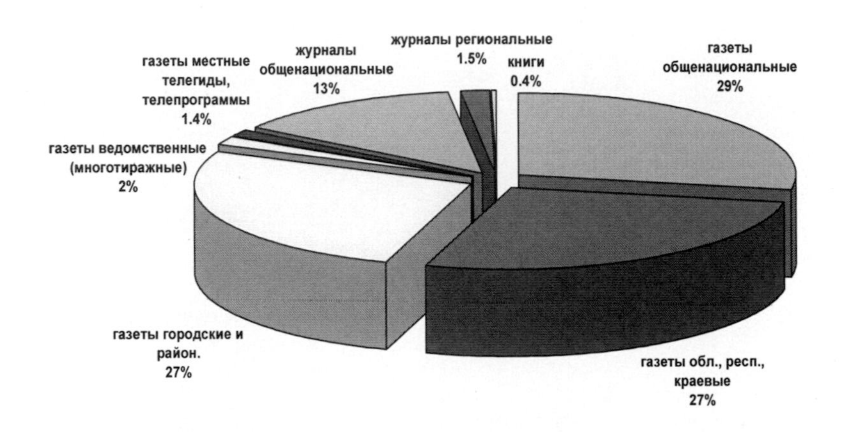

* По данным Почты России

資料來源於俄羅斯郵局內部報告

第三節　俄羅斯印刷媒體顯市場化趨勢

在 1991 俄羅斯通過聯邦《大眾傳播媒體法》之後，俄羅斯的印刷傳媒在整體上的發展方向是向市場化方向進行的，截至到 2005 年 1 月 1 日為止，在政府登記的印刷媒體共有 4.6 萬家，這其中報紙有 2.6 萬家，雜誌為 1.65 萬家，另外 3400 種為定期出版的年鑒、選集、學報或公報。而在 2004 年 1 月 1 日，在俄羅斯出版署（Российская книжная палата）登記的報紙有 1.3251 萬種，雜誌有 1.088 萬種。可以看出俄羅斯媒體在最近幾年的發展非常的快。俄羅斯報紙市場化對於報社而言主要是兩個方面的改革，一是管理，另外一個是編輯集體。而市場化改革的最終目的在於讀者的滿意度和廣告市場的提升。在現實面上這些都存在問題，報紙內部和發行管理存在的問題在於缺乏人才，蘇聯在報紙內部和發行的管理在 1992 年隨著俄羅斯的休克療法而陷入解體，但新的市場化運作的管理團隊並沒有形成，1994 年到 1998 年間報紙的管理是依靠寡頭的經濟支援而得以維持，但在 2000 年之後，報紙的發行量是依靠免費報紙的贈送而提高，這樣單一的發行手段是無法提高俄羅斯報紙的質量。報紙的編輯集體則更加偏重於政治新聞的討論和社會現象的報導，能夠直接報導俄羅斯面臨的經濟問題的記者則比較少，而能夠策劃大型經濟問題討論的編輯群體更少。這樣讀者滿意度的提升自然是不可能的，而報紙廣告的獲得也僅僅是依靠國家經濟的發展，報紙廣告的種類並不是很多。

一、大報增長趨勢逐漸穩定

在莫斯科的媒體調查公司蓋洛普媒體調查公司（TNS Gallup Media）的調查結果顯示，2001 年到 2003 年為止，俄羅斯幾家大報的發行量都呈現增長的趨勢，例如：《先鋒真理報》（《Комсомольская правда》）的發行量則由 180 萬份成長到 220 萬份，《消息報》（《Известия》）則由 32 萬份成長到 39 萬份，《理論與事實》週報（《Аргументы и Факты》）則由 710 萬份成長到 802 萬份。而在 2000 年，整體俄羅斯的報紙的銷售量曾經有一度降到 420 萬份左右，還有一段時間最低曾經降為 340 萬份，這段時間主要是指 2000 年 5 月俄羅斯總統普京對於當時的寡頭進行整肅，而導致很多的莫斯科和聖彼德堡的讀者對於媒體寡頭所宣導的新聞自由保持非常悲觀的態度，很多的莫斯科讀者對於報紙上的新聞是表示非常懷疑的，在這一段時間，只有《獨立報》（《Независимая газета》）的發行量是處於持續上升狀態的，但隨著俄羅斯整體政治形勢的穩定，整個的報紙的讀者群也開始固定下來，並且報業也進入正常發展的軌道。

direct: mail

ИЗВЕСТИЯ

Понедельник 10 Января 2005

48 страниц

«То, что я делаю, никто в мире больше не делает»

Андрея Илларионова наказали за критику Кремля — 2 новости

Джулия Робертс купила поместье у шефа Пентагона — 16

Иржи Ярошик дебютировал в «Челси» — 7 спорт

ХОРОШО ЛИ ИМЕТЬ ТАКИЕ ДЛИННЫЕ НОВОГОДНИЕ КАНИКУЛЫ. ДИСКУССИЯ В «ИЗВЕСТИЯХ» комментарии →04

МИНИМАЛЬНАЯ ЗАРПЛАТА ОСТАНЕТСЯ НИЖЕ ПРОЖИТОЧНОГО МИНИМУМА деньги →09

«ЮГАНСКНЕФТЕГАЗ» СТАНЕТ СТОПРОЦЕНТНОЙ ГОСКОМПАНИЕЙ деньги →09

ПОДВЕДЕНЫ ИТОГИ НОВОГОДНЕЙ ТЕЛЕНЕДЕЛИ культура →15

В ЭТОМ ГОДУ 70 УЛИЦ И ПЕРЕУЛКОВ ЦЕНТРА МОСКВЫ СТАНУТ ОДНОСТОРОННИМИ москва →13

Завтра в «Известиях»

РОССИЙСКИЕ ГРАЖДАНЕ РАССТАЮТСЯ С ЛЬГОТАМИ С БОЕМ

После Азии залило Европу и Россию

Мир еще не отошел от потрясения после небывалого цунами, накрывшего побережье Южной и Юго-Восточной Азии и унесшего более 170 тысяч человеческих жизней, как залило Европу. В Британии и Дании в результате мощнейшего шторма погибли 10 человек. Вчера циклон достиг Санкт-Петербурга, Калининграда и Псковской области. Штормовое предупреждение объявлено в Новгородской области и в Москве.

9 января. Санкт-Петербург

8 января. Карлайл. Северная Англия

8 января. Северная Германия

8 января. Полуостров Ютландия. Дания

О последствиях цунами в Юго-Восточной Азии → стр. 5

Как турфирмы и страховые компании будут компенсировать несостоявшийся отдых → стр. 11

«Большая восьмерка» прощает долги пострадавшим странам → стр. 11

Мощные ураганы и ливни обрушились на Европу

Палестинцы выбрали преемника Арафата

В РОССИИ НЕТ ЭКОНОМИЧЕСКОЙ СВОБОДЫ

В рейтинге самых либеральных экономик мы на 124-м месте — деньги →09

«С СЕМЬЕЙ НАДО ДРУЖИТЬ»

Москва и Киев пытаются наладить отношения — новости →03

ПОСЛЕ ВЫБОРОВ АБХАЗЦЫ ЗАРЕЖУТ ПЕТУХА

новости →02

2005 年後改版的《消息報》

ОБЩЕРОССИЙСКАЯ ЕЖЕДНЕВНАЯ ГАЗЕТА　ИЗДАЕТСЯ С ОКТЯБРЯ 1997 ГОДА　WWW.NEWIZV.RU

НОВЫЕ ИЗВЕСТИЯ

15.11.05 вторник

№ 208

ЛУЧШАЯ ГАЗЕТА РОССИИ ПО ИТОГАМ КОНКУРСА «ЛИДЕР ГОДА»

2 СИЛОВИКАМ И КАРТЫ В РУКИ

Ученые предлагают прогнозировать конфликты по атласу социально-политических рисков в России

7 «ПУСТЬ ГЛАВВРАЧ СТАВИТ ГРАДУСНИКИ»

Министр Зурабов прописал докторам уникальный рецепт по спасению медицины

3 КРУТОЙ МАРШРУТ СТОЛИЧНОЙ ТОРГОВЛИ

Тысячи киосков на автобусных остановках могут перейти к одному хозяину

В блокаде нацизма

Питерские скинхеды объявили охоту на антифашистов. Власти бездействуют

ГОСТЬ «НИ»

Фигурист Евгений ПЛЮЩЕНКО:

«Я стал мудрее и сильнее»

ЦИФРА ДНЯ

110 рублей

Не так сидели

Кадровые перестановки в Кремле и Белом доме дают старт операции «Преемник»?

Страховка от лихачей

Пассажиров маршрутных такси начали страховать на случай аварий

分離出來的《新消息報》

The Moscow Times

WEDNESDAY, SEPTEMBER 12, 2001 WWW.THEMOSCOWTIMES.COM

Putin Doles Out Press Awards

[illegible]

Confusion Reigns Over Massood

[illegible]

Softening

[illegible]

Terrorists Destroy World Trade Center

Planes Ram Towers, Thousands Feared Dead

By Jerry Schwartz

NEW YORK — [illegible]

[illegible]

Another Hijacked Plane Hits Pentagon

WASHINGTON — [illegible]

[illegible]

英文《莫斯科時報》

《2005 年俄羅斯報紙和定期刊物市場調查：狀況、趨勢與發展前景》，是俄羅斯聯邦印刷與大眾傳播辦公室的官方報告，本節的資料主要來自於該報告，該報告在莫斯科出版，出版日期為 2005 年 5 月（Российский рынок периодической печати, 2005 год. *Состояние, тенденции и перспективы развития.* Доклад Федерального агентства по печати и массовым коммуникациям, г. Москва, май 2005 года.）。報告由以下單位完成：俄羅斯出版署（*ФГУ《Российская книжная палата》*）、俄羅斯郵局（ФГУП《Почта России》）、俄羅斯定期出版物出版者聯合會（Гильдия издателей периодической печати）、定期出版物發行學會（Ассоциация распространителей печатной продукции）、媒體市場協會（Агентствуо《МЕДИАМАРК》）、俄羅斯印刷協會（Агентство《Роспечать》）、俄羅斯傳播學會（Ассоциация коммуникационных агентств России）、俄羅斯記者工會（Союз журналистов России）、國際印刷學會（Межрегиональная ассоциация полиграфистов）、聯合國教科文組織著作權及智慧財產權保護辦事處（Кафедра ЮНЕСКО по авторскому праву и другим отраслям права интеллектуальной собственности）。

БУДУЩЕЕ ЗЕМЛЯН ПОД УГРОЗОЙ

М. СААКАШВИЛИ
Что у Грузии на уме?

У. ГЕЛЛЕР
Колдун в цирке и в ЦРУ

Н. АНДРЕЙЧЕНКО
Между фермой и любовью к солдату

№ 3

АРГУМЕНТЫ И ФАКТЫ

ГАЗЕТА

ТВ-ПРОГРАММА, КРОССВОРД, АКЦИЯ «АиФ» К 60-ЛЕТИЮ ПОБЕДЫ

Врешь, льгота, не уйдешь!

最有影響力的週報《理論與事實報》

在這裏必需指出的是俄羅斯註冊的報紙為 25843 家，但能夠正常印刷出版的報紙不超過半數。2004 年一年內俄羅斯一年內的報紙印刷量為 85 億份。俄羅斯中央級報紙（大約為 400 家）的印刷量為 29 億份，占總量的 34%。2004 年俄羅斯全國的報紙印刷量為 85 億份，而雜誌的印刷量為 6 億份，莫斯科和聖彼德堡發行量約占全國的總體數量的 60%左右，但俄羅斯地方報紙一年的印刷發行總量只占總印刷發行量的 34.5%。就報紙發行層級類別而言，中央級報紙與省級報紙約占 10%，其他 90%屬於省以下地方級報紙。

俄羅斯現在面向家庭出版的報業集團旗下的週報與月刊的銷量一直保持不錯的成績，這其中包括：《ИнтерМедиаГрупп》（國際媒體集團），《АиФ》（理論與事實報業集團），《Провинция》（州立報集團），《Собеседник》（對談報業集團），《Логос-Медиа》（拉格斯媒體集團），《Мир новостей》（新聞世界報業集團），《Мегаполис-Экспресс》（梅格波利斯快訊媒體集團），《Моя семья》（我的家庭媒體集團），《Премьер-Информ》（經典資訊報業集團）（г. Вологда），《Всё для вас》（為您服務集團）（г Тамбов），《Северная неделя》（北方週報集團）（г. Северодвинск），《Алтапресс》（阿勒泰新聞集團）（г. Барнаул），這些面向家庭的報紙最大的特點就在於資訊多、廣告量大、部分或全部免費來吸引讀者，這些每週或每月出版的報紙比較適合於保存。

2005 年俄羅斯登記在冊的印刷媒體數量

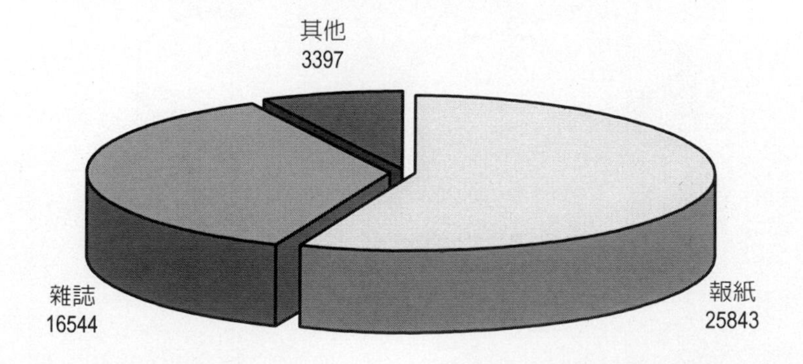

俄羅斯報紙和雜誌數量的變化

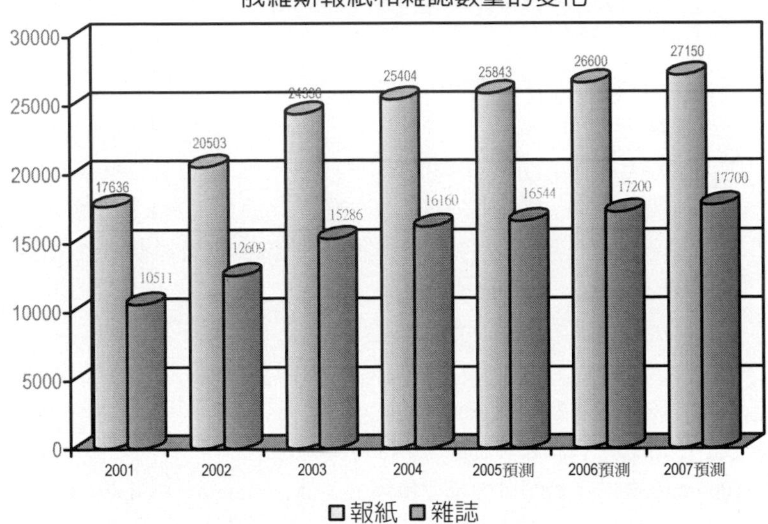

俄羅斯報紙種類的結構

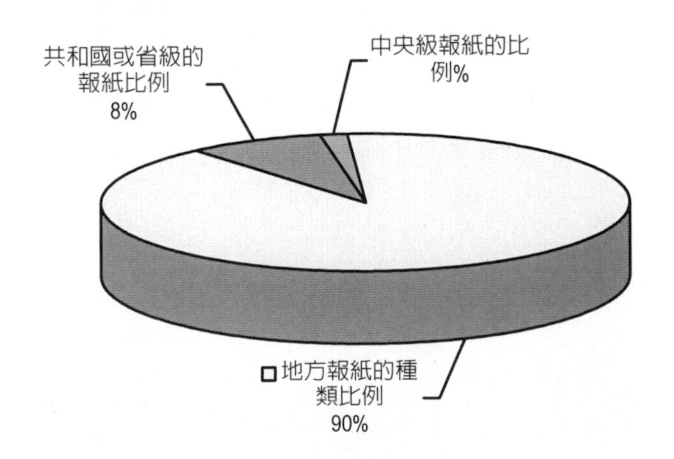

二、嚴肅類型報紙得到發展

俄羅斯報紙的市場化在近五年的發展中處於加強狀態，但其中的困惑也非常多，這主要是報紙的結構和內容的不合理。按照報紙的資金結構來講，俄羅斯報紙分為三類，分別是：自負盈虧的報紙、國家計劃性報紙和依靠補貼性報紙。現在能夠自負盈虧的報紙主要是在莫斯科發行的報紙，地方報紙對於國家預算的依賴程度還很大。

按照報紙的內容則分為兩類，一類是嚴肅報紙，另一類是娛樂和黃色報紙。在嚴肅報紙中，例如《莫斯科新聞報》(《Московские новости》)的狀況並不是很好，這主要的原因就在於《莫斯科新聞報》對於政府的批評太多，但其中具體的消息來源並不是很多，這使得讀者對於報紙新聞和評論的價值保持懷疑。而《消息報》的盈利在 2004 年為 1370 萬美元，2003 年《消息報》的盈利為 1210 萬美元，盈利提升了 13%。這其中《消息報》利潤的提升主要是依靠能源企業對於報社的投入增加使得報紙的印刷更加精美，比如在 2004 年《消息報》的版式大約改變了 4 次左右，2005 年 10 月還剛做過版式的改變，另外記者更加有資金進行多元化報導，從而增加了發行量，這樣使得更多的企業更願意在《消息報》登廣告，比如房地產廣告的量增加最快。

這其中在 2005 年還能夠保持良好發展勢頭的報紙包括：《先鋒真理報》(《Комсомольская правда》)、《機關報》《Ведомости》、《莫斯科先鋒報》(《Московский комсомолец》)、《生意人報(《Коммерсантъ》)、《俄羅斯報》(《Российская газета》)、《生活報》(《Жизнь》)、《農民報》(《Крестьянин》該報位於頓河畔羅斯托夫市 г. Ростов на Дону)、《自由購買報》《Вольная Кубань》(該報位於克拉斯達爾市)、《克拉斯諾亞爾斯克工人報》(《Красноярский рабочий》)、《新聞報》(《Вести》該報位於列寧格勒州 Ленинградская обл.)、《車裏雅賓斯克工人報》(《Челябинский рабочий》該報位於車裏雅賓斯克市 г. Челябинск)、《下諾夫哥羅德工人報》(《Нижегородский рабочий》該報位於下諾夫哥羅德市 г. Нижний Новгород)、《托姆斯克新聞報》(《Томский вестник》該報位於托姆斯克市 г. Томск)、《西伯利亞青年報》(《Молодость Сибири》該報位於新西伯利亞市 г. Новосибирск)、《自由市場報》(《Свободный курс》該報位於巴爾瑙爾市 г. Барнаул），這些報紙在長期的發展中都找到了適合於自己發展的途徑，無論是綜合類的《先鋒真理報》，還是專業類的《機關報》、《西伯利亞青年報》等，這些報紙在市場化的同時更加側重於與當地政府和讀者的結合。

三、俄機關型大報面向機關團體

《時代報》（Время）經常被稱做最正規的新聞報紙，是一份商業、社會和政治性的日報，主要由機關團體訂閱，主要的廣告主來自銀行界、電信業、金融工業界、保險、航空業和等等的大客戶。《時代報》自 2000 年 3 月創刊發行，每週星期六、日不出刊，主要訂閱地區 93%為莫斯科市和莫斯科州，機關或團體訂購量為 71%，個人訂閱為 21%。印刷量為 5.1 萬份。訂閱的機關主要有：總統辦公室、聯邦政府、聯邦議會、莫斯科市長辦公室、市政府等，還有其他的航空公司。按照蓋洛普媒體調查公司 2005 年對 2004 年《時代報》的調查顯示，《時代報》傳閱的人群為 210 萬人，能夠讀完《時代報》的人群為 60.9 萬人，50%的讀者的年齡為 25-54 歲，46%為部門領導或專業技術人員，52%的讀者受過高等教育。

報紙主要的版面為：新聞（Новости）、政治（Политика）、經濟（Экономика）、國外（Заграница）重大計畫（Крупным планом）、商業（Бизнес）、金融（Финансы）、文化（Культура）、體育（Спорт）除此以外（Кроме того）。具體的欄目包括：個人財務管理（Личный счет）、銀行（Банки）、保險（Страхование）、不動產（Недвижимость）、汽車（Автомобили）、電視傳播（Телекоммуникации）、健康（Здоровье）教育（Образование）等。另外，一個特殊欄目資訊團體（Информационное сообщество）是每兩周的星期一刊登，該欄目主要是對俄羅斯現今資訊技術做出具體分析。《時代報》的內容經常被引用的電視臺為：歐洲新聞（Euronews）獨立電視臺（НТВ）中心電視臺（ТВЦ）Ren-TV 和文化電視臺（Культура）；引用的電臺為：回聲電臺（Эхо Москвы）、燈塔電臺（Маяк）俄羅斯電臺（Радио России）、交通電臺（Авторадио）、尚松電臺（Шансон）；引用的新聞社為：俄通社-塔斯社塔斯社（ИТАР-ТАСС）、俄羅斯通訊社（РИА-《Новости》）、國際傳真社

（ИНТЕРФАКС）、新聞網（NEWSRU.COM）、連達新聞網（LENTA.RU）。

《時代報》的廣告主包括：俄歐銀行（Росевробанк），財金銀行（Финансбанк），頂點銀行（Банк《Зенит》），瑞非森銀行（Райффайзен банк），屬於世界銀行成員的國際財金投資公司（МФК），移動電信系統有限公司（МТС），烏拉爾山冶金公司（УГМК），俄羅斯鋁公司（Русский алюминий），秋明石油公司（ТНК-ВР），斯拉夫石油公司（Славнефть），西伯利亞遠東石油公司（Сиданко），諾爾尼鎳公司（Норникель），羅斯諾保險有限公司（РОСНО），俄羅斯航空公司（Аэрофлот），（Трансаэро），西伯利亞航空公司（авиакомпания《Сибирь》），聯邦房屋貸款代理處（АИЖК），俄羅斯交易系統證券交易基金所（Фондовая биржа РТС），動力機械公司（Силовые машины），IBM, IBS, CIT Cami, DellSystems, K-Systems 等等。

另外，《俄羅斯報》（"Российская газета"）是一份直接由俄羅斯聯邦政府創立的權威報紙，並隸屬於俄羅斯聯邦政府的報紙，該報創刊於 1990 年 11 月 11 日，但該報在政府的註冊時間為 1990 年 11 月 1 日，並且，該報還在蘇聯解體之後於 1993 年 9 月 28 進行了重新註冊，註冊編號為：302。

《俄羅斯報》的風格就在於它是一份檔報紙，該報的大多數版面都是在為政府背書，讀者可以從該報中找到任何聯邦政府出臺的政策法規；另一方面，《俄羅斯報》還對於政府政策進行最權威的解釋和評論。《俄羅斯報》的日印刷量為 40 萬份，《俄羅斯報》的編輯部非常重視來自於社會大眾的聲音，並對讀者來信做出最快的反饋，該報的編輯部同時還承認，該報對於讀者來信經常會做出最保守的解答，輿論導向偏向於保守。《俄羅斯報》現在有 38 個通訊站，並分佈在 31 個城市當中，《俄羅斯報》在各地方的發行中，經常會在報紙中插入當地的特別版面。《俄羅斯報》另外一項業務就是幫助聯邦政府出版政府檔和解釋性報告。

《俄羅斯報》的總經理為：格爾賓科（Александр Николаевич Горбенко），電話為：775-31-17。總編輯為：夫拉寧（Владислав Александрович Фронин），電話為：775-31-15。在《俄羅斯報》公佈的政府檔一般包括：聯邦政府憲法（федеральные конституционные законы）、聯邦政府法律和條例（федеральные законы кодексы）、俄羅斯聯邦總統令（указы Президента РФ）、聯邦政府的指示和決定（постановления и распоряжения Правительства РФ）、各部會機關的公文記錄（нормативные акты министерств и ведомств（в частности приказы, инструкции, положения и т.д.））聯邦政府的會議記錄（акты Федерального Собрания РФ）、憲法法庭的裁決（решения Конституционного Суда）等文件。根據發行秩序法（В статье 4 закона о порядке опубликования）第四條的規定，能夠正式公佈聯邦政府憲法、聯邦法和聯邦政府各部、廳、局的正式檔全文的單位是《俄羅斯報》或者是《俄羅斯聯邦政府法律文集》("Собрании Законодательства Российской Федерации")，而且，公佈政府檔的該天《俄羅斯報》的內容具有法律效力。

四、免費報紙經歷發展階段

在俄羅斯報紙發展中，現在正在經歷免費報紙的階段，褒貶不一。所謂免費報紙共分為三類，分別為：買報紙時贈送的全部或部分的免費報紙、半買半送的免費報紙、全部免費的報紙。其中半買半送的免費報紙主要是以軟性廣告新聞為主，這類報紙在 2000 年之前還保持廣告新聞型（газет в рекламно-информационный），但之後則變為軟性新聞廣告的資訊產品（информационно-рекламный продукт）。對於軟性新聞廣告的資訊產品最為新聞學界詬病，軟性新聞廣告打亂了正常報導新聞的方式，讀者在免費獲得報紙的同時也被這些看似新聞的軟性新聞廣告污染。

不過這些軟性新聞廣告其中還包括俄羅斯政治人物刊登自己觀點的文章。比如《莫斯科環境》(《Московская среда》）就是一份每個月出版、A3 大小的報紙，《莫斯科環境》創刊於 1994 年，月發行量 35 萬，2005 年 11 月份出版的《莫斯科環境》中的第三版《誰在顧慮什麼？》中就有刊登前聖彼德堡市長現任地方發展部部長（министр регионального развития Российской Федерации）雅科夫列夫（Владимир ЯКОВЛЕВ）的文章，文章題為：從首都到地方均無法解決供暖問題（ИЗ СТОЛИЦЫ ДО КАЖДОЙ КОТЕЛЬНОЙ НЕ

ДОБЕРЕШЬСЯ），這是一篇涉及行政上供暖問題的文章，文章充滿了雅科夫列夫對於自己部門行政效率的解釋和對未來的構想[6]。

俄羅斯還有的報紙還採用聯合經營的方式，以母報和子報的方式生存的報紙主要包括：ООО 特快—莫斯科報《Пронто-Москва》，《Из рук в руки》）—108 газет, ЗАО ИД《Профмедиа》—90 газет（в т.ч.,《Комсомольская правда》），Редакция газеты《Московский комсомолец》—78 газет，ЗАО《Аргументы и Факты》—74 газеты, ИД《Жизнь》—60 газет, ЗАО《ИнтерМедиаГрупп》（《Антенна-Телесемь》，《Ва-банк》）—62 газеты, ИД《Провинция》—46 газет，ИД《РДВ-Медиа》—36 газет。這些報紙大多數採取以以一兩份母報為主要利潤的來源，其他報紙則主要以免費報紙形式向外發行，其中原因主要在於對於俄羅斯報社而言，稱為報紙生命的刊號基本上是以免費的形式發放給報社的，這樣免費的子報可以加強母報的知名度和與讀者的親和度，免費報紙成為老報社擴大影響的公開武器，同樣這也造成新興報紙在發展中的無形困難。儘管新興報紙同樣可以免費拿到刊號，但其報紙在讀者中的地位和形象可不是一時能夠馬上提高的。

另外一些發行量比較高的免費報紙包括：傳媒系統集團下屬的《Метро》（《地鐵報》）и《Телесреда》（《電訊環境報》）（Концерн《Системы масс-медиа》），超級媒體集團的《周圍地區報》《Округа》（ИД《Экстра М Медиа》），以及其他地區型報紙 так и региональные—《交易所專刊》《Биржа Плюс》（Н. Новгород），《我們的報紙》《Наша газета》（Екатеринбург）。

2005 年 1 月 4 日，美國《紐約時報》總部宣佈將投入 1650 萬美元到波士頓地區進行免費報紙的投放，《紐約時報》在進行免費報紙的投放時基本上已經得到很多大公司的廣告支援，這樣有大量廣告的免費《紐約時報》主要面對的是年輕讀者市場。2005 年 5 月英國《金融時報》也開始發行部分有大量廣告的免費報紙，在免費報紙中主要以最新新聞為主，評論較少。在義大利發行的免費報紙《地鐵報》（《Metro》）的發行量已經達到 80 萬份。根據世界報紙學會（WAN）的調查顯示，

---

6 http://www.moswed.ru/last_paper/p3.pdf

2004 年年齡 18 至 24 歲的年輕人中，只有 39%的年輕人有看報紙的習慣，另外按照美國報紙學會（NAA）2002 年的報告顯示，美國報紙讀者的老齡化趨勢已經非常的明顯。

對於俄羅斯報紙發展而言，真正的問題並不是讀者老齡化的問題，如何穩定提高報紙的廣告收入才是俄羅斯報紙面臨的首要問題，在蘇聯解體之後俄羅斯報紙就已經面臨了讀者老齡化的問題，在經過總統普京對於報紙治理之後，俄羅斯報紙結構已經變為中央和地方有機的結合，國有企業和政府的資本已經全面進入報紙內部，報紙無論是作為政府政策宣傳的工具還是文化的倡導者都是可以隨時做到的，但如何保持報紙自負盈虧才是政府、國有企業和報社內部面臨的主要問題。

如果但靠發行量和軟性廣告新聞來獲得廣告將會打亂現在已經形成的報紙內部運作的結構，因為這樣的給予廣告的單位元會借機來控制報紙版面的內容，以達到間接控制報紙內部的運作的目的，這樣如果俄羅斯的在遇到任何的政治危機的狀況，寡頭現象會再次光臨並控制整個俄羅斯的媒體，其中間接影響工具就是廣告。

五、經濟類報紙反應國家政策取向

普京總統在經過五年對媒體管理的規劃後，儘管報紙的總體運營模式開始比較清晰，那就是以中央管理為主，專業自律為輔，國外的經驗和資金在不影響政府基本運作的基礎上可以適當引進，並且在莫斯科地區還可以大量引進，只是對於俄羅斯大部分地區而言，國外媒體的資金還是不可以進入的。

在俄羅斯出現的新問題就在於報紙的內部活力不足，而且很多的俄羅斯學者認為現在俄羅斯報紙再次成為擁有部分特權的單位元，這種特權建立在當報紙執行了政府的行政命令之後就可以獲得來自於政府的某些「關照」，新聞不再成為報紙的主要買點，報紙的銷售開始依靠國家提供的方便。比如在報紙的訂購上，國家郵局會為部分報紙提供方便和實際的好處，郵局可以讓報紙的銷售面擴大，在很多城市實現快捷的訂閱，而且地方印刷廠也可實現中央報紙的地方版的就地印刷，在售報量提高後，報紙的廣告也會大幅提高。應該來講俄羅斯現在報紙運營已經結合了部分蘇聯模式，並且更加適應俄羅斯歐洲區的模式，這種模式可以說依法執行中央集權下的俄羅斯媒體模式，這種模式充滿了與西方國家的互動機制，西方國家隨時可以通過有效管道與普京進行交流，而報紙可以充分傳達來自中央政府的意見。這種模式帶來的另外一個問題就是很多俄羅斯的新聞媒體人認為這樣的模式使得報紙的實際質量和發行量無法有效提高報紙市場的活力。現在能夠稱得上有活力的報紙可能只有《機關報》（Ведомости）了，因為政府在對政治新聞進行控制之後，政論性的報紙和綜合類的報紙就很難取得大量的獨家新聞，另外俄羅斯民眾對於娛樂新聞並不是很熱衷，並且俄羅斯現在還有大量的人民演員等處於特殊階層演藝人員，媒體能夠找到的娛樂新聞非常有限。這樣經濟新聞成為媒體可以挖掘寶藏，

《機關報》的受眾結構：64%為男性讀者，36%為女性讀者，受眾群年齡為 25-34 歲之間，55%的讀者來自莫斯科市，7%來自聖彼德堡，6%來自獨聯體，5%為海外訂閱，訂閱範圍從遠東到俄羅斯西北地方。78%固定的訂閱群收入百萬盧布（按照 2005 年美元和盧布的匯率為 3.6 萬美元，接近 30 萬元）以上，另外 78%的讀者受過大學以上的教育，學者為 11%，學生為 8%。這些讀者當中只有 11%的讀者月收入低於 300 美元，23%的讀者月收入為 300-500 美元，34%的讀者收入為 500-1000 美元，32%的讀者收入超過 1000 美元。

很多學者認為俄羅斯報紙整體的質量和發行量增長的最好的標誌性的報紙是與美國《華爾街時報》合作發行的《機關報》，多數的俄羅斯讀者可以從《機關報》的新聞當中獲得比較多的經濟發展動向。這其中如何理解俄羅斯的經濟發展是在 2003 年《機關報》討論的重點，這場討論在俄羅斯的知識份子階層和經濟精英階層反響深大。其中俄羅斯的政治、經濟和媒體人精英們提出兩個問題：一是俄羅斯長久的經濟增長是否就是靠出口石油等其他能源而獲得，如果可以的話俄羅斯政府將如何分配這些經濟利潤，如果在社會上產生分配不公會重新引起俄羅斯公民對於國家的失望。二是俄羅斯的經濟是否會陷入蘇聯在 70 年代時在石油出口方面獲得大量的外匯後，馬上陷入能源價格低迷的 80 年代，而整個國家的經濟立刻陷入經濟困境而無法自拔，這時蘇聯在社會制度上長期保護公民的生存權力，而導致整體社會缺乏創新精神的弊端馬上顯現出來。

有關於俄羅斯經濟未來發展的評論在《機關報》裏非常多，應該說，俄羅斯在90年代所形成的政治的開放空間給2000年後經濟報導帶來了前所未有的新思維，2000 年之後，普京在縮緊俄羅斯整體的政治過度自由空間的同時並沒有對經濟報導和分析做出過多的干涉，這樣作為比較有權威性的經濟日報《機關報》就可以有比較多的經濟新聞來源，而政府中管理經濟的官員也願意通過經濟日報進行資訊和思維上的溝通。在這裏經濟類報紙的監督機制在官員和精英的溝通當中得到了體現，但經濟類報紙存在和發展的主要因素卻不是按照西方的第四權的概念執行的，而是建立在跨部門和跨階層溝通的工具的基礎之上，俄羅斯媒體在經濟新聞報導和發展方面基本上這是與西方的媒體發展思路完全不一樣的方式，其核心觀念與普京政府與國際關係發展的思路是相吻合的，那就是保護俄羅斯現存的自然資源，自然資源這應該是未來俄羅斯重新崛起的有力武器，而思想武器現在看來不是一時間能夠形成的。

第四節　俄政府宏觀調控與管理媒體成為必然

在普京總統執政以後，俄羅斯印刷傳媒開始走入正規，印刷傳媒的主要收入來源為發行量和廣告兩項，而之前印刷媒體所依靠的黃色新聞和黃色雜誌來擴大銷售量的手法已經漸漸被取代，傳媒獲利的方式同樣也改變了國家同傳媒的關係，傳媒則再次成為政府與民眾間政治協調的角色，政府同時還通過國家預算來平衡媒體在某些時候所出現的虧損，同時俄羅斯政府也意識到自己應當在預算中加入國家公關行為的資金投入，這些資金主要投入在媒體、政黨、群眾組織和基金會當中。

一、俄政府對於定期出版物進行支援

對於這一些，民眾同樣也是存在疑慮的，政府是否有能力、有效的使用這些資金。政府的想法就是，首先在憲法中體現出俄羅斯國家利益的多元性，在此基礎之上國家政府還要保障俄羅斯公民的自由，俄公民有獲得資訊的自由，此時政府與杜馬要通力合作，確認那些利益團體是涉及俄羅斯國家安全和利益的，這樣方便中央和地方同時監管這些利益團體在使用國家資金時的合法性，同樣政府還要鼓勵具有市場盈利可能

的利益團體的存在，儘管這些利益團體在某些場合並不一定與國家政策相吻合，但在多元化聲音存在的情況下，政府可以增加很多危機處理的能力，並且政府官員要時常與這些利益團體保持接觸。

如果政府官員始終保持一種思維模式的話，那就非常有可能使自己的工作方式變得非常僵硬，這儘管對於工作並無太大的影響，但對於國家來講，但對於國家來講卻是巨大的損失，損失的地方在於國家將會失去在民眾心目中的服務形象，失去民心之後，國家再想去挽救終究是一件非常難的事情。在此，俄羅斯現在存在著大量的社區報紙、城市報（或稱都市報）、藝術類報紙和專業評論報紙，這些報紙的影響力同樣是不可低估的，這些報紙在俄羅斯的發行量最少都在 3 千份以上。對於這些報紙，在 2005 年俄羅斯政府在預算中給予了 4 億 7 千萬盧布的資金支援，但這些報紙卻解決了很多問題，如小孩、青少年、殘疾人士、文化工作者和文學工作者的閱讀環境已經大為改善。這些資金的走向大致為購買紙張、印刷費、銷售和編輯費用，這些資金相對來講並不是很多，但由於這些資源很多都為國家資源，所以這些社區報紙、都市報、專業評論報紙所佔用的資金並不是很多，比如 220 個印刷報紙一年花費 3 千萬盧布，16 個稍微大型一點的報紙 1.7 億盧布。

在此有必要說明一下俄羅斯的都市報，在俄羅斯除了莫斯科和聖彼德堡的都市報是有大量的廣告來源，但在俄羅斯其他地方都市報幾乎沒有太多的廣告來源，因為在國家預算當中，有過半的預算是用於莫斯科和聖彼德堡，而且在國家稅收當中，莫斯科上繳過半的稅金，這使得俄羅斯的都市報的發行幾乎是賠本的，但俄羅斯整體的自然資源又都是在這些偏遠的地區，這些地區的民眾在不適應市場經濟的前提下，在蘇聯時期，國家是不計成本搞這些地區的都市報。在葉利欽時代，俄羅斯整體都充斥著所謂的市場經濟，這些地區在整體被忽視的情況之下，俄羅斯就出現了分裂的危機，比如俄羅斯遠東地區、新西伯力亞等地區就有分裂的危險，所以發行這些地方的都市報就成為政府的責任，這是不可逃避的責任。

按照 1995 年 11 月 24 日通過的聯邦法第№ 177-ФЗ《關於經濟手段支援地區報紙的規定》，2000 年到 2004 年俄羅斯政府向境內的中小城市內的都市報投入 1.7 億盧布，其中 2001 年投入 2.35 億盧布，而且這些資金都是現金支付，印刷用紙和印刷設備的使用都是低價，這些都是根據聯邦法第 425 條《國家支援地區和都市報的規定》執行的。對此俄羅斯新聞學者還在討論國家存在這筆預算是否合理，而預算的分配是按照資源的分佈還是按照人口的分佈呢？而政府又如何建立處理這些新聞的標準，實事上，莫斯科國立大學新聞系的學者並沒有建立這方面標準的研究，這時的報紙是否還要傳達政府的聲音呢？現如今在世界整體資源的價格都上漲的情況下，俄羅斯很多邊遠地區的城市居民有一部分已經變得比較富裕，那麼如何利用這些地方的地方預算來發展地方媒體呢？還是把地方媒體進行股份化，讓這些地方企業來購買媒體的股份。比如在亞馬拉（Ямало-Ненецк）地區就有部分的媒體進行了股份化，這期間已經有 3.9 億盧布的資金注入到媒體，而當時預計會有 5.1 千萬盧布的資金會來入股。這樣就迫使俄羅斯政府在 2006 年 1 月 1 日出臺聯邦法第№ 131-ФЗ《關於俄羅斯聯邦地方媒體行為準則的規定》(《Об общих принципах организации местного самоуправления в Российской Федерации》)。

二、俄政府建立媒體的國際戰略功能

2000 年美國經濟逐漸從高科技經濟發展模式變為資源型經濟為主要經濟增長點的模式，這樣使得普京接任俄羅斯總統之後，俄羅斯經濟進入良性發展的階段，俄羅斯對外的出口也以石油等資源型產品為主，做為國家經濟晴雨錶的媒體同樣得到了非常龐大的資金，對於媒體的資金管理成為俄羅斯政府部門管理媒體最主要的任務之一，在管理媒體的過程當中存在於蘇聯時期的財會管理方法成為一種行之有效的手段。這種管理方式在某種程度上還是一種垂直式的管理方式，但這種方式與蘇聯時期的管理方式有非常大的不同，最大的區別在於國家定期出版物協會（ГИПП，全稱為：Гильдия издателей периодической печати）的有效管理。

在這裏必需要指出的是，普京在管理媒體和其他需要一定程度多元化的企業時，經常會把我們認為比較鬆散的民間組織政府化，從而對這些民間組織能夠在不影響新聞自由的前提下進行有效的管理。俄羅斯出版署、俄羅斯定期出版物出版者聯合會、定期出版物發行學會、媒體市場協會、俄羅斯印刷協會、俄羅斯傳播學會的學者認為，俄羅斯媒體在經過十多年的發展之後，形式上是不存在國家新聞檢查機關。至於說俄羅斯媒體人口中的新聞壓力一般可以分為兩種情況：一種是印刷媒體為了追求自身的利益而與很多的政治團體和商業集團掛鉤，這使得媒體的報導本身就欠缺公正性，如果此時任何來自政府的指導性意見都會被認為是干涉或者說是打壓。另一種就是媒體內部組織起來的檢查，這種檢查來自媒體老闆本身，應該指出這種現象不僅存在於俄羅斯，同樣在世界各國都存在。

當時俄羅斯的新聞學者和政府官員對此還不十分理解，後來在俄羅斯聯邦政府通過的非常有理想性但又行不通的新聞法之後的十年間，俄羅斯學者發現傳媒同樣存在威權的管理，這也是媒體老闆需要的，試想如果每個新聞記者都可以隨便報導自認為正確的消息，那麼，如果該條新聞出現任何問題的話，最後承擔後果的一定是該媒體，媒體老闆此時一定是一個協調的角色，媒體老闆在最關鍵的時刻與政府或者企業達成口頭的協定。完全理想性的媒體是不存在的，而媒體人與學者應該通過共同的實踐達到理想與現實的結合，這是俄羅斯媒體人和學者現階段的任務。

俄羅斯學者另外還認為蘇聯媒體的發展已經成為過去，現在俄羅斯正在發展自我約束的媒體發展形式，政府儘量不幹預。在印刷媒體方面俄羅斯應該有自己的權威報導，並在世界發聲，蘇聯媒體在發展過程當中只有政府的聲音，而權威的報導和觀點沒有在媒體上出現，這使得蘇聯媒體在與歐洲和美國媒體的比較當中趨於弱勢。筆者認為俄羅斯學者的觀點只有部分正確，而且在某些方面來講，這是俄羅斯學者再次用「赫魯雪夫式」的批判來檢討蘇聯媒體問題的簡單論述。如果俄羅斯媒體發展脫離蘇聯問題的討論的話，俄羅斯現在媒體人和政府取得的成就變得沒有任何的意義，因為現在俄羅斯並沒有發展出具有自己特色的媒體，充其量俄羅斯現在媒體的形式是一部分西方特色、一部分蘇聯特色，俄羅斯在與歐洲接軌上採用了部分的西方特色，在保護國家安全和資源上則採用了蘇聯模式（即國有模式），現在只是俄羅斯媒體發展中的過渡階段，應該說俄羅斯媒體人和學者對於未來俄羅斯媒體發展的方向還沒有確認。

反倒是筆者認為在意識形態方面，俄羅斯可以全面借鑒蘇聯模式，儘管在經濟發展方面俄羅斯可以採用市場經濟的模式，這是因為俄羅斯經濟發展中可以應用自己的資源優勢，反之，如果採用國家計劃經濟的話，俄羅斯由於自身的地緣政治的範圍非常廣泛，政府非常有可能利用龐大的資源來全面發展軍事，這就會使得俄羅斯陷入沙皇俄羅斯和蘇聯時期的老問題：那就是國家越強大，內部的問題就越多，直到最後變成難以解決的問題。沙皇俄羅斯和蘇聯既然解體了兩次，那就表示這種路子是行不通的。媒體蘇聯模式的優勢就在於俄羅斯在戰略利益上可以縱深發展。而俄羅斯在經濟上採取市場經濟的模式，這將使俄羅斯整體的門戶處於開放的狀態，如果俄羅斯陷入金融危機或者說經濟劣勢，在西方經濟和媒體的全面進攻之下，俄羅斯將會處於分裂的邊緣，如果真是這樣發展的話，這正是西方所希望看到的結果。俄羅斯的部分學者還天真的認為西方是不願看到分裂的俄羅斯，理由是分裂的俄羅斯會增添世界格局整體的不安全性，且屆時俄羅斯的核武器將會向西方口中的所謂的不安全國家流失。但實事上，西方國家在接手東歐國家、波羅地海三小國加入北約，以及烏克蘭和高加索國家將會加入北約的情況之下，可想而知，西方國家對於接手分裂的俄羅斯是非常有信心的。

對此，這就涉及到國際政治學中的一個概念—「穩定體系」（stable system），穩定的體系就是國際間如何保持該體系的穩定性和基本特徵，避免任何一個國家支配該體系，同時能保證該體系成員的生存，並能夠防止大規模戰爭爆發的國際體系[7]。穩定的國際體系能夠進行自我管理，從而有能力抵消危及其生存的壓力，國際體系的維繫很大程度上取決於主要成員國所認同的解決糾紛的程式。在冷戰時期，國際體系基本上是穩定的，權力與軍事都高度集中在美蘇兩個國家，由此而形成簡單的兩級結構。這兩個超級大國都按照自保的本能而採取行動，不斷尋求在各種實力要素上維持均勢的可能，其中包括軍事和技術力量。要防止對手的進攻，軍事實力是最有效的威懾手段[8]。

---

[7] John Lewis Gaddis,“The Long Peace:Inquires into the History of the Cold War”,New York: Oxford University Press,1987,P218.

[8] Kenneth N.Waltz，“International Structure,National Force,and the Balance of World Power”,Journal of International Affairs,XXI,1967,P220.

穩定（stability）意味著在國際體系中大國間不發生大規模戰爭。但是穩定性僅僅是指沒有大規模的戰爭和不存在嚴重威脅全球和平的力量嗎？在冷戰時期，兩個超級大國很多時間都處於戰爭邊緣，但卻最終沒有走上戰爭的實事表明，核威脅所起的約束作用要遠大於國際體系的兩極作用。在蘇聯解體之後，國際體系中的另外一個概念就變得格外突出，那就是「地區子系統」。美國學者路易士・坎托裏（Louis Cantori）和斯蒂芬・施皮革爾（Steven Spiegel）[9]認為，區域子系統包括一個或兩個以上區域相鄰的相互影響的國家，他們擁有相同的的種族、語言、文化、社會和歷史等方面的聯繫，處於子系統以外的國家的行動或者態度會增強這些國家的身份認同感。

子系統可由四個變數來描述：1.內聚力的性質和強弱程度，或者不同政治實體的相似互補性和程度以及他們之間的相互作用的程度。2.該地區內部的交往性質。3.子系統中權力的強弱程度。在這裏權力的定義是：為了使雙方的政策保持一致，一個國家改變另一個國家內部決策過程現有的和潛在的能力和意願。4.該地區內的關係結構。

在蘇聯解體之後，美國成為唯一的超級大國，這樣研究國際體系的單極理論就成為美國的主流，美國學者威廉・沃爾福斯（William C. Wohlforth）認為，單極體系是這樣一種結構，其中單極強國的力量是如此強大，以至於任何其他國家的聯合體都無法與之抗衡。因此，沃爾福斯斷定，在未來的一段時間內，國際體系都將維持明確的單極格局，美國擁有強大的力量，沒有國家將可能挑戰它的霸權領導地位，就像北約在東歐和南歐的行動中一樣，美國可以在安全組織內採取果斷行動來管理地區衝突，並限制這些地區向其他地區散播影響力。在 21 世紀初的衝突將會被控制在最低限度，衝突將會主要發生在民族問題和國內問題突出的國家內[10]。

在俄羅斯內部，由於在經濟發展上東西部存在著嚴重的不平衡狀態，且俄羅斯大部分資源都在東部，這樣在美國學者的眼裏，俄羅斯內

---

[9] Louis J Cantori, Steven L Spiegel,The International Politics of Regions: A Comparative Approch,Englewood Cliffs,NJ:Prentice Hall,1970,P607.

[10] William C. Wohlforth,“The Stability of a Unipolar World”, International security, summer 1999.

部完全有可能成為由若干地區組成的子系統，而且這些子系統的組成部分可以單獨存在。這在俄羅斯戰略佈局上是完全不允許的，但俄羅斯已經不存在自己的戰略同盟者。儘管美國在實施任何一項戰爭幹預時，並沒有聯合國的授權，但美國卻有自己的戰略同盟者。這樣擺在俄羅斯面前的只有進入美國的戰略佈局裏的一條路。此時，俄羅斯有必要在自己的內部擴充空間，在這裏媒體充當一個平衡的角色。比如美國施行立法、行政、司法的三權分立，但在有外敵或者共同敵人的時候，美國所有權力是一致對外的，美國媒體平時宣傳所倡導的民主自由精神所剩無幾。在對外方面，俄羅斯媒體應當扮演黑臉，而經濟改革應當扮演百臉，此時的關鍵點在於媒體應當使民眾感到充分的資訊自由，並來解決社會生活中所遇到的問題和困難，經濟改革應當使民眾受益並改善自身的生活，這樣才會使蘇聯解體後的俄羅斯面臨的劣勢有所改變。

三、普京建立與媒體管理高層直接溝通模式

俄羅斯很多的媒體人和學者就公開指出，現在俄羅斯媒體最大的問題就在於媒體如何進行市場化管理與營運。媒體職業出版社總經理阿克波夫（ИД《Проф-медиа》Р.Акопов）就指出，俄羅斯報紙市場尚未成型，而市場化的先決條件並不存在（газетный рынок в России сильно деформирован и предпосылок для его рыночного развития не существует），這其中最主要的原因就在於現在俄羅斯的報紙系統有90%的資金都來源於政府系統和依賴政府的個人投資者，這些投資者通常比較關心報紙在資金運用上是否能夠取得政府的支援，這其中出版單位和印刷廠成為報紙主要關注的單位，俄羅斯報業機構現在很少制定非常詳盡的未來發展計畫，對於報紙資金的管理計畫也很少涉及。比如除莫斯科和莫斯科州地區大約有 130 家免費的報紙，這些免費報紙印刷量為 400 萬份，阿克波夫認為這是對於莫斯科報紙市場的破壞，這些缺乏管理的免費報紙會害死位於首都的報紙市場。

自從普京執政以來，始終關心媒體如何報導國家的危機處理方式，因為俄羅斯最大的危機問題首先指的就是車臣問題，車臣問題關乎俄羅斯國家主權完整的問題，其次是國家石油戰略問題，再來就是社會安全與經濟秩序。因此車臣問題成為了俄政府的芒刺。許多西方國家都拿車

臣問題來對俄羅斯國家發展政策進行干涉，這個現象在葉利欽執政時期特別明顯，而普京對於西方干涉車臣問題則表現出絕對強硬的態度。普京對於影響國家利益與國家安全的重大事件的報導，秉持媒體必須協助政府行動體現救人與公民生命安全第一的原則。對此，媒體與政府的立場應該是保持一致的。這一點原則可以反應在別斯蘭人質事件的報導立場上。

2004 年 9 月 1 日，在俄羅斯別斯蘭爆發了舉世震驚的人質事件。對於俄羅斯而言，車臣問題是國家安全問題的最大障礙。普京於 2000 年當選總統之後，把解決車臣問題與愛國主義捆綁在一起，從這個角度出發來看，普京對媒體管理的中心思想就是絕對的愛國主義，這一道禁區界線不論是國家政府的官方媒體或是私有商業的民營媒體都不能任意跨過的。況且就目前俄羅斯的媒體資源結構分配而言，普京政府對於廣播電視所需的發射塔與頻波等資源以及印刷媒體所需的新聞紙和印刷廠等資源都有嚴格的政策限制，因此民營媒體基本上已經在先天上失去了發展的前提條件。2004 年 9 月 24 日，普京在莫斯科全球通訊社大會開幕會上發表演說，表達了對新聞自由的看法。普京認為，在全球恐怖主義威脅的情況下，媒體不應該只是旁觀者，我們不能漠視恐怖分子利用媒體與民主加強心理與資訊壓力的詭計。

對於別斯蘭事件，俄羅斯媒體工會還緊急在 9 月 1 日發表聲明，希望媒體能夠遵守兩年前媒體聯合簽署的反恐公約，並重申「在發生極端事件時，救人與保護生命的人權要先於任何其他權利與言論自由」。無獨有偶，當天俄羅斯三家中央聯邦級電視臺第一電視臺、俄羅斯國家電視臺和獨立電視臺全部低調報導這一事件。其中獨立電視臺當日也取消一檔由索羅維耶夫主持的「接近屏障」脫口秀節目，節目原本要討論北奧塞梯恐怖事件，開播前好幾位受邀訪談的來賓都在攝影棚內到齊了，但臨近拍攝時，主持人突然接獲電視臺主管指示，公開說明根據節目製作人列文與總經理庫李斯堅科的要求，決定取消節目的錄製工作。第一電視臺消息新聞欄目的資訊部門副總經理列文科認為，俄羅斯媒體應當承擔起保護國家電視臺名譽的義務，俄羅斯現在正在處於非常時期，如果電視臺要確定一些消息來源，媒體此時還要向反恐怖總部確定一些有爭議性的消息，如：人質的人數、恐怖分子的實質要求，俄羅斯媒體此時的要求是否恰當，是否會影響解決人質問題的進程，媒體與政府還沒有經驗，不過處理危機的官員應該要主動向記者公佈確切的消息，這樣記者就不會在危機事件中憑空揣測。對於外界認為俄媒體受到政權的壓力，他認為，他自己沒有感覺有來自政權的壓力，只感覺媒體人要自律的堅持，但媒體如何自律及自律的程度是不好掌握的。

21 世紀的俄羅斯媒體正式從寡頭媒體的商業化時代進入了中央聯邦級媒體的國家化時代，國家政府派媒體戰勝了自由民主派媒體，成為 21 世紀初期俄羅斯媒體的主流。俄羅斯主要的電視媒體的新聞政策與幾家大報的新聞政策必須不能有損俄羅斯的國家利益，普京的對外政策與反恐政策也必須由媒體來護航宣傳。對於別斯蘭這一緊急突發事件，俄羅斯總統普京、媒體工會和電視臺之間已經建立一套可以執行的危機新聞報導理論。電視媒體在這次危機事件中的報導原則基本上與政府所希望的低調處理保持一致。這與原蘇聯時代黨與政府直接以行政命令控制媒體不同的是反應在媒體執行中央政策的效率上，例如：普京直接認命專業媒體人杜博羅傑耶夫擔任全俄羅斯國家電視廣播公司集團的總裁，直接與總統保持溝通。無獨有偶，俄媒體工會的領導階層的成員也經常接受普京總統的召見，這種媒體與執政者的直接溝通模式，強化了俄羅斯媒體在執行總統意願和維護國家利益方面達到非常高的效率。這種媒體高層與總統直接溝通模式可以反應在別斯蘭事件中三間聯邦中央級電視臺低調處理新聞的態度上。

資金來源市政府管理與媒體生存的聯繫鈕帶。至於俄羅斯日報市場中資金的來源主要是政府資金或是與個人資本向政府靠攏的金融工業集團，但政府資金更具有多樣性，因為政府可以通過行政權取得最大股東的身份，同樣可以通過行業協會或相關的記者協會進行資金的管理工作，同時對於記者的報導行為進行平時的訓練工作，這樣有利於政府有相關的政策要向下進行。在蘇聯時期政府可以通過黨務系統向下傳達，但在蘇聯解體之後黨務系統消失，做為俄羅斯總統的普京本身就是無黨派，俄羅斯政黨的較量大部分都集中在國家杜馬，在葉利欽時期媒體與總統的聯繫就是一個非常大的問題。

政府如何與媒體建立溝通聯繫成為了蘇聯解體以後葉利欽總統與普京總統的新任務。1995 年俄羅斯總統大選前，前總統葉利欽曾經設想形成一種總統—寡頭—媒體的三者互動的模式，寡頭主要負責媒體的管理和資金來源的問題，並在大問題上支援總統或政府的政策，但問題在於俄羅斯經濟發展一直處於低迷狀態，寡頭很難從媒體的經營當中獲得利潤，寡頭對於媒體的投入是沒有回報的，這樣寡頭只能從媒體和政府的政治利益的交換當中獲得利潤，最後在 1996 年之後形成寡頭—媒體互動良好，兩者並相互配合來挾持總統，並以新聞自由或者市場經濟的理論讓總統配合兩者的行動，1997 年俄羅斯已經形成以寡頭為中心的政治、經濟形態，對於已經有幾百年歷史的沙俄和 80 年歷史蘇聯的中央集權國家來講這是對於政府最大的挑戰。

普京的媒體管理模式

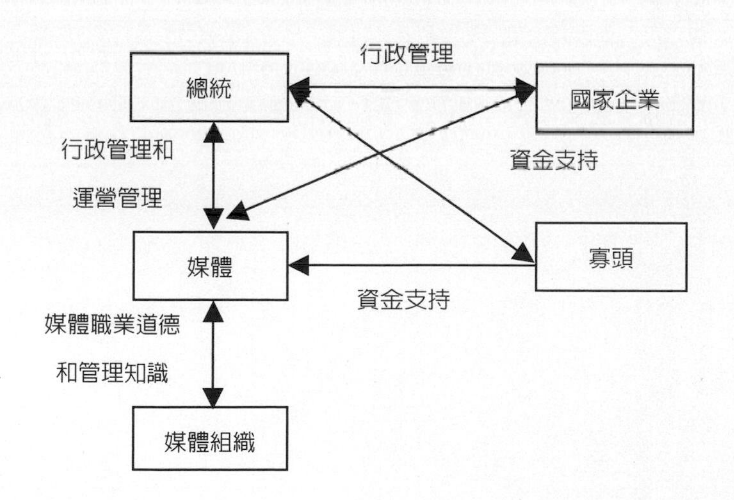

現今俄羅斯總統和媒體寡頭與媒體的互動模式已經有了巨大的改變，俄羅斯金融和企業寡頭對於媒體的影響基本上已經限制在資金的層面上，而對於媒體的管理和政府政策執行已經變為總統和國有企業的責任，在這裏值得指出的是，這在形式上是與蘇聯的媒體管理模式是非常相似的，但對於依法治國起家的普京來講，如果片面的恢復蘇聯的模式那就會意味著走回頭路的危險，普京所面臨俄羅斯民眾和歐洲國家方面的壓力會非常大，歐洲國家會通過歐盟等相關的國家進行一定的干涉，因而普京對於媒體的管理則開始了多樣化的進程，俄羅斯國有企業介入其中，但畢竟媒體人和企業之間畢竟沒有太多的共同語言，因而普京再次發揮了媒體組織的作用。在俄羅斯有兩個媒體組織有較大的影響力，一個為新聞記者工會，另一個為捍衛公開性的保護記者基金會。新聞記者工會是蘇聯時期就成立的記者組織，比較能夠理解來自政府的政策，而保護記者基金會則很大程度有美國的資金在支援，現在看來，保護記者基金會的主要職能在於用西方國家習慣的語言向西方國家解釋俄羅斯媒體發展的方向，儘管在某些方面保護記者基金會的語言在政府聽起來是非常刺耳的，但保護記者基金會在總體的十多年的發展過程當中還是成為俄羅斯和美國進行溝通的媒體組織橋樑。

第二章

俄羅斯廣播電視發展進程與體制改革

當前世界廣播電視的體制大致可粗分為三種：私營商業制、公共服務制和國有國營制。1991 年蘇聯解體，俄羅斯媒體經過七年的自由發展之後，最終在葉利欽執政的末期與普京執政的前兩年，即 1999 年至 2002 年期間，俄羅斯聯邦電視媒體最終以符合自身國情的「國家所有公共服務體制」的新型管理形式出現。2004 年普京確定連任之後，同年 8 月頒佈了總統令，確定將文化與廣播電視產業合併，成立文化與大眾傳播部，確定了廣播電視文化方向的定位之後，廣電的管理結構也有所調整。

俄羅斯政府對於 21 世紀電子媒介環境的總體設想，反映在跨媒體的「國家所有公共服務體制」的形成，這個概念始於俄羅斯前總統葉利欽執政的後半階段。1997 年 8 月 25 日，葉利欽頒佈總統令《全俄國家電視廣播公司的問題》，1998 年 5 月 8 日，葉利欽又簽署總統令《關於完善國家電子媒體的工作》，葉利欽以總統令的方式宣佈以俄羅斯國家電視臺為基礎，成立以國家股份為基礎的跨媒體國家壟斷集團《全俄羅斯國家廣播電視公司》，在原有的《全俄羅斯國家廣播電視公司》的名義之下擴大規模，這一國家媒體的勢力範圍包括俄羅斯國家電視臺、俄羅斯通訊社新聞及遍及八十八個行政區、自治共和國的地方電視、技術轉播中心。這一總統令的頒佈表示，俄羅斯聯邦政府已經開始逐漸收回自前蘇聯解體之後各大電視臺獲得新聞自由權，同時中央與地方共同建設新聞媒體的構想已經逐漸形成，至於其他出現在 90 年代的商業型電視臺的如：獨立電視臺、第六電視臺等等，那只是對於國家媒體的有益的補充，並且進一步在普京執政時期，政府完成了商業媒體國家化的重組工作。

20 世紀的 90 年代，在俄羅斯從計劃經濟向市場經濟轉型的過程中，電視行業的變化最引人注目。按照俄羅斯傳媒法的規定，電視播出所必需的許可證必須由全俄羅斯廣播電視委員會頒發，電視許可證是每一年都需要審核一次，如果電視臺沒來得及申請的話，許可證會自動延長一年。自葉利欽執政之後，各大電視臺對於許可證的審核過程都持懷疑的態度，認為傳媒法對於許可證的要求過於寬泛，而使得該項法律都需要依靠全俄羅斯廣播電視委員會來進行具體的解釋與操作。1996 年，該項法案的修正案提交到議會下議院杜馬，但該項法案至今還在杜馬中討論，爭論的焦點就在於：電視節目在轉播過程中會用到屬於國家財產的電視塔，因而國營與私營的電視臺應當保證國家的機密不被洩露，電視臺經營許可證只是一種手段。全俄羅斯國家廣播電視公司就控制著電視塔的發射權力，也等於間接影響電視許可證的發放或延續。這個權力在普京 2000 年執政之後被更加實際地控制住。

俄羅斯後期形成的電視節目都採取主播制與主持人至上的經營策略，但在各大電視臺都有一條不成文的規定就是：主持人有必要在節目播出的前一段時間內，將自己講話的書面文字向全俄廣播電視公司提交，這樣國家對各黨派就自然形成了一道無形的新聞檢查屏障，但全俄廣播電視公司對於合資、個人、國家的電視臺有著不同的要求，對於合資與個人電視臺中側重提高電視收視率的節目一般都會放鬆要求，這是為了照顧這些電視臺自身的商業性利益，但對於俄羅斯國家電視臺卻有著獨特的要求，如俄羅斯國家電視臺必須在每個星期下午定時播出一個小時的「國會」節目，國家政府對此有一定的補助款。自普京執政以來，俄羅斯電視業的發展基本上以國家媒體居主導地位，個人電視臺或莫斯科市政府電視臺則以豐富社會生活為主，而炒作政府醜聞為賣點的新聞製作方式一般會被禁止掉。

第一節　俄羅斯廣播電視業的發展進程

俄羅斯的廣播電視業在一連串命令與法規出臺後開始發生變化。蘇俄政治體制的轉軌帶動了廣電媒體的快速發展。1989 年 7 月 14 日，蘇共總書記戈巴契夫發佈《關於電視廣播民主化的命令》，1990 年 7 月，俄羅斯國家電視廣播公司宣佈成立。1991 年 2 月 8 日，戈巴契夫發佈命令，成立全蘇國家電視廣播公司，以此來取代原國家電視廣播委員會。1991 年 8 月，蘇聯解體，同年 12 月，俄羅斯聯邦通過《大眾傳播媒體法》。廣電業的管理結構在 90 年代出現變化。自蘇聯解體之後，俄羅斯境內出現了大約 75 個電視中心與獨立攝影棚，之前這些電視中心與獨立攝影棚基本上都與前蘇聯的國家電視一台有著密切或繼承的關係。前蘇聯的國家電視一台的部分資產主要分佈在烏克蘭、白俄羅斯、哈薩克斯坦等加盟共和國，其他的獨聯體國家及波羅的海三國只得到其中的一小部分，俄羅斯聯邦的 89 個行政區及共和國並不是都有自己的電視中心。俄羅斯境內媒體的發展還經歷了東、西不平衡發展的階段，據公開基金會統計顯示，1993 年在俄羅斯境內已經出現了近千家電視攝影棚及組織，這其中近百分之七十在莫斯科及聖彼德堡地區。這些私有化的攝影棚既協助所在的電視臺向商業化轉型，又為電視臺提供管理人才，如第一電視臺已故台長裏斯季耶夫就是電視私有公司的總經理、主持人出身。

一、私有商業電視臺相繼出現

俄羅斯第一批私有商業電視頻道是從 1991 年開始發展起來的，由於私有電視臺缺少控制及吸引外國資金的投入，使得私有電視臺開始了蓬勃發展的階段，特別是在有線及衛星電視方面私有電視臺都有不錯的表現。俄羅斯聯邦是整個歐洲地區擁有有線電視和衛星接收碟形天線安裝率最低的國家之一。1995 年俄羅斯歐洲部分有不超過 16%的家庭安裝了有線或者是衛星電視接收碟形天線。儘管如此，有線電視已經開始蓬勃發展，在一些城市，每天收看有線電視的觀眾占 30%~40%（這裏主要是指莫斯科市），這與主要國家級電視臺的市場佔有率相近[1]。在衛星電視方面，德國各州廣播電視聯播、法國 TF1 台和美國有線新聞網等頻道通過歐洲通訊衛星、太空衛星和國際通訊衛星全天播放節目，基本上歐洲的衛星電視開始進行全面的融合，因此歐洲整體的廣告市場也有了較大的發展，1994 年，歐洲各國在俄羅斯電視臺的廣告市場投放了 10 億多美金。

1993 年之後，私有頻道如第六電視臺和 2×2 電視臺都在不同程度上受到了特定觀眾的歡迎，尤其是年輕族群。2×2 電視臺是俄羅斯最早實行商業化的電視頻道，它是與超級頻道合作建立的，主要播放美國哥

---

[1] 《轉變》（華盛頓），開放媒體研究所公共民意調查部，1996 年 4 月 19 日，第 16 頁。

倫比亞廣播公司提供的配有英語新聞的音樂電視節目，BBC 也向該電視臺提供自製的俄語新聞快報，後來莫斯科市政府對該電視臺進行投資並進行內部的重組。第六電視臺則是 1993 年 1 月 1 日由美國媒體人特德・特納與其俄羅斯合作夥伴金融寡頭別列佐夫斯基共同建立起來的，該電視臺通過衛星和有線系統播放有線新聞快報、兒童節目和故事片。1993 年，莫斯科第六電視臺與獨立電視臺的正式開播為俄羅斯當時的電視媒體結構帶來了多元化的新氣象。任教於莫大新聞系且曾參加衛國戰爭的元老級教 AЯ.尤洛夫斯基認為，這兩大電視臺為非國家性、新形式性、獨立性的電視臺，但這兩大電視臺的立台風格卻截然不同。第六電視臺以娛樂性的節目取勝，其中最著名的是由一些著名笑星組成的娛樂性節目，還有一個以各地觀眾提供的錄影素材而形成的《我的攝影機》節目，在當時興起一股家庭攝像的風潮，同時帶動了攝影機銷售的業務。獨立電視臺的新聞做得很出色，依賴「總結周評」與「今日新聞」兩大強檔新聞節目來吸引觀眾，到 1997 年，「今日新聞」已經網羅住全俄羅斯最好的新聞記者。

獨立電視臺創建於 1993 年 7 月 14 日，是全俄羅斯最大的商業電視臺，2000 年後逐漸由聯邦國有企業擁有控股所有權。獨立電視臺的收視群為 1.17 億人，節目信號的發射範圍為全俄羅斯，獨立電視臺還有部分信號可以被獨聯體、中東和美加等國家和地區收到。獨立電視臺的記者和編輯多次獲得由俄羅斯電視科學院（Российская Академия Телевидения）頒發的待飛電視大獎。獨立電視臺分別在獨聯體國家、紐約、倫敦、柏林、布魯塞爾設有記者站。據莫大新聞系教授庫茲尼佐夫介紹，獨立電視臺的新聞記者基本薪資已經達到一千五百美元左右，當然俄羅斯在 1998 年經歷經濟危機之後，新聞記者的薪資已有所下降。報紙記者的工資與電視記者相比差距很大，因為俄羅斯很多的報紙在宣傳手法上及記者的寫作方式上都顯得比較老舊，但其中最重要的因素之一是，在總統大選期間，電視的助選效果要遠遠高於平面媒體，例如在 1996 年的總統大選期間，親葉利欽的獨立電視臺與社會電視臺，曾經在短短的三個月期間，連續播送前蘇聯在史達林統治階段的肅反鏡頭，這確實對於當時的中間選民有著相當的震撼效果。儘管當時各行各業的中間選民對於俄羅斯聯邦的建設感到不滿，但更多的是對如果葉利

奧斯坦丁電視中心

欽政權被取代後的不確定感，因而多數的中間選民只好選擇葉利欽繼續執政。

1993 年 12 月 22 日，總統葉利欽簽署關於獨立電視臺可以佔用第四頻道的部分資源和該頻道成為每日播出 18 小時的總統令（Указ о передаче телекомпании НТВ четвертого частотного канала и сети его распространения ежедневно с 18 часов）。1994 年 1 月 17 日，獨立電視臺開始在第四頻道正式播出節目。1996 年 11 月 11 日，獨立電視臺根據 1996 年 9 月 20 日總統令（указ Президента РФ от 20.09.96）開始獨佔第四頻道的資源。1997 年 1 月 1 日，獨立電視臺開始在西歐、中東和西非的國家發送信號。1998 年 1 月 21 日，按照關於完善俄羅斯廣播與電視的發展的總統令（Указ《О совершенствовании телерадиовещания в РФ》），獨立電視臺成為全俄羅斯都可以發射信號的電視公司。2001 年 9 月 11 日，獨立電視臺的記者巴度伯洛車夫（Алексей Поборцев）獲得總統授予的祖國服務二等勳章（"За заслуги перед Отечеством" 2-ой степени），獲獎作品為新聞紀錄片為：來自阿爾貢地區的炮火。2002 年 9 月 25 日，獨立電視臺的世界頻道開始在美國播出。2002 年 11 月 5 日，獨立電視臺的世界頻道開始在澳大利亞播出。2003 年 10 月 10 日，獨立電視臺以全俄羅斯最大的商業電視臺再次登記。2005 年俄羅斯國有企業對於獨立電視臺的投資主要集中在傳輸設備的更新和擴大攝影棚上。

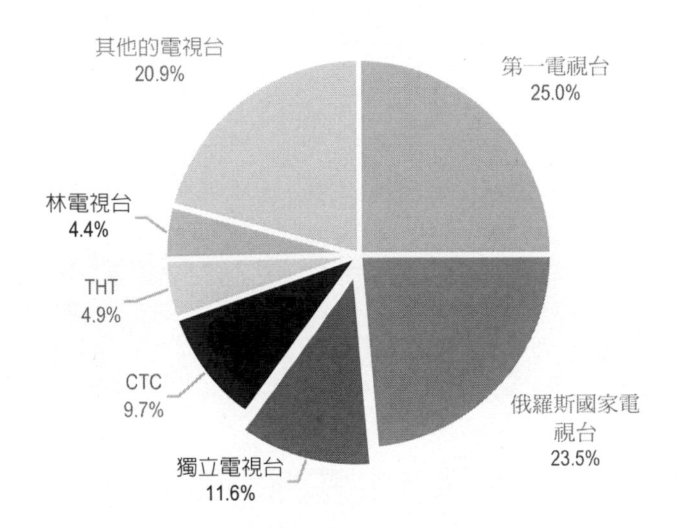

2004 年俄羅斯電視臺收視率的調查

二、第一電視臺歷經重組發展

俄羅斯第一電視臺重建於 1995 年 4 月 1 日，第一電視臺佔用的頻道資源是國家奧斯坦基諾廣播電視臺（государственной телерадиокомпании "Останкино"）的頻道資源，而國家奧斯坦基諾廣播電視臺的前身就是蘇聯中央電視臺。1995 年 4 月 1 日俄羅斯第一電視臺奧斯坦基諾電視臺進行了人員及股份的重組，電視臺的名字也變為社會電視臺，但在俄語來講都是 OPT（ORTV），社會電視臺（現為第一電視臺）中國家占股份的 51%，其他股份主要由各大商業銀行及公司佔有，第一電視臺共有員工一千三百人，電視臺在全俄羅斯共有 31 個記者站，全俄羅斯共分為五個轉播區，99%的人可以收看到社會電視臺的節目，同時社會電視臺可以通過莫斯科—環球衛星轉播將電視節目發射到各大洲尤其是東、西歐及中東各國。社會電視臺主要有新聞、新聞分析及各節目部門製作的節目（如在每年的新年的時候電視臺一定會轉播自己主辦的新年晚會，俄羅斯最大的廣告節目製作公司《俄羅斯規劃》)，該電視臺的製作《景象》、《A 電視》、《階層》也是家喻戶曉，《景象》一般會比較關注中國的歷史及現今的發展情況。

第一電視臺的發射範圍

第一電視臺的攝影棚

第一電視臺覆蓋範圍是整個俄羅斯聯邦，有 98%的俄羅斯受眾可以使用無線的方式收看到第一電視臺，第一電視臺的總經理為著名記者裏斯季耶夫（Владислав Листьев）。裏斯季耶夫現在已經去世，他是在蘇聯解體之後因報導俄羅斯馬匪經濟而被暗殺的有最高職務的媒體人。裏斯季耶夫畢業於俄羅斯國際體育學校（школу-интернат спортивного профиля），曾在斯巴達克體育文化中心工作過，後在蘇聯部隊服役，最後畢業於莫斯科國立大學新聞系（факультет журналистики МГУ）。1982 年成為蘇聯國家電臺（Гостелерадио СССР）的編輯，1987 年後在蘇聯中央電視臺新節目視點（"Взгляд"）、田野奇跡（"Поле Чудес"）和主題（"Тема"）節目中相繼擔任主持人。1991 年，成為了景象電視公司（телекомпания "Вид"）的總製片（стал генеральным продюсером）。1995 年 3 月 1 日晚上在家門口的樓道中被兩名歹徒持槍射殺。最後俄羅斯總檢查院院長在審查完該案件之後，在卷宗上的總結語為：裏斯季耶夫案沒有被告，偵查將持續進行（обвиняемых в деле Листьева нет, следствие продолжается）。

景象電視公司（телекомпании "Вид"）電視公司成立於 1990 年 9 月，該公司是一家私人電視公司，它的節目「景象」在第一電視臺每晚播出，現在每年該公司製作的節目在電視臺播出的時間已經超過 500 小時，公司擁有的記者和製作群超過 700 人，現在公司製作的節目主要有：亞庫波維奇主持的田野奇跡（"Поле чудес" с Леонидом Якубовичем），該節目是一個金錢遊戲，只要來賓猜中主持人所提問的問題就可以獲得任何自己想要的獎品，最大的獎品經常是一輛進口的汽車。主持人亞庫波維奇是一位大鬍子老人家，來賓還經常在節目中送自己家鄉特產給主持人，節目開播已經十幾年，並深受觀眾的喜愛；克雷洛夫主持的「不留痕跡」（Непутевые заметки" с Дмитрием Крыловым）；科瓦什和舒可什尼主持的情感類節目「等等我」（"Жди меня" с Игорем Квашой и Марией Шукшиной），該節目主要以為委託主人公尋找自己已無法尋找到的親人和朋友為主，節目現場常常非常感人，節目製作時間跨度非常大，有委託的主人公直到去世後才找到自己的親人，最後節目中只好出現委託主人公的直系親屬；2004 年公司還推出了「星工廠」節目，星工廠主要是選擇俄羅斯大學生中能唱歌的學生，來該節目中演唱，最後獲勝的代表將會與娛樂公司簽字，該節目之所以選擇大學生是因為在俄羅斯大學裏有很多這樣的俱樂部，這樣在良好的環境之下，大學生可以保證唱歌只是愛好而已，而且不耽誤課程，高中生是禁止參加這樣的比賽的。景象電視公司製作最主要的節目就是景象節目（ВИД），該節目的標誌是中國秦始皇兵馬俑兵俑的頭像，該節目是以揭露社會問題而著稱的，該節目經常會利用大量的記者採集俄羅斯企業或社會上的弊案，凡是等上該節目的企業，大部分都已倒閉。

1995 年奧斯坦基諾電視臺播出的頻道已經改變，節目的內容也同時變為兩個部分，一部分就是白天播出的 2x2 電視臺（"Телеканал 2x2"）和晚間播出的獨立電視臺（НТВ）。頻道資源則歸給社會電視臺，社會電視臺當時最大的任務就在於挽救俄羅斯民眾對於電視新聞的不信任感和枯燥的文化娛樂節目的現狀，挽回蘇聯奧斯坦基諾電視臺已經失去的收視觀眾。在這裏有一個問題就在於為何俄羅斯國家電視臺不能夠負起這個責任呢？其中最關鍵的問題就在於，俄羅斯國家電視臺和奧斯坦基諾電視臺的兩套人馬中的新聞和節目的工作人員的頭腦思維基本上還保持在蘇聯時期，這為俄羅斯政府在貫徹自己的政策是帶來了困擾，那就是俄羅斯國家電視臺和奧斯坦基諾電視臺在新聞製作上都可以貫徹來自中央的政策，但兩個電視臺的收視率都不太高，俄羅斯受眾的娛樂基本上還是以到劇場看戲為主，而新聞的來源基本上還是以報紙為主，在蘇聯解體後的幾年間，俄羅斯的報紙大多數認為俄羅斯政府的行政能力是有問題的，報紙上充滿了對於政府和總統批評。如果俄羅斯電視媒體能夠吸引更多的受眾的話，俄羅斯政府和總統就能夠擺脫這樣尷尬的局面。

第一電視臺為了完成吸引受眾的任務，電視臺開始首次採用將受眾細分化的方法來製作節目，首先，電視臺確認有多少受眾是看電視的主體。後經過調查發現在俄羅斯看電視的主要是婦女階層和工薪階層，當時，莫斯科和聖彼德堡的知識份子階層是很少看電視的，他們主要活動是晚上到劇院去看戲劇。這樣電視臺製作的節目主要以溫馨、商業和揭發弊案為主。在新聞節目製作當中，第一電視臺採用了很多的年輕記者現場的採訪報導，在現場的報導當中電視臺要求記者儘量少加入自己的評論，儘量採用描述現場的語言進行報導，而在記者報導之後，新聞節目會專門找評論員來講評，這些評論員很多原來是電視臺的老記者或編輯。新聞節目主要有晚間的「時間」（Время）和「晚間時間」（"Ночное Время"）兩部分組成，「時間」之後是專門的新聞評論節目「儘管如此」（"Однако"），「儘管如此」節目的主持人為資深記者克雷洛夫（Е.Крылов），節目時間長度為 20 分鐘，現在克雷洛夫已經組建了「儘管如此」節目製作公司。早間節目主要是直播的具有資訊和娛樂的「早安」節目。

現在第一電視臺吸引觀眾的節目還有電視臺自己製作的紀錄片，這包括熱點的和文化的兩種紀錄片，在熱點紀錄片中電視臺主要播出時政分析和歷史回顧兩項，現在俄羅斯觀眾對於大眾科技的紀錄片似乎更感興趣，應該說歷史紀錄片因太沈重觀眾正在日益減少。另外俄羅斯觀眾似乎對於電影情有獨鍾，現在第一電視臺播出時間當中有 40%是在播出電影，最近第一電視臺自己製作的國產電影更受觀眾的喜愛，可以說這開始打破自建台以來，美國電影在第一電視臺高收視率的局面。第一電視臺播放的電影包括：烈日灼身（"Утомленные солнцем"）、資訊點（"Блокпост"）、三部曲（"трилогия"）、俄羅斯愛情（"Любить по-русски"）、特殊民族獵人（"Особенности национальной охоты"）和特殊民族漁夫（"Особенности национальной рыбалки"）。

在第一電視臺最吸引人的節目主要是歌舞類和遊戲娛樂類，歌舞類收視最高的是年度音樂（"Песня года"），遊戲娛樂類收視率最高的分別為田野奇跡（"Поле чудес"）、什麼、在哪里和什麼時候（"Что? Где? Когда?"）以及 КВН，КВН 是一個以大學俱樂部成員參加的比賽，這個比賽相當於中國的群口相聲，但在節目中配有音樂和道具，參加比賽的大學生可以進行比較大膽的化妝並可以跳街舞。第一電視臺為兒童還提供了俄羅斯版的芝麻街（"Умницы и умники"）節目。第一電視臺的體育節目主要以直播為主，第一電視臺一般都會取得世界或歐洲的冠軍賽的獨家播放權，這些比賽包括足球、冰球、花樣滑冰、網球等。

傳送第一電視臺節目的衛星共有四個，分別為：軌道一號（"Орбита-1"）、軌道二號（"Орбита-2"）、軌道三號（"Орбита-3"）、軌道四號（"Орбита-4"）。這四顆衛星採用傳遞連接的方式傳送信號，可以保證全俄羅斯 98%的人口可以收看到第一電視臺的節目。俄羅斯衛星傳輸的區域主要分為 A、Б、В、Г 四個區域，軌道一號主要負責 A（Зона A），主要覆蓋的地區或城市為：Камчатка, Чукотка, Магадан, Сахалин；軌道二號主要負責 Б 區（Зона Б），主要覆蓋的地區為：遠東（Дальний Восток、東西伯利亞（Восточная Сибирь）；軌道三號主要負責 В 區（Зона В），主要覆蓋的地區為：中西伯利亞（Центральная Сибирь）；軌道四號主要負責 Г 區（Зона Г），主要覆蓋的地區為：西西伯利亞（Западная Сибирь）。第一電視臺節目現在還通過國際衛星向外傳輸節目，第一電視臺現在使用熱鳥六號衛星（HotBird6 at 13.0°E）向歐洲、中東、北非地區的國家，第一電視臺利用泰星（спутник THAICOM at 78.5°E）向亞洲和澳大利亞地區傳送，第一電視臺利用 Echostar 衛星向北美傳送節目[2]。

三、俄羅斯國家電視臺隸屬聯邦政府

1991 年 5 月 13 日，俄羅斯國家電視臺（ГТК "Телеканал "Россия"）在全俄羅斯境內開播，俄羅斯國家電視臺的全稱為：國家電視公司—俄羅斯電視頻道。俄羅斯國家電視臺隸屬於蘇維埃俄羅斯聯邦政府，俄羅斯國家電視臺第一個節目為：小鳥與三駕馬車（"Птица-тройка"），第一個新聞節目是消息（"Вести"）。消息新聞節目的主播為：薩羅金娜（Светлана Сорокина）和古爾羅夫（Александр Гурнов），後來在 90 年代中期，這薩羅金娜跳槽到獨立電視臺，並成為 7 點檔「今日新聞」的主播。消息新聞（"Вести"）節目的第一任領導人是杜伯羅傑夫（Олег Добродеев），杜伯羅傑夫上任第一天就史無前例地出席由多爾琴斯基（Сергея Торчинский）主持的「沒有修飾」（"Без ретуши"）的節目，當時所創造的收視率是非常高的。當時新聞節目的攝影棚也是非常先進的，工作人員還把該攝影棚命名為「新聞工作室」（"ньюсрум"英文為：newsroom）。

2　資料來源為：http://www.channelonerussia.com/。

全俄羅斯廣播電視公司的行政辦公地點大門

在經過整個 90 年代中期的歷練之後，新聞節目的風格定型為：少感情化、多具體化和內容化（менее эмоциональной, более корректной и сдержанной），現在，新聞節目的主播和記者已經完全能夠掌握來自政府的資訊和政策的趨向，這基本上不用上級領導來親自貫徹，而俄羅斯的受眾也同時認為如果要正確理解來自政府政策的權威解釋的話，那就要收看俄羅斯國家電視臺，新聞節目已經基本上做到了上級政策、編采人員的個人風格性思維相互融合的境界，在 2000 年前，新聞節目的編輯還無此共識。這其中表現最為突出的為：亞爾姆尼尼科（Леонид Ярмольник）季米尼伊夫（Андрей Дементьев）茨維多夫（Владимир Цветов）基辛廖夫（Евгений Киселев）、達連科（Сергей Доренко） 和亞庫金（Дмитрий Якушкин），尤其是後面三位最值得關注，基辛廖夫後成為獨立電視臺台長，達連科成為社會電視臺的著名政論節目主持人，亞庫金則成為葉利欽總統的新聞秘書（пресс-секретарь президента）。

在成立初期俄羅斯國家電視臺創作電視節目的主要人員包括：施瓦尼金（Николай Сванидзе）施達陽諾夫（Юрий Стоянов）和奧列尼科夫（Илья Олейников）。俄羅斯國家電視臺主要以家庭觀眾為主，節目以分析性節目、電視連續劇和紀錄片為主。外國電影直接由美國好萊塢提供，版權費很少，有一部分影片播放是免費的。國產片則由「金色基金會」直接提供。在 1995 年，俄羅斯國家電視臺的新聞節目還獲得首屆「待飛」電視大獎中的「最佳祖國資訊節目獎」

四、俄羅斯電視臺－環球頻道整合新聞、影集和體育

俄羅斯電視臺-環球頻道（РТР-ПЛАНЕТА）成立的宣傳口號就是要扮演「俄羅斯文化與世界連結的橋樑」（"РТР-ПЛАНЕТА"-ЭТО ВАША СВЯЗЬ С РУССКОЙ КУЛЬТУРОЙ В ЛЮБОМ УГОЛКЕ МИРА），該電視頻道的節目集合了全俄羅斯國家廣播電視公司旗下的俄羅斯國家電視臺、文化電視臺和體育台的節目，同步在網路上幾乎全天候直播，可以看出是俄羅斯電視臺－環球頻道製作方向是新聞資訊、自製影集電影和體育娛樂三分天下的特點，這三大類型的節目原本不是俄羅斯國家電視臺的強項，90 年代時都是有美資背景的商業電視臺高收視率的立台支柱。兩個中央級的國家電視臺－俄羅斯電視臺－環球頻道與俄羅斯國家電視臺同直屬於全俄羅斯國家廣播電視公司，全俄羅斯國家廣播電視公司旗下有 80 多個地方國家廣播電視臺分佈全俄。可以說俄羅斯國家電視臺在普京整頓媒體秩序的措施之下已有成效。"GlobeCast"是屬於"France Telecom"的子公司，是全世界最大的衛星傳播公司，該公司與俄羅斯電視臺環球頻道與環球體育台簽約，利用熱鳥衛星（Hot Bird 13° в.д.）負責這兩個俄羅斯電視臺的俄與節目在美國、歐洲、北非、中東地區的傳輸工作。

不過從另一個角度而言，這種媒體模式必須有強而有力的中央政府與政府資金全權的支援，是強調市場營運與自負盈虧的商業媒體力所不能及，這裏明顯就牽涉到普京對媒體的定位問題。2000 年以後，普京開始了媒體「國家化」進程，俄羅斯的國營能源企業將資金注入了金融寡頭的媒體，金融寡頭古辛斯基、別列佐夫斯基和霍多爾科夫斯基分別遭到通緝、起訴與逮捕，俄羅斯政府實行的是一種國有媒體公共服務制的管理形式，俄羅斯寡頭從對大眾傳播領域的絕對控制到控制權的喪失，這基本上屬於媒體回歸作為第四權力結構的基本特性的過程，但是此時的俄羅斯媒體更像是國家機關與企業組織的一個結合體，例如現全俄羅斯國家廣播電視公司的集團總裁杜博羅傑夫由普京總統直接任

命，政府直接編列預算注入該公司。俄羅斯的國家廣播電視調查中心的專家小組於2006年1月4日出爐一份關於2005年俄羅斯最有影響力的廣播電視和最有影響力的媒體人，調查報告顯示，全俄羅斯廣播電視公司總裁杜博羅傑夫是俄羅斯最有影響力的媒體人。

2000年9月，普京發佈一道總統命令，該命令主要是修正原來葉利欽總統頒佈的關於完善國家電子媒體工作命令中的一條，該條原來主要是授與地方政府對地方廣播電視領導的人事權，新命令也就是將原來屬於地方政府對於該地方的國家廣播電視公司的領導的任命權轉而納入全俄羅斯國家廣播電視公司總部的管理範疇內，全俄羅斯國家廣播電視公司不但有對地方國家廣播電視分支機構的人事權，同時還具有負責預算編列與經營營收的財權，這主要是防止地方國家廣播電視公司的領導對於資金的濫用與浪費。普京總統藉由全俄羅斯國家廣播電視公司的中央集權管理方式，牢牢地控制住地方媒體，防範其與國外勢力的相互勾結，也可藉此控管地方媒體對中央政策的確實傳播，同時配合普京建立的聯邦七大行政區，普京任命直接對總統負責的全權代表，負責在聯邦區內組織實施總統政策，定期向總統報告聯邦區安全問題、社會經濟和政治局勢，普京建立新形式的媒體與政治的中央集權加強了中央政府的權威以及促進了國家的整合，解決自蘇聯解體後地方行政各自為政以及分離主義的危害。車臣問題是俄羅斯國家與社會安全的最大障礙，

2005年，俄羅斯國家電視臺與俄羅斯電視臺－環球頻道的新聞製作體制（Телеканал「РОССИЯ」）做了很大的調整，最關鍵的變動在於該電視臺結合該台直屬的俄羅斯環球頻道，打造了一個全俄的「新聞大平臺」，最明顯的是這個製作直接擴大了清晨第一檔節目「早安，俄羅斯！」的節目型態與份量，該資訊類型節目在俄羅斯國家電視臺是從早上5點開始在全俄地區同步直播三個小時又四十五分鐘，在俄羅斯電視臺—環球頻道造上8點開始直播兩個小時又十五分鐘，每半個小時滾動一次該電視臺招牌新聞欄目「消息」(Вести)。「消息」新聞欄目的製作方式與管理結構與普京對電視媒體管理的思維是完全吻合的。自普京上任頒佈總統令擴大全俄羅斯國家廣播電視公司的職權之後，普京建構的就是一個能夠涵蓋全俄羅斯中央與地方的新聞媒體，所有的地方的國家電視臺均納入全俄羅斯國家廣播電視公司的體系之下，地方廣播電視公

早安，俄羅斯！節目的主持人：達裏亞‧斯皮裏多諾娃(**Дарья Спиридонова**)與阿爾秋姆‧阿布拉莫夫(**Артем Абрамов**)

司的人事權屬於聯邦中央的全俄羅斯國家廣播電視公司，同樣地，屬於中央聯邦的俄羅斯國家電視臺的「消息」新聞欄目，已經擺脫九十年代以莫斯科新聞為中心的節目形式，開始結合地方的國家電視臺，打造的是莫斯科、聖彼德堡與其他城市同步新聞的「全俄新聞大平臺」，這種「全俄新聞大平臺」最大的優點就在於普京實現「媒體中央集權」的理念，同時地方的新聞也能夠即時反映到中央，形成「資訊空間一體化」。「資訊空間一體化」是莫斯科大學教授施框金在 90 年代倡導的理念。不過，普京建立的媒體模式乃是基於俄羅斯國情而設立的。

然而，普京實現「資訊空間一體化」的「媒體中央集權」之所有取得比較有效的成績，這是有一定前題與基礎的，其主要在於首先俄羅斯記者有較強的現場應變能力，這一項能力非常適合「消息」新聞欄目現場直播的製作方式，再加上該新聞節目有派駐地方的特派記者，這些記者對當地新聞有比較熟悉的掌握能力，能夠如實與準確地反應地方新聞，在普京「媒體中央集權」的大環境背景之下，記者直接向中央媒體負責，地方廣播電視也屬於中央管理。其次，雖然普京實行「資訊空間一體化」與「媒體中央集權」的「國家化」政策，但是與此並沒有悖離記者「專業化」的原則，因為俄羅斯傳媒法事實上是賦予記者有較大新聞採集權，提供記者比較寬鬆的採訪空間，因此俄羅斯的記者事實上是享有很大的新聞自主權，俄羅斯傳媒法反而對於媒體管理者有較多的限制，這樣的一種新聞自主與管理限制的結合主要是適應俄羅斯媒體的大環境，一方面既不讓新聞做死，另一方面不讓媒體寡頭再出現在俄羅斯媒體的管理層當中。在普京的媒體管理概念中，體現的是一種管理與自律同時存在的思維。

總體而言，俄羅斯媒體經過了傳播自由的洗禮與媒體轉型期的動盪之後，基本上已經培養出自己新一代熟悉現場報導與擅長采寫的新聞記者，再加上俄羅斯媒體管理階層在一般情況之下比較不干涉記者的新聞內容，而且新聞編輯部也享有較大的新聞自主權，一般而言，俄羅斯新聞報導的界線不在於批評報導，新聞的紅線與警界區主要在於「立即與明顯」危害到國家安全與國家利益的議題，例如車臣問題。因此，俄羅斯的新聞發展已經進入比較符合普京所建立的具有俄羅斯特色的媒體環境，那就是新聞不但必須在民眾心中有權威性，還要有信任感，記者不僅在於是政府的形象化妝師與政策的宣傳者，這樣遠遠不能夠建立新聞與記者在民眾心目中的地位，更主要的問題是俄羅斯媒體賦予記者較大的新聞自主權，以及傳媒法提供比較寬鬆的採訪政策培養了俄羅斯自蘇聯解體之後的新一代優秀記者，這是新聞能夠轉變成為民眾信任的消息提供者的重要因素。

五、文化電視臺國有公共服務制第一步

俄羅斯文化電視臺（ГТК "Телеканал "Культура"），是在 1997 年俄羅斯的部分文化人為了防止蘇聯解體後俄羅斯出現的文化真空而呼籲成立的專門為了知識份子看的電視頻道。俄羅斯文化電視臺的全稱為國家電視公司—文化頻道。文化電視臺的發起人氏包括：利哈切夫（Дмитрий Лихачев）、拉斯特拉巴切夫（Мстислав Ростропович）、格拉寧（Даниил Гранин）。1997 年 8 月 25 日總統葉利欽發佈總統令宣佈成立在俄羅斯和蘇聯歷史上第一個文化電視臺。當年 11 月 1 日，文化電視臺的首任台長是米哈伊爾・什維德金（Михаил Швыдкий）開始正式就任，1998 年則改由巴烏赫娃（Татьяна Паухова）擔任台長。應該說文化電視臺的成立是俄羅斯向國有公共服務制過渡的第一步。

關於成立文化電視臺的計畫在 1996 年總統大選之後，全俄羅斯國家廣播電視公司就已經開始進入籌備當中，按當時的計畫，全俄羅斯國家廣播電視公司並不想直接設立文化電視臺，這其中主要考慮到受眾的收視率問題，如果沒有太多的收視率，這個電視臺首先絕對是賠錢的電

視臺，在當時俄羅斯經濟狀況下，一個賠錢的電視臺是無法生存的。因此，全俄羅斯國家廣播電視公司認為，應當以文化節目的形式出現在全俄羅斯國家廣播電視公司下屬的俄羅斯大學（"Российские университеты"）的節目板塊之下，1996 年隨著總統大選的完成，俄羅斯電視節目馬上陷入政治口水和弊案當中，其主要目的在於寡頭希望在下次總統大選前擁有提供候選人的主動權，因為寡頭發現 1996 年的總統選舉中，寡頭控制的媒體可以控制和改變選情。此時處於莫斯科和聖彼德堡的大多數知識份子對此相當的厭惡，當時俄羅斯的民意調查公司的調查資料顯示，處於這兩個城市的知識份子已經開始不看電視，而改為經常到劇場看戲了，而當時莫斯科和聖彼德堡是全世界擁有最龐大的劇場系統的城市之一，而且一場戲劇和舞劇的費用最低為 1 美元，這樣的費用也是莫斯科和聖彼德堡市民可以承受的。按照當時葉利欽的改革思路，首先如果俄羅斯認為自己是歐洲國家的話，其他的歐洲國家的電視臺並不是每天都在討論政治，政論節目並不是歐洲電視臺節目的主體，歐洲很多的電視臺都是在播送文化節目，這樣間接導致歐洲的公民一般都比較平靜和有文化，因為歐洲公民可以隨時看到自己的文化。一直在莫斯科與聖彼德堡同步播出的第五電視臺於 1997 年開始進行重組，同時葉利欽為促進斯拉夫民族的文化而特別成立的文化電視臺佔據了第五電視臺的轉播頻率，新組成的文化電視臺主要的節目是以法國的藝術電影、前蘇聯抒情詩式的電影及現場音樂會為主。

按照當時總統新聞秘書亞庫金（Дмитрий Якушкин）在國際關係學院的講座中提到，現在俄羅斯的電視臺的節目中到處充滿了低俗文化，要不就是獨立電視臺的政論節目討論，要不就是其他電視臺的低俗幽默，甚至有的電視臺還出現脫衣娛樂節目和脫衣報天氣的脫軌電視節目，這對於有著文化傳統的俄羅斯來講是一種侮辱。果然在 1997 年俄羅斯電視節目市場開始出現改變，這場改變應當說是在普京執政後的所進行的廣播電視體制改革的序幕。為了防止文化電視臺因為低收視率而陷入關門的尷尬境地，文化電視臺所有電視節目都由金色基金（"Золотой фонд"）來提供，而金色基金採用市場化的運作模式，比如，任何的歌劇或舞劇都被製作成錄影帶或錄音帶，而後在俄羅斯或者國外發行，還有很多的歌舞團體還在 7-8 月的假期到國外做定期演出，而此時俄羅斯文化部還負責保護製成的錄影帶或錄音帶的版權問題，以筆者在莫斯科多年的留學經驗而言，在莫斯科經常會買到盜版軟體或者影片，但這幾年筆者還沒有買到盜版的俄

全俄羅斯廣播電視公司標誌

羅斯本土製作的影片、歌劇、舞劇的錄影帶或錄音帶。俄羅斯文化電視臺「海報」節目每天介紹俄羅斯各地劇院上演的劇碼、音樂會以及各種表演的資訊。

這樣，文化電視臺的成立使得原來俄羅斯的電視臺、文化部和部分行政部門都開始了有機的聯繫，在經過多年的磨合之後，終於在 2004 年俄羅斯文化部和廣電系統結合，最終成為文化和大眾傳播部，可以說文化電視臺是俄羅斯總統新聞和文化體制改革的試驗田或試金石。這樣我們就可以理解在 1998 年，文化電視臺的成立還獲得俄羅斯國家影視大獎「待飛」中的「最佳計畫獎」（"Лучший проект года"），2000 年文化電視臺還獲得國家政府獎（Государственная премия России 2000 г）。很多俄羅斯人並不理解為什麼俄羅斯在當時經濟狀況非常惡劣的狀況之下，還花大錢成立一個肯定賠錢的電視臺，儘管俄羅斯的文化底蘊是可以支援這個電視臺播出的內容，但必經觀眾有限，而且俄羅斯知識份子的口味最多元化，電視臺認為有播出價值的，觀眾不一定認可。應該可以看出，俄羅斯廣播電視體制改革的路子非常清晰了，那就是讓未來可能合併的單位提前進行磨合，而改革的初衷就在於如果俄羅斯廣播電視如果像美國媒體一樣商業化和娛樂化，那麼，俄羅斯廣播電視不但不會傳播俄羅斯政府的聲音，而且還會成為俄羅斯改革路上的絆腳石，因

為俄羅斯電視臺所宣揚的新聞自由是與俄羅斯政治上的戰略目標相違背的，應為美國的新聞自由基本上建立在其電臺或者電視臺的所有節目都已商業化的基礎之上，如果沒有新聞自由的化，其節目中的多元化性質就會消失，這樣政府、媒體和商業化節目之間的良性互動就會消失。

俄羅斯的所有電臺或者電視臺整體的節目遠遠達不到商業化的程度，而在政論節目中出現的高收視率也是加速政治亂像的催化劑，應該講無論是俄羅斯還是蘇聯時期，俄羅斯的電視臺始終都是政府的行政命令決定電視臺發展的動力，俄羅斯電視臺的多元化主要體現在俄羅斯記者本身的專業精神。那麼，行政命令決定電視臺發展的動力是否就是新聞自由的倒退呢？在蘇聯時期行政命令決定電視臺發展，如果讓所謂新聞自由進入俄羅斯電視媒體的話，俄羅斯新聞自由報導的基礎是建立在弊端的基礎之上，電視臺獲得弊案的消息來源必然還會通過政府機關或所謂的消息人士，這其中必然會牽扯政治利益或經濟利益的問題，如果政府機構不能夠不斷完善，那麼媒體就會加速亂像的產生，應該來講這是現在總統普京新聞智囊考慮問題的出發點，當時筆者在博士學位答辯的過程當中，就有一位普京身邊的新聞智囊作為筆者的博士答辯的評審員，在答辯之前，筆者曾親自拜望這名評審員，這名評審員的辦公地點距離克林姆林宮不過千米，當時這名評審員就對於新聞自由做出了上述闡述。

另外，俄羅斯電視臺是否可向美國一樣進行大電視臺間的組合呢？筆者博士論文的評審員 IMA 新聞社副社長馬可羅夫當時也做出的解答，他認為，美國電視臺或者報紙進行了大範圍的組合，或者與很多財團進行了結合，表面上看這些媒體變得非常的有錢，影響面非常的國際化，但其實美國媒體需要這樣的組合，而俄羅斯不需要這樣的組合，（直到現在 2005 年為止無論是俄羅斯電視臺還是報紙，都還沒有出現任何的集團）因為，在美國媒體高度商業化的基礎之上，所有媒體都是盈利的，所有的電視節目也都是盈利的，這樣美國媒體需要的就是資本的結合，這樣的運作就如同銀行一樣，越大的銀行就越有存款和投資，美國電視節目在經過整個國家的高速發展之後，美國電視節目最需要的就是大投資來製作出更加出色的節目，這樣無論是美國本土還是國際上，美國節目的兩面性都非常適合，比如美國的電視劇越來越有電影化的趨勢，這就是製作成本越來越高、越來越精緻，這些都是俄羅斯所無法比擬的。俄羅斯電視臺和電臺首先要宣揚來自政府的政策，使得俄羅斯受眾對於國家有一個基本的瞭解，其次，電視臺的節目應當以文化為主，儘管這在短期內的利潤空間較少，但從長遠上看，只要國家經濟步入正規，這樣的電視節目是有一定的盈利空間。另外俄羅斯經濟增長的主要動力來自於能源和武器的生產，這需要一個有效率的國家政府，所以，如果讓俄羅斯整體經濟步入正常軌道的話，廣播電視的發展必需進入政府的規劃當中。

六、國家電視佔據主要收視市場

俄羅斯體育電視頻道（Телеканал 《Спорт》）於 2003 年 6 月 12 日隆重開播，這一天剛好是俄羅斯獨立建國紀念日，對於喜好體育的俄羅斯觀眾而言頗有普天同慶的感覺。俄羅斯體育電視頻道在俄羅斯 89 個聯邦主體當中有 72 個聯邦主體的 5600 萬觀眾可以收看到該台。俄羅斯體育電視頻道由全俄羅斯國家廣播電視公司組建創立，全天 24 小時播放，該台體育節目主要由俄羅斯媒體公司（Росмедиаком）負責製作，比較受歡迎的體育節目有「體育」（Спорт）、「俄羅斯足球」（Футбол России）、「俄羅斯運動員」（Сборная России）、「俄羅斯曲棍球」（Хоккей России）、「俄羅斯籃球」（Баскетбол России）、「轉捩點」（Точка отрыва）、「極速地帶」（Скоростной участок）。

俄羅斯體育電視頻道

同時在莫斯科市還比較有影響力的有線電視臺有《林—電視臺》，該電視臺由莫大新聞系畢業生林斯涅夫斯基創辦，電視特快—31 電視臺、CTC（電視臺網路的縮寫）、首都電視臺，具有都會電視臺性質的中心電視臺，該電視臺與北京電視臺有著密切聯繫。俄羅斯國家電視媒體集中了過半的收視率，國家媒體包括：國家與社會共同持股的第一電視臺、全俄聯邦政府的俄羅斯國家電視臺、以文化藝術節目為主且沒有商業廣告的公共電視臺文化電視臺以及主要由莫斯科市政府控制的中心電視臺，但中心電視臺在莫斯科市長盧日科夫所屬的政黨「祖國全俄羅斯」與支援普京的「團結統一黨」合併之後，中心電視臺才成為真正意義上的國家媒體。

非完全國有媒體儘管僅擁有 28.8%的收視率，但非完全國有媒體的數量卻是非常龐大的，這其中包括：獨立電視臺、CTC、第六電視臺、林電視臺、THT、音樂電視臺、MTV，非國有媒體的現在正在向專業頻道上發展，如娛樂、電影、紀錄片、音樂、體育等等，其中各專業化頻道都對觀眾進行了非常細緻的劃分。今天各種資料顯示，俄羅斯各地方總共存在約 700 多個地方電視臺，這其中有一些是通過自己的通訊網絡或節目特色而成為能與中央級媒體相抗衡的地方電視臺，如第六電視臺就以節目多元化與娛樂性而贏得俄羅斯歐洲區大部分觀眾的收視，林電視臺則以最新的電影播放而在莫斯科地區佔有一席之地。

根據蓋洛普媒體中心與莫斯科電視調查中心 2001 年與 2002 年 3 個月的調查顯示，社會電視臺穩居收視率第一名的寶座，而俄羅斯國家電視臺也由原來老三的地位上升為第二位。該調查以 1200 名觀眾為調查對象。

據莫斯科社會心理研究學院（НИСПИ）的研究表明，俄羅斯的城市人口中每天大約會花費 3 個小時在電視上，星期天或節假日為 3.5 個小時，俄羅斯人對於藝術電影包括本土出產的抒情與戰爭影片情有獨鍾，收視率為第一位，第二位是新聞類節目，以下依次為：娛樂性節目、政論性節目、文化轉播。莫大新聞系教授尤洛夫斯基認為：「據此判斷俄羅斯晚間最受歡迎的節目應當是各種電影，如果獨立電視臺希望以新聞及政論節目獲得觀眾的青睞的話，那就意味著俄羅斯人的收視習慣將會改變，那麼，這些新聞一定充斥著各種政府醜聞、社會暴力，這對於俄羅斯整體的良性發展是極為不利的，至少像美國 CNN 電視臺的出現應當在俄羅斯經濟步入正軌之後才應開始這樣的操作。」

		2001 年 9 月 1-22 日	2002 年 8 月	2002 年 9 月 1-22 日
07：00-01：00（到淩晨 1 點）	社會電視臺	19.3	18.4	18.5
	俄羅斯國家電視臺	16.1	15.5	17.1
	獨立電視臺	14.6	16.5	15.8
	CTC	6.1	6.6	7.5
	第六電視臺	15.0	8.7	7.4
	中心電視臺	6.1	6.7	5.5
	M1	3.9	4,4	4.4
	林電視臺	4.1	4.3	4.4
	THT	2.2	3.9	4.5
20：00-23：00	社會電視臺	18.1	18.6	17.6
	俄羅斯國家電視臺	14.2	18.1	20.6
	獨立電視臺	15.0	15.3	14.9
	CTC	7.1	6.9	8.1
	第六電視臺	19.0	8.8	6.6
	中心電視臺	6.6	8.1	6.5
	M1	3.7	4.4	4.9
	林電視臺	3.9	3.7	4.4
	THT	2.2	4.2	5.5

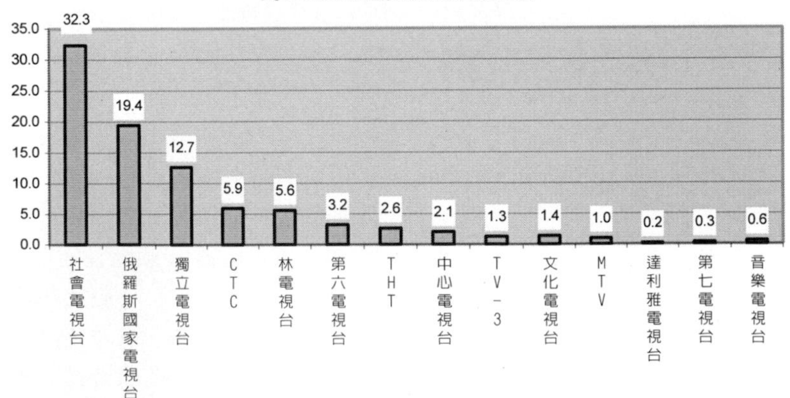

資料來源：蓋洛普媒體中心與莫斯科電視調查中心（2002 年）

第二節　全俄羅斯廣播電視公司聯邦屬性和職能

自 1998 年 5 月 8 日俄羅斯總統頒佈了第 511 號總統令之後，全俄羅斯廣播電視公司確定成為俄羅斯唯一在大眾傳播範圍內的國家綜合節目製作和技術監督的廣播和電視綜合機關（единый производственно-технологический комплекс государственных электронных средств массовой информации 簡稱：КЭСМИ）。全俄羅斯廣播電視公司直屬俄羅斯聯邦，它與聯邦政府是企業關係（предприятия связи）。同時，俄羅斯通訊社（информационное агентство РИА "Новости"）是新聞節目中的資訊唯一來源，燈塔電臺（радиостанции "Маяк"）、奧菲電臺（"Орфей"）等電臺都要相互轉播來自全俄羅斯廣播電視公司的新聞，這樣會促進全俄羅斯廣播電視公司成為全國最大的新聞提供者。

一、全俄廣電公司的權力來源和管理範圍

根據俄羅斯聯邦政府 1998 年 7 月 27 日出臺的№844 檔的第四附件（Приложение №4 к постановлению Правительства Российской Федерации от 27 июля 1998 г. №844）的規定，俄羅斯國家廣播電視公司直接管理媒體的範圍為：俄羅斯國家電視臺（Государственная телевизионная компания "Телеканал "Россия"）、俄羅斯文化電視臺（Государственная телевизионная компания "Телеканал "Культура"）、俄羅斯國家電臺（Государственная радиовещательная компания "Радио России）。該附件在 1998 年 5 月 8 日早已第 511 號總統令（УКАЗ ПРЕЗИДЕНТА РОССИЙСКОЙ ФЕДЕРАЦИИ）的方式向下頒佈，只不過是俄羅斯聯邦政府最後加以確認巴了。這是 1992 年自俄羅斯聯邦成立以來非常奇特的現象，那就是總統令是常常淩駕於政府檔的，總統令時常還出現違反憲法的現象，對此常有學者對此加以詬病。

第 511 號總統令的名稱為：關於完善國家電子大眾傳媒工作的決定（О совершенствовании работы государственных электронных средств массовой информации）。第 511 號總統令總共有三項內容。

首先，在1998年之後全俄羅斯國家廣播電視公司正式確定為俄羅斯國家政府上層建築中對於整個國家電子媒體的管理地位，俄羅斯國家廣播電視公司同時還是國家的唯一的廣播電視公司，該公司可以擁有國家聯邦的壟斷財產，並享有在行政管理上的某些特權，這些特權包括：對於國家電臺和電視臺的信號傳輸和對於整個的電臺和電視臺的節目預先收看的權力。另外，地方國家廣播電視公司領導任免權在這一號命令中是歸屬給聯邦主體的政府當局，2000年9月19日，普京下一道第1671號總統令修正第511號總統令關於完善國家電子大眾傳媒工作的決定（О ВНЕСЕНИИ ИЗМЕНЕНИЯ В УКАЗ ПРЕЗИДЕНТА РОССИЙСКОЙ ФЕДЕРАЦИИ ОТ 8 МАЯ 1998 Г. N 511 "О СОВЕРШЕНСТВОВАНИИ РАБОТЫ ГОСУДАРСТВЕННЫХ ЭЛЕКТРОННЫХ СРЕДСТВ МАССОВОЙ ИНФОРМАЦИИ"），解除聯邦主體的政府當局對地方國家廣播電視公司領導任免權。這樣一來，全俄羅斯國家廣播電視公司權力大增，還有對於下一級的廣播電視公司的領導進行任免的權力，這一權力的來源在於俄羅斯聯邦的主體性對於任何機關單位的道義上和行政上的約束性。同時，這些主要是基於廣播和電視是國家聯邦的特殊財產，因而需要國家機關單位對此進行特殊管理。俄羅斯國家廣播電視公司的主要任務就是：製作、傳播和轉播廣播電視節目，另外還要籌建和管理分支機構。

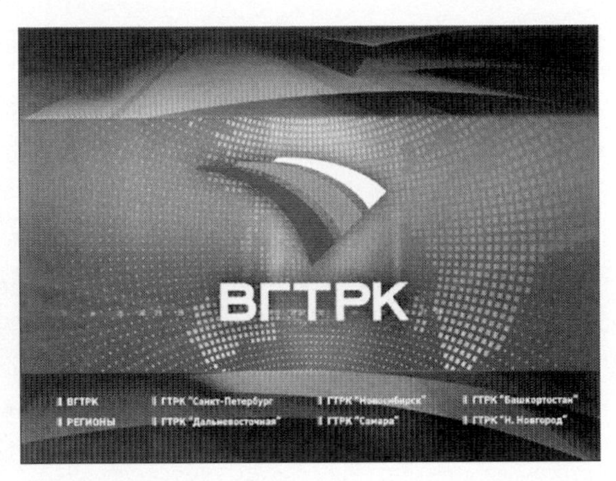

全俄羅斯廣播電視公司標誌

其次，俄羅斯聯邦政府兩個月之內的任務是確定總統辦公室對於俄羅斯國家廣播電視公司整個設置章程、法規的可行度，並確認聯邦政府對於俄羅斯國家廣播電視公司和其分支機構在整個國家機器中全面控制的合理性和合法性。同時，聯邦政府還要對於總統辦公室和俄羅斯國家廣播電視公司之間的行政管理關係做出行政方面的梳理，俄羅斯國家廣播電視公司的行政屬性是可以直接向總統辦公室直接報告的單位之一，另外，在廣播電視節目的製作、傳播和轉播上它是商業屬性的，但它利用的卻是國家壟斷資源。

1998 年 7 月 27 日俄羅斯政府出臺的第 844 號政府令是對俄羅斯國家廣播電視公司的職能做出了最具體的描述，第 844 號政府令是執行 1997 年 8 月 27 日第 920 號總統令「關於俄羅斯國家廣播電視公司的問題」（"Вопросы Всероссийской государственной телевизионной и радиовещательной компании"）和 1998 年 5 月 8 日的另一項第 511 號總統令「關於完善國家電子大眾傳媒工作的決定」（"О совершенствовании работы государственных электронных средств массовой информации"），而第 920 號總統令「關於俄羅斯國家廣播電視公司的問題」的法律來源為聯邦法第 4005 頁的內容，第 511 號總統令「關於完善俄羅斯國家廣播電視公司工作的決定」的法律來源為聯邦法第 2079 頁的內容（Собрание законодательства Российской Федерации, 1998, № 19, ст. 2079）。最後，為了符合俄羅斯行政透明的特性，該總統令是可以向外公佈的。

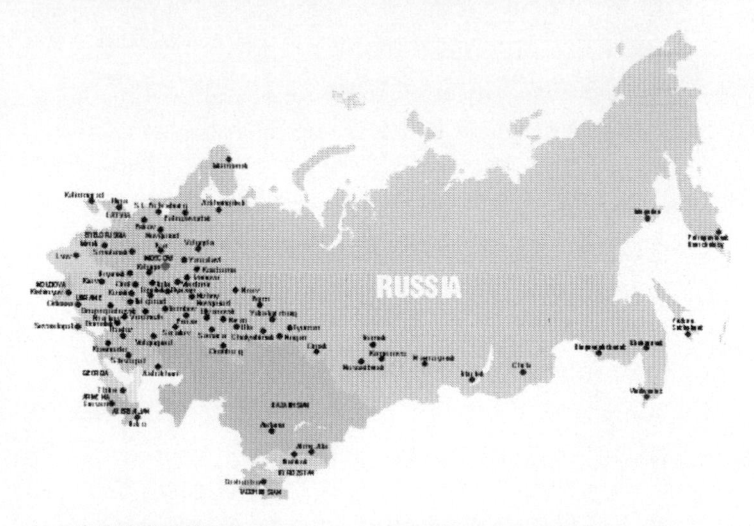

全俄羅斯廣播電視公司的分公司在獨聯體整體的設立地點

全俄羅斯廣播電視公司的分公司在俄羅斯的設立地點

第 844 號政府令總共分為 18 項內容，其中最主要的有 12 項，分別為：

1. 俄羅斯政府現證明俄羅斯國家廣播電視公司在國家大眾傳播中的電子傳媒裏是居於領導地位的公司或稱為企業。
2. 對於俄羅斯國家廣播電視公司內部的改造是該公司現今最重要的任務，而公司的改造應該按照俄羅斯聯邦法中的國民經濟法的內容執行。
3. 全俄羅斯國家廣播電視公司現在應該馬上著手安排俄羅斯各地方公司的分支機構，並讓公司的各地分支機構簽署合同，合同的主要內容就是公司分支機構完全服務於聯邦的行政主體，公司分支機構的人事權歸聯邦政府。
4. 俄羅斯國家廣播電視公司各地分支機構應該建立與總公司的電訊聯繫，並成立與總公司直接聯繫的電臺中心或電視臺中心，並按照該項政府令中第二個附件所開列的地方建立能夠製造、傳播和傳輸節目的公司分支機構的基地。

5. 為了達到並保證讓俄羅斯國家廣播電視公司成為國家在電子傳媒方面唯一的節目製造和技術綜合體的公司，公司必需協調各地分支機搆在節目技術傳播的統一性，並按照第三個附件所開列的地方建立唯一的地方分支機搆。
6. 俄羅斯國家廣播電視公司的財產歸俄羅斯聯邦的行政主體，俄羅斯聯邦的行政主體授予俄羅斯國家廣播電視公司各地分公司和企業在簽署協議之後有使用分支機搆財產的權力。
7. 俄羅斯國家廣播電視公司是其所有分支機搆最終的法律承受者，如果有任何違反聯邦法的行為，俄羅斯國家廣播電視公司是最後的行政接受者。
8. 自 1999 年 1 月 1 日起，俄羅斯國家廣播電視公司所有的行為都要報批聯邦政府，由聯邦政府統一按照預算撥錢，各地分支機搆則由俄羅斯國家廣播電視公司統一撥錢。
9. 俄羅斯國家廣播電視公司各地分支機搆的組建應該按照聯邦公司法的內容執行，但按照本政府令第四條意思，它在各地方仍然是唯一的和獨特的，各地分支機搆可以參加各地合法的商業運作和加入合法的商業組織。
10. 俄羅斯國家廣播電視公司近三個月的任務是：與俄羅斯聯邦資產部（с Министерством государственного имущества Российской Федерации）、俄羅斯聯邦廣播電視服務部（с Федеральной службой России по телевидению и радиовещанию）、俄羅斯聯邦資訊聯繫部（с Государственным комитетом Российской Федерации но связи и информатизации）及其它聯邦政府部門（с органами исполнительной власти соответствующих субъектов Российской Федерации）按照本政府令第 2、4、5 款的要求進行協調，同時俄羅斯聯邦廣播電視服務部負責各地方電視臺的組建工作
11. 俄羅斯聯邦資產部近三個月的任務是：保障和健全俄羅斯國家廣播電視公司各地分支機搆財產的合法性依據；對於各地分支機搆的財產做出清單；對於各地的發射裝置列出預算進行維修，保證各地分支機搆在成立之後的正常運轉；在整體運作當中要把全俄羅斯廣播電視科學調查研究院（"Всероссийский

научно-исследовательский институт телевидения и радиовещания"）的股份計算進入各地分支機構的資金組成當中； 與各地分支機構簽署資產使用合同；各地分支機構所使用的國家通訊財產是不能夠做為抵押和轉賣的，國家通訊財產只能夠作為節目的傳輸目的。

12. 俄羅斯聯邦財政部、俄羅斯聯邦稅務局、俄羅斯聯邦經濟部、俄羅斯廣播電視服務局和國家海關總局應在一個月之內在審查報告中增加與俄羅斯國家廣播電視公司相適應的條款。對於在組建各地分支機構過程中對於各部門的欠款要加以清理和控制。政府的預算投資和貸款可以緩三年再上繳。各地分支機構在運作過程當中出現違規罰款視情況可 7 年後再上繳。1999 年後，俄羅斯國家廣播電視公司可以在引進外來節目上引進外資，其最終目的還是為了建立國有最大的電子媒體。俄羅斯國家廣播電視公司在引進外來設備上可享受 5 年免稅的待遇，該項要根據聯邦法中「關於海關稅」（"О таможенном тарифе"）制定。1999 年後政府要對於俄羅斯國家廣播電視公司的節目製作中心和技術中心進行投資，並開始改善信號傳輸塔的功率問題。

俄羅斯國家廣播電視公司的各地分支機構在運作上最大的威脅不是機構的獨立性問題，而是分支機構如何與當地政府進行協調的問題，如果當地政府不配合分支機構的新聞採訪或者是業務的拓展。比如在伏爾加格勒地區的國家廣播電視公司就遇到了如何讓俄羅斯國家電視臺已經上衛星的節目如何落地的問題，一般俄羅斯各地區的電視臺都採用部分時間段來轉播來自俄羅斯國家電視臺的電視節目，其中 7 點鐘的新聞節目是必需轉播的，對於這一點筆者在 2001 年在吉爾吉斯參加會議時就看到吉爾吉斯的國家電視臺在 7-8 點鐘就直接轉播來自俄羅斯國家電視臺的節目，這樣電視節目的轉播不但使吉爾吉斯公民不但馬上就瞭解來自莫斯科的資訊，而且對於吉爾吉斯公民的俄語練習也非常有幫助。

伏爾加格勒地區政府認為如果俄羅斯國家電視臺的衛星節目落地後，俄羅斯國家廣播電視公司在當地的各地分支機構應該多報導來自伏爾加格勒地區政府的政策，並與對來自中央的政府的政策有矛盾的地方要多多加以解釋，伏爾加格勒地區政府同時也希望加入這樣的解釋。另外，落地的電視節目中間應該加入當地的廣告，因為來自莫斯科的廣告並能夠為當地的廣播電視公司帶來任何的收益，同時伏爾加格勒地區政府也無法向廣播電視公司來徵稅，儘管直到 2005 年，俄羅斯國家廣播電視公司還沒有拿出解決問題的辦法，伏爾加格勒地區政府已經開始用自己的辦法在切爾梅什科夫和西拉非摩夫斯基（в Чернышковском и Серафимовичском район）兩個區進行試點[3]。俄羅斯國家廣播電視公司還準備在 2005 年底 17 個地區開設衛星電視臺，這樣在地方廣播電視公司自己負責的基礎之上，地方政府會加強與廣播電視公司的合作，2005 年 7 月份伏爾加格勒地區政府已經採納了來自俄羅斯國家廣播電視公司的建議，並同意在擴大轉播俄羅斯國家電視臺的節目的同時，在組建衛星電視臺的專案上給予行政支援。

二、885號總統令─媒體全面行政改革的開始

1999 年 7 月 6 日出臺的第 885 號總統令「關於完善國家在大眾資訊和大眾傳播方面的管理」（О совершенствовании государственного управления в области средств массовой информации и массовых коммуникаций）對於俄羅斯媒體的管理單位做出調整，後普京在當選為總統之後對於第 885 號總統令的內容做出修改，並於 2000 年 8 月 9 日以第 1476 號總統令的形式對外宣示。其中第 1476 號總統令與第 885 號總統令最大的不同就在於總統令中第 5 款，其他文字沒有任何的變化。

第 885 號總統令如下[4]：為了統一和發展俄羅斯聯邦在大眾資訊在傳播方面的混亂局面，以及加強和鞏固國家媒體在大眾傳播領域的領導地位，現做出如下決定：

1. 將俄羅斯聯邦出版印刷委員會（Государственный комитет Российской Федерации по печати）和俄羅斯聯邦廣播電視服務部（Федеральную службу России по телевидению и

---

[3] www.regnum.ru/news/474995.html，11:53 24.06.2005，Реформа ВГТРК подталкивает волгоградские власти к созданию спутникового телевидения，(《俄羅斯國家廣播電視公司準備在伏爾加格勒地區開設衛星電視臺》)。

[4] http://www.fapmc.ru/documents/president/id/620052.html。

радиовещанию）合併為俄羅斯聯邦出版印刷、廣播電視與大眾傳播部（Министерство Российской Федерации по делам печати, телерадиовещания и средств массовых коммуникаций）。

2. 原俄羅斯聯邦印刷媒體與廣播電視大眾傳播部的主要職能包括：
   A. 具體制定和施行國家政治人物在大眾資訊和大眾傳播領域內的資訊交流、通過廣播電視傳播來自政府的輔助性資訊、發展網路電子傳媒、出版印刷業的發展、協調和控制影音市場的發展、負責印刷媒體與廣播電視臺登記和許可證發放等工作
   B. 具體制定和施行國家政治家在廣告播出和印刷方面的工作。
   C. 具體制定、使用和標準化傳媒中的技術參數。
   D. 調節國家政治人物在制定廣播電視頻道、衛星電視發展的等領域內中的實際問題。
3. 按照本總統令俄羅斯聯邦印刷媒體與廣播電視大眾傳播部是聯邦主體的部級行政單位，有發佈行政命令的權力。
4. 俄羅斯聯邦印刷媒體與廣播電視大眾傳播部應該保證制定並編列最權威的國內媒體統計表，該表包括媒體財政、位置、國稅上繳等情況。在 2000 年 3 月 1 日之前，俄羅斯聯邦印刷媒體與廣播電視大眾傳播部開始對於全俄羅斯的電視媒體進行換照的工作，並對電視媒體進行財政審查，換照和審查的法律來源為該總統令中的第二項。
5. 第 1476 號總統令此項代替之前第 885 號總統令。（原第 885 號總統令的內容為：按照 1999 年 5 月 25 日總統令「關於政府行政結構」（Указ Президента Российской Федерации от 25 мая 1999 г. N 651 "О структуре федеральных органов исполнительной власти"）來登記俄羅斯聯邦印刷媒體與廣播電視大眾傳播部為政府行政部門，並自動解除原來俄羅斯聯邦印刷媒體部 "Государственный комитет Российской Федерации по печати" 和俄羅斯聯邦廣播電視服務部 "Федеральная служба России по телевидению и радиовещанию" 兩部的職能。

6. 聯邦政府其他部門必需協助完成合併後所產生的部門行政人員的調配工作，並協助完成俄羅斯聯邦印刷媒體與廣播電視大眾傳播部的組織結構的合理性問題。
7. 政府立法機構必需在此總統令的基礎上一個月內制定可以讓總統令合理存在的政府條文。
8. 本總統令自簽字之日後生效。

三、專業記者團隊成為主力

全俄羅斯廣播電視公司的領導人基本上都是來自電子傳媒富有經驗的新聞人，這包括巴普佐夫（Олега Попцова 1990-1996）、薩哥拉耶娃（Эдуарда Сагалаева 1996-1997）、斯瓦尼金（Николая Сванидзе 1997-1998）、施維德科夫（Михаила Швыдкого 1998-2000）。2000 年總統普京任命杜伯羅傑夫（Олег Добродеев）為全俄羅斯廣播電視公司新的領導人，杜伯羅傑夫最主要的任務就是要使俄羅斯國家電視臺成為真正的國家中央電視臺，因為在俄羅斯國家電視臺的收視率始終徘徊在第三位元，這樣的情況一直持續了 5-6 年，另外，杜伯羅傑夫還要重組趕走寡頭古辛斯基後的獨立電視臺。杜伯羅傑夫基本的思路就是建立俄羅斯的媒體工業（медиаиндустрии）來擺脫電視面臨的無利潤而言的尷尬境界，電視臺應該以吸引人的新聞和電視節目來提高收視率，杜伯羅傑夫希望建立俄羅斯的大眾傳播市場（рынк электронных СМИ），儘管媒體市場在初期的發展階段還有很多的國家指導成份，而媒體市場會隨著俄羅斯國力的提升而逐步走入正常。

2000 年，俄羅斯國家電視臺根據蓋洛普媒體調查公司的調查，俄羅斯國家電視臺的新聞中心由原記者阿伯拉門科（Александр Абраменко）領導，2002 年，則改由庫裏斯金科夫（Владимир Кулистиков）指揮，庫裏斯金科夫原來是俄羅斯通訊社的領導，在這一系列的人事變動中基本上都是以專業人員為主，但在專業人員中的各自又有不同分工，阿伯拉門科進入新聞中心的目的就在於打破俄羅斯國家電視臺在新聞製作中經常出現的外行指導內行的現象，俄羅斯國家電視臺的領導成員自 1992 年開始就直接由總統葉利欽任命，這樣經常使得俄羅斯國家電視臺的新聞在報導中經常出現軟弱無力和反映遲鈍的現象，這樣在社會電視臺（現稱為第一電視臺）和獨立電視臺的快速報導的比對之下，俄羅斯國家電視臺的新聞並不能夠為政府的政策有任何護航的行為。

2002 年，俄羅斯國家電視臺還引進原獨立電視臺記者馬秀科（Елена Масюк）、馬門多夫（Аркадий Мамонтов）、列文科（Евгений Ревенко）為電視臺的主播，這三位記者可謂是各有特色。馬秀科是一個有著格魯吉亞血統的女記者，她對於突發事件的敏銳度在俄羅斯新聞界是有目共睹的。馬門多夫是一個隨時可以深入戰地的記者，80 年代，他還曾在蘇聯發動阿富汗戰爭中服役，並獲得勳章，在後來葉利欽發動的車臣戰爭中，馬門多夫又有很多的出色表現，對於很多俄羅斯記者來講，深入戰地採訪是一堂必修的課程，比如在莫斯科生活的很多本國和外國居民平時就有預測在何地有爆炸或恐怖威脅的能力，這與很多長期處於和平生活的居民決然不同。列文科則是一個口齒伶俐容貌清秀的有活力的年輕人，他本人的俄語也非常接近現代俄羅斯年輕人的口音，因為在俄羅斯主要有兩種口音，一種為莫斯科音，另一種為聖彼德堡口音，但在這兩種口音當中，年輕人說話的語氣有中老年人是完全不同的，筆者發現在多年的俄語學習過程當中，筆者自己本身的語氣和用詞是與俄羅斯中老年人一樣的，同樣在到俄羅斯多年的生活當中也是與俄羅斯年輕人無法正常溝通的。由此可以看出，在俄羅斯電視臺找到與年輕觀眾能夠溝通年輕主播不是一件容易的事。同時，俄羅斯國家電視臺還從葉卡捷琳堡請來了季多娃（Анна Титова）和西季裏（Мария Ситтель），以提高電視臺新聞節目的新鮮和專業面孔。

四、節目鎖定年輕觀衆

2001 年，廣播電視公司（俄羅斯國家廣播電視公司的分支機搆）還成立了文化廣播電視公司（ГТРК "Культура"），這樣原來直接隸屬於俄羅斯國家廣播電視公司的文化電視臺就再次降級成為文化廣播電視公司的分支機搆，但文化電視臺的發射範圍由原來的僅限於莫斯科和聖彼德堡兩市和州，變為向全國發射的全國性電視臺。同時，俄羅斯電臺（"Радио России"）的職能也發生了改變，俄羅斯電臺由原來的節目製作單位轉變為俄羅斯電臺的監管單位，但俄羅斯電臺原來的節目還是原樣保留，在職能轉變後，俄羅斯電臺節目質量下降和受眾群流失是必然發生的事情，但俄羅斯國家廣播電視公司內部檔顯示，俄羅斯電臺今後製作節目的任務是為了服務於年輕聽眾，因為過去俄羅斯電臺的受眾群比較老齡化，在經過人事調整之後，老媒體人都已變為管理階層，這樣為新媒體人讓出了施展才能的空間，後經過蓋洛普媒體調查公司的調查顯示，近幾年，俄羅斯電臺的受眾群確有年輕化的趨勢，很多年輕受眾開始利用網路收聽俄羅斯電臺的節目。

自 2005 年，俄羅斯國家電視臺還要開辦針對莫斯科觀眾的莫斯科新聞（"Вести Москва"）節目，這個節目是直接針對社會電視臺而開辦的。總體看來，俄羅斯國家廣播電視公司的市場化的歷程基本上是以受眾為基礎，國家人事權下放為主幹， 電視節目的製作是建立在以年輕受眾為基礎之上的，這其中一個最主要因素就在於年輕受眾是廠商投入廣告的主動因素，如果電視臺能夠得到大量的廣告的話，電視臺的盈利自然沒有問題，自 2000 年之後建立在國有化基礎之上的廣播、電視媒體改革自然會獲得成功，廣播、電視媒體改革最大的受益者自然也是俄羅斯政府和總統。

五、全俄羅斯廣播電視公司在選舉期間操控媒體

俄羅斯國家廣播電視公司（Всероссийская государственная телевизионная и радиовещательная компания 簡稱為 ВГТРК）對於整體的俄羅斯媒體發展來講，它是一個非常特別的企業或稱為公司（Федеральное государственное унитарное предприятие）。在這裏我們需要特別介紹一下俄羅斯國家廣播電視公司在俄羅斯國家大選之前是如何管控廣播電視媒體的。在 2003 年 11 月 7 日到 12 月 5 日俄羅斯第四屆杜馬議員的選舉過程當中，俄羅斯國家廣播電視公司控制了整個杜馬選舉過程當中的候選議員們的電視宣傳，在蘇聯解體之後俄羅斯議會選舉的電視宣傳基本上以金錢充裕度為標準的，比較富裕的政黨一般會佔用大量的電視廣告時間，在第二屆和第三屆的議員選舉中競選電視廣告的資金竟然和電視臺整體的廣告收入掛鉤，如果議員在後來的選舉中獲勝的話，這些議員會在未來四年的時間內通過對於有貢獻的幾個電視臺和電臺有利的法案，選舉成為俄羅斯媒體人和企業、議員進行利益交

換的合理、合法場所，表面上看俄羅斯的政客是最終的受益者，但在俄羅斯國家狀態還處於積弱的狀態下，企業和壟斷財團才是最終的受益者。對此，俄羅斯國家廣播電視公司對於杜馬議員的選舉廣告做出了最後的決定，該決定最終目的就在於，減少廣告播出時間，同時限定廣告資金的投放量。

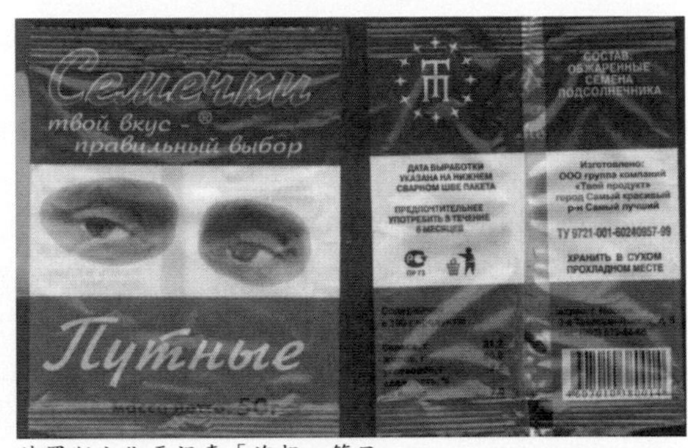

俄羅斯文化電視臺「海報」節目

俄羅斯國家廣播電視公司規定候選議員和政黨的廣告必需採用PAL制式，錄影帶的規格必需是Betacam SP，對於播出前的技術處理都要交由俄羅斯國家廣播電視公司處理，候選議員或者政黨提供的錄影帶的技術參數必需符合俄羅斯聯邦電視錄影帶的參數 ГОСТа-7845-93、ОСТ-58-10-87；和ПТЭ-2001，這些錄影帶的參數是由俄羅斯聯邦印刷、電視和大眾傳播部（Министерства Российской Федерации по делам печати, телерадиовещания и средств массовых коммуникаций）於2002年7月12日頒佈的134號命令規定的，最後俄羅斯國家廣播電視公司規定每部選舉廣告不超過5秒鐘。對於最後廣告播出後的受眾影響度要由俄羅斯國家廣播電視公司統一做調查，為此，俄羅斯國家廣播電視公司還成立了一個名為：蓋洛普媒體有限公司（ЗАО ТНС Гэллап Медиа），在廣告播出之前，廣告片一定先播出以下內容只有18歲以上的公民收看的字樣（原文為：Все лица старше 18 лет）。蓋洛普媒體有限公司的調查範圍在選舉之後的受眾調查非常廣泛，而且還時常會影響到總統或其他政府權力部門的行為，比如在抓捕寡頭霍多爾科夫斯基的行動之前，蓋洛普媒體有限公司曾作過相關的調查，後調查顯示俄羅斯民眾對於寡頭的非法經營狀況早已深惡痛絕，並希望政府能夠規範這些寡頭的行為，不要讓俄羅斯民眾經常成為改革的受害者。一般這些民意調查經常會在普京或政府採取行動前半年或一年前展開。

俄羅斯國家電視臺根據不同選區候選人而制定的定價

不同選區的編號	競選廣告價格（千盧布）	不同選區的編號	競選廣告價格（千盧布）
1-101	120	502-701	100.
102-151	115	702-901	98
152-201	111	902-1001	96
202-301	108	1002-1201	93
302-401	105.	1202-1401	91.
402-501	103	1402-或更多	89

價格是根據每 30 秒為計量單位的，同時這些錢是不用上稅的。資料來源為：TNS—蓋洛普媒體有限公司（ЗАО ТНС Гэллап Медиа）如果根據蓋洛普媒體有限公司提供的資料判斷，如果每個候選人每次才有 5 秒的廣告播出時間，在選前的一個月當中，候選人出現的次數不超過 10 次計算，以第一選區莫斯科市為例，每名候選人每次所支付的競選廣告不超過 700 美元，一個月下來電視廣告的支出不超過 7000 美元。換而言之，每個候選人手頭只要萬把美元就可以當一下杜馬議員的候選人了，當然，當選的機會也會微乎其微。杜馬議員候選人要在廣告播出前 5 個工作日之前把廣告播出費交齊，廣告片一般由最初錄影有限公司（ЗАО"ВИ-Приоритет"，該公司的地址為：121359, г. Москва, ул. Академика Павлова, д. 25，電話為：（095）737-8737，傳真為：（095）737-8743 保管和管理）。

廣播電臺的廣告規定：需要播出廣告的議員候選人應該向電臺提供檔案為 WAV 制式的光碟或者為 16 比特身歷聲錄音。對於每一個候選人，電臺提供的服務以每 30 秒為計算單位，競選廣告播出的費用為 3.658 萬盧布，候選人還要自行上繳 18%的國稅。候選人必需在競選廣告播出前兩個工作日內提供自己的錄音帶，候選人在播出前還要與俄羅斯國家廣播電視公司的附屬單位國際廣播錄影公司（ЗАО "Видео Интернешнл-Радио"）簽訂協定，協定的形式種類比較多，如果候選人有特殊要求的話，這要直接與俄羅斯國家廣播電視公司直接聯繫，國際廣播錄影公司的位址為：121359, г. Москва, ул. Оршанская, д.3，電話為：（095）737-87-50，傳真為：（095）737-87-51

2005 年 2 月 10 日俄羅斯文化與大眾傳播部部長薩科羅夫（А. Соколов）簽署了關於外國印刷媒體在俄羅斯發行的檔，該檔名稱為：關於國外定期印刷出版物在俄羅斯境內發行的決定（О выдаче разрешений на распространение продукции зарубежных периодических печатных изданий на территории Российской Федерации），該文件在 2005 年 2 月 7 日經過俄羅斯法務部備案，備案號為：6300。

該檔具體內容為：根據俄羅斯聯邦政府第 289 號文件「關於俄羅斯文化與大眾傳播部」（"О Министерстве культуры и массовых коммуникаций Российской Федерации"）[5]和 1991 年 12 月 27 日通過的俄羅斯聯邦法律中「傳媒法」的 N 2124-1 項規定（Законом Российской Федерации от 27 декабря 1991 года N 2124-1"О средствах массовой информации"），俄羅斯文化與大眾傳播部要依法對於國外定期印刷出版物進行規範。

1. 確定於國外定期印刷出版物在俄羅斯聯邦境內是可以發行的。
2. 國外定期印刷出版物的發行還是可以根據已經失去法律地位的前行政部門「俄羅斯聯邦印刷媒體廣播電視和大眾傳播部」的第 29 號命令（Приказ Министерства Российской Федерации по делам печати, телерадиовещания и средств массовых коммуникаций）繼續執行，該項命令為：關於國外定期印刷出版物在俄羅斯境內發行的決定（"О выдаче разрешений на распространение продукции зарубежных периодических печатных изданий на территории Российской Федерации"）[6]。
3. 執行本檔的負責人為：俄羅斯文化與大眾傳播部副部長娜季洛娃（Л.Н. Надирова）。

[5] 第 289 號檔“關於俄羅斯文化與大眾傳播部”是 2004 年 6 月 21 日通過的《俄羅斯聯邦政府法律文集》中第 2571 頁的內容，（Собрание законодательства Российской Федерации от 21 июня 2004 года, N 25, ст. 2571）。

[6] 此檔與上面的檔同名。

第三節　俄廣電媒體從多元化轉向國有公共服務制

蘇聯解體之後，俄羅斯聯邦繼續執行 1991 年所修訂通過的《傳媒法》，《傳媒法》執行的結果基本上將原有的「國營廣播電視制度」在法律形式上做了徹底的改變。《傳媒法》在內容制定上有兩個特色，首先是該法過度強調新聞自由；其次，該法還試圖保持原來國家體制做最後的努力。當時葉利欽理想的媒體模式屬於美國的商業化模式。按照獨聯體國家間達成的協議，俄羅斯聯邦繼承了前蘇聯的債務，此時俄羅斯並沒有從西方國家獲得經濟改革所必需的資金，同樣俄羅斯媒體也沒有獲得商業化發展所必需的資金，因此發展商業化媒體並不符合當時俄羅斯的國情，但為何葉利欽還要在媒體進行商業化運作呢？其中最主要的原因就在於葉利欽想利用媒體商業化的機會在媒體進行全面的人事更疊，但效果是金融寡頭此時趁虛而入媒體，並開始幹預政府政策的制定，《傳媒法》並沒有得到很好的執行。葉利欽在執政的後半期，就已經認清寡頭控制媒體後對國家的影響。2000 年普京當選總統之後，普京就開始進行整肅媒體中的寡頭，同時開始調整媒體專業人員的結構，此時，親政府媒體專業人員開始大量進入管理崗位。俄羅斯廣播電視媒體的管理形式開始轉型為兼具英國的形式與法國管理內涵、並適合於俄羅斯國情的「國家部分所有公共服務體制」。

一、俄羅斯電視臺運作轉向多元化

俄羅斯電視臺在整個九十年代的轉型期間主要表現在多元化，基本有四個特點[7]：

播送方式的多元化。重要新聞採用直播的方式，當時《獨立電視臺》首先採用了 SNG（衛星直播轉播車）的播送方式，並且莫大新聞系也採用很多的方式來培養學生在現場新聞采寫直播中的各種應變能力，如俄羅斯國家電視臺的節目《黑與白》的攝影棚就設在新聞系二樓，學生可以在下課之後直接參加節目的錄製，筆者就曾經以觀眾的身份觀看了該節目的錄製工作，當時節目形式主要是採訪新聞系的系主任紮蘇爾斯

---

[7] 吳非，《論市場經濟中俄羅斯電視傳媒的多元化發展》，《暨南大學學報》，2005 年，第五期。

基。衛星電視臺的出現也為俄羅斯帶來了多元化的生活，俄羅斯與美國成立宇宙電視臺這樣的合資媒體，該電視臺主要是轉播西方的新聞台與電影台的節目，1996 年獨立電視臺還開設了四個衛星電視頻道，它們分別為：電影台、俄羅斯老電影台、體育台、新聞台，其中新聞台的開設影響面最大，因為該台可以在美國、以色列及西歐各國同步收看。

製作節目形式的多元化。這時在俄羅斯電視中開始出現電視直銷的節目。俄羅斯各大電視臺普遍採用了製片人制度，整個節目的製作與發行都掌握在製片人手中。這樣節目製作可以有更大的生存發展空間，電視臺也有靈活的節目安排政策。在俄羅斯媒體多元化的發展當中還有一些另類的發展模式，如莫斯科電影製片廠的部分精英組成的鬆散合作組織「錄影電影」，就獨立為獨立電視臺提供在俄羅斯家喻戶曉的政治諷刺性節目《木偶人》，以製作人為中心成立的「莫斯科風格」公司為電視臺提供《真實時刻》、《面具脫口秀》、《紳士脫口秀》等節目。俄羅斯杜馬議員瓦列裏・科米薩洛夫就親自主持獨立的家庭節目《男人與女人的故事》、《我的家庭》，科米薩洛夫主持節目的攝影棚就在俄羅斯國家電視臺的大院內。

電視觀眾分佈的多元化。俄羅斯的電視觀眾主要是分為整體意義上的觀眾、特別地方的觀眾（如靠近高加索的觀眾，這一地區的觀眾所收看的節目基本上有一定的特殊性）、地方觀眾（這批觀眾主要是以有線電視為主）。一般而言，聯邦級電視臺會在幾項重要的節目上進行歐洲區和遠東區的兩檔內容區隔，以當地觀眾的需求為節目的收視定位。

電視臺所有制形式的多元化。國家、非國家的電視臺同步存在，非國家性的電視臺主要包括：私營、社會合資的有限公司及無限公司形式、非政府具有社會責任感的社會組織媒體（如綠色和平組織媒體在俄羅斯的合法註冊）、以研究性質為主的媒體組織（如公開基金會，該基金會以研究政治走向與媒體所有制、報導形式為主）。

跨媒體經營開始普及。2001 年前俄羅斯媒體寡頭將報紙、廣播、電視、銀行和房地產進行聯合經營，2001 年後專業媒體人的經營範圍僅限於報紙、廣電、出版社和網路內進行，比如前文提到的俄羅斯杜馬議員瓦列裏・科米薩洛夫不但擁有俄羅斯國家電視臺的節目，而且以「我的家庭」為根據地，展開了相關的報紙和出版社的經營。據全俄廣播電視公司的技術專家在電視訪談節目中透露，俄羅斯現在可免費收看超過一百個衛星電視臺的電視節目，這包括：由 Intersat 衛星轉播的五套義大利衛星電視臺、四套挪威電視臺，Astra 衛星九套來自德國、英國、美國的電視節目，Turksat 轉播九套土耳其電視臺，新衛星 Hot Bird 可以轉播十六套電視節目。

二、廣電記者逐漸專業化與年輕化

俄羅斯媒體儘管經歷了十餘年的變革歷程，但俄羅斯新聞記者階層是由眾多的知識份子所組成的這一基本結構並沒有太多的變化[8]，因此俄羅斯的記者及新聞主播對任何的社會事件都有自己的見解。國家精英分子是由不同種類優秀代表組成，但這些優秀代表是否從內心理維護國家安全與發展，令政府擔憂。尤其在商業領域，在商業利益的驅使之下，商人有各種各樣的選擇，在不違反大原則的基礎之上，政府不應幹預商業運行的基本發展規律，此時政府擁有屬於自己的媒體是相當必要的，國家政府需要媒體來進行政策宣導，使國家政策與公共議題始終處於資訊流通的狀態。現在俄羅斯的媒體市場經濟還處於資本運作的基本階段，有時候甚至是所謂「菜市場經濟」，電視臺的運作還停留在提高新聞人的工資水平上。

1994 年俄羅斯媒體人為了提高電視節目的質量而宣佈成立了俄羅斯電視發展基金會，後來基金會同電視科學院共同協作成立了「待飛」（ТЭФИ）電視獎，「待飛」電視獎共設有十二個獎項，而當時在美國的「艾美」獎已經設有一百一十項大獎。1998 年「待飛」籌委會將地方電視臺製作的節目納入評選當中，當年就有三百個地方電視節目參加評選，諸如下洛夫格勒、薩哈羅夫、別爾姆、瓦倫涅日、新西伯利亞、克拉斯納亞爾斯克等地方電視臺的節目製作水平有了大幅的提高，電視臺的收視率每年以百分之四至八的速度增長，儘管地方電視臺的實力與國家電視臺相比相去甚遠，但這也為一切以莫斯科為中心的媒體發展形勢形成了有益的補充。

---

[8] 【俄】《國會報》（莫斯科），《無序的媒體市場》，2002 年 5 月 7 日。

獲得《待飛》電視大獎的獨立電視臺主持人邦費羅夫

此時的俄羅斯媒體開始由三級管理變為三級獨立操作、各自為政的局面，這主要是由於此時俄羅斯經濟處在嚴重「休克」狀態，每一年政府所制定的財政預算都無法及時在國家杜馬進行通過，即使預算在最後關頭強行通過，此時的預算也無法在中央與各地媒體進行有效的操作。此時總統葉利欽為了維護其民主自由的形象，在業已混亂發展的媒體中成立全俄羅斯廣播電視公司，該單位為國家所有的局級單位，具體負責電視臺新聞製作、電視臺節目的發射，而俄羅斯宣傳部則主要負責印刷媒體與全俄羅斯廣播電視公司的工作，這樣使得俄羅斯媒體進入專業化管理階段。2000 年，當普京執政之後，俄羅斯媒體管理混亂的局面開始有所好轉，全俄羅斯廣播電視公司開始具體管理各加盟共和國及地方的媒體，而俄羅斯中央政府主要是通過預算的落實來實現管理。1990 年 7 月 14 日俄羅斯聯邦最高蘇維埃主席團（Президиума Верховного Совета Российской Федерации）決定成立全俄羅斯廣播電視公司，全俄羅斯廣播電視公司的主席為巴普佐夫（Олег Попцов），公司總經理為列辛科（Анатолий Лысенко），巴普佐夫後來成為莫斯科市首都電視臺的台長。全俄羅斯廣播電視公司與蘇聯國家廣電局（Гостелерадио СССР）之間的關係是互不隸屬的，在關鍵事件的報導上兩個單位還要相互協調，儘管表面上看蘇聯國家廣電局的權力被削弱了，但實際上由於當時蘇聯電視臺本身就很少，歸屬全俄羅斯廣播電視公司管理的幾乎都是一些電視臺的轉播設施，全俄羅斯廣播電視公司基本上是不管理實際的電視臺。

全俄羅斯廣播電視公司在組成人員上看基本上以年輕的新聞人為主，在沒有太多電視臺可以管理的情況下，全俄羅斯廣播電視公司在自行成立了青年電臺（радиостанции "Юность"）。巴普佐夫後來也承認在最初的階段，位於第五楊姆大街（улица Ямского поля）全俄羅斯廣播電視公司人員基本上是無事可做的，只是在蘇聯解體之前公司的工作才開始比較多。全俄羅斯廣播電視公司首先成立了新聞製作中心（"Вестей"），新聞製作中心製作的新聞都是通過奧斯坦基諾電視塔（Останкино）向周圍傳送節目，在 1991 年的八月事件中，新聞製作中心始終保持著不間斷向莫斯科市民傳送新聞的任務。在 1991 年 8 月到 1993 年 10 月 3-4 日間，全俄羅斯廣播電視公司是現實中唯一新聞的傳播單位。同年，全俄羅斯廣播電視公司還成為歐洲廣播協會（Европейского Вещательного Союза）的成員。1990 年 12 月 10 日俄羅斯電臺（ГРК "Радио России"）在總經理達維多夫（Серге Давыдов）的領導下開始了廣播新聞報導方式的改變。在蘇聯時期，收聽率最好的節目分別為：兒童節目、廣播電視劇場、音樂，俄羅斯電臺在 90 年代初開始直播的節目，首先俄羅斯電臺會直播蘇共總書記戈巴契夫的重要講話，同時，俄羅斯電臺還展開了在電臺的辯論節目，另外電臺還開始解答來自聽眾的問答，這期間比較優秀的主持人包括：別赫金娜（Наталья Бехтина）阿紮爾赫（Леонид Азарх）薩科羅夫（Вера Соколовская）、烏什科諾夫（Виталий Ушканов）、穀賓（Дмитрий Губин）巴爾強科（Людмила Борзяк）。

三、媒體所有權與管理結構的改變

蘇聯的大眾傳播媒介常被稱為「大眾新聞和宣傳體系」，這種體系的特徵是權力過於集中、紀律嚴明、步調一致、活動一致。蘇聯廣播電視的特徵主要體現在所有制、領導形式、經濟來源、媒介宣傳方式及管理機制的獨特之處，當前蘇聯解體之後，媒體的這五大特徵並沒有完全消失，反而俄羅斯媒體基本繼承了前蘇聯媒體在當時發展遇到的所有問題。

（一）所有制形式。蘇聯媒體一般都為國家所有，黨和政府控制媒體的具體運作，私人不准創辦報紙，但在蘇聯發展的後期由於經濟進一步衰落，使得國有媒體無法擺脫工具化、報導公式化、言論僵硬的模式。在俄羅斯聯邦成立之後，葉利欽開始倡導媒體所有制的多元化，儘管當時媒體的言論開始逐漸走向自由，但人民並不能夠判斷這些支援不同利益團體的言論，這使得人民並不能夠很好的利用自己手中的各項投票的權利。

（二）領導形式。蘇聯廣播電視是整個黨和國家機構的一個重要組成部分，蘇聯媒體的基本職能是「集體的宣傳員、集體的鼓動員和集體的組織者」，它必須忠實地為黨的路線方針服務，為提高勞動人民的思想覺悟服務，這是新聞的根本任務，但此時的媒體缺乏相對的獨立性，它對於社會生活、特別是對黨的活動進行監督批評的功能大為減弱。不同的歷史時期，黨中央對新聞宣傳進行思想方面的領導，領導方式的具體體現是制定新聞宣傳方針、政策和任務，並以黨的檔的形式下發給各新聞宣傳單位，一般統稱為「指導性」的領導；在組織方面，各級黨委會確定自己的領導新聞的方向、任務，選擇、配備和培養新聞幹部，並定期進行檢查監督，這就是「督導性領導」。指導性領導與督導性領導是實現媒體本身社會職責與進行內部人才培養的重要手段，但在葉利欽執政期間，政府對於媒體的具體指導一般無法貫徹到各個具體的媒體單位，媒體自身人才的培養工作也由於資金無法到位，而使媒體人才處於青黃不接的窘境。這時西方尤其是美國的新聞單位及基金會定期拿出金錢來培養有前途的俄羅斯新聞人才，這些人才在美國接受培養之後，此時媒體的具體領導方式與思維已經有了非常大的改變，而媒體此事是否還以維護國家利益為己任的思想同樣也有了非常大的改變，國家媒體及私營媒體的管理層出現了難以彌平的漏洞。

（三）經濟來源形式。蘇聯廣播電視的資金幾乎全部來自國家財政的劃撥，廣播電視均是國有國營機構。在計劃經濟時代，媒體並不存在商業廣告市場，蘇聯廣播電視節目中基本不存在商業廣告，媒體基本不以追求利潤為主要目的，媒體間同樣不存在經濟競爭現象。蘇聯解體前後兩年的時間內，俄羅斯媒體完全有機會仿照英國廣播公司運作模式建立一個收看付費的模式，以此來彌補電視媒體在運作中出現的財政赤字，當時俄羅斯許多的媒體人還對此進行長時間的討論，部分俄羅斯媒體人認為俄羅斯媒體應當採用法國的國家領導媒體的模式，另一部分媒體人認為建立付費機制的媒體可以帶來媒體的良性發展，但按當時俄羅斯經濟發展的狀況，人民並沒有太多的意願來對自己所看到的有限的電視節目進行付費。此後俄羅斯的市場經濟在蓋達爾的休克療法失敗之後陷入低迷，人民開始相信表面性的市場經濟改革並不是拯救俄羅斯經濟的萬靈丹。1993 年底，地下性的市場經濟即影子經濟成為經濟發展的主角之一，而盧布與美元的彙差起伏不定，使電視媒體完全不能通過人民的付費來維持正常的運作。

（四）媒介報導方式。前蘇聯新聞媒體最基本最重要的原則是黨性原則。新聞宣傳機構的首要任務不是提供新聞資訊，而是進行政治宣傳和思想教育。選擇新聞的原則，基本上摒棄新聞的時效性、人情味等基本的新聞價值觀，而是否符合黨的利益和政治需要成為選擇新聞的首要原則。在整個八十年代蘇聯的新聞基本走向史詩式或紀錄片式的新聞，提高觀眾的審美感覺與畫面的美觀成為新聞追求的主要內容，這使得新聞宣傳機構很少報導國內生活中的消極面。對於事故或災難等一切不利於鼓舞人民士氣的消息，一般都會採用避而不提或輕描淡寫的處理方式。對於西方國家的陰暗面的宣傳及對西方高科技的成就諱莫如深的報導方式，使得人民對於西方各國的基本發展狀況沒有任何消息來源。這樣美國及西方各國的媒體成為介紹西方各國狀況的特殊消息來源，如「美國之音」在俄羅斯擁有其他媒體無可比擬的聽眾，

（五）管理機制。蘇聯的廣播電視是以高度的集權的行政命令方式與手段進行管理。蘇聯政府採用封閉式的傳播管理方法，政府禁止外國報刊在蘇聯發行，禁止人民收聽、收看國外的廣播電視節目，尤其是嚴格禁止人民收聽、收看具有敵對性的廣播電視節目，這裏主要是指「美國之音」、「自由廣播電臺」等來自美國的節目。這使得蘇聯在二十世紀 70 年代經濟取得巨大成功之後，人民的日常娛樂生活並沒有融合進先進的電子媒體，人們所需的資訊與先前一樣靠有線廣播、中央台獲得，文化娛樂則主要靠劇院、群眾娛樂等戶外的活動來取得，這間接造成蘇聯無法大規模地採用先進的電子技術來獲得資訊。封閉的最大後果是造成人民盲目相信來自於西方的新聞資訊，包括在蘇聯解體的前夕，戈巴

契夫獲得消息的來源竟然是「自由電臺」。只有採用開放包容並有效管理的態度，才能在不失去國家和民族利益的前提之下，發展自己國家的媒體，並使之繁榮昌盛。

蘇聯的媒體常被西方新聞和傳播理論稱為集權主義。西方媒體人指出，文化娛樂節目在蘇聯的廣播電視中雖然佔有較多的時間，但卻沒有正當的地位。廣播電視的功能是狹隘的，是高度功利性的，廣播電視是為改造社會而工作的，是為解釋共產主義的教義和慶祝社會主義的勝利而運作的。它必須保持黨的理想和保證革命事業的成功。為此，它要讓群眾理解，為了社會主義的現實，必須奉獻個人利益，並做出很大犧牲，包括忍受經濟上的貧窮和對個人自由的限制。蘇聯廣播電視在面對許多社會問題時，如酗酒、吸毒、犯罪等，新聞報導的方式是在問題得到解決之後才給予報導。基本上，蘇聯的廣播電視傳播效果不佳，並未達到預期的效果，總體上來講是不成功的[9]。

西方的新聞理論及新聞報導對於前蘇聯媒體的評價基本是切中要害的，蘇聯媒體人的思維及新聞現狀同樣也是西方新聞理論者難以理解的。首先，蘇聯人口的高文化素質造成在新聞枯燥的情況之下，人們開始可以選擇其他獲得消息及娛樂的方式，如前面提到的劇場娛樂，話劇、芭蕾舞、歌劇等等在蘇聯以及非常的發達及普及，這些高檔文化在蘇聯相當普及，且消費的費用也不是很高，這與西方完全不同。這造成人民對於新聞需求迫切性不是很高，只是當遇到緊急事件時，新聞的需求才會馬上提高，但此時報紙、廣播、電視還採取平常的處理態度，自然會引起大眾普遍的不滿。其次，政府不思進取，使得一直走在科技前沿的媒體得不到最好的武器，當時蘇聯媒體內部的管理相當僵化，報紙編輯比政府官員還享有特權，因而在制度與法律僵硬的狀態之下，蘇聯媒體的新聞處理及內部的管理則變為人治大於法制，很多的決策不是按法制與體制的規定，而是領導的決定做出，尤其是在戈巴契夫後期的「新思維」的改革當中，媒體基本成為政治鬥爭的工具，媒體對於蘇聯整體

---

9 Smith·Anthony,《Television: An international History》, New York, Oxford University press, 1995, P 73-76

發展的歷史採用了一種非理性的處理方式，致使蘇聯讀者在解體前夕的1991年間的訂報量大為減少。

時至今日，俄羅斯的新聞學者仍然認為，「大眾傳播事業如果沒有國家的統一領導是行不通的，或者說，儘管媒體不應由國家壟斷，但不能不由國家統一進行一些基本的調控，這種集中調控的體制是可行的。因此大眾傳播媒介在俄羅斯仍是國家進行一些基本的統一領導和調控下的系統，這個系統應根據統一的原則和任務展開活動，而對於整個系統實行領導的根本原則，應該是根據憲法制定的大眾傳播媒體法。廣播電視應該是多功能的，大眾傳播系統要大力發揮的最主要功能就是整合功能[10]」。

應該說此時俄羅斯傳播學者已經基本認清，俄羅斯媒體現在發展過程中所遇到的問題。直至現今，俄羅斯媒體在發展過程中並沒有擺脫人治大於法制的這一怪圈，在葉利欽執政期間，他經常以總統令的形式，對某些媒體進行改革或改變《傳媒法》的具體規定，強調媒體在國家統一領導和調控下展開工作是媒體維護國家利益的前提條件。2000年，普京執政之後，普京對於媒體的管理更加強調法治化與規範化，但如何為在俄羅斯媒體內部形成積極有效的管理結構創造外部條件是擺在政府面前的具體問題。

四、國家所有廣電公共服務體制確立成型

1989年，前蘇聯最高蘇維埃通過《傳媒法》，當時光進入90年代後，蘇聯解體。俄羅斯聯邦繼續執行1991年所修訂通過的《傳媒法》，《傳媒法》執行的結果基本上將原有的「國營廣播電視制度」在法律形式上做了徹底的改變。《傳媒法》在內容制定上有兩個特色，首先是該法過度強調新聞自由；其次，該法還試圖保持原來國家體制做最後的努力。

當時葉利欽理想的媒體模式屬於美國的商業化模式。按照獨聯體國家間達成的協議，俄羅斯聯邦繼承了前蘇聯的債務，此時俄羅斯並沒有

---

10 《論大眾傳播系統中的當代廣播》，洪沫編譯，《世界廣播電視參考》，1998年第6期，第35-40頁。

從西方國家獲得經濟改革所必需的資金，同樣俄羅斯媒體也沒有獲得商業化發展所必需的資金，因此發展商業化媒體並不符合當時俄羅斯的國情，但為何葉利欽還要在媒體進行商業化運作呢？其中最主要的原因就在於葉利欽想利用媒體商業化的機會在媒體進行全面的人事更叠，但效果是金融寡頭此時趁虛而入媒體，並開始幹預政府政策的制定，《傳媒法》並沒有得到很好的執行。葉利欽在執政的後半期，就已經認清寡頭控制媒體後對國家的影響。2000 年普京當選總統之後，普京就開始進行整肅媒體中的寡頭，同時開始調整媒體專業人員的結構，此時，親政府媒體專業人員開始大量進入管理崗位。俄羅斯廣播電視媒體的管理形式開始轉型為兼具英國的形式與法國管理內涵、並適合於俄羅斯國情的「國家部分所有公共服務體制」。

國家部分所有公共服務體制的具體特點是國家政府的管理團隊不進入廣播電視機構，而以國家資本進入廣播電視，並以廣播電視公司的最大股東身份出現，國家政府人員及政黨人士基本不會參與廣播電視公司的具體管理，廣播電視公司所執行的管理原則是尊重專業人士進行專業管理。這種管理形式的優點就在於當俄羅斯經濟還沒有很快地發展時，不但可以減少俄羅斯的金融寡頭壟斷媒體干涉國家政府政策制定的機會，而且會使得廣播電視公司形成機構管理與資本累積兩股相互監督、共同發展的良性互動關係，而國家也不會對媒體的盈利與虧損擔負過多的責任。俄羅斯的國有公共服務制基本上結合了美國的商業模式、英國的公共電視、前蘇聯暨歐洲戰時狀態中特有的國營媒體的特色，然後融合自身國情而形成的俄羅斯媒體制度。截至到 2002 年為止，出版印刷、廣播電視與大眾傳播部（МПТР）統計[11]，在俄羅斯境內共有：電視轉播站 1276 個、無線電轉播站 1002 個、有線轉播點 258 個、電視衛星 18 個[12]。

---

[11] 俄羅斯原來印刷、廣播電視大眾傳播部（Министерство Российской Федерации по делам печати, телерадиовещания и средств массовых коммуникаций）的網址為：http://www.mptr.ru/ ，現變為聯邦印刷與大眾傳播部（Федеральное агентство по печати и массовым коммуникациям），網址為：http://www.fapmc.ru/。

[12] 資料來源：《俄羅斯媒體產業發展報告》（Индустрия российских средств массовой информации）該報告是由俄羅斯美國兩方面的專家共同撰寫，工作小組的名稱為 REDMED（Проект доклада был подготовлен участниками Российско-американского

蘇聯時期的老電視塔

蘇聯解體之後，媒體的監管機關也隨著政府對媒體發展需求的變化，不斷調整內部結構和職權。俄羅斯聯邦於 1992 年成立的印刷委員會與廣播電視委員會同時展開對印刷媒體及廣播電視媒體的管理工作。但後來當媒體的「國有公共服務體制」基本確定以後，接著 1999 年 7 月 6 日葉利欽頒佈命令「完善國家管理大眾資訊」，出版委員會與廣播電視委員會開始合併升格為出版印刷、廣播電視與大眾傳播部（МПТР）[13]。全俄羅斯廣播電視公司成為廣播電視的專業領導集團，同時也是各大電視公司資源的調整分配者，全俄羅斯廣播電視公司真正成為廣播電視整合管理的專業機構，在 1998 年後的歷次改革中，全俄羅斯廣播電視公司成為唯一不變的國家機關。

диалога по предпринимательству в области СМИ. В рабочих группах RAMED обсуждалась концепция и структура доклада.）

13 【俄】《俄羅斯報》（莫斯科），1999 年 7 月 6 日。

70 年代末奧斯坦丁電視塔的建設

建成的奧斯坦丁電視塔

奧斯坦丁電視塔

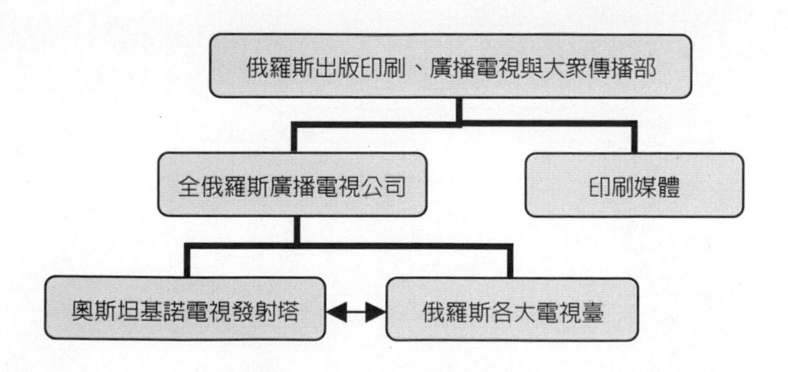

2004 年前俄羅斯媒體管理結構

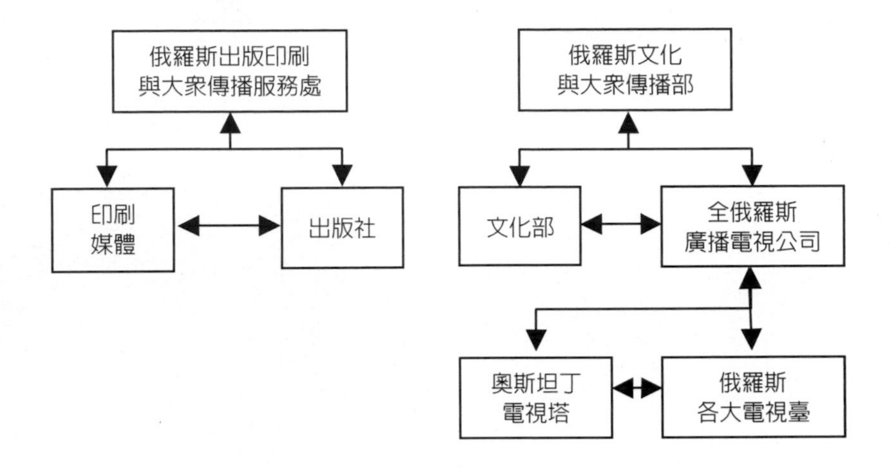

2004 年後俄羅斯報紙與廣電的管理結構

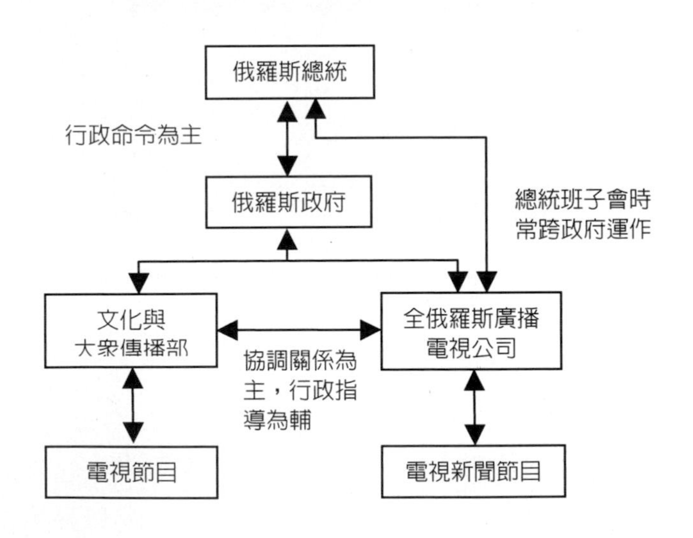

俄羅斯廣播電視體制改革後的整體管理體系

當代俄羅斯政府在國內不平等經濟條件以及不完全市場競爭的環境中，經常扮演的是媒體資本運作之宏觀調控者的角色。俄政府首先會從制定符合國有企業參與媒體發展的政策著手，以調整國家媒體所處的競爭位置，減少媒體市場的商業性質，以及增加國有媒體的資金補助。因此，俄羅斯商業機構與國有公司仍是處於不平等競爭的基礎點上。俄羅斯媒體在面臨市場缺乏促進因素的情況之下，政府會為了提高媒體機構整體經濟運作的效益而採取如下的措施：加強國家政府對於媒體補助經費開支的調控，例如針對有決定意義的製作攝影棚所拍攝的節目，增加政府採購預算、過渡性的政府預算以及具有刺激節目播出的預算支出；或是慢性破產策略，在個人電視臺的競爭條件逐漸惡劣時，增加電視臺對於政府財政支援的依賴性，然後再進行資產收購，使其成為親政府的媒體。

目前在總體俄羅斯廣告市場沒有顯著變化的前提之下，俄羅斯媒體已經完成國家壟斷化與集團化整合的進程。俄羅斯媒體相當重視對於職業媒體經理人的培養，這裏最主要的原因在於，自 1992 年至 1998 年期間，俄羅斯媒體發展儘管經歷了媒體寡頭參與媒體的經營，但這些寡頭只是參與媒體的資本運作，而對於媒體的管理，則主要依靠職業媒體人與經理人，因此寡頭媒體所遺留下來的資本空缺，國家政府必然會在媒體資本運作與媒體發展的外部環境上面進行宏觀與微觀的調控，而媒體內部職業化的發展必然還要依靠職業媒體人與經理人，這些職業媒體人與經理人主要還是由原來的前蘇聯所遺留下的黨政幹部所組成，客觀上來講，他們對於普京所奉行的媒體應維護國家利益的原則必有所幫助。

普京對媒體改革的態度是必需從他建立意識形態觀中來看。2003 年，普京在與美國哥倫比亞大學的學生和教授座談時講到：「如果新聞受控於兩三個錢袋子，那麼，新聞媒體本身就不會存在任何的自由，媒體反而會成為利益集團的保護者，新聞媒體只有在確定自己的基礎之後，才能實現新聞自由。所謂自由就是公民可以表達自己的意見，於此同時，公民同樣要受到民主方式通過的法律限制，否則歷史就會重演，自由會被當成為所欲為處於失控狀態的無政府主義[14]。」由此可見，俄

---

[14] 《普京與美國哥倫比亞大學學生談新聞自由》，http://www.kremlin.ru/。

羅斯媒體有維護國家利益的義務，而這只有在國有公共服務體制下才能建立媒介權力與利益的正常管理與發展秩序。2004 年普京再度連任總統之後，8 月份頒佈總統令成立文化與大眾傳播部，正式將媒體改革的方向與文化結合起來，這一點顯示俄羅斯的國家媒體勢必得到發展，商業媒體不是俄羅斯政府弘揚國家主義的主戰場。文化與大眾傳播部成立後，廣電監管結構也所變化。

第三章

俄羅斯國家廣播電視集團所有權集中化現象

2004 年 6 月，俄羅斯出版、廣播電視與大眾傳播部又重新調整，出版部被政府獨立出來成立為出版印刷與大眾傳播辦公室，廣播電視部則與文化部合併成為文化與大眾傳播部。廣播電視的功能是屬於娛樂功能或是文化功能基本上在此已有一個明確的定位，這樣的定位讓發展商業媒體變成次要的發展方向，而國家媒體則必須成為承擔弘揚文化任務的重要載具。

1991 年 12 月 26 日，蘇聯正式解體，俄羅斯新的政治體系開始發展形成，新的傳播體系也隨之開始建立發展，媒體進入了激烈的轉型時期。俄羅斯政治學者伊爾欣（Ирхин Ю. В.）認為，任何政治體系中的社會關係都包含著政府權威部門的決策[1]。俄羅斯莫斯科國立大學新聞系教授施匡金（Шкондин М.В）認為，由社會各個成員組成的資訊關係應該形成一個統一整體的資訊空間體系[2]。俄羅斯執政當局創辦媒體、建立媒體事業領導集團，並且持續加強新聞宣傳主管單位統合、分配和管理的功能，這是俄中央政府在媒體轉型過渡期間逐步摸索出控制媒體的方式。而在這個整體的資訊空間中，俄羅斯政府以新聞主管機關—俄羅斯聯邦廣播電視服務處、俄羅斯聯邦廣播電視委員會和俄羅斯聯邦出版委員會合併為後來的出版印刷、廣播電視與大眾傳播部（МПТР）負責全俄政策研議與技術管理，以及國家媒體事業領導集團—全俄羅斯國家廣播電視公司（ВГТРК）負責廣播電視事業的規劃、監督、管理與營運的單位，兩者結合來強化政府在資訊空間中的主導地位。

蘇聯解體之後，原屬於前蘇聯的中央電視臺與廣播電臺則分別歸屬於聯邦政府與各地方政府或共和國，在俄羅斯聯邦剛成立的初期，就已

---

1 Ирхин Ю. В.（1996）. Политология, М.:РУДН, стр. 228.（伊爾欣，《政治學》，莫斯科：亞非民族友誼大學出版社，1996 年，第 228 頁。）

2 Шкондин М.В.（1999）. Система средств массовой информации, М.:МГУ, стр. 5~6.（施匡金，《大眾傳播媒體》，莫斯科：莫斯科國立大學出版社，1999 年，第 5~6 頁。）

經形成大約 75 個電視中心，然而地方政府對於電視中心的管理卻遠遠落後於前蘇聯中央政府的統一管理。這其中關鍵的因素就是地方政府無法籌集到用於電視中心發展的資金，同時電視中心的新聞從業人員對於電視媒體的管理也缺乏必要的經驗[3]。這種地方媒體讓中央鞭長莫及的各自為政現象一直持續到 1993 年底，當俄羅斯政體確定了總統權力集中制的雙首長混合式的行政體系之後，強化政府廣播電視主管機關在電子傳播領域中的主導地位，就成為葉利欽乃至普京總統重新對媒體進行有效控管的最佳策略。

就如同哈伯馬斯（Habermas）於 1989 年在著作《公共領域的轉型結構》（The Structure of transformation of the public sphere）中提及的問題：國家總是試圖將政治性問題轉化為技術性問題。事實上掌握電子媒體所需的轉播設備與技術，也是為了讓媒體服務於政權的一種手段，而政權也可以藉由技術資源的掌握來操控媒體，達到自身的政治目的，因此俄羅斯媒體與政權的互動關係成為西方與俄羅斯之間關係的一個重要性指標之一。在葉利欽執政時期，親西方的媒體寡頭可以影響克裏姆林宮的決策，普京執政之後，媒體寡頭成為被政權打擊的物件，影響決策是不可能的事，但是普京會與國家媒體的高層保持直接對話，甚至會召見莫大新聞系主任商談俄羅斯新聞的走向，總體而言，就算是市場經濟下的媒體營運，俄羅斯的媒體也要在不損害國家利益的情況下賺錢。因此，全俄羅斯國家廣播電視公司的地位就顯得特別重要，它不但扮演普京政府政策的傳聲筒與解釋者，發揮媒體是政府喉舌的功能，也要負責監督與管理地方電視廣播公司，並且統籌和分配地方媒體所需要的資金。

第一節　俄廣電監管與營運機構相互整合

1999 年 7 月 6 日，葉利欽頒佈命令《完善國家管理大眾資訊》，將俄羅斯聯邦廣播電視服務處與俄羅斯聯邦廣播電視委員會以及俄羅斯聯邦出版委員會（Роскомпечать）合併組成一個單一的新聞宣傳主管機

---

[3] Ворошлов В. В.（1999）. Журналистика, СПБ.: изд. Махайлова В. А., с.53~55.（瓦拉什洛夫，《新聞學》，聖彼德堡：米哈伊洛夫出版社，1999 年，第 53-56 頁。）

關—出版印刷、廣電和大眾傳播部（МПТР）[4]。俄羅斯國家媒體主管機關以國家行政與技術資源掌控者與分配者的身份在傳播體系中準備逐步收編和整頓媒體的活動。根據總統《完善國家管理大眾資訊》的命令，出版印刷、廣播電視與大眾傳播部的主要任務是研議與落實國家資訊政策，大體包括了大眾傳播資訊的傳播與交換，刊物的登記註冊與執照發放，廣告的製作與媒體托播，技術基礎設備的發展建設與頻波規範使用以及協調聯邦各級政府行政機關對廣播電視設備的使用問題等等[5]。

一、俄廣電管理主管機關重新整合

按照俄羅斯大眾傳播媒體法第三十條規定，廣電委員會其中一項最重要的任務就是檢查廣播電視節目是否符合傳媒法的規定，然後再根據各家廣播電視臺的具體情況發給節目播出許可證照。此外，如果廣播電視臺之間產生任何糾紛，委員會還會介入其間解決糾紛，委員會決定是否幫助廣播電視臺在最高法院中的資訊爭議廳進行協定調停，或是有些媒體糾紛還會透過民間機構—捍衛公開性媒體保護基金會（ФЗГ）進行調停。

傳媒法第三十一條播出執照中提及，廣電委員會可以因為申請者不符合要求拒絕節目營運的申請與執照的發放，申請者以參加頻道競爭的方式來爭取播出許可執照，廣電委員會具有評鑒申請資格的權力。這一點為普京執政後制訂《部分形式活動登記註冊法》、選擇親政府的電視公司經營頻道以及收回國家電視頻道的舉措種下因數。媒體經營者在頻道資源稀少與發射塔國有的情形之下，只有選擇媒體服務於政府或是退出媒體經營範圍。

1993 年底，葉利欽總統簽署總統令成立俄羅斯聯邦廣播電視服務處（ФСТР），與此同時，俄羅斯廣播電視委員會（Федеральная комиссия по телерадиовещанию）也宣佈正式成立，後者屬於聯邦政府體制外的

---

4 Российская газета（1999.7.6）.（《俄羅斯報》，1999 年 7 月 6 日）

5 Указ «О совершенствовании государственного управления в сфере массовой информации». Правовая защита прессы и книгоиздания, М.: НОРМА с 390-392.（可參閱《新聞與圖書出版法律保護》，莫斯科：法規出版社，2000 年，第 390-490 頁。）

服務單位，直接向總統本人負責。廣電服務處成立的目的在於協調並處理整個聯邦內傳播活動中出現的爭議性問題以及管理廣播電視籌設規劃的具體技術性問題，而廣電委員會的功能則在於負責廣播電視臺中證照發放問題與頻道使用的政策研議工作，這樣政府體制內外組成的結構在當時其實就是一種總統為控制媒體所做出的政治性考量。這是 1993 年 10 月政府與議會衝突武力化，當時的人民議會堂—白宮（現成為俄羅斯聯邦政府所在地）遭到葉利欽調動軍隊炮轟後，葉利欽為消除政治繼續動盪的後遺症以及避免反對派人士擔任廣電單位職務而決定進行的特殊組合。

葉利欽總是習慣於以頒發總統令的方式來進行媒體改革，這樣可以避免俄共在國會中的制肘，或是因利益團體的爭鬥而延宕葉利欽所希望推動的政策。他的性情總是急躁而又想做事情的個人獨斷風格，這點經常為人所詬病。然而他不尊重議會，任意頒發總統令搞體制外運行機制，卻造成長期政府與議會衝突而延誤國家改革的進行，這開啟了決議案延宕與總統繞過國會直接頒佈命令行事的惡性循環。自 1993 年十月事件之後，葉利欽威脅解散國會、俄共揚言彈劾總統的政治對立、衝突、妥協的戲碼在媒體的關注之下就年年上演，讓民眾對國家政權機構感到非常失望。1999 年俄政府為持續加強新聞宣傳主管單位統合、分配和管理的功能，俄羅斯政府以新聞主管機關—俄羅斯聯邦廣播電視服務處、俄羅斯聯邦廣播電視委員會和俄羅斯聯邦出版委員會合併為後來的出版印刷、廣播電視與大眾傳播部（МПТР）負責全俄政策研議與技術管理工作。

二、全俄廣電公司成為廣電事業領導機構

媒體是葉利欽登上權力高峰的主要工具。1991 年 5 月，葉利欽向蘇共中央黨書記戈巴契夫爭取到開播第二頻道俄羅斯廣播電視臺（РТР）的權利，頓時扭轉了蘇聯時期只有奧斯坦基諾蘇聯中央廣播電視公司一家獨大的電視媒體頻道壟斷的局面[6]。俄羅斯境內遂形成兩家國營的中

---

[6] Засурский И. Я.（1999）. Масс-медиа второй республики, М.:МГУ, с.142.（伊凡．紮蘇爾斯基《第二共和的大眾媒體》，莫斯科：莫斯科國立大學出版社，1999 年，第 142 頁。）

央級電視臺互別苗頭的情況，對俄羅斯新政府而言，奧斯坦基諾是蘇聯舊時代的產物，如何提升俄羅斯廣播電視臺的節目水準與壯大全俄羅斯國家廣播電視公司集團一直是葉利欽鞏固政權和控制媒體資源的重要目標。俄羅斯廣播電視臺從播出開始，節目涉及了社會、政治、資訊、文化等相關領域，節目播出使用了衛星、地面轉播站等相關設備，全俄羅斯有 98.7%的大眾可收看到該電視頻道，同時衛星轉播該電視臺的廣播版一晝夜達 17.3 小時，俄羅斯節目還可以在阿塞拜疆、亞美尼亞、格魯吉亞、吉爾吉斯坦、烏茲別克斯坦、塔吉克斯坦、白俄羅斯完全觀看，但在哈薩克斯坦與烏克蘭只能收看部分時段的俄羅斯國家廣播電視臺節目[7]。

俄羅斯政府在 90 年代一共規劃出六個無線電視頻道，奧斯坦基諾（政府釋股後改為俄羅斯社會電視臺與俄羅斯廣播電視臺都利用中央政府的奧斯坦基諾發射塔與俄上空衛星傳輸覆蓋全俄面積約 99% 地區。1999 年，在葉利欽宣導俄羅斯文化季與慶祝莫斯科建城 850 周年之際，原屬於聖彼德堡電視臺的第五頻道後來被劃歸給剛成立的文化電視臺完全使用，該電視臺通過衛星每天轉播 12.8 個小時的節目，[8]文化電視臺是俄政府成立公共電視臺、落實國有公共服務制的重要一步，文化電視臺完全沒有商業廣告，主要經由政府赤字經營該電視臺，目的是將它發展成為一個以文化藝術為主的高品質公共服務性質型態的專門電視臺。普京上任後逐漸迫使寡頭退出電視媒體經營，以推動俄羅斯國有電視的公共化進程。

葉利欽為了讓國家主管機關在參與組織媒體活動的過程中扮演執行調控媒體事業主導者的角色，遂於 1997 年 8 月 25 日頒佈總統令《全俄羅斯國家電視廣播公司的問題》，1998 年 5 月 8 日，葉利欽又簽署總統令《關於完善國家電子媒體的工作》，正式將所有中央暨地方國家廣播電視公司、新聞資訊社（РИА《Новости》）和電視技術中心奧斯坦基諾（ТТЦ《Остан-кино》）同時納入全俄羅斯國家廣播電視公司中統一

---

[7] Ворошлов В. В.（1999）. Журналистика, СПБ.: изд. Махайлова В. А., с.55.（瓦拉什洛夫，《新聞學》，聖彼德堡：米哈伊洛夫出版社，1999 年，第 55 頁。）

[8] Ворошлов В. В.（1999）. Журналистика, СПБ.: изд. Махайлова В. А., с.56.（瓦拉什洛夫，《新聞學》，聖彼德堡：米哈伊洛夫出版社，1999 年，第 56 頁。）

整合調度管理，國有國營的中央電視臺俄羅斯社會電視臺（ОРТ）以及當時最大的商業電視臺—古辛斯基（Гусинский）的「橋媒體」集團使用政府規劃出第三頻道成立的獨立電視臺（НТВ），均使用奧斯坦基諾電視技術中心的設備資源，媒體寡頭都立刻感受到全俄羅斯國家廣播電視公司的技術牽制[9]。

俄羅斯的白宮政府在遵循克宮的命令下，負責執行繼續強化在資訊領域中控制電子媒體活動的政策，遂於 1998 年 7 月 27 日通過了一項行政決議《關於形成國家電子媒體生產—技術一體化》。該項政府決議是延續 1997 年 8 月 25 日總統令《全俄羅斯國家電視廣播公司的問題》與 1998 年 5 月 8 日葉利欽簽署的總統令《關於完善國家電子媒體的工作》的實施細則，正式確定了全俄羅斯國家廣播電視公司（ВГТРК）作為國家媒體集團生產技術的最高領導級單位[10]。從葉利欽總統執政的末期到普京當權期間，主政者以立法的方式逐步建立起一個以中央政府的媒體主管機關—出版廣播電視與大眾傳播部為中樞控制中心和以媒體事業領導集團全俄羅斯國家廣播電視公司作為全國媒體資源分配者，不斷加強政府在傳播領域中的主導地位，使俄羅斯媒體在一個統一完整的傳播體系下運作。

俄羅斯前總統葉利欽執政初期的傳媒立法專家、前出版廣播電視與大眾傳播部長米哈伊爾·費德洛夫指出，政府在俄羅斯傳播法建立總體設想當中的地位，在於俄羅斯政府應當大力發展服務於社會的媒體，它的形成必須仰賴於聯邦、地區和自治共和國政府三種領導勢力的整合，只有這三種政府勢力將本以分散的傳播資源整合之後，俄羅斯傳媒才可能在全俄羅斯國家廣播電視公司集團統合資源分配的領導下，完成俄羅斯媒體公共化的目的[11]。這一電視公共化概念在葉利欽執政十年期間奠定了基礎，普京則負責清除金融寡頭勢力深根的自由派電視臺。普京於 2000 年就任後的第一件重大的舉動就是重新整頓規劃媒體版圖，讓媒

---

[9] Два в одном канале. ОРТ и НТВ теперь зависит от ВГТРК // Коммерсантъ.（1998.5.12）（《二合一頻道，社會電視臺與獨立電視臺現在依賴全俄羅斯國家電視廣播公司》，《生意人》雜誌，1998 年 5 月 12 日。）

[10] Полукаров В. Л.（1999）. Реклама, общество, право, приложение 4, М.: Знак, с123.（波陸卡若夫，《廣告、社會、法律》，莫斯科：標誌出版社，1999 年，第 123 頁。）

[11] Московские Новости （2002.6.11）.（《莫斯科新聞報》，2002 年 6 月 11 日）。

體成為推動國家政策的有利宣傳機制。俄羅斯政府加強傳播領域一體化的做法就是：一方面制訂相應整合的資訊傳播政策，另一方面消弱九十年代中期以後形成的金融寡頭或媒體財閥的媒體經營勢力，同時讓國營天然氣和石油等國家最大的工業集團資金大量介入媒體事業，特別是兼併俄兩大媒體金融寡頭古辛斯基和別列佐夫斯基的電視與電影產業公司。在普京總統執政期間，媒體經營權與頻道使用權在司法與金錢的運用下，逐漸演變成為一場電視媒體經營執照權的媒體資源壟斷爭奪戰。

第二節　俄政府與金融寡頭瓜分媒體市場

1995 年 10 月 1 日的《關於完善俄羅斯境內廣播電視法》與同年 12 月 1 日的《俄羅斯聯邦國家支援大眾媒體與出版法》，進一步放寬了金融工業集團投資媒體的資金項目與經營範圍，分別為 1996 年俄羅斯總統大選的媒體運作鋪平道路。

一、俄政府強化國家電視臺全俄覆蓋力

《關於完善俄羅斯境內廣播電視法》中提及，為了提升政府對支援電子媒體的效率，賦予俄羅斯社會電視臺、全俄羅斯國家廣播電視公司、國家電視臺彼得堡—第五頻道（後第五頻道規劃給國家公視文化電視臺）、廣播電臺廣播一台、燈塔、青年等電視臺和廣播電臺享有「全俄羅斯」性質的覆蓋能力。這為加強國家電子媒體壟斷全俄受眾市場做好準備。同時在政府控股 51%的股權下，繼續釋出奧斯坦基諾廣播電視公司的俄羅斯社會電視臺以及燈塔、青年廣播電臺的股份，以換取必要資金來發展廣電的的基礎技術設備[12]。第一頻道電視臺是被政府用來全力發展俄羅斯國電視臺的犧牲品，不過也是國有廣電事業商業化的重要試點，目前第一電視臺已經面臨嚴重的財務危機，因此，出版、廣播電視與大眾傳播部有釋出政府股份的意圖，未來入股第一電視臺的股東情況仍可能是俄羅斯國營能源事業資金投入的對象。

---

[12] Правовое поле журналиста. Настольная справочная книга, М.: Славянский диалог, 1997, с. 355-356 .（請參閱《記者法律總覽》，莫斯科：斯拉夫對話出版社，1997 年，第 355-356 頁。）

在此一俄聯邦法的基礎之上，1996 年 9 月 20 日，葉利欽頒佈總統令，同意銀行家古辛斯基所屬的橋媒體集團旗下的獨立電視臺可在第三頻道 24 小時播出自己的節目，這使得獨立電視臺在俄羅斯社會電視臺與俄羅斯國家電視臺兩大國營電視公司之外佔有第三名的地位。[13]這兩道命令為政府和金融工業集團全方位涉入媒體且壟斷所有權奠定基礎。跨媒體集團與所有權集中的媒體市場壟斷版圖於是形成。

二、金融工業集團形成跨媒體集團

1996 年至 2000 年則是俄羅斯媒體發展的另一個階段，它的顯著的特徵就是：俄羅斯金融工業機構廣泛參與媒體事業的運作，形成跨媒體壟斷集團，而這些金融寡頭的商業運作已深深地影響到俄羅斯的政治改革。1998 年俄羅斯爆發金融危機之後，銀行體系遭受重創，葉利欽遂正式開始逐步擺脫金融寡頭對國家政治的幹預，發展國營企業及增加參股媒體事業。

1999 年 7 月 6 日，葉利欽總統頒佈了命令《完善國家管理大眾資訊》以及 1999 年 9 月 10 日由總理普京簽署頒佈的《俄羅斯聯邦部會處理出版品、廣播電視與大眾傳播媒體的問題》[14]。在出版廣播電視與大眾傳播部經過整合而重建後，各界都看出葉利欽與普京準備運用主管機關控制國家媒體來操控 1999 年國家杜馬選舉與 2000 年總統大選，同時也為俄政府當局發動第二次車臣戰爭與加速政府控制輿情埋下伏筆。媒體泛政治化的原因是因為當權者往往利用新聞機構可操作的屬性，來獲取政治上的利益，因此，在研究政治與媒體之間的關係時，需顧及媒體和當權者之間的互動。近年來，許多研究者就把焦點放在媒體和當權者的合作關係和互相勾結的程度上來[15]。觀察俄羅斯媒體在這個階段的發展，就是政府與媒體互動的特徵在於媒體所有權集中在少數集團的手中，泛政治化的金融工業集團與國家的資金投入電子媒體與平面媒體以

---

[13] Российские СМИ на старте предвыборной кампании// Среда, 1995, No 3, с. 13~18。(《俄羅斯媒體在競選的起跑點上》,《環境》, 1995 年，第 13-18 頁。)

[14] Правовая защита прессы и книгоиздания, М.: НОРМА с 390-490.(《新聞與圖書出版法律保護》，莫斯科：法規出版社，2000 年，第 390-490 頁。)

[15] 蔡明燁譯，《媒體與政治》，臺北市：木棉，2001 年，第 8 頁。(原書 Ralph Negrine. Politics and the mass media in Britain. London: Routledge 1974 .)

及電影產業交叉持股所有的跨媒體市場，分別形成幾大塊的媒體版圖，它勢力範圍可劃分如下：

1. 橋媒體集團：具有猶太人血統的銀行家、媒體寡頭古辛斯基自 1996 年到 2000 年為止，以建立一個圍繞在克裏姆林宮政治中心的媒體帝國為目標，這樣一來就會使得總統及國家政權結構與社會大眾之間的聯繫被古辛斯基的媒體所隔開與控制，這是古辛斯基夢寐以求的目標，因為只要維持媒體的優勢，無論誰當總統或誰想當總統，古辛斯基的話就會起一言九鼎的作用。到 2000 年為止，古辛斯基是克宮的常客，他已建立了一個涵蓋電視、電影、廣播、報紙、雜誌與網際網路的橋媒體帝國，在他的媒體帝國中，電視以獨立電視臺、獨立衛星電視臺為主，雖然其信號發射涵蓋率不如兩家國家電視臺俄羅斯國家電視臺及俄羅斯社會電視臺遍及全俄偏遠地帶，但獨立電視臺以精采的電視節目吸引了將近 2000 萬的觀眾，這些觀眾遍佈各階層。旗下的莫斯科回聲電臺是一個莫斯科市民必收聽的政論廣播台，政論性的《總結》雜誌與綜合性日報《今日報》也得到俄羅斯白領階層的青睞[16]。跨媒體與跨產業的媒體集團成為普京執政後首先打擊和兼併的對象。2000 年以後，普京的政府開始對橋媒體集團進行查帳、逮捕、起訴、撤銷經營執照等具有政治壓迫舉動，橋媒體集團為融資發展媒體事業，把獨立電視臺 30％的股權讓給國營企業天然氣工業集團[17]，開啟普京執政後利用天然氣工業集團強大的國家資本進行媒體兼併的動作，進而達到政府操控媒體所有權，讓媒體替國家政策服務的目標。
2. 羅戈瓦斯汽車集團：同樣是猶太裔的別列佐夫斯基是另一名金融工業集團寡頭，在 1996 年葉利欽總統為尋求連任之路的競

---

[16] 吳非，《俄羅斯媒體大亨古辛斯基年關難過》，《聯合早報》（新加坡），社論言論天下事版，2000 月 12 月 28 日。

[17] Засурский И. Я.（1999）. Масс-медиа второй республики, М.: МГУ, с.190.（伊凡·紮蘇爾斯基，《第二共和國的大眾媒體》，莫斯科：莫斯科大學出版社，1999 年，第 190 頁。）

選前夕，別列佐夫斯基銀行與汽車集團公司的資本已經大量進入國家控股公司社會電視臺，股份從 8%激增至 16%，同時也掌握第六頻道的第六電視臺的大部分股權，基本上別列佐夫斯基在此期間已經佔領全俄 26%的市場版圖，此外，他還擁有具有社會公信力大報《獨立報》與《星火》雜誌的部分股權[18]。別列佐夫斯基擔任獨聯體的秘書總長期間，替葉利欽穿梭於獨聯體各國之間擔任政治資訊的特使，是葉利欽眼前的紅人，1996 年是他獲取政治利益的高峰階段，但在 1998 年金融風暴後，他的經濟勢力萎縮，加上葉利欽也很擔憂他與莫斯科市長盧日科夫之間的鬥爭會引起俄羅斯政經的動盪。在普裏馬科夫從外交部長升任政府總理後，與西方國家金融界和外交界關係良好的普裏馬科夫進一步削弱別列佐夫斯基在政壇上的影響力。別列佐夫斯基的媒體經營與政治權力的結合，都反應葉利欽在爭取執政權時必須仰賴企業界大亨這種政商結合的現實情況。別列佐夫斯基與古辛斯基被視為媒體帝國的兩大金融寡頭。原屬於別列佐夫斯基的第六電視臺現已於 2002 年 1 月 22 日被出版廣播電視與大眾傳播部收回頻道使用執照，於是部長列辛舉辦媒體競賽，把執照頒發給獲勝的記者團隊—由前獨立電視臺專業經理人基辛廖夫領導的第六電視臺合作夥伴社會智慧電視臺，社會智慧電視臺於 3 月 23 日取得第六電視臺原本使用第六頻道的播出執照。之後由於政府又釋放消息要把第六頻道規劃為體育台的計畫，使得股東們拒絕投入資金，三個月未領工資的社會智慧電視臺終於 6 月 22 日結束節目播出。前獨立電視臺、社會智慧電視臺的專業經理人基辛廖夫也因經營權轉讓和撤銷電視營運執照的因素被迫退出電視臺經營與製作的媒體舞臺。

3. 天然氣工業集團：在媒體版圖上，天然氣工業集團是媒體資金大戶，參與媒體的股權涉及媒體寡頭古辛斯基橋媒體集團的獨立電視臺與橋電影、國營俄羅斯社會電視臺、別列佐夫斯基的

[18] Век（1997.8.12）.（《世紀報》1997 年 8 月 12 日第一版。）

第六電視臺，以及論壇報、勞動報等最暢銷和最具有影響力的媒體[19]。由前總理切爾諾梅爾金領導的天然氣工業集團，是俄羅斯資產最賺錢的國營企業。1992 年，總理蓋達爾推動名為「震撼療法」的私有化經濟改革方案，結果讓俄羅斯貨幣盧布貶值幾百倍，1993 年，總理蓋達遭到革職，成為經濟改革失敗的替罪羔羊。因此葉利欽找來有經營能力與資金背景的天然氣工業集團總裁切爾諾梅爾金入主白宮擔任閣揆。公司的職缺由集團董事之一的韋辛列夫接替，領導天然氣工業集團的經營團隊。因此，普京 2000 年執政後，直接利用天然氣工業集團與魯克石油集團在媒體投資上的雄厚基礎，兼併媒體寡頭古辛斯基與別列佐夫斯基的跨媒體產業。

4. 莫斯科市府媒體集團：就是以莫斯科市長盧日科夫為首的媒體版圖，包括市府控股的第四頻道電視中心和報紙《莫斯科真理報》、《鐘聲報》等媒體。盧日科夫與葉利欽握手的廣告看板，在 1995 至 1996 年期間，掛滿了莫斯科街頭的大街小巷，令人相當印象深刻。它透露出一項重要的政治資訊，即 1993 年以 93％高票當選的莫斯科市長盧日科夫與葉利欽是合作的好夥伴，市民對市長的支援要轉移給葉利欽。這一勸服傳播對莫斯科市民具有直接投射的魔彈效果，因為俄羅斯人在第一次接觸政治廣告的情形之下，雖然不相信廣告本身，但卻信任其傳遞出的政治資訊，俄羅斯人長期在計劃經濟共產觀念的影響下，不信任商業性廣告，但卻信任領袖的魅力和領袖的意見。莫斯科市長盧日科夫於 1999 年以前一直是葉利欽總統的政治夥伴。自 1998 年普裏馬科夫擔任總理後，追查政府貪汙腐敗且直指克宮總統家庭後，使得葉利欽不可能選擇普裏馬科夫作為自己的接班人選。1999 年盧日科夫與普裏馬科夫準備連袂參選總統，才與葉利欽的關係漸行漸遠。普裏馬科夫和盧日科夫的「俄羅斯祖國黨」與政府派的「團結黨」合併後，盧日科夫準備協助該政黨利用莫斯科電信公司的設備，發展該政黨在莫

---

[19] 同上。

斯科專屬的有線電視頻道。電視再度政黨化開始在有線電視頻道萌芽。

5. 魯克石油集團：其媒體經營版圖包括REN TV衛星電視臺、TSN電視製作公司，並且與波塔甯的波羅夫媒體集團分別控制《消息報》的主要股權，2000 年後魯克媒體版圖勢力繼續向別列佐夫斯基的第六電視臺擴張，是另一股國營事業深入媒體營運控制所有權的泛政治化資金力量。魯克石油集團是普京執政中期後實現媒體國家化主要運用的國營資本勢力。此後在政府兼併集團媒體的行動中，媒體經營者僅存在政府與親政府媒體，自由派媒體退出媒體競爭的舞臺。

6. 波塔甯的波羅夫媒體集團：由奧涅克辛姆銀行投資而成：其媒體經營版圖包括歐洲—plus 電臺，《消息報》（與魯克石油公司共同持股），《共青團真理報》（與俄羅斯電信公司共同持股），《天線報》，《快訊報》，《專家週刊》，帕萊姆通訊社。波塔甯也是以銀行家與媒體人身分第一個進入政府擔任副總理職務的人，這種錢與權的結合在俄羅斯政治轉軌期間越陷越深，媒體也不避諱探討深究，因此全俄羅斯人都知道。這種現象累積了民怨，是普京將能源企業與媒體事業逐漸國有化的重要原一之一，而普京非常堅決地認定這是國家宏觀調控而非政治幹預。

在政府與金融企業集團瓜分媒體市場的階段，俄羅斯整體媒體版圖的勢力範圍大抵可劃分如下：

寡頭	金融—工業利益集團	傳媒利益集團
伯裏斯・別列佐夫斯基	聯合銀行，羅戈瓦斯汽車公司，西伯利亞石油公司（2003 年與尤克斯石油集團組建尤克斯—西伯利亞石油集團）	電視：社會電視臺（官商合營，政府單位占 51%股份，聯合銀行與羅戈瓦斯汽車公司共持有 16%份額的股權），第六電視臺（與莫斯科市政府、魯克石油工業集團共同持股控制）； 廣播：民族新聞服務電臺（世界媒體大王默多克的新聞集團參股）；刊物：獨立報，《星火》雜誌（與斯摩林斯基共同持有）；通訊社：民族新聞服務社。

古辛斯基	橋銀行，橋媒體集團（由獨立電視控股公司與七天出版社組成）	電視：獨立電視臺（與天然氣工業集團共同持股），獨立衛星電視臺，TCT 電視臺；廣播：莫斯科回聲電臺；刊物：《今日報》，《社會報》（與莫斯科市政府共同持股），《新報》，《總結》週刊，《七天》週刊，《歷史商隊》月刊；其他：橋電影、獨立電視-利益製作公司等。
盧日科夫，古遜	莫斯科市政府，莫斯科銀行，莫斯科商業銀行，莫斯科建設發展銀行，古達銀行，阿法科—系統傳媒公司（與古辛為首的每特羅波裏斯集團共同持股）	電視：中心電視臺，首都有線電視臺，愛科斯波電視臺，林電視臺，第六電視臺廣播：M—廣播電臺，莫斯科線纜電臺；刊物：《莫斯科真理報》，《莫斯科晚報》，《夜總會報》，《特維爾斯卡雅報》，《社會報》，《13 號報》與《中心加號報》；梅特羅波裏斯控股集團：《文學報》，《羅斯報》，地鐵出版社（《地鐵日報》週末版、《地鐵》月刊）；其他：馬克沁廣告社，莫斯科電影製片廠。
波塔寧	奧涅克西姆銀行，波羅夫媒體集團，斯丹科石油公司	廣播：歐洲＋電臺；報紙：《消息報》（與魯克由石油公司共同持股），《先鋒真理報》（與俄羅斯電信公司共同持股），《天線報》，《快訊報》；雜誌：《專家》週刊；通訊社：帕萊姆通訊社。
阿列克佩羅夫	帝國銀行，魯克石油工業集團	電視：第六電視臺，31 頻道（與李索夫斯基共同持股），林電視臺；報紙：《消息報》。
伊柳申，茲維雷沃，雅科西列夫	帝國銀行，天然氣工業—傳媒集團	電視：獨立電視臺；社會電視臺（3%）；廣播：開放電臺；報紙：《勞動報》，《論壇報》　（前身是工人論壇報）；雜誌：《天然氣工業期刊》，《因素期刊》。
斯摩林斯基	農業集團銀行（前首都儲蓄銀行）	電視：社會電視臺（5%）；報紙：《農業生活報》，《文化報》；雜誌：《星火》。
霍多爾科夫斯基[20]	梅納捷普銀行，尤克斯石油集團	獨立新聞媒體集團（10%）電視：社會電視臺（5%）。

[20] 猶太裔俄羅斯首富、尤科斯石油公司總裁霍多爾科夫斯基於 2003 年 10 月 25 日被俄當局以逃漏稅為由拘捕入獄。1992 年，隨著前蘇聯的解體，俄羅斯開始大規模地實行私有化，這為“資本向少數人手裏集中”提供依據。之後國家採取的“全

李索夫斯基	阿爾法銀行，阿爾法電視集團	電視：音樂電視臺，CTC，31 頻道
雅可夫列夫	商業出版社	報紙：《生意人報》；雜誌：《權力》、《金錢》、《家庭》、《自動駕駛儀》。
斯塔爾柯夫		《爭論與事實週報》
古賽耶夫	莫斯科市政府資助	報紙：《莫斯科先鋒報》，《尖峰時刻》；雜誌：莫斯科先鋒-林蔭大道（49%股份屬於莫斯科銀行），《生意人》雜誌。
包羅維克		報紙：《完全機密報》；雜誌：《人物》。
羅沙克	中央銀行，儲蓄銀行，外貿銀行	《莫斯科新聞》週刊，《時代》，《莫斯科新聞週報》。
中央政府（壟斷者）	全俄羅斯國家電視廣播公司集團	電視：俄羅斯國家電視臺，文化電視臺；廣播：俄羅斯廣播電臺，燈塔，奧爾非廣播電臺； 報紙：《俄羅斯報》，《俄羅斯資訊報》雜誌：《俄羅斯聯邦期刊》，《俄羅斯期刊》；通訊社：伊通社-塔斯社，俄羅斯新聞社。

90 年代，在俄羅斯電視頻道資源稀少以及尚處於嚴格控制的情形之下，俄羅斯政府與金融工業集團瓜分俄羅斯無線電視一共六個頻道，作者整理如下：

無線頻道	電視臺名稱	電視臺所有權歸屬
第一頻道	第一頻道電視臺	原名奧斯坦基諾，1993 年更為俄羅斯社會電視臺，由政府與企業共同持股所有，2002 年，普京政府認為該名稱與公司結構不符，而目前仍是俄羅斯電視公共化的過渡階段，因此將其更名為第

權委託銀行制度”使寡頭在金融領域中迅速膨脹。1995 年在現金私有化中實施的抵押拍賣，使得金融寡頭完成了資本集中的最後過程。1995 年，在國營尤科斯石油公司的拍賣中，霍氏旗下的《梅那捷普》投資銀行以 3.5 億美元買下 78%的股份，完成國營尤科斯石油公司私有化程式。兩年後尤科斯石油公司上市，市值達 90 億美元，現在的市值高達 200 億美元，這是俄羅斯寡頭是大規模私有化的結果，由於其崛起的特殊方式而被俄羅斯媒體稱為“投機資本和大規模掠奪時代的象徵物”。2003 年 8 月，俄反壟斷政策部批准尤科斯石油公司與俄排名第五的西伯利亞石油公司合併。合併後的尤科斯-西伯利亞石油公司成為俄第一大、世界第四大私營石油公司，去年兩公司的石油開採量達 7.5 億桶，占俄羅斯全國石油總開採量的 29%。福布斯 2002 年評選霍多爾科夫斯基為全球十大最有影響力的富翁。霍多爾科夫斯基是中俄遠東安大線石油管道建設中的關鍵人物。

		一頻道電視臺。2004 年後第一頻道正式劃歸全俄羅斯廣播電視公司管理。
第二頻道	俄羅斯國家電視臺	於 1991 年葉利欽向戈巴契夫爭取開播，完全由聯邦政府的媒體事業領導集團全俄羅斯國家廣播電視公司所有。
第三頻道	莫斯科中心電視臺	莫斯科市政府所有。
第四頻道	獨立電視臺	原屬於媒體寡頭古辛斯基所有，2000 年被天然氣工業集團一媒體兼併。
第五頻道	文化電視臺	原屬於聖彼德堡電視臺，1999 年，在葉利欽宣導俄羅斯文化季與慶祝莫斯科建城 850 周年之際，被劃歸文化電視臺完全使用，是俄政府成立公共電視臺、落實國有公共服務制的重要第一步，文化電視臺完全沒有商業廣告。
第六頻道	第六電視臺	原屬於媒體寡頭別列佐夫斯基，2000 年後由魯克石油集團兼併，2002 年 6 月，頻道被政府收回，預定作為體育台的備用頻道。

三、媒體國家化趨勢再度成為主流

2000 年普京執政之後作為跨時代的劃分，它具有「國家化媒體 v.s 專業化媒體」與「國家派理論 v.s 自由派理論」的特色，基本論述如下兩點：

1. 普京讓媒體國家化的方式就是利用國營的天然氣、石油金融工業集團的龐大資本兼併媒體事業，以及根據媒體登記註冊法關於公司營運財務方面的規定，以司法程式對媒體公司進行財務查帳來打擊媒體寡頭，使其陷入官司纏訟的痛苦中，然後政府再以經營不善為由撤銷電視臺的營運執照，最後政府再以維護記者生存考量的姿態，收編知名的專業記者與團隊繼續來為政府經營的電視公司服務。
2. 普京上任後，打擊媒體的舉措也使得俄羅斯媒體僅存在親普京的金融工業寡頭與專業媒體人的界線。親普京的金融工業集團以魯克石油集團老闆阿列克佩羅夫（Вагит Алекперов）為代表，而專業媒體人則以前獨立電視臺總經理基辛廖夫為首，基辛廖夫與普京並沒有基本上的矛盾，只是基辛廖夫強調媒體人對於新聞自由的基本要求，要求普京在媒體國家化的過程當中，要兼顧適當保持新聞的自主性和獨立性。

3. 普京上任後，便對與美國資本有直接關係的媒體集團大亨古辛斯基與別列佐夫進行了金融整肅與逮捕。2000 年 5 月 11 日，普京就任俄羅斯總統後的第三天，俄羅斯國家稅務員警以偷稅漏稅為名，對古辛斯基所擁有的俄最大媒體壟斷集團之一的橋媒體總部的四個機構進行了搜查，並於 5 月 13 日逮捕了擔任總裁的古辛斯基，這是普京打擊媒體寡頭計畫的開始，具有投石問路的味道。6 月 12 日，俄最高檢察院還扣留了古辛斯基，此舉在俄羅斯引起了強烈反對。儘管不久之後古辛斯基被釋放，但對橋媒體涉嫌經濟違法的指控並沒有撤銷。檢警單位對古辛斯基的違法行為舉出三個理由，第一，橋媒體沒有按時全部向俄政府上繳稅款；第二，橋媒體下屬的獨立電視臺無法按時歸還國家俄羅斯天然氣工業公司的 2 億 6000 萬美元的債務;第三，古辛斯基非法取得以色列護照[21]。

俄羅斯觀察網站（Monitoring.ru）於 2001 年底做了一項調查，調查的題目為：俄羅斯目前是否存在完全獨立的電視媒體？63%的俄羅斯人認為完全獨立的電視媒體是不存在的，19%的受訪人則與此持相反意見，18%的俄羅斯人拒絕作出判斷，該項調查自 2001 年 12 月 3 日至 13 日，歷時 10 天，有 1600 人接受了調查，受訪俄羅斯人來自 7 個州。該項調查專家表示，六成的俄羅斯人不相信有獨立媒體的反應是受到發生在獨立電視臺與第六電視臺醜聞案的影響。

《機關報》（Ведомости）於 2001 年 12 月 24 日的報導中揭開了第三頻道的獨立電視臺（HTB）和第六頻道的第六電視臺（TB-6）被撤銷執照的一些內幕消息[22]。

（一）清查獨立電視臺的帳務

首先，根據天然氣工業集團的要求委託清查橋媒體帳目之際，橋媒體正處在被撤銷執照的階段，此時也揭露了古辛斯基掌握的獨立電視臺

---

[21] 吳非，《俄羅斯媒體大亨古辛斯基年關難過》，《聯合早報》（新加坡），社論言論天下事版，2000 月 12 月 28 日。

[22] Ведомости ，（2002,12,24）.（《機關報》，2002 年 12 月 24 日，該報是與美國《華爾街日報》合資的報紙。）。

—利益（НТВ-Профит）與橋電影（Киномост）兩家公司所屬的影片版權已經於 2001 年 5 月時被賣出，估計那是在獨立電視臺的總經理基辛廖夫（Евгений Киселев）剛跳槽之後，天然氣工業集團在夏天進駐完全控股獨立電視臺-利益與橋電影公司之前。

為什麼天然氣集團會對橋電影公司如此感興趣呢？其實橋電影旗下製作的節目在電視臺具有很好的經濟效益。例如其中之一就是該電影公司製作的一部系列政治諷刺木偶劇，就叫「木偶人」（Куклы），該節目在俄羅斯家喻戶曉，「木偶人」是以真人戴上木偶道具演戲，節目的內容主要都是以一星期以來發生的政治發燒事件為主題，木偶飾演的主角就是扮演模仿前後任總統葉利欽、普京、俄共領袖久加諾夫、議會主席謝立茲諾夫、前總理切爾諾梅爾金、普裏馬科夫、莫斯科市長盧日科夫與其他政壇領袖等等。該節目的攝製工作就在過去莫斯科電影製片廠的攝影棚內，攝製人員的陣容相當龐大。在葉利欽時代還有一些雅量容忍該節目存在多年，但該節目的存在對於保守的俄羅斯人來講，確實對官員的形象有極大的傷害，使官員平日裏無法建立自己的威信。

當然，該節目與若干節目隨著獨立電視臺總經理基辛廖夫退出電視臺的運作而終止。2001 年春天，獨立電視臺總經理基辛廖夫完全退出電視臺的運作，轉而將該台重要業務與人才帶入第六電視臺，許多這些橋媒體的影片卻在第六電視臺放映，正是這些影片為第六電視臺創造了12%~15%的收視率。

2001 年夏天，俄羅斯天然氣工業集團開始正式進入橋媒體做主當家，直接掌管橋電影公司，橋電影公司是在近幾年俄羅斯不景氣的電影業中也還具有盈利能力的電影公司之一，且橋電影公司所自製的紀錄片在俄羅斯影響力深遠。當時前橋電影的經理阿爾謝涅夫（Владилен Арсеньев）就表示，天然氣工業集團其實早在 2000 年時就已經介入橋電影的運作。自 2000 年秋天始，形勢已經明朗顯示，橋媒體集團總裁古辛斯基正在失去對橋媒體的控制，橋媒體開始在內部施壓，影片版權遂約於 2001 年 5 月時被轉售給古辛斯基旗下子公司的 INTER TV 與家庭銀幕（Домшний экран）兩家公司 9 至 11 年。

天然氣工業集團高層和專家均認為，公司整個影片版權被低於市場價格售出，有些買主甚至還尚未付清款項。對此，與 INTER TV 有交易的 RenTV 俄羅斯電影放映編輯亞歷山大・史巴金(Александр Шпагин)認為，影片版權市值已經有 6-8 百萬美金，放映一小時的版權值 3 萬美元，每一部影集都被壓縮至少 2 倍以上價格出售。天然氣工業集團一媒體代表阿列克・薩巴什尼科夫（Олег Сапожников）就告訴《機關報》的記者，他們有理由合理懷疑影片版權以低於市場價格被轉售給 INTER TV 與家庭銀幕，因為這有利於失去掌控橋媒體公司能力的股東們。

一些媒體人懷疑天然氣工業集團有互換資本的嫌疑，德盛（Dresdner）銀行[23]近年來對俄羅斯進行大規模的投資，引資銀行歐洲區媒體事業的負責人馬克・拉波維奇（Марк Лабович）就表示：我們非常高興能與天然氣工業集團合作，我們之間有許多共同的利益與長遠的合作計畫。

天然氣工業集團與德盛（Dresdner）銀行已有近八年的合作時間，俄羅斯集團現在如果要想獨自依靠本身的力量來兼併橋媒體，基本上是不太可能的，因為俄羅斯要面臨來自國際組織對於俄羅斯一系列等級評價的降低，這樣會使本已來自國外少量投資於俄羅斯的資金會進一步減少，最後俄羅斯又會回到閉關自守的尷尬境地，這同樣是普京政權不願意看到的結果，這是因小失大的做法。

那麼，由天然氣工業集團牽頭引入歐洲的資本進入橋媒體運作基本上是一舉兩得的做法，一方面減少美國希望通過媒體來干涉俄羅斯政治的可能性，保證了俄羅斯的國家安全與改革步調的自主性，另外歐洲資本的注入將使普京上臺之後的親歐洲政策得到進一步的落實與執行。普京認為，只有將俄羅斯有限的資本與歐洲的資本相結合，才會將俄羅斯媒體壯大做強。

俄政府打擊橋媒體的行動首先進入了司法階段，天然氣工業集團結合俄羅斯總檢察長對橋媒體進行司法調查。前橋媒體金融管理負責人安

---

[23] 德盛投信公司的母體--德國德利銀行集團，1872 年，在德國德列斯登（Dresden）古城裏，德利銀行的招牌被高高地掛起，正式對外宣佈德利銀行的誕生，成立至今已邁入 132 個年頭，德盛銀行策略性地以國際主要金融中心為據點向全球各個角落幅射，德利銀行集團已在日本、香港及東南亞等地擁有經營研究據點，並為投資人締造許多高成長空間的投資前景；而為更深入新興市場（例如改革開放中的中國），開發退休金管理、資產管理，以及共同基金等業務，已與中國北京首屈一指的證券公司結盟。

東・季托夫被俄羅斯總檢察長依照民法指控為侵佔 50 億盧布、洗錢、偽造文書等三項罪名。總檢察長認為安東・季托夫是根據古辛斯基的指示把錢運到國外，其中也包括了天然氣工業集團投資的信貸與債券在內，莫斯科切列姆施金斯基法院（Черемушкинский суд Москвы）對前橋媒體金融管理負責人安東・季托夫進行偵查審訊結果沒有成立對他的指控罪名。原橋媒體金融管理負責人安東季托夫對此就表示，現在天然氣工業集團的侵吞策略基本上已經損害了許多債權人的利益，季托夫聲明俄羅斯公檢員在辦案時使用來路不明的證件，並進行不法扣押，同時還收受賄賂。然而，根據《機關報》報導，安東・季托夫就是前文所提及買橋電影影片版權 INTER TV 公司的創辦人，他本人前後大約為古辛斯基操作運送 6850 萬美元的貸款到國外。2001 年 12 月 26 日，莫斯科市法院（Московский городской суд）滿足了總檢察長格裏賓尤琴科（Сергей Грибинюченко）的抗議，撤銷了莫斯科撤列姆施金法院於 2001 年 11 月 12 日所做出的指控罪證不足的決議，並決定重新審查季托夫的案件。

（二）撤銷第六電視臺的執照

這些官司纏訟鬥爭一直自 2001 年持續到 2002 年 4 月，俄羅斯民眾對政府整肅媒體行動的注意力已經從古辛斯基的獨立電視臺轉移到別列佐夫斯基的第六電視臺的存亡上來。

2001 年 9 月 27 日，莫斯科仲裁法院滿足了魯克石油—保人（ЛУКОЙЛ-Гарант）關於撤銷莫斯科獨立廣播股份有限公司（ЗАО「Московская независимая вещательная корпорация」，МНВК）的申訴，魯克石油公司是以 15%股權持有者和第六電視臺電視頻道播出執照持有者的身分提出訴訟。2001 年 12 月 29 日，莫斯科州的聯邦仲裁法庭（Федеральный арбитражный суд Московского округа）審議第六電視臺的上訴，關於 2001 年 9 月 27 日首都仲裁法庭的訴訟決議撤銷電視臺的播出執照。第六電視臺律師布爾諾夫（Анатолий Блинов）認為，第六電視臺將不會有機會贏得勝利，因為這正是行政推手力量的介入，所以，這不是魯克石油公司獲勝，而是媒體專業經理人基辛廖夫必定失敗。

第六電視臺總經理基辛廖夫在橋媒體集團旗下的回聲電臺對於法院改期的決定表示，這絕對是政治勢力的干涉，審議時間是由原定的2002年1月16日被魯克石油公司提前至2001年12月29日，因為2002年1月份將開始生效《股份公司法》（Об акционерных обществах）新的施行規則，規定屆時兩年營運不佳的公司將不會被撤銷營運執照，所以，魯克石油公司希望縮短審議時間的過程。基辛廖夫認為普京政府還沒有做好準備完全接收別列佐夫斯基與古辛斯基留下來的股權空檔。基辛廖夫在訪談中也證實，自2002年1月1日，魯克石油將提高其在第六電視臺的股份持有量，由基辛廖夫領導的媒體傳播合作機構將釋放出部分股份給魯克石油公司，第六電視臺的律師格拉裏娜—柳帕爾斯卡婭（Гералина Любарска）當時就表示從法律的角度考慮，第六電視臺並不佔有任何的優勢，第六電視臺要想利用獨立媒體的思維來爭取同情是非常困難的。

俄羅斯國家網站（Страна.Ру）對電視執照的爭鬥做出了評論，認為俄羅斯媒體在國家化與專業化的抉擇是俄羅斯媒體重新開始發展的關鍵，也只有當俄羅斯媒體在確定了自己的發展目標之後，金融資本才能以正確的方向進入媒體。專業媒體人與普京政府再這樣爭鬥下去，結果將是兩敗俱傷，只會對流亡海外的別列佐夫斯基有利，甚至是西方資本的趁機介入，造成鷸蚌相爭而漁翁得利。

魯克石油公司與別列佐夫斯基為爭奪第六電視臺的經營權曾發生了一段恩怨的債務糾紛。魯克石油向新聞資訊社透漏，1994年，別列佐夫斯基進入第六電視臺，使得原本控有30%股權的魯克石油被告知只剩下了1%的股權，魯克石油遂投資了1千萬至1千5百萬美元創立電視新聞服務處公司（Телевизионная служба новостей，「ТСН」）。魯克石油公司利用投資電視新聞服務處公司與莫斯科獨立廣播股份有限公司簽約合作製作第六電視臺的節目，對此，別列佐夫斯基深感不滿。1999年杜馬選舉之際，克宮班底建議魯克石油把資訊頻道的控制權讓給別列佐夫斯基，電視新聞服務處公司要求賠償500萬美元，遂與別列佐夫斯基完成買賣交易，電視新聞服務處瓦解，別列左夫斯於1999年成為第六電視臺的主人。因此，2001年魯克石油申訴要求莫斯科獨立廣播股份有限公司償還745億盧布，獲得了莫斯科仲裁法庭的裁決支援。

前天然氣工業集團-媒體（Газпром-Медиа）負責人科赫（Кох）認為，這根本是一場爭奪媒體執照的鬥爭，而且可能是按照克宮的指示，魯克石油應該是想早一點於 2003 至 2004 年總統大選競選期間取得最佳狀態為普京服務。大多數的媒體專家認為，若普京政府拒發第六電視臺營業製造執照，這會對於克宮造成極大的傷害，俄羅斯媒體專家格列勃・巴甫洛夫斯基（Глеб Павловский）就指出，這次媒體兼併行動是過於激進了一些，可能是魯克石油公司又想借新年之際，將兼併媒體行動當作向政府獻媚的一種手段。但從整體效果來看，還不是十分成功，因為此次行動不但引起專業媒體人的強烈反彈，而且還招致美國駐俄羅斯大使亞歷山大・威爾士波夫（Александр Вершбоу）的關注。巴甫洛夫斯基擔心，一旦俄羅斯專業媒體人與美國進行完全的合作，那將會是俄羅斯媒體與政府的不幸。

從現今普京所採取的策略來看，基本上保證了媒體不會成為國家經濟的負擔。自從俄羅斯國家天然氣工業總公司接手獨立電視臺之後，沒有派駐大量的公司內部的人員進入電視臺，與此相反，進入電視臺的都是俄羅斯國家電視臺的業務骨幹及從獨立電視臺離隊的記者與主持人。

這場頻道爭執的另外一個焦點就是基辛廖夫所掌控的第六電視臺，幾乎集中了俄羅斯電視界所有重要的新聞精英人才，造成出版廣播電視與大眾傳播部長列辛（Лесин）在執行國家宣傳計畫時總有一種力不從心的感覺。第六電視臺在普京執政後主要由兩部分的資金組成，一部分是由俄羅斯最大的石油公司魯克石油總裁阿列克佩羅夫牢牢地控制它的 40%左右股份，該電視臺的股東包括了電力能源公司的總裁丘拜斯、前克宮辦公室主任瓦洛申[24]和右翼聯盟的聶姆佐夫等；另一部分就是由基辛廖夫成立的媒體—社會智慧非盈利性組織掌握，媒體—社會智慧儘管在第六電視臺所佔有的股份非常少，但它卻牢牢地團結了第六電視臺的大部分記者。在這場媒體鬥爭中阿列克佩羅夫基本上持旁觀的態度。出版廣播電視與大眾傳播部長列辛迫使第六電視臺的一個小股東

---

[24] 前克宮辦公室主任瓦洛申擔任前後兩任總統葉利欽和普京的辦公室主任，是葉利欽信任的紅人，瓦洛申於 2003 年 10 月份離職，被視為政權交替完畢，葉利欽時代的結束與普京時代的來臨。

（占 7.8%股份）國際統一機械工廠退出股份以及媒體—社會智慧退出第六電視臺。

但是從 2002 年第六電視臺的第六頻道的營業執照權力輾轉至社會智慧電視臺手中之後，在政府釋放建立體育台的消息下，迫使股東們停止投資，全體員工由於三個月未領薪水，社會智慧電視臺僅僅維持三個月播出的生命，第六頻道重新回到了政府手中等待規劃。出版廣播電視與大眾傳播部長列辛對第六電視臺所採取的強勢行動同時也反映出在俄羅斯媒體發展存在已久的問題：「自由派」與「國家派」在傳播理念和媒體經營發展上的爭鬥，「自由派」強調媒體作為第四權的職能作用，「國家派」則更加注重國家領導的施政方針。[25]因此從 2002 年 6 月 22 日被出版廣播電視與大眾傳播部二次收回第六頻道使用執照的情形來看，再度顯示普京政府執行媒體「國家化」方針的決心。所謂媒體「國家化」指的是普京總統已經將國營事業的部分資金注入商業媒體集團當中，掌握了商業媒體集團的絕對經營權，這是商業化媒體事業重新轉變為國家化的過程。

第三節　俄國家電視發展前景和困境

俄羅斯電視產業在轉型過程中遭遇困難，電視公共化的目標一時之間也無法完成。俄羅斯政府目前仍會堅持保留一個全聯邦的國家電視臺，由全俄羅斯國家廣播電視公司集團負責管理境內國營與商營的廣電媒體事業，以期對內維護中央與地方資訊一體化與完整性的整合空間，對外可保持中央政府政策處於一個有利於國家利益輿論導向的制高點，政府成為市場競爭中的參與者與調控者。有鑒於俄羅斯欠缺傳媒事業發展所需的資金，電視公共化一時還無法達成，目前俄羅斯政府將會促使國商合營的社會電視臺（第一電視臺）私有化，並且減少地方媒體對政府的依賴程度。現在政府要做的努力就是積極致力於發展媒體生存所需的經濟基礎，第一步就是要讓傳播體系法制化，例如要規範傳媒證

---

[25] 吳非，《俄羅斯傳媒國家化與專業化》《聯合早報》（新加坡），社論言論天下事版，2002 年 5 月 21 日。

照的發放，減少廣告市場效益的分散，以及規劃頻道使用的專業化，以期滿足受眾接受各種意見與資訊的知情權利。

一、歐洲公共電視受到挑戰

自從在第二次世界大戰後，歐洲已經面臨了媒體與政權關係的再定位問題，因此，放鬆或管制—市場自由論（market liberalism） 與公共管理說（public regulation）成為二戰後媒體在實務上觸及的問題。就歐洲自由主義以論的傳統或美國發展出來的社會責任媒體理論而言，大眾傳播媒介必須是社會的公器，應為公眾所有，且應以為公共利益服務而為目的。大眾傳播媒介不只不應受到國家機器的控制，同時媒體的所有權也不應該集中在少數人或企業集團的手中，然而英國傳播政治學者Ralph Negrine認為，但今天的問題是，不僅媒體所有權集中化的趨勢已經是不可抹煞的事實，而且大多數媒體都有其政治立場，這個現象連同經濟與其他壓力，使我們認為一般媒體不會自動負起對社會的責任和義務，除非它們受到牽制而不得不然。[26]換言之，傳媒的公共性受到嚴重的威脅，歐洲的公共電視體制受到商業化的空前挑戰。

媒體國家化或商業化都有致命的缺點，因為服務公眾的理念在服務政府或服務企業主之間經常被忽略掉了，導致了公眾利益在國家利益與企業利益面前黯淡無光。二戰後，歐洲國家機器對媒體工作的政治利益產生的影響有二：第一，國家機器掌握了行政資訊，媒體往往無法自動取得這些資訊，這妨礙了公眾資訊的流通；第二，行政系統企圖統籌資訊策略，對不利於政府的資訊加以反駁，政府與行政官員是有目的、有計劃地主導輿論方向。這樣一來，如果國家機器操弄的是違法的事件，公共事務資訊的壟斷將不利於真相的昭示與人民的判斷。此外，在媒體協助政治社會成型的過程之中，獲得企業傳播自由的媒體經常會為了商業利益而淩駕於媒體被期望承擔的社會責任之上，就如同約翰・金恩（John Keane）指出：「報業自由的呼聲，始終是現代民主革命的一個重要方向，促使我們在歐美的現代國家中，尋找一種世俗都更能接受的新

---

[26] 蔡明燁譯，《媒體與政治》，臺北市：木棉，（原書 Ralph Negrine ,Politics and the mass media in Britain. London: Routledge,1974.），2001 年，第 36-40 頁。

的民主方式。[27]……傳播自由與市場無限制之自由間，有結構上的矛盾，……市場自由論所篤信的是個體在意見市場中做選擇的自由，事實上卻成為企業言論受到優惠的待遇，以及投資者而非市民獲得更多選擇的最佳藉口。」

因此，公眾利益在政府機器強調的國家利益或財團壟斷市場所謀求的商業利益之間並沒有取得一個平衡的位置。歐洲所建立的公共電視被視為介於國家電視和商業電視之間的一種最能夠代表公眾利益的媒體經營體制，但是媒體機構為了使受眾能夠有更好的收視服務，必然會在提升產業技術水平的過程當中，面臨資金來源匱乏的最大難題。此時媒體不是選擇進一步擴大組織經營的商業化範圍，要不然就是向政府伸手要更多的預算補貼，或者再考慮提高受眾支付收視的所有費用，這時受眾會希望要求製作更優質的節目。而傳播學者經常發現，三者之間的平衡點通常處於失焦狀態，因為媒體與政府各自掌握話語權的優勢，而公眾接近與使用媒體的權利卻缺乏完整法律的保障，有時候縱然有法律的規範，但是為了避免媒體的寒蟬效應，政府又不能過多強制媒體行為，客觀的現實環境是：媒體的所有權者、經營管理者與編輯記者仍掌握媒體公共空間分配的同意權，公眾還是需要政府的主動立法協助，才有機會參與社會的公共事務，那麼，一種民主政治所追求的公民社會才有可能建立成型。

歐洲國家相繼在七十年代以後逐步放寬公共電視機構或傳播體系進行商業化改革，政府機器在面對傳媒機構與市場環境商業化的情形之下，主要是以建立市場公平競爭機制的宏觀調控者自居。八十年代以降，各國議會和學者都大聲疾呼政策鬆綁（deregulation）、私有化（privatization）和去中央化（decetralization），國家機器縮手之後，取而代之的是財團涉入媒體的跨國界大集團（conglomerate），這種現象被Mosco 稱為空間化（spactialization）。國家機器在面對空間化趨勢，一方面棄守市場幹預的角色放手讓國營企業民營化的同時，另一方面則改以建立市場公平競爭遊戲規則的制訂者自居，最後甚至只得鼓勵跨國企

[27] Keane, J.（1991）. The Media and Democracy, Polity Press, Oxford, p.23.

業，藉以策略聯盟以為國家謀取最大利益[28]。Ralph Negrine 認為，所有權集中化是全球化媒介生態在二十世紀末的發展趨勢，它帶來一連串政治、經濟和傳播之間錯綜複雜的新權力關係，不論是透過垂直整合與水平整合成為資本集中、權力集中的巨大跨國企業，形成傳播事業、影視工業和電訊傳播工業的全球集團化趨勢。[29]

俄羅斯傳媒也加入了這一波傳媒改革開放的浪潮。在蘇聯解體後的俄羅斯，媒體的發展基本上經歷了一段從無序到有序，從傳媒銀行化、金融工業集團寡頭化到國家化與專業化的幾個階段。關於媒體與政權的關係，司帕爾克斯（Sparks）與李丁（Reading）在《傳播、資本與大眾媒體》一書中寫到，大眾傳播體系的自由程度取決於權力的分配，蘇聯模式政經一體化的機制讓媒體自由意見消失，而不論是在俄羅斯或是美國，傳媒總是表達某些利益團體的聲音，但是總體而言，商業性媒體還是比蘇聯宣傳機器要多元化，因為在資本主義社會權力中心的數量正在增加，不過媒體多少都是傾向站在自己的領域立場來進行輿論導向[30]。不過，當前的普京政府卻認為，國家電視臺比商業電視臺更能保證一個多元言論的空間，國家電視臺不需要被商業利益所左右，但是普京也面臨著如何進一步發展好俄羅斯的國家廣播電視事業。

二、俄中央仍堅持保留一個國家電視臺

俄羅斯媒體自由化理念在葉利欽執政時期得到實踐，傳媒法是保障大眾傳播自由的標誌。葉利欽時代制訂的傳媒法有其時代的背景與歷史的因素，俄羅斯政府當初完全開放媒體市場，主要是希望刺激媒體產業市場的快速活絡與成長，結果幾年內便造成了金融寡頭壟斷媒體市場與外資介入過多而操控媒體意識形態的後果。當時葉利欽自然想先市場化，再考慮意識形態的問題，不過，俄羅斯經過十年媒介自由市場的實踐之後，借著 1998 年金融風暴導致私有企業資本萎縮之際，再加上俄羅斯車臣分裂勢力的高漲，俄羅斯當局才決定該是政府整頓收網的時機

---

[28] 林東泰，《大眾傳播理論》，臺北：師大書苑，1999 年，第 489-491 頁。

[29] 同上，第 483-484 頁。

[30] Sparks C. and Reading A.（1998）. Communication, Capitalism and the Mass Media, London: Sage, pp.21-28.

了，並逐步擴大對媒體管理加強的舉措。當然這也直接造成政府財政再度無法因應傳媒產業高速發展的資本需求，同時，政府還想保留媒體政治上的宣傳功能，在未來還要在俄羅斯國家電視臺的基礎上，逐步落實電視公共化的構想，當然，在俄羅斯經濟體質孱弱與籌措資金困難的情況之下，離電視公共化這個理想還有很長的路要走。當前在俄羅斯如此政治、經濟複雜的情形下，出版廣播電視與大眾傳播部才會有只保留一家國家電視臺，而私有化國商合營的社會電視臺的構想。

國家媒體在市場經濟與政府宣傳之間的角色是普京當局的難題。普京處理媒體資金與操弄選舉的手段常被西方媒體詬病為「不民主」與「專制」的行為。2002 年，俄羅斯「團結黨」議員、國家議會下院杜馬的資訊政策委員會的「記者與媒體保護專門委員會」委員代表科瓦連科（Павел Коваленко）認為，《俄羅斯國家電視公司》（PTP）私有化未必是可行的[31]。科瓦連科主要是回應出版廣播電視與大眾傳播部長列辛（Михаил Лесин）表示未來不排除國家媒體私有化的可能性。這句話出自俄最大黨團的媒體專門委員會代表之口，多少可以透露出普京當局對國家媒體發展陷入兩難膠著狀態的情況。

三、股權比例分散原則解除寡頭產生癮患

不過根據科瓦連科在接受《獨立報》（НГ）記者羅金專訪中的說法，可以確定的是，俄羅斯必須保留一個聯邦中央級的國家電視臺，可以鼓勵政府釋出官商合營的社會電視臺（第一電視臺）所有股權，以及釋放地區性國家電視臺的經營管理權，但是仍必須繼續由全俄羅斯國家廣播電視公司集團 （ВГТРК）對地區發射台與技術設備資源進行控制，並且對地方國家電視臺實行政府預算分配和財務監督，以減少政府整體財政上的負擔，增加地區性國家電視臺在市場經營中的競爭性，並且維護國家政策公佈施行的資訊完整性與空間一體化。

科瓦連科認為，列辛私有化的看法其來有自，因為全俄羅斯國家廣播電視公司集團（ВГТРК）受政府預算支撐的資金不夠用，光是 2002

---

[31] Иван Родин ， ОДИН ГОСУДАРСТВЕННЫЙ ТЕЛЕКАНАЛ В СТРАНЕ ОСТАНЕТСЯ. Независимая газета, 26.04.02 г. http://www.ruj.ru/index_74.htm（羅金，《只需留一個國家電視頻道在國內》，《獨立報》，2002 年 4 月 26 日。）

年全俄羅斯國家廣播電視公司集團對地區國家廣電公司就撥出了 9 千萬美元的政府預算，這些單位已經為國家帶來嚴重的財政負擔。所以國家電視臺必須不斷積極拓展廣告的業務量，並與其他非國營電視頻道對現有的廣告市場進行激烈競爭。科瓦連科又說到，現在社會電視臺（OPT）國商控股的法人結構相當不正常，目前財務狀況也是債臺高築，連國家最大的銀行聯邦儲蓄銀行都拒絕繼續借貸給社會電視臺。總之，俄羅斯國家電視臺面臨了財務上的困境[32]。

顯然，科瓦連科與列辛已經道出了普京當局想保留國家電視臺的實力產生了難題，未來要如何在驅逐媒體寡頭之後能再夠強化俄羅斯國家媒體的體質呢？

科瓦連科認為，列辛部長表示不排除用私有化來解決國有國營廣電集團—全俄廣電公司與俄國家電視臺以及國有廣電事業公司—社會電視臺的財務危磯的處理可以分開。也就是僅保留俄羅斯國家電視臺一家國營電視在國內，可主張對社會電視臺產權結構完全民營化，政府可主動釋出社會電視臺（第一電視臺）手中 51%的股權，讓現有國商合營控股的局面瓦解，但最好參照第六電視臺小股東共營的經營結構，同時建議由出版廣播電視與大眾傳播部主導進行各種專門節目的招標工作，讓國家電視臺與其他電視臺一起對節目訂購同台競標。現在是俄羅斯唯一公共電視的文化電視臺則被認為太費錢，經營成本太高，而將來應該讓出頻波，再打造一個俄羅斯聯邦級的商業電視臺。[33]文化電視臺的財務瓶頸從該台與國際影視公司的簽約消息傳出，對此全俄羅斯國家廣播電視公司總裁杜伯羅傑夫（Добродеев） 提到，文化電視臺未來會考慮在節目之間播出廣告，他說：我希望俄羅斯民族的芭蕾、歌劇和戲劇能夠在文化頻道上天天播出[34]。

如此一來，不但社會電視臺完全商業化可以減少政府財政支出，並且形成如同第六電視臺由「股權比例分散」的小股東合營的情況，政府

---

[32] 同上。

[33] 同上。

[34] Инга Угольникова, Нина Нечаева, “Друг государства”, Итоги, No48, 2003.4.2.（烏格爾尼可娃，尼恰耶娃，《國家的朋友》，《總結》週刊，2003 年 4 月 2 日，第 48 期。）

也不必擔心害怕金融寡頭壟斷媒體市場的情形出現，同時可以解決該電視臺負債過多的經營問題。不過，目前俄羅斯傳媒法仍存在對經營權規範的法律空白，因為政府若反對單一商業集團壟斷股權，就必須彌補傳媒法當中缺乏對股權經營壟斷問題規範的漏洞，必須修補傳媒法，促使傳媒體系更進一步法制化。

四、俄政府規劃傳媒發展方向

2003 年 1 月，由「互動新聞」（Интерньюс）媒體研究組織在莫斯科舉辦了一場「成功邏輯之二」的傳媒研究高峰論壇，其中最引人注目的一名出席者就是出版廣播電視與大眾傳播部長列辛（Михаил Лесин），根據他的發言，在俄羅斯境內的傳播活動中存在了一些有待解決的問題，政府基本上對傳媒產業的發展將會在傳媒法中做出明確的規定。[35]作者基本上將其劃分為三個方向。

1. 規範傳媒證照的發放

列辛認為近年來俄羅斯媒體發展形成史可以分為幾個進程，第一個傳媒發展階段的特徵在於自由化，政府在這個媒體發展的過程中並沒有什麼媒體戰略可言，除了一部象徵新聞傳播自由的俄羅斯聯邦傳播媒體法的頒佈施行。而現在政府要做的努力就是積極致力於發展媒體生存所需的經濟基礎，對此俄政政府與議會制訂傳媒發展所需的相應法規。

目前俄羅斯尚未形成媒體有效利潤的市場經濟環境，因此政政府與議會以限制證照發放的方式，遏止媒體快速的成長。俄羅斯目前已經登記註冊了 3 萬 7 千多個印刷媒體，許多地區電視公司 90%的股權都轉讓出去，讓企業持股或者受控於地方政府機關，這個現象在地方上很普遍。鑒於缺乏競爭力的媒體只會倒閉，因為這是市場的必然規律，受眾有自己的節目選擇權，估計再過 5-7 年缺乏競爭力的媒體會自動消失離開市場，但是政府不宜介入媒體內部的專業化管理，也不宜制訂出限制媒體發展的政策，所以，政府認為只又在證照發放的技術層面做出限

---

[35] Государство уходит с рынка СМИ,Телевидение и радиовещание, №1（29）январь-февраль 2003（《國家來會走出媒體市場》《電視與廣播雙月刊》2003 年第一期。）

制，避免過多缺發競爭性的媒體瓜分了有限的廣告市場，或者佔用有限的頻波資源。俄羅斯媒體的另一收入就是廣告，當然廣告經常會觸怒觀眾，因為幹擾了他們完整連續接收資訊時的情緒。不過在俄羅斯經濟條件尚未完全改善時，廣告的收入還是對媒體收入有益的補充。

頻波資源在有限的情況之下，限制頻道使用執照的發放可以避免多頻道節目同質化的現象。此外，有線廣播電視的證照發放情形並不太成功，主要是互動式網路的鋪設沒有整頓完善。未來《傳媒法》會對系統經營者與節目頻道供應者對頻波資源的使用做出具體規範。將來會縮短籌設許可證與經營播放許可證之間發放的時間差，這裏必須由通訊部與出版廣播電視與大眾傳播部之間共同協調負責。

2. 減少地方媒體對政府的依賴

政府的立場就是要作為遵守市場遊戲規則的競賽者，在未來要逐步離開媒體市場，減少對媒體市場運作的直接幹預，而以市場整頓者與政策宏觀調控者的身分，建構俄羅斯良好的媒體發展市場與投資環境，以期媒體不僅要發揮社會性功能，還要發揮創造市場產品效益的媒體經濟功能。因此《出版廣播電視與大眾傳播部媒體產業委員會》正在研擬《傳媒法》的修正版本，以期解決傳媒法在中央與地方規定的衝突性，並且改善資訊傳播上的斷層與地方媒體產業的違法現象。

政府還要減少傳媒對政府補助的依賴性，尤其是地方政府。地方政府通常控制著地方媒體的所有權或是新聞發佈權，地方政政府與議會優先給予補助特定政府機關的媒體，或與特定商業媒體簽訂新聞供給的合約，使親政府的媒體享有政府獨家消息來源的權威性，這樣媒體之間就處於一種不公平的市場競爭環境，不利於媒體產業的升級與民眾的資訊需求。地方政府借著讓特定媒體享有政府補助優先權與新發佈權來控制新聞輿論。這樣一來，媒體就缺乏了政治與經濟的獨立性，長期的依賴性與媒體的機關化，導致地方型媒體不但不懂得市場競爭機制，造成經濟效益低、政府支出多，以及媒體工作人員形成被動、缺乏創造冒險精神、吃大鍋飯的情形。地方政府只曉得讓媒體扮演傳聲筒，媒體沒有辦法發揮替民眾監督政府政策的第四權功能，喪失了媒體事業的社會功能，也無法發揮經濟功能，這樣的媒介環境是不符合俄羅斯全民利益的。

3. 規劃專業性頻道

為媒體產業創造環境必須改善傳媒技術與設備，互動式的傳播環境取代單向直播是俄羅斯未來 50 年內必須全面達到的目標。列辛表示，我們希望頻道要專業化，節目要定位，以區隔與滿足各種受眾的資訊需求市場。傳媒法必須提供傳媒產業發展的健全法制環境，確定媒體在接受閱聽眾付費收視時提供最佳的視訊與內容服務。

電視公共化是俄羅斯未來的理想，現在還沒有經濟實力可以完成，因為一年政府至少預算要編列投入 3 億 5 千萬美元，平均每天花費 1 百萬美元。況且目前聯邦政府不願意把全俄羅斯國家電視集團直接公共化，若要另外建立一個全國性質的完全公共電視臺，至少要 10 億美元，也要同時增加發射傳輸的裝置，目前俄政府沒有籌措資金的來源。

4. 加強全俄羅斯廣播電視公司統籌能力

全俄羅斯廣播電視公司集團是俄中央管理廣電事業的領導單位，目前把地方國家廣播電視公司納入全俄羅斯廣播電視公司集團（ВГТРК），主要為了控制地方廣播電視公司，防止其不會有預算外的額外支出從事私人商業性目的的活動，政府的補助在媒體改革的轉型期間，又必須要提升地方國家廣播電視滿足地方受眾資訊需求的社會性功能。1998-1999 年之間，加強全俄羅斯電視廣播公司集團在全俄境內技術資源與預算分配的統籌功能，就是為了適應俄羅斯政治經濟發展所建構的特殊產物。全俄羅斯廣播電視公司集團是唯一由政府預算長期固定支出的國有國營公司，集團旗下包括全國收視與收聽的俄羅斯國家電視臺、文化電視臺 （沒有商業廣告）、俄羅斯廣播電臺、燈塔廣播電臺。

第四節　俄廣播電視數位化困境與國家發展方向

在獨聯體國家這兩年當中相繼爆發顏色革命之後，美國外交關係委員會近期發表報告認為，美國不應再把俄羅斯當成戰略夥伴，而應對普京「獨裁」政府採取「選擇性合作」或「選擇性抵制」新策略，該委員會同時建議美國應該加速俄羅斯鄰國烏克蘭與格魯吉亞加入北約的內容，並且應該增加對俄羅斯民主團體的支援。俄羅斯政府一向認為國家媒體政策是防堵顏色革命的重要手段，在俄羅斯廣播電視全面轉向數位化之際，國家資本仍是發展俄羅斯國家廣播電視的主要資金來源，俄羅斯媒體的職能與屬性與俄羅斯的國家發展有密切不可分離的關係。筆者在研究中發現，普京在急欲恢復俄羅斯昔日大國雄風的過程中，又採取了列寧與史達林的媒體中央集權的政策，俄羅斯國家廣播電視在數位化過程中仍是秉持著普京的資訊空間一體化的媒體政策原則，本文認為普京的做法與普京強國之路相輔相成。

1998 年，俄羅斯交通與資訊部（Министерство Российской Федерации по связи и информатизации）制定俄羅斯地面數位電視與廣播計劃（О внедрении наземного цифрового телевизионного вещания в России），據此，俄交通部出臺了逐步由模擬轉向數位廣播電視的戰略計劃（"Стратегия поэтапного перехода от аналогового к цифровому телевизионному и звуковому вещанию"），該項計劃主要先在莫斯科、聖彼得堡與下諾夫格勒三個城市先行試驗，此後俄羅斯便開始了廣播電視數位化的進程，俄羅斯中央媒體領導集團—全俄羅斯廣播電視公司將再度面臨管理體制改革、資金投入來源以及技術融合等的問題。如同孫五三教授所言，新的技術革命帶來的是難以跨越的數位鴻溝，包括個體使用差距、投資問題、個人之間與國家之間的貧富資訊差距、基礎設施不足、政府政策不完善以及傳播政策和廣播電視體制改革等等的問題。[36]

一、俄媒體理論的機關與工具論點

俄羅斯的媒體脈絡主要從四個方面著手，第一，是從馬克思將媒體認定為「社會政治機制」的一個「機關組織」來看，研究蘇聯與俄羅斯媒體傳統上必須從體制內來看待，但是必須注意的是兩個時期的俄國媒體是同中有異，異中有同，仍必須加以區隔；第二，列寧界定媒體的「工具論」，俄共（布）黨的媒體必須是提升成為「全俄羅斯」的「國家媒體」，在革命與建國期間具有在全俄羅斯各地進行宣傳、鼓動與組織的功能，但是宣傳的對像是知識分子，鼓動的對象則是廣大下層的民眾，

---

[36] 孫五三，〈難以跨越的數位鴻溝：發展中國家的因特網〉，北京《國際新聞界》期刊。http://academic.mediachina.net/academic_xsqk_view.jsp?id=2950

在蘇聯提高教育之後，媒體的宣傳與鼓動功能就沒有明顯的差別了；第三是史達林的「強國媒體理論」，媒體絕對是強化意識形態建築以及俄國全面進行工業化的機制與工具，史達林最精明之處在於非常瞭解蘇聯的優勢在於能源；第四，就是普京對於媒體的「國有公共服務體制」的建立，普京對於媒體的概念有兩個方面：一個方面就是繼承馬克思的「機制機關論」、列寧的「國家工具論」、史達林的「媒體強國意識形態與資源優勢論」，另一方面，就是一部分普京融合「媒體公共服務論」與「自由多元結構」中專業主義的部分，不過雖然自由主義是專業主義的前提，但是專業主義又不完全等於自由主義，因為專業主義還包含其他重要的組成要素在裏面，例如倫理道德、宗教差異、民族情感、性別差異與階級和諧等等概念在裏面。因此俄羅斯媒體理論基本上是「馬列斯」一脈相承，普京在融入西方自由多元主義的結構功能與英國廣播公司公共服務制的理念，作為媒體回歸國家社會的有利補充。

英國傳播學者 Brian McNair 是少有在蘇聯留學並又能以當時戈巴契夫的「公開性」與「重建」為主題探討蘇聯媒體的西方學者，1991 年 Brian McNair 出版了」Glasnost, Perestroika and the Soviet Media」[37]一書，在該書中寫到，馬克思否定了黑格爾的維心主義（idealism），黑格爾定義媒體在公民社會中的仲介（mediated）作用，媒體可以協調（reconcile）不同社會團體和階級以及政治機制包括法律、政府、官僚體制之間在社會中產生的特殊（particular）與普遍（universal）利益（interests）之間的一種競爭（competition）關係。Brian McNair 認為，馬克思對蘇聯媒體的影響至少有兩點：

第一，媒體是社會機制（institutions）的一支：歷史唯物主義（historical materialism）和辯證唯物主義（dialectical materialism）支撐蘇聯社會政治機制的運行，包括媒體。

第二，媒體是機關（organ or apparatus）的一部分：馬克思首先建立共產黨人的媒體機關（Communist Media organ），1846 年馬克思與恩格斯組建共產黨人聯盟（Union of Communists），5 月 31 日正式發行它的首份機關報《新萊因

[37] McNair Brian（1991）.Glasnost, Perestroika and the Soviet Media, London: Routledge.

報》（Neue Rheinische Zeitung），影響了俄羅斯和其他的馬克思主義的追隨者對於媒體功能與其社會角色的看法。

Brian McNair認為列寧對蘇聯媒體的影響主要是反映在媒體與革命的關係上面，他說列寧成為俄羅斯社會民主工人黨（RSDLP）領袖之後，就反對黨內主張經濟鬥爭（economic struggles）的一派，而主張政治鬥爭（political struggles）對抗沙俄專制（tsarist autocracy），為此，黨需要一份全俄的報刊（all-Russian newspaper），負責宣傳（propaganda）與鼓動（agitation），作為黨廣泛討論革命技巧（revolutionary technique）和指導事務原則（rules of conduct affairs）的工具（vehicle），使黨宣傳與鼓動的內容能夠遍及全俄羅斯地區。革命報紙的目的就是首先達到無產階級的政治自由（political liberty）。

回溯馬克思處在的是資本家剝削勞工階層的時代，馬克思逐漸無法認同黑格爾的唯心主義與媒體觀點。在當前西方社會逐漸解決社會利益不公與貧富差距的問題之後，媒體可以在體制之外運行，以追求自己的利潤最大化為目的，人們也依據自己的需求選擇媒體，這時媒體無須負責調動全國人民的團結力量去維護國家利益，因此媒體較能發揮平衡社會利益與協調矛盾的功能，在社會相對穩定與人們生活水準比較高的情況之下，人們會較少將注意力放在資本家與勞工對立的角度上看問題，人反而關心自身的實際需求，以及個人是否有足夠的自主權來落實想法和完善生活。所以「911」事件之後，美國政府與媒體自動調焦，媒體甚至要為布希單邊主義背書，此時美國媒體也在發揮喉舌功能。馬克思的喉舌觀點就是建立在媒體都是屬於資本家的，社會政治機制包括法律、政府與國會都是由資本家組成，無產階級根本沒有自己的喉舌。列寧更進一步把共產黨的報紙提升到國家（state）的地位，成為全俄的國家報紙。現在普京一部分延續馬列的媒體觀點，媒體必須是國家機關與社會政治機制的一部份，也就是媒體不能單純為資本家所壟斷，一部分融入自由多元的觀點，作為媒體發揮專業精神的自主空間。

現在俄羅斯媒體的問題就是媒體會不會近一步縮小公共領域的問題。國家與社會的區隔性是界定媒體是否有哈貝馬斯（J. Habermas）所稱的公共領域的標準。若是將國家社會分為政府、社會團體與公民個人在公共領域中的互動關係來看，那麼政府介入媒體專業化運行越多，那麼社會團體與公民在媒體發聲的權力就越小，也就形成了一種「國家社會化」或是「社會國家化」的重疊狀況，這一種缺乏公共領域的狀態，例如蘇聯時期，另一種沒有公共領域的狀態是媒體在體制內由於非專業化的介入因素而完全失效，媒體脫離社會團體與公民個人，導致上層建築與下層建築完全脫離，媒體沒有發揮聯繫協調的作用，例如蘇聯末期最為明顯。因此公共領域的範圍大小與媒體是在國家社會中運行的範圍有關。目前俄羅斯媒體的新聞自由不是根本問題，因為俄羅斯有足夠的新聞與言論自由，包括批評普京總統也沒有問題，那麼關鍵的尺度在哪裡？在於媒體在國家資本的控制之下，任何普京的政敵，若是想利用國家安全系統（KGB）泄密給媒體的方式來操作政治鬥爭對普京進行人身攻擊的話，這種事情是可以避免的，因此對普京而言，不僅是為了控制新聞或言論自由才發展國家媒體，而是避免媒體在國安系統介入後出現過多的政治鬥爭新聞，普京是國安系統出身，深知這種操作的利害程度。當然，普京對媒體回歸國家社會的規劃也避免了本可能在俄爆發的顏色革命。

二、俄媒體中央集權的資訊空間一體化政策

2006 年，俄羅斯國家電視台給予人們一種新視覺感受，節目單元形式擴大了新聞資訊類、綜藝娛樂類與自製電視影集的份量，而自製的電視影集與蘇聯時期電影的播放占據總體類型節目的 35%，其中，「消息」新聞欄目的新聞製作的提升可以看出俄羅斯新聞體制改革的結果，新聞收視率有提升的趨勢。隨著蘇聯的解體，在二十世紀九十年代的整個十年當中，新成立的俄羅斯聯邦共和國並沒有挽救國民經濟向下滑落的頹勢，俄羅斯國營能源大企業與有相當金融背景的企業及銀行的領導人，乘國有企業進行「私有化」之機，在大肆傾吞國有資產之後，形成人們所熟知的「寡頭」與「寡頭經濟」。俄羅斯金融工業集團對於俄羅斯社會經濟與政治生活產生了極具深遠的影響。2000 年以後，普京開始了媒體「國家化」進程，俄羅斯的國營能源企業將資金注入了金融寡頭的媒體，金融寡頭古辛斯基、別列佐夫斯基和霍多爾科夫斯基分別遭到通緝、起訴與逮捕，俄羅斯政府實行的是一種國有媒體公共服務制的管理形式，俄羅斯寡頭從對大眾傳播領域的絕對控制到控制權的喪失，

這基本上屬於媒體回歸作為第四權力結構的基本特性的過程，但是此時的俄羅斯媒體更像是國家機關與企業組織的一個結合體，例如現全俄羅斯國家廣播電視公司（ВГТРК）的集團總裁杜博羅傑夫（Олег Добродеев）由普京總統直接任命，政府直接編列預算注入該公司。俄羅斯的國家廣播電視調查中心的專家小組於 2006 年 1 月 4 日出爐一份關於 2005 年俄羅斯最有影響力的廣播電視和最有影響力的媒體人，調查報告顯示，全俄羅斯廣播電視公司總裁杜博羅傑夫是俄羅斯最有影響力的媒體人。

2000 年 9 月，普京發布一道總統命令，該命令主要是修正原來葉利欽總統頒布的關於完善國家電子媒體工作命令中的一條，該條原來主要是授與地方政府對地方廣播電視領導的人事權，新命令也就是將原來屬於地方政府對於該地方的國家廣播電視公司的領導的任命權轉而納入全俄羅斯國家廣播電視公司總部的管理範疇內，全俄羅斯國家廣播電視公司不但有對地方國家廣播電視分支機構的人事權，同時還具有負責預算編列與經營營收的財權，這主要是防止地方國家廣播電視公司的領導對於資金的濫用與浪費。普京總統藉由全俄羅斯國家廣播電視公司的中央集權管理方式，牢牢地控制住地方媒體，防範其與國外勢力的相互勾結，也可藉此控管地方媒體對中央政策的確實傳播，同時配合普京建立的聯邦七大行政區，普京任命直接對總統負責的全權代表，負責在聯邦區內組織實施總統政策，定期向總統報告聯邦區安全問題、社會經濟和政治局勢，普京建立新形式的媒體與政治的中央集權加強了中央政府的權威以及促進了國家的整合，解決自蘇聯解體後地方行政各自為政以及分離主義的危害。車臣問題是俄羅斯國家與社會安全的最大障礙，2005 年，俄羅斯國家電視台的新聞製作體制（Телеканал「РОССИЯ」）做了很大的調整，最關鍵的變動在於該電視台結合該台直屬的俄羅斯環球頻道，打造了一個全俄的「新聞大平臺」，最明顯的是這個製作直接擴大了清晨第一檔節目「早安，俄羅斯！」的節目型態與份量，該資訊類型節目是從早上 5 點開始在全俄地區同步直播三個小時又四十五分鐘，並且每半個小時滾動一次該電視台招牌新聞欄目「消息」(Вести)。「消息」新聞欄目的製作方式與管理結構與普京對電視媒體管理的思維是完全吻合的。自普京上任頒布總統令擴大全俄羅斯國家廣播電視公司的職權之後，普京建構的就是一個能夠涵蓋全俄羅斯中央與地方的新聞媒體，所有的地方的國家電視台均納入全俄羅斯國家廣播電視公司的體系之下，地方廣播電視公司的人事權屬於聯邦中央的全俄羅斯國家廣播電視公司，同樣地，屬於中央聯邦的俄羅斯國家電視台的「消息」新聞欄目，已經擺脫九十年代以莫斯科新聞為中心的節目形式，開始結合地方的國家電視台，打造的是莫斯科、聖彼得堡與其他城市同步新聞的「全俄新聞大平臺」，這種「全俄新聞大平臺」最大的優點就在於普京實現「媒體中央集權」的理念，同時地方的新聞也能夠即時反映到中央，形成「資訊空間一體化」。「資訊空間一體化」是莫斯科大學教授施框金在 90 年代倡導的理念。不過，普京建立的媒體模式乃是基於俄羅斯國情而設立的。

然而，普京實現「資訊空間一體化」的「媒體中央集權」之所有取得比較有效的成績，這是有一定前題與基礎的，其主要在於首先俄羅斯記者有較強的現場應變能力，這一項能力非常適合「消息」新聞欄目現場直播的製作方式，再加上該新聞節目有派駐地方的特派記者，這些記者對當地新聞有比較熟悉的掌握能力，能夠如實與準確地反應地方新聞，在普京「媒體中央集權」的大環境背景之下，記者直接向中央媒體負責，地方廣播電視也屬於中央管理。其次，雖然普京實行「資訊空間一體化」與「媒體中央集權」的「國家化」政策，但是與此並沒有悖離記者專業化的原則，因為俄羅斯傳媒法事實上是賦予記者有較大新聞採集權，提供記者比較寬鬆的采訪空間，因此俄羅斯的記者事實上是享有很大的新聞自主權，俄羅斯傳媒法反而對於媒體管理者有較多的限制，這樣的一種新聞自主與管理限制的結合主要是適應俄羅斯媒體的大環境，一方面既不讓新聞做死，另一方面不讓媒體寡頭再出現在俄羅斯媒體的管理層當中。在普京的媒體管理概念中，體現的是一種管理與自律同時存在的思維。

總體而言，俄羅斯媒體經過了傳播自由的洗禮與媒體轉型期的動蕩之後，基本上已經培養出自己新一代熟悉現場報導與擅長采寫的新聞記者，再加上俄羅斯媒體管理階層在一般情況之下比較不干涉記者的新聞內容，而且新聞編輯部也享有較大的新聞自主權，一般而言，俄羅斯新聞報導的界線不在於批評報導，新聞的紅線與警界區主要在於「立即與明顯」危害到國家安全與國家利益的議題，例如車臣問題。因此，俄羅斯的新聞發展已經進入比較符合普京所建立的具有俄羅斯特色的媒體環境，那就是新聞不但必須在民眾心中有權威性，還要有信任感，記者不僅在於是政府的形象化妝師與政策的宣傳者，這樣遠遠不能夠建立新聞與記者在民眾心目中的地位，更主要的問題是俄羅斯媒體賦予記者較大的新聞自主權，以及傳媒法提供比較寬鬆的采訪政策培養了俄羅斯自蘇聯解體之後的新一代優秀記者，這是新聞能夠轉變成為民眾信任的消息提供者的重要因素。

三、俄電子媒體以國家資本運作為主

俄羅斯電子媒體與國家資本的關係經常成為媒體研究者和新聞界關注的問題。在西方傳播理論中，援引政治經濟學的概念來解釋政權對媒介的操控，以「國家資本主義」（state capitalism）與「國家統合主義」（state corporatism）對周邊世界如何看待俄羅斯與中國問題仍具有影響力。但這兩項理論的問題就是過於用過去冷戰的對抗思維去解讀俄羅斯媒體的脈絡。九十年代是俄羅斯媒體資本運作的時期，國外資本介入電視、廣播、報紙、出版以及各種非政府組織，2000 年以後，在俄羅斯政府起訴媒體寡頭之後，國家資本進入媒體，取代寡頭的商業資本，國外資本只能在非政府組織與出版業運作，與此同時，過去政府的官員也在非政府組織中擔任要職，熟悉政府運作，在西方與普京政府之間扮演著一種協調的角色，因此非政府組織經常在俄羅斯與西方國家之間起著與媒體相同具有的協調溝通的功能。俄羅斯現在已經不是「媒體集團化」的問題，「媒體集團化」進程在普京上任的第一屆任期內已經結束了，俄羅斯媒體已經進入蟄伏狀態，媒體與國家政府保持一個互動良好的狀態，而未來俄羅斯媒體比較明顯要解決的問題之一，就是在國家媒體如何在過度到公共服務制過程中資金來源的問題，媒體「國家化」進程中國營能源企業資金注入銀行寡頭的媒體，下一步俄羅斯媒體的改革必須會是與經濟改革結合在一起的，俄羅斯經濟結構勢必先要從能源型經濟結構走向全面正常化的經濟結構之後，才能進行媒體公共服務制的改革。

俄羅斯國有媒體可以歸為三種所有權的形式：「國家全權所有的國家媒體」，其資金主要來自於政府編列的預算；「國家部分所有的國有媒體」，國家政府機關與民間共同持股，而國家政府佔有 51%以上的股權；「國營能源企業所有的國營媒體」，商業媒體在「國家化」進程中被國營能源企業並購，國營能源有自己的媒體委員會負責旗下媒體的管理與經營。俄羅斯媒體當中唯一由預算編列的國有媒體在俄國一般稱作「國家媒體」（national or state media），國家媒體在廣播電視領域主要指的是中央聯邦級別的全俄羅斯廣播電視公司集團，俄羅斯八十九個聯邦主體當中九成以上都有該電視公司的分支機構，也就是地方的國家廣播電視公司，全俄羅斯廣播電視公司集團旗下有俄羅斯國家電視臺、俄羅斯文化電視臺、俄羅斯體育電視臺，以及俄羅斯電臺與燈塔電臺；俄羅斯中央通訊社就是伊塔—塔斯社，中央政府機關報紙是《俄羅斯報》。

國家部分所有的國有媒體，例如第一電視臺，第一電視臺的前身是蘇聯的中央電視臺奧斯坦基諾電視臺，蘇聯解體之後，奧斯坦基諾逐漸發展成為一個獨立的技術中心，專門負責向全俄地區的發射工作，第一電視臺在 1993 年與 1995 年分別進行股份化與重組工作，更名為社會電視臺，俄語發音都是 ORT，金融寡頭別列佐夫斯基在 2002 年以前是該電視臺最有影響力的個人股東，第一電視臺百分之五一以上的股份掌握在政府各個機關與國營企業手中，由於普京不認為社會電視臺的名稱與電視臺的性質相符合，2002 年遂將其更名為第一（頻道）電視臺，這是以該電視臺一直處於第一頻道的位置來命名的。第三個部分是國營的國有電視臺，例如前身是寡頭古辛私基「橋媒體」所有的獨立電視臺以及別列佐夫斯基羅戈瓦斯汽車集團公司所控股的第六電視臺，後者經營的頻道後來被收歸國有再重新分配給俄羅斯體育電視臺。第一電視臺、獨立電視臺和已經消失的第六電視臺都是普京在媒體「國家化」進程中以國營能源資金注入的媒體。

普京 2003 年在哥倫比亞大學演講時提到，媒體不能為兩三個錢袋子所有。在普京對媒體改革的總體設想中，媒體不能單從營利的角度看待，媒體若是由商業資本控制，那麼媒體必定會以商業目的為優先考量，媒體就會喪失它的社會穩定功能，因此媒體必須由國家所有，國家要負責出資給媒體，媒體就必須為國家與社會利益的大前提著想，國家必須成為社會利益的調控者。因此，普京在任內全面發展全俄羅斯國家廣播電視公司，由國家編列預算支援該集團資金運作，公司的管理與經營則由專業媒體人負責。由於商業媒體重視有效發行與收視份額，在偏遠地區就無法達到中央媒體的影響力。在俄羅斯還處於軍事強大但是經濟實力薄弱的階段，普京對媒體的改革並不是讓媒體以資本方式做大做強，這不是媒體的目的。如果單從資本運作看待媒體運行，那麼媒體就容易被西方強大的資本介入，媒體若由資本家控制，媒體就會成為資本家的喉舌，為維護資本利益而說話。俄羅斯的威權管理似乎很難在走向強國過程中消失，英國《金融時報》記者 Andrew Jack 稱之為「自由的威權主義」(Liberal authoritarianism)[38]。

歸根結底，當俄羅斯國家社會還沒有完全穩定時，許多問題必須由國家政府出面而非資本家來解決，這時國家需要媒體協助政府找出問題，告訴政府還有哪些問題需要注意，其角色相當於諫臣，而媒體不應是以炒作的手法刺激人們的感官情緒，因此商業媒體絕對不是普京恢復國力的理想媒體。如果單從西方角度看待俄媒體是為鞏固普京政權而服務，那就太小看普京的政治眼光與實力了！不論從列寧或史達林再到普京，媒體絕對是俄羅斯成為世界強國的工具，媒體不會是在體制外制肘政府的，這不符合俄羅斯的傳統。普京說過，媒體不能袖手旁觀。媒體的機關屬性就是俄政權每次經過大的變動時，例如 1917 年十月革命前後和 1991 年蘇聯解體後進入轉型時期，俄羅斯媒體最終勢必要回歸到中央媒體獨大的位置上來，這就是媒體仍會在列寧工具論之下發揮作用。但是俄國媒體不再是明文由黨來控制，俄政府也不能像蘇聯時代介入媒體過多，媒體要由專業媒體人管理，記者必須按照新聞規律的專業角度來進行采訪寫作，新聞不能有過多的預設立場或是先行定調，這樣俄羅斯媒體仍是俄羅斯社會的獨特階層。90 年代新聞是媒體寡頭與政權交換政治利益的籌碼時代已經過去，媒體不會成為商業資本運作的場所，因為媒體不但是政府機關的一部分，還是企業化經營與管理的實體，但是它的目的不在於資本的增長，而在於協助國家進行公民社會的建構。

---

[38] Andrew Jack （2004）. Inside Putin's Russia, NY: Oxford.

四、俄國家電視廣播全面展開數位化進程

1998年，俄羅斯交通與資訊部（Министерство Российской Федерации по связи и информатизации）制定俄羅斯地面數字電視與廣播計劃（О внедрении наземного цифрового телевизионного вещания в России），決定採用歐洲規格DVB-T與T-DAB分別作為數字電視與數字廣播的標準。據此，俄交通部出臺了逐步由模擬轉向數字廣播電視的戰略計劃（"Стратегия поэтапного перехода от аналогового к цифровому телевизионному и звуковому вещанию"）。該項計劃主要先在莫斯科、聖彼得堡與下諾夫格勒三個城市進行，作為測試數字電視與數字廣播採用歐規標準情況的試點，同時在這三座收視密集的大城市進行地面電視廣播結合使用本國電視設施的狀況測試。[39]

根據2002年7月9日《關於逐步轉換廣播電視的衛星傳輸通路採用數位化技術》（"О поэтапном переводе спутниковых распределительных сетей телерадиовещания на цифровые технологии"）決議，俄羅斯衛星傳輸通路必須完成基礎建設現代化工程，俄羅斯國家10顆衛星覆蓋全俄羅斯廣播電視公司與第一電視台在全俄羅斯與中亞等五個區域的傳輸任務，俄羅斯地面使用一萬三千個電視轉播器，「莫斯科」（"Москва"）、「螢幕」（"Экран"）、「軌道」（"Орбита"）、「莫斯科—全球的」（"Москва-Глобальная"） 等衛星接收站將從模擬轉換成數位化技術。俄羅斯電視台總經理斯科廖爾（Геннадий Скляр）針對俄羅斯電視台的技術設備現代化表示，俄羅斯聯邦政府撥出430億盧布，完成該電視台2012 年以前數位化的過度進程。此外，6年後俄羅斯電視台除了少數以個免費頻道將成為一個付費電視台，頻道將會多樣化與專業化，由觀眾自己選擇收看什麼節目，以增加電視台的競爭性與節目品質，為迎接數字電視與移動電話看電視時代的到來，斯科廖爾表示會增添轉播設備的購買。[40]另一個國有的電視台第一電視台也已經開始數位化進程，從2005 年開始，第一電視台逐步淘汰從衛星發送模擬信號，並改善數字信號傳輸條件。第一電視台利用衛星HotBird6（13.0°E）,傳輸歐洲、近

---

[39] 2002年9月3日交通與資訊部部長雷曼（Л.Д.Рейман）簽署施行該項決議。

[40] 2006年2月17日 internews.ru.

東和北非地區，利用 THAICOM（78.5°E）衛星傳輸亞洲與澳洲地區，傳輸北美則是 Echostar（61.5°W）.衛星。[41]

在俄羅斯總統普京強調必須盡快過度到數位化廣播電視之後，對此，數字廣播電視公司 SYRUS SYSTEMS 總經理阿努弗裏耶夫（Ануфриев）表示，在討論俄羅斯數字電視時，必須先討論衛星數字電視在聯邦與地區信號發射的通路與直播能力，數字電視必須直接聯繫終端用戶，這必須能夠覆蓋俄羅斯幅員遼闊的土地面積、同時提高信號質量和擴大節目傳輸數量。俄羅斯衛星電視、有線電視和無線電視在進行數位化過程中，面臨轉播與頻波申請問題，必須建立轉播站解決信號到用戶終端的問題，同時地區還必須解決頻波的申請問題。俄羅斯電視數位化的問難還在於解決用戶終端信號質量問題、所需資金和用戶的反饋渠道，在大城市中有線電視得到發展，而偏遠地區缺乏足夠的電話線路發展有線電視，雖然衛星電視可以解決無線電視與有線電視在傳輸過程中的地理障礙和資訊載量的問題，同時地方申請經營頻道過程複雜，必須要有交通部、出版傳播部、文化部以及全俄羅斯廣播電視公司等跨部會程式的問題。而解決用戶數量牽涉到地區的劃分，若減少用戶數量或增加傳輸器都不符合運營商的成本。俄羅斯發展模擬電視有足夠的專家，目前仍需要相應的數字電視人才，從多方面問題看來，2015 以前電視數位化的目標指的是無線電視的數位化，不太可能有線與衛星廣播電視全面地數位化。[42]

總體而言，俄羅斯國家電視廣播在走向全面數位化的過程中，仍必須符合俄羅斯資訊空間一體化的政策原則，地方媒體面臨轉播站設立與頻波申請的問題，廣播電視數位化必須建立轉播站解決信號到用戶終端的問題，同時地區還必須解決頻波的申請問題，地方申請經營頻道過程複雜，必須要有交通部、出版傳播部、文化部以及全俄羅斯廣播電視公司等跨部會運作審核的程式問題。國家媒體在政府全面資金支援的情況之下，必須完成技術設備更新與現代化的工程，俄羅斯幅員遼闊，在落實地面數字電視與廣播計劃時，又面臨地區城市電話線路鋪設不足的問

---

[41] http://www.channelonerussia.com.

[42] журнале "Телеспутник" номер 9, 2003.（《電視衛星》雜誌 2003 年第 9 期。）

題，在俄羅斯現有的無線電視、有線電視和衛星電視的基礎設施上轉向採用數位化電視廣播技術結合之際，服務用戶終端被視為最終的目的，運營商在技術規格與用戶數量上的配合勢必面臨區域劃分、質量不達標或是資金不足的問題。在俄羅斯國有電視占據主要市場的情況下，若引入外資，外國運營商勢必要為商業化運作要求俄方電視公司釋放所有權與加大經營管理的透明度，俄羅斯國有媒體是否會在走向公共化的路途中轉向商業化，成為國家電視廣播公司數位化進程的另一個牽涉國家媒體戰略的問題。

第四章

俄羅斯金融工業寡頭、跨媒體集團與普京能源外交

隨著蘇聯的解體，在二十世紀九十年代的整個十年當中，新成立的俄羅斯聯邦共和國並沒有挽救國民經濟向下滑落的頽勢，俄羅斯國營能源大企業與有相當金融背景的企業及銀行的領導人，趁著國有企業進行「私有化」之機，在大肆傾吞國有資產之後，形成人們所熟知的「寡頭」與「寡頭經濟」。俄羅斯金融工業集團對俄羅斯社會經濟與政治生活產生了極具深遠的影響。2000 年以後，俄羅斯寡頭從對大眾傳播領域的絕對控制到控制權的喪失，這基本上屬於媒體回歸作為第四權力結構的基本特性的過程，此時俄羅斯媒體更像是國家機關與企業組織的一個結合體，例如現全俄羅斯國家廣播電視公司（ВГТРК）的集團總裁杜博羅傑夫（Олег Добродеев）由普京總統直接任命。俄羅斯的國家廣播電視調查中心的專家小組（Экспертный совет Национального исследовательского центра телевидения и радио, НИЦ телерадио）2006 年 1 月 4 日出爐一份關於 2005 年俄羅斯最有影響力的廣播電視和最有影響力的媒體人（наиболее влиятельный персон российского телевидения и радио）的調查報告顯示，全俄羅斯廣播電視公司總裁杜博羅傑夫是俄羅斯最有影響力的媒體人[1]。

2000 年 9 月，普京發佈一道總統命令，該命令主要是修正原來葉利欽總統頒佈的關於完善國家電子媒體工作命令中的一條，該條主要是授予地方政府對地方廣播電視領導的人事權，也就是將原來屬於地方政府對於該地方的國家廣播電視公司領導的任命權轉而納入全俄羅斯國家廣播電視公司總部的管理範疇內，全俄羅斯國家廣播電視公司不但有對地方國家廣播電視分支機構的人事權，同時還負責財權，負責預算編列的工作，地方國家廣播電視公司的領導享有很小的財權。普京總統藉由全俄羅斯國家廣播電視公司的中央集權管理方式，牢牢地控制住地方媒體，防範其與國外勢力的相互勾結，也可藉此控管地方媒體對中央政

---

1 http://www.internews.ru/medianews/5453.

策的確實傳播，解決自蘇聯解體後地方行政各自為政以及產生的分離主義的危害。車臣問題是俄羅斯國家與社會安全的最大障礙，第一次車臣戰爭居然是在葉利欽為競選連任的前一個月主動向車臣叛軍提出議和，並簽署停戰協議，這被俄羅斯的許多政治人物視為投降的舉動，停戰後的俄羅斯並沒有解決車臣叛軍在俄羅斯製造的恐怖活動，而當時有美資背景的媒體寡頭別列佐夫斯基與古辛斯基，利用旗下的媒體，尤其是電視新聞收視率最高的獨立電視臺，進行大量反戰的宣傳，使得俄羅斯政府在非常被動的情況之下簽署停戰協定，這又為三年後爆發的第二次車臣戰爭埋下種子。但是此時物換星移，協議在車臣一次入侵行動當中被俄政府認為終止，現任俄羅斯總統的普京當時被葉利欽總統拔擢為緊急總理，普京毅然決然打擊正在入侵達吉斯坦共和國的車臣叛軍，開啟了第二次對車臣的戰爭。對於俄羅斯媒體的責任而言，普京上任之後對媒體改革的總體設想就是國家安全壓倒新聞自由[2]，當然這對於相對穩定的國家來說簡直是難以忍受的價值觀。不過對於經過十年動盪與內戰的俄羅斯而言，國土安全與社會穩定意味著一切的基礎。

在俄羅斯媒體組織管理上受到嚴格控管的基礎之上，俄羅斯國家政權結構的立法、行政、司法三權與媒體也在 2001 年後開始進入穩定良性的互動階段：對內，俄政府與杜馬經常協調制定符合金融、工業、能源集團利益的法案；對外，俄羅斯政府也開始努力為金融、工業、能源集團拓展財源，俄羅斯金融工業集團此時不再需要站在媒體背後與國家政策相抗衡，而在 2003 年，這些金融工業集團似乎又有重返媒體舞臺的傾向。俄羅斯媒體在發展初期，政府在制度上固然出臺了更多的鬆綁性政策，但在現實運作中，媒體更需要大量的資金支援。在葉利欽總統執政的初期，俄羅斯政府手中卻只有政策構架，再加上葉利欽一味堅持走西化與民主化的道路，認為民主化的快捷方式便是西化。因而，凡是西方不喜歡的媒體或屬於前蘇聯共產黨的資產便都暫時停止營業，這使得國有資產被變相當作意識形態的犧牲品而浪費掉。儘管後來這些媒體基本上陸續開始工作，但大部分都已元氣大傷。而能繼續工作的媒體，則絕大多數轉向投靠寡頭，並成為寡頭經濟的一部分。此時葉利欽又再

---

[2] 胡逢瑛、吳非，〈國家安全壓打新聞自由〉，香港《大公報》，2006 年 1 月 16 日。

次用意識形態式的思維認為，只要這些媒體不再為後來的俄共服務，即使寡頭通過媒體來干涉國家政策的頒佈與政令的實行，那也是可以容忍的，結果葉利欽在歷次的政治鬥爭中都會以勝利者的姿態出現，但俄羅斯的經濟卻在整個九十年代難有大的起色，媒體經營生態演變為兩極化發展，即「寡頭化」與「泛政治化」。

第一節　俄金融工業集團形成跨媒體集團

1992 年，蘇聯解體之後的俄羅斯媒體由國家一手控制的局面已經不復存在，國家與傳媒的關係發生了根本性的變化，俄羅斯的大眾傳媒開始正式走向自由化、股份化與私有化，對於這些，國家政權在法律形式上保護媒體向此方向發展。在俄羅斯聯邦成立初期，由於經濟發展滯後，變相造成俄羅斯的國家力量幾乎在短短的三年間幾乎全部撤出媒體。在報紙方面，屬於政府的報紙僅有《俄羅斯報》和另一份僅在內部發行屬於總統辦公廳的《俄羅斯訊息報》。兩大中央電視臺社會電視臺（第一電視臺）和俄羅斯國家電視臺，也僅剩下《俄羅斯國家電視臺》，由於政府撥款不足，俄羅斯國家電視臺許多電視節目質量欠佳，致使其收視率經常落後於當時的社會電視臺和一些商業電視臺，如獨立電視臺和第六電視臺等。在廣播中，國家僅控制著三個廣播電臺：俄羅斯台、俄羅斯一台及燈塔臺。俄羅斯台的收聽率為 23.7%，俄羅斯一台為 2.3%，燈塔臺不到一個百分點。

一、媒體寡頭興起集合權錢於一身

蘇聯解體之後，當國家政府全面退出大眾傳媒之後，媒體經過了一段短暫的無資金來源陣痛期，這段陣痛期大約從 1992 年底一直持續到 1994 年底，1995 年後俄政府對媒體進一步政策鬆綁，俄羅斯媒體基本上已形成三足鼎立的局面：代表過去國營企業的國家天然氣集團與代表企業改革派的奧涅克辛姆銀行集團為一方，另一方為支援莫斯科市政府的橋媒體集團，最後一派就是自成一體的別列佐夫斯基。

1995 年 10 月 1 日俄羅斯聯邦法《關於完善俄羅斯境內廣播電視法》與同年 12 月 1 日的《俄羅斯聯邦國家支援大眾媒體與出版法》進一步

放寬了金融工業集團投資媒體的資金項目與經營範圍。《關於完善俄羅斯境內廣播電視法》中提及，為了提升政府對支援電子媒體的效率，賦予俄羅斯社會電視臺、全俄羅斯國家電視廣播公司、國家電視臺彼得堡—第五頻道（後第五頻道規劃給國家公視文化電視臺）、廣播電臺廣播一台、燈塔、青年等電視臺和廣播電臺享有「全俄羅斯」性質的覆蓋能力。這為加強國家電子媒體壟斷全俄受眾市場做好準備。同時在政府控股 51%的股權下，繼續釋出奧斯坦基諾廣播電視公司的俄羅斯社會電視臺以及燈塔、青年廣播電臺的股份，以換取必要資金來發展廣電的的基礎技術設備[3]。第一頻道電視臺是被政府用來全力發展俄羅斯國家電視臺的犧牲品，不過也國營廣電事業商業化的重要試點，目前第一電視臺已經面臨嚴重的財務危機，因此，新聞出版部有釋出政府股份的意圖，未來入股第一電視臺的股東情況仍可能是俄羅斯國營能源事業資金投入的對象。在此一俄聯邦法的基礎之上，1996 年 9 月 20 日，葉利欽頒佈總統令，同意銀行家古辛斯基所屬的橋媒體集團旗下的獨立電視臺可在第三頻道 24 小時播出自己的節目，這使得獨立電視臺在俄羅斯社會電視臺與俄羅斯國家電視臺兩大國營電視公司之外佔有第三名的地位。[4]這兩道命令為政府和金融工業集團全方位涉入媒體且壟斷所有權奠定基礎。跨媒體集團與所有權集中的媒體市場壟斷版圖於是形成。

1996 年至 2000 年是俄羅斯媒體發展的另一個階段，它的顯著的特徵就是：俄羅斯金融工業機構廣泛參與媒體事業的運作，形成跨媒體壟斷集團，而這些金融寡頭的商業運作已深深地影響到俄羅斯的政治改革。1998 年俄羅斯爆發金融危機之後，銀行體系遭受重創，葉利欽遂正式開始逐步擺脫金融寡頭對國家政治的幹預，發展國營企業及增加參股媒體事業。1999 年 7 月 6 日，葉利欽總統頒佈了命令《完善國家管理大眾資訊》以及 1999 年 9 月 10 日由總理普京簽署頒佈的《俄羅斯聯邦部會處理出版品、廣播電視與大眾傳播媒體的問題》[5]。新聞印刷部

---

[3] Правовое поле журналиста. Настольная справочная книга, М.: Славянский диалог, 1997, с. 355-356 .（請參閱《記者法律總覽》，莫斯科：斯拉夫對話出版社，1997 年，第 355-356 頁。）

[4] Российские СМИ на старте предвыборной кампании// Среда, 1995, No 3, с. 13~18。（《俄羅斯媒體在競選的起跑點上》，《環境》，1995 年，第 13-18 頁。）

[5] Правовая защита прессы и книгоиздания, М.: НОРМА с 390-490. （《新聞與圖書出

經過整合而重建，全俄羅斯廣播電視公司的人事行政化和運作企業化雙重屬性得到確認，這樣中央便開始著手整頓媒體的寡頭壟斷問題。各界都看出葉利欽與普京準備運用主管機關控制國家媒體來操控 1999 年國家杜馬選舉與 2000 年總統大選，同時也為俄政府當局發動第二次車臣戰爭與加速政府控制輿情埋下伏筆。媒體泛政治化的原因是因為當權者往往利用新聞機構可操作的屬性，來獲取政治上的利益，因此，在研究政治與媒體之間的關係時，需顧及媒體和當權者之間的互動。近年來，許多研究者就把焦點放在媒體和當權者的合作關係和互相勾結的程度上來[6]。觀察俄羅斯媒體在這個階段的發展，就是政府與媒體互動的特徵在於媒體所有權集中在少數集團的手中，泛政治化的金融工業集團與國家的資金投入電子媒體與平面媒體以及電影產業交叉持股所有的跨媒體市場，分別形成幾大塊的媒體版圖。

首先介紹金融工業集團寡頭別列佐夫斯基的羅戈瓦斯汽車集團這一派。別列佐夫斯基在 1994 年之後就經常向其他的政客宣稱其本人與葉利欽的關係如何親密，但別列佐夫斯基卻是典型的投機主義者，別人認為虧損的媒體或無可救藥的媒體則經常是別列佐夫斯基獵取的對象。他在 1993 年投資《獨立報》時，該報正陷於嚴重財政危機而不得不面臨停刊的窘境，別列佐夫斯基就聯合當時《獨立報》的總編輯特裏基雅科夫，把一些《獨立報》的記者派到歐洲進行短期的培訓，然後再把足夠的資金注入《獨立報》，這時一個嶄新的報紙又重新站立起來，《獨立報》基本上還堅持其一貫的前衛、辛辣的作風。在俄羅斯具有百年歷史的《星火》雜誌同樣也有別列佐夫斯基的投資，該雜誌同樣在 93 年時期遇到危機，葉利欽總統辦公室主任尤馬舍夫曾任該雜誌編輯。別列佐夫斯基控制俄羅斯最大的電視臺社會電視臺也是從資金控制開始，雖然別列佐夫斯基金擁有該電視臺 2%的股份，在電視臺的董事會中任負責主席的職務，他經常通過自己手下的財團不斷沖抵電視臺不當的虧空，在 1995 年後別列佐夫斯基已經基本上控制了社會電視臺。

版法律保護》，莫斯科：法規出版社，2000 年，第 390-490 頁。）

6 蔡明燁譯，《媒體與政治》，臺北市：木棉，2001 年，第 8 頁。（原書 Ralph Negrine. Politics and the mass media in Britain. London: Routledge 1974.）

在 1996 年葉利欽總統為尋求連任之路的競選前夕，別列佐夫斯基銀行與汽車集團公司的資本已經大量進入國家控股公司社會電視臺，股份從 8%激增至 16%，同時也掌握第六頻道的第六電視臺的大部分股權，基本上別列佐夫斯基在此期間已經佔領全俄 26%的市場版圖，再加上他還擁有具有社會公信力大報《獨立報》與《星火》雜誌的部分股權[7]。別列佐夫斯基擔任獨聯體的秘書總長期間，替葉利欽穿梭於獨聯體各國之間擔任政治資訊的特使，是葉利欽眼前的紅人，1996 年是他獲取政治利益的高峰階段，但在 1998 年金融風暴後，他的經濟勢力萎縮，加上葉利欽也很擔憂他與莫斯科市長盧日科夫之間的鬥爭會引起俄羅斯政經的動盪。在普裏馬科夫從外交部長升任政府總理後，與西方國家金融界和外交界關係良好的普裏馬科夫進一步削弱別列佐夫斯基在政壇上的影響力。別列佐夫斯基的媒體經營與政治權力的結合，都反應葉利欽在爭取執政權時必須仰賴企業界大亨這種政商結合的現實情況。別列佐夫斯基與古辛斯基被視為媒體帝國的兩大金融寡頭。原屬於別列佐夫斯基的第六電視臺現已於 2002 年 1 月 22 日被新聞出版部收回頻道使用執照，於是部長列辛舉辦媒體競賽，把執照頒發給獲勝的記者團隊─由前獨立電視臺專業經理人基辛廖夫領導的第六電視臺合作夥伴社會智慧電視臺，社會智慧電視臺於 3 月 23 日取得第六電視臺原本使用第六頻道的播出執照。之後由於政府又釋放消息要把第六頻道規劃為體育台的計畫，使得股東們拒絕投入資金，三個月未領工資的社會智慧電視臺終於 6 月 22 日結束節目播出。前獨立電視臺、社會智慧電視臺的專業經理人基辛廖夫也因經營權轉讓和撤銷電視營運執照的因素被迫退出電視臺經營與製作的媒體舞臺。

另一個媒體寡頭壟斷集團就是橋媒體，主要是由橋銀行老闆古辛斯基一手創辦，古辛斯基辦媒體的一大特色就是一切從零開始，完全以美國的傳媒經營思維模式來塑造一個屬於自己集團的媒體。雖然《橋媒體》在 1996 年總統大選後得到了葉利欽的大力支持，但這卻與 2000 年新任總統普京的強國政策相去甚遠，這也是《橋媒體》最總走向滅亡的原因吧。由於古辛斯基與當時主管俄羅斯新聞事物和政策的波爾托拉寧關係

[7] Век（1997.8.12）.（《世紀報》1997 年 8 月 12 日第一版。）

密切，波爾托拉甯於 1994 年時將國家的第四頻道讓給古辛斯基經營的獨立電視臺，開始獨立電視臺與第四頻道的教育電視臺共用頻率，獨立電視臺只在晚上 7:00 之後播出大約三個小時的節目，獨立電視臺的創辦人基辛廖夫所主辦的《總結》節目最初是在聖彼德堡第五電視臺也只有 1 個小時。古辛斯基還一手創建了對俄羅斯政治影響最大的「回聲」電臺，至今回聲電臺還是莫斯科最有影響力的廣播電臺。1993 年，古辛斯基還創辦了一份綜合政論性的報紙《今日報》,《今日報》最初的報業人員都來自於《獨立報》，這使得《今日報》聲名顯赫，但《今日報》最大的困擾是一直無法突破發行量 10 萬份的大關，這主要是由於主編奧斯塔爾斯基一直無法突破集團利益的障礙，最終接任的總編輯別爾戈爾將《今日報》的內容風格轉向經濟方面，《今日報》的從業人員也換成《每日商報》的編輯。1996 年，古辛斯基又聯合美國的《新聞週刊》創辦了《總結》雜誌，《總結》雜誌以豐富的內容、精美的畫面和便宜的價格迅速佔領了俄羅斯一部分雜誌市場，但該雜誌卻由於文章中過多的西式語言，而使得讀者產生了不適應的感覺，最終《總結》的影響力停留在俄羅斯中產階級。

總體而言，這位具有猶太人血統的銀行家、媒體寡頭古辛斯基自 1996 年到 2000 年為止，以建立一個圍繞在克裏姆林宮政治中心的媒體帝國為目標，這樣一來就會使得總統及國家政權結構與社會大眾之間的聯繫被古辛斯基的媒體所隔開與控制，這是古辛斯基夢寐以求的目標，因為只要維持媒體的優勢，無論誰當總統或誰想當總統，古辛斯基的話就會起一言九鼎的作用。 到 2000 年為止，古辛斯基是克宮的常客，他已建立了一個涵蓋電視、電影、廣播、報紙、雜誌與網際網路的橋媒體帝國，在他的媒體帝國中，電視以獨立電視臺、獨立衛星電視臺為主，雖然其信號發射涵蓋率不如兩家國營電視臺俄羅斯國家電視臺及俄羅斯社會電視臺遍及全俄偏遠地帶，但獨立電視臺以精采的電視節目吸引了將近 2000 萬的觀眾，這些觀眾遍佈各階層。與此同時，旗下的莫斯科回聲電臺是一個莫斯科市民必收聽的政論廣播台，政論性的《總結》雜誌與綜合性日報《今日報》也得到俄羅斯白領階層的青睞[8]。跨媒體

---

[8] 吳非，《俄羅斯媒體大亨古辛斯基年關難過》,《聯合早報》(新加坡)，社論言論天

與跨產業的媒體集團成為普京執政後首先打擊和兼併的對象。2000 年以後，普京的政府開始對橋媒體集團進行查帳、逮捕、起訴、撤銷經營執照等具有政治壓迫舉動，橋媒體集團為融資發展媒體事業，把獨立電視臺 30%的股權讓給國營企業天然氣工業集團[9]，開啟普京執政後利用天然氣工業集團強大的國家資本進行媒體兼併的動作，進而達到政府操控媒體所有權，讓媒體替國家政策服務的目標。

此外，代表國營企業的國家天然氣工業集團也逐漸建立屬於自己的媒體帝國，國家天然氣集團總裁韋辛列夫儘管平日裏生活非常低調，到 1997 年為止，韋辛列夫背後最大的支援這就是前政府總理切爾諾梅爾金，國家天然氣集團控制著俄羅斯第一大報《消息報》，以及《勞動報》、《論壇報》等，在言論上該媒體集團一般都傾向於為政府的政策保駕護航，在經營上則傾向於重投資疏於管理，這與前兩派媒體形成鮮明的對比。在媒體版圖上，天然氣工業集團是媒體資金大戶，參與媒體的股權涉及媒體寡頭古辛斯基橋媒體集團的獨立電視臺與橋電影、國營俄羅斯社會電視臺、別列佐夫斯基的第六電視臺，以及《論壇報》、《勞動報》等最暢銷和最具有影響力的媒體[10]。由前總理切爾諾梅爾金領導的天然氣工業集團，是俄羅斯資產最賺錢的國營企業。1992 年，總理蓋達爾推動名為「震撼療法」的私有化經濟改革方案，結果讓俄羅斯貨幣盧布貶值幾百倍，1993 年，總理蓋達遭到革職，成為經濟改革失敗的替罪羔羊。因此葉利欽找來有經營能力與資金背景的天然氣工業集團總裁切爾諾梅爾金入主白宮擔任總理。公司的職缺由集團董事之一的韋辛列夫接替，領導天然氣工業集團的經營團隊。因此，普京 2000 年執政後，直接利用天然氣工業集團與魯克石油集團在媒體投資上的雄厚基礎，兼併媒體寡頭古辛斯基與別列佐夫斯基的跨媒體產業。另一能源國營企業集團是魯克石油集團，其媒體經營版圖包括 REN TV 衛星電視臺、TSN 電視製作公司，並且與波塔寧的專業媒體集團分別控制《消息報》的主

下事版，2000 年 12 月 28 日。

[9] Засурский И. Я.（1999）. Масс-медиа второй республики, М.: МГУ, с.190.（伊凡・紮蘇爾斯基，《第二共和國的大眾媒體》，莫斯科：莫斯科大學出版社，1999 年，第 190 頁。）

[10] 同上。

要股權，2000 年後魯克媒體版圖勢力繼續向別列佐夫斯基的第六電視臺擴張，是另一股國營事業深入媒體營運控制所有權的泛政治化資金力量。魯克石油集團是普京執政中期後實現媒體國家化主要運用的國營資本勢力。此後在政府兼併集團媒體的行動中，媒體經營者僅存在政府與親政府媒體，自由派媒體退出媒體競爭的舞臺。

再來就是代表原莫斯科地方派系的主要人物盧日科夫，以莫斯科市長盧日科夫為首的就是莫斯科市府媒體集團，其媒體版圖包括市府控股的第四頻道電視中心和報紙《莫斯科真理報》、《鐘聲報》等媒體。盧日科夫與葉利欽握手的廣告看板，在 1995 至 1996 年期間，掛滿了莫斯科街頭的大街小巷，令人相當印象深刻。它透露出一項重要的政治資訊，即 1993 年以 93%高票當選的莫斯科市長盧日科夫與葉利欽是合作的好夥伴，市民對市長的支援要轉移給葉利欽。這一勸服傳播對莫斯科市民具有直接投射的魔彈效果，因為俄羅斯人在第一次接觸政治廣告的情形之下，雖然不相信廣告本身，但卻信任其傳遞出的政治資訊，俄羅斯人長期在計劃經濟共產觀念的影響下，不信任商業性廣告，但卻信任領袖的魅力和領袖的意見。莫斯科市長盧日科夫於 1999 年以前一直是葉利欽總統的政治夥伴。自 1998 年普裏馬科夫擔任總理後，追查政府貪汙腐敗且直指克宮總統家庭後，使得葉利欽不可能選擇普裏馬科夫作為自己的接班人選。1999 年盧日科夫與普裏馬科夫準備連袂參選總統，才與葉利欽的關係漸行漸遠。普裏馬科夫和盧日科夫的「俄羅斯祖國黨」與政府派的「團結黨」合併後，盧日科夫準備協助該政黨利用莫斯科電信公司的設備，發展該政黨在莫斯科專屬的有線電視頻道。電視再度政黨化開始在有線電視頻道萌芽。

最後要介紹的就是代表企業改革派的奧涅克辛姆銀行集團，波塔寧基本上是以媒體為進入政府的墊腳石，他所組建的專業（波羅夫）媒體集團旗下的媒體經營版圖包括歐洲—plus 電臺，《天線報》，《快訊報》，《專家週刊》，帕萊姆通訊社。專業媒體集團總裁波塔甯在對《專家週刊》、《每日商報》、《先鋒真理報》（與俄羅斯電信公司共同持股）、《消息報》（與魯克石油公司共同持股）、「歐洲正點音樂台」等媒體進行了有效經營之後，便躋身進入政府，成為俄羅斯有史以來第一位成為副總理的銀行家，在 1998 年俄羅斯金融風暴發生後，該派媒體的影響力逐漸式微。像波塔甯以銀行家與媒體人身分第一個進入政府擔任副總理職務的人，這種錢與權的結合在俄羅斯政治轉軌期間越陷越深，媒體也不避諱探討深究，因此全俄羅斯人都知道。這種現象累積了民怨，是普京將能源企業與媒體事業逐漸國有化的重要原一之一，而普京非常堅決地認定這是國家宏觀調控而非政治幹預。2005 年 9 月 6 日，《消息報》總編輯沙基羅夫被解除職務，理由是沒有正確報道別斯蘭人質事件。根據這位元元元前消息報總編輯沙基羅夫本人的說法，遭革職是因為與專業（波羅夫）媒體集團領導層意見分歧。他認為自己是一位易動情的人，報紙開放的編輯方針使領導高層立場陷入尷尬，最終導致分道揚鑣。專業媒體集團屬於媒體人與銀行家波坦甯旗下，現在波坦寧已經掌握了消息報的主要控股權，他決定將沙基羅夫解職[11]。消息報另一大股東是國營魯克由石油企業公司。看來普京政府又一次拿媒體人開刀，殺雞儆猴的意味濃厚。國營能源企業入主媒體是普京執政後的一大趨勢，可以填補媒體寡頭所遺留下來的資金空缺。這次別斯蘭人質事件的報導紛爭，又造成許多媒體人遭殃，國家化與專業化之爭在普京執政後一直處於相互角力的狀態。在這次消息報總編輯遭革職事件中，高層處理的方式將為政府未來反恐事業設定報導方針的強硬模式。

二、寡頭結構阻礙媒體民主功能

自普京在 2000 年當選總統之後，民主化與現代化的任務就擺在普京的面前。在歷次緊急事件發生時，普京基本上堅持在法制化的前提之下，以現代化為基礎，民主化為原則，來處理棘手的問題。長期存在於媒體中的寡頭與寡頭資本，在 2001 年政府與寡頭的關係逐步被梳理清楚。而在九十年代發展起來的個人資本此時也與國家資本進行了有機的結合，個人資本與國家資本進入媒體的目的則變為純盈利的性質。1997 年 6 月 11 日《真理報》載文指出，據專家估計，由於低價出售國有資產，國家至少已經損失 1 萬億美元。又據國家杜馬聽證會上公佈的資料，後蘇聯時期的幾年裏，私有化的損失總計為 9500 萬億盧布，其中

---

[11] http://www.newizv.ru/news/?id_news=10885&date=2004-09-07.

經濟損失 5500 萬億盧布，社會損失 4000 萬億盧布，這相當於 1996 年國內生產總值的 4.2 倍，相當於蘇聯「二戰」期間損失的 2.5 倍。

在政治學中民主政治強調選民具備「能知能識」的能力，選民能夠基於理性判斷從事主動選擇，同時國家內進行的民主政治的過程必須在「公共領域」[12]內進行。 德國社會學家哈伯馬斯對於公共領域做了如下的解釋：所謂的公共領域，首先是指社會生活領域中民意得以形成的地方，……當人們以一種不受限制的方式參與其中時，所有的公民形成一個公共的共同體。在其中，集會、結社的自由，以及表達、出版意見的自由都受到保障。這樣大眾傳播媒體在國家民主政治形成的過程中基本上處於指導與引導的地位，處於國家政府與民眾間的媒體基本上應具有五項功能：

第一，告知功能，媒體必須告知人們周遭正在發生的事情（即實現憲法中民眾知的權利）。

第二，教育功能，媒體必須交與民眾關於事件的意義與重要性（即媒體的道德操守與專業精神）。

第三，表達功能，媒體必須提供政治論述的「公共空間」，協助民意的形成，並將民意回報給大眾知道。

第四，監督功能，媒體應廣泛報導政府及政治的人與事件讓大眾瞭解，實現媒體的守門員的角色。

第五，放大功能，媒體應在民主社會裏鼓吹有利於國家發展的政治觀點，政黨需要將他們的政策和計畫提供給一般的大眾知道，此時媒體應維持一種開放的角色，適時為政黨的政策強力背書，在一般民主社會中形成良性迴圈。

俄羅斯聯邦在成立之後的政治特點是：法律已經基本上具備了民主社會的雛形，但經濟發展卻在政治的誤導之下陷入發展的困境，國有資產被大量的浪費掉或被閒置到一邊，因而俄羅斯在公共環境的建立上，一直無任何建樹，這也變相使得大眾傳媒的五項功能都無法正常發揮。寡頭媒體在 1995 年至 1996 年發展的初期，時逢俄羅斯杜馬與總統大

---

[12] Jurgen Harbermas: The Structural Transformation of the Public Sphere , Cambridge, Polity Press,1989

選，每個金融寡頭為了保護自己已取得的利益而爭相投資發展媒體。自1995 年開始各金融集團各自資助與其利益相一致的黨團或單個的議員，行動較為分散，輿論也趨多樣化。到 1996 年總統大選時，各大金融集團卻在宣傳上相互合作，共同支援葉利欽競選。在這一時期內，儘管俄羅斯媒體已經擺脫了國家對於媒體的嚴格控制，媒體卻又陷入寡頭金融的控制之中，寡頭金融控制媒體的一般策略就是金融幫助，然後再送媒體從業人員到美國深造，學習美國媒體中企業如何影響媒體及媒體運作。這時俄羅斯媒體的新聞報導與文章首先必須符合金融集團的需求，體現集團的利益，這樣一來，集團的利益與管理代替了先前意識形態對媒體的控制。西方的《財政時報》發表評論認為：「那些昔日為言論自由和民主革命而奮鬥的記者與評論家，今日也不得不成為為新主子工作的雇傭者，讀者常常需要啟動對付蘇共新聞的方法，來從報導的字裏行間體會事實的真相[13]。」

三、俄羅斯與西方根本利益不同

例如 1997 年夏，奧涅克辛姆銀行集團為了贏得對於俄羅斯電信投資集團 25%的股份控制權，不惜代價並聯合外國資本奪標。俄羅斯電信投資集團本身控制與國內外資訊聯絡的大部分電話和通訊設備，各電視臺、廣播電視臺、通訊社的信號和傳播線路都得經過電信投資集團的設備，這就等於說誰掌握電信投資集團的股份，誰就掌握了資訊的按鈕。寡頭媒體經常以新聞自由為幌子，為各自的利益而爭鬥，1997 年到 1998 年期間，寡頭媒體為了各自的利益而進行的內部爭鬥，已經影響到葉利欽後半期執政的方向及普京現政府對於維護國家利益的整體思維。

西方在九十年代曾經成為俄羅斯外交上的盟友，直至九十年代中期，當俄羅斯發現西方與自己有不同的利益關係時，「雙頭鷹式外交」和「多極化思維」就成為俄羅斯的主要戰略思維。1999 年的伊斯坦布爾的歐安會議則是俄羅斯與西方國家在政治利益上發生分歧的主要分水嶺；而 2000 年在達沃斯舉辦的「世界經濟論壇」則是俄羅斯在經濟

---

[13] 【俄】《莫斯科真理報》，1997 年 5 月 16 日。

上受到西方漠視的開始。1999 年，在土耳其伊斯坦布爾的歐安會議上，針對西方批評俄羅斯發動車臣戰爭的矛頭，葉利欽說出「西方無權批評俄羅斯」的重話。當時以克林頓為首的西方集團對此表面上並未表現出極度的不滿。但在世界經濟論壇上，西方的表現都使俄羅斯官員明白：俄羅斯是一個經濟相對積弱的國家。

克林頓作為第一位參加世界經濟論壇的美國總統，在論壇中提出了許多世界經濟發展的前景，並提出與中國等發展中國家經濟合作的方向，但對俄羅斯卻隻字不提。俄媒體對此表現出相當的憤怒，但言語中卻透露出更多的無奈，《消息報》在評論中稱此次論壇幾乎好像俄羅斯根本沒有與會，好像俄羅斯突然從這個世界上消失了。對於這一點，前去開會的俄羅斯達官顯貴感觸良深，對於西方的冷淡，俄國蘋果黨的黨魁雅夫林斯基可謂一語道破：俄羅斯迄今為止，尚未創造一個良好的投資環境，也未能建立一套真正互惠的投資法，腐敗與貪汙都未能解決，政治生態不穩定，且社會治安惡化，而這些問題恰恰是俄羅斯自己應當去解決的。雅夫林斯基這段的講話只有「獨立電臺」全文播出，而兩大國家電臺俄羅斯電臺和社會電臺在國家政權的管制下，刻意地避開這段尖銳的批評，只對雅夫林斯基無關緊要的後半部講話做了報導。

在世界經濟論壇開會的前一天，瑞士檢察院向當時擔任俄羅斯與白俄羅斯聯盟的秘書長巴拉金下達了國際通緝令，指控他涉嫌在瑞士倒黑金。巴拉金在記者招待會上指出，這是西方的陰謀，目的是要干涉俄羅斯與白俄羅斯的結盟，普京早已在瑞士發佈通緝巴拉金之前，將其由克宮總統事務部主任調往有職無權的俄白聯盟秘書長，撇清自己與巴拉金的關係。普京之後對此事更是三緘其口，對外沒有隻字評價。而西方通過這次含蓄的測試之後，對普京的政策有了更進一步的瞭解，那就是普京不會理會西方做出的任何幹擾，他只會照自己的想法行事，幹自己想做的事，因此，西方對普京不冷不熱的態度還真是有些頭痛。

在這次論壇會議上，許多政界人士都表達出希望普京來參加這次論壇，藉此讓大家更瞭解普京及其相關政策。在 2000 年 2 月 1 日的俄羅斯主講會議論壇上，一位西方人士提出了十分短但卻有力的問題：普京先生是誰？當場就難倒了在座的六位俄專家，這六位人士包括了當時第一副總理凱西亞諾夫、前任總理基裏延科和前任第一副總理丘拜斯等人，臺上六位專家的表情尷尬，一時間居然啞口無言，不知從何說起，頓時台下的聽眾也都笑了。如何介紹這位葉利欽親自欽定的接班人，在俄媒體宣傳戰尚未展開之前確實成為難題。當時普京不來參加論壇的原因主要從全局與個人兩方面來考慮的。首先，俄羅斯聯邦對車臣發動戰爭已經是勝利在即，而這場戰爭也確確實實違反了西方人權的標準，如果普京去達沃斯的話，自然西方的政經權威人物會拿這一話題來刁難他，普京自然也不想去淌這場渾水。自普京上任以來，他雖然滿懷抱負，但他畢竟在政壇上的資歷還太淺，如果被西方老謀深算的政治人物識透的話，將使普京剛剛在國際上樹立起的神秘面紗被揭開，而普京心中當然是另有算盤：與其去民主交流，不如神秘地暗中自我學習，先在國內有準備地接見每位西方代表，等自己羽翼豐滿後再表現給西方看。況且普京目前擁有 65%的民意支援度，足以應付國內即將到來的總統大選。普京的回避與西方對俄的漠視絕不是偶然，而這正是普京自主性的經濟改革政策與西方在達沃斯的第一回合交鋒。

第二節　俄能源工業寡頭展開內部鬥爭

1998 年俄羅斯金融危機之後，金融寡頭的銀行業從此一蹶不振，而俄羅斯兩家巨無霸企業——能源公司和石油公司趁著為 2000 年總統大選出錢出力的時刻大力擴展業務，在代總統普京的安排下，展開大規模的能源建設工作。但在選戰尚未開打之際，俄羅斯巨無霸企業卻已經在利用這次大選，擴展自己的勢力。

一、兩大能源集團選前擴張勢力

在大選之前進入明爭暗鬥的兩大巨無霸企業是俄羅斯天然氣公司與俄羅斯統一電力能源公司。這兩家公司可謂是真正的國有特大型企業，其政商背景都大有來頭。俄羅斯天然氣公司的前任總裁就是自蘇聯解體後擔任總理職務時間最長的前總理切爾諾梅爾金，切爾諾梅爾金為了這個企業在俄羅斯民間常為人詬病，輿論普遍認為切爾諾梅爾金上臺後，最大的成績就是讓自己的企業慢慢富了起來，並且成為全俄最富的公司。現任公司總裁韋辛列夫則是一個上通政壇，下通美金儲備的人

意氣風發的丘拜斯

物。尤其越是接近大選，韋辛列夫公司的美金儲備就是各組人馬候選人首先考慮借調的物件。

俄羅斯統一電力能源公司的老闆則是前俄羅斯第一經濟副總理丘拜斯。丘拜斯在九十年代可以說是彼得堡改革派的開山鼻祖，儘管丘拜斯出生在白俄羅斯，俄羅斯人卻把他看成真正的聖彼德堡人，可以說俄羅斯現今在很大程度上執行的都是丘拜斯在 1994 年以後形成宏觀調控加上微觀調整的政策，而丘拜斯的經濟改革政策也是在 1992-1993 年完全自由式私有化經濟政策的挫敗後形成的。丘拜斯原來在西方人的眼中可以說是西方自由市場經濟的模範生，但他在 1999 年杜馬大選中表現出十足的大俄羅斯主義，他主張完全由俄羅斯主導的自由市場經濟，此舉可以說讓以美國為首的西方國家大大地跌破眼鏡，但卻與葉利欽在伊斯坦布爾對西方擺出的強硬態度相呼應。換句話說，2000 年之後俄羅斯外交政策勢必具備相當的自主性，歐洲將是俄羅斯今後外交的主要戰場。

俄羅斯天然氣公司與俄羅斯統一能源電力公司在職能上的分工就是一對天生勁敵，天然氣公司主管石油與天然氣的生產與出口，由於俄國經濟一直惡化，能源出口創匯則成為公司重中之重的任務，但統一能源電力公司則是儘量用國產的石油及天然氣轉化為工業及民生所需的電力與熱力等。鑒於國際石油價格大漲，出口石油為俄羅斯創匯是天然氣公司的任務，而為了達到 2000 年至 2001 年的經濟增長，丘拜斯必須從天然氣公司截取相當的石油與天然氣用於電廠發電，那麼丘拜斯為什麼不用煤來發電呢？其實最主要的是因為處在歐洲部分的俄羅斯幾乎沒有一家大型的火力發電廠。

能源企業在俄羅斯大選中歷來是出錢出人才的重鎮，在 1996 年大選時，葉利欽競選的兩大樁腳就是能源企業與金融寡頭，俄羅斯金融寡頭在 1998 年經濟危機中一蹶不振，而國有與民營企業則借國會政策向民族企業傾斜之際，慢慢做大，以天然氣與電力兩大能源公司為龍頭形成別具形式的真正的寡頭經濟。2000 年 1 月份俄工業增長了 10%，可謂是開門見喜，有專家預測俄經濟增長 2%後，經濟就會步入 4-5%增長期，但這只是俄羅斯經濟學家初期的判斷，原因就在於俄羅斯的經濟增長還很畸形，沒有完全的保障。九十年代俄羅斯工業企業在做貿易時，很多情況是不使用信用證，主要是因為如果企業採用信用證，那麼就必須經過銀行，然後國家就要向企業徵稅，企業的經理人不但得不到應有的回扣，更有甚者，從銀行兌現都是很有問題，這種經濟模式絕不可能成為俄羅斯長期經濟增長的支柱。

對於這些，2000 年總統大選前夕，代總統普京可謂心知肚明。當時普京的處理的方法其中之一就是，普京表面在去了克拉斯諾雅爾斯克視察工作與滑雪時，暗中實際上是去擺平克拉斯諾雅爾斯克鋁廠的權力鬥爭。克拉斯諾雅爾斯克鋁廠為全俄最大，在世界上也是首屈一指的大鋁廠，以前是被號稱有黑幫背景的貝科夫所控制，但隨著 1998 年貝科夫在匈牙利被捕後，鋁廠又重燃爭奪管理權的戰火，在普京去克拉斯諾雅爾斯克之前，已有一位副總理把工廠的權力關係重新處理清楚。普京此行在於向企業宣佈：誰也甭想在普京當選後，獲得傾斜性的政策，大家要平衡發展，現在政府已經開始這麼辦了，克拉斯諾雅爾斯克鋁廠就是指標。為解決電力能源公司的問題，普京計畫由國家拿出資金修建一條由西伯利亞經由哈薩克斯坦，繞過烏拉爾山，直達歐洲的石油、天然氣管道，這不但能有效地解除莫斯科附近缺乏電熱能的危機，而且又增加了石油天然氣公司的收入，還為國家創造大量的就業機會。這些措施證明普京將會把俄羅斯建設成為一個製造中心，而不再只是一個簡單的原材料輸出國。

二、俄能源寡頭重新劃分勢力範圍

2000 年總統大選前夕，當俄羅斯國家外交戰略正在進行嬗變的時刻，俄國的經濟寡頭也開始重新劃分勢力，前副總理丘拜斯在普京的支援下已經獲得了俄羅斯全國供熱能源的整體控制權，當然，這也是鞏固普京政權的安排。普京於 3 月 26 日俄羅斯大選中，以 52%的過半選票順利當選俄羅斯總統之後，雖然距離總統就職儀式還有兩周的時間，但克裏姆林宮內卻到處是寡頭們的說客，這意味著莫斯科的寡頭們將會再一次重新劃分各自的勢力範圍，對於普京來說，治理天下比當初得天下需要更多的智慧。

俄羅斯工業集團的內部爭鬥首先從能源部門爆發出來，俄羅斯政府僅有兩個產業部門能從國外掙到硬通貨，第一個是武器生意，其次為能源出口。自 1995 年以後，俄政府把武器出口的權力集中到俄羅斯武器公司，統一經營俄羅斯武器的出口，從而結束自蘇聯解體以來武器出口多頭馬車並行的混亂局面，因此各大金融工業寡頭在武器生意上幾乎沒有利益可爭奪，但他們在能源企業的所屬權及經營權方面卻拼得你死我活，這類消息經常能上報紙的頭版頭條。這種爭奪能源公司的火拼甚至可用「戰爭」來形容，一場「戰爭」下來不但牽涉人數眾多，而且還經常可以讓人看到高層人物在「戰爭」中運籌帷幄、居中操盤的情況[14]。

俄羅斯能源爭奪戰自 1995 年以來，主要集中在前俄副總理丘拜斯與猶太媒體大亨別列佐夫斯基之間，這代表了政府右派與新興資本家的利益較量。1997 年別列佐夫斯基首先通過社會電視臺手急眼快地公佈了丘拜斯及其智囊收受 10 萬美元稿費的內幕，在俄羅斯，一般作者的稿費不過一兩千美金左右，媒體諷刺丘拜斯的書之所以稿費這麼高，是因為書中寫有救國良方，在輿論鞭撻之下，丘拜斯及其智囊成員為此都一一辭職。自普京於 2000 年 1 月 1 日任代總統以來，丘拜斯與別列佐夫斯基又展開另一場「戰爭」，他們爭奪克拉斯諾雅爾斯克鋁廠所有權的鬥爭序幕便徐徐拉開了。

在臺面上的主要人物是捷裏巴斯基（新西伯利亞鋁廠的經理）與契爾內（握有克拉斯諾雅爾斯克鋁廠大量股份的商人），丘拜斯對捷裏巴斯基的一切活動給予全面支援，契爾內主要的後臺老闆則是別列佐夫斯基與阿伯拉莫夫（葉利欽家庭的一重要成員，手中握有新西伯利亞石油

---

[14] 吳非，《俄國寡頭重新劃分勢力範圍》，新加坡《聯合早報》，《社論言論天下事版》，2000 年 5 月 1 日。

集團大部分股票)。「鋁之戰」的結果使雙方在結合各自優勢基礎之上，對克拉斯諾雅爾斯克鋁廠進行了部分改造，使雙方在俄羅斯鋁產品市場的共同佔有額提高到 70%以上，可以說丘拜斯與別列佐夫斯基大體上壟斷了俄羅斯的鋁業市場。

表面上，這場「鋁之戰」對丘拜斯與別列佐夫斯基來說是雙贏的結局，可是，真正的大贏家卻是丘拜斯，因為丘拜斯的國家統一電力能源公司其實只是經營俄羅斯電力而已，現在丘拜斯以該公司為基地，在鋁市場中大顯身手，使自己的經濟勢力得到了強有力的擴充。這種經濟勢力的擴充則是為今後普京的政策做經濟上的背書；別列佐夫斯基讓丘拜斯進入競爭的原因，主要是讓丘拜斯以其政府的背景來頂住來自反壟斷部部長尤紮莫夫的壓力，因為尤紮莫夫曾表示將對克拉斯諾雅爾斯克鋁廠採取反壟斷措施。

2000 年 3 月 26 日，普京順利通過大選之後，丘拜斯隨即又發動了一場「光之戰」，這次丘拜斯的主要對手為國家天然氣工業公司總裁韋辛列夫，國家天然氣工業公司主要是俄前總理切爾諾梅爾金一手拉大的企業，在切爾諾梅爾金羽翼保護之下，它業已發展成為全俄第一大企業，公司在莫斯科擁有二十幾層高的辦公大樓，大樓內部裝修的豪華程度與俄羅斯滯後的經濟毫不相稱。在「光之戰」中，丘拜斯首先通過媒體向外公佈：由於韋辛列夫不能及時供給統一電力能源公司足夠的天然氣，全俄羅斯將於 5 月份進入能源危機。而真正引起普京對此事關注的卻是第一副總理赫利斯堅科的一句話，赫利斯堅科本身是普京的人，主管全國金融業。赫利斯堅科對外表示：俄羅斯將於 2003 年到 2005 年間發生持續性能源危機。這對普京而言不啻是一聲霹靂，因為普京在內心中一直盤算著，如何使國民生產總值在其四年任期間實現增長 5-10%的目標，這樣他要連任才會順理成章。於是普京馬上召見了赫利斯堅科，赫利斯堅科當面向普京指出，如果丘拜斯與韋辛列夫不能和解，將兩敗俱傷，最終將使俄羅斯經濟嚴重受挫，並產生不良的後遺症。

普京決定召見丘拜斯與韋辛列夫，並建議雙方各退一步，同時政府也做一些小小的犧牲。普京希望韋辛列夫在提供丘拜斯足夠的天然氣的同時，政府將把國家天然氣工業公司的盈利稅降為 30%，而普京向丘拜斯表示國家統一能源公司在得到天然氣以後，對政府上繳的盈利稅將提高至 50%。普京這種兩全其美的策略可說是其新中間政策的牛刀小試而已，這已明顯有別於葉利欽那愛恨分明的個性，但調解的方式，卻產生相當嚴重的後遺症。首先普京親自出馬調解，降低了內閣各部處理寡頭派閥的威信，使部長們對各類寡頭處於失控狀態，相對地寡頭們也會認為部長們也只能處理一些小事情，不配與他們交往；其次，普京的調解增加了寡頭們對國家經濟命脈的控制，這將使普京在競選中所提倡的反黑金口號成為一紙空文。對於這些弊端，普京也是有所認識，普京心中的如意算盤就是先對寡頭們退一步，然後抽出時間來把國王人馬中的丘拜斯培養出來，使他有足夠的資本為普京政府服務。

在歷史上，俄羅斯領導人使用退一步而後置人於死地的策略大都能成功，如俄沙皇亞歷山大一世在 1812 戰爭中首先退出莫斯科之後，在當年冬天打敗了強大的拿破崙。普京與寡頭之間的矛盾獲得解決需要巨大的耐心與智慧，但最終還要看普京是否是一個無私之人。這次「光之戰」的最大受害者卻是當時的第一副總理凱西亞諾夫。這暴露了凱西亞諾夫只懂金融，無法掌握能源、礦產方面寡頭的弱點。在普京召見丘拜斯與韋辛列夫之前，凱西亞諾夫曾找過韋辛列夫，希望韋辛列夫能和平解決爭端，這種表面上的談話自然對和解於事無補，凱西亞諾夫無法涉足其中的苦衷主要是自己無法掌握這兩大能源集團的預算，這將意味著即使凱西亞諾夫順利當選總理，俄羅斯的政局也註定是一個強勢總統、弱勢總理的局面。

三、俄媒體在能源外交中擔負責任

俄羅斯總統普京 2004 年在訪華之後，對於中俄兩國之間的石油管道鋪設問題並沒有做出實質性的承諾，這使得原來寄予重大希望的中國媒體著實失望了一把。中國媒體在普京訪華前夕，鋪天蓋地報導兩國石油管道架設的可能性，一種抱以強烈希望的期待感染了中國民眾，當然最後落差也很大，在能源上中國依然沒有得到任何的實質性合同，甚至連口頭承諾都沒有得到，事後中國政府對於能源問題一直保持低調。嚴格來講，中俄雙方的石油問題只是中國在成為世界區域強國路途上的整體問題中的冰山一角，中俄石油問題的關鍵在於雙方的官僚體制直到現在為止還沒有建立完全的互信機制。普京總統的助理普裏霍季科在一次訪談中就提到，中國與俄羅斯應當建立法律保障機制以利正常的資金流動，但與此同時，中國與俄羅斯的官僚體制要進一步加強瞭解。俄羅斯方面常常面臨自己的大國沙文主義而引起的輿論對政策制定的壓力，這對於有著漫長邊界線的兩個國家而言是不正常的，中俄兩國的實質問題就是兩國的官僚體制缺乏互信機制的鏈結。

中俄雙方官僚體系的互信機制主要是促進雙方中階官員相互瞭解的過程。中俄雙方在能源問題上的接觸由來已久，在上個世紀九十年代初期，中國的北方公司就開始與俄羅斯的新西伯利亞的石油公司接觸，但雙方的石油貿易還只是停留在易貨貿易的一部分階段。可想而知，雙方在交易時必然會遇到石油價格的問題，當時在石油價格完全低迷的狀態之下，中方對於俄方所提供的石油質量和價格是不滿意的。中方的石油專家認為，新西伯利亞的石油由於完全處於凍土地帶，俄羅斯石油公司開採的原油所花費的成本過高，並且石油質量並不是很高，新西伯利亞所出產的原油與中東國家石油公司產品的質量存在相當大的差別。俄羅斯出產高質量原油的秋明油田一般都向歐洲國家出口，秋明油田在俄羅斯歐洲區的南部，每一次中國專家都喜歡到秋明油田考察，但從秋明油田所購買的原油訂單卻寥寥無幾。所以在九十年代初期與中期，中方並不熱衷於購買俄羅斯的原油，由此可見，新西伯利亞地區對於中國公司的不滿是由來已久的。

中國現在面臨的整體大環境就是，在能源問題上中國基本上現在還不具備完全的心理準備。表面上看，中國所面臨的外部環境變化太快、太猛，而這其中的實質問題是中階官員與管理人員缺乏長遠的戰略眼光與計畫。在中俄兩國日漸明顯的能源問題上，中方的官員並沒有積極地在新西伯利亞地區進行遊說，並消除新西伯利亞與遠東地區的俄羅斯官員對於崛起中國的疑慮。當然，遊說新西伯利亞與遠東地區的俄羅斯官員的難度是相當大的，因為俄羅斯官員在蘇聯解體之後，即使是有選舉，對於地區人民的關心還是相當不夠的，他們的一些怪理論就包括：即使該地區沒有外來的投資，只要該地區還保留石油的戰略資源，那麼該地區的人民就有富裕的一天。當然這種富裕也許在不久的將來，但石油戰略資源必須服務於國家總體的戰略方針。當然，如果國外的公司能夠無私的或者獲取小部分的利益的話，俄方可以接受這樣的投資。在這種情況之下，沒有一個外國公司願意投資的，而俄羅斯官員最大的特點就在他們願意等待。

中國自 1993 年開始成為石油淨進口國，中國每年的石油進口量快速增長，對於國際市場依賴程度也越來越大。近十年來中國國民經濟以年均 9.7%的速度增長，原油的消耗量則按年均 5.77%的速度增長，而同期國內原油的供應增長速度卻僅為 1.62%。目前中國進口石油的一半以上來自中東，2002 年原油淨進口量從 2001 年的 6490 萬噸上升到 7180 萬噸，年增幅達 10.7%，其中從中東進口原油 3439.22 萬噸，占全部石油進口的 49.5%。

中國媒體對於兩國間石油戰略的關心是非常正常的，但媒體關注中國方面是否投入專精的官員或公司管理人員呢？現在投入到兩國交往的中方官員主要是由兩方面組成，一方面是具有中俄多年交往的老談判專家，另一部分就是學習俄語按部就班考上外交部的人員，而在俄羅斯留學的留學生沒有得到適當的重用，但他們的優勢就在於深入瞭解俄羅斯人的性格與文化，可以扮演兩國交往的粘合劑或潤滑劑。中俄兩國都是大國，中方人員必須要比俄羅斯更加靈活，因為俄羅斯作為石油能源大國，我們的目的是要找對方合作的。儘管車臣分離主義分子還困擾著俄羅斯的發展，但俄羅斯進一步分裂的可能性已經不大，俄羅斯要想發展遠東經濟就必須要同中國打交道，而日本由於北方四島的問題無法完全放下包袱同俄羅斯建立真正的夥伴關係，那麼，我們的優勢就在於中國也可以等俄羅斯，直到俄羅斯官員認為遠東的石油必須要賣到中國，並且中國是俄羅斯遠東地區最真誠的夥伴。但俄羅斯中階官員的特點在於比較直接表現出自己的粗魯與貪婪，在談判中佔有優勢時，還總不忘談到友誼，並時常表現出大國的傲慢，我方的官員必須要很好的掌握對方的心理，為國家爭取到自己的實質利益。

2003 年 5 月 22 日，俄羅斯政府已經正式批准《2020 年俄羅斯能源戰略》檔，該戰略指出：俄羅斯國家能源政策的重要方向是，俄羅斯要在未來二十年間成為國際能源市場的積極參與者，並與國外投資者在能源開發和利用領域中進行合作。這份檔基本上非常清楚的表明，俄羅斯未來能源戰略是建立在能源開發與利用上來的，而不僅僅是簡單的能源買賣，因為俄羅斯政府認為這樣會使有限的資源快速地流失。中俄未來的能源合作模式非常有可能是：中國在俄羅斯境內與俄方一起開發能源，並將已開發好的能源輸往中國，但這必須建立在兩國長期和平安定的基礎之上，並且俄羅斯要長期信守合約，不能隨便侵犯中國方面的既得利益。因此，雙方的官僚體制此時建立互信機制是十分有必要的。

自 2005 年 5 月之後的三個月，中俄兩國領導人頻繁會晤，反映了兩國日漸趨緊的互動關係。6 月 30 日，俄羅斯總統普京偕其夫人專門為胡錦濤夫婦準備了一場在莫斯科郊外總統別墅中的總統家宴，這可以說是雙方領導人友好互動以及雙邊關係取得實質進展的一種表現。2005 年 6 月 30 日，俄羅斯電力能源公司總裁邱拜斯在哈巴羅夫斯克市時宣稱，準備就關於俄羅斯出口電力能源到中國一事與中方簽訂合作備忘錄。邱拜斯認為此一計畫對俄羅斯來說具有地緣政治上的戰略意義。他認為中國是俄羅斯建立遠東次級電力能源系統的最佳能源市場，因為給中國供應俄羅斯多餘的電力能源可以為遠東經濟發展帶來豐厚的利潤，也可以鞏固兩國建立長期的戰略夥伴關係。俄羅斯可以憑藉能源供應在歐亞能源市場之間扮演關鍵的角色。

就中俄兩國經濟互動關係而言，2004 年的中俄雙邊貿易總額已經達到 212.3 億美元，今年 1-5 月，雙邊貿易額持續呈現發展勁頭，達到 100 億美元，比同期增長了 29.7%。俄總理弗拉德科夫對此表示兩國有能力持續擴展雙邊貿易額的增長。不過，俄也有報導認為，雖然中俄兩國設定將在 2010 年達到雙邊貿易額 600 億—800 億美元的戰略目標，但是雙邊貿易額形式絕大部分還是停留在一種不平衡的以物易物的貿易框架上，也就是中國主要提供俄羅斯日常生活方面的輕工產品，而俄羅斯提供中國能源、軍工產品和相關技術。儘管如此，俄報導認為改善雙邊平衡貿易的問題不得不先拖到將來再設法解決，而建立中俄之間能源供應鏈是當前雙邊重要的經濟議題。回溯 1996 年雙邊貿易額還在 40-50 億美元掙紮時，當時俄總統葉利欽在雙邊領導人會晤時提出二十世紀末雙邊貿易額超過百億美元，那對中方而言是一個很大的挑戰。當時中方認為中俄雙邊貿易的基礎相當薄弱，中方主要購買的是俄方的武器和金屬原料，並且國際石油市場價格偏低，再加上俄羅斯出產的石油含硫量與雜質過高，使得中國石油進口偏重在中東國家。如今中俄貿易額增長將持續把重點放在能源的供應與需求的互補關係上。

2000 年普京執政後，俄羅斯近幾年來總體經濟都呈現在 8-9%的強勁增長率的態勢上。然而，俄羅斯科學院通訊院士、國家杜馬信貸機構和金融市場委員會成員格拉濟耶夫卻認為，俄羅斯以原料為導向的經濟是沒有前途的。他認為那些贊成以原料為出口導向的人多出於與原料部門息息相關的人，他們將出口原料當作個人收入的來源。再加上由於在俄羅斯經濟體制中缺乏有效儲蓄轉投資的銀行機制，基金市場不發達，使得投資主要部分來自大型能源企業本身。 銀行系統對投資市場的貢獻率大約占 18%。缺乏適當的國家政策，使得那些擁有穩定收入來源的部門才能存活下來。這就形成了僅僅以原料為出口導向的原料部門擁有相對高的利潤與收入，得以保障其投資進程的資金提供。然而在發達國傢俱有促進國內生產總值增長的新技術因素卻在俄羅斯呈現弱勢的現象，這嚴重制約了俄國健全經濟的發展。此外俄羅斯必須改善國營企業的利潤收繳機制，才能將超額利潤自國外返回國內，進行採購國產機器與設備，投入協作部門，最後到培植原料加工這一生產鏈中，如此一來，採掘礦藏才能成為經濟增長的發動機。要不然返回俄羅斯國內的利潤只能提供簡單再生產與提供就業方面，採掘礦藏工業就等於是在為國外經濟增長服務了。

潛藏在俄羅斯亮麗宏觀經濟增長點的本質的確存在投資困境。俄羅斯預算盈餘來自國家沒有完全如數履行對國民工資與社會福利的支付，但卻履行對國外貸款的償付，用來確保國外巨額資金不被西方利用各種藉口凍結，順利讓部分資金返回俄國國內。如此一來，俄政府就不容易得到國民的支援，這就造成俄民主體制形式之下的社會情緒不安。因此，俄國政治氣候不穩定成為國外投資者怯步的主因。在這種情況之下，俄政府主要重點不應該完全放在削減國家開支的基礎上，而是通過長期發展戰略，建立穩定債務轉投資機制，以確定長期投資項目，把自由流動的貨幣資源聯繫起來。也就是建立一套健全的銀行機制，持續提供為擴大商品的生產與供應所需的資金。格拉濟耶夫認為這一點中國作得較為出色。他認為，俄羅斯需要透過發展銀行體系來提供發展生產資金的長期貸款機制。

中俄之間在穩定邊境、發展邊貿、強化能源貿易、打擊恐怖主義和反對分裂國土等議題上都已經建立起共識。不過，兩國媒體對彼此國情的認識，還是不足以因應兩國逐漸建立的一種戰略關係。中國媒體對於中俄高層會晤經常強調互信、友好的一種氣氛，然而對於俄羅斯其他領域的報導，多限制在一種過去冷戰時期意識形態的報導模式當中。中國居民對於兩國國民收入也喜歡進行一種單純的比較。有些中國媒體乾脆就在中國認知俄羅斯的想像概念框架中，進行所謂的俄羅斯專題報導，明眼人一看就知道不是不懂俄文與該國國情現狀，就是在「機械」地呼應中國國內某些既定觀點的套路結果。 當前在中俄雙邊交流進入歷史最佳時期的時候，中國媒體應當多利用自己文字、聲音、圖像介紹俄羅斯的各種情況，以增進中國對俄羅斯的全面瞭解。目前中國駐俄記者也是比較缺乏的，這對於中俄兩國發展雙邊貿易額的戰略目標而言是不成比例的！

從普京處理西伯利亞石油輸出問題上的解決方案來看，普京的戰略思維是有問題的，問題在於俄羅斯希望以石油賣個好價錢的方式讓中日兩國進行相互的叫價，俄羅斯變成隔岸觀虎鬥的旁觀者。這樣的做法是不對的。在 2006 年新的一年來到之際，俄羅斯與烏克蘭再次因為天然氣的輸出價格問題，造成這兩個前蘇聯加盟共和國成員和現獨聯體兄弟邦交國的關係再次陷入了僵局。一旦俄羅斯政府按照國際價格向烏克蘭輸出天然氣的話，烏克蘭將會馬上陷入前所未有的能源危機當中。天然氣價格應該不能成為兩國發展中的障礙問題，那麼問題就是出在俄羅斯的外交思維此時出現了嚴重的障礙，使得俄羅斯現今的能源外交產生了弊端。

在蘇聯時期，蘇聯當局在對外交往的過程當中，手中始終握有兩個非常有力的武器：一個是強制的意識形態，另一個是地緣政治的優勢。在第一次世界大戰之後，在列寧的領導之下迅速統一了處於分裂狀態的蘇聯，意識形態在史達林時期得到了前所未有的發展。在第二次世界大戰結束後，蘇聯迅速在周邊的國家建立了一道天然屏障，這道屏障是美國及其西方盟國所難以跨越的一道鴻溝。但在上個世紀八十年代末期，戈巴契夫在意識形態上的創新使得蘇聯失去了在意識形態方面的優勢。隨著葉利欽建立俄羅斯聯邦政府之後，葉利欽設想俄羅斯還可以保留蘇聯時期的地緣政治優勢，再加上俄羅斯龐大的核武裝備，俄羅斯將會成為蘇聯後的另一個民主化強國。但這些夢想卻被美國的籠絡和蠶食政策變得難以實現。

首先對於足以讓俄羅斯驕傲的核武裝備，美國並不去觸碰。在蘇聯解體後的 13 年間，美國在歷次的對外戰爭中都採取武裝入侵和外交的有力結合，著重使用有效打擊和心理戰相結合的方法。在波羅的海三小國和烏克蘭加入北約的問題上，美國則採用讓這些國家自主決定的軟性方法，這樣就避免了正面與俄羅斯的核武器相強烈衝撞的可能性。美國對於俄羅斯手中的地緣戰略優勢同樣採用了兩手策略。在俄羅斯西邊，美國讓北約成功東擴，使得北約成為歐洲發展中的唯一軍事保護組織，這樣不論法國還是德國同意與否，北約成為歐洲安全的實際掌控者，而俄羅斯對於周邊國家的掌控也被限制在白俄羅斯、烏克蘭、格魯吉亞和中亞五國的小範圍內。在 2004 到 2005 年間，格魯吉亞和烏克蘭相繼爆發天鵝絨革命和橙色革命後，俄羅斯地緣政治範圍再次被緊縮。

在俄羅斯東邊，美國儘管在某些方面認為「9・11」事件之後，中國和美國之間的聯合已經沒有太多的必要，但美國為了壓縮俄羅斯的戰略空間，同中國保持平等的關係是美國的戰略需求，因為中國在改革開放的二十多年間已經大量引進外資，對於中國整體的企業管理者而言，美國商人是基本上可以控制的和交流的。但俄羅斯卻在蘇聯解體之後，每年引進的外資卻少得可憐，1998 年，俄羅斯引進的外資不超過 20 億美元。但從俄羅斯在能源擁有情況來講，俄羅斯利用自身的優勢，在不引進外資的情況之下，應該是可以再次發展成為強國的。但這裏卻有一個主要的問題需要俄羅斯來解決，那就是，俄羅斯的能源是專門輸出給西歐國家，還是西歐國家和中國兩者兼顧；在俄羅斯東邊，對中國和日本是兩者兼顧，還是以中國為主，日本為輔呢？

從普京處理西伯利亞石油輸出問題上的解決方案來看，普京的戰略思維是有問題的，問題在於俄羅斯希望以石油買個好價錢的方式讓中日兩國進行相互的叫價，俄羅斯變成為隔岸觀虎鬥的旁觀者。俄羅斯這樣的做法是不對的，俄羅斯應該明白中國在能源引進方面與日本是有著本質的區別，區別在於日本是美國的盟國，日本完全可以通過美國的保護獲得經濟發展所必需的石油，來自俄羅斯的能源只是處於替補的地位，在必要的時候，日本可以捨棄俄羅斯的能源，日本認為之前的設備投入的資金是完全可以忍受的損失。俄羅斯不能夠因為日本在外交公關上收買了部分的政客，而縮短了部分的外交視野。

在俄羅斯聯邦上議院中始終存在一個支援中俄合作的小組，在 2001 年時該小組只有 5 個人，到 2004 年時該小組的成員發展為 24 人，該小組已經成為上議院中最大的小組。不過在對中國制定決策問題的俄羅斯官員普遍存在老齡化的問題，比如對中國比較友好的單位主要是俄羅斯科學院遠東研究所等單位，這些單位在戈巴契夫時代地位確實重要，但在葉利欽時代，特別是普京時代，這些單位基本上都不是決策核心。在對俄交往過程中以及在俄羅斯外交出現偏差的重要時刻，中國對俄外交系統同樣需要注入新血，以增加對俄羅斯的準確理解和形成快速的決策。

普京上任於整個世界的能源價格逐漸上升的時期，這樣俄羅斯手中的新的外交資源在東邊變為地緣政治和能源武器。俄羅斯的地緣優勢在烏拉爾山脈以西現在看來基本上已經失去作用。但在東邊，由於中俄兩國領導人長期保持有好的交往而變得日益重要。但這是否意味著俄羅斯能夠使用好自己的能源武器外交呢？現在看來答案是否定的。據筆者看，問題不是出在普京的戰略思維上，但普京在某些問題上卻有一些思維路線過窄的問題，而主要問題則出在俄羅斯地方官員的思路上。地方官員主要的問題在於如何處理好俄羅斯東部的中國移民和來自中國的投資問題。日本對於俄羅斯東部的大部分投資基本上都是圍繞在如何收回北方四島的問題上。俄羅斯地方政府普遍認為來自中國的投資額普遍偏小，對於雙方合作的未來前景認識不足。

在過去 13 年間，在新西伯利亞地區，總共有 150 萬人離開該地區，其中 70%是受過高等教育且技術熟練的專家，但來填補人才空缺的中國人則對於繁榮該地區經濟並沒有太大的興趣，其中主要的原因就在於俄羅斯沒有適當的移民政策，使得到該地區經商的中國人不能夠享受任何的優惠政策，因此掙一筆就走的心態普遍存在。再比如在中國 156 家大企業現代化過程當中，俄羅斯企業也沒有扮演一定的角色。俄羅斯政府認為，中國現在普遍把俄羅斯視做向中國輸出廉價人才和高新科技的提供者，俄羅斯地方政府應該要防止崛起的中國對於該地區的影響。所有這些論點應該是俄羅斯方面的誤解。試想現在美國、香港、臺灣和西歐各國已經向中國投入大量的資金和設備，能夠使用這些設備的人才自然是高級人才，而俄羅斯的人才在中國的施展空間主要都集中在東北三省和西北地方原來蘇聯幫助建設的企業。如果現在俄羅斯還不正視這樣的處境，只怕是在未來的十年間，俄羅斯人才就連這樣具有蘇聯傳統的地方都快進不去了。

第三節　普京重新整編俄羅斯媒體秩序

在蘇聯解體前夕，俄羅斯新聞出版法問世。曾經是前蘇聯新聞新聞出版部部長的米・費多托夫認為，葉利欽對於大眾傳播媒體的態度可以說是家長式的，確切地說是父親式的，當然這種態度不是一下子形成的。葉利欽本人受的是前蘇聯制度的教育，並接受了新聞就是集體鼓動者、集體宣傳者和集體組織者的理論。作為黨的幹部，他非常清楚新聞記者是黨的助手，他擔任蘇共莫斯科市委書記時，對於報界的態度是由他決定在莫斯科刊登什麼，而且只能登他認為重要的東西。費多托夫是前蘇聯《出版和其他大眾傳播媒體法》的創始者之一。該法律承認新聞工作團體有成立媒體公司的權利，並宣佈每個編輯部都是獨立的法人，這意味著新聞傳播媒體已經取得了部分自由的權利，但該法律的缺點在於沒有明確規範新聞媒體在經濟發展中所應負的義務和如何利用來自國外的投資，以及國家如何管理媒體的金融運作[15]。米・費多托夫在自己的回憶當中講到：在那個時期，中央政府為減少州和邊疆區報紙的影響，新聞出版部說服葉利欽，有必要建立幾十種可以馬上在一些毗鄰的自治區或州發行的報紙。同時，新聞出版部應與新聞工作者團體，或在某些情況下與其他組織一起，充當報紙的共同創辦者，但許多報紙在創立初期由於時間太倉促，沒有制定商業計畫與市場調查，結果許多報紙在一兩年之後便消失得無影無蹤。事實表明許多媒體在經濟改革期間在資金的管理上是非常無序的，媒體只會完成上級的政治任務，但管理上的鬆散性與自由性使這些政治任務無法得到完成。

1990 年，葉利欽媒體改革的總顧問波爾托拉寧在《辦人民的電視》的檔中提到：「為了適應民主改革，俄羅斯需要建立一個完全新型的電

[15] 吳非，《俄羅斯媒體與政府角色》，《二十一世紀》，香港中文大學，2003 年第四期。

視公司……這裏的涵義既膽大又簡單，就是要與人們熟悉的蘇聯國家電視臺展開競爭。葉利欽積極採納了這一建議，並在兩次電視採訪中解釋道：它應當是另一種電視，它應當維護社會的利益，對政府進行批評，並對政府及最高層官員的事件進行公開的報導[16]。」葉利欽一直認為報刊、電視對於自己的忠實是某種理所當然，他認為媒體的忠誠是對他在1991 年 8 月所做的貢獻的自然回報，但葉利欽不信任一些有影響的著名記者，葉利欽認為他們曾經為戈巴契夫賣過力，疑心重重和記性好明顯害了葉利欽，但他無法克服[17]。俄羅斯聯邦的國家電視臺就是在此背景之下開辦的。1991 年 8 月之前，在民主派中間經常聽到這樣的議論：把電視、廣播、報紙給我們，我們就能提高人們對於改革的支援度。「八月事件」之後，大眾新聞媒體充滿了民主主義的奢侈安樂和被勝利衝昏頭腦的情緒。1993 年 3 月 20 日葉利欽簽署了第 377 號《關於保障新聞穩定和對電視廣播要求》的總統令，總統令對於新聞市場、自由觀點、新聞平衡、職業責任、電子生態、資訊保護等分別提出具體要求，總統令中還強調，大眾新聞媒體和權力機關在其相互關係中應遵守《大眾新聞媒體和人權宣言》（歐洲委員會憲法大會 1970 年第 428 號決議）、廣播電視管理原則（歐洲委員會議會大會 19750 年第 748 號建議）、大眾新聞媒體與議會關係原則（歐洲委員會議會大會 1984 年第 820 號決議）。這一總統令的簽署主要是葉利欽在與最高蘇維埃在電視問題上激烈鬥爭的反映，該命令加強了電子媒體獲得獨立的法律基礎。

一、普京當局著手對付俄媒體寡頭

從葉利欽時代開始，曾是克裏姆林宮的猶太裔好夥伴的媒體寡頭大亨古辛斯基，在 2001 年的年關將近的時候，遭到了俄羅斯總統普京的徹底清算。俄總檢察院因古辛斯基在 11 月受傳訊而未出庭，進而對他發出了國際通緝令，使得古辛斯基 12 月在西班牙遭當地警方拘捕。普京整頓媒體的進程從 2000 年 5 月份就開始了，這一浪高過一浪的法律追訴與調查，令人眼花繚亂。非常典型的反映出俄羅斯政界整人的特

[16] 【俄】O・波普佐夫：《沙皇侍從驚醒》，莫斯科，2000 年版，第 101-102 頁。
[17] 【俄】格・薩塔羅夫、雅·利夫希茨、米・巴圖林，格・皮霍亞等著，高增訓等譯，林軍等校，《葉利欽時代》2002 年版，東方出版社，第 607 頁-608 頁。

性，就是步驟慢慢來，但力道會越來越猛，直至對手投降為止。古辛斯基、別列佐夫斯基與霍多爾科夫斯基都是普京打擊的金融工業寡頭，也就是普京稱之為逃漏稅者與國家資產侵吞者。

2000 年 5 月 11 日，普京就任俄羅斯總統後的第三天，俄羅斯國家稅務員警以偷稅漏稅為名，對古辛斯基所擁有的俄最大媒體壟斷集團之一的橋媒體總部的四個機構進行了搜查，並於 5 月 13 日逮捕了擔任總裁的古辛斯基。這是普京整頓寡頭媒體計畫的開始，具有投石問路的味道。6 月 12 日，俄最高檢察院還扣留了古辛斯基，此舉在俄羅斯引起了巨大反響，儘管不久之後古辛斯基被釋放，但對橋媒體涉嫌經濟違法的指控並沒有撤銷。當後來普京發現，俄羅斯社會上站出來保護橋媒體的只是一些右翼人士而已時，他於是繼續對俄猶太人採取了一拉一打的兩手策略，首先把古辛斯基與在俄羅斯的一般猶太人區分開來，普京基本上對於在俄猶太人採取開明的政策，如對猶太人的宗教信仰持不反對的態度，但對於現已參政的古辛斯基則採取堅決依法處理的態度。落實這兩手政策的基本依據就是司法手段，身為前國家安全局局長的普京深知，這些靠前蘇聯解體而發家的寡頭們的歷史沒有一個是乾淨的，古辛斯基就曾經在莫斯科周邊城市圖拉開計程車。普京之所以要不惜一切代價處理古辛斯基的問題，是因為他認為，古辛斯基媒體集團在俄羅斯的存在已嚴重地威脅到國家及政策的制定。

政權與媒體寡頭的合作，體現出俄羅斯媒體勢力初期基本上還延續了後前蘇聯時期在政壇上活躍的狀態。古辛斯基對俄羅斯政壇的影響主要分為兩個階段，基本上是以 1996 年為分水嶺，1996 年以前古辛斯基在蘇聯解體以後與其他合夥人一起創辦了橋銀行，之後他與莫斯科市長盧日科夫建立了合作關係，這使得橋銀行的業務得以迅速遍及全莫斯科市。與此同時，古辛斯基與以色列及美國的銀行家建立了廣泛的聯繫，隨之橋銀行又再上一個臺階，一躍成為國際知名的大銀行，同時古辛斯基也成為持有俄羅斯及以色列兩本護照的銀行家。1996 年，當古辛斯基成功地成為一名銀行家之後，便以漸進的方式參與俄羅斯的政治，這主要是因為在俄羅斯人對俄裔猶太人的印象不太好，古辛斯基此時如果隱藏在政壇的幕後，就可避免許多不必要的誤會與爭執。他於 1996 年親自組織成立了「俄羅斯猶太人代表大會」，還親自出任代表大會的主席。他成立代表大會的主要意圖是為了團結俄羅斯境內零散居住的猶太人，同時也可與海外的猶太人建立廣泛的聯繫。之後，古辛斯基開始把橋銀行的管理權交予他人，他自己便開始籌組屬於自己的「橋媒體帝國」。

古辛斯基自 1996 年到 2000 年為止，一直以建立一個圍繞在克裏姆林宮周圍的媒體帝國為目標，這樣就使得總統及其國家結構與社會大眾之間的聯繫，被古辛斯基的媒體所隔開與控制，因此，讓媒體作為所謂的社會公器，發揮監控政權機關的第四權，是古辛斯基夢寐以求的目標，這樣今後無論誰當總統或誰想當總統，古辛斯基的話就會有一言九鼎的作用。到 2000 年為止，古辛斯基已建立了一個涵蓋電視、廣播、報紙、雜誌與互聯網的媒體帝國。在他的媒體帝國中，電視以獨立電視臺、獨立衛星電視臺為主，雖然電視臺與衛星電視臺的信號發射面都不如國家俄羅斯電視臺及社會電視臺，但獨立電視臺與獨立衛星電視臺以精采的電視節目吸引了將近 2000 萬的觀眾，這些觀眾遍佈各階層。此外，莫斯科回聲電臺也是一個莫斯科市民必收聽的政論廣播台，另外《總結》雜誌與《今日報》也得到俄羅斯白領階層的青睞。在 2000 年美國總統大選之年，古辛斯基就曾親自出席克林頓夫婦為民主黨所舉辦的籌款餐會，在餐會上古辛斯基就坐在克林頓夫婦的斜對面，而且古辛斯基在克林頓致辭之後也發表了講話。古辛斯基在美國的知名度就可想而知了，橋媒體集團也算是美國影響俄政壇的渠道，當然橋媒體職員以其敬業的精神也成為俄其他媒體學習與競爭的對象。

歸結起來，古辛斯基的違法行為共有三個，第一，橋媒體沒有按時全部向俄政府上繳稅款；第二，橋媒體下屬的獨立電視臺無法按時歸還俄羅斯天然氣工業公司的 2.6 億美元的債務；第三，古辛斯基非法取得以色列護照[18]。對於前兩點的指控，主要是橋媒體作為跨國企業與俄羅斯法律的矛盾所造成的。1998 年橋媒體收購了以色列的地方性的馬特夫電視臺，並且還購買以色列著名報紙《馬利夫報》的 25%的控股權，成為該報最大的股東。2000 年初，橋媒體在美國設立了獨立電視臺的

[18] 吳非，《俄羅斯媒體寡頭年關難過》，新加坡《聯合早報》，《社論言論天下事版》，2000 年 12 月 28 日。

美國分台，為避免使自己不成為俄羅斯政治鬥爭的祭品留了後路，1999年末古辛斯基親自把橋媒體分解為兩個機構，一個名為歐洲媒體中心集團，該集團在直布羅陀（英屬殖民地）註冊，擁有大量美國資本成分；另外一個則是在俄羅斯的橋媒體集團。這兩個集團在功能上這時有實質的分工，歐洲媒體中心集團主要負責古辛斯基媒體帝國的全世界統籌性的工作及資金管理，而在俄的橋媒體則只是負責在俄羅斯的傳播性工作，以維持古辛斯基在俄的經濟利益。橋媒體之所以沒有按時向天然氣工業公司償還2.6億美元的債務，並非古辛斯基沒有錢償還，而是獨立電視臺並沒有那麼多的現金，因為現金都在歐洲媒體中心集團手裏，按俄羅斯的經濟法，歐洲媒體中心集團屬於國外的公司，在俄外匯出入境管制嚴格的情形下，如果古辛斯基在半年之內從國外調入2.6億美元則幾乎是不可能的事，更無從談到及時還債。普京處理媒體寡頭也為俄經濟埋下一潛在危機，因為寡頭們將金元彙至國外，讓俄經濟成了發展真空，而普京光靠國際能源石油價格上漲與出售軍火武器來維持經濟增長，這一策略是相當冒險的。

二、俄媒體危機中的國家化與專業化發展

1993年，葉利欽支援由捍衛公開性的記者保護基金會主席A‧西門諾夫開辦大眾新聞法律學校，該學校招收的是法學專業的學生，學校的各系還有日間部與夜間部之分，該學校的特色之一就是大眾新聞法學科的設立，學校的主管是當時已經成為總統助理的巴圖林，該學校位於記者保護基金會所在大樓的旁邊，該學校的資金有一部分來自於美國記者基金會的支援，該學校的學生還經常會免費到美國進行實習。因此該基金會自由主義色彩濃厚，與美國關係互動頻密。

西門諾夫主席就認為，現在電視臺在播出的媒體衝突時，國家電視臺的許多記者都與國家政府有著或多或少的關係，國家政府應該思考政府在社會中的整體職能。自前蘇聯解體以來，政府的形象已經被破壞，西門諾夫完全不贊成國家電視臺的存在，他在2000年在聖彼德堡舉行的名為「公民控制」的國際會議上清楚地表明：國家電視臺在俄羅斯存在是完全無意義的。西門諾夫的觀點基本上代表了美國媒體對於俄羅斯媒體發展的期望，因為在美國，除美國之音外，其他媒體皆為美國的各

個財團所有，但可以看出西門諾夫的出發點是為了維護記者基本的自由權利。例如 2000 年俄羅斯新型核潛艇庫爾斯克號在巴倫支海峽發生意外，沈沒海底，圍繞著救援行動，西方與俄羅斯則暗暗地較上勁，當時俄羅斯對此也進行了全面報導，當時筆者對西門諾夫進行了專訪，從採訪中我們基本上會發現西門諾夫基本上代表大多數新聞媒體人的一個思路。以下為訪問對談[19]：

問：西門諾夫先生，《消息報》評論說，謊言與恐懼現今已是俄羅斯政壇的標誌，當牽涉到人民的生命時，海軍官、將軍及政府高層不應只是說謊、推諉、考慮個人政治生命，庫爾斯克號事件已成為一大醜聞，請問您是否同意《消息報》的以上說法？

答：我還未讀到《消息報》上的這則新聞，但我本人對此有自己的觀點。現在庫爾斯克號事件正在深深地影響著俄羅斯人民及政權，最後還將深深地影響到俄羅斯媒體的發展。現在看來，庫爾斯克號事件的救援行動和救援方法是低水平的，對於這些政府並不承認，且政府還未真正學會怎樣與人民進行對話，樹立自身的形象。 至於俄羅斯軍隊、軍官與官員對於軍隊的新聞總是有一個習慣，就是先遮掩，軍隊高層總是希望事態能自然地慢慢過去，以此保住烏紗帽。事實上，許多事故一向也就這樣悄無聲息地過去了，而這次卻不同以往，人民能夠通過媒體來對比判斷政府官員的說辭，這次官員欲蓋彌彰的做法，恰恰加深了人民對政府的無奈與不滿。 當然，現在俄羅斯媒體已經走上多元化的道路，這裏有不同風格的電視臺、電臺及報紙，而從庫爾斯克號事件發生以後，媒體驚呼：媒體試圖改變政府的努力仍毫無所成，現在的政府與 60 年代的政府相去不遠，其共同點是，事件發生以後，政府官員幾乎沒有人為人民著想，昨天莫斯科回聲電臺安德列．切爾蓋多夫對於政府的救援行動進行了深入分析，但他還未找到補救措施。

---

[19] 吳非，《俄傳媒如何看庫爾斯克號事件？——訪記者保護基金會主席西門諾夫》，《聯合早報》，《天下事版》，2000 年 8 月 26 日

筆　　者：現在俄羅斯新聞媒體只能從俄羅斯國家電視臺獲得有限的現場救援畫面，請問這是否會影響俄羅斯新聞自由？是否違反俄羅斯新聞法？

西門諾夫：當然這次事故發生在海裏，絕大部分的記者不能到事故現場，而且軍隊本身也有一定數量的記者。現在只有國家電視臺（PTP）是救援消息的唯一來源，別的電視臺如獨立電視臺（HTB）、中心電視臺（TB-Ц）只能被迫使用國外電視臺的新聞，與國家電視臺的新聞做對比，國外電視臺所發表的新聞無論對或不對都是對政府新聞的補充。 但政府這樣做是不對的，因為俄羅斯憲法規定人民有知道事情真相的權利，現在政府所做的是正在使新聞枯燥化，這只能使人民對政府的新聞來源與新聞動機產生信任危機，當然新聞的來源是越多越好。

筆　　者：這次媒體對庫爾斯克號的報導與上兩次車臣戰爭的報導有何不同？

西門諾夫：這次媒體對庫爾斯克號的報導完全不同於上兩次車臣戰爭的報導，這次政府在新聞中心與新聞社裏就已把新聞的發佈全部控制住了。在第二次車臣戰爭中，車臣匪徒有綁架及槍殺記者的行為，基本上算是與記者對立，因此只自由電臺的記者巴比斯基通過私人關係在匪徒內部進行有報導，當然這次媒體所掌握的事實遠遠少於車臣戰爭。

筆　　者：普京曾表示在災難發生時，他第一個念頭就是飛到事故現場，但他擔心他會阻礙救援工作，因為他不是這方面的專家，請問普京的這一解釋是否合理？

西門諾夫：這是一個非常正常的解釋，但普京是國家的領導人，是領導國家的專家，普京當然可以在庫爾斯克號事件發生後不去現場，但普京需要在事件一開始發生時表態，表示其本人對人民的關心，表示他還是國家的領導人，無論他此刻在莫斯科還是在黑海。而事件發生後，他本人卻未這樣做，其次普京也未授權救援隊，這樣使得救援隊在許多方面想做而不敢做。

通過筆者於西門諾夫的談話，我們基本會發現俄羅斯在經過一段時間的經濟改革之後，俄羅斯媒體已經出現了一個專業媒體人階層。俄羅斯專業媒體人與寡頭經營者有著千絲萬縷的聯繫。2000 年底另一位媒體大亨別列佐夫斯基則流亡西班牙與法國，再次引起俄羅斯全國的媒體人與外國學者的廣泛注意，媒體作為「第四權力」究竟向何處發展？總統普京將以何種方式來經營兩位元元元大亨所留下來的媒體？畢竟古辛斯基所領導的獨立電視臺是全俄羅斯最賺錢的電視臺，另外旗下的「莫斯科回聲電臺」也是俄羅斯歐洲區最有聲望的政治電臺。

普京在 2001 年國情諮文中透露出這樣的資訊：俄羅斯改革將要從葉利欽時代的各自為政逐漸轉型成為一個有效率與具有遠見的行政團隊，這支團隊為垂直結構管理，但區別於前蘇聯僵硬的垂直管理。新聞出版部長列辛對於媒體的整頓基本上是普京落實行政改革的重要組成部分，但這次整頓卻引起俄羅斯整個精英階層的廣泛注意，精英階層現在更加在意普京是否會回歸嚴格的新聞檢查制度，進而損及精英階層的政治與經濟利益。

從普京所採取的政策來看，政策在執行層面上基本還算平和。首先，普京大體上沿襲了古辛斯基讓媒體專業人士管理電視臺的老辦法，這基本上保證了媒體不會成為國家經濟的負擔。俄羅斯國家天然氣工業總公司接手獨立電視臺之後，沒有派駐大量的公司內部的人員進入電視臺，與此相反，進入獨立電視臺的都是俄羅斯國家電視臺的業務骨幹及從獨立電視臺離隊的記者與主持人。現任獨立電視臺的第一副總經理庫裏利斯基科夫就是其中之一，他 1996 年任獨立電臺「今日焦點」的主持人，同時也主持整點新聞，2000 年成為獨立電臺的副經理，但由於與古辛斯基的理念不合而於 10 月離職。

其次，普京還加強了中央媒體對周圍地區的輻射作用。自前蘇聯解體以來，俄羅斯地區媒體的發展基本上處於失控的狀態，由於媒體高投入的特性，中央級的財團很少光顧地方媒體，這使得地方媒體已成為各州州長們的喉舌，每當我們拿到地方的報紙時，首先看到的會是地方首長的講話。今年，國家杜馬通過的預算當中向地方廣播電視局的撥款已

前宣傳部部長列辛在回聲電臺接受訪問

經升至 9000 萬美金，幾乎是 2000 年的一倍，這樣做也是為了恢復中央對地方媒體的直接管理。

俄許多媒體人對於普京的媒體改革路線迄今為止還保持高度的懷疑與反對。前獨立電視臺前總經理，現任第六電視臺總經理基辛廖夫就在自己主持的節目中反復指出普京媒體政策的獨裁性傾向。這場媒體改革爭論的焦點就在於，普京是以媒體專業化為手段，在法制的基礎之上來實現媒體為國家服務的宗旨，普京的基本理由就是俄羅斯現在還很虛弱，國家需要集中力量進行建設，使國家上下形成一個有效率的機體。基辛廖夫則更加強調現今媒體專業化是實現媒體作為「第四權力」的必要保障。

這場爭執的另外一個焦點就是基辛廖夫所掌控的第六電視臺幾乎集中了俄羅斯電視界的所有具有才能的新聞人才，這造成新聞新聞出版部長列辛在執行國家宣傳計畫時總有一種力不從心的感覺。當然不可否認這也與列辛本人的能力有關係，列辛本人出生於軍人之家，畢業於俄羅斯建築工程學院熱力能源系，其本人直到 1987 年才開始接觸媒體，1996 年葉利欽大選時列辛才開始顯露出其才能，列辛主要負責選舉的文宣工作，當時許多選舉語言都是出自列辛的筆下，如「相信、熱愛、希望葉利欽」與「解脫與守舊」等宣傳口號。許多俄羅斯媒體人都抱怨列辛在執行國家政策時，表現

被解職後的前獨立電視臺總經理基辛廖夫

得更像一個工程師或政客。當時第六電視臺主要由兩部分組成，一部分是由俄羅斯最大的石油公司魯克石油總裁阿列克佩羅夫牢牢地控制著第六電視臺 40%左右的股份，另一部分就是由基辛廖夫成立的「媒體—社會智慧」非盈利性組織，「媒體—社會智慧」儘管在第六電視臺所享有的股份非常少，但他卻牢牢地團結了第六電視臺的大部分記者。在這場媒體鬥爭中阿列克佩羅夫基本上保持旁觀的態度。

新聞出版部長列辛為達到使第六電視臺陷入危機之中的目的，首先用一些方法迫使第六電視臺的一個小股東「國際統一機械工廠」退出股份（「國際統一機械工廠」在第六電視臺佔有大約 7.8%的股份），同時列辛以在杜馬中通過的有關媒體的法案，迫使「媒體—社會智慧」退出第六電視臺。列辛對第六電視臺所採取的激烈行動同時也反映出在俄羅斯媒體界存在已久的問題，這就是以莫斯科大學畢業後在媒體工作的「理論派」與半路出家的「國家派」在媒體發展上的爭鬥，「理論派」基本上沿襲莫大新聞系強調的媒體作為「第四權力」的職能作用，「國家派」則更加注重國家領導的施政方針。

從媒體的表面炒作來看普京與基辛廖夫的爭執似乎已經很激烈了，其實這至多算是內部問題，與寡頭問題有著本質的區別，直至現今基辛廖夫還是總統重要智庫「外交與國防政策委員會」的委員之一。「外交與國防政策委員會」成立於 1992 年，是由著名的政治家、企業家、國家公務員及強力部門的官員組成的非政府組織，該委員會曾經參與制定《俄羅斯戰略》、《俄羅斯戰略-2》、《俄羅斯戰略-3》等重要的戰略報告。俄羅斯著名新聞評論家芝維列夫在接受媒體採訪中一語點破：媒體人現在所面臨的不是黑與白的問題，而是來自兩個階層的爭鬥，一個是特權階層，另一個就是現在還可自由表達意見的階層。看來普京在這場媒體整頓當中還會堅持一切以法律為優先的原則，但如果最後普京過分強調媒體的國家化的話，則未必是俄羅斯人民之福。

三、普京總體改革逐漸具體精緻化

在 2001 年普京整頓媒體寡頭之後，2002 年俄羅斯開始正式進入經濟改革的攻堅階段。4 月中旬俄羅斯總統普京向議會上下兩院發表了國情諮文，在報告中普京主要對俄羅斯今後三個方面的改革寄予期許，這三個方向分別為：政府內部機制改革、軍隊改革及銀行改革。2002 年 5 月 24 日、25 日普京總統在克裏姆林宮和聖彼德堡國立大學做了有關於俄羅斯改革與發展的回顧、前瞻的演講。

他說：「對於自前蘇聯解體後有關俄羅斯的經濟發展，我同大家一樣都存有一些悲觀與樂觀的思想，這些相互矛盾的思想會隨時出現在我的腦海之中。對於現在俄美兩國簽署的新協議，我是秉持一種樂觀的態度來對待，我們的官員同俄羅斯全國的大多數年輕人一樣樂觀地認為國家生活會向好的方向發展，在這裏我們一直為之堅持不懈地努力，為大家服務以保證大家的安全。

俄羅斯民間一直存在稱九十年代在俄羅斯展開的經濟改革為「高層失誤」的說法，對此我可以馬上說明這對老百姓所面臨的實際來講，這確實是「不好的」。但是，如果俄羅斯現在仍然關上國門，經濟將會仍然停滯在我們難以忍受的狀態，我們將會再次失去更多的自由；如果國家處於一個開放的社會當中，儘管我們經歷了一些陣痛，國家經濟將因為市場經濟的活力與流動充沛的人力資源而源源不絕地發展下去。我們的政府選擇的是第二條路，同時我也會選擇第二條路。

現在俄羅斯所處的經濟環境在歷史上是前所未有的，高科技已在現今的市場經濟中扮演非常重要的角色，俄羅斯眼前缺少的是普及型與能應用於日常生活的高科技。如果聰明一點的話，俄羅斯需要馬上將軍工企業進行轉型，在前蘇聯時期，軍工企業擁有與使用著大量的生產原材料，如何將軍工生產的產品部分應用於社會，這是我們的任務，如現在我們正在削減的戰略核武器。

我認為這次兩國協議在簽署之後，兩國在相互技術轉讓方面將產生翻天覆地的變化。由於前蘇聯在許多方面遺留下來的問題，制約了俄羅斯從美國直接進行高技術的引進，致使俄羅斯經常需要從第三國或歐洲國家間接引進高科技，這不僅影響了兩國關係的正常發展，也對兩國市場經濟的運作產生了消極的影響。對於這一點，我已與布希總統進行了廣泛的交談，布希總統現在已經基本上同意馬上改善這一消極的環境。

俄羅斯與美國現在已經目標明確地坐到一起來了，特別是兩國間業已展現的高速增長的貿易額，對於來自國外的商人與已有投資意向的投資者來講，俄羅斯現在正在逐步打開經濟的大門。我們相信，美國對於如何進一步深入俄羅斯的市場與市場化的進程已有了進一步的瞭解，美國現在將進一步同俄羅斯進行合作，這已得到布希總統積極的認可。

現今兩國關係發展上最大的障礙就是雙方高技術方面的合作，這些合作包括：航太航空、資訊處理、電話電信、科技教育及新型能源開採方式等。在這裏需要特別指出的是俄美兩國政府應在核能的利用上進行積極有效的合作，這不僅將會成為兩國關係穩定與進一步發展的基石，而且也會為世界經濟發展做出重大貢獻。

俄羅斯經濟發展的主要問題在於俄羅斯的大企業如何進行全面的改造，俄羅斯大企業大部分都使用的國產設備與國內的技術，雖然這可以充分利用現有國內的資源，不會形成資源浪費的局面，但這卻間接造成俄羅斯企業生產的產品大部分適用於國內企業的需要，而對於國外企業的一般需求與特殊需求，經常無法滿足，企業因外貿減少而經常處於無所事事的境地，這間接造成俄羅斯企業只能出口原始生產資料的窘境。

俄羅斯企業還不注重國外先進技術的轉化的工作，例如俄羅斯最大的航空公司—空中航空公司，該航空公司已經由原來僅僅使用單一的伊爾與圖系列客機，轉而購買部分的美國波音與歐洲空中客車系列飛機，現在公司內部卻為究竟購買何種客機發生爭執。為什麼俄羅斯國內的飛機製造商不能引進部分的美國或歐洲的技術來武裝自己，使自己能夠生產出符合俄羅斯及國外乘客要求的客機呢？

總而言之，這些問題不是政治問題，不是通過政治談判就可以解決的，解決這些問題的關鍵在於企業領導人的思維水平。據我所知，美國飛機要比歐洲的飛機貴一些，現在俄羅斯政府可以就地牽線，不如由美國直接從俄羅斯購買廉價的原材料鐵與鋁，這樣所生產的飛機自然成本就會降低。

最後，我經常強調，俄羅斯與美國取得的協議是雙方經過艱苦的談判而取得的，我們不應隨意地破壞它[20]。」

在國情諮文中，普京僅以 8%的篇幅提到經濟發展的問題，但普京所提的這三項改革基本上都圍繞在如何為俄羅斯的經濟發展重新塑造一個良好的軟環境及如何讓俄羅斯銀行業與國際接軌。2002 年普京國

---

[20] 吳非，《二十一世紀經濟報導》，《領袖講壇》，2002 年 6 月 3 日

情諮文與去年的最大不同就在於，普京現在對於俄羅斯經濟的發展表現出前所未有的信心。去年，普京還對 2001 年俄羅斯的經濟發展心存疑慮，在普京執政後的這兩年期間，俄經濟發展主要還是依靠國家的投資，國家投資的金額一直都維持在占國民生產總值 32%的水平，去年經濟增長基本上是以國家投入增長到 40%為代價而取得的，俄羅斯民間與西方的企業對俄羅斯的投資幾乎沒有任何增長。今年俄羅斯民間與西方都已展現出對於俄羅斯市場的熱情，但大家對於俄羅斯經濟發展的前景感到擔憂，生怕俄羅斯政府言而無信，等到投資俄羅斯兩三年後，自己的資金會再次像「98 金融危機」時那樣被犧牲掉。

俄羅斯媒體基本認同普京的看法，俄羅斯重要報紙《消息報》發表了題為《關於國民生產總值的枯燥革命》的文章，作者巴巴耶娃對於普京國情諮文的總體印象是：平實。在文章中巴巴耶娃這樣寫道：普京並沒有為俄羅斯定出所謂的「五年計劃四年完成」的蘇式經濟模式，同時普京那一如既往的嚴肅表情告訴我們，俄羅斯人民再也不會陷入同前總統葉利欽一起大玩過山車的尷尬遊戲中了。素以批評尖刻而聞名的《獨立報》也發表了題為《自由命題作文》的文章，對普京在第一節陳述有關於俄羅斯光明前景的話語略有微詞，但對於普京在第三節中的提出的俄羅斯現今存在的問題表示贊同，文章這樣寫道：看來普京與白宮的官員們對俄羅斯如何發展經濟已做出了深刻的思考。

回想普京在 2001 年 4 月 3 日完成國情諮文的報告之後，俄羅斯的媒體反應基本處於兩極化，同樣還是《獨立報》，它在文章中點出普京現在進行的改革非常有可能會步入前總理蓋達爾急速發展—表面緩和—真正危機的經濟怪圈之中，當時《獨立報》所持的觀點是俄羅斯的經濟還依賴於能源經濟，一旦國際石油價格波動，俄羅斯的經濟也就是隨之而起伏。 對此，普京當然也非常清楚自身的弱點，在 2001 年普京所採取的措施在葉利欽時代也是難得一見。普京在與美國關係緩和的基礎之上，把俄羅斯石油及相關產品推向國際市場，讓俄羅斯石油隨國際期貨市場而變動，這樣就為俄羅斯政府贏得大約 3-4 個月的緩衝時間，同時減少石油作為外交手段的使用機會。這次普京在國情諮文中自豪的表明俄羅斯的石油產量已居世界第二位，今年 2 月份俄羅斯石油產量還首度超過沙烏地阿拉伯，這次《獨立報》在這方面已找不到普京的任何缺點。

這次普京在報告中以 25%的篇幅講述了如何進行政治改革，24%的內容提到政府內部效率不彰，19%談到國內政改的進度，對於去年的政績只有 7%的內容提到。普京在報告中指出現今俄羅斯經濟已有所好轉並開始復蘇，政府又為社會多提供了 70 萬個就業機會，人民的平均收入提高了 7%，但俄羅斯卻遇到了前所未有的困難，政府的官僚體制已嚴重的制約了經濟的發展。首先，政府公務員不知道大企業或小企業發展現今最需要什麼，公務員的官僚作風使得民間與西方的投資望而卻步。

其次，政府官員對於現代化的技朮與管理方式還非常的陌生，官員們還對原來的管理方式念念不忘。以筆者在俄羅斯多年的經驗來講，俄羅斯的官員在頭腦中確實存在權力欲過剩的現象，不知道官員是為企業服務的，應是企業的橋樑。普京在報告中提到在內政改革中軍隊向職業化發展是必然的趨勢，在這裏我們可也看出普京的目的就是希望俄羅斯軍隊能夠與歐洲的軍隊管理接軌，在提高軍隊素質之後，俄羅斯軍隊能夠真正負擔起俄羅斯對於自身能源出口的保護，並且能夠在適當的時機出兵海外。俄羅斯有效基金會主席格列博指出，儘管普京提出希望改變國內的官僚體制與政府效率是老調重彈，這在前蘇聯領導人安德羅波夫時代就已提出，但俄羅斯人還沒有真正重視該問題。國家杜馬國際事務部副主席納烏莫夫也認為普京已把俄羅斯周圍的國際關係理順，現在是重新調整國家秩序的時候了。由此可以看出，普京現在進行的改革已進入精緻化的階段，無論是提高政府效率，還是提高政府官員的見識，這些都是為俄羅斯經濟發展塑造一個良好的軟環。

第四節　普京致力解決寡頭政治經濟

總統與寡頭的關係始終是蘇聯解體後俄羅斯政府所面臨的最難解決的問題，而俄羅斯寡頭基本上都來自蘇聯時期的國有企業或者技術官僚階層，如果寡頭的角色得到最後的解決的話，處於下游的政治建築的亂像就會迎刃而解。寡頭的角色簡單而言就是他們到底是政治家還是經濟學家，當然這裏對於經濟學家的稱呼是泛指，俄羅斯寡頭在初期的經營階段都或多或少的經歷了非法的原始資金積累，現在看來俄羅斯寡頭現在還在利用國家資源進行資金的運轉和企業管理。

一、寡頭統治背離俄羅斯政治體系

德裔義大利籍著名社會學家羅伯特・蜜雪兒斯（Robert Michels，1876-1936 年）在其《寡頭統治鐵律》（原文：Political Parties：A Sociological Study of the Oligarchical Tendencies of Modern Democracy）一書中指出，在 20 世紀初國家和政黨組織必然會走向等級制和寡頭統治，但在隨之而發展起來的政黨組織和議會制度對此做出了一定的防範，而西方的無政府主義者則走的更加極端，他們反對國家以及一切形式上的強制性權威，嚮往完全基於個人和集團間自願基礎上的合作，他們認為國家對於社會事務是一種多餘的累贅，但無政府主義者始終沒有能克服其樹立的目標與資源利用的手段之間難以彌合的分野。儘管無政府主義者向大家展示了一副最玄妙、最理想的未來圖景，並向大家許諾建立一種新秩序，但他們始終對於建立新秩序的邏輯基礎不甚瞭解。社會學家伯納德・巴伯（Bernald Banber）就認為：無論一個組織代表著什麼樣的利益，最後該組織總是被操縱在一個活躍的少數派手中，比如美國退伍軍人協會是在 1919 年由一小撮人發起並成立的，如今它被一個完全封閉的集團操縱。

對此蜜雪兒斯也在書中指出，國家機關是一個高度官僚化的組織，那些處於決策中心的領導階層對教派的活動和內部決策享有相當大的權力，為了使組織的協調過程具有穩定性，最終官僚化的程式代替了組織原來的目標，這樣組織原來的手段變成了目的。在現代社會裏民主被視為組織化群體之間爭奪民眾支援的過程，在民主體制下眾多組織化群體隨時都有可能在多數選民的選擇下失去自己已經獲得的職位與資源分配的權力，或者是在爭去權力的過程中與其他掌權者發生分裂，所以，此時保障言論、出版、結社的自由成為部分失去利益群眾團體發聲的渠道，而此時的既得利益集團是有自己內部的自由言論空間的。在此，蜜雪兒斯同樣指出了民主的弱點，那就是一個國家意見領袖可以通過民意的力量將原有的國家領導人趕下臺，但國家政治體系中的權威本質並沒有任何的改變，這使得民眾在看領導人如走馬燈般的更替過程中，找不到國家存在的價值。

蘇聯解體之後的政權替代者並沒有體現出新國家存在的價值，例如俄羅斯政權並沒有解決新的政治體系對於原有公民在蘇聯時代享有的福利，原有的政治精英在新崛起的市場經濟中順勢侵佔國家資產的同時，並沒有回報國家社會足夠的資金重新投入到生產當中，寡頭似乎對於快速從人民手中獲取金錢以及佔領能源市場與大眾媒體更加感興趣，媒體是脅迫政府做出必要妥協、主導國發展方向以及對民眾灌迷魂藥的最佳渠道。此時，不論是精英個人或是金融工業集團的興起都是為自己建立經濟與政治的王國，形成的寡頭與執政者的相互勾結，導致失調後的政治機器無法提供足夠的條件滿足人民的基本生活。俄羅斯豐富的能源成為西方與寡頭們覬覦控制的領域。普京執政後致力打擊寡頭，從古辛斯基、別列佐夫斯基，到霍多爾科夫斯基。

試想如果俄羅斯政府加強對於有色金屬、石油等能源的管制，或者加強對於資金流動的管制，那麼就會有九成的俄羅斯的寡頭消失，在此我們就會有一個疑問，現在俄羅斯政府就加強管制好了，這樣寡頭問題就會立刻解決了。問題就在於如果俄羅斯政府加強管制的話，寡頭問題解決了，但俄羅斯與西方國家的聯繫也就中斷了大半，因為儘管俄羅斯是資源大國，但俄羅斯開採資源的設備以及對於資源的市場化運作並不清楚，而在俄羅斯本土產生的寡頭卻對於資源的整體運作是非常清楚的，這也是俄羅斯政府要想讓整個國家振興所必需的硬體條件。但如果俄羅斯寡頭進入政治體系的話，那麼這些寡頭必然把自己頭腦中的西方經濟思維運用到俄羅斯政治體制中，長遠看來，這最終會與俄羅斯的強國之夢背道而馳。對此，俄羅斯前總統葉利欽在 1996 年總統大選之後就已經看清楚，做為政治家，特別是已經處於已經處於積弱狀態俄羅斯的政治家，俄羅斯需要的是有幾十年規劃的政治家，但寡頭最大的特色就在於短視和近利，試想如果寡頭領導國家的話，俄羅斯整個的政治體系都會受到破壞。

二、霍多爾科夫斯基趁勢崛起

2002 年霍多爾科夫斯基被美國《福布斯》雜誌評為世界最有錢的富翁之一，霍多爾科夫個人擁有的財產達到 80 億美元之多。霍多爾科夫本人 1963 年出生於莫斯科，1986 年畢業於門捷烈夫化工技術學院

（Московский химико-технологический институт им. Менделеева），並獲得化工技術方面的蘇聯專家文憑，之後在普列漢諾夫國民經濟學院進修，1988 年結業。普列漢諾夫國民經濟學院是蘇聯和俄羅斯經濟高層人士必需學習的地方，就如同俄羅斯的外交官基本上都出自國際關係學院一樣。霍多爾科夫從政之路始於 1987 年，當時他擔任莫斯科伏龍芝區共青團書記，開始領導共青團創業基金會與蘇聯青年科技創新中心。

1990 年蘇聯政府總理尼古拉・雷日科夫任命霍多爾科夫為「梅納捷普」集團銀行總部經理，隨後又成為「梅納捷普」下屬金融信貸聯合企業的總經理，1991 年初成為「梅納捷普」董事會主席，掌管著莫斯科及其它蘇聯城市的許多金融企業和大量的國家預算。1993 年 3 月，霍多爾科夫還擔任了俄羅斯能源部副部長，1993 年 4 月霍多爾科夫還與首都儲蓄銀行總裁斯摩林斯基（банк "Столичный"）、橋銀行總裁古辛斯基（"МОСТ-банк"）、信用銀行總裁阿克波夫（"Кредобанк"）聯合成立了開放式「俄羅斯有效證券」公司（АО открытого типа с условным названием "Пластиковые карточки России"），該證券公司專門為國外的證券商提供資金流通支援和資訊服務。1993 年霍多爾科夫成為「梅納捷普」銀行管理委員會主席，此時他已成為 20 多家銀行的主人，同時還掌管上百家企業及公司。1994 年他在接受《在國外》雜誌的採訪當中提到，他不會給貿易額少於 5000 萬美元的企業投資。

1996 年開始了由丘拜斯所主導的國有資產大規模拍賣的行動，在這次拍賣當中，「梅納捷普」銀行完成了對「尤科斯」石油公司的控股，在這次國有資產的拍賣過程當中，俄羅斯最有經濟實力、最富有的私有者成為最大的受益者，而葉利欽也買到了國內主要銀行家對於總統的馴服與支援。1997 年，霍多爾科夫帶著自己的整個班底進入「尤科斯」石油公司，霍多爾科夫就以「尤科斯」石油公司和原來的「俄羅斯工業」公司為基礎，開始了自己的資本帝國的建立，之後 1998 年的金融危機之後儘管「梅納捷普」銀行倒閉，但這對於霍多爾科夫已無太大的影響。1995 年底，時任第一副總理丘拜斯為了解救政府的財政困境展開大規模抵押拍賣活動，是俄羅斯大寡頭們的資本原始積累的黃金時期。在承諾對政府提供預算貸款時，以「七巨頭」之一的波坦甯為代表的寡頭們提出了向他們抵押全國最大的，主要是冶金和能源領域的最大公司的國家控股額。丘拜斯和葉利欽同意了。

第一起抵押拍賣是在 1995 年 11 月 8 日。Surgutneftgaz 油田以 8800 萬美元的價格賣給了今年《福布斯》富豪榜第 427 位的波格丹諾夫（Bogdanov）。這家油田的產量與法國全國的產量相當，分析家們稱，這個價格等於波格丹諾夫沒花錢。影響霍多爾科夫斯基命運的拍賣是在半個月後。尤科斯石油公司 78%的股份被梅納捷普銀行競價買走。按照《華爾街日報》報導，3.091 億萬美元的價格，僅僅超過起價 900 萬美元。儘管另外三家銀行出價幾乎都是霍多爾科夫斯基的兩倍，但卻被主辦單位認定為資質不合格。當時的分析家們稱，尤科斯至少應該賣 4.5 億美元。果然，在股票稍後流通上市的時候，尤科斯的市值立刻上升到 90 億美元。現在更是達 200 億美元。1999 年 10 月，聯邦證券委員會主席瓦西列夫辭職。俄媒體說，這是因為他要加強對上市公司的監管觸動了尤科斯公司的利益。霍多爾科夫斯基在市場上的名聲並不好，因為中小股民的利益總是無法保障。

已被英國石油收購的阿莫科石油公司對霍多爾科夫斯基的計謀也有著切膚之痛。幾年前，阿莫科對於西西伯利亞的一處名叫 Priobskoye 的油田很感興趣。荒涼的濕地和北極植被下有大約 35 億桶的儲量。這個油田是和尤科斯合作開採的。但在 1998 年，該油田即將開始大量出油的時候，阿莫科遇到了難題，它已經投入的 1.3 億美元可能將血本無歸，因為杜馬通過的法案要求俄羅斯戰略資源的外資投入比例不能超過 10%，這意味著它和尤科斯公司在資金投入和分成上更難以達成一致。果然，持續的談判始終沒有結果，《紐約時報》的文章說，尤科斯公司的具體的條款總是變來變去，阿莫科不得不自認倒楣。霍多爾科夫斯基則對《福布斯》辯解說：「這是他們的猶豫造成的。阿莫科在油田問題上享有獨家的 5 年的談判權。可直到我接管尤科斯時，還沒有要求我們談判的檔。」尤科斯的網站這樣介紹霍多爾科夫斯基：他在 1999 年將尤科斯成功地進行了重組，企業消除了蘇聯時期遺留下來的結構性問題，形成了西方式的垂直管理體系。改革後，每桶油的成本下降了 2/3，目前比任何俄羅斯的石油企業都要低。

2003 年，「尤科斯」石油公司進入快速發展階段，上半年石油產量增加了 20.6%，產量達到 3900 萬噸，同時最關鍵就在於尤科斯石油公司的加工規模也增加了 19%，達到 1810 萬噸，公司整體的利潤在除去上繳國稅和折舊費之後，公司的純利潤達到 22 億美元，，這比 2002 年增加了 80%。但在 2003 年中期，公司的董事會卻做出決定，將不少於 20 億美元的盈利做為紅利進行分發，並且公司利用這些盈利資金資助俄羅斯的政黨、杜馬和媒體的運作，接受「尤科斯」石油公司支援的政黨主要有蘋果黨（Яблоко）右翼力量聯盟（СПС）和俄羅斯共產黨（КПРФ）。如果在經過一定時間的經營之後，霍多爾科夫將會在未來的選舉當中獲得多數政黨的支援，這完全是金錢方面的運作，這樣把整個的國家政治運作變成一個金錢的遊戲。就在霍多爾科夫被捕前一個星期 10 月 15-23 日間，他還在俄羅斯各大中城市進行演講，這些城市分別為：奧爾拉、別爾格勒、達姆伯夫、薩馬拉、薩拉托夫等城市，他的行程大多為與當地的州長、政界及商界人士舉行會晤，並將大筆資金捐助給地方的高等學府的大學生，同時他還安排與地方報紙、電視臺總編進行非公開的會面

2003 年 10 月 28 日，《消息報》記者在採訪霍多爾科夫時就指出為何他只選擇蘋果黨（Яблоко）右翼力量聯盟（СПС）和俄羅斯共產黨（КПРФ）三個政黨進行資金支援。霍多爾科夫認為該公司其他股東已經選擇了其他政黨進行支援了，這對於一個正常公民社會而言是非常正常的，在公司近幾年的快速發展當中，公司對於國家杜馬展開了大量的公關工作，這些公關工作都是公開的，並且與俄羅斯另一大石油公司魯克石油聯合展開公關。現在俄羅斯的檢察院已經開始調查自己在蘇聯解體後的初期經營活動的合法性，但尤科斯是在追求成為世界最好的公司，現在如果要在個人財產和公民法進行選擇的話，我還是選擇公民法，因為沒有保護公民的法律的話，個人財產也將會失去。記者問他：你為什麼不放棄政治計畫，以保全公司和個人？霍氏總是回答得很堅決：「我仍然記得與普京總統的談話，我絕對贊同企業不應參與政治。但我認為：根據憲法，我和其他公民一樣，應當有自己的民主權利。我只要一息尚存，我就要為自己的觀點而鬥爭。我不能為了保全自己的私有財產而放棄自己的民主權利。姑息政策是不對的。如果俄羅斯所有人

都這樣，其後果是什麼？」他還以白俄逃往國外，而不能保證 3000 萬人的生命和 1917 與 1929 年的事件辯明自己觀點的正確。

俄羅斯媒體分析，起因一是因為俄羅斯政府內部支援金融寡頭的力量和傳統官僚之間的鬥爭，二是因為普京對於霍多爾科夫斯基越來越明顯地干涉政治的跡象感到擔憂。普京 2000 年正式擔任總統後曾以 2000 年畫了一條線，即國家不再追究在此之前寡頭們是如何在私有化進程中發家暴富，但是從此以後寡頭們必須嚴格自律，不能再介入國家政治生活進程，不能再利用大資本操縱政治進程。霍多爾科夫斯基在政治上向來低調。在接受《紐約客》採訪時，他含蓄地說：「你不能同時在商業和政治都獲得成功。一些人嘗試過，可是他們現在都在國外。」俄羅斯 2003 年 12 月的杜馬大選有點特別，因為大選後的議會多數黨可能自己來組閣，而不是以前的總統任命。俄羅斯評論家分析，霍多爾科夫斯基很可能想在議會內形成他能操縱的多數派，屆時能「合法」地推選自己為總理，以分散總統的大權。此外，霍多爾科夫斯基還宣稱自己將於 2007 年退出商界。這一聲明不啻於向外界宣佈他有意參加 2008 年的總統競選。

三、霍氏遭捕後獄中「自白」

2003 年 10 月 25 日星期六清晨，俄羅斯尤科斯石油公司總裁米哈伊爾·霍多爾科夫斯基（Михаил Борисович Ходорковский）在新西伯利亞托爾瑪切瓦機場被捕。「作為尤科斯公司的領導人，我必須竭盡全力使我們的團隊從司法攻擊中擺脫出來，而這些司法攻擊已經直接指向合夥人以及我本人。因此，我準備從公司離職。我確信具有高度職業精神的公司管理層將成功完成尤科斯業務全球化任務。」「我個人的下一步計畫是，繼續擔任『開放的俄羅斯基金會』這一地區公共組織的董事會主席。」有俄學者認為，辭職意味著霍氏以一種迥然不同的方式，自動成為政治舞臺的一部分。如果以前他只是一名說客，那麼他現在就已經成為一名政治活動家了。他在監獄裏呆的時間越長，他作為政治人物的影響力就越大。為了保護自己，他就不能不採取其他手段，而這樣做勢必對政治產生影響。現年 41 歲的霍多爾科夫斯基被捕前曾是俄羅斯首富，擁有大約 150 億美元的資產。他於 2003 年 10 月在自己的私人飛機上被捕。他被指控犯有商業詐騙、偷漏稅款以及偽造檔等多項罪行。先於霍氏被捕的是他的前合夥人列別傑夫，他被控犯有巨額詐騙等罪行。由於兩人案件相互關聯，法院決定同時對兩人進行審理。霍多爾科夫斯基聲稱自己無罪，他的律師團要求將其無罪釋放。該案審理已經持續了 9 個月。

2005 年 3 月底，俄羅斯總檢察院檢察官建議莫斯科地方法院分別判處這兩人 10 年監禁。2005 年 5 月 16 日下午 4 點，莫斯科地方法院正式開始對尤科斯石油公司前總裁霍多爾科夫斯基和該公司另一重要股東列別傑夫進行宣判。霍多爾科夫斯基面臨逃稅、欺詐、偽造檔等 7 項指控，目前法庭已經宣判其中 4 項罪名成立。他的律師指出，法官對判決書的宣讀要持續 3 天。如果罪名成立，霍多爾科夫斯基和列別傑夫將入獄 10 年。另外，俄羅斯檢察官已經表示會對他們提出新的指控。霍氏註定了要沒完沒了吃官司。已經在獄中度過 19 個月的霍多爾科夫斯基 16 日和列別傑夫一起被一輛小型裝甲貨車護送到法院一個隱蔽側門。與以往出庭的情況一樣，汽車一抵達法院門口，兩名戴手銬的被告就被武裝衛兵直接帶進了法院大樓。法院入口處聚集了一堆搶新聞的記者，警方還加派人手在庭外警戒。警方還用警戒帶子封鎖了法院外的人行道，這個地方原來應該滿是拿著海報和氣球的霍多爾科夫斯基支持者。儘管如此，仍有大約 100 人在附近要求法院宣佈被告無罪。

該案的第三位主要被告、前「波濤」股份有限公司總裁克雷諾夫被指控欺詐罪和不服從法庭判決罪，當天他也出庭了。美聯社報導說，院方宣讀的判決書有 25 釐米厚。法官在進行 3 小時的宣讀後，決定將剩餘的判決宣讀推遲到 17 日。當天，法院宣判霍多爾科夫斯基四項罪名成立。它們分別是：欺詐侵害財產權、惡意違背法庭命令、個人逃稅以及同謀偷竊。分析家指出，這次判決將不可避免地具有很強的政治意味。該案被很多人認為是俄羅斯總統普京對霍多爾科夫斯基「大逆不道」支援反對派，謀求政治權力的報復。莫斯科地方法院原定於 4 月 27 日對霍氏和列別傑夫進行宣判，但因判決書起草工作還未完成，不得不將宣判日期推遲。

檢察機關聲稱，1994 年他倆掌控的公司「騙得」了俄羅斯最大磷肥生產商 A p a tit 化肥公司 20%的股權。因為當時拍賣會上 4 個投標公司都屬於霍氏，所以霍氏壓低價錢，僅用了 22.5 萬美元現金。而且，當時承諾的 2.83 億美元投資也沒有兌現。原告方俄國家稅務機關請求法庭追繳霍多爾科夫斯基和列別傑夫作為法人偷逃的稅款，總計超過 6 億美元以及作為自然人偷逃的稅款，數額分別約為 400 萬美元和 47 萬美元。俄羅斯檢察官表示，俄總檢察院將對霍多爾科夫斯基和列別傑夫提出新指控。新指控的內容涉及 2001 年至 2002 年包括這兩人在內的尤科斯公司管理層人士，稱他們通過在莫爾達瓦註冊的公司出售尤科斯公司子公司的石油，並在這一過程中侵吞了總額超過 100 億美元的售油收入。此前，俄羅斯政府突然向尤科斯催收 270 億美元的巨額稅款，從而直接導致公司面臨崩潰。而現在尤科斯公司的重要股東列昂尼德・內夫茲林更是語氣堅定地表示：「事實上，尤科斯將在夏季到來之前破產。」列昂尼德・內夫茲林長期以來都是霍多爾科夫斯基的合夥人。被捕之後，尤科斯其他主要股東紛紛打起了自保的小算盤。在俄羅斯強制拍賣尤科斯最大的子公司尤甘斯克，從而成功將其核心資產收歸國有之後，列昂尼德・內夫茲林得到了霍多爾科夫斯基 60%的股份，控制了尤科斯。剛剛接管尤科斯公司股票，內夫茲林便離開俄羅斯前往以色列，並很快取得了以色列身份。

根據《莫斯科新聞報》2005 年 11 月 12 日的報導，目前在西伯利亞一座監獄服刑的俄羅斯前首富霍多爾科夫斯基撰寫完成一份 12 年行動計畫，據稱可以幫助俄羅斯成為一個真正的社會和法治國家。霍多爾科夫斯基在這份計畫中提出了防止俄羅斯滑向獨裁的具體措施。《俄羅斯商業日報》曾刊登他此前的信《向左轉》，他在文中解釋了俄羅斯為什麼必須向左轉。這一次再次撰文，是對《向左轉》一文支持者和反對者提出的問題的回應。在計畫中霍多爾科夫斯基對「普京體制」提出了嚴厲的批評，稱「自己是鐵路員警，現在只是到監獄裏請了幾天假，而俄羅斯現在很多事情都取決於一個人的喜好、性情和反復無常」。12 年行動計畫提出了很多未來俄羅斯執政精英的政治趨勢和經濟發展方向。如果俄羅斯要想成為一個真正的民主國家，總統應該只扮演道義上的領袖，是主權完整的保證人，是國防和執法機構的總司令，而政府應該由強大的國會選舉產生，可以對所承擔的責任負責，具有處理經濟和社會項目的所有權力。霍多爾科夫斯基呼籲聯邦原則的復蘇和地方政府自治，提出各地區領導人應該舉行產生，而不是由克裏姆林宮任命。他的12 年計畫目標包括，增加俄羅斯日益減少的人口，防止國家分裂；調整國家經濟結構，不再完全依賴石油，實現「知識經濟」占 40%、重工業占 40%、農業占 20%的經濟結構；保護俄羅斯的領土完整，建立強大的軍隊；復興教育制度；對住房、公共設施和交通運輸現代化進行激進改革；恢復社會安全制度。他認為要實現此計畫，俄羅斯政府需要投資 4000 億美元，私營投資需要投入 5000 億美元。

四、普京終結霍式現象與寡頭媒體模式

2005 年 5 月美國《國際先驅論壇報》刊登記者威廉・普法夫題為《為何與俄羅斯為敵？》的文章，在文章中記者認為俄羅斯總統普京正試圖戰勝寡頭政治家並抵抗國際犯罪勢力。1991 年蘇聯解體時，葉利欽讓原蘇聯加盟共和國領導人帶走盡可能多的自由，實際卻讓他們帶走了盡可能多的權力以及國家財富和資源。西方贊許這種狀況，認為就此建立了「民主」，但「民主」形式正如寡頭政治家別列佐夫斯基所描述的那樣，「各地的民主都是有錢人說了算」。那時，俄羅斯形成了一個詐騙、搶劫、剝奪財產和侵吞公共資源的體系。現在，普京正努力扭轉這一狀況。他逮捕了野心勃勃的寡頭政治家、尤科斯石油公司前總裁米哈伊爾・霍多爾科夫斯基。普京試圖戰勝寡頭政治家們的那種資本主義並抵抗國際犯罪勢力。如果不加制止，滲入現行體系的國際犯罪勢力會破壞俄羅斯政府權力。

2005 年 5 月《亞洲時報》發表韋勒的題為《俄羅斯自食其果》的文章，他認為跨國經濟利益與包括尤科斯事件促使美國等西方國家對俄羅斯不滿。美國政府不滿的依據顯然是俄羅斯頻密發生的 3 起事件：對前石油大亨霍多爾科夫斯基的審訊、對媒體的限制以及決定廢除地方行政長官的直接選舉。美國決策者們知道，如果策劃得當，民主可充當有效工具，用於扶植同情跨國經濟利益的外國政府。然而，俄羅斯過於強大，不會屈服於直接壓力。在現任總統普京領導之下，俄羅斯基本上仿效了葉利欽時代的經濟路線，施行統一所得稅稅率，把營業稅降到了全球最低水平，同時尋求與國際經濟接軌。這種局面一直持續到俄政府對尤科斯石油公司採取打擊行動為止。華盛頓和其他西方國家對霍多爾科

夫斯基事件表示關注，去年秋季烏克蘭選舉則似乎打開了他們隨後對普京激烈批評的閘門。俄現在是歐洲最大的天然氣和石油供應國，而烏克蘭是石油和天然氣流向歐洲的重要過境點。傾向於西方的烏克蘭領導人上臺對歐洲可能有利，這或許是美國支援尤先科在選舉中勝出的原因。

尤科斯事件後，俄工商界有如驚弓之鳥，寡頭們也人人自危，他們擔心俄當局會秋後算賬，重新審議上世紀 90 年代的私有化結果。普京這次承諾不翻舊賬，給寡頭吃了一顆「定心丸」。俄杜馬（下院）預算和稅收委員會副主席沃羅比約夫說，將普京的建議用法律的形式固定下來對企業界是件大好事，有助於保護私有財產，促進中小企業的發展。此外，落實這一建議還將有助於改善俄投資環境，使俄能夠吸引到更多的國外投資。2005 年 3 月 24 日俄羅斯總統普京在克裏姆林宮會見了俄工商界的代表，普京在會上作出了兩個重要的表態，緩和了自尤科斯事件以來一直處於緊張狀態的政商關係，有利於俄改善投資環境。普京表示，俄羅斯將繼續走私有化道路，他說：「為了穩定所有制關係，俄羅斯不允許對所有制進行重新劃分。」普京還建議，將私有化交易的訴訟時效期從目前的 10 年縮短為 3 年，這將「有助於增長工商界對未來的信心，促使企業家大膽地將資金用於擴大再生產」。普京還指出，尤科斯事件不會重演。據俄媒體透露，普京向與會者主動提及了這個敏感話題：「你們用不著害怕，尤科斯事件並不意味著反私有化的開始，這只是個案。」普京向寡頭們承諾，今後類似的事情不會再發生了。

俄聯合金融集團首席戰略分析家說：「這是一個巨大的信號，尤科斯事件已經過去了，不會重演。」尤科斯事件對俄投資環境造成了負面影響，資本外流加劇，據俄中央銀行統計，2004 年俄外流資金從 2003 年的 19 億美元增至 79 億美元。據俄羅斯財政部的最新統計數位顯示，今年第一季度俄財政盈餘達到創紀錄的 5252.7 億盧布（1 美元約合 28 盧布），預計全年財政盈餘將超過 1 萬億盧布。據悉，俄財政盈餘迅猛增長的主要原因是為，去年 12 月其最大子公司尤甘斯克石油天然氣公司股份被拍賣，所籌集的資金都作為尤科斯石油公司補交的稅款上繳到了國庫。此外，作為俄主要出口產品的原油一直保持高價位，也增加了俄羅斯的財政收入。統計數位顯示，今年第一季度俄財政收入比計畫高 48%，達 11990.6 億盧布，其中 2299 億盧布為尤科斯公司補繳的稅款。同期，俄財政支出為 6737.9 億盧布。目前，俄國內正就如何使用巨額財政盈餘展開討論。俄財政部認為，財政盈餘應最大限度地用於充實穩定基金。一些俄議員則建議拿出部分財政盈餘補貼地方。也有人認為，在提高居民福利的同時，財政盈餘應更多地用於道路建設和落實專項投資項目。美國猶太金融資本家喬治・索羅斯就俄羅斯石油大亨霍多爾科夫斯基最近被捕一事發表言論，稱俄羅斯可能正在進入「國家資本主義」階段。索羅斯是對《莫斯科新聞》主編發表上述言論的，該刊前不久被霍多爾科夫斯基買下。索羅斯說，「對霍多爾科夫斯基的起訴向外界發出了一個絕對無誤的信號，即誰也別想獨立行事而不考慮國家方面的因素。」

1992 年霍多爾科夫曾出書《有錢人》（Человек с рублем），在書中霍多爾科夫詳細闡述了現代俄羅斯經濟中的市場化運作的細節，該書印刷了近 5 萬冊。霍多爾科夫在書中寫到：幾個月前我們還認為不影響我們這些商人利益的政權就是最好的政權，就這一點上來講戈巴契夫政府是最理想的。但戈巴契夫的影響力也僅限於商人資本原始積累的階段，當商人階級的力量在經過一定的積蓄後，他們對於政權的態度開始改變，政府對我們採取的中立態度已不能使我們感到滿足。現在需要遵循『誰有錢，誰說了算』的新原則……商人不需要被政府收買，商人將會讓更多的與自己利益一致的大眾通過民主選舉的方式來掌握政權。這樣的政權不但能夠得到商人們的擁護，還能得到更多的經濟支援。如果現在政權不能夠勝任商人們的要求的話，那麼商人們就需要採取步驟，讓與商人志同道合的人上臺。這基本上是霍多爾科夫為了保護自己企業的商業利益而採取的比較極端的觀點，而這樣的觀點基本上是違背政治經濟學的基本原理的，此時媒體也成為寡頭的工具，這個工具既可以與政府進行利益交換，又可以號召大眾進行投票改變國家政權的結構，這是媒體工具論的另一種表現形態。霍多爾科夫理論的基礎還是建立在國家政府與寡頭或者商人階層對立的基礎之上的。對於這一點，霍多爾科夫在書中也有提及：在做任何事之前，俄羅斯商人都無法擺脫這樣的齷齪感覺，門即將開啟只聽有人在講，商人請進牢房吧！這時就連最富有經驗的律師也無法保證商人能夠順利離開被告席，因為被告與法官都將以法律為準繩採取相應的行動。在這裏霍多爾科夫充滿了對於政府的不信任感。

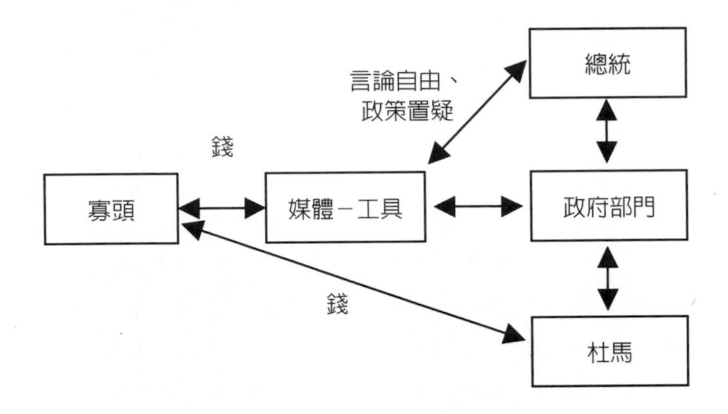

霍多爾科夫的媒體模式

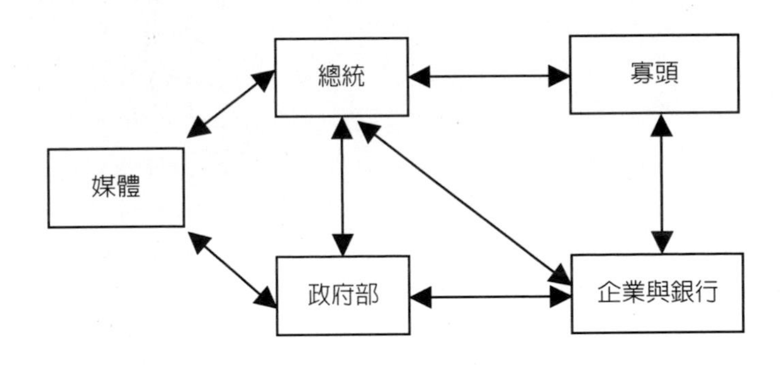

普京的媒體運作模式

如果寡頭進入俄羅斯政治體系的話，那麼，寡頭代表的是什麼？是自己的企業還是國家利益或者還是先進的官僚管理體系。如果寡頭代表著國家利益的話，那麼寡頭要維持自己的官僚體系的運作的話，他必需要使自己原有的企業更加盈利，才會有更多的資金來源，那麼企業的運作在很大程度上是不以國家利益為出發點的，現今在一個小的國家裏如果這個寡頭的資產與整個國家規模相仿的話，這樣該寡頭所代表的利益就是國家利益。但俄羅斯作為世界上疆土最大的國家而言，它在很大程度上民族、宗教和戰略利益是寡頭所難以想像的，所以寡頭要想進入俄羅斯政治體系的話，將會遭到整個官僚體系的反對。但是如果寡頭只是負責整個國家的經濟發展的話，媒體就不會成為各種政治團體利益交換的場所，媒體自然就會回歸宣傳意識形態的角色。

第五章

比較自由主義與蘇聯列寧主義新聞觀體系

英國學者胡戈・賽湯華生在《衰落的俄羅斯帝國》一書中就指出：與別的國家不一樣，俄羅斯官員更多地自視為放牧人類的高級物種，而被放逐的人必需服從、有耐心，願意花幾個小時或幾天的時間等待一項決定，並遵守決定。前美國駐俄羅斯大使館的經濟顧問約翰・布萊尼（John Blaney 2002 年，布萊尼先生被任命為美國駐黎巴嫩大使）認為：在俄羅斯就像在下一盤三維棋，任何一級都有不同的規則和棋子，有時所有的規則都會變得不一樣[1]。俄羅斯人和官僚的特性在蘇聯媒體發展過程當中都起到了決定性的作用，儘管在某種程度上蘇聯解體之後，俄羅斯聯邦的領導人在最初階段認為只要在名義上施行某種近似於西方的民主模式，自己就會成為西方國家。實事上，不論是在蘇聯時期，還是在俄羅斯聯邦時期，俄羅斯人內部和外部的問題都是一樣的，同樣媒體面臨的問題也是相同的，區別就在於蘇聯時期媒體肩負者國家形象和政策的宣傳者的角色，現在則變為國家能源的保護者和國際形象的代言人。直面蘇聯時期和俄羅斯整個十幾年的發展過程當中，我們可以發現，俄羅斯人的個性的變化程度並不是很大。無論是在蘇聯時期還是在俄羅斯時期，整個國家內部都只有一小部分的官員是非常靈活、果斷和主動的，經常在西方國家出入的俄羅斯官員和商人，都是能非常好把握自己的優秀者，但他們是少數中的少數。這種現象在蘇聯和俄羅斯聯邦兩個時期都沒有非常大的改變。

在蘇聯和俄羅斯的官員基本上都是寧可按部就班也不願主動和冒風險的職業官僚階層，對於他們來講主動不會受到獎勵，這樣做的後果便是整個官僚階層變得日益僵化、無能、懶惰、保守，他們為了逃避責任而將大小事情都交給上級決定的工作態度，而且上級官員必須對於部下所犯的錯誤承擔一切後果[2]。我們還能常常看到俄羅斯堂堂的部級幹

---

1 《紐約時報》，1991 年 3 月 23 日。

2 Yale Richmond，*From Nyet to Da: Understanding the Russians*，Intercultural Press，

部還要為一些雞毛蒜皮的小事操心，比如請客中的簽單問題等等。這種對於工作的處理態度連帶影響到新聞媒體的運作上來，這就是我們看到的到蘇聯後期媒體的報導越來越乏味，這種新聞乏味的問題主要是由於新聞人不願意有任何的擔當。但在公開化改革之後，媒體整體的報導一下子從極左跑到極右，新聞人胸中的怨氣幾乎一瀉千里，而中間的媒體有效管理消失，這種狀態一直持續到蘇聯解體。這樣我們需要從西方的自由主義新聞觀為切入點，進一步瞭解蘇聯列寧主義的新聞觀的優勢，以及史達林在蘇聯媒體發展中的貢獻，這樣我們會進一步瞭解蘇聯政府在執行力度上出現了哪些問題。現在的俄羅斯的整個國家狀態與蘇聯初期的發展非常近似，都處於轉型期，那麼，特別是現在世界整體都處於能源緊缺的環境之下，俄羅斯作為能源大國如何能實現自己的再次復興，不讓其他國家誤認為俄羅斯是世界霸權的再次復興，也不是利用世界能源緊張的情況下，發不義之財，這再次需要俄羅斯媒體在蘇聯媒體發展的利弊得失中找到自己的發展的答案。

第一節　英美自由主義新聞理論從建立發展到陷入僵化

自由主義是西方居於統治地位的意識形態，自由主義最大的特色就在於它是以不強迫讓人接受的方式並且通過更加微妙和更加有效的方式施加影響。自由主義的當代形式並非是一系列人們有意識地選擇的理念和學說，而是觀察社會世界的方式以及與此相關的一系列假設，這些都被個人在根本沒有意識到有關它們存在的情況下以自然而漸進的方式逐漸吸收，自由主義構成了我們所呼吸的大部分思想空氣，如果思想意味著它只能夠有專業或經過訓練的知識份子才能得到，那麼思想這個詞將會令人產生誤解。自由主義一般都普遍存在與假設，它需要漫長而複雜的時間程式來加以完善，英國作家、工黨政治家哈樂德・拉斯基（Harold Laski）在《歐洲自由主義的興起》一書中開篇就講到：自由主義已經成為過去四個世紀以來西方文明最顯著的學說[3]。

3rd edition, 2002. Richmond 先生曾在政府部門和基金會工作四十多年，現已退休。

[3] Iris Murdoch, “The Sovereighnty of Good”, Routledge Classics, Paperback，1970，PP58

他本人還在 1947 年就提出了美帝國即將出現的說法：「美國像巨人一樣橫跨全球；羅馬帝國在其全盛時期或英帝國在其經濟領先時對世界的影響都沒有如美國這樣直接、深刻、無所不在……」事實上，迪安・艾奇遜（Dean Acheson）和其他戰後秩序設計師們都是大英帝國的崇拜者。在後來的越南戰爭時期，左翼思想家和修正主義歷史學家們沿著美國外交政策的歷史追溯這一根深蒂固的軍事帝國主義本能。此學派的集大成者威廉・阿爾普頓・威廉斯（William Appleton Williams）在《美國外交的悲劇》一書中論述道，美國真正的理想主義已經被帝國主義的權力欲望和資本家的貪婪所顛覆。他認為存在與美國社會中的自由主義是美國的良知，自由主義在關鍵時刻是一致挽救美國帝國主義危險走向的唯一力量，因為其他的思想主義已在美國被醜化。

1914 年爆發的第一次世界大戰加速了英國作為經濟和政治霸權地位衰落的過程，在此之前這個過程已經持續了數十年，這同樣也使得自由主義理論家對國家作用的看法發生了根本改變。美國學者諾思艾奇（F.S.Northedge）和格裏夫（M.J.Grieve）就在 1971 年出版的《百年國際關係》（A Hundred of International Relations）一書中提到：1914 年至 1918 年的歐洲戰爭是一場全面的戰爭，為了贏得勝利，交戰國被迫動員其全部的資源、人力、農業、航運、交通採掘和製造業、通訊系統，政府的所作所為都是和平時期難以想像的瘋狂行動，但此時的政府卻做到了平時不可能做到的，政府直接控制了、農業和勞動力的發展方向。1918 年 11 月在戰爭結束後，為了現實目標，所有經歷了嚴峻考驗的交戰國都變成了社會化的國家，此時，如果沒有政府的同意，國家幾乎無法制定出任何重大的經濟決策，這種經歷使所有國家的社會批評家都認為，在戰爭中運行良好的國家計劃經濟的任何政策同樣都能適用於和平時期。

在 20 世紀頭四十年間，自由主義基本上處於逐漸凋零狀態。英國著名自由主義理論家格林（1836-1882）批評說：在一些國家裏，少數人的富裕是建立在多數人貧窮的基礎之上的，而當初在資產階級革命勝利後，自由主義學者所堅持的自由並不是意味著個人可以不受限制地追求私利[4]。他對自由的定義就是：解放所有人的能力，是他們能夠平等地促進社會的共同利益，而凡是把人當做商品進行交易的契約合同都是無效的，這樣的合同將會迫使工人同意在危害健康的條件下工作。格林的觀點基本上是在自由主義基礎之上開始考慮福利國家存在的理論基礎。當代自由主義認為政府是提高人們生活水平的工具，而早前古典自由主義者認為政府是不該干涉人民的生活。自由主義的形式和本體上的核心就是個人主義，自由主義對自由寬容和個人權利的類似承諾構成了自由主義存在的前提條件，自由主義並沒有獨佔這些價值觀。庇古・帕裏克（Bhikhu Parekh）教授就指出：與其他觀念與實體一樣，其中許多基本的價值在其誕生以前就已存在，辨別自由主義並使之具有獨一無二的歷史個性的並非是對這些價值的信仰，而是在資產階級個人主義的觀念指導下對這些價值的重新定義與重構的方式[5]。

一、自由主義影響媒體與新聞理論體系的建立

從英國出版界與報業爭取出版與發行自由的過程中，體現的是一種社會大眾中間的某個利益團體與中產階級向政府爭取權力的一個過程的反應。19 世紀的英國正興起一股崇尚個人自由主義的風潮，其中以英國思想家彌爾的《論自由》（Mill, On Liberty）最唯有名。彌爾在其《知識論的論證》（epistemological argument）文章中認為：當國家、政府或社會大眾想去鉗制言論時，該言論卻有可能成為真實的；當然，想要去鉗制那項言論的人會認定該項言論是不真實的，但問題在於那個鉗制那項言論的人是否就是不會發錯誤的人呢？假設想去限制別人言論自由的人也是會犯錯誤的話，那麼，他們就沒有立場來決定該哪項言論是否可以表達、知曉或被討論；假設他們確定該項言論是不真實的，而要想採取行動去鉗制該項言論，那麼，他們需要首先確定自己是絕對正確的，更進一步地說，他們甚至已經確定料他們自己是不會犯錯誤的，此時，真正的真理是：人是不會不犯錯誤的；因此在自己是不會犯錯誤的前提下採取的任何行動都是無法成立的，所以禁止他人言論、思想及討

---

[4] R.L.Nettleship, "The Works of Thomas Hill Green" ,Vol.3,longdon:Longmans Green 1888,P371.

[5] Bhikhu Parekh, "' Liberalism and Morality 'The Moraluty of Politics" .

論自由是站不住腳的。同時彌爾還在《論自由》一書中提醒我們，不僅個人是不可能不犯錯誤的，而且有可能一個時代也不是不會犯錯誤的，在某個時代所共認為真理的東西，卻時常被下一個時代裏的人批評為錯誤荒謬，同理可知，今天我們所處時代所認為的真理，也會被未來時代所否定，被同時代人所否定也不是一件奇怪的事情。彌爾還在《思想及討論自由》（the liberty of thought and discussion）一書中第二章中就點出問題的核心，在民主社會中，當政權的掌握者由人民透過選舉而選出，在政府與人民合而為一的前提下，所謂的人民或者說社會中精英分子不是有權利能直接或者間接的透過政府來限制其他個人的意見表達（the expression of opinion）。

總的看來彌爾，彌爾的論證基礎是在一種人文主義與人類本性上進行的討論，他所強調的自由更是一種貼近人民生活和促進社會發展的一種要素，但是彌爾自由論的邏輯論證假設基礎不完全具有堅固永恆的條件，因為當一個政權一旦確立的執政地位與法律基礎，它在本質上就希望政權本身與法律本身就是不可挑戰或是不容輕易變動的基石，這樣政權與本身就代表了一個不會犯錯的權威，這個權威被用符號定義給確定下來，成為了一個不可動搖的象徵，這樣的一個權威象徵穩定了社會秩序與建立了社會運行的標準。但是問題也就出現在當一個政權體制與法律條文都會隨著時代變遷而逐漸變得僵硬，這種僵硬正是限制人民發揮創造力與促進社會發展的障礙，因此彌爾論自由主張個人言論自由與行為自由由此而來，他要反對的就是一種社會精英或是權力者一成不變的規定壓制個人本性的一種狀況。彌爾在書中所表達出的意見主要是論證了個人、社會大眾和政府之間的一種關係，這種崇尚個人自由的主張影響了也報業的發展，報業開始注重人的心理本質，這對於媒體商業化有一定的影響，當然極端的負面效果就是，報業為了追求發行量達到吸引廣告的商業目的，開始以扒糞、揭醜的手法迎合人們偷窺的心理；想反地，自由主義給予媒體成為社會多元化的受益者，媒體逐漸成為一個特殊影響力的階層，成為一個法律沒有規定的第四權力階層，與行政、立法和司法體系相互抗衡，同時自由主義對媒體最大的貢獻，就是自由主義影響新聞理論的建立，新聞理論的建立使媒體成為一個有軌跡可遵循的社會體系以及建立了新聞說的科學體系。

二、一戰後美國廣播管理的建立與報紙煽情新聞的興衰

彌爾並沒有對傳媒、政府和大眾之間的關係下非常具體的定義，最後，彌爾認為，輿論（public opinion）並不是衡量個人意見真偽，政府或者人民不得借助輿論來鉗制個人的言論自由。媒體的功能非常不清楚的定義的情況下，美國開始走上了與英國不太相同的發展方向，這反應在廣播電視所有體制建立與管理制度的發展方面。美國媒體所處的環境是國家開始普遍商業化和西部拓荒時所遺留下來的個人英雄主義的流行。然而，蘇聯媒體在自己發展的頭三十年時間就確認了自己的發展模式，這種發展模式是建立在國家穩定的基礎之上的，它的特點就是俄國人經常期望的非常有秩序社會生活，這樣蘇聯媒體在發展中就不會出現任何意想不到的現象，媒體的功能也就被限制在傳播的角色當中，這樣的媒體還保留著沙俄時期的一些特色，這些特色主要體現在蘇聯文人基本上控制著媒體的發展進程，只要這些文人能夠配合國家建設，那麼在文章的寫作和報導上，國家是能夠給予一定的自由的。在 20 世紀世界歐美各國頭四十年的發展當中，在整體信息量還不是非常大的情況之下，這種媒體運作方式還是非常適用於國家機器的運轉。但英美國家卻經常處於摸索階段，有時在個別突發事件的影響之下，媒體還會突然改變自己的發展進程。試想，蘇聯媒體在先天發展模式固定的情況之下，媒體運轉很外地確定了框架模式，媒體體制固定不變的穩定反而是僵硬與缺乏變通，社會並不能長期滿足於媒體功能的固定不變，蘇聯媒體就應該經常糾正自己發展的方向，使之適應於快速發展的經濟與社會，停滯不前和大面積改變方向都是非常有害的。

美國第一批爭取聽眾定期收聽的廣播電臺是 1920 年問世的。半個世紀之後，美國的廣播電臺和電視臺的數量已四五倍於日報。在此間，無線電時代使用的礦石收音機以及國內發展成為調頻身歷聲收音機。1927 年美國電臺的數量增加到 733 座，電臺為了避免相互的幹擾，電臺在廣播頻帶的位置上不斷的移動，在美國的大城市這會影響到收音機的銷量，可是按照 1912 年的法律，美國商務部長赫伯特・胡佛卻沒有足夠的權力來解決一家電臺幹擾另外一家電臺的廣播問題。製造收音機的廠商也強烈要求政府出面整理問題嚴重的電臺頻道市場。

1922 年，在華盛頓舉行的全國廣播電臺會議（後來成為年會）敦促聯辦政府對為數有限的這些廣播頻道的使用加強管理，因為，美國的管理者認為頻道資源具有稀缺性，是一種公共財產，認為頻道資源與經營者的關係是一種委託關係而非所有關係直到，這也就是在技術層面上首先廣播電視的管理與執照發放就比報刊管理更為嚴格。現在，美國的媒體人仍持這樣的看法。1923 年新成立的全國廣播業者協會（NAB）也提出同樣的要求。此時，許多擁有電臺的美國報紙發行人協會也有同樣的要求。《芝加哥每日新聞》的沃爾特・斯特朗（Walter A Strong）擔任了聯邦電臺發的協調委員會的主席，他在經過多年努力之後，終於在 1927 年 2 月美國國會通過了《無線電法》。該法要求建立一個授權管理一切無線電通訊形式的 5 人聯邦無線電委員會，聯邦政府控制著一切頻道，委員會具體負責頻道的使用辦法為期 3 年的執照。只有在有利於公眾、方便受眾、方便於公眾、或者出與公眾的需求的前提之下，能夠提供公正、有效、機會均等服務的電臺才會獲得執照。

聯邦無線電委員會運用自己的行政權開始消滅在廣播頻道上出現的混亂，美國電臺此時減少了近 150 座，在此後的十年間，美國電臺的數量總體始終保持在 600 座左右的水平。同時，委員會設立了一組「清晰頻道」，每一個頻道只允許一座電臺在夜間使用。1947 年有 57 座「清晰頻道」電臺，它們是為了使鄉村地區毫無障礙地接受某一強大的大都市電臺的節目而建立的。在這 57 座電臺當中，有 55 座是各廣播網擁有的或附屬的。這一特色非常符合美國商業化媒體的發展趨勢的，從美國鄉村收聽到廣播從商業化角度上看，這是沒有任何商業利益的行為，但美國政府非常巧妙地將公眾資源進行強勢分配，最後美國廣播網在「肥瘦搭配」搭配的情況下接受政府的政策。這可說是美國政府與媒體發展的典型特色，這個特色就是：在政府強勢、有效管理和受眾強烈需求的情況下，媒體自由發展。兩者時常相互矛盾時常利益統一，三者在矛盾中前進發展。

美國報紙新聞報導中的煽情主義在第一次世界大戰之後捲土重來，這如同 1833 年便士報的出現，1897 年普利策和赫斯特的競爭使新式新聞事業發展到高潮時，那個時代是適應這種迎合民眾的煽情手法，煽情新聞的出現基本上是美國報紙擴大讀者和影響力的簡單有效的方法，報紙的讀者從少數關心政黨的讀者群擴大到社會各個階層的讀者群。在 1919 年至 1926 年的 7 年間，紐約市有 3 家報紙出現，這幾家報紙贏得了 150 多萬讀者，但也沒有過分妨礙原有報紙的銷路。美國產生煽情新聞有兩個必要的條件就是：廣泛的攝影技術和小報風格的適應性。

在 1919 年當時在紐約，美國報人對煽情新聞、偏重娛樂性和運用大量插圖將在讀者中間造成大量影響並沒有很好的認識，但在第一次世界大戰結束之後，美國人普遍存在厭戰的情緒，對於品味低下的煽情新聞的需求量還是非常大的。對此《紐約時報》編輯主任卡爾・范安達（Carr V. Van Anda）認為：《每日新聞》（Daily News）可以達到並滿足廣大讀者的要求並爭取讀者，這份報紙的銷售量可能達到 200 萬份。在該報總編輯派特森的領導下，1924 年《每日新聞》的銷量已達到 75 萬份，該報成為美國銷量最大的報紙，到 1929 年，這個數字又上升到 132 萬份，這是在紐約其他日報的總銷量沒有發生變化的情況下達到的，在第二次世界大戰前，它的銷量已突破 200 萬大關。

1929 年美國華爾街的股市全面崩潰，經濟陷入大蕭條階段，此時總編輯派特森對他的記者和編輯講，這次經濟蕭條是對美國人民生存影響的重大新聞，這並不意味著《每日新聞》就會停止報導罪行和色情消息的特稿了。他們在國家陷入危機的時刻，該報以嚴肅新聞手法大量報導陷入困境中的人們，在整個三十年代，派特森是羅斯福新政的堅定支持者。但在 1939 年之後，該報與白宮的關係惡化，該報反對羅斯福過分捲入第二次世界大戰，這使得該報成為孤立主義的代表。主編派特森不信任總統的外交政策而導致他與政府完全對立。1946 年在他去世之後，《每日新聞》由麥考密克上校管理，而業務則由原班人馬主持，但在都市報紙普遍處於保守狀態和電視媒體的衝擊，美國的煽情新聞逐漸走向低潮。

在二十世紀三十年代，羅斯福新政為整個的美國社會帶來了社會公正和經濟安全，美國在經濟大蕭條之後，政府開始擴大了對社會經濟事務的參與。此時，在美國非常強勢的自由主義開始對於媒體的運作及新聞報導進行非常尖銳的批評，但早期的美國報紙批評家們的批評重點一直放在報紙的文化和社會價值上，但在三十年代批評則主要放在政府的政治權力上。羅斯福新政的支持者指責許多報紙全面反對社會經濟改革，這種反對帶有強烈的政黨偏見，對那些在投票選舉中大獲全勝的自由派來講，報刊對變革和民主決定做出的反應看來常常是冷淡的，自由派的憤怒主要是發洩在那些被人稱為」報閥」的發行人身上[6]。在金融危機發生後的 1932 年，華爾街的股票市值只相當於 1929 年股票市值的 11%，倒閉的企業總計達 86,000 家，失業的人口超過 1500 萬，仍在上班的職員每週只掙 16 美元，全國 1/4 的人口根本沒有收入。倡導極端個人主義的胡佛（Herbert Hoover）總統為大企業提供了建設性的財政援助，但對於平民卻一毛不拔，他還曾下令道格拉斯．麥克亞瑟（Douglas Macarthur）將軍的士兵用槍彈和棍棒把衣衫不整的所取退伍補償金的退伍軍人趕出華盛頓，這一不光彩的事件得到了報界普遍的諒解。

美國新總統羅斯福在 1933 年 3 月 4 日就任前，全國大多數的銀行都已關閉，國家經濟陷入停頓，羅斯福在就職演說中提到：我們唯一的憂慮是我們本身。在隨後的 100 天內，羅斯福開始了通過廣播網播送的《爐邊談話》(friend chat)，在節目中羅斯福講：我想與美國人民談幾分鐘銀行的問題。羅斯福在闡述完自己的對於美國銀行未來的發展的意見之後，一場全面的銀行和金融改革接踵而至。在 1933 年至 1935 年間的一系列立法包括：成立聯邦儲蓄保險公司，以確保銀行存款；成立工程進度管理署，向靠政府救濟的 1/6 人口提供幫助；成立國家復興署，以刺激工業生產；成立農業調整署，以穩定農業價格；以及成立證券交易委員會，以調整金融市場。1935 年的《社會保障法》(Social Security Act）和 1935 年《瓦格納勞工法》(Wagner Labor Relations Act）是個人和就業保障的基石。對於這一些，在 1932 年和 1936 年的大選中，美國全國只有 1/3 的日報發表社論支援新政，其中有影響力的報紙不多，羅斯福遭到了保閥門的公開辱 [7]。1936 年由 2000 名最富裕的美國人所創建的自由聯盟指責羅斯福新經濟政策中含有過多的國家幹預成份。

---

[6] Betty Houchin Winfield, "Roosevelt and the Press: How Franklin D. Roosevelt Influenced News-gathering,1933-1941", PhD thesis, University of Washington 1978,P46.

[7] Schlesinger Arthur "The age of Roosevelt", volume 2,Boston:Houghton Mifflin 1957.

羅斯福在任職期間建立了與新聞界非常牢靠的關係，他經常在辦公室裏不拘小節會見記者，他無拘無束、觀點鮮明，在他執政的 12 年裏共接見記者 998 次，平均每年 83 此。著名的爐邊談話在其第一任內總共進行了 8 次，但他卻舉行了 340 次記者招待會，他加強了總統與人民的直接對話的機會，可以看出爐邊談話基本上是羅斯福政策宣示的前兆。

三、二戰後美國新聞傳播模式與媒體專業化軌道的建立

美國新聞業在 20 世紀頭三十年的發展過程當中基本上還沒有觸及新聞體制的問題，美國對於新聞的觸及點主要是廣播的管理和技術，美國的新聞理論核心思想基本上還是以約翰・彌爾的《論自由》為主。在整個 20 世紀頭三十多年的發展中西方媒體並沒有完成自己的理論建設，早期在傳播方面的研究首先是從口語傳播開始，而對新聞專業化與模式化最先產生影響的是美國學者哈樂德・拉斯維爾（Harold Lasswell, 於 1978 年 12 月 18 日去世）在 1948 年出版的《Politics: Who Gets What, When, How.》一書中提出的五個「W」的模式，誰（Who）、說了什麼（Says What）、通過什麼渠道（In Which Channel）、對誰說的（To Whom）、產生了什麼效果（With What Effect）。拉斯維爾基本上對於在二次世界大戰後的媒體新聞發展特色總結出了一個基本的規律，但是拉斯維爾的傳播模式在於他只對於如何產生新聞本身做出了總結，使新聞成為事實的客觀反應成為新聞專業化的必然原則，此後媒體面對越來越緊密的社會關係與人際交往以及國際交流，如果在大量或者現在的海量新聞存在的情況之下，拉斯維爾的模式就不能進行全面概括，國家與個人都不再滿足於新聞的客觀功能，因為在海量新聞存在的情況之下，新聞本身的模式變得並不十分重要，對國家政府而言，重要的是越來越強大的媒體的新聞運作已經會影響整體國家的運行，在美國媒體已經被認定成為第四權的強大階層時，在其他國家媒體的從業人員也成為了一個非常獨特的階層，可以說，拉斯維爾模式基本是對美國在三十多年的媒

（Schlesinger Arthur, 美國歷史學家，1918 年出生於美國哥倫比亞，1966 年以《帝國時間》傳記獲得普里茲獎）

體發展進行的一個總結，後來美國的傳播模式都是從這個模式基礎上進行發展。

許多人將拉斯維爾的五個「W」傳播模式只是套用在新聞寫作的基本要素上，從製造新聞的角度來講這是最重要的技術層面，但事實上拉斯維爾建立五個「W」傳播模式有重要的目的並且也產生了重要的影響，拉斯維爾的五個「W」傳播模式不僅是為了新聞寫作，五個「W」傳播模式最大的貢獻在於建立了新聞專業操作的軌道。首先在二戰期間，美英聯軍等國非常防範德國所釋放出來的消息，許多消息本身都是假的，假新聞滿天飛會影響盟軍軍人的士氣，試想當時德國媒體在希特勒執政期間完全被希特勒政府接收控管，此時的德國媒體由於戰爭需要都是完全由政府控制的，當時媒體的角色功能完全沒有專業化可言，媒體的職能與國家安全機構的職能相互混在一起的，法新社的前身是法國哈瓦斯通訊社，由於在二戰期間被希特勒控管，使得新聞原則喪失，沒有新聞公正性，使得戰後美英法三國不得不決定關閉哈瓦斯社，重新建立法新社，儘管後來法新社的地位不如哈瓦斯，法國在世界的上整體的新聞社的地位自然也讓位於美國的美聯社與英國的路透社，但是法國不允需這樣存在汙點的哈瓦斯社繼續存在影響新聞的公正性，因此重要的媒體都是非常珍惜新聞名譽的，這也是新聞的特點。

參照拉斯維爾模式中的*通過什麼渠道（In Which Channel）*的標準，二戰期間作為新聞傳播的渠道的德國媒體（*通過什麼渠道?*）並不能稱做嚴格意義上的專業媒體，並不專業化的媒體所發佈的消息不能稱做嚴格意義上的新聞，這種新聞都不是新聞，更多的謠言或是煙霧彈，目的是要混淆視聽，此時拉斯維爾模式中的*誰（Who）*、*說了什麼（Says What）*就非常關鍵，美英等國首先必須核實關於德軍方面消息的確實消息來源（*誰？*）以及消息本身的真實性如何（*說了什麼？*），並且拉斯維爾模式中*對誰說的（To Whom）*都不是專業媒體要求的面向社會大眾，從拉斯維爾模式中*產生了什麼效果（With What Effect）*，當時希特勒政府的目的不是讓媒體新聞服務社會大眾，而是要擊潰英美國家（*產生了什麼效果？*），新聞被定為專業化就是要面向大眾，目的就是要擺脫媒體新聞變成像希特勒政府把新聞與機密混在一起，當時的新聞與宣傳混在一起，從建立媒體專業化的角度而言新聞不應該等於宣傳（news≠propaganda）。

這個軌道的建立最終的目的要是借著新聞從業人員專業化之後讓媒體操作簡單化，媒體只須向專業負責而無須負責政府利益或是國家利益與國家安全等複雜的問題，媒體專業化的好處是可以避免媒體與政府直接掛勾之後可能出現的獨裁者或是專制國家，也就是防止歐洲國家或是美國出現希特勒或是莫索裏尼這樣的可怕的瘋狂獨裁者。因為媒體與新聞專業化之後，媒體的職能責任就與國家政府的責任職能正式分開，媒體不會容易只是成為一個利益集團或是個人的工具，這樣就會避免出現希特勒這樣的狂熱分子去侵略別的國家和在國內剷除異己這樣的悲劇。因此，拉斯維爾的五個「W」傳播模式在二戰這樣的時代背景之下的建立，首先確定了新聞模式化和專業化原則，影響媒體發展成為了獨立於執政者之外的一個特殊階層。當然，連美國政府在戰爭時自己都無法完全做到不干涉新聞自由，但是二次世界大戰之後，新聞專業化的模式確定之後的最大好處就是避免國際之間產生戰爭或零星的衝突摩擦，在國內就是避免獨裁者產生造成的悲劇。希特勒執行的大日爾曼民族的優生政策，猶太人成為劣等民族，大量遭到大面積的屠殺幾乎被希特勒滅種，同時中國人遭到日本人的屠殺，世界各國至今不敢忘記侵略者帶來的世紀悲劇。在當時的時代背景中若是國家政府與新聞媒體的職能屬性不能夠分開與確定下來，這樣產生的後果是許多人所不敢想像的。但是 21 世紀的國際環境在美國單邊主義的執意進行之下，美國政府已經破壞新聞自由存在的體系，新聞自由理論需要再進行修補調整，此時媒體已經無法在彌補文明衝突之間發揮由於媒體自主性所具有的溝通空間與平衡角色。

二戰後與拉斯維爾在 1948 年出版的《Politics: Who Gets What, When, How.》建立新聞傳播專業化軌道比較，維納（Nobert Wiener）在 1948 年出版的《控制學：生物與機器的控制與溝通》（Cybernetics：Control and Communication in the Animal and Machine）一書中提出了兩個影響媒體科技傳播與人際傳播互動非常深遠的重要的概念：傳播的統計學基礎和反饋（feedback）。這兩個概念則更加突出了新聞的物理特性和受眾之間的關係，到現在這兩個概念還是非常受用的。「Cyber」的概念源自希臘文 kyber，意指「舵手」，其原意指人與機器之間資訊的相互反饋需要一再調整，好象舵手靠岸時要一再調整方向。控制學和現代電腦均是二次大戰的產物。當時，威納為美國軍方設計制空火力網，才發展出一套立基於「關聯性」的理論。其主要論點在於，如果要精准地預測敵方戰機的航道，不能只考慮其規則的行跡，而必須紀錄所有無法預測的可能性，將所有」隨機」的資訊載入並精確地計算，將人與機器之間的資訊相互反饋一再調整，得出最終的結論。不重分析性，卻重關聯性，一個系統內看似無關的資訊的互相關聯，就是控制學的最大特色。威納進一步將控制學的概念延伸為一個跨學科的哲學體系，超越了原本的軍事用途。控制學演變為一種全新看待生命的方式。威納認為，電腦是最接近人腦的裝置，是一種有學習能力的機器，可以針對環境回饋（feedback）的訊息變化，一再自我調節以適應環境。這個概念後來啟發了利克萊德（J.C.R. Licklider）一連串互動式電腦的構想，並間接催生了 Internet 的前身——ARPANET。控制學本身就是一門結合數學、物理、資訊、生物、哲學、社會科學的跨學科領域，影響了我們所熟知的人工智慧（AI）、神經網路（neural network）、動力學〔dynamical systems〕、混沌理論（chaos）的發展。

四、西方媒體的新聞自由原則陷入僵硬化困境

二次世界大戰之後，隨著歐美各國專業媒體逐漸步入軌道以及各國的政權交替逐漸趨於正常之後，歐美各國的傳播學者開始逐漸關心本國的政治如何操作以及政黨如何進行輪替的問題上來，國內的政治問題成為傳播學者建立模式的物件，學者關心的主流問題逐漸從國際間又拉回到國內的問題上來，拉斯維爾的模式就開始無法解決國際和平期間之後各國複雜的政治問題。自從美國在 2001 年 9 月 11 日遭到恐怖份子襲擊以來，911 事件後美國執行的單邊主義以及美國發動戰爭之後造成新國際衝突和種族文化衝突所形成的新國際環境。此時，美國政府並不想遵從新聞要求獨立自主的專業化原則，拉斯維爾的五個「W」傳播模式並不是美國政府所堅持的新聞原則，因為這時候美國政府絕對是希望新聞媒體參與到國家進程當中來，就如同俄羅斯普京總統絕對是希望新聞媒體要參與國家利益的保護和恢復俄國強國地位的運作上來，因此當美俄

兩國的國家安全再度遭受恐怖主義的威脅挑戰時，傳播理論建立的專業化原則就會面臨到政府操控的挑戰，從新聞專業化的角度而言，傳播學者自然會擔憂國家政府過度參與到媒體運作的過程當中媒體過度國家化所造成的後果，此時，美國的媒體與政治人物更加多的利用報導中對政治人物出現的缺點以及報料揭弊的方式來爭取可能多一點的新聞自由與專業自主的原則，維持新聞媒體在爭取到第四權力之後屬於他們的一點尊嚴與地位。

2005 年 5 月 9 日，美國《新聞週刊》瞭望欄目中刊登了一篇通訊報導，題為：基地摩：南方指揮司令部攤牌（Gitmo:SouthCom Showdown）。在這篇報導中，其中一句話描述了美軍審訊官褻瀆《古蘭經》的情節，導致了從阿富汗引爆到其他穆斯林世界所有信眾的憤怒和抗議，結果在各地抗議的暴動中至少有 15 人喪生，上百人受傷。這股穆斯林的怒火一直延燒到美國，引起華府官員的高度緊張，美政府斥責該刊不應該在調查證實此事之前就報導這一消息。15 日，《新聞週刊》編輯惠特克在考慮事態嚴峻之下緊急出面澄清說明，他說：「我們對報導中任何不準確之處表示道歉，並向由此事引發的騷亂受害者和受到牽連的美國士兵表達同情。」對於《新聞週刊》報導美軍褻瀆《古蘭經》所引起的風波，我們一方面可從媒體監督政府失職的第四權角度來看。揭露政府弊病，是美國在都市化過程當中所賦予媒體新聞自由的同時所應承擔的重要社會責任，而有些國家在整個的國家進程當中比較缺乏都市化進程，所以這些國家比較少考慮新聞自由；另一方面，軍方虐俘醜聞錯在美國政府對此事調查的延宕縱容。總體而言，穆斯林對美國的憎恨，來自美國對其他文化的漠視與傲慢，以及對他國主權的干涉，這些是以美國為中心論的單邊主義所造成的悲劇，責任應由美國布希政府來承擔，美官方不能將此事件完全歸咎媒體的公開報導。

《新聞週刊》此時陷入尷尬境地至少有兩個層面：消息來源的可信度與官方的公開批評。首先，《新聞週刊》引用了匿名消息來源的說法，證明瞭管轄關塔那摩灣基地監獄的南方指揮司令部確有一份備忘錄，詳細記錄了虐俘行為。撰寫（Gitmo: SouthCom Showdown）的兩名資深記者：調查性報導記者——麥可伊斯可夫和週刊國家安全特派記者約翰巴瑞，他們曾經將草稿在刊登之前拿去給一名國防部高級官員看，並且詢問報導是否正確。從媒體記者正確報導的角度來看，《新聞週刊》仍做到不是空穴來風的新聞真實性的專業追求。但是問題出現在，當美國政府仍保持緘默以及不願意對虐俘事件進行起訴之際，美政府基於國家安全考量是不會主動將資訊公開給媒體的。其次，這樣一來，控制消息來源的政府，必定與媒體記者處於某種緊張對立的關係中。記者若不能正式從當局口中證實消息的準確性，記者只好從相關的官員當中來證實報導的可能性。這樣得出的報導，就面臨有一些事件情節的不確定性。這是《新聞週刊》報導美軍虐俘事件並且監督美國政府舉措的兩難困境。

《新聞週刊》的這篇報導指出：關於調查美國在關塔那摩灣基地監獄中軍方在審訊過程中虐俘的事件，美調查人員證實了確有違法行為，據稱是去年底由美國聯邦調查局內部電子郵件中暴露出來此一資訊。在許多先前尚未報導的案例中，消息來源告訴《新聞週刊》：審訊人員為了逼問嫌疑犯招供，把《古蘭經》沖進馬桶中，還用狗項圈與狗鏈子拴住一名監禁者。一名軍方發言人證實，10 名基地摩審訊官由於對待囚犯偏差而遭到懲戒。這些虐囚的偏差行為還包括了性騷擾，例如一名女性審訊者脫去上衣，坐在一名囚犯大腿上且上下其手，另一名女性審訊者甚至用手指沾著經血擦拭囚犯的臉頰。這些細節是由一名監獄翻譯人員在出版新書前夕所透露的。此外，《新聞週刊》還根據熟悉的消息來源指出，美方調查人員正在調查前基地摩指揮官米勒將軍，看他是否對虐囚事件知情以及他是否曾經採取行動防範此類事件的發生。不過消息來源不願對米勒將軍是否涉案的調查報告發表任何評論。《新聞週刊》的某些虐囚細節的描述，從引發讀者對現場事件的連結角度而言，的確是讓讀者感受到彷佛當時記者就在現場看到此事的這般生動。不過褻瀆《古蘭經》必定引來穆斯林受害者同胞的羞憤！在穆斯林反美風潮此起彼落的浪潮中，《新聞週刊》卻未受到穆斯林的特別指責，無怪乎有人認為是《新聞週刊》刻意給布希政府添麻煩的陰謀論傳出。此時《新聞週刊》恐怕要在煽情報道與職業道德上做出進一步的檢討，在報導敏感議題上找出新的報導方法。

《新聞週刊》在 5 月 17 日一篇《怒火如何爆發》（How a Fire Broke out）的文章中提到，《新聞週刊》並非第一家媒體報導褻瀆《古蘭經》的事件，去年在英國與俄羅斯媒體都有相關的報導。難怪香港鳳凰衛視新聞報導曾用「倒楣」一語形容該刊。事實上《新聞週刊》報導的時機正值阿富汗政情最為複雜的時候，塔利班政權的殘餘勢力成為親美卡紮伊當局的反對勢力。他們藉這次事件煽動穆斯林的大學生發動「保衛聖書」的抗議活動，在卡紮伊出訪美國前夕製造混亂，以打擊卡紮伊過於親美的行為。此外，阿富汗農民賴以生存的經濟作物——罌粟，受到美國為防止海洛因出口而削減產量的控制，無疑使戰後已陷入經濟困境的阿富汗更加感到雪上加霜。在這個戰火連綿、貧窮饑餓的國家，種植罌粟成為阿富汗人民主要的生計來源，這已是不爭的事實。阿富汗事實上早已成為恐怖主義的訓練場所，在塔利班政權執政時，利用出口毒品獲取的資金來訓練伊斯蘭武裝分子。但是美國對阿富汗的干涉行為，只會激起貧窮落後國家的民族主義情緒，利用褻瀆《古蘭經》打擊俘虜也只會引起民族仇恨。總體而言，《新聞週刊》並未採取解除報導者職務的激烈手法，因為這樣做會打擊到該刊新聞工作者的士氣。再加上《新聞週刊》在美國入侵伊拉克以來，一直都採取揭露軍中弊端的態度，尖銳的調查性報導經常遭到布希政府與官方的指責。因此，《新聞週刊》不願意在此時被官方趁機打擊自己的報導信譽。因此，道歉的對象乃暴力受害者與美國士兵。當然這一事件引起美國媒體同業高度的關注，未來美國媒體會採取怎樣新聞報導的原則，還有待觀察。

2005 年 9 月美國爆發卡特裏娜颶風，早前連日襲擊美國南部數州，截至 9 月 20 日為止，確認的死亡人數達到 973 人，颶風造成 27.4 萬人流離失所，40 萬美國人可能因此失去工作，更有美國議員估計損失將會達到 4000 億美元，全市被淹沒的新奧爾良市的全體市民將撤離至少數個月。這應是將近百年來美國最嚴重的天災。美國總統布希提前兩天結束假期來處理風災事務。他乘總統專機在高空視察部分災區，回到白宮進行電視廣播說，這次風災是「美國歷史上最嚴重的天然災害之一」。布希估計：災區的重建，料需數年，美國在災區地面上需面對的各種挑戰，是前所未見的。1906 年美國三藩市大地震估計的死亡人數由 500 至 6000 不等，而 1900 年得州的大風災據稱也奪走了 6000 至 12000 條人命。因此，單以傷亡數字論，卡特裏娜風災堪稱將近百年來最大的天災。

現在看來，這場風災本身對於美國人來講是非常不幸的，但它卻暴露了美國在上個世紀克林頓執政期間高經濟發展之後，布希一再強調單邊主義和反恐政策所帶來的社會非平衡發展的現狀，布希在這五年的執政期間在國家經濟發展方向上最終選擇了全力發展大型企業的模式。在「9・11」事件之後，布希發現了美國經濟發展的新路子或稱新模式，這就是利用美國在電子和網路產業取得的優勢地位，使美國的傳統產業得以復蘇。這種復蘇的方式是一種現代與傳統相結合的方式，比如美國在本土的工業、電子業基本上已經外移的情況之下，美國國民經濟的發展已經全面減少對於石油的需求，美國在進入伊拉克之後已經全面控制了全世界大部分的油田，在全世界的石油期貨市場上美國可以製造人為性的石油高需求，另外再加上在期貨市場上美國基金的全面介入，石油成為隨著美國經濟發展起舞的工具。據相關媒體報導，在這場石油價格戰中，其實主要有三個大的美國基金在期貨市場上翻雲覆雨。這樣在沒有經濟增長的情況之下，美國硬是通過戰爭找到了全面控制石油的權力，隨後美國最重要的石油產業由此而獲得重生，並開始獲得巨大的利益。這對於美國的大資本企業來講確實是一件好事，但布希的這種經濟發展模式取得成功的前提一定是國內整體環境非常穩定。在這場颶風吹過之後，布希罔顧民生的經濟發展模式的弊病已經完全暴露在大眾的面前。

總統布希在自己外交政策中過度強調反恐和冷戰時的對手，而對於國內問題布希卻疏於管理。這主要是布希認為國內問題並不會帶給自己選票，美國現在的總統選舉基本上已經成為少數人的選舉，這是因為每次總統選舉中有效選民的人數都不超過 50%，這樣只要選舉候選人抓住少數選民中的多數偏向自己思想和信仰的選民，就可贏得大選。如果贏得選舉不靠多數選民的話，美國總統必然會服務於少數的選民，這使得布希對於美國的經濟發展有了一套自己的模式，這種模式基本上是各種外交思維和單邊主義的複合體，這主要包括用單邊外交思維來擴大美國在全球的利益，這包括美國在伊拉克開展的戰爭。在戰爭之後，美國開始左右全球石油的價格，在短短的一年時間，全球石油的價格已經飛快上漲到 70 美元左右，這是全世界企業家都難以想像的。這其中一個非常主要的原因就在於美國在克林頓主政時期，代表新經濟的電子和網路產業已經達到了頂峰，布希在接任總統之後，如果再想有所突破的話，是非常不可能的任務，這時石油這一傳統的戰略資源再次成為美國的武器。

在這次風災中，美國聯邦緊急事態管理局（FEMA）全面負責救災工作，但該局局長邁克爾?布朗在 9 月 9 日辭職。美國《時代週刊》在布朗被解職的前一天披露，布朗在個人簡歷中捏造了指揮救災的實際經驗。在「911」事件發生之後，FEMA 併入新成立的國土安全部，這間接表示防災已讓位於反恐。《紐約時報》發表文章表示，國土安全部全部預算的 80%用於預防恐怖襲擊，20%用於化解災情，而如果國土安全部連一場自然災害都應付的如此糟糕，那又如何奢談反恐呢？美國有線電視新聞網的調查顯示，人們對布希的不滿主要表現在兩個方面：在颶風到來前重視不夠，颶風到來後又低估了災情。

布希在執政期間一直都存在著另外一個問題：就是美國的大部分精英分子一直是反對布希的單邊主義，並且在不同場合都對布希表示了不滿。這裏最主要的問題就在於布希為了連任而開始忽視美國國內的建設，在外人看來美國現在已經是完美無缺的了，但很多的有識之士都認為美國內部還是有很多的問題尚待解決，比如美國問題最多的醫療制度改革，美國的醫院可以說是醫療費最貴的國家之一。美國政府與知識份子階層的矛盾現在出現的問題就是美國知識份子的意見在政府官員看來是空洞的，如果布希政府不發動伊拉克戰爭的話，美國將會有大量的預算用於美國的基礎建設。但問題是如果政府投入這些錢的話，這些基礎建設並不會為美國帶來太多的經濟增長效益，而如果美國對外採取戰爭的話，戰爭會為跨國企業帶來大量的訂單，美國將會再發一次戰爭財。

今年是美國「911」事件 4 周年，美國發動的「反恐戰爭」也進入第 4 個年頭。但跟去年相比，「反恐戰爭」並沒有取得什麼新突破。可以說，美國民眾和學界對這一戰爭的前景越來越感到迷惘和困惑。美國在「9・11」事件之後逐步推出了以「單邊主義」和「先發制人」軍事打擊為特點的策略，這不但構成了美國的國家安全戰略，也成了美國「反恐戰爭」的指導原則。但事實證明，無論是「單邊主義」還是「先發制人」的軍事打擊都行不通。美國雖然輕而易舉地推翻了薩達姆政權，但由於缺乏聯合國、國際機構和世界各國的有力支援，在伊拉克重建問題上屢屢受挫。在伊拉克戰爭問題上的慘痛教訓使美國政府不得不在「單邊主義」和「先發制人」的軍事打擊問題上加以反思。美國總統當初還認為沒有人能夠預料到新奧爾良市的防洪堤會決口。但事實是，路易斯安那州立大學工程師約瑟夫?舒豪伊道近幾年來曾屢次警告說，新奧爾良市的防洪堤可能垮塌。《新奧爾良時代花絮報》於 2002 年刊登的長篇連載文章甚至預測了防洪堤決口後的情景。文章說，20 萬或者更多的居民將無法疏散，數千人會死亡，人們將在體育場棲身，由於道路被洪水衝垮，救援人員將無法到達市區。遺憾的是，警告沒有引起政府重視。結果，這篇文章中彷佛聳人聽聞的預言如今在新奧爾良一一應驗。

現在新聞學的研究上我們也可以發現美國政府對於新聞學的影響。聯合國教科文組織所屬的一級學會 IAMCR 在 2005 年 7 月所主辦的臺北年會上，著名學者、教授道格拉斯・康乃爾就在大會的主題發言當中用了近半個小時的時間直接諷刺現任總統在任上的作為。他認為在布希總統執政的這段時間，美國新聞學的發展已經完全轉移到反恐的議題上來，新聞的發展如何配合政府的反恐行動。但在大部分歐洲國家的新聞學研究還都集中在電視的體制、報紙的影響力和國家的互動上，他本人表示不知道這對於美國來講是一種進步還是退步，但他本能的認為這樣會使本來已經非常商業化的電視節目會在這樣的緊張氣氛當中加速庸俗化，這是美國新聞研究學者所不願意見到的。在聽道格拉斯?康乃爾教授的報告時，使筆者想到另一位紐約城市大學的副教授林達・珀勞特，她在廣州暨南大學的報告中同樣提到這樣的問題，在她報告的同時還有美國駐廣州的領事館官員旁聽，在這種情況下林達?珀勞特還沒有停止對於布希政府的指責，看來美國政府官員與知識份子之間的隔閡已經開始逐漸擴大。

2006 年新年伊始，國際間西方媒體為自己造成最大的麻煩與危機就是刊登轉載褻瀆漫畫，漫畫風波的基本背景是自從 2005 年 9 月丹麥《日德蘭郵報》刊載褻瀆伊斯蘭教先知的漫畫，並且西方許多報刊媒體陸續轉載之後，世界各國的穆斯林有串聯抗議越發升高的趨勢，熾熱的抗議風潮震盪到各國領導人紛紛發表對事件的態度與立場。西方的自由主義新聞理論從建立成型至今正在陷入最大的危機階段當中。21 世紀的國際環境在美國單邊主義的執意進行之下，美國政府已經破壞新聞自由存在的體系，新聞專業化理論自從二次世界大戰之後美國傳播學者拉斯維爾建立的五個「W」模式開始，基本是對美國在三十多年的媒體發展進行的一個總結，後來美國的傳播模式都是從這個模式基礎上進行發展。此時此刻西方媒體尤其是美國媒體已經無法在彌補文明衝突之間發揮由於媒體自主性所具有的溝通空間與平衡角色。西方媒體需要重新調整新聞自由僵硬化原則所導致為西方國家所帶來的衝突危機。

中國外交部發言人孔泉 2 月 7 日在北京答記者問時說，西方有關媒體刊載褻瀆伊斯蘭教先知穆罕默德形象的漫畫，違反了不同宗教與文明之間應當相互尊重、和睦共處的原則。2 月 9 日，香港警務處長李明逵響應媒體時表示，香港警方留意到自從歐洲報章刊載諷刺伊斯蘭教先知漫畫引發穆斯林世界的不滿以來國際間有暴力抗議，因此對部分領館提高了保安安排，且不否認香港的傳媒機構及領館不時會接到恐嚇電郵或電話。波蘭《共和國報》轉載漫畫之後，波蘭總理已就此事向波蘭的穆斯林道歉。新西蘭總理克拉克 2 月 7 日說：「數家新西蘭傳媒決定刊登備受爭議的先知穆罕默德漫畫，是把國民置於危險。」丹麥首相拉斯穆森說：「我們正面對一場不斷擴大的全球危機，可能會激化成政府和其他當局無法控制的局面。」他認為，事件發展到目前這個狀況，正在被極端分子所利用。美國總統布希 2 月 8 日在白宮會見約旦國王阿卜杜拉，雙方就中東地區熱點問題及有關褻瀆伊斯蘭教先知穆罕默德漫畫問題交換了意見。布希在會談結束後對記者說，美國主張新聞自由，呼籲世界各國政府制止那些為表達對這一問題的強烈不滿而採取暴力活動的行為，同時保護外交人員及其財產安全。對於伊朗暢銷報《Hamshahri》宣佈將舉辦一項納粹大屠殺的漫畫比賽，美國痛批伊朗媒體此一做法是「蠻橫倡狂」。美國國務院發言人麥考馬克說，伊朗暢銷報《Hamshahri》的做法，是為了強化伊朗總統艾馬丹加反以色列的惡毒言詞。麥考馬克重申，美國支援全球各地的言論自由。我們會發現西方各國領導人對於刊載漫畫仍有不同的看法，一種是道歉並且呼籲媒體停止轉載，另一種是聲稱極端組織有目的地利用漫畫事件刻意與西方國家敵對。新聞自由仍是美國重談得老調。

西方的自由主義新聞理論從建立成型至今正在陷入最大的危機階段當中，不論是美國國安系統介入傳媒領域或是總統布希召見美國大報主編，還是丹麥褻瀆伊斯蘭先知漫畫且經西方報刊轉載，都再再顯示自由新聞觀的僵化導致國際間戰爭爆發與衝突頻傳。在研究西方新聞事業史與新聞理論建立成型的發展進程中，媒體的角色功能以及媒體與政府應該是什麼關係成為最重要的問題。從英國爭取出版自由的過程中可分為三個階段，第一個階段是從 16 世紀到 17 世紀，西方媒體首先是向執政者爭取出版的機會，主流報刊是政府的喉舌，敵對刊物走入地下或是被政府消滅，第二個階段是 18 世紀到 19 世紀，西方政府逐漸放鬆出版限制條件，轉而以稅收和訴訟的手段限制報刊的發行量和報刊的內容言論，報刊遂轉而向執政當局爭取取消印花稅和對刊物內容的訴訟懲罰，西方媒體此時有更多的空間可以在政黨與利益團體出現爭取政權時充當喉舌與工具，媒體資金來源依靠在這些政黨與利益團體身上。第三個階段是 20 世紀至今，媒體在商業化過程中媒體經營管理者與他們相關的利益集團利用媒體獲取政治權力與商業利益，媒體成為他們影響政府角色的工具，當然媒體的角色比較多元化，可以同時扮演國際政府之間、以及政府人民之間的溝通協調和利益平衡的角。但是媒體由於在兩次世界大戰期間本身應該是怎麼樣的一個定位尚不是非常的清楚，支撐媒體發展的只是自由主義的精神，但是自由主義在兩次世界大戰中已經無法解決媒體欠缺新聞理論與傳播模式所帶來的後患，包括國家如何避免出現戰爭，以及國家如何防範獨裁者與侵略者瘋狂出現在世人的面前。

當穩定的西方國家一旦出現危機因素時，新聞對社會人民產生的效果和影響往往是政府關心的問題，不論是平時政黨與政治人物爭取政權需要有影響的媒體爭取選票，還是國家安全受到威脅時需要媒體團結民意，此時西方政府已經不再滿足於媒體獨立自主以及平衡社會利益的角色，政府更需要媒體參與到政府維護國家利益與國家安全的作用上來，例如美英隨軍記者的派遣以及總統與媒體高層直接溝通管道的建立，此時新聞自由已經不是被倡議的重點，因為自由媒體已經建立起防範獨裁者與專制政府出現的一套運作機制與報導模式，例如比較明顯的是反對黨消息來源向媒體洩密或是揭漏醜聞，新聞記者有追求新聞自由的天性，對於西方國家而言不用過於擔心新聞自由的問題，現在反而是思考媒體要如何在尊重新聞專業的同時參與到國家反恐的進程當中，例如當各國在轉載丹麥漫畫的同時，各國領導人紛紛希望媒體不要轉載漫畫，以免激化民族與宗教矛盾，由此可知，西方自由媒體仍需要擴寬或是調整一成不變的新聞自由的僵硬原則，參與到國家之間與民族之間修補宗教與文明衝突所造成的裂痕的運作進程當中。

第二節　列寧主義新聞觀的建構發展

俄羅斯聯邦於 1990 年 6 月 12 日被蘇維埃俄羅斯人民代表大會（Съезд народных депутатов РСФСР）宣佈成為一個具有國家主權的獨立國家（государственном суверенитете），以及 1991 年 12 月 25 日蘇聯總統戈巴契夫向全國人民發表最後一次電視講話之後，俄羅斯聯邦自從成立以來為了維持經濟的發展一直在充當西方國家資源供應地的角色，這是俄羅斯的悲哀。對此現在俄羅斯總統普京早已有所體會。早在列寧時代，列寧早就有所預見和避免。在史達林時代，史達林靠自己的力量實現了蘇聯國家的工業化，但在期間，蘇聯卻逐漸陷入黨組織管理的僵化和意識形態理論落後的局面。最後蘇聯在陷入僵硬的體制與戈巴契夫執政不力的情況之下，意外地被美國外匯圍堵的技術操作給解體了。然而，21 世紀初期，美國在發展單邊主義過程當中，在 2001 的 911 事件之後以及 2005 年 9 月發生的卡特裏娜颶風，這場風災本身對於美國人來講是非常不幸的，但它卻暴露了美國在上個世紀克林頓執政期間高經濟發展之後，布希一再強調單邊主義和反恐政策所帶來的社會非平衡發展的現狀，布希在這五年的執政期間在國家經濟發展方向上最終選擇了全力發展大型企業的模式。布希執政之後意外地暴露美國的國內治理以及媒體的自由主義陷入了僵化，只是在克林頓執政期高經濟發展將媒體在全球化體系中推向的全世界，擴大了美國傳媒霸權的地位，在美國強大傳媒的宣傳之下，營造了美國等西方國家的自由主義打敗了蘇聯的列寧主義。

從 2001 的 911 事件之後到 2005 年 5 月 9 日，美國《新聞週刊》瞭望欄目中刊登了一篇通訊報導，題為：基地摩：南方指揮司令部攤牌（Gitmo:SouthCom Showdown）。在這篇報導中，其中一句話描述了美軍審訊官褻瀆《古蘭經》的情節，導致了從阿富汗引爆到其他穆斯林世界所有信眾的憤怒和抗議，結果在各地抗議的暴動中至少有 15 人喪生，上百人受傷。這股穆斯林的怒火一直延燒到美國，引起華府官員的高度緊張，美政府斥責該刊不應該在調查證實此事之前就報導這一消息。再到 2006 年 2005 年 9 月丹麥《日德蘭郵報》刊載褻瀆伊斯蘭教先知的漫畫，並且西方許多報刊媒體陸續轉載之後，世界各國的穆斯林有串聯抗議越發升高的趨勢，熾熱的抗議風潮震盪到各國領導人紛紛發表對事件的態度與立場。西方的自由主義新聞理論從建立成型至今正在陷入最大的危機階段當中。現在看來，美國體制陷入僵硬造成的危機只比蘇聯晚顯現 10 年。俄羅斯目前正在重新建立一套取代美國單極主義的國際體系，普京總統重新建立一套俄羅斯參與國際體系的模式就是中國處理朝核會談的四方模式，例如在中東問題上，普京於 2006 年 1 月 30 日的倫敦會談中就提議建構「聯合國—歐盟—美國—俄羅斯的四方會談」，這個國際四邊體系將與美國單邊主義相抗衡，不過此時中國並無暇參與到中東的進程當中，在普京的國際體系建構之下，俄羅斯的崛起將成必然。

一、列寧主義建構蘇聯的國際體系架構

1939 年，列寧在紐約國際出版社（International Publiser）出版的《帝國主義：最高階段的資本主義》（Imperialism：The Highest Stage of Capitalism）一書中提出：壟斷資本主義等同於資本主義。在文章中他從四個方面推論壟斷資本主義的產生：第一，生產集中於康采恩、卡特爾、辛迪加和托拉斯；第二，對原材料來源的競爭性需求；第三，銀行寡頭的發展；第四，舊的殖民政策發生轉變，富裕的國家尋求在對弱國的剝削過程中擴大自己的經濟利益。列寧認為帝國主義是不可避免的。而且，在列寧的解釋當中，獲取壟斷利潤的工業資本家會收買一些工人，這些工人為了提高生活水平而和資產階級結成同盟，站到了受帝國主義剝削的工友的對立面。帝國主義是發展到壟斷組織和金融資本主義的統治已經確立、資本輸出具有特別重大的意義，國際托拉斯開始分割世界，此時最大的資本主義國家已把世界全部領土分割完畢。

列寧在發展布爾什維克黨的過程當中主要有兩個方面的貢獻：首先，他繼承並發展了一套組織理論，在這套理論當中，他提出共產黨是無產階級的先鋒隊，其目標是促進整個歐洲革命的來到。列寧在 1905

年出版的小冊子《怎麼辦》(What is to be done)中指出：要推翻資本主義制度必需要有一個強大的、組織嚴密的、充分發動起來的職業革命政黨，它必需經過嚴格的紀律訓練，隨時準備使用合法的和非法的手段執行最高領導層的命令；其次，列寧提出了一套帝國主義發展方向的理論，用以解釋由資本主義國家占主導的全球體系中的國家間關係。列寧在實踐中發現馬克思思想中不適應的地方，那就是資本家對世界貧窮國家地區的殖民統治和剝削提高了歐洲工人階級的生活水平，這使得歐洲工人階級的革命被延緩。

美國學者羅伯特・吉爾平(Robert Gilpin)的《全球政治經濟學》(Global Political Economy：Understanding the International Economic，Order Princeton University Press, 2001.)一書中指出，列寧把馬克思主義從一種基本上是關於國內經濟的理論轉變成一種關於資本主義國家之間的國際政治關係理論，而馬克思所描述的資本主義僅限制於西歐國家，但是在 1870 年到 1914 年間，資本主義已經演變成為一個充滿活力的、技術性的和逐漸是全球性的開放體系，而且馬克思所觀察到的資本主義主要是由小型的競爭性工業公司所組成，但到了列寧時代，資本主義經濟被龐大的工業集團所控制，這些工業集團又掌握在大銀行家族手中，對列寧來說工業資本主義被金融資本控制了代表了資本主義發展的本質和最高階段。

可以看出，此時的列寧主義的國家發展建設是建立在獨立自主的發展基礎之上，蘇聯的發展是不能夠建立在西歐國家的經濟體系當中的。假設如果蘇聯的發展是建立在西方國家的基礎之上，那麼蘇聯在西方國家當中的位置是什麼，儘管蘇聯不會成為西方國家的殖民地，但蘇聯一定是西方國家經濟體系當中最下一層，對此現在俄羅斯總統普京早已有所體會，在俄羅斯聯邦於 1992 成立之後，俄羅斯一直在充當西方國家資源供應地的角色，這是俄羅斯的悲哀。早在列寧時代，列寧早就有所預見和避免，在史達林時代，史達林靠自己的力量實現了蘇聯國家的工業化，但在期間，蘇聯卻逐漸陷入黨組織管理的僵化和意識形態理論落後的局面。

二、列寧建立新聞黨性原則與黨內監督機制

在十月革命前沙皇俄羅斯進行監督的主要途徑是通過政黨之間的競爭、鬥爭，通過媒體和輿論，以及出版自由、思想自由、揭露真相，實現社會對國家的監督。議會的選舉權與罷免權也是一種重要的監督。當實行一黨制之後，這一切存在的模式就發生了深刻的改變，沙皇俄羅斯的監督機制存在於專業機構和嚴格管理基礎之上，但在十月革命之後，蘇維埃政權在沒有大面積使用前政府留下的官員的基礎之上，蘇維埃自己的專業化文務官員在沒有養成的階段，人才短缺是非常自然的。此時如果我們簡單的使用媒體監督或者議會監督機制的話，那麼，蘇維埃革命所帶來全新政治新氣象將會在舊官僚的管理之下逐漸喪失，人民原來所厭惡的壓榨、貪汙等現象又會捲土重來，這是一個不能兩全其美的監督與被監督。列寧因此將監督的主要職能和責任寄託於黨和黨所領導的國家來負擔。列寧在提出增加中央委員會的人數外，還很快提出要建立對國家領導、中央、各機關的監督機制—改組工農檢查院及中央監察委員會。對此列寧口述了十幾次，歷時四個月零四天，這成為列寧最後的書信和文章中最長最重要的部分，這些文章包括：《我們怎樣改組工農檢察院—向黨的第十二次代表大會提出建議》、《寧肯少些，但要好些》。

對於黨的出版物的原則即黨的新聞事業的黨性原則的含義，列寧作了這樣的規定：黨的出版物的這個原則是什麼呢？這不只是說，對於社會主義無產階級，寫作事業不能是個人或集團的賺錢工具，而且根本不能與無產階級總的事業無關的個人事業。無黨性的寫作者和超人的寫作滾開！寫作事業應當成為整個無產階級事業的一部分，成為由整個工人階級的整個覺悟的先鋒隊所開動的一部巨大的社會民主主義機器的「齒輪和螺絲釘」。寫作事業應當成為社會民主黨有組織、有計劃、統一的黨的工作一部分[8]。

我們會發現普京對於列寧新聞觀採取的是一種部分繼承的做法，普京自從接班葉利欽的總統職位以來，面臨最大的挑戰就是車臣分離分子

---

[8] 童兵，《馬克思主義新聞經典教程》，復旦大學出版社，2002 年 11 月，第 131 頁。

對俄羅斯境內安全的威脅，車臣分離分子始終是美國箝制俄羅斯的一項重要手段。普京對於媒體總體的設想是媒體必須要參與到國家防範車臣分離主義對俄羅斯國家安全的進程上來，那麼俄羅斯媒體執行的職能與蘇聯時期黨的媒體在履行國家職能時就非常接近，但是普京執行的媒體是否會過度的國家化與政黨化呢？應該來說，俄羅斯媒體國家化的目的不是要為政府掩蓋錯誤而擔任政府形象的化妝師，如果是這樣的話，俄羅斯人民是不會接受普京這樣的做法的，而這樣的政府也不會為人民所接受的。因為在俄羅斯媒體進行專業化的過程當中，已經確定媒體的專業化職能是要與政府一起服務於社會大眾，換句話說，所有媒體報導關於政府資訊的發送與接收的最後目的都是要服務於人民的，這一點就與蘇聯黨的媒體將黨的利益絕對至於人民利益之上不同了，在俄羅斯媒體吸收西方自由主義的同時，已經將政府視為也會犯錯且必須受到監督的範圍當中。所謂專業化媒體就是一旦發生了事情，媒體就要報導這個事件，不會因為這個事件牽涉到某某政府機關單位或是領導就扭曲事件報導的目的，例如媒體報導某個公共意外事件，媒體報導最終的目的是要求政府為人民解決問題，專業化的目的就是讓媒體記者不要過度去想這則新聞一出會不會得罪某某領導人，所以專業化的目的是讓新聞操作更為單純化，這樣媒體比較能發展出自己的特色出來，從媒體工具論變為媒體第四權理論，雖然從現實層面來看，任何媒體都不可能做到真正完全的專業化，因為媒體是社會機制的一部份，必須考慮社會生活的所有因素，報導的內容也是關於社會存在的事實。但是話又說回來，也就是因為建立專業化軌道才能使複雜的社會結構能夠有規律的運轉，不讓過多的人為因素去操作事實最後呈現在社會大眾面前的原始面貌與服務目的。

就吸收西方的自由主義的觀點時，列寧駁斥了把堅持出版物的黨性原則同創作自由對立起來的言論。他認為：無可爭論，寫作事業最不能作機械劃一，強求一律，少數服從多數。在寫作方式和新聞報導當中，列寧在原則的基礎之上更加強調靈活，這恰恰是蘇聯官員和新聞工作者所欠缺的，蘇聯新聞工作者在新聞報導當中經常存在非常極端的報導，這在蘇聯早期的報導中就有所體現。蘇聯新聞在報導布爾什維克黨中女性時經常強調他們具有與男人一樣能力，而不強調女性工作的特殊之處，而在蘇聯作家布洛克的筆中，這些女黨員是一些不知性別的積極分子。列寧闡明瞭黨的組織與黨的出版物的正確關係。他認為：第一，這裏所說的黨的出版物應當接受黨的監督，每個人都有自由寫他所願意寫的一切，說他所願意說的一切，但是每個自由的團體（包括黨在內），同樣也有自由趕走利用黨的招牌來鼓吹反黨觀點的人。言論和出版應當有充分的自由，結社也應當有充分的自由。黨是自願的結盟，假如他不清洗那些宣傳反黨觀點的黨員，它就不可避免的瓦解，首先在思想上的瓦解，然後是物質上的瓦解。第二，資產階級個人主義，他們關於絕對言論自由是偽善的，在以金錢勢力為基礎的社會中，在廣大勞動者一貧如洗，而一小撮富人過著寄生生活的社會中，不可能有實際的和真正的『自由』[9]。列寧最後指出：只有在黨的正確領導下，為社會主義而創作的自由，才是真正自由的寫作。這將是自由寫作的原因就在於把一批又一批新生力量吸引到寫作隊伍中來，這不是私利貪欲，也不是為名譽地位，這是擴展社會主義思想的行為和對勞動人民的同情，這是為千千萬萬勞動人民服務，為國家的力量和國家未來服務。

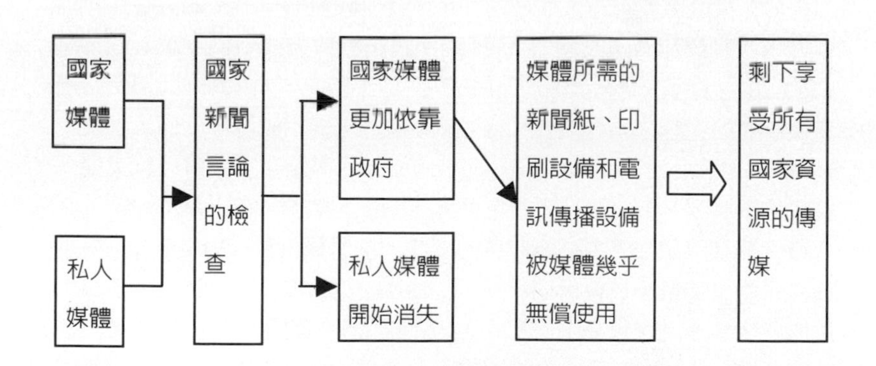

蘇聯在列寧前期形成的媒體發展模式

9　列寧，《黨的組織和黨的出版物》，《列寧全集》第 12 卷，人民出版社，1987 年第 2 版，第 94 頁。

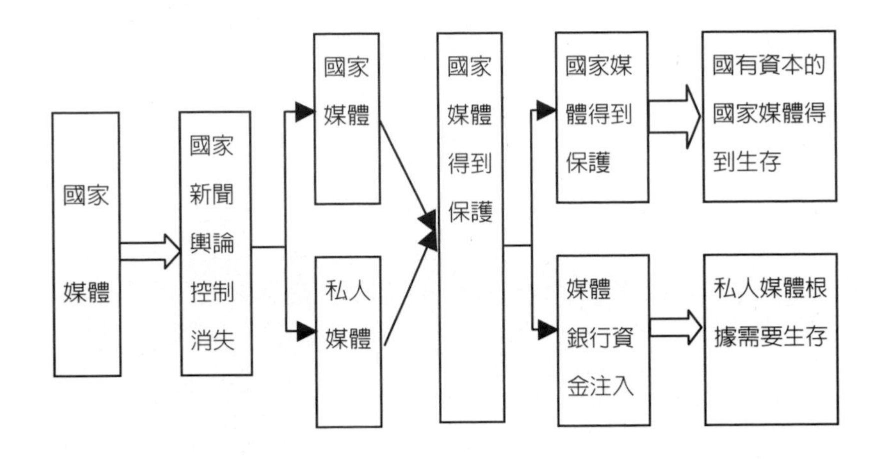

在戈巴契夫後期和葉利欽時期形成的媒體管理模式

對於剛建立不久的新型社會主義國家蘇聯來講，列寧對於整體蘇聯的運行模式是有一定期許的，對於這一點，我們可以從列寧的文章《四月提綱》、《國家與革命》等多篇文章。在《國家與革命》的文章中，列寧要求「打碎舊的國家機器」，摧毀所有按官僚方式組織起來的政治權力，對現存資本主義經濟施行群眾監督，但這種方法遇到的問題是這將會使所有的人都來執行監督和檢查的職能，這變相使得每一個人都變為「官僚」，因而使任何人鬥不能成為官僚。列寧還在《布爾什維克能保持國家政權嗎？》中所設想的包羅萬象的工人監督。在十月革命第二天之後，蘇俄就頒佈了由列寧起草的《工人監督條例》，1918 年初，蘇俄成立了中央監察委員會，同年 7 月改組為國家監察部。1919 年 3 月召開的八大，季諾維也夫[10]提議建立工農檢查部，他認為：一種社會主義監察部門，它將控制蘇維埃國家的所有單位，它將會把觸角伸向蘇維埃

[10] 格裏哥裏・葉夫謝也維奇・季諾維也夫，俄國工人運動和布爾什維克黨早期的著名活動家和領導人，共產國際前期的領導人，後來成為聯共（布）黨內反對派的一個重要代表。1919 年 3 月，在莫斯科舉行了共產國際第一次代表大會，成立了共產國際。季諾維也夫被選進執行委員會及其執行局，並被選為共產國際執行委員會主席。此後，季諾維也夫除繼續擔任俄共（布）和彼得格勒黨和蘇維埃的領導職務外，主要從事共產國際的領導工作。

建設事業的所有新部門中去。1919 年 5 月決定在監察部下設立中央控告檢查局，受理群眾對濫用職權、瀆職、違法亂紀的控告與檢舉。1920 年 2 月在原工農監察部的基礎上成立了工農檢察院，吸取了數以萬計的工農群眾，同年 9 月又成立了中央監察委員會，其任務是同官僚主義、升官發財、濫用職權、謀取私利、不遵守法律法令作鬥爭。從實踐上看來，使所有的人都來實行監督、監察的力量是不可能的。同時，工農檢查院也沒有達到預想的目標，由於該機構過於龐大，使得該機構成為一個沒有威信的機關，這同樣使列寧非常失望。

三、列寧新經濟政策與國家崛起

蘇維埃俄羅斯在成立之初所面臨的整體國內與國際環境是非常惡劣的，在第一次世界大戰還未結束的時候，英、法、德、美、日等國就想企圖將蘇維埃俄羅斯的政權扼殺在搖籃當中，而整個政權受到來自東、南、西三個方向的直接武裝干涉。在北方有摩爾曼斯克，東部有捷克斯洛伐克軍的戰線，東南有土爾其斯坦、巴庫和阿斯特拉罕，英法鑄造的包圍圈幾乎合圍了[11]。當時 3/4 以上的國土落入敵手，而且這些地方大部分都是糧食、原材料和燃料的生產區，這間接導致彼得格勒和莫斯科等大城市的工廠面臨全面停產的窘境，城市居民處於忍饑受凍的階段。在這種情況之下列寧領導的布爾什維克黨陸續採取了一系列被成為軍事共產主義的非常方針和政策。所謂軍事共產主義，有時也被稱為戰時共產主義，這指的主要是 1918 年到 1920 年蘇維埃俄國在反對國外武裝干涉和國內戰爭時期所實行的一些非常的和臨時性的政策，一度被列寧和布爾什維克黨當成落後國家直接向社會主義過渡的措施。這裏所說的過渡到社會主義

對於戰時共產主義的政策，布哈林曾認為：戰時共產主義在我們想來並不是戰時的……而是萬能的、普遍適用的，也就是勝利了的無產階級的經濟政策的非正常形式[12]。但在最後戰時共產主義卻給列寧帶來了如下的啟示：我們計畫用無產階級國家直接下命令的方法在一個小農國

---

[11] 列寧：《在全俄中央執行委員會、莫斯科蘇維埃、工廠委員會和工會聯席會議上的講話》，載《列寧全集》第 35 卷，人民出版社 1985 年第二版，第 6-7 頁。

[12] 《布哈林選集》上冊，人民出版社 1981 年，第 109 頁。

家裏按照共產主義原則來調整國家的產品生產和分配……然而，現實生活卻說明我們錯了，為了做好向共產主義過渡的準備，需要經過國家資本主義和社會主義這些過渡。不能直接憑熱情，而需要借助於偉大革命所產生的熱情，靠個人利益，靠同個人利益的結合，靠經濟核算，在這個小農國家裏先建立起牢固的橋樑，通過國家資本主義走向社會主義[13]。

在戰時共產主義結束後，布哈林也改變了觀點。布哈林認為：在不發達國家搞社會主義，一個中心問題是如何解決工農業、工人和農民的結合問題，新經濟政策的主要之點和實質，就是找到工農業的結合點，這個結合點就是商業，就是市場，在政治上就是通過工農產品等價交換把工農結合起來，市場關係的存在是新經濟政策的決定因素[14]。通過市場，使過渡時期各種經濟成份互相促進，共同繁榮，這便是新經濟政策的意義[15]。

新經濟政策實施後，由於調動了工人和農民的生產積極性，蘇聯的經濟很快從崩潰邊緣恢復過來。在 1913 年到 1926 年期間蘇聯整體工業的生產總值方面，1913 年是 102.51 億盧布，1920 年到 1926 年分別為 14.10、20.04、26.19、40.05、46.60、77.39、110.83 億盧布，在增長速度方面，1921 年到 1926 年分別為 142.1%、130.7%、152.9%、116.4%、166.1%、143.2%[16]。而此時蘇聯的穀物的收穫總量在 1909 年到 1913 年都保持在 39.79 普特，在 1920 年到 1925 年穀物的收穫量分別為 27.59、22.13、30.71、34.55、31.38、44.24 億普特。對此普遍的社會主義研究的學者都普遍認為，如果 20 世紀的社會主義發展方向都是按照列寧在晚年所倡導的新經濟政策發展，那麼世界社會主義的就會是另一番景象。北京大學國際政治系教授黃宗良教授就是持這樣看法的學者，並且黃教授還在《世界社會主義史論》中有具體的闡述。

筆者認為這種觀點儘管有其理想的一面，但還是具有操作性的可能的，但為何蘇聯的領導最後並沒有採取這樣的方法，以筆者在俄羅斯多

---

13 列寧，《十月革命四周年》，載《列寧全集》第 42 卷，人民出版社 1987 年第 2 版，第 176 頁。
14 《布哈林選集》上冊，人民出版社 1981 年，第 392 頁。
15 《布哈林選集》上冊，人民出版社 1981 年，第 357 頁。
16 蘇聯社會科學院編，《蘇聯社會主義經濟史》第 2 卷，生活·讀書·新知三聯書店，1980 年，第 307 頁。

年的切身感受，蘇聯政府的決策者是有著非常靈活的決策機制的，而蘇聯下層的官僚是有著非常強烈的執行力的，但如果蘇聯採取後來的新經濟政策的話，蘇聯最後實現國家整體的實現工業化的可能性是非常渺茫的，因為按照蘇聯農民的特性，他們不同於歐洲國家的農民，蘇聯農民是非常不希望離開自己的土地的，除非用非常的手段，在國家面臨自然發展和高強度向工業化邁進，最後，蘇聯國家領導人選擇了後者。蘇聯的問題是在國家完成工業化之後如何回歸到正常國家的問題上出現了問題，這個正常國家就是既使得國家保持永續性發展，還使得在工業化期間激化出來的各種矛盾得以緩解，而在此時，蘇聯國家需要更強有力的領導人或者是集體領導，但後來按照蘇聯的發展規律，國家最後都變為一人決策或者集體決策一人決定的情況，這種情況產生的源頭是當時蘇聯反抗外來入侵者和向工業化國家邁進的手段，但蘇聯國家領導人卻都視之為常態。

此時，蘇聯的媒體在整體國家建設階段並沒有發揮出最起碼的監督作用，這種監督指的是黨內監督。任何國家的政策在下達之前，無論是在黨內還是在政府內都會出現不同的聲音，但如何處理這些不同的聲音，這應當是蘇聯政府在二三十年代遇到的主要問題，如果僅由黨內領導來處理的話，那麼，黨內的領導需要非常的專業化水平，但蘇聯前期的領導人都是從革命中鍛煉出來，對於蘇聯和平時期的經濟建設是非常缺乏經驗的，這樣如果在黨內或者政府裏進行有效的資訊交流的話，那麼，可能後來出現的很多矛盾都有可能避免，矛盾在初期如被解決的話，那這些矛盾就是小問題，如果沒有解決，那這些矛盾就會變為後來的仇恨，這包括蘇聯領導人之間的仇恨、民族仇恨等等。

應當說在 20 世紀初，世界各國對於媒體的理解還是非常有限的，並且在當時的情況之下，電子媒體還沒有得到發展，而當時的媒體也只有報紙算是有效傳播的媒介，因而蘇聯國家處於整體向工業化發展的階段，媒體成為政黨的喉舌是非常有必要的，但在國家發展的後期，特別是六十年代後期，蘇聯廣播和電視的技術已經非常的先進，但如何普及這些電子傳媒技術成為當時的難題，電子技術的普及並不是簡單的定義為每一家都能夠收聽到廣播，每一家都能夠購買電視，而是廣播和電視節目的受眾是如何理解來自政府的聲音和地方上發生的事件，這設計到有效傳播的問題，這就像國家在經過粗放型經濟的發展階段之後如何向節約型、有效型發展。

列寧在如何對待非社會主義經濟成分問題上發生過重大變化。在軍事共產主義政策時期，列寧堅持用赤衛隊進攻資本家的方式，先是沒收大企業，然後沒收中小企業。但是，經過一段時間的實踐，列寧看到在小生產佔優勢的國家裏，單靠剝奪剝削者不會解決所有的問題，而國有化並不等於生產社會化。在過渡期間，多種經濟成分並存不可避免。問題是在於尋找由小生產過渡到社會主義大生產的中間環節。此時列寧明確提出利用資本主義的思想：我們應當利用資本主義之間的中間環節（這也就是後來學者命名的國家資本主義）作為小生產和社會主義之間的中間環節，做為提高生產的手段、途徑、方法和方式[17]。列寧認為：與中世紀制度和小生產、官僚相比，資本主義是幸福，國家資本主義是落後國家過渡到社會主義的橋樑。國家資本主義雖然不是社會主義的形式，但是比蘇俄當時大量存在的小生產狀況，是一個進步，因為它不像小生產的無政府狀態那樣，而是國家能夠控制的經濟。不經過國家資本主義和社會主義所共有的東西，就不能從俄國現實的經濟情況前進[18]。同時，列寧還提出要借鑒和吸收資本主義的文明成果和一切有益的東西。他指出，要進行社會主義建設，必需充分利用資本主義俄國遺留下來的東西。社會主義能否實現，就取決於我們把蘇維埃政權和蘇維埃管理組織同資本主義最新的進步東西結合得好壞[19]。列寧還提出了一個非常有意思的公式：蘇維埃政權＋普魯士的鐵路秩序＋美國的技術和托拉斯組織＋美國的國民教育等等……＝總和＝社會主義。

著名歷史學家和經濟學家 H.A.羅日科夫在 1919 年 1 月通過高爾基轉交給一封信給列寧,他在信中寫道：你們的糧食政策是建立在錯誤的基礎上的……您沒有促進私人商業的首創精神，於是誰也無法挽救不可避免的災禍。如果您不是這樣做，你們的敵人也會這樣做，不能在 20

---

[17] 列寧，《論糧食稅》，載《列寧選集》第 4 卷，人民出版社，1995 年，第 510 頁

[18] 列寧，《論「左派」幼稚病和小資產階級》，載《列寧選集》第 3 卷，人民出版社，1995 年，第 527 頁

[19] 列寧，《蘇維埃的當前任務》，載《列寧選集》第 34 卷，人民出版社，1985 年，第 170-171 頁

世紀還把國家變成一個中世紀封閉的地方市場組成的混合體……應該重新審視整個經濟政策，使之適應社會主義目的[20]。1920 年 5 月出版的布哈林所著的《過渡時期經濟學》中寫到：無產階級對所有農民所採取的「各種形式的強制，從槍斃到勞動義務，不管聽起來是多麼的離奇，都是一種把資本主義時代的人發展成為共產主義的方法」[21]。在 1920 年不少人提出應該終止這種嚴重傷害農民積極性的政策時，列寧則表示：必需使每一個農民連一普特糧食都不剩，他們需要把糧食全部都交給工人國家……只有做到這一點，國家才會恢復工業，才會向農民提供工業品[22]。據契卡統計，從 1918 年 7 月到 11 月，在蘇俄有 108 起「富農叛亂」，在 1918 年全年，僅在 20 個中央省便發生了 245 起大的反蘇維埃爆動。在烏克蘭的黨工作者承認：在馬赫運動中很難區分，哪是農民發動的，哪是富農發動的，這是群眾性的農民運動[23]。

2006 年 1 月 20 日俄羅斯《消息報》發表了格奧爾吉・伊力喬夫發表《列寧今天對我們意味著什麼？》的文章，文章直接指出列寧的社會主義觀主要有兩點備受指責，一是在尚未對社會主義做好準備的國家發動革命；二是面對俄羅斯的落後狀態，為了鞏固政權，不得不動用史無前例的暴力。格奧爾吉・伊力喬夫認為當時蘇聯的布爾什維克黨人的革命在西方遭遇到挫折，布爾什維克黨人於是採用了新經濟政策。可以看出列寧的十月革命儘管在後來的時間遇到了前所未有的困難，但正是由於十月革命，使得俄羅斯很快從一個偏遠的角落迅速進入世界的核心。應該講任何一個國家的崛起都會引起其他強權國家的圍堵，這包括在 18 世紀崛起的德國，但在面對圍堵時，作為新崛起的國家應該首先不主動挑起別的強權國家的情緒，然後依靠自己的力量發展自己的國家，在此，新聞人應該在強調新聞自由的同時還要肩負起維護國家的對外形象和對內政策的宣傳，國家政府同樣需要減少來自非專業領域的幹預。也只有這樣，我們才能很好的落實列寧的新聞觀和社會主義建設的重

---

20 【俄】《歷時問題》，1998 年第 2 期，第 126 頁。

21 【蘇】布哈林著，于大章、鄭異凡譯，《過渡時期經濟學》，三聯出版社，1981 年，第 127-128 頁

22 《列寧研究》1993 年第 1 輯，第 10 頁。

23 【俄】米・格列爾、阿・涅克裏奇，《俄羅斯史（1917-1995）》第 1 卷，莫斯科 MNK 出版社，1996 年，第 104-106 頁。

任。在史達林時期，蘇聯的媒體發展基本上是按照列寧的新聞觀在進行的，問題出現在官僚的無效管理，以及由此而產生的大的肅反行動，使得國家發展屢次都是硬著陸，這對於國家內部留下了非常大的硬傷，就像一個人，在他成為巨人的同時，他同樣早已遍體鱗傷，這為後來的管理者留下更多的紛亂的問題，使得後繼者始終都有如座火爐的感覺。

莫斯科國立大學新聞系教授庫度尼佐夫（И.В.Кузнецов）在《祖國新聞史》一書中談到，蘇聯媒體在二十年代和三十年代的作用可以簡單的歸結為：媒體是布爾什維克黨人用來實現自己理想的更為有力的武器。（СМИ-это острейшее большевистское орудие на идеологическом фронте）。隨著 1938 年由聯共布中央特設委員會編輯《蘇聯共產黨（布）歷史簡明教程》的出版，蘇聯媒體的發展達到了另一個發展的高潮，截至到 1938 年為止，在蘇維埃政府統計在案的報紙有 8850 家，雜誌 1762 家，電臺 74 家，電臺傳輸站 1200 個印刷廠 1176 家，7 萬個圖書館。報紙的總體印刷量為 3 千 8 百萬份，報紙使用的語言達 50 多種，25 個民族建立了自己的語言系統和媒體發行系統。而在 1928 年，蘇聯共有 2000 家報紙，發行量為 950 萬份。到十月革命前為止，烏克蘭地區有 15 家定期出版物，白俄羅斯有 1 家，1929 年，烏克蘭變為 63 家，白俄羅斯變為 9 家[24]。

截至到二次世界大戰發生前，《真理報》（Правда）的發行量為：200 萬份，《消息報》（Известия）的發行量為：160 萬份，《農民報》（Крестьянская газета）的發行量為：120 萬份《先鋒真理報》（Комсомольская правда）的發行量為：6 萬份，《汽笛報》（Гудок）的發行量為：2.75 萬份，《教師報》（Учительская газета）的發行量為：2.5 萬份，《工業化報》（Индустрия）的發行量為：2.25 萬份，《勞動報》（Труд）的發行量為：1.5 萬份。到 1940 年《布爾什維克》（Большевик）雜誌的發行量為：5.5 萬份，《黨的建設者》（Партийного строительства）雜誌的發行量為：5.7 萬份，《宣傳員伴侶》（Спутника агитатора）雜誌的發行量為：6.75 萬份[25]。

---

[24] “Очерки советской цензуры” М.，1995, С .307.（《蘇聯新聞檢查機關報告檔》，1995 年，第 307 頁）

[25] Пельм В.Д.“Послевоенная Советская Печать（1937-1941）”-М.,1974,С5-6.（必利

蘇聯主要媒體同時也是現在俄羅斯主要傳媒：[26]

1. 《真理報》。1917 年 11 月 19 日，蘇共黨中央機關報《真理報》在聖彼得格勒恢復原名出版，當年 12 月黨中央決定由布哈林任主編。不久，布哈林因為同列寧在簽訂與德國的布列斯特和約問題上發生爭執，而離開報社，後來又同意列寧的主張，列寧又將他召回，因而布哈林一直工作到 1929 年。1918 年 3 月報紙隨政府遷到莫斯科。
2. 《消息報》。1917 年 3 月在彼得格勒創辦，原名《彼得格勒工兵代表蘇維埃消息報》，當時為孟什維克和社會黨人所控制。同年 8 月，轉到布爾什維克手中。10 月改名為《工兵代表蘇維埃中央執行委員會消息報》。1917 年 11 月 9 日全俄蘇維埃第二次代表大會召開後，《消息報》成為蘇維埃政權的正式機關報。1918 年 3 月，該報編輯部遷往莫斯科。1922 年，蘇維埃社會主義共和國聯盟（蘇聯）正式成立，從 1923 年 7 月 14 日起《消息報》成為蘇聯執行委員會和全俄執行委員會的機關報。1938 年改為蘇聯最高蘇維埃主席團的機關報。
3. 《共青團真理報》。1925 年創辦，共青團中央機關報。
4. 《紅星報》。1923 年創辦，初為紅軍總部機關報，後改為蘇聯國防部機關報。
5. 《勞動報》。全國工會中央理事會的機關報，1921 年創辦。
6. 《經濟生活報》。1918 年 11 月 16 日正式創刊，最初為最高國民經濟委員會的機關報。1921 年 6 月改為勞動國防委員會的機關報。勞動國防委員會是管理全俄經濟和國防事務的最高領導機構，列寧曾擔任主席。
7. 《莫斯科新聞》。1930 創辦的從事對外宣傳的週報。
8. 《文學報》。1929 年創辦的蘇聯作家協會的機關報。

張允諾教授在《外國新聞事業史教程》一書中提到，在社會主義建設階段，蘇聯報刊的發展基本上遵循了列寧的辦報思想和方針，在推進

姆，《蘇聯戰後媒體發展 1937-1941 年》，1974 年，第 5-6 頁）

[26] 張允諾，《外國新聞事業史教程》，高等教育出版社，2003 年 12 月，第 188 頁。

社會主義建設過程中發揮了重要的作用，隨著工業化（1926-1929 年）和農業集體化（1930-1934 年）運動的展開，1928 年到 1941 年第一、第二、第三個五年計劃的施行，蘇聯報刊展開了更大規模的經濟宣傳活動。在這裏應當強調的是，史達林基本繼承了列寧辦報方針的一部分而已，而在很多方面都進行了改變，這些改變的初衷都是圍繞著經濟工業化進程，可以說蘇聯為了工業化而犧牲了其他產業的正常發展和媒體的應有的角色。但如果不是如此的話，蘇聯也很難成為一個現代化的大國。

戰時共產主義產生的背景也是布爾什維克政黨是透過城市起義和常規戰取得政權的，因而其影響力就當時而言是非常有限的，布爾什維克政黨還沒有時間深入農村或者在農村建立起有號召力的黨組織，而如果採取市場經濟的方式來恢復農業生產，這會變相促成地方上富裕農民階層的形成，富農階層的利益是與一般農民的利益相違背的，但是如果布爾什維克政黨當時已在農村深深紮根，這些問題應該是可以解決的，最後布爾什維克黨人採用了強制性徵糧和打壓富農的手法，這應該是不得已而為之的做法。後來這列寧修正了自己初期的社會主義理論，而採用了新經濟政策，新經濟政策的基礎是農民和布爾什維克政黨和平相處的策略，但這種策略本身就存在嚴重的利益矛盾。在新經濟政策的兩邊分別為：擁有少量財產、施行村社自治、傾向於自給自足的農民和不喜歡市場力量、渴望擴大國家領導的工業，這樣的兩者是不能共存的，由於城鄉之間越來越不協調，最後在 30 年代初，新經濟政策陷入深刻的危機當中。

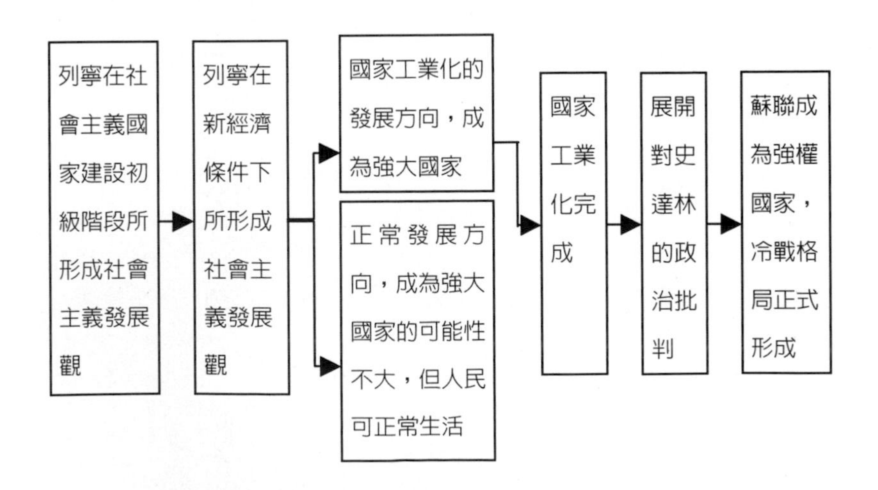

第三節　史達林時期國家工業化與媒體角色

這裏存在兩個非常大的疑問，首先是為什麼史達林不採用列寧在後期所執行的新經濟政策，另外就是赫魯雪夫在其執政的初期為何不把整個國家的建設方向轉向列寧所制定的社會主義道路。對此，美國哈佛大學教授斯科克波（Theda Sckopol）在其 1979 年出版的《國家與社會革命中》（States and Social Revolutions）一書中有具體的解釋。在書中作者將馬克思—列寧主義和法國大革命時期的雅各賓派相比較，作者指出雅各賓派的革命意識形態之所以能夠幫助相信他們的政治精英和在社會革命的形式下奪取、建設和掌握國家權力的原因，首先在於當時的歷史和民族背景中，雅各賓派的思想能夠鼓勵並使得背景相對比較複雜的人們團結到一起，成為齊心合力的公民或同志，在法國社會原有的唯一政治合法化機制原來是君主，而這種象徵在社會革命的形式下已變得聲名狼藉，於是革命的意識形態就脫穎而出，成為國家權力重建和運作的重要依據。其次，這種意識形態成為革命精英進行宣傳，動員大眾參與政治鬥爭和政治運動的工具，這種方針在運作的初期，即使不能夠使特別多的人真正轉變信仰，但也為雅各賓派獲得了關鍵性的補充資源，從而能夠進行反對反革命勢力的軍事鬥爭，而與此相反，反革命勢力由於已經獲得了大量的精神和物質利益使得他們比較不太情願去訴諸或者利用大眾進行革命。最後，雅各賓派是一種比較極端的世界觀，他們給信奉者提供了不擇手段實現最終的世俗的政治目的以理論根據。

而美國另一學者比特納（Egon Bittner）則指出，列寧主義最大的特色就在於建立了非常完善的組織系統，其中包括鼓勵幹部一心一意地忠實於以黨和領袖為象徵的團體和階層制度，儘管在自由主義為核心的西方資本主義國家看來，這是毫無疑義的行為。但在二次世界大戰之後，西方國家的思想理論基礎也發生了改變，這就是以現實主義為特色的外交政策已成功成為西方國家特別是美國政治的核心。西方保守派人士最後的陣地就是思想意識形態，這裏基本上是自由主義的天堂。[27]但非常可惜的是，在 911 事件發生之後，美國的自由主義最後的天堂看來也自

---

[27] Egon Bittner, “Radicalism and the Organization of Radical Movements” ,American Sociological Review 28, 1963.

身難保，美國政府以反恐之名進行明目張膽的戰略擴張，同樣，美國政府對於媒體的干涉也在進一步加強，美國電視臺主播開始為」錯誤」新聞道歉和辭職，記者的報導受到前所未有的監控。

一、史達林國家工業化的強國方針

對此，蘇共中央必需在兩者之間做出選擇，蘇聯的發展是選擇具有小農經濟特色的蘇聯，還是工業化的蘇聯。當時以布哈林（Nikolai Bukharin）為首的右派觀點認為，蘇聯的發展應當建立在增加消費品的工業生產，並低價售出，以刺激農民生產和出售更多的農業品進行交換。另一派以史達林（Josef Stalin）為首，史達林主張蘇聯應當對重工業持續大量地投資，並加上以行政強制力進行農村的集體化進程，迫使農民生產和上繳糧食，國家可以在需要的時候讓農村的勞動力進入工廠，國家此時可以採取強迫的手段，這樣可以適應城市工業化進程當中因急劇擴張而產生的勞動力缺乏的問題。

最後史達林的方針取得了最後的勝利，這主要是因為蘇聯政府和農民開始在糧食徵集問題上發生衝突，在 20 年代中期和後期蘇聯領導人在進行政策爭論的時候，蘇聯領導團體中的很多人認為史達林的政策是優於布哈林的，這主要是在開始的時候黨團並沒有考慮到史達林政策的最終結果。史達林的方針有兩個特色。首先，這種指導方針在自力更生的基礎之上把蘇聯的經濟和政治的發展提高到較高的水準，這使得整個的社會主義發展觀發生了改變，這就是社會主義可以在西歐國家不發生社會主義革命下也可在一個國家取得成功。蘇聯的國家自主性得到保持，同時，蘇聯也有了同其他國家和平相處的本錢。另外，與沙皇俄羅斯一樣，蘇聯在地緣政治方面處在隨時會發生戰爭的歐洲的國際體系當中，蘇聯的任何國家領導集團都必需把戰備納入國民經濟的發展計畫當中，在這方面，史達林成功而迅速發展了蘇聯的重工業，這顯然使得蘇聯領導人在歐洲國家的交往當中具有了相當的政治資本。

如果按照布哈林的政策，蘇聯經濟肯定是按照循序漸進的方向發展的，此時，黨和國家的行政機構將會袖手旁觀，在很大程度上國家經濟將會聽任市場力量、消費者的需求，輕工業的發展將會成為國民經濟中的主導力量，輕工業決定了經濟的發展方向和速度。按照布哈林的方針，蘇聯一定會開放自身的市場，並吸引大量的外國投資者，因為輕工業並不是蘇聯所擅長的，蘇聯是沒有理由放著大量的重工業資源不管，而發展蘇聯在管理上和設備上都不適應的輕工業，這在三十年代是基本不可行的做法。從當時的效果來看，史達林的政策確實解決了布爾什維克政黨面臨的危機，並使得布爾什維克政黨變得非常強大，並使國家在短短二十多年間變為世界強國。

而問題的關鍵在於蘇聯成為強國之後，是對自己的失重的經濟結構進行調整，還是繼續發展成為強權國家。按照赫魯雪夫的發展方向，最後蘇聯是向著強權國家的方向上發展了。政府決策是政府行為的高度權威化。一切政府行為都是由政府決策產生的，政府決策的成功與否是影響政府成本的主要因素。而政府決策失靈就是政府在領導或管理社會活動及其決策過程中，與客觀現實不相符的背景客觀規律的既有行為[28]。政府決策失靈對政府和社會兩個方面都遭受到損失。一般來講，政府失靈的直接經濟損失最終由社會和社會公眾承擔。一個政府的能力如何，決定著政府失靈的比率的大小。政府的自律程度也是影響政府失靈比率的主管因素。政府失靈是一種頗為複雜的現象。政府為某種目的的實現，有可能產生顧此失彼的失靈現象；也有為掩蓋某種某種錯誤爾人為製造的政府失靈；還有政府決策和行為違背科學規律而造成的失靈等等。政府失靈有兩個基本特徵，首先是掩蓋政府決策的初衷，緩解了政府與社會公眾之間的主要矛盾，在這裏政府因決策出現的失靈除外。其次是從全局衡量或長遠意義上講，較少了社會公眾的福利，增大了政府成本。

幾乎所有的利益集團都有集團利益存在。政府各部門在制定有關政策時，總要想方設法附加一些對自身或本集團有利的政策或條件。集團利益的具體變化就變為個人利益。個人利益是集團利益的根本目的；集團利益僅僅是一種表現形式。人們爭奪利潤機會似乎為了集團利益，骨子裏卻是為了從集團利益中兌現個人利益。利益集團的集團利益並非集團的創造，而是來自於社會或社會公眾。說來自於社會，是因為利益集團可能掠奪社會共資源，如大河、草原、礦產資源等，為社會的可持續

---

[28] 周鎮宏、何翔舟著，《政府成本論》，人民出版社，2001 年 11 月，第 79 頁

發展留下相應的成本。說來自於社會公眾，是因為利益集團的集團利益是在不公平競爭下加重社會公眾的負擔而獲得的。因此，利益集團在沒有監督或監督缺位元的情況下，總是在自覺或不自覺地製造政府成本和社會負擔。在利益集團無節制的集團利益謀取中，政府成本和社會負擔在不斷擴大。

1935 年 6 月，法國作家羅曼・羅蘭應高爾基邀請，訪問蘇聯。從 1935 年 6 月 28 日下午 4 點 10 分開始，羅曼・羅蘭在克裏姆林宮會見史達林。這是羅蘭第一次見到史達林。在當天的日記中，羅蘭寫道：史達林不像自己在畫像上的形象。無論怎麼想像，他既不是個高個子，也不是矮胖子。相對說來身材矮小，而且很瘦。他的粗硬的頭髮已經開始發白[29]。羅蘭的描寫使用的是中性語言。他說出了一個最基本的事實，就是他親眼見到的史達林實際形象，是有別於「畫像」這種平面傳播媒介上的史達林形象的。

羅曼・羅蘭在蘇聯訪問一個月，蘇聯媒體對於史達林的狂熱的宣傳，給了他深刻的印象：「打開任何一張蘇聯報紙，並閱讀任何一篇文章或者在共產國際會議（或者任何其他會議——政治的、非政治的、科學的，專門討論醫學、或體育、或藝術等）上的發言，你總是能在文章或者發言中找到最後對史達林的過分頌揚——『我們偉大的、我們強有力的同志，我們勇敢的領導人，我們不可戰勝的英雄』等。這是每一首詩歌必不可少的段落。在大街上，在遊行隊伍中，當著進行檢閱的史達林的面，他的無數像房屋一般巨大的畫像在人群的肩膀上緩緩地移動……」[30]羅曼・羅蘭在日記中談到了對史達林製造個人崇拜的疑慮之後，自我安慰道：「不過，他畢竟沒有達到與在他旁邊走過的偶像崇拜者一起歡呼的程度。」

1946 年 1 月 5 日，《紅星報》在頭版刊登了一張史達林身穿軍服、容光煥發的巨幅照片。在他右邊稍後一點兒，是笑容滿面、喜氣洋洋的朱可夫。史達林左邊是伏羅希洛夫，兩邊還有羅科索夫斯基、科涅夫、布瓊尼、鐵木辛哥等人。1 月 2 日，全國各地舉行集會，選舉最高蘇維

---

[29] 【法】羅曼・羅蘭：《莫斯科日記》，上海人民出版社 1995 年 12 月版，第 8 頁。
[30] 【法】羅曼・羅蘭：《莫斯科日記》，上海人民出版社 1995 年 12 月版，第 127 頁。

埃代表候選人……報紙的頭版發表了一些文章，使用了這樣一些標題為提名創造適當的氣氛：《史達林的英明使我們贏得了勝利》、《敬愛的領袖、導師和軍事統帥》[31]。

二、冷戰開始與意識型態的對立

美國佛吉尼亞大學（The University of Virginia）歷史系講座教授梅爾文・萊夫勒（Melvyn P.Leffler）（他曾擔任美國國防部特別助理）認為，冷戰是發生於美蘇兩大國以及他們所代表的集團及制度間的一場非暴力競爭，這是兩種對立的政治體系、意識形態之間的競爭，其中的美一方都對對方的制度存在的合法性都提出了根本性的質疑，並因此而把對方視做是不共戴天的死敵，必欲除之而後快。在意識形態的對抗當中，這主要表現在，如何管理社會，如何駕馭現代化的經濟，如何達到工業化、城市化這些問題，民主資本主義和統治性共產主義之間有著根本不同的兩套觀念，相互敵對，並展開競爭。

在第二次世界大戰剛剛結束時，杜魯門曾認為，蘇美兩國是可以相互共事的。1945 年 7 月，當杜魯門第一次在波茨坦會議上遇到史達林時，他在一封信中對妻子說，史達林非常聰明，同時非常強硬，但還是可以和他打交道的[32]。同時來自蘇聯的檔案表示，史達林也認為蘇聯同美國雖然在意識形態上確實存在分歧，但兩國還是可以相處共事的。史達林深信，從蘇聯本身的利益出發，蘇聯應當同美國合作，如果蘇聯同美國合作共事，兩國此時的戰略目標便變為共同控制德國和日本的再次崛起，另外，如果美蘇合作將會使蘇聯能夠從美國借到大量的貸款，並同時從德國西部獲得巨額賠償，這樣蘇聯在戰後的重建工作就會變得比較輕鬆[33]。

在此我們可以非常清晰的看到蘇聯與美國在意識形態方面天生就是水火不容的，但問題是最後我們看到的情況是水火不容，其中最主要

---

[31] 【美】詹姆斯· M· 伯恩斯：《領袖論》，中國社會科學出版社 1996 年 7 月版，第 290 頁。

[32] Harry S. Truman,Dear Bess:Letters from Harry to Bess,ED. Robert H. Ferrel,New York Norton 1983.

[33] Geoffrey Roberts,Stalin and the Grand Alliance:Public Discourse,Private Dialogues,and the Direction of Soviet Foreign Policy, 1941-1947, Slovo，13,2000, P1-15.

的原因就在於雙方在如何分配國家經濟利益上面產生了非常大的分歧，如果美國不能夠在國與國的貿易中倡導自由貿易經濟的話，那麼，美國本身並不是一個資源大國，它又如何與其他國家進行有效的利益交換呢？大量的美金援助，對於很多國家是沒有太大意義的，支援的美元並不能馬上見到 GDP 的增長，美國支援的技術也有很多水土不符的狀態，技術太先進，與之配套的設備很難找。反之，蘇聯本身就是資源大國，它對於資源的分配完全可以從國家利益的角度出發，受到支援的國家完全可以把馬上得到的資源用於經濟建設，這樣相對比較簡單，在第三世界國家技術實力相對比較落後的情況下，蘇聯的支援往往是比較馬上見效的。

兩個超級大國在權力的運作和分配上導致後來大國決策者對於整體的國際體系的憂慮，他們必需重視未來的威脅存在的可能性。對於美國的決策者來說，他們所擔心的就是德國和日本的復興，從而根本上改變戰後國際體系的分配，同樣蘇聯也擔心德國的再次復興，並擔心美國對其權力存在基礎的挑戰。這些如此敏感的權力變化體系的最終表現形式為意識形態的對抗。在第二次世界大戰結束後的一兩年內，大國之間的意識形態分歧並不十分突出，這是因為他們之間的關係仍然受到戰時同盟關係的巨大影響。但在隨後的幾年中，意識形態的分歧迅速擴大。兩種意識形態的衝突很大程度上由當時的政治、經濟條件所決定的。當時生活在世界各國的人民（尤其是西歐國家），有著一種社會正處於全面崩潰的危機感，在第二次世界大戰結束後，人們開始弄清楚是什麼使他們必需面對前所未有的困境，他們想創造出一種更適於自己生活的道路，以擺脫自己所深處的困境。

當時，人們面前可供選擇的道路不多，一條是資本主義，一條是共產主義。第二次世界大戰臨近結束時，美國陸軍部助理部長約翰·麥克勞伊在去歐洲調查後的報告中提到：整個歐洲存在著一種經濟、社會和政治全面崩潰與解體的情景，這種危機所達到的程度是歷史上沒有先例的[34]。在這種情況之下，美國擔心自己在沒有強力盟友情況之下，世界其他國家會選擇另一種區別於美國的發展方向。當時擔任助力國務卿的

[34] Leffler，Preponderance of Power, P63.

迪安・艾其遜（Acheson）就在一份美國國會的報告中提出：人們遭受到的苦難是如此深重，他們是如此相信由政府採取某些行動才能減輕他們的苦難[35]。艾其遜的擔憂是在世界大戰之後，政府的力量變得空前強大，這也正是人民所希望的，因為在戰爭當中個人變得十分的渺小，隨時有被殺死的可能性，美國對於蘇聯的共產主義是不十分擔心的，美國擔心的是一旦世界上很多國家都採用一種蘇聯的發展模式的時候，整個國家的經濟發展都將走上國家幹預的經濟的計劃經濟模式，而此時含有自由主義和帝國主義成份的美國經濟就會完全被排斥在外，權力分配的天平就會向著有利於蘇聯的一邊傾斜。

此時史達林對於整體形式的判斷也出現對抗的傾向，他認為資本主義存在缺陷，這將使資本主義逐漸走向衰落，社會主義則將不斷走向成功—在第二次世界大戰中，蘇聯戰勝法西斯就是一證明。史達林認為通向社會主義有各種各樣的途徑，這並不需要在西歐國家內發動革命，史達林在東歐建立了人民民主國家，而此時美國則在西歐採取杜魯門主義、馬歇爾計畫。蘇聯在東歐採取加強意識形態的控制，美國則在被佔領的日本採取縱容的態度，並釋放日本在押的戰犯，雙方的行動都加深了彼此之間的恐懼和不信任，因此，兩個大國在加強內部意識形態的過程裏，也加深了國際範圍內的冷戰。

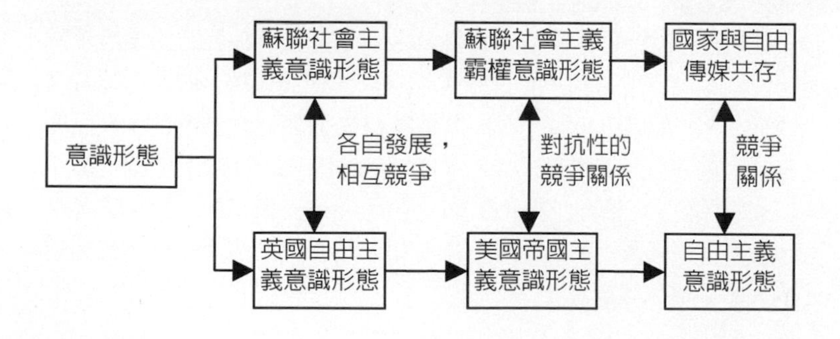

[35] Acheson Testimony 8 march, 1945, U.S.Senate,Committee on Banking and Currency,Bretton Woods Agreement Act, 79th Cong, 1945, Vol.1, P35

三、史達林強國政策的影響

1953 年 6 月 27 日，蘇聯政府機關報《消息報》發表題為《黨和人民堅不可摧的團結》的政論文章。文章基本上都是反對非史達林化和貝利亞的調子，這可以說是開創了以後批判史達林和反對貝利亞文章的先河，但文章還是把貝利亞列位國家領導人[36]。但在 7 月 2 日至 7 日蘇共召開了中央全會，在會議中蘇共黨中央做出對於貝利亞濫用職權、製造冤案、破壞法制的罪行進行了揭露和批判，提出必需改變將國家保安機關至於蘇聯政府和共產黨之上的不正確狀況，中央應當加強和健全社會主義法制建設。對此，馬林科夫認為，黨的集體領導原則是列寧所制定的布爾什維克黨的領導原則和準則，然而，蘇共在多年不召開中央全會的情況下，近年來，政治局作為兩次中央全會期間的黨的最高機構也不能正常的行使職能，在十八大之後 13 年才召開黨的第十九次代表大會，集體領導制和正常的批評和自我批評都不能正常展開。最後，馬林科夫最後表示，只有黨的集體智慧，中央委員會的集體智慧和政治經驗才能保證在當前複雜的國際形勢下黨和國家才能保持正確的領導。赫魯雪夫則在發言中表示，應該有集體領導和真正黨的領導，貝利亞之前在德國問題上表示的所謂中央委員會就是讓人民委員會來決定一切，中央委員會就黨的管理和宣傳的講話，排除了黨的作用，把黨的作用僅限制於幹部和宣傳工作，這是非常有問題的[37]。

不難看出，儘管馬林科夫與赫魯雪夫都是在強調加強黨的集體領導問題，但側重點有所不同，前者側重點在於「集體領導」問題，後者側重點在於「黨的領導作用」。應該說馬林科夫強調集體領導在很大程度上是應為他現在還不具備與其職位相當的威望和權威，缺乏總攬全局和打開新局面的能力，因而不得不借助集體領導來安撫和攜手共同掌管國家；而赫魯雪夫強調「黨的領導作用」是為了提高中央委員會、書記處及他本人的威信與權威。

---

[36] 【蘇】阿夫托爾哈諾夫，《史達林死亡之迷》，新華出版社 1981 年，第 236 頁。
[37] 《蘇共中央通報》，1991 年第 1 期，第 146-148 頁。

這兩者的國家統治方式都有其不可言語的優點和弊端。首先，「集體領導」是完全的精英政治的體現，在這一模式下，媒體更應當強調其專業精神，因為在集體領導的模式下，國家會出現大批的專業人士，這些專業人士最擅長的就是處理各種難題，此時列寧所建立起來的各種媒體就要作相應的改變，媒體應當減少黨的報導，而增加國家出現的各種問題，這樣會引起國家部門領導人的重視，媒體的功能就變為：媒體是政府的喉舌或者說是眼睛。「黨的領導作用」是更加強調組織的作用，國家出現的問題都是以組織為依託，黨內此時要加強相互的溝通，黨在相互溝通的基礎之上，開始排解人民出現的問題，此時媒體溝通的職能會更加顯著，媒體成為溝通頭與身子的「喉舌」，媒體中應當出現更多的協調式的媒體人，這是蘇聯在培養新聞媒體人所應當做到基本功，但非常可惜的是，蘇聯領導人都是根據自己的需要，在先確認適於自己的模式之後，再開始與之相適應的培養工作，但實際情況往往是培養工作還沒有完成，這種形式的弊端已經完全現實出來。媒體整體的發展過程相對來講是非常被動的，這需要國家和政黨來制定明確的發展方向，這種發展方向本應在五十年代的蘇聯出現，但非常可惜的是，蘇聯領導人卻在忙於批判和糾正前領導人所犯的錯誤。

其次，「集體領導」的這種完全的精英政治的模式必將會使整個國家部門欠缺協調性，完全的專業性必將使政策整體的執行過程當中缺乏彈性，此時媒體應當扮演政府與人民群眾相互溝通的角色。」黨的領導作用」下的媒體則更應當在強調組織作用的前提之下，利用組織整體的協調能力來與民眾進行溝通。

這兩種情況下媒體都有其各自的特點，只要擅加利用就會表現出各自的優勢，但如果媒體成為政黨內部鬥爭的工具的話，那麼，這兩種模式所表現出來是強大的殺傷力，因為實事可以被短時間內掩蓋，但在歷史長河中實事終究會被發現，短則十幾年，長則數百年，這些實事最終會成為政黨的包袱，讓媒體恢復其最基本的職能，並在加上一些輔助職能，這是化繁為簡的方法，如果讓媒體賦予更多的職能的話，那麼，在具體的操作上應該更加細膩。

1953 年 7 月 10 日，《真理報》發表了「七月全會」的新聞公報，公報上講：幾天以來，蘇聯共產黨代表中央委員會主席團所做出的《關於貝利亞為了外國資本的利益而破壞蘇維埃國家，背信棄義地企圖把蘇聯內務部方在蘇聯政府和共產黨之上的反黨和反國家罪行》的報告之後，特決定把貝利亞從蘇聯共產黨中央委員會中清除出去，並把他作為蘇聯共產黨和蘇聯人民的敵人開除蘇聯共產黨。同一天，提交給最高法院審理的公告，在該公告內，最高蘇維埃主席團關於解除貝利亞部長會議第一副主席和內務部長職務的決定。12 月 17 日，《真理報》和《消息報》公佈了蘇聯最高檢查院關於貝利亞案件的偵迅報告。

清除貝利亞的事件使得赫魯雪夫在全國人民尤其是中央的聲望，也使得他的同事領教了他的膽略、智謀和組織能力，這次事件之後赫魯雪夫在中央主席團的坐次由第五位前移到第三位，1953 年 9 月，他在一片讚揚聲中出任中央第一書記。

2005 年 12 月 24 日俄羅斯《消息報》報導，俄羅斯一些地區的居民決定恢復對史達林卓越功勳的緬懷，決定斥資在伏爾加格勒（原史達林格勒）、馬哈其卡拉和北奧塞梯等地區修建史達林博物館，並立起了領袖的半身像。另外位於達吉斯坦首都馬哈奇卡拉的史達林博物館已經於 12 月 22 日開館。對於該地區的普通市民而言，俄羅斯經歷了許多偉大的戰役，史達林格勒戰役在整個的第二次世界大戰的地位不可磨滅，而且史達林曾在 1918 年和 1943 年兩次造訪該市，頭一次是作為負責民族事務的人民委員，第二次是從德黑蘭返回途中停留。應該來講，史達林在其任內完成了社會主義國家的初步建設，但史達林在國家工業化的過程當中採用了很多不合理的手段，這些一直困擾著後來人。史達林在完成社會主義建設時，同樣也違反了列寧另外一些主張，這就是社會主義的多種存在性。列寧在《關於實物稅》一文中指出：社會主義社會是指保障人的勞動權利，反對剝削他人勞動成果的社會。沒有一個研究蘇聯經濟的人會否認蘇聯經濟的過渡性質。蘇維埃社會主義共和國也意味著蘇維埃政權決定完成向社會主義的過渡，但卻並不是承認新的經濟體制是社會主義的過渡。過渡意味著在經濟領域內不但存在著資本主義因素，也存在著社會主義因素。同時列寧還在文章中列舉了幾個這樣的因素：家長式農村經濟、小規模的商品生產、私營資本主義經濟、國家資本主義經濟和社會主義等。在現代委內瑞拉總統查韋斯所推動的「21 世紀的社會主義」，基本上按照社會主義目前在委內瑞拉國家內只是一種願望、一種思想，而不是現實[38]，這也是對於列寧社會主義思想的另外一種解釋。

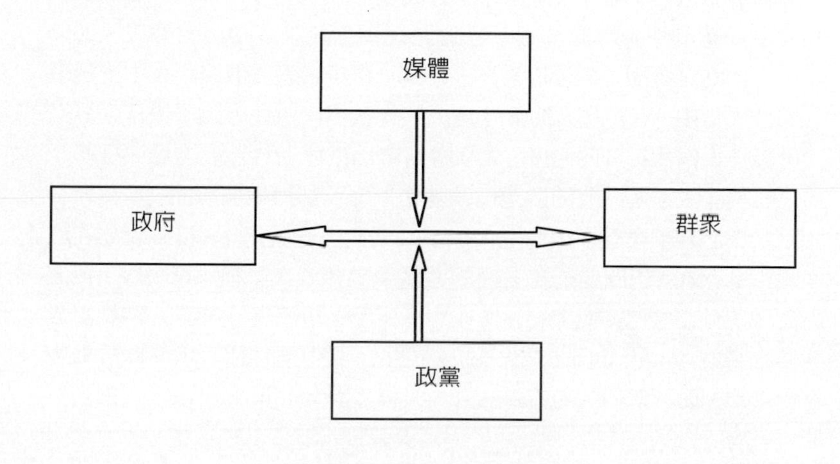

集體領導下的媒體

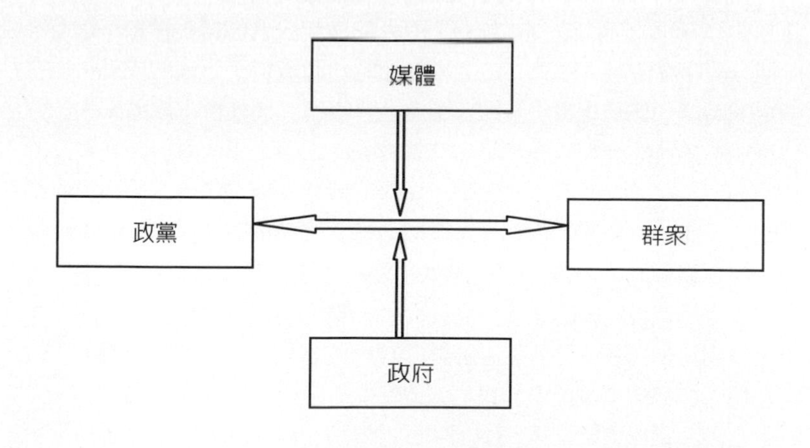

黨領導下的媒體作用

---

38 《參考消息》,《二十一世紀社會主義模式》, 2005 年 1 月 5 日。

現在俄羅斯政府同樣需要建立相關的機構來重新瞭解列寧和史達林以及蘇聯時期的政府運作和意識形態的特點，因為直到現在為止，儘管蘇聯解體已經十幾年，但在大多數俄羅斯人心目中，蘇聯解體仍被視為大帝國悲劇性的崩潰，而不是擺脫共產主義制度獲得的解放。2005年12月30日英國《金融時報》在報導中指出，過去俄羅斯人中支援俄共的公民當中，有相當大的部分是民族主義者，這些人為了保持俄羅斯人優越性而採用排外的態度，文章還列舉出俄羅斯杜馬副主席弗拉基米爾・日裏諾夫斯基政黨的競選口號就是：還首都以俄羅斯面孔。莫斯科國立大學心理學家亞裏山德拉・拉德科夫斯卡雅就指出：排外現象在許多國家都存在，但問題是在俄羅斯這種現象卻成為一種正常現象，民族主義和排外現象已經有機結合。在2004年和2005年兩年間，種族主義的襲擊造成500人受傷，至少54人喪生，其中還包括一名9歲的塔吉克族女孩，而莫斯科的內務部估計，與種族襲擊相關的光頭黨人數在莫斯科就有5萬人左右。

正確看待史達林為蘇聯整體國家建設帶來的貢獻，可以使我們能夠正確對待蘇聯解體的真正原因。史達林在列寧去世之後領導蘇聯黨和人民，在蘇聯一國建立起社會主義制度，這種嶄新的社會主義制度，它以建立美好幸福生活的遠景為號召，極大的激起人們的勞動熱情，在這一時期，蘇聯在政治、經濟、文化等方面的建設取得了巨大的成就。他在極短的時間內使蘇聯實現了國家工業化，使第一個社會主義國家由一個經濟比較落後的國家變成了一個工業強國，取得了不依附於西方國家的獨立地位，在二次世界大戰之後，蘇聯的威望空前增長，並成為世界兩大強權國家之一。但在赫魯雪夫後期討論史達林的功績同時，使得國家開始在意識形態上空轉，這種空轉或強或弱地一直持續到蘇聯解體。

蘇聯解體現在歸納為主要有三點：一點是制定國家經濟增長點上政策出現錯誤，二是外交手段僵硬影響經濟的發展，三是意識形態的不協調性使得自己國家發展中的民心大亂。

在二次世界大戰之後，蘇聯與美國分別在自己的國家建立了一種新的經濟形式：軍工複合體。軍工複合體是「軍事─工業複合體」的簡稱，廣義上來講軍工複合體應當包括從軍事開支中得到好處的任何經濟和政治因素，整個經濟體系必需經常保持侵略性的外交或軍事政策，這樣特定集團就會從中受益，整個國家的經濟就會在軍工複合體的形勢下正常運作。

美國總統艾森豪威爾在其任職上的最後一次演講當中就指出：美國是在被迫的情況之下創建了一個規模巨大的永久軍事工業，此外，美國有 350 萬男女直接在國防部門服役，美國每年在軍事安全上的花費就超過了全部美國公司的收入。這樣軍事部門和軍備工業湊到一起成為美國歷史上的新事物。由此而來的影響—經濟的、政治的，甚至是精神上的，這在每座城市、每個州政府、聯邦政府的每間辦公室中都能感覺到。……美國必需在政府的各種會議上防止軍事—工業複合體有意或無意地尋求不應當有的影響力。權利錯位進而造成災難性的結果，這樣的可能是存在的，而且會持續下去[39]。

在冷戰中形成的軍工複合體在整個國家內部和國家間的經濟交流中是最不具有市場性的，這種經濟發展模式基本上是建立在意識形態的基礎之上的，但蘇聯與美國在進行冷戰的過程當中，蘇聯的問題在於自己的起跑點落後於美國，也就是說美國整體軍工複合體的基礎比較雄厚，蘇聯在經濟發展中技術創新也落後於美國，這樣國家發展中的技術並不能夠完全從軍工複合體中取得。在這一點上美國則完全不同，美國軍工企業的很多技術都逐漸轉換到民間，促進了整體工業的發展。

能源問題

蘇聯在史達林時期形成的比較畸形的經濟發展模式在 20 世紀 70 年代開始曝露出問題，軍工複合體的經濟形式本身就是一種僵硬的結構，這需要來自民間經濟中的活躍因素的補充，在這一點上，蘇聯民間早已出現很多的自由貿易的形式，但蘇聯長期以來形成的僵硬的官僚機構，在庸長的行政處理中使得大量的好建議無法付諸實施，同樣年輕的官員並不能夠有效及時的提拔，這樣在蘇聯解體時這些年輕官員起到了推波助瀾的效果。

蘇聯出現的弱點被保守強硬派的雷根看到，並且在 1982 年年初，美國開始制定一項包括經濟戰在內的全面戰略，用以攻擊蘇聯的弱點，

---

[39] 【美】布魯斯・拉西特、哈威・斯塔爾，《世界政治》，華夏出版社，2001 年 1 月。

其目的就是要把超級大國的鬥爭矛頭轉向蘇聯集團甚至是蘇聯自身。這一攻勢的目標與手段被概括為美國一系列絕密的國家安全決策指示—NSDD-S，雷根在 1982 年和 1983 年分別簽署。據瞭解當時雷根大量閱讀了關於蘇聯問題的原始報告，對於蘇聯的弱點相當瞭解。這其中雷根簽署了一份最重要的檔，就是「NSDD-66」，該項檔的簽署相當於秘密宣佈了對蘇聯發動了經濟戰。「NSDD-66」包括了美國政策的三項核心因素：一是取得歐洲盟國的贊同，不能以優於市場的利率向莫斯科提供信貸；二是不允許蘇聯利用西方關鍵的高技術來維持自己的軍事與經濟體制，巴黎統籌委員會（COCOM）對此要加強管制；三是美國將努力以一種前瞻性的方式與盟國合作，開發可供選擇的能源，以減少歐洲對蘇聯天然氣的依賴。該項檔的目標是防止歐洲對蘇聯天然氣的依賴程度超過 30%，即不能建造第二條長達 360 英里的西伯利亞天然氣管道，也不能簽訂新的合同[40]。

美國中央情報局在 1986 年 5 月的一份報告《蘇聯：面臨著硬通貨的窘境》中指出，石油價格下跌極大地削弱了蘇聯在 10 年內從西方進口設備、農業產品和工業物資的能力。在 20 世紀 70 年代的石油危機當中，莫斯科通過石油賺取外匯為本國經濟發展籌措了大量的外匯，當時莫斯科從石油出口當中獲得的硬通貨增長了 272%，而出口只增長了 22%。美國政府採取步驟，儘量限制蘇聯的能源生產和出口計畫。對於蘇聯來說，每桶石油的價格增長 1 美元，莫斯科每年就可增加差不多 10 億美元的硬通貨；相反，如果每桶石油的價格下跌 5 美元，莫斯科硬通貨的收入下跌 50 億美元，但與此相反，美國的國民生產總值將會上升 1.4%，美國還能夠減少通貨膨脹和增加個人的收入。對於美國經濟來講，最適合的石油價格大約為每桶 20 美元，這將使美國的經濟成本每年下降 715 億美元。較低的石油價格意味著石油收益轉向美國這個對世界資源擁有較大支配權的國家手中。石油價格下降雖然對美國的影響「明顯有好處」，但是它對蘇聯的經濟造成毀滅性的影響。

---

[40] 曹長盛、張捷、樊建新，《蘇聯演變進程中的意識形態研究》，人民出版社，2004 年 12 月。

這其中一個關鍵因素就在於蘇聯並不能夠通過增產來達到彌補自己的外匯收入，因為俄羅斯主要的產油地區基本上都處於凍土帶，尤其是西伯利亞地區，西伯利亞的冬季大約從 10 月份就開始，在 5 月中旬結束，這使得整個正常的開採期只有 5 個多月，在冬季來臨後，西伯利亞地區的石油開採的速度一般是極為緩慢的，直到現在情況還沒有得到徹底的改善，現在普京政府的變通之道就是改善俄羅斯在烏拉爾山以西的石油資源的開採技術，這裏的指標地區是秋明一帶的油氣資源。

在 20 世紀 70 年代，蘇聯計畫建設一個重大的能源專案烏連戈伊—6，這個項目是將西伯利亞北部的烏連戈伊天然氣田通向蘇聯與捷克斯洛伐克接壤地區的天然氣管道，全長 3600 公里。這條管線的建成將會向法國、義大利和西德三個國家輸送 1.37 億立方公尺的天然氣，這個專案每年可為蘇聯帶來 320 億美元的外匯收入。

在這裏美國政府的戰略就是蘇聯整個經濟是僵化和頑固的，在資源的重新配置方面缺乏市場的靈活性，另外蘇聯從西方引進的技術與設備是一種為了緩和技術生產中出現的創新緩慢的窘境，但如果美國切斷了西方轉讓技術的一切途徑，那麼蘇聯經濟就會遭到嚴重的損失。試想如果蘇聯在經濟發展中讓部分的西方國家的企業進入蘇聯，建立合資企業，也許局面會大為改善。問題還是出現在老地方，就是整個的體制僵硬，經濟發展手段不靈活。無論是在蘇聯時期的外交還是俄羅斯時期的外交，整體而言都是非常成功的。

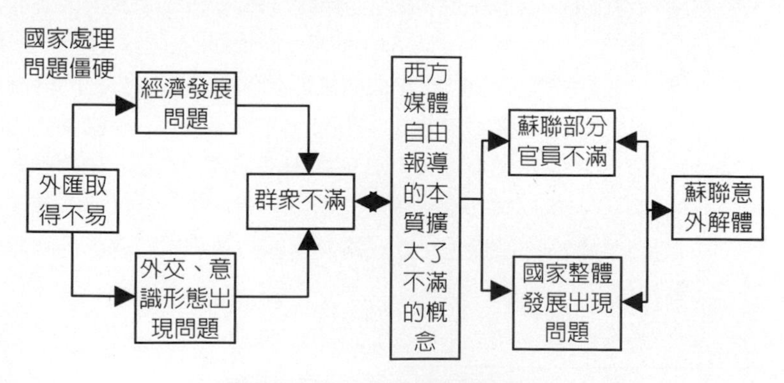

蘇聯解體各種因素的順序

國家決策者並非要面對問題，而是他們必需放眼世界取發現問題或認知問題。決策者如何看待目前出現的情況，取決於以前發生了什麼情況。個人、角色、意識形態以及其他的政治因素綜合起來，每個人所看到的問題是不同的，這樣在有問題之後，決策者要闡明問題解決的價值和目標，並將問題排序，此時問題的關鍵就在於問題的價值和自己價值觀的調和，在兩者之間做出調和[41]。美國學者艾利森（Granham T. Alison）1971 年在其著作《基本抉擇》（The Essence of Decision）中認為，政府一般都是鐵板一塊，即使他們異口同聲，主張一種觀點，有一套已達成的價值觀、達成的目標，但其中不同觀點、價值和目標的組織或者利益團體還是大量存在的，這樣這種異口同聲的政府在做出協調方面的努力時是非常困難的，往往要通過大的變動來達到向前發展的目標。

這樣蘇聯領導人在遇到困難時，並沒有通過媒體婉轉的告訴群眾，讓群眾做好準備。相反在史達林時期在面臨同樣困難時，找到發展蘇聯經濟的另外一種途徑，就是發展重工業，提高蘇聯的教育水平等等措施。

政府決策者想要超越符合理性的決策，而實際上理想的、完美的決策就是將最佳選擇和企圖最大化，這裏必然包含相當大的妥協成份。諾貝爾獎獲得者著名經濟學家西蒙（Herbert Siman）早在 1957 年出版的《男人的形式》（Models of Man）中指出：決策者追求的不是利益的最大化而感到自我滿足，這意味著決策者往往是在尋求一個可以接受的選擇，此選擇足以滿足一組利益集團的最低要求，這些利益集團通常也不是考察所有的選擇，而是挑選一個能夠包含最低要求的選擇。人們通常希望企圖理智地處理問題，但是這種理智是被束縛的，是對世界加以簡化而受到限制的。應該講在 80 年代美國開始的對蘇聯經濟上的限制並沒有比蘇聯其他領導人主政時期來的強烈，在列寧時代，蘇聯受到的經濟制裁是全方面的。美國領導人對於蘇聯經濟結構的判斷，如蘇聯對於外匯的依賴，只是蘇聯眾多缺點的一部分，但這卻像骨牌效應一樣，觸動了蘇聯整個的體制。這樣也可以解釋為何西方各國對於蘇聯的解體感到了吃驚和意外。

---

[41] 【美】布魯斯・拉西特、哈威・斯塔爾，《世界政治》，華夏出版社，2001 年 1 月，第 210-220 頁。

這樣俄羅斯政府需要再次對於蘇聯時期的政府運作和意識形態進行更深入研究，使得俄羅斯公民在面對現實時，過於懷念蘇聯時期的光榮來逃避現實，這種對於蘇聯的懷念往往都會變為另外一種民族主義情緒的延伸。此時俄羅斯媒體等相關單位都要向公眾展示一個具有分析性的蘇聯，但非常可惜的是，現在俄羅斯媒體中的大部分新聞人都在忙於向西方學習，對於自己國家的歷史不甚清楚，對於蘇聯分析性的文章往往都刊登在《新時代》，這樣的老雜誌上。應當看出，俄羅斯媒體的角色直到現在為止，還沒有做出確定，這同樣也是普京政府在執行能源政策時最大的不確定因素。

第六章

蘇聯政治改革與媒體發展的互動關係

1985 年 3 月 11 日，戈巴契夫就任蘇共中央總書記，成為蘇聯第八位也是最後一位國家最高領導人。戈巴契夫就任的時機，恰逢東西方冷戰處於最為激烈的時期，同時蘇聯的經濟發展也陷入了前所未有的困境，這使得戈巴契夫深切感受到推動改革的必要性與緊迫性。他在《改革與新思維》一書中說：「改革不是個別人或一批人心血來潮的結果，改革是迫切需要的，是從我國社會主義發展的深刻進程中產生，而拖延改革就會在最近時期變成國內局勢不穩定的未知因素，直截了當地說，這種局勢包藏著發生嚴重社會經濟和政治危機的威脅，我們不能，也沒有權利耽誤，哪怕是耽誤一天。[1]」

然而，戈巴契夫在執政六年之後，他所領導的「公開性」改革最後卻以失敗告終，同時蘇聯這樣一個強大的聯盟國家也隨之解體。當然蘇聯解體的原因是多方面的，但有分析家認為，蘇聯解體的最重要原因是由於戈巴契夫在「公開性」改革過程中對媒體的過度開放，以致於導致維繫蘇聯一體化的意識形態機制在「公開性」改革過程中遭到嚴重的破壞，亦即歸咎於媒體成為國家發展中的不穩定因素。雖然這種說法基本反映了蘇聯解體的大致情況，但卻沒有反映蘇聯在政治發展過程中的根本問題。

實際上蘇聯媒體在整個的「公開性」改革過程當中仍一直扮演政府喉舌的角色，直到蘇聯解體為止。儘管在部分媒體上出現很多批評政府的文章和報導，但進行具體的分析之後我們會發現，這些文章與報導基本上都與當時戈巴契夫所倡導的「公開性」改革與「新思維」發展方向基本相符合，同時蘇聯媒體一直在為戈巴契夫公開性改革扮演披荊斬棘的角色。因為我們眼中的這些所謂批評性的文章主要分為兩種：一種是以歷史反思為主，其中以批評蘇聯的前任領導史達林與勃列日涅夫為

[1] 【蘇】戈巴契夫，蘇群譯，《改革與新思維》，北京：新華出版社，1987 年，第 11、12、57 頁。

主，這些文章寫作的主要目的是為戈巴契夫改革的成效不彰進行開脫；另一類文章就是屬於官員之間的相互攻擊，這些則屬於蘇聯政壇不穩定的表現。當時「改革派」與所謂的「保守派」相互鬥爭非常激烈，由於這些文章經常出現在報刊中，使得改革顯得異常混亂。

蘇聯政壇的混亂使得美國有機可乘，順便與當時的政壇新人葉利欽取得了合作的基礎，於是蘇聯政治上層建築的不穩定便產生了，而媒體充其量只是個傳聲筒而已，它並沒有自己的聲音，在葉利欽執政的前期與中期，在寡頭資金的支援下，媒體又成為新權貴階層的代言人，不過，媒體的公共論壇領域也同時在擴大，媒體成為改革的希望。

蘇聯媒體與戈巴契夫「公開性」改革的基本關係是：在六年的改革當中，媒體始終是政府改革的人事角鬥場，是政府多變政策的傳聲筒，媒體始終保持政府喉舌的角色不變，但由於蘇聯政府與黨內的人禍、內亂最終導致蘇聯解體。「公開性」改革最後三年間出現的媒體自由化現象並不是蘇聯解體的最主要原因，媒體只是蘇聯改革中上層精英人事變動的另外一個戰場。就如同十月革命成功初期，媒體尤其是報刊成為了社會主義革命黨人政策思想論戰的場所。媒體在各個領導變革時期被用來擔任加強意識形態宣傳任務的工具。

總體而言，蘇聯領導人在整個的改革過程中並未真正堅持馬列主義關於媒體發展方向的總體方針，八十年代中期以後，媒體在「公開性」改革階段並未成為全體政黨的喉舌，同時蘇聯領導人也沒有認識到媒體在新聞操作過程中的獨立性、變化性以及貼近人民切身利益的特點。民眾並未從媒體的報導當中瞭解到改革的實質進程，這間接導致人民對於政黨、國家、政治的疏離加劇。媒體報導的不「公開性」最後導致蘇聯宣佈解體時，民眾無法從國家政府與媒體那裏瞭解到蘇聯解體究竟意味著什麼。當蘇聯國旗在克裏姆林宮頂上緩緩降下時，蘇聯人民的冷漠表現無遺，紅場上並沒有太多的人去關心蘇聯的解體。直到現在，很多外國記者與觀察家還不明白這一幕為什麼會發生，這種人民缺乏政治參與責任感的冷漠，基本上是在「公開性」改革的過程中蘇聯媒體發展過於惡質化的體現。

蘇聯媒體在戰後的發展過程當中，過度政治化的結果使得社會整體進入一個單一化階段，社會結構的劃分也變得過於簡單，整個社會結構變成擁護社會主義建設的人民和反對社會主義的反黨分子，這種兩分法排除了社會中存在的任何灰色地帶。兩分法的優點就在於它絕對維護官僚階級中的官本位現象，讓政府官員更加方便管理國家。但這卻使得蘇聯在二次世界大戰結束之後，還保留著戰時國家管理的一些特點，當然這還包括冷戰的因素，這嚴重制約了蘇聯在 50 年代以後大約 30 年的政治與經濟發展。在戈巴契夫執政的 7 年期間，原來社會積累下來的所有現象都再次在短短的幾年內全部爆發。而戈巴契夫並沒有採取有效的手段加以控制與緩解，這可能是因為他認為這是社會多元化的一部分，並且他相信蘇聯的官僚機構最後會有機會加以制止。這種忽略建立危機處理機制而過於相信人民的服從或過於相信官僚本身「人」的管理體系的態度同樣是有問題的。蘇聯時期的這種上下階層之間的分離現象，並沒有透過發展媒體的公共性而得到紓解與聯繫。蘇聯媒體的公共性從未在蘇聯媒體職能中得到重視，因為媒體只是被限制扮演黨和政府的喉舌，是上層建築要控制下層建築意識形態的工具，媒體還不是全體黨員和各階層人民的公共喉舌。關於媒體職能的理論在蘇聯體制下沒有得到擴大發展，因此媒體沒有能力應付社會多元化發展所帶來的各種變化。

第一節　蘇聯媒體職能基礎演變與逆反現象

早期的蘇聯是一個真正的意識形態帝國。官方意識形態不是從社會、社會組織結構和價值觀的土壤裏產生出來的，而是發端於一種強加給社會的原則。布爾什維克主義者追求的目標是掌握最終的真理，而包括用意識形態來強化這種追求。蘇聯的意識形態文化不僅吸收了歐洲的意識形態精華，這裏主要是媒體公共服務制的運作模式，而且上層建築還對此注入了具有民族特色的內容[2]。

八十年代中期以後，戈巴契夫推動意識形態領域的改革，主要是想把馬克思主義中的進化因素推到前臺，以替代過時的、阻礙社會發展的、頑固的、缺乏創造性與和平中庸的蘇聯保守主義。這種革新不可避免地要破壞蘇聯意識形態自身歷史形成的基礎。戈巴契夫認為，蘇聯的

---

[2] 【俄】安德蘭尼克・米格拉尼揚，徐葵譯，《俄羅斯現代化與公民社會》，北京：新華出版社，2003 年，第 263-267 頁。

意識形態可以包含西方的自由民主原則，在蘇聯模式的人民政權掩護下的議會制度被冠以社會主義市場經濟下的政治多元化等等。蘇聯媒體的發展基本上不是按照西方所建立的媒體理論進行的，蘇聯媒體是典型的政治精英與國營企業利益的維護者，它對於社會矛盾的舒解功能是十分陌生的，只對自己的上級及古典新聞學識負責。

蘇聯媒體運作的環境基本是建立在國家安全的體系上。首先，消息來源由政府與新聞媒體人來確定，新聞的運作及發佈由國家安全委員會做緊密的監控，受眾的反應主要由國家安全局向政府做最後的彙報。因此，國安系統成為媒體、政府與受眾相互連接的樞紐，表面上看政府最信任國安系統的整體運作，而國安系統成為保證蘇聯改革與穩定的惟一重要機制，但問題就出在當國安系統的專業化職能無法顯現時，這就會促使整個國家開始陷入混亂的泥沼當中。這種監控單位早在 15 世紀俄羅斯沙皇伊萬雷帝執政晚期的時候就已出現。伊萬四世就曾組建近似監控全國的非軍隊化組織，這導致了當時全國老百姓的怨聲四起，最後當這支組織成立近八年之後，伊萬四世發現該組織濫用職權，而不得不宣佈將其解散。但它對於全國人民所造成的傷害已經形成，當時俄國的國力因此元氣大傷。

一、蘇聯媒體職能的基礎與演變

蘇聯媒體發展的理論強調，新聞事業作為獨特的社會機構應具有特殊的職能，媒體職能將決定它在社會生活中的作用與地位。蘇聯新聞理論權威學者普羅霍羅夫認為，蘇聯媒體主要有三種職能：思想職能、直接組織職能、文化娛樂職能[3]。

新聞事業被當作蘇聯共產黨最重要的意識形態機構，它首先要解決群眾思想方面的問題。它從自己的思想立場出發，積極幹預社會發展中的經濟、社會、精神方面的進程。蘇聯新聞事業在馬列主義思想觀的指導下，在各個方面用不同的傳播形式提高群眾的修養，並同時完成了群眾文化娛樂方面的任務。新聞媒體在實現文化娛樂職能時，它給新聞接

---

[3] 【蘇】E・普羅霍羅夫，《新聞學概論》，北京：新華出版社，1987 年，第 86-89 頁。

受者提供了各種各樣的資訊，這種資訊可以提高他們的精神修養，提高他們在生活和休息方面的文明程度，也促進了群眾接收瞭解宣傳材料的意義，進而達到社會意識形態統一性的形成效應。

再者，新聞媒體的直接組織職能決定於報導渠道的正式社會地位，這些渠道主要是指某個黨委、政府、社會團體或寫作團體的機關報。新聞機構提出正式的批評意見，對某些組織或負責人提出建議，從而爭取通過必要的決議，這樣它作為已知的積極力量，參與了共產主義建設中經濟、社會和精神領域的進程。新聞媒體的這三項職能決定了出版物、廣播和電視的類型，並且媒體職能和實現職能的形式，決定了在新聞事業中組織活動和寫作活動的範圍，它也決定了每一個新聞工作者展示其寫作個性的可能性程度。

蘇聯新聞理論的職能之一媒體直接組織職能，在戈巴契夫執政時期逐漸轉弱，黨委、政府、社會團體或寫作團體的機關報主導新聞報導的指導模式逐漸發生變化，蘇聯媒體的傳統專業化報導模式逐漸受到挑戰。例如媒體對於國家經濟發展的統計報告很多都受到讀者的質疑，讀者懷疑媒體在替政府做掩飾。與此同時，蘇聯媒體的思想職能逐漸與娛樂職能相結合，八十年代末至九十年代初，媒體對國家政策與歷史事件的報導常常伴有驚人的語言，報導中的專業化精神並沒有太多的體現。從報導中讀者經常會看到國家政策的反反復複，而報導對於歷史事件的揭露常常出現一邊倒的結論，而新聞的平衡報導並沒有太多的體現，從而最後導致黨和國家的利益並沒有人去關心，長期以來媒體內容與社會實際的疏離性養成讀者只關心聳人聽聞的新聞和無休止的辯論。蘇聯的新聞理論在此時進入沒落期。

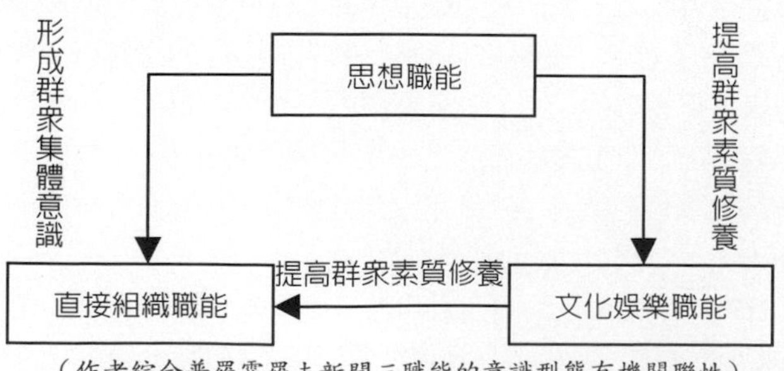

（作者綜合普羅霍羅夫新聞三職能的意識型態有機關聯性）

蘇聯意識形態治國的結果導致新聞理論長期處於為上層領導政策服務的狀態中，政府對於媒體的操作一直處於比較落後的狀態。蘇聯時期，莫斯科國立大學新聞系並沒有建立一套用於改革的新聞學來影響蘇聯政府的操作模式，蘇聯新聞學研究主要集中在新聞與社會的互動上，缺乏對新聞與政府之間良性互動方面的研究，這在戈巴契夫執政期間表現最為明顯。政府經常用五十年代的管理手法來解決「公開性」改革遇到的問題，這樣媒體最終沒有成為改革的助力。媒體人由於長期待在一個框架裏工作的時間過長，而產生懷疑一切的逆反心理。在改革進行的最後關鍵時刻，俄羅斯媒體人成為推倒蘇聯大廈的最後一個操盤手。

筆者在莫斯科國立大學念書時，據新聞系教授普羅霍羅夫的介紹，在戈巴契夫執政期間，蘇聯新聞理論並沒有太大的發展，整個國家對於馬列主義新聞理論的研究基本處於停滯期，其中最重要的原因在於，莫大新聞系的理論研究學者並不贊同戈巴契夫簡化馬列主義的新聞。簡化馬列主義的新聞觀主要是指，政府的新聞報導以近似戲劇式的方式進行，最後在讀者的心目中留下深刻的印象，也就是，深刻與廣博的馬列主義新聞觀被簡單化與戲劇性操作，這一新聞操作方法的後果是，讀者在被不斷的感官刺激之後，他們希望媒體不斷加深今後報導的刺激性，至於報導的平衡性與公正性並不為讀者所重視。這樣經過一段時間的刺激之後，蘇聯讀者逐漸對於政治、政府失去信心，而此時唯有讓媒體成為為人民服務的公共傳播體系才能挽回失去的群眾，並且培養公眾的社會公益心與責任感。但以當時蘇聯媒體整體的體制而言，做到這一點並不可能。

蘇聯領導人認為要想完成改革，促使社會進行公開的競爭，進而改變社會單一的面貌，那麼蘇聯所堅持的人人平等的思想就要被摧毀，因為資源永遠是有限的，為了爭奪資源就必然會出現競爭。在這種思想的灌輸過程中，馬列主義被通俗化，而通俗化的目的就在於後來某些人可以曲解馬列主義的核心，然後在這個社會中，弱肉強食自然會成為理所當然的事。

從 1987 年起，一場向大眾意識生硬地灌輸庸俗社會達爾文主義的思想運動，在蘇聯迅速展開。H.M.阿莫索夫在《哲學問題》雜誌上宣稱：

「人是擁有發達理性的、有創造性的群居動物……人群的多數弱者都維護集體和平等，其少數強者則主張個性和自由。但是，社會的進步卻是由剝削弱者的強者決定的。」民眾原來所期望的社會公正性是對政府的高標準要求，但是決不是讓政府限制人民展現實力可能性範圍的假公正。政府長久以來的泛道德標準，後來轉變成為民眾監督政府的高道德標準。直到葉利欽執政期間，這也是民眾心中難以消滅的思想模式，但這就導致了人們的意識發生分裂。意識的分裂使人變得更脆弱，更容易被操縱。

俄羅斯聯邦共和國整個從蘇聯獨立出來之後，俄羅斯新聞理論開始全面與西方的理論相互交融。此時新聞媒體與政府的互動研究被正式端到臺面上來，但在兩者中間還存在著非常大的差別。在俄羅斯傳媒發展的方向上：有的主張全面接受美國的新聞自由，讓私人媒體全面發展，這主要是以後來成為媒體寡頭的別列佐夫斯基和古辛斯基為代表；有的主張英國的公共傳播體系才是俄羅斯媒體順利轉型的榜樣，以保障國家政府、國有大企業或私人公司都可成為媒體的股份持有人，但媒體新聞的製作應當由專業媒體人操作，這主要是莫斯科國立大學新聞系主任紮蘇爾斯基的主張為主；在九十年代中期，法國國有媒體模式又成為研究的焦點，例如莫斯科國立大學新聞系教授普羅霍羅夫認為，法國在媒體的發展過程中由於保持了國有媒體的特色，而使得法蘭西文化得以保留。九十年代中期以後，這三股媒體發展模式歷經實踐，最後在普京執政期間得以確定一個結合俄羅斯國情的模式，亦即國有媒體最終成為俄羅斯媒體發展的主要方向，商業媒體是補充國有媒體的不足，公共媒體是未來理想的目標。蘇聯時期媒體的三大職能在俄羅斯聯邦時期並沒有太大的改變，媒體的三大職能變為保護俄羅斯國家利益必備的思想武器。二十一世紀初期，國家利益在國家媒體的優勢之下，結合媒體三大職能面對群眾。

關於新聞的職能，普京在很多地方都講到媒體對於國家利益所應當承擔的職責，尤其是在俄羅斯面臨史無前例的人質死傷人數的別斯蘭事件之後，媒體與政府分別找到了自己的定位。就在 2004 年 9 月 24 日，普京在莫斯科全球通訊社大會開幕會上發表演說，表達了對新聞自由的看法。普京對新聞的職能做了如下的闡述：「……新聞自由是民主基石之一，保障民主發展的獨立性。……無疑地，媒體對各級政權的批評是有利的，雖然有時這些批評非常空泛，同時也不被政權機關領導所喜愛。但就如同俄羅斯民間諺語戲謔道：打開窗戶很吵，關上窗戶很悶。……我們實際上在建構透明化與公開性政權的法制環境。但是媒體也應該被要求負起責任和揭示真相。我認為，政權與媒體兩者之間必須合作完成他們應有的任務[4]。……」

普京點出了媒體與政府面臨開放與管制的兩難。但儘管如此，公開且透明的法律機制可以平衡兩者之間的關係，在法律範圍之內爭取自身權力的最大公約數，公民也須在法律的保障之下，行使最大的媒體接近使用權利與參政權利。因為不論是政府、媒體或是公民任何一方的獨大，都有可能使社會陷入混亂或是落後的境地。因此，普京才會認為，建構透明化與公開性政權的法制環境極為重要。因為如果沒有以透明化與公開性為立法前提，那麼，法律的公正性將會遭到社會普遍地質疑。

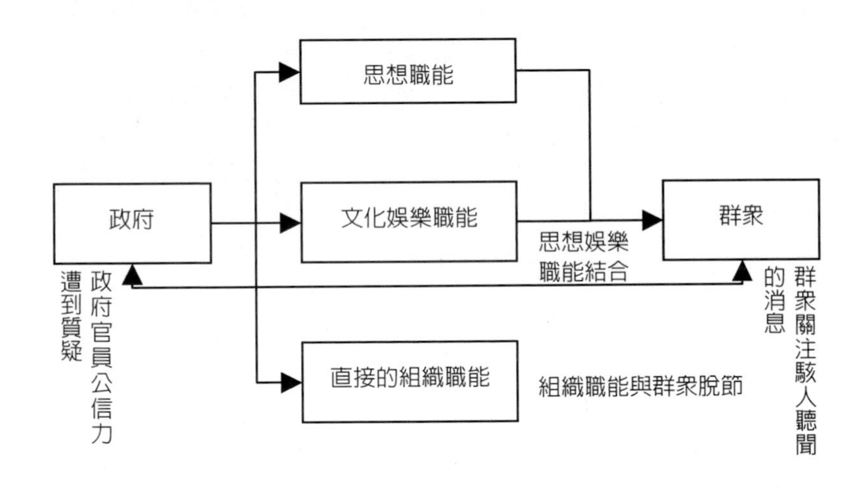

群眾開始弱化對政府信任

（作者自製俄羅斯政治轉軌期間媒體新聞三職能的變化）

---

4 【俄】新消息報網站，2004年9月27日。

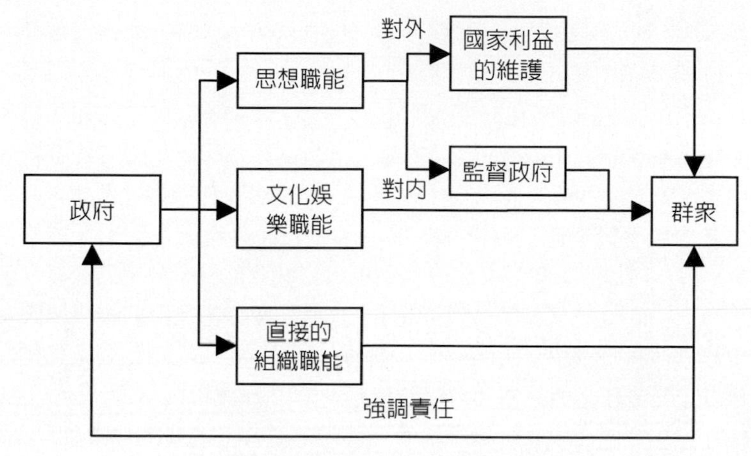

(普京所建構的媒體責任職能總體設想概念)

二、蘇聯報刊制度中的逆反現象

前蘇聯報刊制度的基礎是：一，必須通過各種定期刊物把它們所能吸引到的全部潛在讀者吸引住；二，報刊的任務是它應該成為對發達社會主義各方面進行社會管理的工具，成為黨和國家領導社會團體的社會政治工具，成為蘇聯人民得到政治消息的工具。社會政治組織與其管理系統的每一個主要部門，負責出版和領導一份和幾份定期報刊，黨委會出版和領導所有黨的出版物，政府各部、各部門、各社會組織的領導機關都有自己的定期刊物。

蘇聯被認為是世界上出版書籍最多的國家。到第十個五年計劃完成的時候，它每年出版的書籍多達 84000 至 85000 千種。這就是說，在全世界出版的圖書當中有六分之一是蘇聯出版的。蘇聯在七十年代末有兩百多個出版社，其中多數是由蘇聯國家出版委員會和各加盟共和國出版委員會管轄的，還有些出版社屬於各部和其他國家機關。此外，有幾個出版社是社會團體經營的，每一類具體出版物中都會有不同的作品，這些作品在總結範圍和系統程度上都有區別。例如，關於當今世界社會和政治問題的專題學術作品或是報紙關於半年來形式的評論，都屬於這種情況。在這裏小冊子是蘇聯刊物的一些獨特現象，在蘇聯莫斯科國立大學新聞系的教材中，小冊子佔有獨特的地位，在新聞系八十年的整個發展過程中，新聞教學必然遇到很多很多來自西方的知識，如何處理好與西方世界接軌問題卻是一大難題。

八十年代初，蘇聯用 36 種蘇聯民族文字和 19 種外國文字出版 1360 種雜誌，一次的總印刷數是 1.53 億份，雜誌成為印刷物的特殊系統，它由黨、國家、社會機構以及一些機關、組織出版和領導。例如，蘇共中央就出版發行量達百萬份的政治理論月刊《共產黨人》和《黨的生活》、《政治自修》等雜誌。高等和中等專業教育部沒有自己的報紙，但他們有自己的雜誌《高等學校通報》。其他許多雜誌是由蘇聯科學院、大學和其他科研單位出版的。這其中有 27 種中央一級和加盟共和國一級雜誌是為青年辦的，有 40 種雜誌是為少年讀者辦的。

在這裏我們發現蘇聯雜誌基本上體現出社會特定團體的聲音，但在蘇聯的社會多元化發展的過程中，新興的社會團體不斷出現，而這些社會團體的聲音並不能在社會中體現出來，這樣就迫使代表少數團體的地下刊物成為蘇聯反體製表現最為集中的方式。「地下出版物」的發展趨勢成為蘇聯另一個非常棘手的問題，無論是在沙皇俄國還是在蘇聯，「地下出版物」一直都是困擾政府的難題。數百年來俄羅斯老百姓對於地下出版品的信任程度在某些時候要高於政府的出版物或廣播電視，在這裏最主要的觀念就在於沙皇俄國與蘇聯媒體的出發點不是建立在服務大眾的基礎之上。史達林在二十年代所強調的媒體的教育功能確實對於二、三十年代蘇聯國內整體形勢的穩定起到了至關重要的作用，但在二次世界大戰結束之後，對於媒體服務的觀念是否應當加強這一問題，蘇聯在五十年代陷入逢美必反的尷尬境地，對立的結果是只要美國反對的就必然是蘇聯所堅持的，因此這種意識形態的對立反映在限制媒體題材的表現上。

以 1958 年《蘇聯》第七期雜誌為例，該期雜誌刊登了 B・魯伊科維奇題名為《在靜靜頓河作者家裏》的專題攝影報導。這組報導是以自然主義的風格製作的，系列照片集中展示了作者生活中的偶然小事，這有別於作家在大眾心目中的普遍形象[5]。在一幅占雜誌三分之二的大型

---

5 文件：《蘇共中央加盟共和國宣傳鼓動部關於〈蘇聯〉和〈星火〉雜誌錯誤的報告》1958 年 7 月 5 日，報告人：蘇共中央加盟共和國宣傳鼓動部部長伊利喬夫，蘇共中央加盟共和國宣傳鼓動部處長伯格柳喬夫。

彩色照片上，作家米・肖洛霍夫衣衫不整，並且沒有刮鬍子，頭髮也沒有梳理，眼睛眯成一條細縫，兩鬢經脈微微隆起，這幅典型的自然主義的照片最後被蘇共中央加盟共和國宣傳鼓動部長伊利亞喬夫定性為：魯伊科維奇的照片不是力求展現肖洛霍夫的真正形象，而是片面模仿某些西方雜誌的攝影風格，這歪曲了社會主義現實主義的原則。同樣在其他的照片當中出現了肖洛霍夫在喝茶的時候前面卻隱約出現了一瓶酒，有的出現肖洛霍夫背對讀者，手中拎著打獵的捕獲品。《蘇聯》雜誌的攝影記者 B・魯伊科維奇在被召到蘇共中央宣傳鼓動部後聲稱，這一系列照片完全是按照作家本身的意見而拍攝的，他強調自己的做法沒有錯，他只是把作家生活的原貌表現出來而已，而且是不加修飾地表現出來。

1958 年第 29 期的《星火》雜誌的封面同樣是按照自然主義的風尚製作出來的，攝影記者巴爾特曼茨拍攝了下塔吉爾冶金工廠輔助煉鋼工人 A・B・潘可夫工作的場面，但宣傳鼓動部認為照片上工人那張被灼燒的面孔，完全像是一個從事繁重體力勞動而不堪忍受的人，攝影記者巴爾特曼茨為了標新立異卻放棄了主要的方面表現勞動人民樸實與先進工作者要求積極進取的一面。

最後蘇共中央書記處做出兩點決定，指責攝影作品本身以及雜誌主編的缺失，首先批評《蘇聯》雜誌的藝術水準出現嚴重的方向上錯誤，魯伊科維奇的系列照片製作粗俗，表現出自然主義傾向，這歪曲了社會主義現實主義的原則。攝影報導表現的不是肖洛霍夫活動的典型場合，而是他生活中的偶然小事，從而歪曲了其傑出文學大師和著名社會活動家的形象。其次，向《蘇聯》雜誌副主編 A・Γ・波恰洛夫同志指出這期雜誌在編輯上出現無人負責現象，同樣向《星火》雜誌副主編庫德烈瓦赫同志指出刊物的不負責精神[6]。

1959 年，蘇共中央加盟共和國宣傳鼓動部副部長羅曼諾夫與黨務機關管理部副部長皮加列夫認為，現在應當清理書刊銷售網問題，蘇共中央 1959 年 10 月 21 日曾做出決議，准許蘇聯文化部在書刊銷售網上停售和註銷以下出版物：政治經濟學教科書（第一和第二版）、《聯共（布）

---

[6] 文件：《蘇共中央書記處關於處理〈蘇聯〉雜誌藝術裝潢中錯誤的決定》，1958 年 7 月 26 日。

黨史簡明教程》、《約・維・史達林略傳》、約・維・史達林著《蘇聯社會主義經濟問題》。皮加列夫認為中央應當把清除書籍的面擴大，這包括停止銷售一些刊印反黨集團個別參加者講話和照片的書籍、文集和圖片[7]。這些所謂的反黨集團參加者主要包括馬林科夫、莫洛托夫、卡岡諾維奇、謝皮洛夫、布林加寧等。

1970 年 12 月 21 日，蘇聯國家安全委員會主席安德羅波夫在的報告中指出：對於知識份子和青年學生中傳播所謂「地下出版」書籍的分析表明，「地下出版物」這幾年來發生了質的變化，如果說五年前傳閱的主要是一些思想上有毛病的文藝作品，那麼現在具有政治綱領性的檔得到了越來越廣泛的傳播。從 1965 年至 1970 年的五年間，蘇聯已經出現了 400 多種研究經濟、政治和哲學問題的各種學術著作和文章，這些出版物從各個方面批評社會主義建設取得的巨大成就，這些觀點主要集中在以蘇共部分歷史發展中的錯誤為基礎，進行放大處理，並以歷史觀點提出對蘇共的對外和對內政策進行修正的建議，提出了各種與政府對立的綱領[8]。

「地下出版物」主要傳播中心有以下幾個城市：莫斯科、列寧格勒、基輔、高爾基（史達林格勒、伏爾加格勒）、新西伯利亞、哈爾科夫，在這些城市中發現有 300 名自稱「反史達林主義」、「民主權利鬥士」、「民主運動參加者」的人，他們既從事單本文件的出版，又從事像《時事紀實》、《烏克蘭通訊報》、《社會問題》等文集的出版。

安德羅波夫認為，西方的宣傳工具和敵視蘇聯的境外組織把「地下出版物」看做是影響蘇聯政治局勢的重要因素來研究與宣傳報導，它們被稱為「民主地下工作者」的機關刊物。西方的蘇聯研究專家們認為，在蘇聯存在和發展著一個「爭取公民權的運動」，它們具有越來越清楚的輪廓和越來越明確的政治綱領。而國家安全機關正在採取必要的措施制止某些人企圖利用「地下出版物」去散佈誹謗蘇聯國家和社會制度的謠言，而對於受到這些刊物影響的人採取防範性措施。國家安全機關應

[7] 文件：《諾曼諾夫等關於清理書刊銷售網問題給蘇共中央的報告》，宣傳鼓動部副部長羅曼諾夫、處長布格留諾夫，1959 年 11 月 28 日。

[8] 文件：《安德羅波夫關於"地下出版物"問題給蘇共中央的報告》，1970 年 12 月 21 日。

委託意識形態部門在研究問題的基礎之上，制定必要的思想和政治措施去消除和揭露「地下出版物」中表現出來的反社會潮流，並擬定在政策中注意方式與方法，避免出現促使「地下出版物」廣為流傳的因素。最後蘇共中央做出決定，茲委託佩爾謝、傑米切夫、安德羅波夫、卡夫托夫和波諾馬廖夫同志並吸收相關工作人員在一個月期限內研究國家安全委員會報告中闡述的問題並向蘇共中央提出建議[9]。

在此我們可以看出，真正研究這項報告的人並不是媒體人出身，而安德羅波夫已在自己的報告中非常清晰地表明瞭自己的立場，那麼，這項報告由安德羅波夫主持，只不過是再次證明安德羅波夫意見的正確性而已。蘇聯媒體運作的環境基本是建立在國家安全的體系上。首先，消息來源由政府與新聞媒體人來確定，新聞的運作及發佈由國家安全委員會做緊密的監控，受眾的反應主要由國家安全局向政府作最後的彙報。因此，國安系統成為媒體、政府與受眾相互連接的樞紐，表面上看政府最信任國安系統的整體運作，而國安系統成為保證蘇聯改革與穩定的惟一重要機制，但問題就出在當國安系統的專業化職能無法顯現時，這就可能成為整個國家陷入混亂泥沼的開始。

第二節　蘇共政治方針決定媒體發展方向

在俄羅斯政治改革的歷史進程中，歐洲化與斯拉夫化化總是兩個永遠爭辯不停的問題。蘇聯的國家發展主要依靠兩個支柱：一個是吸引人的意識形態學說，另一個就是國家強制力。傳媒就在這兩個支柱下進行運作，所以說蘇聯的傳媒史基本上反映蘇維埃政權在意識形態與國家發展方向上的變遷。關於兩種意識形態學說的比較，社會主義國家強調達到比資本主義國家更高的勞動生產率達到更高的生活水平，列寧則比較傾向於和具體的國家進行比較，而不是與廣義上的資本主義，這在 1921 年列寧的《論新經濟政策》中有著具體的解釋。如果社會主義國家在與廣義上的資本主義國家進行比較的過程當中必然陷入腹背受敵的尷尬境地，那麼，社會主義國家就難以吸收資本主義國家的成功經驗。在蘇

[9] 文件：《蘇共中央關於“地下出版物”問題的決議》，1971 年 1 月 15 日，文件號：CT-119/11C，出處：中央書記處。

共七十年的發展過程當中，基本上一直在是否遵循列寧所強調的國家發展方向的問題上反復。傳媒發展也受到這種發展的影響。

一、蘇維埃政權短暫的多黨報業時期

1917 年 10 月 25～26 日（俄曆 11 月 7-8 日），俄羅斯戰時臨時政府被推翻，彼得格勒無線電臺傳來《給俄羅斯公民》的宣言以及一些檔命令之類的講話，這是俄羅斯電臺首次扮演的不僅是通訊聯繫的角色，而且還是擔任全面傳遞政治資訊的角色[10]。十月革命之後，布爾什維克黨形成一黨專政的政治體制，媒體成為黨鞏固意識形態與組織功能的工具，這是蘇聯媒體最主要的特色。

十月革命勝利後的第二天，臨時革命委員會查封 10 個最大的資產階級報刊包括《語言報》、《俄文字》、《俄羅斯意志》、《新時代》、《交易所公報》、《戈比》等等報刊。俄共（布）報刊包括《真理報》、《消息報》、《士兵真理報》、《農村貧困報》等分別進駐了這些被關閉的資產階級報刊的印刷場所。俄羅斯資產階級報業當然不同意臨時革命委員會違反出版自由的做法。對此，蘇維埃政府第三天立即出臺了一道出版命令，說明根據列寧的聲明必須在布爾什維克黨執政之後禁止資產階級報刊，授予無產階級出版自由的權利，強調取消不同思想的異議報刊是短暫的措施[11]。

一直到 1918 年初，各種社會主義報刊物仍陸續出版，包括 52 種孟什維克黨人刊物、31 種社會革命黨人和 6 種無政府主義者報刊[12]，不過仍持續遭到中央政府的壓制。1918 年 1 月，社會革命黨人之間出現了對德國合約簽訂的分歧意見，報紙成為社會革命黨人之間的爭論戰場。

左派社會革命黨人的報紙《人民政權報》刊登了與德國簽和就是卑躬屈膝，以及會損害俄羅斯領土與財富的言論，布哈林是其中的一名。

---

[10] Основы радиожурналистики / Под ред. Э. багирова и Ружникова М., 1984 Гл. I.（巴各羅夫和魯日尼柯夫主編，《廣播新聞學基礎》第一章，1984 年。）

[11] Овсепян Р. История новейшей отечественной журналистики. М., МГУ,1999.С.39-40.（奧夫塞班，《最新祖國新聞學史》，1999 年，第 39-40 頁。）

[12] Овсепян Р. История советской журналистики. Первое деоятилетие оветсктй власти. М.,1991. С.75.（奧夫塞班，《蘇聯新聞學史》，蘇維埃政權第一個十年，1991 年，第 75 頁。）

列寧稱這些人為「左派的共產黨人」和「冒險主義者」，並在《真理報》上發表《關於革命談話》、《關於痔瘡》、《不幸的世界》、《奇怪的人與怪物》等文章，表達必須與德國簽訂停戰合約的想法。1918 年 2 月 22 日，彼得格勒廣播電臺發佈了一道蘇維埃政府題為《社會主義祖國陷入險境》的命令，強調簽訂和約換取和平的緊迫性。1918 年 3 月 3 日，俄德終於簽署停戰協定，《真理報》報導了這一消息，並且批評「左派的共產黨人」攻擊布爾什維克黨的錯誤行為。同年 3 月 18 日，蘇維埃人民委員會頒佈命令壓制資產階級報刊。3 月 20 日，俄共中央查封了《共產黨人報》，這一動作加深了布爾什維克黨和左派的社會革命黨人之間的敵對情緒。《真理報》、《消息報》以及其他俄共（布）黨報開始出現一系列批判孟什維克黨和社會革命黨人的言論[13]。

1918 年 3 月，蘇維埃政權將政府遷到莫斯科市之後開始強化報刊的整頓舉措。在列寧的指示之下，俄共中央執委會確定了《真理報》的新編輯團隊，列寧原本要解除布哈林的編輯職務，但沒有獲得俄共中央執委會的支援，史達林此時進入了《真理報》的編輯團隊；《工人和農民臨時政府報》被停刊；《消息報》成為完全的中央機關報；《士兵真理報》、《農村真理報》、《農村貧困報》被合併成為《貧農報》，內容主要刊登與農村有關的事情，《貧農報》服務的讀者是教育程度很低的農民，因此，報導內容力求簡單且字體很大，這吸引了大量的農民讀者，發行量自 1918 年 11 月的 35 萬份上升到 1920 年時的 75 份[14]。

從 1917 年至 1918 年，報刊是社會各黨派之間的政策論戰的角力場，對德政策的不一致引發了各黨之間的激烈思想論戰，最終由於執政黨布爾什維克黨堅持無產階級專政的態度，不容許其他社會主義革命黨人異議思想的爭辯，最終俄共（布）以查封反對黨報業的強制手段結束了蘇維埃政權短暫的多黨報業存在的狀態。為了組成蘇維埃政權的聯盟國家，俄共（布）決定採取能夠貫徹領導決策的傳媒體系，二十年代的

---

[13] Овсепян Р. История новейшей отечественной журналистики. М., МГУ,1999.С.45-47.（奧夫塞班，《最新祖國新聞學史》，1999 年，第 45-47 頁。）

[14] Овсепян Р. История новейшей отечественной журналистики. М., МГУ,1999. С.42-43.（奧夫塞班，《最新祖國新聞學史》，1999 年，第 42-43 頁。）

蘇聯媒體由原本多民族、多黨特色區隔的傳媒體系被建構成總體統一型態的思想組織。

二、內戰期間一黨化傳媒體系的建構

1918 年 7 月，由外國政府支援的白軍發動了公民戰爭，當時布爾什維克黨報刊的首要任務就是組織群眾對抗敵人。此間，在中央持續壓制資產階級報業的勢頭之下，右派社會革命黨人的報刊逐漸倒戈，逐步形成了俄羅斯蘇維埃報業的結構。

1918 年初，全國一共有 154 家孟什維克黨、左派和右派社會革命黨人以及無政府主義者的報刊，到了 9 月剩下了 50 家，最後到了 1919 年總共僅存 3 家，反對布爾什維克黨的報刊消失殆盡。布爾什維克黨遂於 1918 年開始積極在全國發展，布爾什維克黨報刊的類型有黨報、蘇維埃機關報、軍事報、農民報、青年報、經濟報等等，各類報刊都要負責執行布爾什維克黨政權推行的各項政策。1918 年 11 月 6 日出刊的《經濟生活》日報被視為中央執行經濟政策的最有力的宣傳工具。1918 年 11 月 9 日出刊的《民族生活》週報，則負責報導蘇維埃政權關於民族政策的檔。自 1918 年至 1920 年期間，布爾什維克黨開始建立地方性蘇維埃報刊，最終形成的蘇維埃政權報刊網路取代了資產階級報刊留下的空間[15]。

在內戰期間，國際宣傳工作是布爾什維克黨報刊最重要的任務。1918 年 11 月出刊的《公社報》在彼得格勒發行，一直到 1919 年底《公社報》都以多種國際語言在各地方發行，從 1918 年到 1920 年期間，大約有 100 種刊物包括以 13 種語言和小冊子的形式發行。在內戰期間蘇維埃政權的報業持續成長。

此外，廣播電臺在內戰期間負擔了戰情報道以及聯繫中央政府與地方政府進行政策通告的重要任務。1918 年 7 月 19 日，蘇維埃人民委員會通過一項決議，關於廣播技術事務中央化的命令，根據這項命令，政府開始建立國家廣播技術網路的工作，由人民郵政與電信部負責執行這

---

[15] Овсепян Р. История новейшей отечественной журналистики. М., МГУ,1999. С.48-50.（奧夫塞班，《最新祖國新聞學史》，1999 年，第 48-50 頁。）

項工作。1920 年 3 月 1 日，根據工農國防委員會特別命令，在莫斯科沙伯羅夫斯基大街設立了莫斯科電臺，這加強了中央與地方以及和國外政府之間的資訊聯繫[16]。

另外，在俄羅斯蘇維埃政權的傳媒體系中扮演相當重要角色的就是俄羅斯通訊社[17]，它是根據 1918 年 9 月 7 日的最高中央執行委員會主席團命令，在彼得格勒通訊社和俄羅斯蘇維埃聯邦社會主義共和國出版局的基礎之上創建，俄羅斯通訊社執行的任務包括保障定期刊物出版、保障報導前線和後方勞動人民的英雄事蹟以及傳達黨和政府的命令等。俄羅斯通訊社作為中央資訊機關與最大的出版機關，出版了各種新形式的刊物，形成了蘇維埃政權在各地宣傳與組織的出版網路[18]。

1918 年 3 月，《消息報》總部隨著蘇維埃政府遷到莫斯科，在內戰前期間，《消息報》刊登了一系列振奮紅軍士氣和攻擊白軍對抗列寧政府的文章，例如題為《紅軍前線》、《糧產》、《工人生活》、《國外》等，消息報有一個專門的部門叫做「政府命令與行為」，負責在報紙上解釋政府的最新政策，此外，消息報也報導和解釋蘇維埃政府與外國政府的外交政策，所以，《消息報》在內戰期間扮演了相當重要的政府喉舌的角色[19]。

自 1918 年 7 月至 1920 年期間，由於紅軍政府對抗白軍反叛的內戰關係，蘇維埃政權逐漸將傳媒體系的組織網路從中央建立到地方。不論是中央的《真理報》、《消息報》，還是莫斯科廣播電臺與俄羅斯通訊社，都發揮了它們戰時傳達政令、強化意識形態和激勵士氣的作用。俄共（布）在 1918 年至 1920 年間三屆的蘇維埃新聞記者大會上都確立了蘇維埃政黨傳媒系統的方針，隨著內戰結束蘇聯傳媒發展從此進入一黨化時期。

---

[16] 同上，1999 年，第 52-53 頁。

[17] О Российском телеграфном агентстве(РОСТА). Постановление Президиума ВЦИК. 7 сентября 1918г. // О партий и советской печати, радиовещвнии и телевидении. М., 1972. С.62-63. （關於俄羅斯通訊社，最高中央執行委員會主席團命令，1918 年 9 月 7 日。//《關於黨和蘇維埃出版、廣播與電視》，1972 年，第 62-63 頁。）

[18] Овсепян Р. История новейшей отечественной журналистики. М., МГУ,1999. С.53-54. （奥夫塞班，《最新祖國新聞學史》，1999 年，第 53-54 頁。）

[19] 同上，1999 年，第 55 頁。

三、列寧新經濟政策時期的傳媒發展

第一次危機發生在 1921 年。自 1918 年至 1920 年的內戰徹底改變了俄共（布）在俄羅斯政權結構中的整體面貌，反對黨與多黨體系被消滅了，形成俄共（布）一黨專政的政治結構，所有政府機關、大眾社會團體、工會、公司組織都歸俄共（布）管轄，形成了所謂的戰時的「軍事共產主義」垂直管理系統。但是這個俄羅斯蘇維埃政權在內戰期間實行的「軍事共產主義」系統卻在 1920 年底陷入了政治、經濟與社會的全面性危機[20]。

另一方面俄羅斯蘇維埃政權最大的社會危機主要是伴隨著「軍事共產主義」體制之下所實行的餘糧收集制。緊急委員會機關對農村強制性徵收餘糧造成了民怨沸騰，尤其是各地緊急委員會對農民施以暴力恐怖手段都是當時社會爆發危機的原因。關於緊急委員會暴力的描述在許多刊物中都有報導。例如 1920 年 10 月《真理報》當中一期的報導寫著：「伏爾加格勒區的尼古拉耶夫緊急委員會強制徵收農民的餘糧，用拳頭鎮壓反抗的農民，……把農民關進冷冰冰的倉庫，脫光衣服並且有鞭條抽打……。」同樣的報導也出現在 1921 年的其他刊物中，像是《俄羅斯意志》、《公共事務》、《最新消息》等報刊[21]。

俄共報刊對餘糧收集制所引發的暴動多有報導，這引起了列寧的注意，決定解除「軍事共產主義」，向新的經濟政策轉軌，以振興農村經濟的復蘇，新經濟政策的方針首先在 1921 年 3 月黨的第十屆會議上提出。當然這引起了黨內對手的強烈反對，列寧的主張被對方視為背棄革命的理想，不過也有如《真理報》等發出冷靜的聲音，支援列寧新經濟政策中以自然稅收的方式取代餘糧徵收制，促使農村經濟從戰時的破壞當中逐步恢復[22]。

列寧自 1921 年起開始實施新經濟政策並修改了自己的學說，此後，黨的威信提高了，國家政權也得到了鞏固。1921 年 10 月 17 日下

---

[20] Наше Отечество. Опыт политичекой истории. Т.2. М., 1991.С. 164-209.(《我們的祖國，政治史經驗》第二冊，1991 年，第 164-209 頁。)

[21] Овсепян Р. История новейшей отечественной журналистики. М., МГУ,1999. С.59.（奧夫塞班，《最新祖國新聞學史》，1999 年，第 59 頁。）

[22] 同上，1999 年，第 59-60 頁。

午，列寧在全俄羅斯政治教育委員會第二次代表大會做出會議報告，出席大會的共有 307 名代表，其中有表決權的代表 193 名，有發言權的代表有 114 名。列寧當選為大會的名譽主席，代表大會的主要任務是批准 1922 年的工作計畫，制定在新經濟政策條件下展開群眾鼓動工作的方式和方法。

在大會上列寧提出蘇維埃政權在建立的過程中共產黨的角色已經開始轉變，共產黨人在奪取政權之後如何保衛蘇維埃政權成為首要任務，俄羅斯共產黨應當儘快利用當前的有利形勢儘快實施新政策。所謂新經濟政策就是以實物稅代替餘糧收集制，這在很大程度上是部分恢復資本主義的市場經濟。例如同外國資本家簽訂租讓合同，把企業租給私人資本家，這些都是直接恢復資本主義，是重新經濟政策的根萌發出來的[23]。

列寧在報告中提出誰將取得勝利是資本家還是蘇維埃政權的問題，列寧並沒有給出答案，他只是提出讓國家經濟發展來說明問題。俄羅斯共產黨同時還要採取新的方法加強政治教育，共產黨員自己最大的敵人主要有三個：（一）共產黨員的狂妄自大，（二）文盲，（三）貪汙受賄。蘇共中央在發展中最大的敵人是自己，而不是其他人。直到現在俄羅斯的新聞學者還懷念當時列寧對現實進行的實事求是的分析，列寧的新經濟政策是在蘇聯解體之後莫斯科國立大學新聞系許多教授研究的重點，主要側重在蘇聯媒體如何協調軍事鬥爭和經濟、文化發展而保衛蘇維埃政權。

十月革命勝利後，列寧不僅是俄國共產黨（布），而且是第一個新生的社會主義國家的主要領導人，從社會主義建設的需要出發，他十分重視報刊工作和廣播電臺的創辦，把這些工作作為一項國家的重大事業。這是他在 1918 年 3 月《蘇維埃政權的當前任務》中集中論證，並在後來的幾年裏反復闡述的一個觀念：「報刊應該成為社會主義建設的工具[24]」。

---

[23] 《列寧論新經濟政策》，中共中央著作編譯局編，人民出版社，第 96-116 頁，2001 年 3 月第 3 版。

[24] 《列寧全集》中文第二版 34 卷 172 頁，人民出版社 1985 年版。

1918 年 9 月列寧在《論我們報紙的性質》中提到，現在我們老一套的政治鼓動，即政治空談，所占的篇幅太多了，而新生活的建設，建設中的種種事實，所占的篇幅太少了。報紙現在應當少談些政治，因為政治已經完全明朗化了，它已歸結為兩個陣營的鬥爭，即無產階級和一小撮奴隸主資本家的鬥爭；多談一些經濟，這裏的經濟不只是泛泛議論、學究式的評論、書生式的計畫以及諸如此類的空話，我們需要的經濟是指搜集並周密地審核和研究新生活的實際建設中的各種事實[25]。看來列寧在十月革命之後就已經意識到蘇聯媒體在發展過程中已經呈現出過度政治化的傾向。少談政治，多談些經濟，這成為列寧為黨和蘇維埃報刊成為社會主義建設的工具而最早向全國和報刊工作者提出的要求。

二十世紀初，世界各主要國家都在研製用於通訊和廣播的無線電技術。關於無線電廣播的任務，列寧在多封信件中論述過。1921 年 9 月 2 日，他致信俄羅斯聯邦郵電人民委員，他寫道，「此事對我們來說（特別是對於東部的宣傳工作）是非常重要的。在這件事情上拖延或怠惰就是犯罪。」1922 年 1 月 2 日，他在無線電實驗室申請撥款的報告上寫道：要注意到它已經做出的巨大貢獻和它在最近的將來在軍事和宣傳方面能給我們帶來的巨大好處。1922 年 5 月 11 日，他在給俄羅斯聯邦郵電人民委員的信中，再次重複了無線電廣播對宣傳的意義，他寫道：「這項工作對我們具有極其重要的意義，因為如果試製成功，將會給宣傳鼓動工作帶來極大好處。」八天後，列寧致信當時主持黨務的總書記史達林：「我想，無論是宣傳和鼓動，特別是對沒有文化的居民群眾進行宣傳和鼓動，還是就轉播講座來說，實行這個計畫都是絕對必要的[26]。」

1921 年 2 月《勞動報》就是在這樣經濟轉軌的過程中誕生，《勞動報》鎖定的物件是廣大農村的勞動人民，《勞動報》不但要切實反映農村真實的問題給上層領導，還要為新經濟政策的實施向廣大農村的勞動人民做出宣傳與解釋。因此內戰後媒體的發展受到政府的高度關注，1921 年 10 月在莫斯科就為此創辦了莫斯科國立新聞學院，負責培養新

---

[25] 《列寧全集》第 35 卷，人民出版社，1985 年第二版，轉引自童兵《馬克思主義新聞經典教程》，復旦大學出版社，2002 年第一版。

[26] 陳力丹，《再論列寧十月革命後的新聞思想》，http://ruanzixiao.myrice.com/zllnsygmhdxwsx.htm。

聞幹部，以解決新聞人才短缺和素質不齊的狀況。但是到了 1922 年媒體運作的危機並沒有解除，因為關於新經濟政策的報導材料嚴重短缺，造成了報導內容經常重複以前舊聞的情況，報刊報導政策宣導的時效性嚴重滯後，有時記者還不願意反映真實的狀況，再加上新聞記者不瞭解新經濟政策的真正涵義，就這樣，媒體這種上下脫節的窘境使得媒體自身的威信大大地降低[27]。

對於政權危機與新經濟改革政策的困境，列寧在 1922 年 3 月俄共（布）黨的 11 屆大會上提出批判社會革命黨人並且處死孟什維克黨人等反革命的恐怖分子。報刊上出現了相關標語「消滅工人階級叛徒」、「處死革命的敵人」、「處死投機主義者」等等。因此法院做出了一系列處決判刑的名單。這引起了世界文壇與科學界人士的抗議，高爾基也是其中一名反對者。此外，200 名無黨籍的知識份子紛紛發表抗議聲明，包括了哲學家、詩人貝爾加耶夫[28]、社會學家索羅金、作家奧索爾金與其他知名的社會人士。其中標誌性事件就是高爾基因抗議還被流放[29]。黨內的鬥爭氣氛讓蘇維埃報業的惡化現象一直到新經濟政策中開放部分私有媒體產業時才得到一些。新經濟政策推動的一年期間，在莫斯科有 220 家私人報刊媒體註冊登記，在彼得格勒則有 99 家[30]。

這時期的報業發展有幾股方向。其一就是懷念君主主義制度的保守主義報刊，它以斯圖維的雜誌《俄羅斯思維》為代表，還有《雙頭鷹》與《即將來臨的俄羅斯》刊物。其二就是溫和的實際主義派，代表人物是米留柯夫，主張結合社會革命黨人中的左派和右派從白軍失敗中站起來，其中代表報刊為《最新新聞》日報和《日子》週刊，這成為了俄羅斯海外移民表達意見的平臺。其三就是循規蹈矩派，代表人物是烏斯特寥羅夫，表達了報業在時代當中轉變的思想，其中代表報刊為《生活新

---

27 Овсепян Р. История новейшей отечественной журналистики. М., МГУ,1999. С.60-61.（奧夫塞班，《最新祖國新聞學史》，1999 年，第 60-61 頁。）

28 Бердяев Н. Судьбы России. // Литературная газета. 1990,12,5.（貝爾加耶夫，《俄羅斯的命運》，文學報，1990 年 12 月 5 日。）

29 Незвисимая газета 1992,8,4. 獨立報，1992 年 8 月 4 日。

30 Овсепян Р. История новейшей отечественной журналистики. М., МГУ,1999. С.62.（奧夫塞班，《最新祖國新聞學史》，1999 年，第 62 頁。）

聞》、《道路》、《新道路》、《里程碑轉變》、《前夕》等等。這一派新聞人又各自結合俄羅斯精神和蘇維埃精神中的愛國主義信仰[31]。

1924 年 1 月 1 日，為配合戒嚴體制的軍事改革，出版了《紅星報》。1924 年的報業的經濟來源普遍出了問題，因此俄共（布）在 1924 年 3 月的第 13 屆大會上通過一道命令，就是每一位共產黨員都要訂黨報，每十戶農家需要訂一份黨報。到了 1925 年，589 種報刊中農村報刊仍是重點，全國蘇維埃報刊大約有 300 萬訂戶，141 種農民報刊，76 種工人報刊，72 種共青團報刊，17 種軍事報刊等等[32]。

在蘇維埃報刊發展的第一個十年當中，從短暫的多黨報刊、俄共極力發展一黨報刊到列寧新經濟政策短暫放寬的私有化報刊過程中，蘇維埃黨報刊體系最終仍發展成為具有社會主義特色的報刊制度，這不得不說與它處在政治改革大環境之下有關。在這裏我們看見蘇共報刊的演變，可以說蘇維埃報刊的發展重點反映當時貫徹黨的政策思想的歷史進程。

四、史達林時期的傳媒發展

第二次危機是從 1928 年的政治改革開始的，持續了 5 年。此時富農又開始被當作「階級」而遭到草率的消滅，剩餘的農民被迫聯合成立集體農莊，這個工作是在黨和國家的嚴格監督下執行的。在集體化過程當中，政治動機是主要的，經濟動機則被完全忽略，這是與列寧的新經濟政策最大的不同。那些反對集體化的部分貧苦農民也遭到了鎮壓。最後幾年恐怖擴大到黨本身、軍隊和國家幹部。黨內禁止任何派別活動，意識形態學說在 30 年代重新做出了修改，當時意識形態學說希望建立在改善生活的許諾基礎之上，最後演變成為史達林建立個人崇拜的工具。當時大多數的蘇聯公民都支援了這樣的意識形態。當時政權的主要支柱是國家官僚的特權階層、鐵的紀律和完全服從上級的原則上組織起來的官僚體系。這基本上具有一個極權社會的特徵，但它在更大的程度上是依附在社會主義的標誌下，成為社會主義和黨的負擔，衛國戰爭的勝利只是更加鞏固了這一制度，它一直延續到蘇聯解體。

---

[31] 同上，1999 年，第 63 頁。

[32] 同上，1999 年，第 65-68 頁。

此外，這個時期的傳媒發展可以分為幾個階段來看，第一個階段是二十年代末到三十年代階段，第二個階段是 1939 年到 1945 年，第三個階段是 1946 年 1956 年。對於二十年代末到三十年代傳媒發展的評價比較莫衷一是[33]，主要原因可能是對史達林個人集權的看法不一。

在第一個階段，如果單從報刊的專業類型而言，這個時期中央經濟類報刊加強在地方上的分支發展是最重要的發展趨勢，新發刊的報紙有：《農業報》、《社會主義耕作報》、《發展食品工業報》。30 年代國內報刊著重在發行工人與工業類型的報刊，包括《貿易工業報》、《建築報》、《輕工業報》、《林業報》等等。在許多刊物中經常出現如下的標題：《專業生活》、《追求高勞動生產》、《技術革新》、《勞動與紀律》、《工人日常習慣》、《經驗交換》、《編輯信箱》、《讀者談自己的報紙》等等。到了 1937 年，蘇聯國內已經出版了 8521 種報刊，訂戶達到 9620 萬，在全蘇聯加盟共和國內同時發行的有 2500 種報刊[34]。

第二個階段是 1939 年到 1945 年。這個時期的傳媒發展與納粹德國的入侵有關。在戰前蘇聯媒體開始對工人、農民與知識份子進行大量的思想動員。1939 年到 1940 年期間，中央報刊包括《真理報》、《紅星報》、《共青真理報》等都進行了內部編輯部的整頓，出現了許多新的組織，其中最重要的就是宣傳組的增設[35]。

1940 年的報刊數量比 1937 年增加了接近 300 種，達到了 8806 種報刊，零售報數量則由 3620 萬增加到 3840 萬份[36]。中央廣播電臺兩檔

---

33 Ингулов С. Реконструктивный период и задачи печати. М., 1930. Иванов Р. Партийная и советская печать в годы второй пятилетки. М., 1961. Исмагилов М. Печать и производственння пропаганда: исторический опыт, традиции проблемы перестроечного периода（ Формирование и развитие экономической прессы в годы первых пятилеток）, 1991 и другие.（印古洛夫，《重建時期與報刊任務》，1930。伊凡諾夫，《第二個五年時期的黨與蘇維埃報刊》，1961 年。伊斯馬革洛夫，《報刊與生產宣傳：歷史經驗、重建時期的傳統問題（形成與發展第一個五年經濟報業）》。）

34 Овсепян Р. История новейшей отечественной журналистики. М., МГУ,1999. С.84-111.（奧夫塞班，《最新祖國新聞學史》，1999 年，第 84-111 頁。）

35 Овсепян Р. История новейшей отечественной журналистики. М., МГУ,1999. С.113-114.（奧夫塞班，《最新祖國新聞學史》，1999 年，第 113-114 頁。）

36 Печать СССР за 50 лет. Статистические очерки. М.,1967. С.190.（蘇聯報刊 50 年，統計概要，1967，第 190 頁。）

節目在 1940 年時每天平均要播放 64.3 個小時，其中一台 23 個小時針對國外聽眾播放的節目[37]。1941 年 6 月 22 日中午 12 點，中央廣播電臺報導了德國攻擊蘇聯的消息，電臺首先要播報 45 分鐘政府所發表的聲明，然後開始播報前線戰況。從此蘇聯人民便開始從早到晚關注廣播電臺所傳回來的最新戰情。1941 年 6 月 24 日，蘇聯資訊局創設，蘇聯資訊局每天要做 2000 次戰情彙報[38]。在前線採訪的特派記者是來自中央與塔斯社的報刊，可以在前線採訪的媒體有蘇聯資訊局、《塔斯社》、《真理報》、《消息報》、《紅星報》、《紅色前線》、《共青團真理報》等[39]。

僅僅在 1942 年當中，軍中就發行了 22 種以蘇聯加盟共和國主要民族語言印製的報刊，在衛國戰爭中一共發行了 64 種報刊，以團結蘇聯軍隊與提升士氣。此外，在衛國戰爭中蘇聯軍方一共發行了 20 種雜誌，包括《紅軍鼓動者與宣傳者》、《鼓動者活頁本》、《文藝雜誌》、《紅軍》、《前線圖解》、《炮兵雜誌》、《裝甲車隊雜誌》、《軍事工程雜誌》、《紅軍通訊》等等[40]。

總體而言，衛國戰爭期間媒體的報導方向主要集中在蘇聯軍隊的戰況、前線作戰與後方抗敵的英雄事蹟、蘇聯軍隊在歐洲領土作戰以及對抗德國入侵獲得光榮勝利的內容等等。蘇聯人民為了保衛祖國而在報刊上發表各種愛國文章與評論，表達了捍衛祖國的勇氣與決心，這一部分媒體發展時期極大地豐富了這一時期蘇聯報刊的內容形式[41]。

第三個階段是 1946 年~1956 年。戰後史達林政權繼續強化傳媒的意識形態的宣傳功能，將人民的注意力轉往戰後經濟復蘇的建設工作上去。戰後蘇聯媒體又進入了一個重建發展的時期。

---

[37] Глейзер М. Радио и телевдение в СССР. Даты и факты （1917-1986）.М., 1989.С.54-55.（格列則爾，《蘇聯廣播電視》，日期與事實（1917-1986），1989 年，第 54-55 頁。）

[38] Овсепян Р. История новейшей отечественной журналистики. М., МГУ,1999. С.114-117.（奧夫塞班，《最新祖國新聞學史》，1999 年，第 114-117 頁。）

[39] Бурков Б. "Комсомолка"в шинели. М.,1975.（布林柯夫，《穿上軍衣的女共青團員》，1975 年。）

[40] Овсепян Р. История новейшей отечественной журналистики. М., МГУ,1999. С.119.（奧夫塞班，《最新祖國新聞學史》，1999 年，第 119 頁。）

[41] Овсепян Р. История новейшей отечественной журналистики. М., МГУ,1999.С.138.（奧夫塞班，《最新祖國新聞學史》，1999 年，第 138 頁。）

蘇聯媒體在戰後首先面臨的是生產設備的匱乏、紙張的短缺和新聞人員的不足等等問題。地方報紙在戰後陷入壓縮版面的窘境，例如《真理報》的城市版與社區版兩版縮減為半個版面。與此同時，新一批的報業得到創建，地方報業為因應宣傳戰後經濟復蘇工作的需求又新發行一些報刊雜誌，比如《建築材料工業報》、《水運報》、《文化與生活》、《追求永久和平報》、《追求人民民主報》、《和平與社會主義的問題》雜誌等。此外民族語言報刊也有發展，例如薩哈林的朝鮮文報《根據列寧的道路》、在莫爾達瓦共和國以莫爾達瓦與出版的《鄉村生活》等等。其中蘇聯報業中最重要意識形態宣傳的工作，是由全俄共（布）中央執行委員會宣傳鼓動部發行的《文化與生活》擔任，該報刊登的相關命令是報刊機關與其他意識形態機構所必須要知道與執行的[42]。

戰後電視發展成為蘇聯媒體發展的重點。1949 年 6 月 29 日，蘇聯電視第一次在戶外轉播了迪納摩體育館舉辦的一場足球賽。1951 年 3 月 22 日，蘇聯部級委員會頒佈一項製作莫斯科每日播放電視節目的命令，為此，1954 年夏天，在中央電視臺攝影棚內舉行了好幾次編輯會議，這裏首度出現了第一批專業的電視記者。他們的首要任務就是製作第一批蘇聯紀錄片[43]。

蘇聯傳媒參與國際事務是蘇聯戰後重建最重要的任務。此時蘇聯國家通訊社─塔斯社就扮演舉足輕重的角色。不論遠東、歐洲、亞洲之一都有塔斯社的通訊網絡，負責報導這些地方戰後政治與經濟改革的情況，擔任蘇聯在外重要的情報耳目。與此同時，《真理報》、《消息報》以及中央其他報刊也都將國際議題擺上報導的議事日程當中。國際議題成為蘇聯媒體關注戰後經濟復蘇以外的另一個重要方向[44]。

---

[42] 同上，1999 年，第 140-141 頁。

[43] Глейзер М. Радио и телевдение в СССР. Даты и факты（1917-1986）.М., 1989.С.70.（格列則爾，《蘇聯廣播電視》，日期與事實（1917-1986），1989 年，第 70 頁。）

[44] Овсепян Р. История новейшей отечественной журналистики. М., МГУ,1999.С.158.（奧夫塞班，《最新祖國新聞學史》，1999 年，第 158 頁。）

五、赫魯雪夫的新憲法革新與傳媒角色

第三次政治改革開始於 1953 年史達林死後，也持續了 5 年。這次危機是依靠對農民、工人、職員和知識份子的許多讓步來解決的。在二十世紀五十年代人民的生活狀況明顯改善，經濟高速發展，以至某些經濟學家認為 50 年代是蘇聯國民經濟史上最成功的年代，蘇聯的國民生產總值在 1951 年~1960 年間增長了 1.5 倍。蘇共的意識形態學說的實質性變化是在黨的第二十次和第二十二次代表大會上。

代表大會認為蘇聯國家生活已經開始出現社會主義的特點，並且提出了蘇聯建設共產主義社會的方針。六十年代，政府只對這個方針做出一小部分的修正，七十年代當蘇聯的經濟的發展開始明顯放緩時，蘇聯的意識形態的指導政策未能及時做出相應的改變，同時國家未能有效地利用已經出現的科技革命契機，導致蘇聯與發達資本主義國家差距擴大，同時政府不適當地增加軍費開支，掏空了經濟。此時，廣大群眾的物質狀況並不樂觀，不滿情緒增長了。當政府機關試圖通過壓力與鎮壓來抑制這些不滿，儘管這些鎮壓並不是大規模的。而真正的問題是意識形態學說研究的停滯已經破壞了蘇共官員的威信，特權繼續被當作社會主義的一部分被保留下來，危機並沒有得到有效的解決。

1956 年，赫魯雪夫當權後宣佈了黨的新政治方針。與此同時，國際舞臺上也彌漫著蘇聯倡議大和解的氣氛，這反映在蘇聯媒體的社政報導上。五十年代蘇聯傳媒體系已經樣板化與教條化，必須繼續媒體改革工作。八十年代中期以後，戈巴契夫所執行的「公開性」改革其實並非空穴來風，戈巴契夫所倡導的「公開性」其實早在赫魯雪夫執政的後期就曾經被試圖短暫地實行過，但那只是曇花一現，其中標誌性的事件就是 1964 年的「新憲法事件」。

蘇共十二大之後，赫魯雪夫便著手開始進行起草新憲法的工作。當時蘇聯還在執行 1936 年所通過的「史達林憲法」，赫魯雪夫認為，這部憲法存在非常多的缺陷，它已經不能適應新的形勢，對此蘇聯必須根據蘇共新綱領的精神重新加以制定。1962 年 6 月 15 日，赫魯雪夫為此成立了由 97 人組成的新憲法起草委員會，該委員會下設 9 個分委員會。其工作程式為：先由這些分委員會按不同的問題準備材料，提出建議，

然後集中討論，綜合彙集，按照赫魯雪夫的意見，該憲法的起草工作應在 1963 年完成。

當時新憲法起草分委員會提出的許多建議已經涉及國家民主化、聯盟共和國的主權、公民所擁有的權利等方面，對此委員會都有比較新的提法，如選舉產生國家和地方領導人、聯盟共和國成為主權國家、國家的重大問題進行全民公決等等政治性問題。當然這些都是建立在以共產主義思想為基礎的框架之下。1964 年，在赫魯雪夫下臺之後，這部新憲法也最終沒有面世，1977 年勃列日涅夫制定的蘇聯新憲法在許多地方上都沒有再出現當年的諸多建議，但這些建議幾乎不約而同地在「公開性」改革中出現。

1962 年 6 月 15 日，赫魯雪夫在第一次全體會議上表示他曾考慮起草一份制定新憲法的基本思想和方針。他在委員會上與大家交流過後認為，這樣會對委員會成員有所束縛，因此委員會制定新憲法的方法就是分委員會開會、討論。每個委員會在相對獨立的情況之下提出自己的意見與觀點，最後再做集中，把這些意見匯總成為一個統一的檔，然後再發給委員會的全體成員。屆時，每個成員要就他所負責的工作表示自己的意見，而對整個憲法條文一定要向委員會提出自己的看法。儘管這樣做會費一些時間，但憲法總委員會不會規定分委員會工作的硬性空間。

憲法委員的分委員會共分為九個，分別是憲法一般問題和理論問題分委員會；社會制度和國家制度問題分委員會；國家管理、蘇維埃和社會團體活動問題分委員會；經濟問題和國民經濟管理問題分委員會；民族政策和民族國家建設問題分委員會；科學、文化、國民教育和保育問題分委員會；對外政策和國際關係問題分委員會；人民監督和社會主義法制問題分委員會；編輯委員會。

在這裏我們重點看以下四個委員會的成員：

一般問題和理論問題分委員會的成員主要包括：赫魯雪夫、勃列日涅夫、沃羅諾夫（蘇共中央俄羅斯聯邦局副主席）、基裏連科（蘇共斯維爾德羅夫州委第一書記）、蘇斯洛夫（蘇共中央主席團委員、中央書記）、柯西金、庫西寧（蘇共中央主席團委員、中央書記）、米高揚、勃德戈爾內（蘇共中央主席團委員、烏克蘭共產黨中央第一書記，後來調任蘇共中央書記）、波利揚斯基（蘇共中央主席團委員、俄羅斯聯邦部長會議主席)、什維爾尼克(蘇共中央主席團委員、中央監察委員會主席)。

社會制度和國家制度問題分委員會的成員包括：阿布拉莫夫(蘇共莫斯科州委第一書記)、鮑玖爾(摩爾達維亞共產黨中央第一書記)、德佐尼采德澤(格魯吉亞共和國最高蘇維埃主席團主席)、伊斯坎德羅夫(阿塞拜疆共和國部長會議主席)、卡恩別爾金(拉脫維亞共和國最高蘇維埃主席團主席)、柯羅欽可(烏克蘭最高蘇維埃主席團主席)、凱賓(愛沙尼亞共產黨第一書記)、奧維佐夫(土庫曼共產黨第一書記)、佩爾謝(拉脫維亞共產黨第一書記)、謝爾比茨基(烏克蘭共和國部長會議主席)。

國家管理、蘇維埃和社會團體活動問題分委員會的成員包括：拜拉莫夫(土庫曼共和國最高蘇維埃主席)、格奧爾加澤(蘇聯最高蘇維埃主席團秘書)、耶匹謝夫(蘇聯陸軍和海軍政治工作負責人)、卡文(文尼察州集體農莊主席)、柯季查(摩爾達維亞共和國中央第一書記)、馬祖洛夫(俄羅斯聯邦共產黨中央第一書記)、米利謝普(愛沙尼亞共和國中央第一書記)、帕夫洛夫(蘇聯共青團中央第一書記)、波利揚基斯(俄羅斯聯邦部長會議主席)、拉蘇洛夫(塔吉克斯坦共產黨中央第一書記)、斯米爾諾夫(列寧格勒的一名工人)、斯涅奇庫奇(立陶宛共產黨中央第一書記)、季托夫(蘇共中央黨機關的領導)。

編輯委員會的成員包括：阿朱別伊(《消息報》主編、赫魯雪夫的女婿)、阿爾祖馬尼揚(院士)、羅馬什金(法學家、蘇聯科學院院士)、薩丘科夫(《真理報》主編)、斯捷潘諾夫(《真理報》副主編)、費多謝耶夫(院士)。

在一般問題和理論問題分委員會的成員更多表示出中央對於這次修改憲法的重視，中央的一些重要成員都加入其中，但在社會制度和國家制度問題分委員會和國家管理、蘇維埃和社會團體活動問題分委員會這兩個重要的委員會中我們更多地看到各共和國領導的身影，其中還有工人代表的成員，這表示赫魯雪夫已經看到蘇聯已經到了新老領導人需要交替的時候。蘇聯社會各界新出現的精英階層對於前期的國家管理表示出自己獨特的意見，他們希望得到國家與社會的重視，但問題是如何平穩地解決社會穩定和變革的問題成為關鍵。

這樣分委員會的成員一定會提出與社會非常貼近的觀點與建議，但問題是如何協調個別成員提出的尖銳建議與社會大眾的慣性呢？也就是說，民眾對於分委員會的成員提出的問題並不一定有深刻的理解，但民眾對於自己的生活困難關心的程度要大於一切。從政策的後期結果上來講，分委員的成員並沒有注意到這些民生問題。因此，如果處理不好民眾現實生活與國家未來發展相互的關係，這可能會引起東歐各國與蘇聯內部的不穩定。

馬克思在《政治經濟學批判》序言中有一段經典論述：「人們在自己生活的社會生活中發生一定的、必要的、不以他們的意志為轉移的關係，即同他們的物質生產力的一定發展階段相符合的生產關係。這些生產關係的總和構成社會的經濟結構，即有法律的和政治的上層建築豎立其上並有一定的社會意識形式與之相適應的現實基礎[45]。」馬克思主義經典作家把社會結構分為經濟基礎（生產力及生產關係）、國家機器和社會意識形式三大板塊。國家機器在制約和促進經濟基礎與社會意識形式協調發展中具有至關重要的作用。

1964 年 6 月 16 日，赫魯雪夫在憲法會議第二次全體會議開幕式時表示，憲法委員會不斷收到勞動人民的大量來信，來信談到的是關於未來基本法的具體內容很具有可行性。有的人起草並寄來了憲法呈文，這已經被送到憲法分委員會。新憲法必須反映蘇維埃社會和國家發展的現狀，必須反映社會主義民主提高到一個更高的水平，為勞動人民的民主權利和自由建立更加牢固的保障，新憲法將是一部史無前例的社會主義民主憲法。新憲法應當為國家公民遵守社會主義法制提供保障，為過渡到社會的共產主義自治準備條件。在起草新法草案時，我們必須以我國政治建設和國家建設的具有國際意義的重大經驗為指南，以列寧的思想遺產中關於憲法建設問題的指示為指南，以在我們黨的綱領中得到反映和進一步發展的列寧主義的社會主義國家組織原則和活動原則為指南。新憲法應當是一個具有國際意義的檔，是鼓舞各民族爭取自己光明未來的典範和榜樣。

[45] 馬克思：《〈政治經濟學批判〉序言》，《馬克思恩格斯選集》第 2 卷，人民出版社 1995 年第 2 版，第 22 頁。

這次會議中，赫魯雪夫提到新憲法的幾個總原則：

首先，新憲法不能局限於僅僅闡述國家建設的基礎和國家機構，在社會主義社會，在管理社會事務方面，除社會主義的國家機器外，共產黨和社會團體也起著重要的作用。共產黨的領導作用、社會生活中的作用和經濟建設的領導問題，在憲法中應當得到廣泛的反映。總之，新憲法應當是國家和社會的基本法。

其次，應當在黨的綱領中寫進一條重要原則：一切為了人，為了人的幸福。這是一條基本的原則，是馬列主義的根本基礎。必須使這一條共產主義的原則在新憲法中的草案中得到充分反映。也許我們應當在新憲法中專設一章：社會、個人和國家，在這一章中必須把蘇聯人民已經享有但是沒有寫進現行憲法的權利以及現在農民已經被保留下來的權利獲得正式的肯定。比如，經過多年發展現在實際上已經存在的權利和民主自由，包括勞動保護、健康保護權、享有文化財富權、科學和藝術創作權，等等。

最後關於蘇維埃的名稱。這應當體現出整個蘇維埃活動的活躍性，在新憲法中應當有所體現，問題還涉及到蘇維埃常設委員會以及蘇維埃代表作用是否應當得到提高。比如應當將蘇維埃改為「人民蘇維埃」是否更加準確。當時在會上有的同志認為，這樣的名稱能更好地反映我們社會新的社會結構、我們社會的社會統一和思想政治統一。另外一些同志認為，基於同樣的考慮，把蘇維埃叫做「勞動人民蘇維埃」更加準確。

赫魯雪夫的新憲法改革在中央遭遇了失敗。蘇共中央主席團在 1964 年 10 月 13 日《關於主席團內部發生的問題和在蘇共中央活動中恢復列寧主義集體領導原則的措施的決議》中提出：赫魯雪夫同志身居蘇共中央第一書記和蘇聯部長會議主席，集大權於一身，在某些情況下不受蘇共中央的監督，不再考慮中央主席團委員和蘇共中央委員們的意見，許多決定是未經應有的集體討論就開始執行。

勃列日涅夫在 10 月 14 日蘇共中央全會上的開幕詞中指出：今年 10 月 13 日舉行的由全體委員出席的蘇共中央主席團會議，這裏除蘇斯洛夫（蘇共中央主席團委員、中央書記）因病未出席外，在赫魯雪夫同志主持下，對於我國國內外政策、領導工作、黨的政策的貫徹和赫魯雪夫同志對黨中央和政府工作的錯誤的惡劣領導與方法等根本問題展開了討論。會上發言的所有中央主席團委員、中央主席團候補委員和中央書記處都一致認為，中央主席團缺乏良好的工作氣氛，中央主席團情況是不正常的，其責任首先應當由赫魯雪夫同志來承擔，因為他已經破壞了黨和國家生活的列寧主義的集體領導原則，走上個人迷信的道路。最後，中央主席團得出一致結論認為，赫魯雪夫同志種種過分匆忙草率決定下的方針和缺乏考慮的唯意志論的做法，給我國國民經濟的領導製造了巨大的混亂，為國家造成嚴重損失，他卻用無窮無盡的所謂改革和改組來掩飾自己的過失。

此時，媒體本應該成為圓滿解決赫魯雪夫憲法改革中各種問題的關鍵，媒體需要扮演、把握並平衡所有社會反應的角色，媒體是國家機關與社會大眾交流的重要渠道之一，但非常可惜的是編輯委員會成員的成分卻異常地單一化，民眾對於社會上的各種問題的反映很難體現，因為政府機關通常是以社會穩定的角度來思考問題，而媒體在先天上卻有幫助和監督政府的雙重角色。另外，媒體成員通常富有正義感，他們與社會的脈動一向最為貼近，而該憲法分委員會成員組成過於簡單，應該說政府聯繫結構的脫節是導致最後新憲法無法執行、民眾對此缺乏瞭解的重要原因之一。

後來，戈巴契夫在「公開性」改革的最初過程當中注意了這些問題，改革幾乎得到了全體民眾無私的支援，但人民在媒體看到的更多是政府高層鬥爭和揭歷史傷疤為主的媒體報導，媒體在馬列主義基礎之上正義感、監督性和穩定社會的角色消失了，媒體成為很多社會不穩定因素的推波助瀾者，這也與恩格斯在《哥達綱領批判》中所強調的媒體是促進社會進步、穩定社會的角色相違背。戈巴契夫的「公開性」遇到的另外一個問就是「公開性」完全以蘇聯為範本而展開，但這樣的改革政策並沒有考慮東歐國家的利益，東歐國家有其自身的國情，果然「公開性」首先在東歐遭到失敗，然後波及整個蘇聯，從而導致「公開性」改革最後徹底失敗。

赫魯雪夫的新憲法改革是否已經參考西方政治文明的特點呢？在此我們還要具體指出西方文明的具體特點。童兵教授在《政治文明：新聞理論研究的新課題》一文中認為，西方政治文明的基本內涵為一個制度、兩個機制、三個規範。一個制度就是現代民主制度,這個制度的實質是還政於民，還權於民，確保人民當家作主。兩個機制是政治運行機制和社會監督機制。三個規範就是指觀念規範、法律規範和道德規範。這一個制度、兩個機制和三個規範之間的關係是：三個科學規範是建構文明務實的政治運行機制與社會監督機制的基礎，兩種機制的有效運行是民主機制與社會監督機制的基礎，兩種機制的有效運行則是民主政治制度得以建立和維繫的保證。他們都是現代文明的基本內涵和必要架構[46]。其實，赫魯雪夫的新憲法改革的內容主要集中在三個規範上，因為蘇聯在經過由赫魯雪夫主導的大解凍時期後，內部已經開始出現多元化發展趨勢，這是赫魯雪夫沒有預料到的，蘇聯的整體社會價值觀再次活躍起來，此時，蘇聯確實需要一部法律來再次確認社會整體的價值觀。

五、勃列日涅夫與安德羅波夫時期的意識形態危機

勃列日涅夫對於蘇聯未來意識形態的發展問題曾在 1966 年至 1976 年間做過若干的指示，非常不幸的是，戈巴契夫後來的施政幾乎完全違反了這一階段的蘇聯在維護國家意識形態中取得的成就。

1966 年 11 月 10 日，勃列日涅夫在《蘇共中央政治局會議關於國內意識形態分組會議》中就曾指出：現在蘇聯黨和國家生活已經在許多方面制定了十分明確的發展前景，這在 1964 年蘇共中央十月全會中做出總結。無論是在經濟領域，還是在農業方面，以及在各方面的工作我們都感到明顯的進步。在黨和國家生活中有一項工作我們迄今為止還存在很多的問題，這就是我們黨和國家的意識形態工作，對於這一方面，我們還存在缺點，或者在某些地方我們甚至還存在嚴重的錯誤，這些問題已經讓人越來越明顯地感到了，他們不能不令我們忐忑不安，不能不引起我們的認真警惕。這其中的主要問題是這些錯誤並不像在其他領域那樣容易克服，過去與現在我們都非常清楚這個問題的極端複雜性，意識形態工作中的缺點和錯誤可能給國家帶來無法克服的危害。

勃列日涅夫同時認為，有一種情況值得警覺,那就是某些意識形態工作手段，諸如學術著作、文學作品、藝術、電影以及報刊，在這裏竟

---

[46] 童兵，《政治文明：新聞理論研究的新課題》，《童兵自選集》，轉錄自《新聞與傳播研究》，2003 年第 3 期，上海：復旦大學出版社，2004 年，第 279 頁。

被用來誣衊我們黨和我國人民的歷史，而有人這樣做的時候還假借種種冠冕堂皇的理由，擺出種種貌似高尚的出發點，這樣的做法危害更大。

勃列日涅夫還認為，蘇聯已經遇到一些危機，即黨的中央委員會、政治局得不到有關黨內、國內意識形態工作狀況的周詳而系統的情況通報。這裏的通報不是只為通報而通報，這裏指的是真正的、充滿黨性原則的、目的明確的情況通報，並且附有具體的建議。蘇聯國家已經建立了有關於國際政治和實際問題的、國內經濟建設問題的通報，而關於意識形態方面的工作，蘇共中央領導階層卻沒有這樣的情況通報。

在會議上安德羅波夫提出同樣的看法，他認為：中央十月全會前的時期在意識形態工作方面也給黨和人民造成巨大的損失。赫魯雪夫曾利用意識形態為自己的個人目的服務，來自我標榜，他並不關心黨的利益，但蘇共中央同樣也存在一定的缺點。安德羅波夫重點提出蘇聯高校年輕人的思想問題，他認為這不是一個新問題，在改善年輕人教育工作方面國家做得並不多，國家之前曾用一種教材教育他們，現在又推薦另外一種教科書，而真正揭示黨和人民生活中發生的事件的深層次實質性的教科書，幾年來我們並沒有拿出來，這是蘇聯年輕人頭腦中出現一片混亂的主要原因所在。在闡明史達林問題、衛國戰爭的問題、國家和黨發展前景的等等問題，這不僅僅事關蘇聯內部的問題，而且事關各社會主義國家，以至於全世界的共產主義運動。安德羅波夫提出蘇聯需要一本真正闡述馬克思列寧主義的著作，這本書應當能闡明蘇聯整個時代發展上的多樣性和豐富的黨與國家生活，這本書必須經過政治局批准。

第四次政治改革危機發生在七十年代末和八十年代初。這是一次經濟、政治和道德層次的危機，伴隨著官員精英的逐漸老化和退化，安德羅波夫曾經試圖通過改革來擺脫這次全方面的危機。安德羅波夫在 1983 年蘇共中央六月全會的講話中特別強調指出，我們正在經歷這樣一個階段：社會正在發生深刻質變，與此相適應的生產關係的完善不僅迫在眉睫，而且已經勢在必行，這不僅是我們的願望，也是客觀的需要，對於這種必要性我們既無法繞過，也無法回避。他還指出，要保證整個經濟機制不間斷協調運轉，這是當今的要求和未來的綱領性任務，是完善蘇聯社會機制的整個過程的組成部分。安德羅波夫在其逝世前主持召開的蘇共中央十二月全會（1983 年）上再次講到，完善蘇聯經濟體制的一些個人設想，只有綜合地、相互聯繫地研究改進管理體制的問題，才能最充分地利用社會主義生產方式所具有的優越性，這應該成為蘇共綱領修訂本的重要組成部分。

對此，關於改革的進程問題在以後的幾年間一直停留在學術討論階段，這一時期主要的代表人物為蘇聯科學院新西伯利亞分院院士 T.紮斯拉夫斯卡婭。她在 1983 年的一次內部學術討論會上發表的報告中，在理論上集中分析了當時蘇聯進一步改革經濟體制的必要性，蘇聯當時的國家管理體制的基本輪廓大約在五十年前形成，雖然經過多次的大補與小補，但還沒有進行一次真正反映生產力與生產關係直接聯繫的改革。而這種體制最主要的特徵表現為：經濟決策高度集中；生產計畫的高度指令性而導致市場關係的不發達，產品的價格嚴重背離社會價值，生產資料市場嚴重短缺；對勞動的各種形式的物質刺激進行集中調節；部門管理原則優先於地區原則；對經濟部門和分部門的管理處於本位主義的隔絕狀態；企業管理許可權有限，對經營活動結果的經濟責任同樣有限；居民再生產、服務、交換領域等經濟積極性也受到限制，這些特徵都反映了經濟管理的行政方法多於經濟方法，集中多於分散。

正如與安德羅波夫共事很久並十分熟悉他的阿爾巴托夫所說：安德羅波夫是個非常矛盾的人物，或者說改革是一個非常複雜的多層面的任務。他一方面看到蘇聯現在存在的問題不僅在史達林時期存在，而且在勃列日涅夫時期存在，這是完全不正常的現象，蘇聯應當進行認真的改革，並應從經濟領域展開。但在另一個方面，他在這個領域的思維方式相當傳統，他不敢超越已經存在的穩定秩序、嚴格的紀律，不敢提高物質刺激和精神刺激的作用[47]。

總之，蘇共領導人未能改善人民的物質生活並以此減少他們的不滿。此後意識形態學說也開始變化，即興創作並擅自改變馬列主義的初衷，並以此簡單迎合社會部分階層的意識形態，最後改變了價值取向的意識形態逐漸成為主流，這在戈巴契夫時期達到高潮，後來的蘇聯學者將這稱為具有宣傳性或便於宣傳的馬列主義。知識份子對於蘇共領導人

---

[47] 【俄】格·阿·阿爾巴托夫著，徐葵等譯，《蘇聯政治內幕：知情者的見證》，北京：新華出版社，第 373-375 頁。

的支援與對官僚機構中的特權階層的抗議常常結合在一起。戈巴契夫在還沒有鞏固經濟、社會和意識形態的制度基礎時，就開始進行民主化，這意味著官僚機構中特權階層面臨著來自社會各個階層的挑戰，鬥爭成為這一階段改革最為顯著的特徵。改革就像在蘇聯這座已經千瘡百孔的高塔上進行加高，加固和改善意識形態的工作並沒有得到加強，坍塌卻是意想不到的和迅速的。

除第一次危機被列寧政治改革基本上解決外，其他三次危機的發生基本都沒有被有效地解決，問題得不到解決的主要癥結點在於蘇聯政治領導人並沒有有效地利用國家龐大的政治、經濟人才來解決出現的問題。維護少數人的利益成為政策的主要出發點，因而，問題在「停滯」中慢慢變大，意識形態成為思想的枷鎖，成為讓社會單一化的工具，對此，勃列日涅夫在他晚期執政中已有深刻的認識，但他由於身體狀況的原因而無力回天。此後在長達二十年的時間裏，蘇聯新聞理論界並沒有做出有效的理論調整，這使得蘇聯媒體的發展逐漸脫離群眾。

在這裏值得指出的是，勃列日涅夫所提出的問題並非空穴來風，在這裏筆者並不知道戈巴契夫如何處理勃列日涅夫所提出的問題，但葉利欽同樣沒有解決這樣的問題。1999 年 10 月，時任葉利欽辦公室發言人現任普京辦公室主任的亞塔姆仁斯基曾在外交部直屬莫斯科國際關係學院的講堂上談到，葉利欽一般會在早上 6 至 7 點閱讀來自不同方面的資訊，這些資訊的特點在於沒有任何評論，最後評論會集中提交給總統。亞塔姆仁斯基在講話中主要想說明總統葉利欽可以閱讀來自不同方面的資訊和意見，但在學生的逼問之下，亞塔姆仁斯基最後表示，總統在處理寡頭幹預媒體發展的問題時，確實發現自 1995 年以後寡頭已經開始控制俄羅斯電視媒體。對於俄羅斯媒體發展中出現的問題，課下，他表示總統會處理寡頭問題，但他不知道用何種手段何種方式。問題就在於 1996 年之後寡頭完全接管了媒體的運行，國家此時卻無能為力，因為俄羅斯媒體寡頭已經和西方國家進行了利益上的結合，這是戈巴契夫遺留問題的延續，蘇聯和俄羅斯連續三代領導人都沒有處理好這樣的問題，而普京的處理方式，就在於應用國家現有的法律體制來鉗制寡頭，首先把真正具有威脅的寡頭清除，然後再要求國家杜馬建立新的一套新聞出版法，在新的新聞出版法的基礎之上慢慢治理媒體問題。

六、戈巴契夫的「公開性」改革牽動傳媒變革

1988年6月28日蘇共第十九次黨代表會議在克裏姆林宮代表大會廳開幕。代表們首先聽取了戈巴契夫對於「關於蘇共中央的二十七次代表大會的決議的執行情況，第十二個五年計劃前半期的基本總結和黨組織在深化改革中的任務」和「關於黨的生活和社會進一步民主化的措施」兩個問題所做的報告，在報告中戈巴契夫指出：該怎樣深化倡導、並在其領導下在蘇聯展開的這場革命性的改革，並使其成為不可逆轉的歷史潮流，這是擺在我們面前的根本問題……黨能否在蘇維埃社會發展的新階段起到先鋒隊的作用，取決於我們能否對上述問題做出正確的回答[48]。

隨即，大會代表開始對由雅科夫列夫主筆的《關於公開性》的檔展開了熱烈討論，《關於「公開性」》檔的主要內容是決不允許壓制大眾傳媒中存在的批評性意見，決不允許迫害批評者，出版物要定期公佈黨的收支情況的詳盡資訊。這其中包括《真理報》的地位問題，有人建議報紙的編輯班子應引進選舉機制，並在蘇共代表大會上報告工作。代表們提出《真理報》不但應當成為黨的機關報，而且更應當是中央的機關報，戈巴契夫在權衡代表們的意見之後，他對此並沒有表示明顯的支援的態度，但他認為由此引發的蘇共內部的分化在加劇。

提倡「公開性」主要是為了說服人民為改革而工作，並為領導階層提供關於人民的資訊和思想來源。在「公開性」實行的過程當中，戈巴契夫試圖通過提高媒體的可信度來表示他對蘇聯人民的信任，以便在國內教育和動員蘇聯人民支援改革並為改革積極工作[49]。

戈巴契夫的改革開始之後，社會馬上陷入意識形態的真空，蘇聯黨和國家領導人又缺乏明確的國家變革的目標和途徑，這時的大眾傳媒的發展失去方向，甚至過去一直是官方色彩的社論也開始突出作者的個人色彩。一篇並沒有事實基礎的「妙文」馬上會使作者聞名全國，並可以為其打開仕途之門，這一時期蘇聯主張改革大眾傳媒在最大程度上接近西方自由和獨立的大眾傳媒的標準，這部分上反映了社會群眾的願望，

---

48 【俄】戈巴契夫，《戈巴契夫回憶錄》，社會科學出版社，2003年，第470-474頁。

49 【英】卡瑟琳・丹克斯，《轉型中的俄羅斯政治與社會》，北京：華夏出版社，2003年，第34-37頁。

更重要的是，媒體成為了在國家發展的關鍵問題上具有不同意見的各社會集團之間相互溝通的渠道。

國家展開「公開性」改革使得讀者開始有機會通過報紙來瞭解政治局勢的變化，1986 年秋季報紙雜誌的征訂結果令人倍感興趣：《共青團真理報》增加 300 餘萬份，《蘇維埃俄羅斯報》增加 100 萬份，《消息報》增加 4 萬份，《共產黨人》雜誌增加 7 萬份，但《真理報》增加不多。此時，《真理報》逐漸由領頭地位向後滑，由改革派的陣地滑向保守派的陣地。儘管各州的黨委以不同的方式幫助報紙發行，《真理報》受歡迎的程度仍不斷降低，印數節節縮減，《真理報》主編維克多・阿法納西耶夫在黨的領導人利加喬夫的鼓勵之下，公開在報紙指出「改革方向已經不對頭」的結論。在此我們可以鮮明地看出蘇聯的大眾傳媒發揮民主的作用主要依靠蘇聯社會較高的物質水平，這使得大眾傳媒能夠充分完成組織社會政治對話的功能[50]。報紙的高訂閱率在經費上可以使其保持一定的獨立性，幾乎完全不需要商業性的廣告，媒體在一定程度上保持客觀、中立和反映社會不同階層意見的能力大為增強。

1988 年 7 月 1 日，蘇共中央第十九次代表會議《關於公開性》的決議中提到：蘇聯共產黨全蘇代表會議從社會主義和改革的利益出發，認為繼續發展「公開性」是最重要的政治任務。代表會議是把「公開性」作為一個已在發展的過程來分析的，並強調指出，始終一貫地擴大「公開性」是反映社會主義民主實質的必要條件，也是動員人民，吸引每一個人參加到社會、國家、集體事業中來的必要條件，使之成為在全民監督所有社會機關、權力和管理機構活動的基礎上反對社會主義蛻變的有效保證。代表大會將「公開性」視為實現人民的社會主義自治和實現公民的憲法權利、自由和職責的必要條件。同時，代表大會認為，制止報刊發表批評性文章，以及刊登有損公民名譽和人格的非客觀報導文章都是不允許的。「公開性」要求大眾資訊媒體擔負起社會、法律和道德責任。「公開性」執行的前提條件就是不容許利用」公開性」損害蘇維埃國家、社會利益，損害個人權利；不容許宣傳戰爭和暴力，反動的種族

---

[50] 【俄】安德蘭尼科・米格拉尼揚，徐葵等譯，《俄羅斯現代化與公民社會》，北京：新華出版社，2003 年，第 287-290 頁。

主義、民族和宗教的非正確方向，不允許宣傳殘暴行為，不容許傳播淫穢作品，不容許利用「公開性」行騙。

在「改革與公開性」開始的初期，蘇聯學者普遍認為「公開性」意味著小批量出版物和個人出版物的結束。90 年代之前許多公眾普遍認為，隨著蘇聯報刊上出現批評列寧，批評布爾什維克，批評馬克思主義的文章，小批量出版物和個人出版物將會凍結，因為這些出版物並沒有太大的公信力，就在批評出現之前，只有很少的出版物堅持公開反對馬克思主義和反列寧主義的立場。據資料統計，截止到 1989 年 7 月，蘇聯在公開性提出之後全國出現了 323 種小型出版物，其中屬於各單位的有 208 種，個人所有的有 115 種。而 1987 年蘇聯境內一共才有 30 種，1986 則只有 10 種。與此同時在推行「公開性」和改革的這幾年間，蘇聯報刊的發行量一直在急劇增長。

1988 年戈巴契夫撰寫第二本書《改革接受生活的監督》，副標題是《摘自日記記錄》，這與戈巴契夫第一本書的風格完全不同。他的第一本書主要是向外國讀者介紹蘇聯的改革，而第二本書主要是向民眾介紹如何展開「公開性」改革。在後來展開並不斷擴大的「公開性」潮流中，政府開始了改革的非意識形態化，誠然，它最初是以探索新的社會主義的意識形態的形式出現的，用以取代迄今為止占統治地位的勃列日涅夫為代表的意識形態。在 1988 年 10 月 31 日的政治局報告會上，戈巴契夫講到：有些事情人們指望我們能多說些，而少說不行，但十分重要的是，總書記按傳統是黨的絕對真理的最高的、無可爭議的代言人，我國的歷史也可以是公正分析的物件，許多好像不可動搖的理論，現在需要加以懷疑並重新認識。

第三節　蘇聯「公開性」改革的思想演變及其影響

戈巴契夫在「公開性」的改革進程當中，與蘇聯知識份子的關係非常微妙，蘇聯公民受大學教育的比例在全世界各國當中居首位，因此知識份子在國家政策的決策過程中有著不容小窺的作用。如現在俄羅斯總統普京在執行部分的媒體政策時，他一定會諮詢莫斯科大學新聞系主任亞辛・紮蘇爾斯基，紮蘇爾斯基在新聞系任系主任近三十年，就地理位置而言新聞系與克裏姆林宮只有一街之隔。新聞系的一名學生馬科洛夫在博士畢業之後，進入普京的媒體研究智囊團，馬科洛夫本人的基本媒體管理思路就是國家可以在適當時機介入媒體的管理，但介入的手段要有技巧，不能像前蘇聯領導人那樣直接幹預。他的媒體管理思想基本上與老系主任大體相似。

一、「公開性」改革引發知識份子爭論

俄羅斯歷史學博士阿納托利・烏特金回憶 90 年代初期蘇聯知識份子的基本心態時指出：俄羅斯知識份子犯了缺乏耐心和態度極度傲慢的錯誤，他們給社會與國家留下一大團疑問，蘇聯知識份子在遇到大動盪的前夕，他們至高無上的宗旨經常是：我們應當成為一個正常的國家[51]。

1991 年，茲・布熱津斯基在一篇題為《俄羅斯的危機》的文章中提到：大多數的俄羅斯人都渴望國家得到正常化，而所謂的正常化俄羅斯一部分精英常常認為這等同於政治和經濟的西化，俄羅斯人常常習慣於或陷入高度的傲慢，或者陷入極端的自卑，目前正患了自我揭露的瘟疫。他們在自己的命運中看到了命中註定的歷史性失敗，並絕望地在國外尋找他們的理想。他們希望模仿美國，或者更希望模仿瑞典因為這些國家把民主與繁榮同社會平等結合起來，這使俄羅斯人感到傾倒[52]。

對於西方模式的傾倒並幻想得到西方的援助，成為蘇聯與後來的俄羅斯聯邦政府高層施政普遍重視的特點，蘇聯最後一任總理瓦連京・帕夫洛夫就曾經要求西方金融家提供 240 億美元，以支援蘇聯的改革，後來的蓋達爾曾指望西方國家和金融提供 200～400 億美元的援助，在沙塔林—亞夫林斯基的《500 天計畫》的綱領中，也曾提到蘇聯希望在 5 年的時間內爭取外商投資 1500 億美元。

著名作家馬克沁・馬克西莫維奇・高爾基在 1918 年 3 月出版的《新生活報》中指出，俄羅斯的部分知識份子認為，俄羅斯未來的出路在於斯拉夫主義、泛斯拉夫主義、救世主上，這基本上是按照德國知識份子的認知基礎得到的結論，俄羅斯獨特的有害思想傳染了另一部分思考的

51　【俄】《獨立報》，1997 年第 27 期。

52　【俄】《首都》雜誌，1992 年第 27 期，第 8-9 頁。

人，俄羅斯知識份子按照歐洲的方式思考，也按照俄羅斯的方式思考，這導致俄羅斯知識份子對於俄羅斯獨有的社會現象比如奴役、酗酒、教會存在一定程度的失望與感傷，而對於自己與人民格格不入的狀況陷入自我陶醉的狀態。俄羅斯的發展歷史在一開始就陷入相對畸形的狀態，人民對於國家建設在一開始就喪失了興趣，俄羅斯猶如一個龐大而虛弱的軀體，整個國家對於能夠使它堅毅行動起來的崇高思想的影響而無動於衷。此時，俄羅斯知識份子就像存在大量的他人思維而陷入病態的頭顱。

斯拉夫主義大約形成於 19 世紀中期，它是迄今為止還在影響俄羅斯知識份子的主要社會思潮，其代表人物主要有吉列耶夫兄弟、霍米亞科夫、小阿克薩科夫兄弟、科舍列夫、尤・薩馬林等。他們反對西歐主義，主張不同於西歐的、俄羅斯獨特的發展道路，並認為這一條道路表現為宗法制、村社農業和東正教。而東正教決定了俄羅斯人民特別的歷史使命，由此發展出斯拉夫主義的延伸面—救世主思想。很多俄羅斯的作家、歷史學家、語言學家都贊成這樣的說法。19 世紀 60 年代，在斯拉夫主義的影響之下，形成了文學社會流派「根基派」，這包括：陀思妥耶夫斯基兄弟、斯特拉霍夫、阿・格裏高利耶夫等人。19 世紀 70~80 年代，斯拉夫主義中的保守成分被分為民族主義和泛斯拉夫主義。19 世紀末至 20 世紀初，斯拉夫主義的思想對佛・索洛維耶夫、貝爾加耶夫、謝・布林加諾夫等人的宗教哲學觀點產生了重大的影響。

在研究中我們發現，斯拉夫主義對於蘇聯的知識份子在改革階段起到了決定性的影響，戈巴契夫就經常閱讀沙皇時期的文學，使他簡單認為沙皇時期所推行的市場經濟與意識形態可以提供給改革更多的參考，但是實際情況是斯拉夫主義已經有太長的時間沒有系統化的發展。

蘇聯領導人在處理不同形態的意見時，他們並沒有注意到「地下出版物」來自國內與國際方面批評的不同出發點，應當看出地下出版物的撰稿人士的主要出發點是基於對國內形勢發展中出現問題而提出的尖銳批評，只是由於這些人都身在其中，深受部分官僚壓制之苦，在感覺大於客觀評價的基礎之上，他們提出的意見較為尖刻，試想一個學者每天都在為生活中的官僚主義而被迫為一些瑣碎的事情而奔波時，自然他們所提的觀點會更為激進一些，反而西方所持的觀點基本上都是在意識形態對立的基礎之上進行系統的闡述。

媒體的發展首先是建立在多元化基礎之上，儘管這種多元化並不是建立在多種思潮齊頭並進的基礎之上，很多時候，是建立在以維護國家利益的基礎之上，多元化成為國家發展中活力的體現，蘇聯著名社會活動家梅德韋傑夫在《論我國若干社會政治潮流》的文章中指出：蘇聯社會已出現新思潮政黨和具有思想影響的中心，蘇共內部一些人反對似乎存在著的「保守主義」的力量，主張堅決揭露個人崇拜時期的所有罪行，清除國家機關中的官僚主義者、腐化墮落分子、教條主義和追求個人名利地位的人，主張擴大言論、集會和討論的自由，用黨對新聞出版的靈活方式來取代嚴格的新聞書刊檢查。

按照蘇聯社會科學院院士薩哈羅夫提出的「民主社會主義」的理論公式，蘇聯內部政治發展的演變道路應當不可避免地導致在國內建立「真正民主的制度」，因此相關的政治與經濟學家應當預先研製這種制度的模式，以便使其成為現有社會政治制度中積極因素的綜合。在許多蘇聯民主化方案中都有要求「限制或消除蘇共的壟斷權力，在國內建立忠於社會主義的反對黨」，這些方案的作者與傳播者認為社會主義民主目前的發展水平使得反對派觀點有存在的空間，應該為不同的意見提供合法的機會。持「民主社會主義」觀點的社會人士認為，對反對蘇聯宣傳鼓動或者散佈詆毀蘇聯及其社會制度的明顯謬誤進行謠言的刑事宣判的懲處是違反憲法的。

2002 年底筆者在上海舉辦的世界媒體高峰會議中向復旦大學博士後流動站站長童兵教授請教後，童兵老師認為蘇聯媒體在「公開性」改革過程當中，媒體與政府並沒有協調好，媒體對於某些人提出的民主化思想只是一知半解，但這卻嚴重影響了蘇聯社會整體的穩定。2003 年 12 月 25 日筆者也曾經向復旦大學新聞學院教授李良榮老師當面請教，李良榮老師表示蘇聯媒體基本上是以高度政治化為前提發展的，蘇聯媒體以及俄羅斯聯邦的媒體發展當中基本上不存在任何的資本運作。

蘇聯媒體發展基本上是以服務於政權精英為己任的。60 年代，蘇聯媒體主要負責批判由赫魯雪夫掀起的反史達林和史達林的個人崇拜，從而導致國內民眾不穩定的情緒。70 年代，媒體則轉而為宣傳美蘇兩國的和解以及蘇聯在經濟建設當中已經進入社會主義的高級階段的政治理念而服務。80 年代，媒體又開始宣傳戈巴契夫所倡導的重建政策，但問題是重建政策是建立在何種政策之上的發展，這使得蘇聯過去三十年間所有的改革思潮都在這一時期迸發出來，包括泛斯拉夫主義、親西方的全面改革者、神秘主義者、恐怖政策的崇拜者，最糟糕的是以上前三種思潮不僅廣泛存在於蘇聯群眾當中，同時在蘇聯的政府高層管理精英當中亦有非常大的市場，這些分裂思潮以後的蘇聯解體帶來了最後的一擊。

俄羅斯歷史學家指出，在戈巴契夫執政的後期，蘇聯領導人經常在「道路」、「模式」和「理論」之間苦苦地選擇。蘇共先是堅持「完善社會主義」，後又提出「人道的、民主的社會主義」，蘇共中央倡導「西歐共產主義」思想，主張吸收全人類的文明成果，提倡新思維等等。在改革模式的選擇上，先是學習匈牙利等東歐國家的經驗，後來轉而尋找北歐模式。在戈巴契夫執政後期，蘇聯的領導人尤其對瑞典的「福利社會模式」大為推崇，主管意識形態的蘇共中央高層領導幹部紛紛前去訪問該國。1989 年以後，戈巴契夫曾打出「中間路線」的旗號，試圖改變頹勢。

當時蘇共中央意識形態領導人亞・亞科夫列夫在《一杯苦酒—俄羅斯的布爾什維克和改革運動》一書中寫道：如果社會主義的發展道路是艱難的，我們的研究有時要退回到當初社會發展遇到問題而出現的暴力革命的狀態，那才是我們國家選擇社會主義道路的主要原因。

戈巴契夫對於意識形態的認識其中一部分是來自私下出版物、國外出版物以及進一步出版社出版的供內部閱讀的非公開的出版物，這些材料的準備使得改革中的保守派無形中承擔之前領導人所犯的任何錯誤。

戈巴契夫的前總書記助理阿納托利・切爾尼亞科夫（A..C.Черняков）在《在戈巴契夫身邊六年》一書中提到，美國著名蘇聯研究學者、史學家斯蒂芬・科恩當時寄給戈巴契夫一本他本人所寫的《尼・伊・布哈林》，同時戈巴契夫周圍的官員也收到了同樣的書，在度假時戈巴契夫還曾同切爾尼亞耶夫討論書中的內容。那時，戈巴契夫就表示對於布哈林的欽佩。1987 年 11 月 7 日戈巴契夫在其政府工作報告中就開始對於布哈林個人及其作用重新開始評價，這開始了重新審視實際上以史達林

《聯共（布爾什維克）黨史簡明教程》為基礎的蘇聯整體意識形態的工作。這引發了徹底重新評價各種價值的第一次浪潮。

切爾尼亞科夫同時認為，戈巴契夫早在來莫斯科任職之前，已在內心深處做好觸動馬列主義正統思想的準備，當要尋找新意識形態的形式時，自然國外比較自由的社會主義思想或稱為民主社會主義的思想就成為必要的選擇。戈巴契夫所閱讀的書即不僅局限於列寧時期出版的書籍和檔，而且還閱讀小範圍內分發的「馬克思主義史」叢書，這些書主要是一些獨立作家用俄語寫作的關於馬克思主義和蘇聯社會主義、俄羅斯歷史的研究和意見，這些書的前言一般都由 E.A.安巴爾楚莫夫書寫。安巴爾楚莫夫畢業於蘇聯外交部直屬國際關係學院，1993 年當選為國家杜馬議員，1994 年被任命為駐墨西哥大使。當時國際關係學院一直是蘇聯各大院校中最為西化的院校，他在前言中的論述已經超出當時正常允許的範圍。

1988 年 8 月戈巴契夫在社會科學院與莫斯科大學做的《關於社會主義的新認識》的演講中曾指出：認識什麼叫社會主義的問題，這是決定意識形態狀況的主要路線。在社會上人們已經從各個方面觸及這個問題了。它已經不僅僅是個理論問題，它正在成為一個政治問題。國家應當首先解決理論可行性的問題。我們需要將以前的經典作家提出的概念一一搞清楚，某些時候我們有必要分解設想中的社會主義這個題材中的所有問題。

第二階段是列寧，我們也要清楚理解他對於社會主義觀點的發展，特別是十月革命之後，他在蘇維埃政權發展時期所做出的具體轉變。概念發展的第三個階段是蘇聯政治經濟建設中的經驗積累階段，對此我們應當思考之前取得的成績和長期積累下來的弊病，這些需要以某些原則來考慮。第四個階段就是在改革過程中從理論上認識社會主義的本質。蘇聯如何設想改革過程中和改革後社會主義發展呢？我們應當重新審視社會發展的方方面面，首先是經濟方面，但這其中所涉及的主題會非常複雜，如何使人們回到真正發展的經濟、生產、社會實踐、社會精神中去，克服生產資料的異化，生產民主化過程中所有制關係的異化，確定人在商品關係方面的地位。

當然還有社會主義社會中的社會公正問題，所有這一切都應該從改革政策的角度與方法入手，而改革核心是改革各個方面的民主化。改革中我們必選按照一個真正的原則進行，那就是：多一些民主，多一些社會主義。其中，必須明確在一黨制條件下確保公民所擁有的多種多樣的權益，這裏首先是「公開性」，這不是政黨的競爭，而只是人的鬥爭。戈巴契夫在讀 1919 年俄共（布）第 8 次代表大會的速記記錄時，他注意到布哈林在報告中提到，蘇聯需要「生產的共產黨」，國家的發展需要發展生產力，蘇聯需要建立商品經濟，而不是從沙皇、資本家那裏把東西奪來，俄羅斯的問題在於分配不均，社會公正性經常出問題。

二、「公開性」改革振盪東歐意識形態

1986 年 11 月，社會主義國家領導人聚首莫斯科，當時戈巴契夫試圖說服自己的夥伴，戈巴契夫在會議中表明國家應該從經濟職能和義務中解脫出來，全部經濟權利理應轉交給獨立的企業，讓他們在商場上發揮自主作用。所有的與會者除卡達爾和雅魯澤爾斯基外，都反對戈巴契夫所倡導的改革。在接下來的幾年間戈巴契夫分別訪問了羅馬尼亞（1987 年 5 月）、保加利亞（1986 年）捷克斯洛伐克（1987 年 4 月）、中國（1989 年）、古巴（1990 年）等國家，基本上戈巴契夫在蘇聯國內的經濟改革失敗之後，他自己所推行的公開性便向蘇聯國內與東歐各國推行。

戈巴契夫所推行的「公開性」改革在東歐各國最後卻演變成整個無政府主義的氾濫，戈巴契夫沒有處理好蘇聯國內精英階層已經初露頭角的問題，反觀在東歐各國的國家裏，同樣存在一樣的問題。東歐國家的精英階層在思想上更加傾向於西歐國家的思想，再加上戈巴契夫在東歐國家推行「公開性」的過程當中忽略「自願」與「民主自願」的原則，他企圖強制在蘇聯境外兜售他的改革，儘管他的這些做法得到了克裏姆林宮與西方的支援，但這卻是整個東歐各國陷入空前的混亂當中，這種混亂一直持續到東歐各國全面易幟。東歐國家的歷史學者形容這一過程為：戈巴契夫在東歐國家的國家大廈裏放了一場大火之後，他卻封鎖了大廈的緊急出口。為什麼會這樣呢？

東歐國家整個國家的行政管理體系並沒有相對獨立，他們主要分為兩種，一種是直接接受蘇聯領導的國家，它包括：保加利亞、捷克斯洛伐克、東德、匈牙利、波蘭、蒙古和羅馬尼亞，他們都是經互會的成員國，並參加了華沙軍事條約；另一類是間接接受領導的國家，它包括：越南、古巴、阿爾巴尼亞和南斯拉夫，這些國家沒有加入華約，其中有的國家參加了經互會，有的國家享有經互會觀察員的身份。

在戈巴契夫推行公開性的兩年間，東歐各國的國家領導人相繼換人，這是東歐國家一夕易幟的主要原因，下面就有幾個代表性的例子：

—在保加利亞，托・日夫科夫被親戈巴契夫的佩・穆拉德諾夫代替，穆拉德諾夫曾任外交部長。

—民主德國的昂納克則由親戈巴契夫的領導人埃・克倫茨於 1989 年 11 月代替。

—在匈牙利，雅・卡達爾於 1989 年 5 月自願向親戈巴契夫的格羅斯讓位，隨後，—戈巴契夫分子涅爾什—勃日高伊—內梅特三人於 8 月掌權。

—捷克斯洛伐克古・胡薩克博士將黨的領導權於 1987 年 12 月交給了改革派米・雅克什，1989 年 11 月整個國家和黨的政權落到親戈巴契夫的烏爾班內科—阿達麥茨—恰爾法三人手中。

—在波蘭，沃・雅魯澤爾斯基在團結工會的壓力之下，於 1988 年 12 月把權力交給請戈巴契夫的米・拉科夫斯基政府，隨後是塔・馬佐維耶茨基成為最後的執政府。

—在羅馬尼亞尼・齊奧塞斯庫在遭到槍殺之後，楊・埃利埃斯庫於 1989 年 12 月接管政府。

戈巴契夫為何在短短兩年的時期內在東歐各國家間展開大面積的領導更叠的過程呢？其中一個非常重要的原因在於：戈巴契夫所主導的」公開性」改革非常有可能首先在東歐各國遭到失敗，但是東歐各國的經濟已經出現嚴重的停滯或倒退的現象，這樣蘇聯衛星國改革失敗將會對戈巴契夫國內的聲譽產生嚴重的後果，為此戈巴契夫將會威嚴掃地，成為別人的笑料。

東歐國家的改革失敗的重要原因之一在於改革的源頭來自於蘇聯，戈巴契夫用蘇聯的行為準則和生活方式來規範東歐各國，但此時對於部分改革專案戈巴契夫並沒有在東歐強制實行，因為他剛在 1988 年 6 月摧垮了黨內反對派，這使得他認為自己在蘇聯國內已經擁有無與倫比的優勢，改革必將會在東歐國家內得到順利執行。

此時，東歐各國在 1988 年正在面臨著空前的考驗，東歐國家的經濟已經面臨崩潰的邊緣，但從來自蘇聯的統計資料來講問題好象還不十分嚴重，在五年後東歐各國的經濟學者才得到有關當時國內發展的一些真實的資料。東歐各國首先遇到的問題是外債。1980 年前後東歐各國陸續以舉債的方式推動經濟現代化，截止到 1987 年為止，波蘭外債總額達到 392 億美元，匈牙利外債總額為 200 億美元，人均外債世界排名第一，1981 年，羅馬尼亞外債額為 110 億美元。

其次，東歐各國的經濟陷入停滯發展的階段。1988 年，南斯拉夫經濟成長率為負 1.6%，匈牙利經濟成長率不到 0.5%。而捷克斯洛伐克在 1949 年國民生產毛額曾居世界第十，1988 年則大幅下降到第四十位，阿爾巴尼亞在 1991 年的工業生產值只達到 1976 年的水平。在這通貨膨脹問題造成東歐國家人民的生產水平快速下降。1988 年，南斯拉夫通貨膨脹率為 251%，一年後更高達 8%。1987 年波蘭通貨膨脹率為 267%。1989 年匈牙利人民生活水準與 1977 年相當。1987 年羅馬尼亞人平均每天只能得到 300 克麵包。

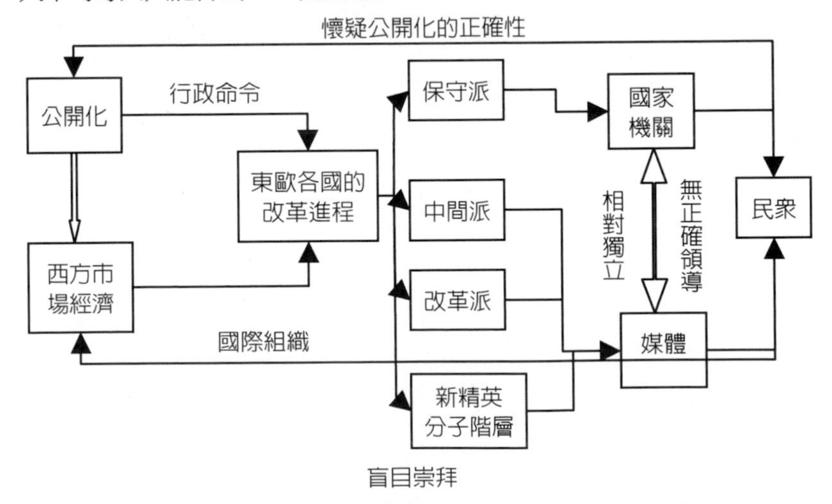

東歐各國在公開性進程中與西方市場經濟觀念的互動過程

戈巴契夫試圖將曾在蘇聯成功利用」公開性」改革將部分改革失敗推給前政府領導人的經驗在東歐推行。戈巴契夫認為東歐國家也應當將現在所面臨困境推諉到前任國家領導人身上。對此，東歐國家領導人認為只有將國家倒入市場經濟改革才能挽救國家目前所陷入的經濟困境。為此，東歐與歐洲聯盟的經濟整合正式開始，當然西歐市場與國民生活水準是東歐國家實施市場經濟改革的主因，但此時西歐國家更加重視的是東歐國家的意識形態發展，市場經濟改革對於東歐國家來講更像是一場政治選擇的過程，因為東歐國家市場經濟的核心就是經濟私有化，而私有化首先是國有企業中的書記將退出企業，同時國家將不再直接指導企業的運營，國家的財政來源將主要依靠企業的稅收。

三、「公開性」改革引領媒體新戰線

自戈巴契夫當選蘇共中央總書記之後，蘇聯的政治生態主要由三部分組成，黨、政府機關和最高蘇維埃。蘇聯「公開性」展開的第一個行動是 1985 年 5 月戈巴契夫的列寧格勒視察之行。當時戈巴契夫認為，在蘇共整個龐大的意識形態機器中，這包括黨內工作人員、報刊、黨校、社會科學院等單位，還在按照自己習以為常的制度運轉，如果要想改變這樣的官僚體制，只有總書記在這個秘而不宣的體系上開闢一個視窗，如此一來，總書記對群眾直接傳播資訊的政治溝通手段就會反映在電視媒體上。當年，戈巴契夫通過國家電視臺，向廣大民眾公佈了他在斯莫爾尼宮與列寧格勒黨組織積極分子會面時的現場講話情形，這引起了全國觀眾的熱烈反響[53]。

同年 9 月初，戈巴契夫在接受美國《時代》雜誌的專訪時，原本安排的採訪的方式是《時代》雜誌的負責人提出訪談要求，並將問題寄來，然後戈巴契夫按照已準備好的書面內容照本宣科回答就好，但最後在實際採訪當中，雙方卻展開了現場即興交談。戈巴契夫體現了他思維和口才的靈活性，改變領導在觀眾形象當中一成不變的刻板印象。10 月，戈巴契夫在接受法國三位記者的訪談時還是如法炮製。最後，《真理報》全文發表了這次談話，這引起了蘇聯與世界各國極大的興趣。戈巴契夫

[53] 【俄】戈巴契夫，《戈巴契夫回憶錄》，社會科學出版社，2003 年，第 370-373 頁。

又再度創造蘇聯領導人的新媒體公關舉動，也就是他懂得如何與記者面對面交談，展現他隨和與親民的形象。

戈巴契夫同大眾媒體打交道的新風格為黨的其他領導人樹立了榜樣，「公開性」改革成為媒體批評舊制度的新出口。於是這變相鼓勵了在報刊、電視和廣播上對國家生活中各種各樣的醜陋現象以及制度缺陷發表批評和建議，批評風潮似乎成為擴大「公開性」勢在必行的有效步驟。報紙版面上充斥著專職寫作者的文章，這包括各種議題上的專家、教授、作家與部分記者，最早充當領頭羊的媒體主要有：《星火》雜誌、《莫斯科新聞》、《爭論與事實》等報刊。「公開性」馬上變為蘇聯各州領導人開始計算黨機關報的正面報導與負面報導的次數，最後各州的領導人乾脆要求媒體能夠平衡報導，以免委屈州裏的共產黨員和勞動群眾。對於新聞界的狀況，戈巴契夫認為：必須保障「公開性」免受侵犯，當然大眾傳媒也應當明確責任，但這並不意味著要「明令」報社的編輯，而是新聞工作依據相關的新聞出版法律。

在蘇聯「公開性」改革的過程中，媒體扮演著改革的心臟與脈搏的角色，但非常可惜的是，戈巴契夫對於媒體的改革僅限於人事的變革，媒體改革未能使人民感到戈巴契夫改革的真正意圖。媒體改革的局限性是造成社會與國家機關疏離的關鍵。與此同時」公開性」改革對於包括報紙、廣播、電視等蘇聯媒體的物質基礎並沒有做出徹底的改變，在「公開性」改革期間媒體的設備並沒有太大的改進，如俄羅斯國家電視臺設在莫斯科國立大學新聞系的一個國家級攝影棚，直到 1994 年還在使用七十年代的攝影設備，雖然該攝影棚的攝影與製作技術還算不錯。

中央報刊開始一連串人事變動。《真理報》撤換掉主編阿法納西耶夫，取而代之的是主張改革的該報經濟部主任維・帕爾費諾夫；黨中央機關刊物《共產黨人》的主編則由親戈巴契夫後來成為其顧問的萬・弗洛羅夫接任，《共產黨人》在 1996 年之後成為改革的理論論壇，有一批該雜誌的作者對於戈巴契夫之前的物價、金融、補貼、計畫、危機以及消費市場的蕭條進行批評；維塔利科羅・季奇成為《星火報》的主編；主要經濟刊物《經濟問題》的「保守派」主編哈恰圖羅夫院士下臺，「改革派」波波夫教授繼任；《莫斯科新聞報》的主編則換為雅格爾・雅科夫列夫。其他的中央級報刊或早或晚都遭到了撤換主編的命運，最終都由反對戈巴契夫改革變為支援，這些報紙包括《消息報》、《蘇維埃俄羅斯報》、《文學報》、《共青團真理報》、《蘇維埃國家報》、《計劃經濟》，等等。

媒體人事變動的最終目的是為了維護來自總書記的命令，而來自於基層黨的聲音卻不能夠在群眾中廣為傳播。媒體如果失去群眾的支援與理解，那麼有關於黨所進行的任何改革都會停留在討論的階段，隨著改革無法深入，群眾自然也就失去了耐心，最後，媒體難免成為改革派與保守派相互鬥爭的戰場，而群眾非常可惜地成為改革的觀望者，這就非常能解釋當飄揚在紅場上的蘇聯旗幟緩緩地從克裏姆林宮降落時，整個俄羅斯的人民對此並無太多的反應。一種冷漠表現無疑。

所以，蘇聯的解體並非來自媒體，應當說蘇聯的解體主要來自蘇聯上層方向不明的改革，因此媒體無法發揮上下樞紐的作用，更多地為人事鬥爭先鋒、為歷史翻案並服務一小部分人，民眾更多的是陷入歷史的漩渦當中，對於改革的熱情過早地被消耗殆盡，最後當陷入一片麻木當中時，蘇聯卻悄然解體了。

戈巴契夫在 1985 年底的改革遇到挫折之後，「公開性」成為另類改革的口號，「公開性」成為戈巴契夫消除異己的手段。勃列日涅夫時期所培養的幹部被大量排擠，此類現象在新聞界與經濟界尤其嚴重，一些不具備馬列主義基本素質與信仰的編輯與記者被大量啟用，保護戈巴契夫的威望與特權成為這些記者與編輯的主要任務，報刊中主導欄目和文章慢慢為個人主觀見解所壟斷。

戈巴契夫的助手阿甘別吉揚在 1986 年發表一篇驚人的文章，阿甘別吉揚在文章中指出蘇聯經濟在 1978~1985 年期間根本沒有增長，這間接證明之前的任何國家統計都是失實的，於是「公開性」間接導致媒體開始攻擊去世的勃列日涅夫等人和所有健在的所謂保守派官員。

到 1987 年中期，新聞媒體得出結論：以前的改革是不全面的、是沒有連續性的短期行為。戈巴契夫在 1987 年 11 月的講話中首次提出徹底清算史達林與勃列日涅夫時期所取得的成績。媒體通過「公開性」的政策將戈巴契夫描繪成為市場經濟的設計師、未來社會和經濟模式的創作者，媒體將總書記塑造成為蘇聯與東歐人民心目中的「改革家」和共產主義民主派的形象。

「公開性」首先開始批評史達林和史達林主義，然後批評後來演變為所有對立派的保守分子、守舊派，儘管後來有些學者認為他們也是同意進行改革的，只是他們所提倡的改革無法取得立竿見影的成效，在1991年8月之後，「公開性」終於開始批判社會主義了，無論是發展中國家還是正在進行改革的發達國家一般都需要一個穩定的國際與國內環境。戈巴契夫的「公開性」便成為替自己將來改革失敗後開脫罪責的強力工具，媒體此時並沒有擺脫政府吹鼓手的角色。媒體角色的二元立場體現了領導高層當中權力與意識形態分立與鬥爭的激烈狀態。

蘇聯領導人中的反對派主要分佈在三個層次：高層或中央一級、共和國一級及黨的基層，這還包括來自戈巴契夫陣營內的「激進改革派」與「穩健改革派」。雷日科夫屬於「穩健改革派」，而葉利欽則屬於「激進改革派」，葉利欽的改革常被人稱為更加野蠻、更加殘酷。雷日科夫並不贊成戈巴契夫改革的規模過大、過激、目的不清，而將改革與意識形態緊密地聯繫到一起則是雷日科夫最為反對的。他認為改革應當將經濟與政治分開，企業應當在改革當中逐漸獲得一定的獨立自主的權利，這基本上代表並維護了蘇聯國營大企業廠長們的利益。

黨內二號實力派人物利加喬夫在1988年5月的中央農業問題全會和6月的第19次黨代表大會之後脫離了中央領導核心，他後來成為主管農業的書記。利加喬夫從1973年起就開始擔任中央書記，1975年4月任政治局委員。在1988年9月的中央全會上，兩名政治局委員葛羅米柯和索洛甸采夫被迫退休和辭職之後，隨之麥德維傑夫和奇勃裏科夫代替了他們的位置。利加喬夫也沒有停止他對於改革的警告。他認為，現在蘇聯的經濟已經在改革的過程當中遭到了破壞，社會混亂加劇，這無疑會產生新的社會不平等和社會不公正的現象，對於社會不平等問題，他認為蘇聯的改革已經使得為數不少的社會非政治領域的人通過非法的手段獲得了大量的社會財富，隨之而來的是如何解決這些人的社會地位問題。

但戈巴契夫卻已經無法顧及到這些人的聲音，葉利欽卻在自己的職位上與兩類人進行廣泛的接觸，一類是新聞媒體人；另一類就是私營企業主。澳大利亞學者科伊喬・佩特洛夫（Koytcho Petrov）在《戈巴契夫現象—改革年代：蘇聯東歐與中國》一書中談到，利加喬夫本人具有經濟和政治方面的專業知識，但是他的弱點在於作為官僚機構的一員，他太愛妥協，這使得改革派們可以為所欲為。利加喬夫就曾在多個場合之中提到，改革的深入並不意味著我們的政治體制垮臺，恰恰相反它會得到更加鞏固的發展。

原蘇共中央委員、蘇聯人民代表羅伊・麥德維傑夫在 2003 年完成的文章《蘇聯為什麼解體》中指出：戈巴契夫的領導班子自身能力出現了問題，在蘇維埃政權的年代，蘇聯在科技、軍事等各部門都培養出了為數眾多的強有力領導幹部，但非常可惜的是，在政治領域的幹部卻顯得能力欠缺，在意志品質和智力方面，史達林周圍的人普遍弱於列寧周圍的人，這種退化一直延續到赫魯雪夫、勃列日涅夫時期，這現象甚至一直持續到戈巴契夫時期，他攆走那些無能的領導人，但隨之而來的卻是更加無能但卻更加聽話的領導[54]。

意識形態是蘇聯國家與社會的主要支柱，在勃列日涅夫時期蘇斯洛夫負責整個蘇聯的意識形態工作，但在戈巴契夫時期先後有利加喬夫、雅科夫列夫、麥德維傑夫在政治局做過意識形態的工作，但他們在意識形態取向上有所不同，各自有著非常強烈的屬於自己的意識形態。

現在看來，戈巴契夫並不是搞意識形態的專家，對於社會理論的問題他基本上並不能找到一個相應的表述，而他本人則以簡化馬克思列寧主義的教條向民眾宣傳。在《改革與新思維》一書當中，戈巴契夫並沒有在意識形態方面提出比較具體的改革方案，更多是在一些抽象概念上做文章，在書中他提出蘇聯的發展在 1985 年之前脫離了「世界文明的基本方向」，現在的領導人有必要將被孤立於其餘世界的蘇聯融入「某個新的世界共同體」，戈巴契夫號召蘇聯公民今後按照世界法和世界文明的規律生活，但這些對於一個普通的公民來講，都是一些非常空洞的概念。

在戈巴契夫提倡改革與開放的日子裏，新聞記者成為俄羅斯社會的新希望，這一現象一直持續到葉利欽早期執政的時代，特別在蘇聯解體之後，新聞記者成為令人羨慕的職業。著名的電視編導、俄羅斯國家電視臺執行董事奧列格・杜博羅傑耶夫曾在電視節目中講到，在俄羅斯第

---

[54] 【俄】羅伊・麥德維傑夫，《蘇聯為什麼解體》，《俄羅斯中亞東歐研究》，2004 年第一期。

一屆最高蘇維埃成員當中，新聞記者就占了十分之一。自 1991 年 8 月之後的幾年裏，新聞記者受歡迎的程度和其權威性令人驚訝，而新聞記者參與政治是很平常的事情，他們成為知識份子的眼睛和耳朵、改革與民主的旗手，政府也時常邀請知名的媒體記者參加不對外的會議，那些工程技術人員、醫生、教師以及衷心希望變革的人們，都把新聞記者看作他們施展未來報負的代表。可以說，「公開性」改革讓媒體成為上層建築鬥爭的戰場，當時蘇聯媒體並沒有養成聯繫上下階層的公眾傳播的習慣，但是，政治改革的結果出人意料地加速了蘇聯的解體與俄羅斯政治改革的持續爭鬥，這股「公開性」的浪潮意外地推動了媒體的變革，餘波蕩漾地為媒體工作者造就了監督政府改革的「第四權」環境。

四、「公開性」改革催生媒體新階層

蘇聯在進行改革意識形態的過程當中，出現的另外一個大失誤就在於對黨報的處理。黨報在新聞的發佈過程當中已經成為當權改革派或保守派進行角逐的舞臺。在 1988 年之後，黨報成為政治鬥爭工具的現象已經嚴重違背馬列關於媒體發展的指導方針。

馬克思列寧主義的媒體觀是團結革命黨人反對封建專制政府的思想利器。恩格斯在社會民主黨領導集團尤其是李蔔克內西的反對之下，在黨的理論刊物 1891 年第 1 卷 18 期《新時代》上發表《哥達綱領批判》。復旦大學童兵教授認為，恩格斯在《新時代》上發表《哥達綱領批判》為正確認識黨報的作用以及認識和處理黨與黨報的相互關係提供了寶貴的歷史經驗[55]。這其中恩格斯最重要的觀點是，黨的報刊，包括黨的機關報，它是全黨的輿論機關，是「德國黨的旗幟」，但它不是黨的執行委員會或黨的私有物，黨的報刊絕對不是一個簡單的傳聲筒，它是全體黨員的講壇。

恩格斯一直強調黨報屬於全體黨員，他建議黨報要依靠黨員的建議來建立消息的主要來源，直接表達黨員群眾的意志是黨報的作用與力量所在。其次，恩格斯主張黨報對於領導集團要保持一定的獨立形式，有

[55] 童兵，《童兵自選集》，《公開發表〈哥達綱領批判〉的歷史經驗》，上海：復旦大學出版社，2004 年

時還應當提倡創辦不隸屬於黨的執委會的黨內報紙，即「形式上獨立的黨的刊物」，這種刊物應當是相對獨立的和自主的，它在「綱領和既定的策略範圍內可以自由地反對黨所採取的某些步驟，並在不違反黨的道德的範圍內自由批評綱領和策略[56]」。他提出獨立報刊的意見，這絲毫不意味著這位黨的締造者要脫離黨的領導，恰恰相反，他要為群眾提供更多的講壇，造成各種表達觀點和意見的渠道，從而監督黨，建設黨，更好地發揮黨的作用。

自 1986 年開始，蘇聯新聞界一些人開始提出允許私人創辦電臺和報紙，並主張報紙應當擁有更多的自主權，並減少蘇共中央對傳媒的控制，黨報編輯部與黨應當脫離關係。在這裏這些學者的主張表面上似乎與恩格斯當年在《哥達綱領批判》中所提出的主張相似，但在實際操作當中卻有著非常大的差別，其中問題的實質在於報紙的消息來源要依靠廣大的黨員與人民群眾，媒體的運作脫離黨的領導並不能解決現在社會出現的一切問題。

蘇聯媒體則沿著這一條不歸路繼續發展下來，當時許多報紙認為在報紙頭版標明「機關報」是一件不光榮的事，因此隸屬於作家協會的《文學報》、隸屬於工會的《勞動報》都刪去了報頭上的「機關報」字樣。1987 年，蘇聯境內開始出現了名叫「尼卡」的非政府系統辦的電視臺，這個電視臺的經營方針由公共機構、合作組織、主要報紙的代表組成的諮詢委員會來決定，該電視臺採用和國有電視臺完全不同的方法來獲得資訊，這個電視臺運用龐大的廣告收入，在莫斯科和彼得堡兩地間播送 6 個小時的節目。1988 年蘇聯境內的第一個非國營電臺在立陶宛首都維爾紐斯設立，但非常可惜，在 1986 年開始波羅的海三個加盟共和國的廣播電臺全部為政府反對派控制，電臺的整個運作一般都依靠西方的援助。1989 年 9 月由蘇聯國家廣播電視委員會與德國、義大利合資創辦的國際文傳電訊社成立。

1986 年，蘇聯最高蘇維埃發出公告，將在 1990 年頒佈新聞出版法，這是蘇聯部分新聞界人士和蘇共中央一些人都主張的。蘇聯新聞界的一些人希望未來的新聞出版法要將同時代的社會和新聞界的關係問題提

---

[56] 《馬克思安格斯全集》第 38 卷，人民出版社 1972 年版，第 517 頁。

到法律的議事日程上來。而蘇共中央一些人認為，「那些沒有登記、不受法律約束」的報刊如雨後春筍般出現，大約有幾百家，國家需要將這些媒體納入法律的軌道上來。

按原計劃的蘇聯新聞出版法應於 1986 年下半年推出，後來對新聞出版法的討論推至 1989 年 9 月。1989 年 12 月 4 日，蘇聯最高蘇維埃立法、法制和法律程式問題委員會等機構提出的新聞出版法草案正式在報刊上發表。1990 年 6 月，蘇聯第一部新聞出版法《蘇聯出版和其他大眾傳媒法》最終形成問世。該法律內容對出版自由的解釋、大眾傳媒的活動組織、新聞與資訊的傳播、大眾傳媒同公民及各種組織關係、新聞工作者的權利與義務、新聞領域的國際合作、違反新聞出版法應負的責任等作出規定。新聞出版法的公佈表明蘇聯新聞媒體的體制和制度發生了根本性的變化，主要是取消了新聞檢查，允許各類社會組織和公民個人辦報，新聞出版法擴大了媒體創辦者、編輯部和出版者的自主權。

蘇聯新聞出版法的出臺使得蘇聯國內反對派報刊包括受到反共反社會主義的傳媒獲得了法律的保護。1990 年 10 月，即新聞出版法公佈兩個月之後，蘇聯境內共有 700 家報刊，包括 13 家政黨報刊進行了登記。一些反對黨報刊以新聞出版法為擋箭牌，頻繁組織反共集會，甚至用國外的錢買下成批剛出版的蘇共報紙，一些報紙在登記的過程當中紛紛脫離原來的創辦機構另立門戶，如《爭論與事實》週報與創辦者全蘇知識協會脫離關係，《莫斯科新聞》報與創辦者蘇聯新聞社脫離關係。新一批媒體精英層與報紙多黨化的現象成為媒體新洪流。

新聞出版法的起草人之一、莫斯科大學新聞系教授葉・帕・普羅霍羅夫，在蘇聯解體之後，在莫大新聞系課堂上談到當時關於通過的新聞出版法時提到，蘇聯新聞出版法當時制定的主要目的是規範與管理在「公開性」過程中出現的新媒體。但問題的實質是這些新媒體的運作資金是從哪里來的，是不是我們普遍認為的從西方國家滲透過來的？答案當然是否定，因為就現在俄羅斯聯邦已經非常自由化的市場經濟來講，國外的資金還是不能在國內自由流動，何況是國家管理十分嚴格的前蘇聯，媒體運作需要的資金是非常龐大，當然蘇聯媒體運作的資金顯然是來自國內。國內資金主要分為兩種，一種來自國家大型國有企業，另一種是當時「非法市場」上無法自由流動的資金，它主要是通過國家機關的渠道流入媒體。蘇聯媒體混亂的表現主要是國家經濟管理混亂的延伸，部分媒體所謂反黨反社會主義的表現主要是媒體反對老的特權階層的體現，在「公開性」改革的過程當中，蘇聯已經出現新的階層，這些新階層的精英分子無法尋找到自己的位置，新聞媒體自然成為這些精英介入的首選。

普羅霍羅夫認為，蘇聯新聞出版法的執行，基本上在以法律的形式，承認這些新出現的精英階層的社會行為，現在想來，這些問題還是可以在內部解決的，但其前提必須是，戈巴契夫在「公開性」的改革過程當中減少人事方面的鬥爭，那麼，新的精英階層就會按部就班且心平氣和地接班，他們也就不會成為前蘇聯解體的堅定支持者。

當然這只是普羅霍羅夫相當一廂情願的推論，但他還是在某種程度上反映了戈巴契夫在蘇聯政治改革過程當中犯了與經濟改革一樣的錯誤，就是沒有注意到在蘇聯廣大黨員的基礎之上新出現的年輕精英階層所擁有的社會能量，而老一代的特權階層已將自己與黨、國家緊緊地綁在一起，這使得這些新階層認為只有將蘇聯政權摧毀才能達到自己的目的。最後這些精英階層全部導向對「激進派」葉利欽的支援，並且不遺餘力地支援蘇聯解體，精英階層主要包括《獨立報》主編特列季亞科夫，銀行家斯摩棱斯基，經濟學者蓋達爾和阿納多裏・丘拜斯等人。

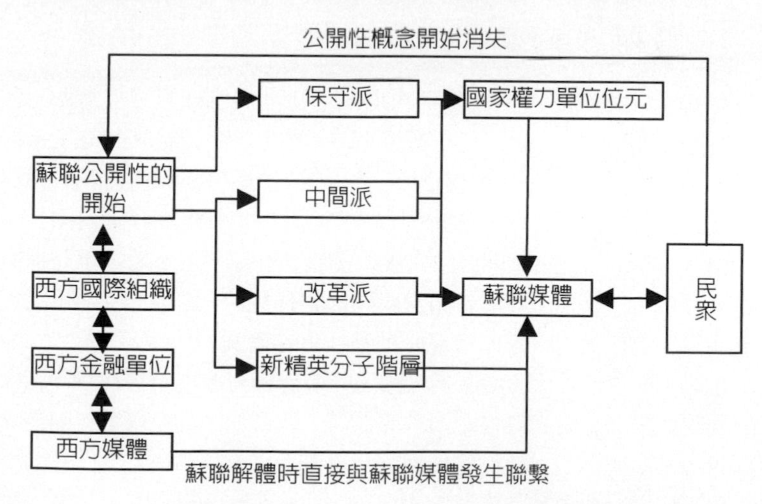

(蘇聯精英階層在蘇聯公開化改革中的互動新關係)

1988 年之後，隨著東歐國家的政局越來越混亂，無政府主義日益氾濫，戈巴契夫希望在這些國家取得改革勝利已經變得非常渺茫，蘇聯整體的外部環境變得非常惡劣，由蘇聯組建的經互會已經無法發揮其應有作用，中斷與東歐國家的經濟聯繫成為戈巴契夫的選擇之一，但此時解散已經奄奄一息的經互會給了蘇聯經濟一棒致命的打擊。

1991 年 2～3 月，蘇聯的物價上漲引起社會的不滿，成千上萬的廠礦工人走上街頭，舉行罷工和抗議示威。戈巴契夫為了挽救蘇聯，在 1991 年 4 月，曾試圖舉行總統特別會晤，無奈有一半的加盟共和國總統都拒絕參加。他曾試圖同葉利欽談判，希望俄羅斯聯邦境內的罷工能夠停止，但事實上，罷工風潮卻越演越烈，但這樣的權利是戈巴契夫賦予的。

1991 年 6 月 12 日，俄羅斯聯邦的總統大選形成對中央的最大威脅。葉利欽成為戈巴契夫最強有力的競爭對手，他要求戈巴契夫辭職。1990 年 7 月，蘇共第 28 次代表大會後，戈巴契夫與葉利欽之間的爭鬥已經朝著有利於葉利欽的方向發展，但兩派的鬥爭最終的受害者卻是人民。蘇共第 28 代表大會說明，戈巴契夫在兩年前清除所謂的「保守派」的行動中，他並沒有發現真正的敵人。葉利欽在俄羅斯聯邦的大選中獲勝後，葉利欽與克拉夫丘克成為蘇聯在政治上的真正巨頭。

五、「公開性」改革影響媒體模式的改變

在俄羅斯輿論界，「民主」與「自由」這兩個概念經常被當做同義語在使用。實際上兩者之間存在著重大的差別。自由主義就其歷史起源來講，它更加強調從社會自由過渡到個人的自由與自我價值體現的過程和及其對社會的促進作用。如 19 世紀英國思想家彌爾在《論自由》中就有相當清楚的表述。歐洲自由主義的發展在初期，更多地表現在捍衛受封建君主主義桎梏束縛的新興資產階級的利益，這使得資產階級能更多地展現出它的活力與不同，進而推動社會的發展。

在民主的基礎之上，資產階級國家的領導仍更多地選擇自由，就像美國開國元勳傑弗遜在選擇政府或媒體時，他更加傾向於媒體，因為媒體代表著完全不同於封建制度任何舊思維的新社會階層的思想，它的理想性特點使得它更多地代表自由與自主。而民主更加強調的不是個人而

是大多數人的利益與意志，它主要的信條就是人民主權、所有公民都有平等地表達政治主張的權利。自由主義者認為，人們天分的不平等決定了人們財產的不平等，因此就不能平等地參與政權。但在 19 世紀，自由主義在社會中下層的普遍壓力之下，已經吸收了很多民主的觀念。到 20 世紀，自由主義在社會主義的影響下，已經不僅僅是民主的，而且也承認廣大人民權利中的社會保護和保障權。因此，也就出現了現在所強調的「民主自由」的觀念。不過自由主義並不等同於民主，前者涉及政府的許可權範圍，後者涉及誰來行使政府權力的問題[57]。

事實上，蘇聯每次擴張的舉動都是基於安全相關的原因，而以推廣共產主義運動為由。但當這兩種方式發生衝突時，現實主義總是會勝利，一個國家會做任何讓它生存下來的事情。冷戰結束主要是因為蘇聯領導人，特別是戈巴契夫，在 80 年代經歷了一次關於國際政治的根本思想性變化，莫斯科不是去尋求最大化地佔有世界權力，而是受到追求經濟繁榮、克制使用武力及犧牲自由主義準則所驅使[58]。蘇聯的決策者們不再以「現實主義」思考問題，而是採用了一種新的視野，強調國家間特別是與西方國家合作的重要性，合作的主要目的是解決蘇聯經濟發展中出現的停滯現象。

同樣在勃列日涅夫時代，蘇聯已經宣佈進入社會主義發展的高級階段，此時如何發展社會主義經濟是擺在蘇聯面前的難題，戈巴契夫時代的蘇聯同樣面臨經濟發展當中的停滯問題。蘇聯媒體應當將媒體中的經濟報導因素擺在首要的位置，堅持馬克思列寧的意識形態陣地是社會主義經濟建設中的基礎，最後戈巴契夫卻沒有這樣做，他將媒體變為改變官員結構和個人形象宣傳的工具，蘇聯人民無法從媒體中獲得國家建設狀況的基本迅息，而對於國家未來建設言論卻充斥著部分國家媒體，蘇聯人民此時看到國家上層建築的混亂。

---

57 У Фей,《СМИ и Государство не должны быть противниками》, М:МГУ,《Диалог》,1999, с .77-80.（吳非，《新聞自由與政府管理無對立性》，莫斯科國立大學《對話》雜誌，1999 年，第 77-80 頁。）

58 Peter J Katzenstein，The Culture of National Security: Norms and Identity in World Politics, New York, Columbia University Press, 1996, pp.271-316

1987 年，蘇聯國內實行經濟改革，同時採取擴大民主化和「公開性」等政治措施，但埋藏在人民心中的不滿情緒卻處於逐漸增長的態勢當中。社會上彌漫著堅持與反對馬列主義的兩種聲音，與此相關的恐怖威脅言論也層出不窮。

在這期間，反蘇、民族主義和政治敵視方面匿名材料的散發量，同上一年相比減少了 29.5%，但參與製作散發材料的人卻增加了 9.4%。在 1987 年的一年間，對蘇聯共產黨和蘇維埃國家領導人發出恐怖主義言論的有 44 起，威脅對地方黨和蘇維埃積極分子代表及負責人員實施肉體懲罰的有 108 起，民族主義即贊成實施大斯拉夫主義的有 309 起，不同意在國內對蘇聯社會主義實施改革措施的有 46 起。1987 年，共有 1312 人製造傳單、信件和標語，33 人揚言要對黨和國家領導人實施恐怖主義，67 人威脅要對地方黨和蘇維埃積極分子及負責人實行肉體懲罰，這其中 37.2%是大學生，18.6%是工人，16.8%是職員，9.5%是退休人員，17.9%是其他各類公民，其中還有勞教機關服刑期滿的人。這其中蘇共產黨員和預備黨員 59 人，列寧共產主義青年團團員 361 人[59]。

對於這些複雜的社會不穩定因素，國家安全局的基本態度是：蘇聯國家安全局會採取措施，預防和及時杜絕散發敵視性內容的匿名材料，及其相關的消極情況，並提高查處匿名材料作者及散發者的工作效率。資料顯示，這些反對的聲音基本上是任何國家在改革的過程當中都會遇到的問題，它並不會隨著安全委員會查處效率的提高而消失。這些反對聲音主要來自大學生要求改革，以及對於社會生活必備品供應不滿和由於改革而生活困難的人民。但檔顯示，蘇聯安全委員會對於社會中出現的民心不穩的現象所採取的措施是十分強硬的，並帶有強烈的政治化趨向。

蘇聯政府高層並不認為在改革當中出現人民的某些不滿情緒是一個正常的現象，而國家安全委員會所做的工作就是把人民不滿的情緒控制在一定的範圍以內。這是典型的把冷戰思維應用於國內人民的錯誤手段，首先人民會感覺到手段過於強硬而不適應，進而民心逐漸失去對政府的信賴。

---

[59] 文件：《國家安全委員會關於國內不安定情況的彙報》，1988 年 3 月 21 日文件第 458-4 號。

蘇聯新聞教育工作者安德列耶娃，在 1988 年談社會主義原則時主要提到三個問題。首先，國家政府對於史達林的歷史評價，她認為近二十年來社會上展開了與他名字所有相關聯的批判性，這是一種狂妄症，與其說這是關係到歷史人物本人，倒不如說這關係到最為複雜的過渡時代。今天社會上一部分人強行把工業化、集體化、革命這些概念強行塞入「個人崇拜」的公式，最後發展到隨心所欲地把一部分人列為「史達林分子」，並強行要求「懺悔」。其次，黨的領導人號召把「揭露者」的注意力轉移到社會主義建設各階段所付出的實際成本上來，這又像行政命令一樣，社會再次爆發出一批又一批新的「揭露者」。最後，國家在培養年輕一代的問題上正變得更加複雜，「新左派自由主義者」和「新斯拉夫主義者」思想範疇中出現了非正式的團體和聯盟，這些自發形成的組織並不是社會主義多元化的表現，這些組織的領袖經常談論「議會制度」、「自由工會」、「自治出版」等基礎之上的「權力分配」[60]。

安德列耶娃認為，現在蘇聯全國範圍內的所有這些討論，主要涉及的問題在於是否承認黨和工人階級在社會主義建設和改革中的領導作用，我們應當向遵循戈爾巴夫在蘇聯共產黨中央委員會全體會議上所講的那樣，國家改革應當遵循馬克思—列寧主義原則的同時，更應當在精神改革方面採取謹慎的行動，這是社會主義的原則，我們現在和將來都要捍衛這些原則，原則不是來自別人的恩賜，而是祖國歷史急劇轉變時刻的主要體現。

對此，安德列・迪米特裏耶維奇・薩哈羅夫院士就持完全不同的看法，他在 1989 年 6 月 9 日的蘇聯第一次人代會上發言表示，蘇聯的整體建設是繼承了史達林主義的民族—憲法制度，這種制度具有分割、控制整個帝國的思維與政策，小的加盟共和國和遵循行政管轄原則進入加盟共和國的民族小國是這一遺產的犧牲品。同時，俄羅斯民族同樣要背負帝國的傲慢和內外政策中的冒險主義和教條主義的負擔，蘇聯要適當向民族憲法體制的方向過渡，蘇聯必須採取緊急措施改變規則，賦予所有現存民族—領土國家平等的政治、法律和經濟權利，不論其大小和現有制度如何，並保留現有邊界，這樣隨著時間的推移可能將有必要確定

---

[60] 文件：《安德列耶娃談堅持社會主義原則》，1988 年 3 月 25 日。

邊界。其次，選舉和罷免蘇聯最高公職人員，即蘇聯最高蘇維埃主席、蘇聯最高蘇維埃副主席、蘇聯部長會議主席、憲法監督委員會主席和委員、蘇聯最高法院院長、蘇聯總檢察長、蘇聯最高總裁長、中央銀行行長，以及蘇聯國家安全委員會主席、蘇聯國家廣播電視委員會主席、《消息報》總編等政府官員要向代表大會負責，他們有義務向代表大會報告工作，上述國家公職人員應當不受蘇聯共產黨及其它機關決定的約束。

薩哈羅夫的觀點贏得許多代表的熱烈掌聲，這反映了當時蘇共上層堅持馬克思列寧主義在「公開性」階段已經無法深入人心，但蘇聯的人民代表都忘記了「觀點無法治國」這樣簡單的道理。事實上，薩哈羅夫的觀點並沒有在俄羅斯這塊土地上實行過，薩哈羅夫的施政觀點同樣沒有在後來葉利欽執政階段得到採納，可以看出直接來自西方的思想要在蘇聯生根是不現實的問題。薩哈羅夫院士的觀點基本承接赫魯雪夫當時未完成改革的一些基本發展方向，但薩哈羅夫觀點不切實際的地方在於，他忽略了馬克思列寧主義在與實際結合的生命力，以及人文地處理民族和人民生活中存在的複雜問題。

這是沙皇俄國、蘇聯與俄羅斯發展當中所遇到的怪圈，這個怪圈已經周而復始地發生了三次，每一次發生都遇到社會巨大的變動，這為人民的生活造成巨大的痛苦，但只有一次例外，這就是恐怖伊萬政權向彼得大帝過渡的整個過程當中，彼得大帝選擇整個國家制度向西方完全過渡的方式，伊萬四世在其執政晚期儘管對人民實行暴力統治，但他為沙皇俄國帶來了完整的政治精英管理國家的模式。彼得大帝當時面臨三個選擇：韃靼人的文化（蒙古文化的一枝）、土耳其的穆斯林文化（這與俄羅斯的東正教文化嚴重衝突）、西歐的文明（這與俄羅斯的東正教文明無明顯的衝突，且西歐的科技是俄羅斯一直嚮往的，所以在莫斯科國立大學的創始人羅蒙羅索夫的幫助之下，俄羅斯逐漸向西方文明靠近，並在之後三百年的時間內取得了巨大的成功。）

蘇聯解體的另外一個重要的原因在於蘇聯精英階層不能進行正常更替，年青的精英與老一輩的官僚進行了針鋒相對的鬥爭，而鬥爭的場所就在媒體，媒體一般比較傾向於年輕的精英。在社會中出現的友善的批評性建議是改革中有益的補充部分，如果採用粗暴的制止手段，那將使這樣的建議發生兩級的變化，首先這樣的言論並不會消失，它首先會在社會中的意見領袖中傳播，然後廣為傳播，如果政治精英不加理睬的話，那它會真正變為社會中的不穩定因素，這些意見領袖會在社會輿論中自成一體，形成與政府的政治精英們實力相當的團體，最後在適當的時機和適當的領袖帶領下來改變整個的社會結構。同樣這些意見領袖的理論是非常不完善的，他們言論之所以能夠廣為流傳的兩個重要因素就是：首先，他們在整個社會中是弱勢的一群，以吸引社會各階層人士的同情與注意；其次，他們受到強大政治精英的打壓，而使得這些意見領袖的言論面臨消失與流傳的兩種抉擇，這些言論並沒有經歷時間與實踐的驗證以及自我完善的過程。

這些意見領袖的思維只要是對社會有益的就應當被視為社會財富的一部分，例如現在俄羅斯總統普京在許多方面的政策就來自於俄羅斯共產黨，如社會保證制度、證券市場化、銀行的社會穩定角色。俄共領導人久加諾夫認為政府在竊奪俄共的治國理念，但俄共卻在政黨運作的經費來源問題上向大財團靠近，儘管在 1995 年之後俄共就已經開始向大財團靠近。1996 年在總統大選期間，當時的獨立電視臺《總結》節目主持人基辛廖夫就曾在分析性新聞中指出，在俄共的內部會議之上，出現了許多大財團的代表，從新聞圖像上看俄共所舉行的代表大會會址為一個廢舊工廠的辦公大樓，而辦公大樓的進出管理相當嚴格，會議禁止記者進入採訪，會後與會代表均不接受記者採訪並迅速離開會址，基辛廖夫以此來解釋為什麼俄共都會參與歷次大選的資金來源，他認為這些資金主要是利用俄共在杜馬通過預算的優先順序，來進行政策性買票，這些政治獻金並沒有通過正常的銀行手續，而是俄共產黨員在經商時的相互優惠條款，一旦這些案件一旦被揭露出來後，俄共均以個人案例來處理。基辛廖夫披露的這條新聞評論在當時並沒有引起太大的反響，這主要是因為俄共領導人後來解釋這些資金均為合法來源，符合法律程式；其次，俄共歷次提名的候選人當中並沒有太多的財團代表。2003年底，俄共提名的候選人名單就出現了大量財團的代表人物，這可能也是俄國在這次杜馬選舉中失敗的原因之一，可能其支持者一下子沒有辦法調整俄共與財團結合的形象。

據當時參與筆者在莫大進行博士論文答辯的評論員、普京媒體變革的智囊之一、馬克新聞社副社長亞歷山大・馬克洛夫的講述，當時前總

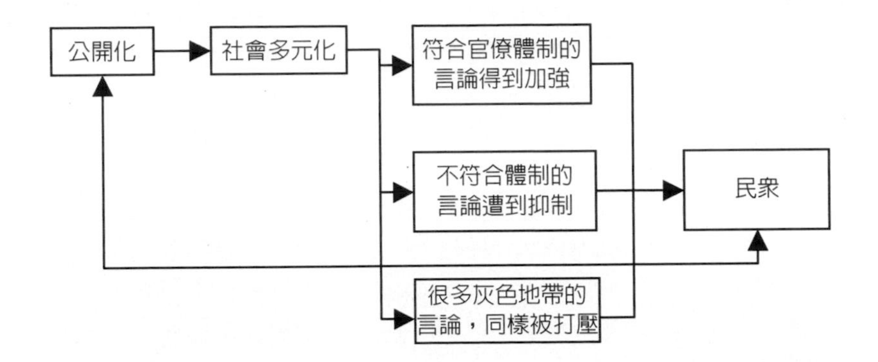

統葉利欽對俄共動向完全掌握，只是俄共的這些資金來源均在合理的範圍之內，對於總統大選的選情並不能構成嚴重威脅，而俄共在杜馬中的絕對多數也是一件無可奈何的事情。在葉利欽執政初期，傾向右派的蓋達爾勢力強大，但人民並不能夠認可，而親總統的中間黨派並沒有被培養出來。在葉利欽執政晚期，莫斯科市長盧日科夫所組成的「祖國・全俄羅斯黨」並不是葉利欽所看中的中間勢力，而此時媒體集團的角色就是輔助總統在全社會上建立親總統的中間勢力。

1999 年 11 月 2 日，俄羅斯總統普京在接受法國《費加羅報》的採訪時提到：「蘇維埃政權沒有使國家保持繁榮、社會昌盛、人民自由，經濟領域的意識形態化導致蘇聯遠遠落後於發達國家，無論承認這一點多麼痛苦，但我們將近 70 年都在走一條死胡同。」

最後，筆者簡單歸結蘇聯公開性改革對於媒體模式改變的影響，可有如下幾點：

1. 「公開性」變革引起社會多元化。此時符合部分官僚體制的言論得到加強，但改革沒有解決任何民眾所關心的切身問題，在民眾心中認為改革並沒有帶來任何好處。此時，不符合體制的言論被絕對的打壓，很多灰色地帶的言論同樣被打壓，但這些言論卻在民眾之間流傳，灰色地帶的言論不論正確與否，一概被民眾認為是真理，這完全是執政失敗的表現。蘇聯解體的另外一個重要的原因在於蘇聯精英階層不能進行正常更叠，年青的精英與老一輩的官僚進行了針鋒相對的鬥爭，而鬥爭的場所就在媒體，如果領導層政治精英不加理睬的話，那它會真正變為社會中的不穩定因素，這些意見領袖會在社會輿論中自成一體，形成與政府的政治精英們實力相當的團體，最後在適當的時機和適當的領袖帶領下來著手改變整個的社會結構。

2. 改革變為人事鬥爭下的個人恩怨。如戈巴契夫與葉利欽，史達林與赫魯雪夫，赫魯雪夫與勃列日涅夫。改革成為現任領導人歸咎責任給前任領導人的手段，媒體變為人事角鬥場，報刊上出現意識型態爭論的文章，此時媒體仍缺乏自己的聲音，是上層建築爭論的傳聲筒。戈巴契夫同大眾媒體打交道的新風格為黨的其他領導人樹立了榜樣，「公開性」改革成為媒體批評舊制度的新出口。於是這變相鼓勵了在報刊、電視和廣播上對國家生活中各種各樣的醜陋現象以及制度缺陷發表批評和建議，批評風潮似乎成為擴大「公開性」勢在必行的有效步驟。
3. 媒體走向法律。1990 年 6 月蘇聯第一部新聞出版法《蘇聯出版和其他大眾傳媒法》最終形成問世。該法律內容對出版自由的解釋、大眾傳媒的活動組織、新聞與資訊的傳播、大眾傳媒同公民和各種組織關係、新聞工作者的權利與義務、新聞領域的國際合作、違反新聞出版法所應負的責任等。新聞出版法的公佈表明蘇聯新聞媒體的體制和制度發生了根本性的變化，主要是取消了新聞檢查、允許各類社會組織和公民個人都有權辦報，新聞出版法擴大了媒體創辦者、編輯部和出版者的自主權。蘇聯新聞出版法的出臺使得蘇聯國內反對派報刊受到法律的保護，反共反社會主義的傳媒獲得了法律的保護。一些反對黨報刊以新聞出版法為擋箭牌，頻繁組織反共集會，甚至用國外的錢買下成批剛出版的蘇共報紙，一些報紙在登記的過程當中紛紛脫離原來的創辦機構另立門戶，新一批媒體精英層與報紙多黨化的現象成為媒體新洪流。
4. 初步的變革使得人民對於更大規模的改革充滿希望。當年，戈巴契夫就通過大眾傳媒—國家電視臺向廣大民眾公佈了他在斯莫爾尼宮與該市黨組織積極分子會面時的現場講話情形，這引起全國觀眾的熱烈反響。在八十年代末至九十年代初，蘇聯媒體對於國家政策與歷史事件的報導常常伴有驚人的語言，報導中的專業化精神並沒有太多的體現，從報導中讀者經常會看到國家政策的反反復複，而報導對於歷史事件的揭露常常出現一邊倒的結論，新聞的平衡報導並沒有太多的體現，導致最後黨和國家的利益並沒有人去關心，長期媒體內容的疏離性養成了讀者只關心聳人聽聞的新聞和無休止的辯論，媒體中出現許多刺激的語言，政壇變動的報導是民眾觀看的一出出戲碼。民眾雖然希望立刻改變現狀，但對於上層領導真正改革的內容為何，民眾無法從媒體中獲得切實有用的資訊。

5. 變革導致整個社會制度的改變。即興創作並擅自改變馬列主義的初衷，並以此做出簡單迎合社會部分階層的意識形態，最後改變價值趨向的意識形態逐漸成為主流，這在戈巴契夫時期達到高潮。這其中知識份子對於蘇共領導人的支援與抗議官僚機構中的特權階層常常結合在一起，戈巴契夫在還沒有鞏固經濟、社會和意識形態的制度基礎時，就開始進行民主化，這意味著官僚結構中特權階層面臨著來自社會各個階層的挑戰，鬥爭成為這一階段改革最為顯著的特徵。改革就像在蘇聯這座已經千瘡百孔的高塔再進行加高，加固和改善意識形態的工作並沒有得到改善，坍塌則是意想不到的和迅速的，國家與社會結構被完全的破壞，經濟下滑。

6. 政府管理結構再次回到之前的穩定模式，媒體再次成為國家與社會穩定的因素，媒體回歸功能角色。媒體變革再次回到醞釀期，國家、社會、媒體進入良性互動期。俄羅斯聯邦共和國從蘇聯獨立城立之後，俄羅斯新聞理論開始全面與西方的理論交融，此時新聞媒體與政府的互動研究被端到臺面上來。但在兩者中間還有非常大的差別：有的主張全面接受美國的新聞自由，讓私人媒體全面發展，這主要是以後來成為媒體寡頭的別列佐夫斯基和古辛斯基為代表；有的則主張英國的公共傳播體系才是俄羅斯媒體順利轉型的榜樣，保障國家政府、國有大企業或私人公司都可成為媒體的股份持有人，但媒體新聞的製作應當由專業媒體人操作，這主要是莫大新聞系主任紮蘇爾斯基的主張為代表；在九十年代中期以後，法國國有媒體模式又成為研究的焦點，莫大新聞系教授普羅霍羅夫認為，法國在媒體的發展過程中由於堅持了國有媒體的特色，而使得法蘭西文化得以保留。在二十世紀的九十年代，也就是俄羅斯傳媒轉型的階段，這三個媒體發展模式歷經實踐，最後在普京執政期間，得以確定一個結合俄羅斯國情的模式，亦即國有媒體最終成為俄羅斯媒體發展現狀的主要方向，商業媒體是補充國有媒體的不足，而公共媒體是未來的理想發展方向。在反恐大業之下，俄羅斯媒體的三大職能在振興國力的大方向上，加入了「國家利益」與「國家安全」的保護問題直接面對群眾。

第七章

普京媒體改革與意識形態的關聯性

2000 年 3 月，普京當選為總統，俄羅斯是否需要新的意識形態作為國家的發展方向成為普京政府面臨的最重要的任務之一。2000 年後，很多精英則主要是進入俄羅斯國家的國安系統。1995 年後出現的一批專業精英，其主要目的在於快速提升國家整體的經濟實力，另外拉攏選民中對葉利欽有好感的選票，並且吸引中間選民改變政治傾向。在 1996 年選舉之後，俄羅斯專業精英的範圍開始逐漸擴大，尤其反應在 2000 年後的媒體中。協助普京制定新聞方面的智庫以及各個媒體單位中都充滿了專業媒體精英的身影。俄羅斯媒體專業精英在 2000 年媒體寡頭退出媒體經營管理之後，成為了唯一的媒體管理人員，新聞自律成為這些媒體專業精英的工作準則。2004 年，當《消息報》的總編和部分記者公開支援被捕的寡頭霍多爾科夫斯基之後，在總統普京的壓力之下，總編和部分記者最終選擇離開《消息報》。媒體精英作為傳媒的主體要素，他們與總統和政府互動成為俄羅斯社會穩定的關鍵因素。

普京總統要如何建立俄羅斯的意識型態體系？應該承認，蘇聯是一個意識形態濃厚的國家，蘇聯被稱為無產階級專政的聯盟國家，並把建設社會主義新社會作為自己的主要目標。那麼，媒體在蘇聯時代所具有的職能，在葉利欽執政時期與普京時代有何變化？俄羅斯媒體對於普京的強國政策又有何作用呢？普京要如何管理媒體才能重振俄羅斯雄風？這些一連串問題我們首先必須從俄羅斯人們內心中的強國意識中去尋找。屬於俄羅斯公民一分子的媒體人必須愛國，媒體有責任幫助俄羅斯強盛起來，這也就是普京媒體改革的總體設想必須與建立俄羅斯新的意識型態體系聯繫起來。

第一節　俄羅斯意識形態與強國概念的聯繫

蘇聯解體之後，俄羅斯憲法明文規定了沒有任何一種意識型態可以居於統治國家的領導地位，致使俄羅斯意識形態朝著多元化方向的趨勢自由發展。1991 年 12 月，由葉利欽簽署通過的傳媒法也明文保障俄羅斯人民在境內傳播的自由，並取消新聞檢查制度。從思想言論與行為規範的角度而言，俄羅斯人們的意識型態束縛得到了空前的解放，但實際上人們的精神與心靈並沒有完全輕鬆起來，因為隨之而來的問題是多元化帶來的一切混亂與無所是從。

從政治傾向上來看，俄羅斯人不知道新成立的政黨是否可靠，多數民眾還是會選擇他們熟悉的共產黨，這就說明俄共在 90 年代歷次的國會選舉中仍佔據了領導地位。同時回溯到俄羅斯 96 年舉行的總統大選，要不是在選前三天，當時仍屬於媒體寡頭古辛斯基的獨立電視臺，連續播放了蘇聯時期史達林肅反的畫面，勾起了人們不愉快的回憶，當時民意支援度只有不到兩個百分點的葉利欽總統就差點敗給了俄共黨魁久加諾夫！從信仰上來看，人們會以宗教進行心靈撫慰，各種宗教學說彙集在俄羅斯人民的生活當中，不過以東正教在俄最具有影響力。簡言之，蘇聯解體之後的政治經濟與社會生活的脫軌都讓俄羅斯的國力逐漸走向衰弱。因此，重建意識型態成為普京政府的巨大工程。對此，俄羅斯著名的政治學者、也是在 1989~1991 年間擔任蘇聯人大代表和蘇共中央政治委員的羅伊・麥德維傑夫表示，蘇聯一體化的時代已經結束了，不論是普京、久加諾夫或是亞夫林斯基都不能、也不應該使國家返回思想一元化的時代，凝結俄羅斯人民的應該是人們共同生活的總體意志，以及俄羅斯的歷史、傳統、語言、文化和經濟結合的凝聚物，這是支撐任何一個大國和超越民族界線所必須的連結物，這不是僅僅是憲法和法律或宗教而已，但它絕不是過去那種一體化或單一的意識型態所規定的僵化教條。[1]

一、列寧與史達林是俄頭號世紀人物

俄羅斯是否需要一個全民族的或者是凝聚整個國家和獨聯體的意識形態呢？俄《獨立報》專欄作家恩・巴甫洛夫認為，俄羅斯不能在沒有自己的意識形態的狀態下生存，俄羅斯應找到自己的支柱，每個文

---

[1] 【俄】麥德維杰夫，《普京——克林姆林宮四年時光》，北京：社會科學文獻出版社，2004 年，第 414-415 頁。

明、民族和國家都有自己的道路以及在精神、政治和其他關係中能夠使人們聯合為一個整體的東西。社會主義思想或者宗教思想在俄羅斯國家的發展中發揮了凝聚的作用，並時常賦予任何活動以意義，如果脫離了意識形態，俄羅斯人民將會無所適從，這將是俄羅斯人民的悲哀。從這個意義上說俄羅斯是個意識形態的國家，無論這種意識形態是什麼，俄羅斯政府必需有義務幫助國家建立一種有使命的思想，只有這樣才能維護俄羅斯的統一[2]。

俄羅斯學者亞歷山大・普羅漢諾夫和聖彼德堡前任州長弗拉基米爾・雅科夫列夫聯合在《明日報》撰文指出，俄羅斯有必要建立一個意識形態的公式，在俄羅斯能夠找到適當的語言和公式來表達新的意識形態的領導將會成為這個時代最偉大的人物，應該來講，在俄羅斯的歷史當中，彼得大帝和列寧都是在長期的實踐摸索當中找到了俄羅斯發展的道路，如果俄羅斯一直沈迷在所謂民主和政黨輪替當中的話，俄羅斯將會是沒有任何前途的[3]。在此，有俄羅斯學者建議現在已經到了在俄羅斯建立新的國家發展理論的時間了，應該來講，俄羅斯全國的各方面基礎已經逐漸成型，人民已經開始逐漸變得冷靜，官員也變得更加視野寬廣。

俄羅斯《側影》雜誌在 2003 年 3 月 31 日做過有關於意識形態的問卷調查，調查問卷提出：您認為哪種意識形態在俄羅斯最可行？這其中有 28%的俄羅斯公民認為是愛國主義，23%回答是民主，11%認為是民族獨特性，10%回答是強國理念，10%認為是社會主義，8%回答是共產主義，3%是資本主義，3%回答是宗教，只有 9%的公民是不做答的。從中我們可以看出俄羅斯公民對於意識形態是非常關注的，而且分歧也是最大的，每一個俄羅斯公民根據自己的經驗來獨立判斷俄羅斯國家的未來走向。

另外，調查還顯示 50%-60%的公民自稱是宗教信仰者，但其中有 80%將自己界定為東正教徒，而這其中只有 10%的公民經常上教堂，上教堂的公民當中能夠使用俄語進行祈禱的人則更少一些。在評價西方價值和俄羅斯傳統價值時，超過 50%的公民堅信必需以俄羅斯的傳統價值

2　【俄】《獨立報》，2000 年 11 月 1 日。
3　【俄】《明日報》，2001 年第 7 期。

為標準，8%的公民自稱自己是積極的共產主義者，還有 15%的公民表示自己並不反對共產主義意識形態，並認為共產主義應是俄羅斯社會的主要價值之一。

在其他的一些社會調查中顯示，超過 50%的俄羅斯公民正面評價彼得大帝的改革，2000 年只有 30%左右的公民對於史達林的評價是正面的，到 2003 年則已經有 40%的受調查者贊成史達林的政治行為了。在 2003 年俄羅斯《報紙網》的網站調查中發現，俄羅斯「世紀人物」排名中，居於首位的是列寧，第二位的是史達林，位於名單第六位的是俄羅斯早期的改革者薩哈羅夫，第九位的是諾貝爾文學獎的獲得者亞•索爾仁尼琴。

從中我們可以看出在俄羅斯的意識形態領域的發展是非常多元甚至混亂的，如果普京總統僅僅堅持法律治國和愛國主義，那麼，這應當是權宜之計。在以上的調查當中看出，俄羅斯公民並不認為宗教可以成為居於統治地位的意識形態，但卻有那麼多的公民自稱是宗教信徒，而且這些信徒並不去教堂祈禱，超過半數的公民認為俄羅斯國家的發展應當以傳統價值為依歸，那這些應當都是一些混亂而且相互矛盾的思想。試想如果俄羅斯世紀人物分別為列寧和史達林的話，這又價值認定代表什麼呢？應當來講，列寧和史達林代表了俄羅斯人民期望共同生活的總體意志，當時蘇聯在列寧和史達林的管理之下，蘇聯逐漸統一並成為世界強國，俄羅斯的歷史、傳統、語言、文化和經濟在當時成為一體。這一強國概念至今還深植於俄羅斯人民的心中。強國夢結合愛國主義在俄羅斯飽受恐怖主義肆虐之苦的年代已敲然壓倒性地盤據在俄羅斯人民的心中。

二、Who is Mr. Putin?—俄羅斯政壇新強人

1999 年俄羅斯多數政要參加了在達沃斯舉辦的世界經濟論壇，在那次論壇上西方記者提出了一個非常經典的問題：Who is Mr. Putin？當時這個問題引來席上所有記者們的熱烈掌聲，而在場的俄羅斯政要則顯出滿臉的疑惑和不滿。2000 年 1 月底又是在這個論壇上，又有記者又提出了同樣的問題，但兩次提問確實隨著時空的變化予人有截然不同的感覺。

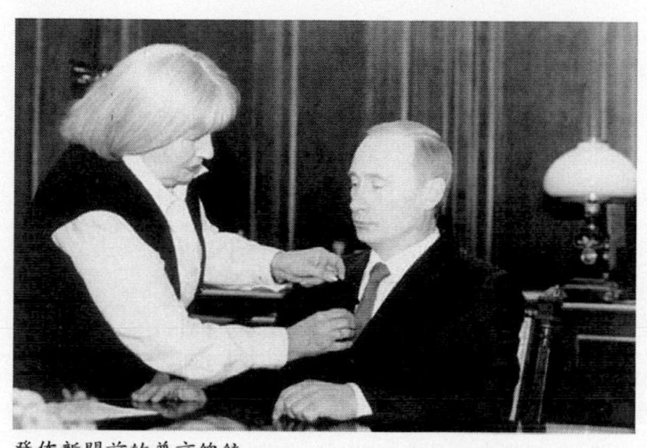
發佈新聞前的普京總統

第一次提問是西方人充滿了對於普京的不瞭解，因為提問的背景是在普京於當年走馬上任總理之後，這個職位在葉利欽執政時被視為總統接班人的跳板，許多人不明白為何葉利欽選擇這位元具有國家安全系統背景的人。第二次提問則是在問普京的政治主張和對於意識形態的態度具體到底如何。在俄羅斯的政壇上，無論是俄羅斯共產黨的主席根納季・久加諾夫、蘋果黨主席格裏高利・亞夫林斯基、還是自民黨黨魁弗拉基米爾・日裏諾夫斯基，他們的政治主張和路線都是非常清楚的，或左或右、或者中間路線。非常不同的是普京，普京本身不隸屬於任何的政黨，兩次總統選舉中他都是以獨立候選人的身份參選的。普京在任上的五年期間，沒有一次講話是對於自己的政治主張和意識形態立場表達清楚，但在任何的講話當中，普京卻都以不同的形式宣示自己對於國家的忠誠。這樣以一種愛國主義的精神面貌出現在大眾面前，為普京在歷次的選舉中創造了非常大的優勢，就是他不僅得到了中間選民的支援，而且贏得了大部分右翼和左翼選民的支援。在此我們需要注意觀察普京所宣揚的愛國主義和強大國家的憧憬是建立在擁護民主和法制、維護俄羅斯國家安全和提高俄羅斯公民生活水平的基礎之上的。

蘇聯解體之後，俄羅斯憲法明文規定意識形態多元化趨勢的自由發展，但隨之而來的問題是多元化帶來的混亂。俄羅斯是否需要新的意識形態成為普京最重要的文化任務。蘇聯是一個意識形態濃厚的國家，蘇聯被稱為無產階級專政的聯盟國家並把建設社會主義新社會作為自己的主要目標。在 1918 年通過的第一部蘇維埃憲法第 3 條就規定：蘇維埃社會主義聯邦共和國（CCCP）的基本任務，是建立社會主義的社會組織和未來爭取社會主義在所有國家的勝利。而在 1977 年通過的最後一部蘇維埃憲法中，世界革命的主題消失了，而變為社會主義在該階段宣告順利建成，國家的基本任務變為：在馬克思、列寧主義武裝的蘇聯共產黨的領導下，為共產主義的勝利鬥爭，而蘇聯共產黨成為蘇聯社會的領導和主導力量，是社會政治體系、國家和社會組織的核心。在這裏蘇聯政府在制定自己的憲法時犯了一個基本錯誤，就是既然社會主義在蘇聯宣告已經獲得成功，如果蘇聯共產黨還是國家的核心的話，那麼在民眾的感官上來講，蘇聯共產黨就成為一個比較講究享受的政黨，而不是一個與民眾共同奮鬥的政黨。蘇聯政府此時被迫要採取提高或保持經濟的增長來實現自己的承諾。

對於這一點，許多的美國專家就有這樣的認識，美國媒體記者兼蘇聯研究學者約翰・薩特認為：共產主義意識形態為自己的公民提供了一套嚴密而完整的理念，這使得最簡樸的公民生活變得更加具有意義，共產主義是不能夠通過武器戰勝的，小恩小惠是不能夠改變公民對於共產主義的信仰，但如果找到更崇高的意識形態與之對立，那麼共產主義意識形態就有可能變得無用[4]。該學者還認為蘇聯共產主義的意識形態不是被某種新的、強大有效的意識形態擊垮的，而是毀於社會各階層對於政府官員無能的執政能力而導致的，民眾對於自己生活的不滿而導致對於馬克思列寧主義的整體進攻，但當共產主義意識形態坍塌之後，俄羅斯的執政者才發現沒有任何一種意識形態可以取代它的位置。

三、蘇聯意識形態管理顯現弊病

蘇聯意識形態體系主要包括三個成分：第一，它是一種建構人們思想體系與行為準則的理論學說，是關於在一群人類的共同體中，對於人們認識自身以及對於周圍的自然環境和社會環境而言，確定什麼被認為是最重要的；第二，它是反應與構成民眾心理活動狀況的精神狀態，其形成不只受到意識形態學說的影響，而且也受到生活經驗、與他人交流、文學、電影、報紙、教育以及其他因素的影響；第三，它是一種維繫公民組織的運作機制，專門負責從事意識形態學說工作、對公民的意

[4] 【俄】《共產主義者》，1990 年第 7 期，第 26-27 頁。

識形態進行教育，並且培養與吸收他們參與到意識形態活動中的人、機關、組織的總和體就是意識形態機制。

蘇聯的意識形態是有著統一的且格式化的意識形態學說，這種意識形態學說被認為是一種國家意識形態，其基礎是馬克思—列寧主義。蘇聯意識形態的教育工作在於：使人們具有從公認的行為準則看來合乎願望的品德，蘇聯所奉行的意識形態準則基本上希望人們具有完美的品德，儘管這並非虛偽，但確有違反人類本性的嫌疑，蘇聯意識形態努力在大眾範圍內培養理想的、道德高尚的人，這被認為是建設「充分共產主義」的一個必要條件。

蘇聯意識形態最大的弊病就在於政府部門對於最高領導的政策不能夠有力執行。蘇聯共產主義的目標是將大而複雜的各個利益團體組合統一成為一個有效的體系。這一體系的主要支柱有如下三個方面：第一，將國民組織為標準化的初級集體；第二，統一、集中、分層的權力和管理體系；第三，對人民進行統一的教育和建立意識形態化教化體系。在後蘇聯時期，這些主要的國家體系支柱都普遍遭到來自改革派的鮮明攻擊[5]，尤其是對第三個支柱意識形態體系的攻擊。蘇聯意識型態體系並不是由於改革派的攻擊而宣告瓦解，其中最主要的原因在於蘇聯的意識形態管理單位的管理出現了問題。蘇聯的意識形態有著關於未來社會制度發展的崇高憧憬，對於這一點，蘇聯的意識形態管理單位在宣傳的過程當中採取的的手段卻過於泛政治化和空洞化，使得蘇聯民眾並不能夠完整的瞭解對於這樣的意識形態作用其宏偉之處，相反地，蘇聯民眾卻真實的感到這樣意識形態的管理顯呆板與固執。在全球化的今天，如果俄羅斯媒體的內部管理完全執行市場化的運行，那麼完全的市場化的弊病可能會在俄羅斯媒體的管理者身上馬上展露出來，那就是整個國家會開始陷入勝者為王敗者寇的惡性循環當中，如果管理者或者媒體本身不能在專業領域取得相當大的成就的話，那他們就會被社會定義為失敗者，而俄羅斯近幾百年的文化與思維模式的傳承就會出現問題，

---

[5] 【俄】亞歷山大．季諾維耶夫，《俄羅斯共產主義的悲劇》，候艾君等譯，新華出版社，2004 年，第 16-36 頁。

因為俄羅斯近百年的文化發展與公民高教育程度的普及化，尤其是在蘇聯時代，是在完全沒有市場經濟的環境中取得了巨大的成功。

在 1999 年的杜馬議員的選舉中，普京面臨巨大的挑戰，他主要的挑戰來對於自於莫斯科市長盧日科夫與前政府總理普裏馬科夫組成的祖國黨，普京此時最主要的行動就是成立統一黨，統一黨的組成距離大選只有半年多一點的時間，當時許多的政治觀察家都認為這次普京可能失去杜馬大選的勝利，但最後統一黨卻贏得了大選。表面上看，統一黨的勝利是由於普京開始口頭上支援統一黨的候選人，並且統一黨推出一系列知名度非常高的候選人，這其中包括：經常在緊急事件中出現的緊急狀態部部長沙耶古等人。俄羅斯歷史學家和傳記作家羅伊・麥德維傑夫認為普京在杜馬選舉取得勝利的最主要原因在於該黨並沒有具體的黨綱和意識形態的表述，但普京通過媒體及其它渠道向民眾保證，俄羅斯在未來發展中會成為強大的國家並維持國家社會的穩定，最後普京與統一黨的每個候選人共同努力，讓每一位俄羅斯公民感到他們競選承諾是可以實現的。相反，普裏馬科夫與盧日科夫所依靠的政治運動和意識形態並沒有順利建立某種新的體系，在整個的競選過程當中，俄羅斯公民感到這兩人的政治組合並不能夠承受俄羅斯國家問題的巨大壓力。在 2000 年 3 月的總統大選中，普京並沒有強調和闡明自己的政治和意識形態的傾向，在大選中，他更多的是強調愛國主義和強大的國家，他保證俄羅斯應當保持現有的民主與法制、維護和保護俄羅斯安全並提高俄羅斯公民的生活水平，這促使普京形成並開始實踐新的意識形態觀。

第二節　普京總統建立新意識形態體系

在法蘭克福派確立的意識形態版本中，意識形態不僅僅是審視（seeing）事實（即社會現實）的問題，而是實事求是（really are）的問題，並非社會或者政府只要拋棄被扭曲的意識形態景象就可以宣告大功告成，問題的關鍵在於瞭解意識形態已經開始神秘化，儘管他們無法進行自我複製，但是在一切事物的真實狀況中，扭曲的意識形態已經融入事物的本質中。

在前蘇聯，意識形態一直是這個國家最為重要的組成部分之一。1918 年，蘇聯通過的第一部蘇維埃憲法第 3 條就有這樣的內容：「俄羅斯蘇維埃社會主義聯邦共和國的基本任務，是建設社會主義和爭取社會主義在所有國家的勝利」，但在 1977 年通過的最後一部蘇維埃憲法中，社會主義革命的主題消失了，憲法的任務變為：「在馬克思、列寧主義武裝的蘇聯共產黨的領導下，為共產主義的勝利而鬥爭，蘇聯共產黨是蘇聯社會的主導力量，是社會政治體系、國家和社會組織的核心」。前蘇聯解體之後，意識形態被俄羅斯的官員與民眾拋到九霄雲外，取而代之的是自由主義的意識形態，這時來到俄羅斯的自由主義的意識形態基本上以一種東拼西湊的概念呈現在俄羅斯民眾面前，這種意識形態包括：美國民主思想、法國的人文主義、德國的科技至上、瑞典的國家福利等等思想概念。但在 1992 年到 1999 年這 8 年的時間裏，俄羅斯民眾對於這些思想概念的理解基本上是以憂患、痛苦和教訓為代價的。

一、犬儒主義顛覆蘇聯統治文化

犬儒主義（cynicism），是對於占統治地位的文化具有顛覆性的回應，犬儒主義承認和重視掩藏在意識形態普遍性下麵的特定利益，承認和重視意識形態的理想性與現實性的差距。犬儒主義並非對非道德的直接定位，它更像是服務與非道德的道德本身。犬儒主義的智慧模型就是要把正直、誠實想像為不誠實的最高形式。因此犬儒主義是對官方意識形態的一種不正常的「否定之否定」：面對著違法的致富、搶劫，按照犬儒主義的解釋，這是比合法致富更加有效的行為，這正如布萊希特（Bertolt Brecht）在《三便士歌劇》（Threepenny Opera）中所指出的：搶劫一個銀行與建設一個銀行，兩者相比，情景如何。

彼得・斯洛特—加龍省迪基克（Peter Sloterdijk）在其德語的暢銷書《犬儒理性批判》（Critique of Cynical Reason）中提出關於意識形態的命題：在社會的發展中，意識形態發揮作用的主要方式是犬儒性的。雖然犬儒主義的主體性是在對於意識形態與社會現實兩者之間反應出存在相當大的差距，但斯洛特-加龍省迪基克在該書中強調犬儒主義具有我行我素與坦然面對的公民主體性的特點。這裏的犬儒主義主要代表著以諷刺和挖苦的方式對於官方文化的通俗化、鄙俗化的拒絕，經典犬儒主義就是以日常的平凡樸實，對抗戰統治地位的意識形態，它擁有神聖、低沈的音調，並將其提高到荒謬不經的高度，以此揭露掩藏在崇高意識形態用語下面，由權力派生出來的自我利益、好勇鬥狠和野蠻殘忍的現實。

因此犬儒主義是對現實存在的一種不滿，以諷刺或自我解嘲的方式解脫自己精神的枷鎖。犬儒主義所代表的個人主義與對現實反叛性，成為蘇聯解體後俄羅斯公民的主要思想來源。90 年代初期，俄羅斯公民受到潮水般的西方自由思想的衝擊，但與現實反差很大的是當俄羅斯高層表面接受西方自由主義的思想之後，俄羅斯公民每天面對的卻是失准的生活與日益惡化的社會治安。俄羅斯公民同時還面對後現代主義的衝擊。後現代主義基本上認同反抗和實驗的情結，它懷疑崇高的意識，接收源於過時的但仍有影響的公式真理。後現代主義作為一種寬泛的推理結構，而不是一個縝密的社會理論，它為充滿社會中分裂和政治混亂的世界開闢了新的界域。例如在歐洲（主要是在法國）出現的馬克思主義理論的後現代主義並不是指蘇維埃所執行的共產主義，而是指大多數理論馬克思主義的變種。雖然有些後現代主義趨勢基於後現代主義和馬克思主義的結合，在社會發展的整體趨勢中力圖復興一種對抗性政治，現代性在體制不斷增強的機能障礙中已經達到極點，社會中出現的機能障礙主要是源自於自由資本主義和蘇維埃模式在內的主要社會主義模式的替代[6]。現代社會主要特徵是普遍的信仰危機，疏遠公共領域，知識服務於普遍的社會利益的概念逐漸處於腐蝕當中，從而社會中的政黨、工會、利益集團以及各種社會運動都服務於強權和唯生產率的經濟體制，曾經在較大程度上主宰現代世界的啟蒙理性，以及科學技術，是社會進步動力的牢固信念，最終都被社會大眾拋棄了。

二、愛國主義成為普京意識形態核心

那麼俄羅斯還需要意識形態嗎？在俄羅斯的一部分政治家認為：在俄羅斯，對所有意識形態的興趣和信任都已經消失殆盡，俄羅斯的民眾

[6] Steven Best and Douglas Kellner:Postmodern Theory:Critical Interrogations, New York, Guilford Press,1991.

在解體後的 10 年間基本上對於前蘇聯出現的極權主義不是太排斥的，但民眾對於任何一種即將成為主導性意識形態都是排斥的，這可以主觀判斷為俄羅斯民眾已經開始對於意識形態有一種本能的反應[7]。包括前總理切爾諾梅爾金就曾多次談到他對於意識形態和各種主義基本上是持拒絕的態度的。

在俄羅斯 2000 年第 5 期的《社會科學與當代》雜誌中曾顯示過俄羅斯人如何評價西方價值和俄羅斯傳統，只有 15%的公民宣稱俄羅斯應當完全或者部分參照西方價值觀，而超過 50%的公民堅信必需以俄羅斯的傳統為價值標準，只有 8%的公民自稱自己是共產主義者，還有 15%左右的人宣佈他們不反對共產主義意識形態，並認為它是社會的主要價值，調查表示 40% 以上的俄羅斯公民堅持認為蘇聯的所有主要成就和蘇維埃價值是舉足輕重的，並且為其中許多價值的喪失而深感惋惜。此時，俄羅斯的社會學家普遍認為，現在是俄羅斯發展公民社會的最好時機，按照俄羅斯社會學家的定義，公民社會是擅長自我組織和具有主動精神的社會，它不忽視來自上層的信號，同時又能發動自下而上的運動。公民社會的社會和政治結構獨立於「上層」存在，並能夠自主解決內部事務，並對於權力活動實施必要監督。

公民社會是普京當政之後經常掛在嘴邊倡議的目標。公民社會的提出事實上用來重建蘇聯意識型態崩解之後思想混亂的社會體系，強調一種社會成員自覺、自動與獨立展現個人願望的能力。這裏不再強調蘇聯時代一種國家社會強制力加諸在個人自主意願表達思想與落實行為的身上。莫斯科大學社會傳播學者費多多娃對此有所詮釋，公民社會中的公民具有獨立思考的能力，並且瞭解在享受特定的權利與自由之際，必須對自己的行為承擔相對特定的責任。國家與個人相互對立的論點，是建立在國家會妨礙個人自主意願的表達與落實的前提基礎之上。權力本身應是一個憲政的管理體系，源於自由且平等的個體成員同意授予特定的行為方式。公民社會是公民在不依賴國家機構保障的情形之下仍能夠實現個人的利益與需求[8]。

---

[7] ВЕК,2000.08.（《世紀》雜誌，2000 年第 8 期。）

[8] Федотова Л.Н. Массовая информация стратегия производства и тактика потреблкния, М: МГУ,1996.（費多多娃，《大眾資訊：生產戰略與使用策略》，莫斯科：莫斯科國

應當說在俄羅斯現在正在向公民社會的方向發展，在此一過程當中意識形態是必要的補充，但這種意識形態應當是既不是左派所奉行的社會主義思想，也不是右派所奉行的自由主義，它還不是簡單的中間路線。在普京整個的執政時間內，普京執行了一種新的意識形態，這個意識形態的核心就是愛國主義，而一切符合愛國主義的任何主義都被納入總統普京的考慮範圍之內。應當說 1999 年的俄羅斯杜馬議員的選舉是普京新意識形態形成的契機，而在 2000 年 3 月的總統大選中普京的新意識形態基本上已經形成了。

三、媒體是意識形態集中的地方

俄羅斯學者謝、卡拉—莫爾紮，他藉由一種甲蟲與螞蟻之間的關係比喻人類社會生活中操控者和被操控者之間的臣服關係。他《論意識形態操縱》[9]一書中提到，甲蟲擅用自己獨特的分泌物和熟悉螞蟻傳輸信號的本領，控制螞蟻的編程行為，以達到螞蟻為其運送食物和報護甲蟲幼卵的目的，螞蟻自己卻落得食物不夠和斷絕後代的悲慘下場。

此外，謝、卡拉—莫爾紮以胡塞、德爾加多在亞特蘭大大學「遠距離腦刺激器」的實驗證明，人類的行為原則上與猴子一樣是可以編程的。「遠距離腦刺激器」指的是，在猴子腦內安裝一種接收儀器，試驗者可以借助無線電發射器向猴子發射各種行為信號，可支配猴子的行為。謝、卡拉—莫爾紮認為，任何極權人士哪怕打著民主旗號，自以為獲得授權去解救某些落後民族的劣根性，將會陷入對人類進行生物改造的計畫中。因此，謝、卡拉—莫爾紮說：我們主要關心的對像是人，談的是用合法的、明顯的、看得見、摸的著的手段對人的意識和行為進行操縱的問題。

所以按照謝、卡拉—莫爾紮對動物行為的解碼，可以想像，掌握語言符號和抽象思維的人類，一旦人們的腦子中被植入某些特定的符號代表某種特定思維的概念，這樣單一的編程代碼，一旦被大眾傳媒長期片面灌輸給受眾，那麼受眾的行為就容易受到支配，而控制大眾傳媒這個

立大學出版社，1996。）

[9] 【俄】謝・卡拉－莫爾紮，《論意識形態操縱》，北京：社會科學文獻出版社，2004 年，第 8～13 頁。

資訊傳輸工具的人，就是資訊的發送者。因此，在現代大眾傳媒不斷擴展傳輸勢力的時代，人們行為與思維的支配者和被支配者的關係就已經形成，而且還在不斷擴張與強化當中。20 世紀最大規模對人類進行迫害的例子非二戰期間德國納粹希特勒莫屬了。希特勒的宣傳部長戈培爾進行的就是一種宗教狂熱式的生物改造破壞工程。戈培爾建立日爾曼民族優生論的優生計畫，選出優生男女進行量產一批批嬰兒，這些嬰兒將不知道誰是他們父母，讓他們接受政府制定的特殊教育，長大之後要效忠希特勒政權。此外，屠殺猶太人也納入納粹德國的生物改造工程當中。這種利用宗教神論的符號概念，去控制人們意識行為的手段，製造的是違反人類自然生態定律的世紀悲劇。

意識形態一直被視為保持國家主權和維護國家利益的關鍵價值觀。N·喬姆斯基在美媒體重大事件報導與政治利益之間找到定量關係，他的結論是：有一個原則鮮少遭到破壞，那就是一切與當局的利益和特權相矛盾的事實不存在。在國際政治中，電視成為美國向其他國家的資訊媒介進行滲透、為了自己的利益影響他們社會意識形態的主要工具。席勒提出：力圖統治的大國為了滲透成功，就應佔領大眾傳媒。因此就有人認為，一個國家的大傳媒若由其他國家來掌握，那麼這個國家的主權便不復存在。

四、普京改革媒體重塑意識形態

對於意識形態的看法，俄羅斯學者謝·卡拉—莫爾紮認為，俄羅斯人在簡化複雜的問題並在簡單的類似現象和模型中找到詞語、概念和形象思維解釋的工具。語言和思維是兩大複雜體系，對其施加影響以期為人的行為編制程式[10]。另外有一條最重要的意識操縱原則在於是否能夠使受眾徹底脫離外界影響。為此，理想的狀態是影響單一，完全沒有其他可供選擇的、不受控制的資訊和觀點的來源。操縱與對話和社會辯論是不能共存的。因此在蘇聯，就操縱計畫的效果而言，改革是史無前例的—所有大眾傳媒都掌握在一個中心手裏，並服從於統一計畫，在蘇聯

---

[10] 【俄】謝·卡拉－莫爾紮，《論意識操縱》，北京：社會科學文獻出版社，2004 年，第 9 頁。

和俄羅斯整體發展中，改革時期對新聞的全面控制遠超過所謂「停滯時期」[11]。

另外美國學者加迪斯認為，有意識形態要比沒有意識形態使人們更容易地對待現實。意識形態為理解複雜的現實提供簡單的模式。意識形態指示著歷史運動的方向。意識形態靠言辭賦予行動以正當性。因為意識形態履行著這些功能，所以形形色色的意識形態吸引著各國領導者，以它們來指導行動。冷戰史學家們一直在重新評價意識形態在蘇聯、蘇聯的東歐衛星國的作用。新的檔案顯示，在這些國家，意識形態至少起了這樣的作用：馬克思列寧主義一次又一次地決定了對外政策的優先選擇[12]。

對於建立新的意識型態工作，2004 年 6 月隨著普京總統頒佈總統令，將文化部與俄羅斯整個的廣播電視臺合併，成立文化部與大眾傳播部，俄政府正式將管理媒體的工作納入文化體系的範疇當中。此時，普京管理媒體的思路基本可歸納為：媒體必須為重塑俄羅斯意識形態與文化擔負必要的任務。

第三節　俄羅斯需加強意識型態的包容性

在 2005 年 8 月間，中俄兩國之間有兩件事情最引人注目，首先據俄羅斯《獨立報》報導，俄將在 2007 年末至 2008 年初建立首批經濟特區，但數量不超過 10 個，這意味著俄羅斯部分地區開始學習中國建立經濟特區的經驗而建立俄式的自由經濟區；另外，8 月 18 日，中俄兩國共同舉行聯合軍事演習，很多分析人士認為這是中俄兩國關係邁向准聯盟關係的實質性步驟。但筆者認為俄羅斯在發展自身戰略夥伴的同時，俄羅斯更要先加強自身的意識形態的包容性，不然俄羅斯很難與其他國家共處[13]。

---

[11] 【俄】謝・卡拉－莫爾紮，《論意識操縱》，北京：社會科學文獻出版社，2004 年，第 333 頁。

[12] 【美】雷迅馬（Michael E. Latham），《作為意識形態的現代化——社會科學與美國對第三世界政策》，北京：中央編譯出版社，2003 年，加迪斯序。

[13] 吳非、胡逢瑛，《俄需與鄰國團結協作》，香港《大公報》傳媒睇傳媒專欄，2005 年 8 月 26 日。

一、俄需建構俄羅斯發展模式

俄羅斯的官員與民眾是持完全不同的思維模式，而且兩者之間是欠缺溝通的，這種情況在蘇聯與俄羅斯時期是基本一致的。英國學者胡戈・賽湯華生在《衰落的俄羅斯帝國》一書中就指出：與別的國家不一樣，俄羅斯官員更多地自視為放牧人類的高級物種，而被放逐的人必需服從、有耐心，願意花幾個小時或幾天的時間等待一項決定，並遵守決定。

前美國駐俄羅斯大使館的經濟顧問約翰・布萊尼（John Blaney）2002 年，被任命為美國駐黎巴嫩大使）認為：在俄羅斯就像在下一盤三維棋，任何一級都有不同的規則和棋子，有時所有的規則都會變得不一樣。在俄羅斯只有一小部分的官員是非常靈活、果斷和主動的，在西方國家出入的俄羅斯官員和商人都是能非常好和能把握自己的優秀者，但他們是少數中的少數，這種現象在蘇聯和俄羅斯聯邦兩個時期都沒有非常大的改變。蘇聯和俄羅斯的官員基本上都是寧可按部就班也不願主動和冒風險，因為對於他們來講，主動不會受到獎勵，這樣做的結果便形成了僵化、無能、懶惰、保守和為了逃避責任而將大小事情都交給上級決定的工作態度，而且上級官員必須對於部下所犯的錯誤承擔一切後果。

如果說蘇聯還是意識形態的強國，那麼在葉利欽主政的俄羅斯時期，意識形態的管理僅能稱為意識形態的維繫而已，在這一時期俄羅斯再度出現了所謂的歐洲派、亞洲派和斯拉夫派三者發展方向的討論，以填補蘇聯解體之後所留下來的意識形態的問題。其實這三種模式在討論的時候並沒有看到俄羅斯發展中的特殊情況，這就是俄羅斯本身的戰略格局，這種戰略格局就是，俄羅斯的發展必需建立在自身意識形態的發展的基礎之上，不受西方國家的限制。

俄羅斯本身就可以成為獨立的區域主體，這使得俄羅斯統治階層產生可以不與他國交往的高姿態性格。首先，俄羅斯是一個資源大國，因而俄羅斯並不需要進口任何的資源；其次，俄羅斯本身的軍事可以保護自己的國家，它並沒有與其他國家進行結盟的需求；最後，俄羅斯的工廠由於其自身工廠設備系統的獨特性，這使得西方國家不能大量出口設備到俄羅斯，俄羅斯只需要西方國家的資金而已。

在 2000 年普京執政之後，筆者發現俄羅斯在實質的發展過程當中並不存在所謂的三個發展方向，而需要建構「俄羅斯模式」，這種模式必需要自創，不需要模仿。俄羅斯模式的實質就是俄羅斯在成為一個政治大國、資源大國的同時，還應該成為意識形態的大國，但這種意識形態的大國不是建立在本國內部的發展之上的，也不是通過刻意向其他各國輸出的方式而顯現出自己的強大或者自己的存在，這種意識形態首先是建立在二十一世紀資訊戰中的軟體優勢，這種優勢就是要與全世界的人民共同享有自己國家的資源與文化，獨樂樂將會使俄羅斯被排除全球化之外，屆時俄羅斯只有選擇歐洲或者亞洲區域經濟體加入。

二、俄應謀求內部整合

西方社會的部分研究者曾經有人斷言，俄羅斯的精神世界已經崩潰，其社會意識已等同奴隸的意識，俄羅斯人可以為美元去幹任何一切違法的事情；另外還有一些學者認為，俄羅斯應當成為西方國家的資源來源國，越來越小的俄羅斯對於西方國家而言是非常有利的，如何肢解俄羅斯成為西方國家政治研究中非常重要的一環。但這兩個普遍存在於西方國家的觀點充滿了矛盾之處，矛盾點在於如果第一個假設是事實的話，那麼肢解俄羅斯的前提就不成立了，因為所有的俄羅斯人都是唯利是圖的小人。這樣的國家就沒有任何希望，那又何必費力氣去肢解它呢？

美國學者布熱津斯基就曾講過：俄羅斯是一個戰敗的大國，它打輸了一場大仗。如果有人說：這不是俄羅斯，而是蘇聯，那是回避了現實的說法。事實上那的確是俄羅斯，只不過它曾叫過蘇聯而已。它曾向美國提出挑戰，結果它戰敗了。現在決不可以再把俄羅斯的強國之夢滋養起來，一定要把俄羅斯人的這種思維方式和愛好打掉……俄羅斯應處於分裂狀態，時常受到來自西方國家的關照。美國前總統尼克森也認為：西方應該盡它的一切可能……否則冷戰勝利有從美國和西方國家的手中溜走的危險，從而變為最終的失敗，蘇聯變為俄羅斯只是勝利的一小部分，冷戰最後的廝殺還要與俄羅斯決定勝負，這是一場無休止的賭局。美國前外長亨利？基辛格也曾講過：蘇聯解體無疑是當今最重要的事件，布希政府對這一事件的處理表現出高超的藝術。俄羅斯現在正在通過國內局部的戰爭和整合部分共和國出現的混亂來謀求重新的統一，從而使俄羅斯再次聯合成為牢固的、中央集權國家。另外英國前首相梅傑則說得更明白：蘇聯冷戰失敗之後，俄羅斯的任務是保證向富國提供資源，而這一任務只需 5000 萬到 6000 萬人就可以了。

三、俄需從意識型態包容性入手

對於西方不斷壓縮俄羅斯的戰略空間，俄羅斯總統普京似乎已經做出了反應，這就是「國家間相互協作」。儘管獨聯體是俄保證世界廣大地區穩定的現實因素，但俄羅斯經濟新的向心力所在，並不僅僅是傳統意義上的獨聯體和歐洲。俄羅斯與歐盟在經濟領域的積極有效合作，並不能夠使得俄羅斯加入歐盟。普京提出歐洲是俄羅斯優先考慮的國家，以便俄羅斯與歐洲國家早日形成統一的經濟空間。這樣的觀念是錯誤的！現在俄羅斯如果不馬上在周邊國家搞好團結協作的話，獨聯體也將會成為過去式。

顯然總統普京在 2002 年還沒有認識到相互協作的範圍應當是更為廣泛。如果簡單的把國家現有實力範圍劃分在獨立體，經濟聯繫的主要國家集中在歐洲的話，那麼，俄羅斯的整體的戰略範圍就非常局限了。而俄羅斯與其他周邊雙邊關係有一個非常簡單的邏輯模式：輸出先進武器就變為對自己的威脅，周邊國家只有歐洲國家（具體的說就是西歐國家）才是俄羅斯能源的買主，俄羅斯的任何文化是高於周邊國家的，俄羅斯在任何的經濟交往當中都應當是收益者，俄羅斯都應當是周邊國家的主導者，如果不是的話，就與其交往減少。

顯然這都是制約俄羅斯發展的因素，俄羅斯在現今的發展階段所急需的並不是資金，而是技術和設備，在這一方面俄羅斯的東方鄰國中國在改革開放二十多年的時間內已經積累了大量的經驗，另外在印度的近十年的發展當中，其在技術相對落後與資金還不是非常充裕的情況之下，印度已經成為軟體大國。對於這些，俄羅斯要從意識形態的包容性入手，即俄羅斯的媒體都應支援政府與中國、印度進行有效的交往，俄羅斯媒體人不要認為自己在西方國家資金支援下經常到美國與西歐，就認為自己就是歐洲人了，這是不負責任與短視的。現在看來，俄羅斯媒體整體都欠缺戰略格局。

第四節 獨聯體國家分裂危機與媒體角色

2004 年 11 月，烏克蘭社會陷入了一場敵我情緒對立的危機當中，政府派總統候選人亞努科維奇在選舉後以不到三個百分點的差距領先反對黨「我們的烏克蘭」候選人尤先科，尤先科以選舉舞弊為名與政府進行全面抗衡。烏克蘭上議會的機關報《烏克蘭之聲》在 11 月 25 日當天沒有登載烏中央選委會承認亞努科維奇當選新總統的正式公告，只是刊載了選委會公佈的最後選舉結果。無獨有偶，反對派電視臺第五頻道報導指出：烏克蘭最高法院根據尤先科的上訴，宣佈在選舉調查結果出爐以前選委會不得公告亞努科維奇當選總統[14]。

一、烏傳媒在大選中分裂

在這次對抗當中，媒體人的態度在影響民眾意見方面具有至關重要的地位。烏克蘭各大媒體官方網站都非常密切關注選後情勢的發展以及市中心聚集幾十萬示威抗議的民眾行為。與此同時，烏克蘭國家電視一台內部的矛盾卻率攤牌，這主要是自由派與國家派媒體人在媒體發展方向上的分歧意見終於在這次選舉後的分水嶺時期公開體現出來。自由派與國家派媒體路線之爭，事實上也反映了屆滿卸任總統庫奇馬在執政的十年間政策的搖擺，庫奇馬在執政的前半期採取親美親歐的政策，但在烏克蘭國內能源嚴重缺乏，在上個世紀末，烏克蘭開始全面與俄羅斯結盟，但之前親美政策下所培養民眾的親美情緒並沒有隨時間而消失，這次烏克蘭媒體人的分裂是其外交政策搖擺的必然結果。

烏克蘭內部的分裂首先反映在國家電視臺領導層和編輯部對總統大選期間新聞報導的不同意見，在選委會公佈選舉結果之後媒體內部的矛盾首先爆發出來。烏克蘭第一電視臺的消息新聞節目有 14 名記者宣佈罷工，這些記者認為在選舉之前他們多次與烏克蘭國家電視公司領導

---

[14] 吳非、胡逢瑛，《烏傳媒在大選中分裂》，香港《大公報》，傳媒睇傳媒專欄，2004 年 11 月 30 日。

層溝通關於選舉期間新聞客觀性報導取向問題，在領導完全不採納的情況下，選擇在大選結果公佈之後罷工抗議。罷工的記者們還表示，烏克蘭國家電視公司的高層，在這次選舉新聞報導過程中違反了烏克蘭法律保障民眾有完整瞭解公正、客觀、全面新聞的知情權利。

2002 年 2 月初，前總統庫奇馬簽署法律，確立了烏克蘭國家電視公司成為國家廣電事業集團領導公司的正式官方地位。2003 年 11 月 20 日，烏克蘭議會通過修正條款，確定國家電視公司與國家廣播公司總裁職務的任命必須由國家領導人提名、議會表決通過才能生效。但是與此同時，廣播電視公司要設立一個由社會各界代表組成的公共執行委員會，負責節目政策的制定，而廣播電視公司的總裁則相當於公司管理的經理人。烏克蘭言論與資訊自由委員會會長多門科則表示，在政府無錢進行媒體商業化的前提之下，這樣的措施比較有利於廣播電視公共化的發展。

然而，在烏克蘭 2004 年總統大選年的前夕，議會對國家廣播電視公司總裁行使同意權的做法只能算是自由派與國家派在媒體發展上的一個妥協之舉，至少法律保障了國家元首對國家廣電事業的控制，但同時也賦予廣電公司在制定集團發展方針和組織經營管理上有一個較為靈活與多元的協商空間。烏克蘭第一電視臺記者對於電視臺國家化就一直抱持反對的態度，這次電視臺的內部矛盾開始公開化了。烏克蘭媒體記者的言論標準一般都是依據美國媒體發展的現狀而定，這些記者經常接受美國媒體組織的支援，經常到美國學習，這使得烏克蘭媒體基層與中層的記者編輯的思想是與高層和政府的思想完全不統一的，現在發生在烏克蘭的混亂只是烏克蘭領導失策的一次集中體驗。

反對派總統候選人尤先科的顧問團中，一名音樂製作人瓦卡爾丘克向烏克蘭記者心戰喊話：「我想呼籲每一位有媒體接近權的記者，當你在說什麼或寫什麼的時候，請捫心自問，不要用話語隱藏自己的職業道德和工作，現在不是談工作的時候，我們所有人都處在社會國家的罷工期，我們誰也不能正常工作。記者必須與人民站在一起，請與人民站在一起，就如同我的音樂工作夥伴，和許多其他人一樣，請你們發揮勇敢精神捍衛人民的利益，因為你們是世界上最自由的人，全世界都在看你們的表現。」瓦卡爾丘克的呼籲似乎與罷工記者前後呼應。

反對派媒體的代表就是第五頻道，第五頻道為了支援尤先科，已經與政府當局的關係瀕臨崩潰。第五頻道的 25 日報導指出，俄羅斯特種部隊已抵達烏克蘭首都基輔。後來烏克蘭內務部社會資訊局官員否認了這一則報導，並要求媒體不要散佈不實的訊息，以免誤導大眾認為烏克蘭即將進入暴動，內務部斥責傳媒增加社會不安的動盪情緒。即將卸任總統庫奇馬指責第五頻道的報導試圖改變政局為反對派提供談判籌碼。11 月 26 日，國家廣電委員會召開緊急會議，討論將封鎖第五頻道和紀元電視臺，政府這一舉措正式向反對派電視臺施壓。政府與第五頻道的對立情緒逐漸升高。在 10 月 31 日的第一輪投票後，國家廣電委員會認為，該電視臺在節目中放縱政治人物預測尤先科將勝出的消息，因此決定採取法律途徑要撤銷該電視臺的播出執照，政府釋放這一訊息之後立刻引發 11 月 2 日該電視臺記者進行絕食抗議，抗議理由是政府打壓電視臺是為了避免尤先科當選。第五頻道於 2003 年創台，兩顆電視衛星發射覆蓋 1500 萬觀眾，是西方投資烏克蘭的商業電視臺之一，其親西立場可想而知。

事實上，總統和內務部指責媒體的報導不是沒有原因的，因為在烏克蘭的政治走向上，媒體比政府還要著急走西方路線，媒體人認為媒體事業發展必須要經歷西方市場自由化的道路，而烏政府為避免失去對傳媒的經營控制權，只能對媒體做出部分的妥協，例如國家廣電集團的國公合營共管的經營體制以及國商並存的傳播雙軌制體系。第五頻道是支援反對派總統候選人尤先科的自由派傳媒，這樣該電視臺就會從美國在烏克蘭的跨國公司獲得大量商業廣告的播放權。烏克蘭媒體在發展過程中失去了自身的特色，反對派媒體在選舉之前塑造反對派有絕對實力贏得選舉的印象，這樣即使反對派輸掉選舉，也會獲得執政黨的其他妥協。媒體為獲得自身商業利益和影響政局的影響力，卻儼然已成為烏克蘭政治鬥爭的工具。

二、吉爾吉斯國家意識現危機

2005 年 2 月 27 日，吉爾吉斯經過議會選舉一個月之後，政府的反對派基本上在這次選舉中全面失利後，吉爾吉斯南部發生了騷亂，我們當然會產生很多的疑問，現在已經有兩個獨聯體國家因選舉而發生騷動並迫使政府開始變動，那這次是否也會發生政府更叠呢？在烏克蘭與格魯吉亞已經發生了徹底的變化，我們分別被稱為「橙色革命」與「天鵝絨革命」。據筆者的觀察，發生在這三個國家的問題這基本上都屬於經濟都普遍不好，失業人口過高，這使得反對派很容易找到進行遊行的人員。另外美國對於這三個國家都是首先是採用利用國際組織的常設機構進行滲透，然後再親自派人員到該國家進行符合美國利益的活動。此時，這三個國家在面臨騷亂時，該國媒體都普遍參用一種親西的態度，筆者在俄羅斯留學時曾經與這些國家的很多記者有過交流，發現這些國家的重要記者基本上都有到美國或者西方國家學習的經驗，而且到這些國家基本上都是免費的，這些記者回來之後都對美國的民主自由的思想精神留下了非常深刻的印象，對於前蘇聯以及後來的俄羅斯某些作為都產生了深惡痛絕的感覺[15]。

美國駐吉爾吉斯大使斯蒂芬·揚在向美國國會提交的關於該國議會選舉期間局勢的報告中表明，美國在吉爾吉斯議會選舉期間用於推動各項「民主」和支援反對派候選人的活動方面已經花費 500 萬元，報告還呼籲美國政府在支援吉反對派方面再撥款 2500 萬美元。在這裏試想如果俄羅斯政府也開始用更多的資金來支援吉爾吉斯那會如何？而且俄羅斯一定已經這樣做了，但問題在於俄羅斯並不會用金錢來支援反對派，在金錢進入現政府手中，現政府就一定會用這些錢來維持舊政府中弊病，民眾一定會對此更加感到反感，這使得美國可以用很小部分的錢就能達到事半功倍的效果，俄羅斯只能作費力不討好缺乏戰略的投資。

俄羅斯《獨立報》著名記者維克多裏·邦費洛娃在 3 月 23 日的報導中就是用了《吉爾吉斯的南北戰爭》的標題，該文章強調按照現在吉爾吉斯局勢的發展，阿卡耶夫的家庭是不會受到侵犯的，總統阿卡耶夫正在與反對派進行談判，按照現在局勢的發展，吉爾吉斯非常有可能會成立一個經過選舉的名為「比什凱克人民議會」的新議會，總統會有可能與反對派進行完全的分權。

15　吳非、胡逢瑛，《國家意識薄弱吉國變天》，香港《大公報》傳媒睇傳媒專欄，2005 年 3 月 29 日。

此時與吉爾吉斯相鄰的大國哈薩克斯坦國內媒體此時卻顯得非常安靜，如《哈薩克斯坦真理報》對於此事件基本上是沒有太多報導，哈薩克斯塔《報紙網》則一再報導，吉爾吉斯不可能進入緊急狀態，且政府是可以控制當前混亂的局勢的。總體來講，中亞其他國家真有種是不關己高高掛起的感覺。

吉爾吉斯的媒體在選舉前 2 月 25 日吉外交部長阿・艾特瑪托夫發表講話之後便處於沈默狀態，艾特瑪托夫在出席上海合作的會議期間對外宣佈，吉爾吉斯不會重複所謂的「橙色革命」，也不存在發生任何有色革命的可能性和前提條件，他強調，吉爾吉斯的政局是「穩定的、平靜的和正常的」。但 3 月 22 日後，《吉爾吉斯時報》就開始發表與政府不一樣的評論，該報評論大約有三篇，他們分別為：吉爾吉斯到底發生了什麼？聯合國秘書長安南歡迎在吉爾吉斯各方所展開的談判、發生在吉爾吉斯的事件正在納入烏克蘭遊戲的軌道。

筆者認為相較於烏克蘭與格魯吉亞，吉爾吉斯整個處於比較不同的情境，首先在這個國家俄羅斯與中國在政治與經濟上對於該國的影響是非常大的，而西方國家當中只有土耳其有著較強的影響力。2001 年筆者曾經到比什凱克參訪半個月，該城市的民眾給人的印象基本上是：這是一個非常平和的城市，但該城市的失業人口確實太多，首都幾乎沒有工廠是開工的，而該城市新建的建築基本上都是國際組織的駐地、西方國家的聯絡處或者供外國人住宿的旅館，因為整個首都最大的比什凱克飯店的服務水平僅相當於中國的企業招待所，只是該飯店的面積比較大而已，其他的飯店硬體與軟體的水準則更低。

3 月 22 日吉爾吉斯總統阿卡耶夫的發言人宣佈：最近幾個星期席捲全國的抗議活動是犯罪分子策劃的「政變」。發言人同時還指出，與販毒黑手黨有勾結的犯罪分子完全控制了奧什和賈拉拉巴德的局勢，他們正在竭力奪取政權。總統阿卡耶夫在面對記者的訪問中提出：反對派正在企圖通過抗議活動發動政變，反對派的行動得到了國外的指使和資助。吉爾吉斯反對派之一的社會活動家別科納紮耶夫認為：吉爾吉斯南部的大部分地區已經被「人民的力量」控制，在這種情況之下，即使當局在比什凱克實行緊急狀態那也將是毫無意義的，因為南部的 200 多萬居民早已對政府不滿，這幾乎是吉爾吉斯全國人口的一半。

現在看來吉爾吉斯政局的發展基本上是 2003 年 2 月 2 日總統的信任和憲法修正案舉行全民公決的延續。當時有 212 萬選民參加了投票，這占全部選民人數的 86%，其中 76%的人贊成通過憲法修正案，79%的人支援現任總統阿卡耶夫到 2005 年 12 月任期屆滿時再卸任。憲法修正案的主要內容是把吉爾吉斯從總統制國家改為總統—議會雙軌並行的國家，並改兩院議會制為一院議會制，修正案消減總統的部分權力和擴大政府、議會的許可權。吉爾吉斯中央權力的下放實際上是對國內尖銳的社會政治矛盾做出的讓步，維持現有政權的延續性，但這樣的讓步並沒有實現證據的真正穩定。吉爾吉斯現在大約有 3000 多個非政府組織，這使得社會秩序顯得比較混亂，一些地方和少數民族經常有不服從中央的行為。

現在看來總統阿卡耶夫在執政有兩點是缺乏戰略性的。首先，他在執政後期基本上只追求執政的最低目標，就是堅持到任期結束，他希望在保證最低條件之下，政府能夠正常運行，但與此同時，他並沒有傾注太多的心力在培養自己的接班人上，總統阿卡耶夫在長期執政期間所形成的總統家族已經成為吉爾吉斯民眾長期詬病的主要對象。其次，是吉爾吉斯國家對於媒體的培養是完全失調的，吉爾吉斯的大部分記者在大學畢業之後都會到國外進行免費的培訓，而這些記者並沒有建立符合吉爾吉斯國家利益的新聞觀，在吉爾吉斯報紙的銷售量也是非常少的，在首都民眾主要看的就是《比什凱克晚報》，但該報的新刷水平以及新聞事件報導基本上與莫斯科的社區報紙水平差不多，在中國只相當於大學校報的水平，試想這樣的媒體發展水平如何能夠支撐一個國家的發展，所以當地民眾更多的是接觸國際組織以及土耳其、美國、德國所派發的英文俄文免費雜誌，這樣一個低水平的政府如何能夠支撐一個處於非常重要戰略位置的國家。吉爾吉斯的鄰國塔吉克斯坦儘管政府的執政能力非常的低，但俄羅斯已經完全介入塔吉克斯坦整個的政府、國防的運作，在 2001 年時，在俄羅斯獨立電視臺的政論節目中就有俄羅斯的一些政治分析家指出：俄羅斯現在將太多的金錢投放到塔吉克斯坦的國防以及政府官員的培養上，事後普京還在新聞稿中做出反擊，如果俄羅斯現在不投入精力到塔吉克斯坦，屆時如果該國出現重大災難時，俄羅斯的國家安全以及邊境就會出現中的漏洞，特別是阿富汗的毒品就會透過塔吉克斯坦源源不斷來到莫斯科。

三、車臣成為俄意識形態的芒刺[16]

這次俄羅斯高加索地區又出事了！2005 年 10 月 13 日淩晨，來自車臣地區的恐怖分子分成六個小組分別向巴爾卡爾共和國首府卡巴爾達市的聯邦安全局、3 個警察局大樓、邊防團軍營、納爾奇克邊防隊、武器商店、監獄和機場等地方發動進攻，最後在俄羅斯特種部隊圍攻後，進攻已經被遏止。此次中文媒體幾乎都把焦點集中在事件本身的聳動性，因為這些事情對於長期處於和平環境的中國人來講是不可思議的。筆者在此就想提出一個問題：為何在俄羅斯地區為何一而再再二三的發生類似的恐怖事件？有學者提出提出，為何俄羅斯政府不能夠採取比較懷柔的政策來對待高加索地區的恐怖分子？如果按照中國政治的傳統思維，解決種族問題激化的解決良方就是懷柔政策，但現在俄羅斯政府現在似乎並沒有採取這樣的政策，俄羅斯駐華使館官員似乎也證明瞭這樣的政策。俄羅斯現在正在處於意識形態的空窗期，面對以宗教為背景的車臣分離分子，如果俄羅斯政府不能夠採取強硬手段進行解決的話，那麼，車臣分離分子的成功就會馬上影響到整個的俄羅斯地區。

美國卡耐基和平基金會俄羅斯和歐亞研究部研究員 Andrew Kuchines 在其「Russia after the fall」一書中就指出：蘇聯解體之後所發生車臣戰爭的根本原因並不複雜，也無需用深奧的陰謀理論來加以解釋。在世界的很多地方，一些民族團體或民族團體的強大勢力集團，試圖從國家的控制下分離出去，因而遭到這些國家的強烈抵制，在世界所有地方，這一問題的最終結果都將導致殘酷的戰爭，通常雙方都有極端的暴行。相對來說一國容許其法定的領土的一部分和平的分離出去的情況是非常不可能的，這當然不包括海外殖民地在內。假設 Andrew Kuchines 先生所講的情況是完全正確的話，東歐各國的和平演變之後應該有很多場戰爭的發生，蘇聯解體也應當會有一些加盟共和國之間發生

---

[16] 吳非、胡逢瑛，香港《大公報》傳媒睇傳媒專欄，2005 年

戰爭，但實事卻是在蘇聯解體之前，由於蘇聯政府在公開性改革進行當中並沒有處理好民族問題，戰爭卻在解體之前提前爆發。

這其中一個非常重要的問題在於俄羅斯的意識形態與車臣分離分子的意識形態誰會比較強硬。而直到現在為止，普京執政已經五年的時間，俄羅斯在這兩年經過經濟的高速增長之後，俄羅斯整體的意識形態還沒有確定，但那些分離分子的意志則非常堅決，而且有把整個車臣的亂局帶到整個高加索地區的架勢。俄羅斯是否需要一個全民族的或者是凝聚整個國家和獨聯體的意識形態呢？俄《獨立報》專欄作家恩・巴甫洛夫認為，俄羅斯不能在沒有自己的意識形態的狀態下生存，俄羅斯應找到自己的支柱，每個文明、民族和國家都有自己的道路以及在精神、政治和其他關係中能夠使人們聯合為一個整體的東西。社會主義思想或者宗教思想在俄羅斯國家的發展中發揮了凝聚的作用，並時常賦予任何活動以意義，如果脫離了意識形態，俄羅斯人民將會無所適從，這將是俄羅斯人民的悲哀。從這個意義上說俄羅斯是個意識形態的國家，無論這種意識形態是什麼，俄羅斯政府必需有義務幫助國家建立一種有使命的思想，只有這樣才能維護俄羅斯的統一。應該來講，現在俄羅斯處於整體意識形態的轉型期，車臣分離分子潛在的威脅是俄羅斯政府無法妥協的根本原因，那麼，俄羅斯境內的恐怖事件是無法用安全部隊和情制人員來制止的。

四、人質案影響俄新聞發展

2004 年 9 月 6 日，《消息報》總編輯沙基羅夫被解除職務，理由是沒有正確報道別斯蘭人質事件。根據這位元元前《消息報》總編輯沙基羅夫本人的說法，遭革職是因為與波羅夫——媒體集團領導層意見分歧。他認為自己是一位易動情的人，報紙開放的編輯方針使領導高層立場陷入尷尬；最終導致分道揚鑣。現在波坦寧已經掌握了《消息報》的主要控股權。波坦寧是第一位以媒體人身份擔任前總統葉利欽政府管理經濟政策的第一副總理職務的人。看來普京政府又一次拿媒體人開刀，殺雞儆猴的意味濃厚。國營能源企業入主媒體是普京執政後的一大趨勢，可以填補媒體寡頭所遺留下來的資金空缺。這次別斯蘭人質事件的報導紛爭，又造成許多媒體人遭殃[17]。

事實上，特派記者也遭殃。俄羅斯其他媒體的特派記者在前往北奧塞梯途中，許多媒體人都受到聯邦安全局人員的刁難與阻撓，例如俄自由電臺的美籍俄羅斯記者巴比茲基就被扣留兩天問訊。無獨有偶，新《消息報》特派記者戈爾波娃與謝美諾娃也遭到別斯蘭員警滯留一小時後才放人。關於恐怖事件中電視報導是否會導致民眾產生心理影響而應該禁止報導，俄羅斯議會下院杜馬資訊政策委員會意見不一。9 月 23 日，該委員會討論了祖國黨議員克魯托夫提出關於一項禁止電子媒體報導恐怖挾持人質事件報導的提案，一直到恐怖事件被完全鎮壓為止。克魯托夫的理由是恐怖報導會影響人們的心理，使人們感到痛苦與壓力，還有就是杜絕不真實的資訊。不過，提案沒有獲得資訊政策委員會的通過，該會決定要請心理醫生專家代表參與討論這個問題再做出決定。看來，媒體與政權關於新聞自由與專業道德之爭還會持續下去。

根據俄羅斯新《消息報》的報導，俄記者協會代表亞辛．紮索爾斯基、韋內季可托夫、特列季亞科夫、古列維奇、列文科聚在一起開圓桌會議。此次媒體會議目的為討論媒體在當代俄羅斯的角色。這當然與在別斯蘭事件中俄媒體態度與立場有關，與會者還有美國前副國務卿泰波特以及布魯金斯研究院的研究員，美國專家在會上並沒有發言。總體而言，會議的宗旨都是在強調記者堅持真相的專業素養：第一，言論自由與新聞的快速性並不能優先於新聞的正確性，堅持事實查證與報導真實性是俄羅斯媒體近期發展的首要原則；第二，不要因為謊言而刺激恐怖分子。

《獨立報》的總編輯特列季亞科夫率先發言，他表達了言論自由應區別於新聞自由的觀點，尤其是在緊急事故中更要堅持此一原則。莫斯科回聲電臺的總編輯韋內季可托夫直接表示，在別斯蘭人質事件一發生時，電臺立刻出臺三項禁令：不要直接轉播恐怖分子的聲音、不要描述軍事行動者的移動位置、不要污辱恐怖分子。韋內季可托夫認為在恐怖

---

[17] 吳非、胡逢瑛，《從人質案看俄新聞自由》，香港《大公報》傳媒睇傳媒專欄，2004 年 10 月 22 日。

事件發生後，記者不要發佈道聽塗說與不經查證的新聞，因為這可能會激怒恐怖分子。《新聞時報》總編輯古列維奇表示，非常愉快地看見外國電視臺已經轉變了報道別斯蘭事件的方式。對此，俄羅斯電視卻遲遲沒有轉播。第一電視臺消息新聞欄目的資訊部門副總經理列文科對此回應，俄羅斯媒體應當承擔起保護國家電視臺的名譽的義務，俄羅斯現在正在處於非常時期，如果電視臺要確定一些消息來源，媒體此時還要向反恐怖總部確定一些有爭議性的消息，如：人質的人數、恐怖分子的實質要求。俄羅斯媒體此時的要求是否恰當，是否會影響解決人質的進程，媒體與政府還沒有經驗，不過處理危機的官員應該要主動向記者公佈確切的消息，這樣記者就不會在危機事件中去自己憑空揣測。

對此，普京有自己一套看法，他認為，在全球恐怖主義威脅的情況下，媒體不應該只是旁觀者，我們不能漠視恐怖分子利用媒體與民主加強心理與資訊壓力的詭計。明顯地，恐怖主義不能成為損害新聞自由與新聞獨立的藉口。資訊社會中媒體同樣也可以自己形成一種有效的工作模式，讓媒體在打擊恐怖主義這場戰役中有效發揮工具的功能，杜絕恐怖分子利用媒體施壓，媒體的報導不能傷害受難者的情感。新聞自由是民主基石之一，保障民主發展的獨立性。無疑地，媒體對各級政權的批評是有利的，雖然有時這些批評非常不客觀，並時常帶有感情色彩，不被政權機關領導所喜愛。

俄羅斯媒體從業人員的素質高是顯而易見的，但媒體對於如何宣傳國家、政府、議會的政策是沒有太多經驗的。在前蘇聯時代，蘇聯媒體主要通過意識形態來統一思想，而蘇聯意識形態的核心就是媒體是政黨的核心，但其實質的功能卻是，政黨進入媒體，並參與媒體的運營，也就是說政黨精英是媒體的實質主宰者。冷戰結束，蘇聯隨之解體之後，政黨精英退出媒體，俄羅斯媒體是否可以靠剩下的專業媒體人來支撐呢？在俄羅斯媒體近十年的發展當中，我們更多的是看到專業媒體人向金融寡頭投靠，專業媒體人並沒有堅持自己的專業精神。在俄羅斯經濟還沒有轉到正常軌道上來之前，私營企業進入媒體肯定會使媒體發展遇到瓶頸。蘇俄媒體經過意識形態政治化、完全自由化、專業化、國家化等幾個階段之後，俄羅斯媒體現在在普京倡導之下，俄羅斯媒體終究要回到憲政體制之下的媒體，這樣的媒體特點就在於媒體完全按照法律執行。在沒有法律的情況下，政府會主導與媒體協商具體的辦法。媒體精英與政黨的結合，現在已經轉變為媒體經營與政府的結合，此時，俄羅斯媒體的政治化色彩依然沒有轉變，這表示俄羅斯已經進入蟄伏期，它在等待恢復強權國家的時機。

第五節　俄公民社會意識與媒體發展的互動關係

在俄羅斯有另外一批學者熱衷於研究非統一的新意識形態，這種新意識形態被稱為公民社會。公民社會是擅長於自我組織和具有主動精神的社會，它不忽視來自於上層的信號，但它更擅長於發動自上而下的運動。公民社會的社會和政治結構獨立於上層建築，而獨立存在，公民社會內部可以自行解決內部事務，並時常對於上層建築施行必要的監督。在俄羅斯公民社會的建設過程當中主要涉及一下幾個利益集團：政黨、區域和專業精英、政治幫派、媒體和壓力集團。俄羅斯學者在公民社會的初衷主要是繞過蘇聯解體為俄羅斯國家的意識形態的空窗期制定未來發展的模式，但公民社會主要涉及在蘇聯和俄羅斯時期存在非常長時間的權威主義和西方推行的民主精神的協調的問題。

一、媒體推動組織公民社會

蘇聯解體之後，俄羅斯媒體面臨轉型。大眾傳播媒體被視為在俄羅斯政治體制轉軌過程中一個不可或缺的社會聯繫機制。俄羅斯著名政治學家安・米格拉尼揚在《俄羅斯現代化與公民社會》[18]一書中就認為，任何國家的現代化進程都是與公民社會是否成型聯繫在一起，而公民社會的建構有賴於個人、社會和國家三者之間的有機互動，每個成員部分都有他們在建構公民社會中的功能角色，而大眾傳播媒體正是政治的對話者、資訊的傳播者與公民社會的組織者。

在俄羅斯政治體制轉軌中所帶來的社會震盪，主要是由於國家和某些社會權力精英將他們的利益淩駕在社會利益和個人利益之上，大眾傳

[18] 【俄】安・米格拉尼揚，《俄羅斯現代化與公民社會》，徐揆等譯，北京：新華出版社，2003 年。（原文：Адраник Мигранян, Модернизация и Гражданское Общество России, 2002）。

播媒體成為少數上層利益團體的囊中物，媒體資源被赤裸裸地爭奪，政府政策不能有效出臺的亂象成為電視螢幕呈現給觀眾的視覺影像娛樂，而實際民生問題與媒體報導脫節，個人切身利益沒有得到上層的關心。

蘇聯政治體制的極大缺陷來自於幾個方面：第一，權力機制的失衡，由於政治機器缺乏有效的分權制衡機制，權力高度集中現象再加上缺乏社會的監督機制，導致了上層領導與民心背離，政治結構的嚴重失衡制約了俄羅斯現代化發展的進程速度，並且擴大了社會各階層不滿情緒的鴻溝；第二，蘇聯的代表民主制度發展到最後成為徒具形式的橡皮圖章，既不符合古希臘羅馬城邦所倡議的直接民主，也不符合資本主義社會形成後所建立的代議制度，公民意見在這裏沒有得到充分體現；第三，權力的異化現象，公民社會強調權力來自於公民，政治機構是受委託執行公民意見的地方，因此人民是社會國家的主人，而蘇聯政治結構中產生國家官員從「人民公僕」變成「人民主人」的權力異化現象，造成多數人的利益在少數人的利益把持中隱沒。

當蘇聯的社會已經走到政治高度發展時期之際，政治權力的更替與社會資源的分配沒有辦法在現有的體制中謀求很好的解決時，處在中間階層的社會精英必然採取一種更為激烈的手段去打破現有體制的藩籬，此時，如果大眾傳媒的聯繫功能夠得到適當的發揮，讓公眾有一個發揮意見的情緒宣洩管道，促使各種意見能夠得到交流的機會，那麼，這些人的積怨就不至於大到要去推翻一個龐大的政治機器，因此傳媒平臺的建立是有助於社會情緒的穩定，傳媒社會功能的不彰反而會導致人民的積怨像是潛伏在火山的內部深層，一有突破口必然引起火山爆發，任何試圖限制傳媒公共領域範圍的做法只是加速社會成員為了自身利益去更激進地尋找突破口。

那麼，蘇聯至俄羅斯轉軌時期對於開放傳播自由的活動為何會造成俄羅斯社會如此地震盪呢？按照道理說，傳播自由一直被西方國家當作民主進程的組成部分。早從西方國家的第一部印刷機出現之後，出版商無一不爭取擁有印刷執照與出版書籍的權利，以謀求大量出版書籍的豐厚利潤；而書籍作者無不希望能夠將自己意見的心血結晶，通過出版自由而得以面世問眾；此外在歐洲中世紀文藝複運動開始以後，大量書籍的出版又成為提升民眾教育程度的知識來源，以至於對於社會資源分配的政治權力問題，一直都是社會精英關注的焦點，因此報刊就成為社會精英到其他社會組織成員、甚至於是個人發表自由意見的地方，報刊成為社會輿論最有可能集中體現的地方。因此執政者相當害怕這些社會精英的批評意見，當局通常會選擇控制出版執照的手段，限制報刊的出版與發行數量，以避免反對報刊中可能出現的威脅言論。

俄羅斯在爭取傳播自由的過程中，經常遭受當局的各種限制是必然出現的現象，而傳播自由領域中所出現的社會震盪，更多地來自於上層少數的利益集團赤裸裸地爭取媒體的經營權，而媒體的公共領域同時也成為政治鬥爭的前線戰場。這時媒體對於政壇醜聞的曝光也是有助於民眾瞭解到底是誰在剝奪社會的公器資源。但問題就出現在，當媒體特別關注這些政壇醜聞的同時，處於上層建築的政治精英們並沒有覺悟要為民眾的福祉著想，只想到要趕緊佔據謀取資源的最佳位置。因此，社會在責怪媒體過度報導政治醜聞的同時，也要讓民眾對上層利益團體的勾結腐敗現象做出輿論的監督。因此，傳播活動若不能得到一定程度的政策鬆綁，那麼民眾的「知情」權利以及「接近使用媒體」資源的權利何以體現？民眾的社會輿論監督將只是一場尚未實現的夢想。俄羅斯傳播學者普羅霍羅夫就認為，媒體的自由權利必須與它所承擔的社會責任成正比，要不然媒體就會成為有權無責的特權階級，社會的混亂就會因此而產生。

然而，由於在 20 世紀的 90 年代，俄羅斯傳媒法當中缺乏對媒體事業做出合理股份比例分配的限制規定，這使得媒體市場變得相當不公平，政府、銀行家與企業主成為媒體的所有者，小的媒體經營者沒有生存的空間，媒體「公共領域」的「自由意見市場」無法形成。轉型中的俄羅斯傳媒法是一部充滿自由理想的法律，它並沒有真正使人民的自由意見得以完整體現。媒體反倒是政治人物、媒體精英與媒體寡頭意見最為集中體現與爭執的地方，傳播自由使得這些人首先得到發言的話語權，並且讓他們影響著俄羅斯政局發展的輿論走向。媒體在為政府服務與企業主服務之間，為公眾服務的「市民公共新聞」在前兩者之間隱沒。

俄羅斯媒體報導自由化與公眾化的初步實踐顯示，各級政府權威機關、媒體經營者與專業媒體人之間對於新聞自由的理解、傳播內容的取向以及採訪範圍的界定等都存在著一定的落差與鴻溝，媒體寡頭與媒體人在執行新聞自由的過程當中加入了過多的戲劇因素，這樣俄羅斯民眾看到的新聞自由就成為犯罪新聞與為人事鬥爭需要的高官醜聞變成新聞報導的主角，甚至後來莫斯科還出版了以報導高官醜聞為主要內容的報紙，此時媒體的商業利益已淩駕在社會的公共利益之上。公共事務的內涵在媒體報導方式娛樂化的處理之下沒有得到重視，媒體沒有扮演好聯繫的角色，疏離了社會成員對公眾事物的參與感和責任心。在蘇聯解體之後，犬儒主義曾結合新聞的監督機制，並在整個的新聞報導中顯露出來，這種趨勢在俄羅斯整個的十年發展中沒有給媒體帶來任何的好處，只是報導中充滿了諷刺，在普京執政之後，普京正在使用法律手段改變這一現象。

二、政府需健全傳媒法制環境

俄羅斯傳媒發輾轉型的過程取決於政府和媒體兩者之間的相互制衡、相互角力或相互協作的互動關係，媒體人的獨立性已經被培養出來，政府無法完全以長者的姿態駕馭媒體，而必須以戰略夥伴的角色處之。也就是在二十一世紀，俄羅斯政府與媒體之間的互動關係更多地取決於相互之間的溝通合作，但可以確定的是，普京政府已經成功地擁有相對權威的優先發言權。

記者報導尺度和政府容忍範圍的互動關係，在普京執政後又重新正在培養默契與逐步形成當中。目前俄羅斯媒體在受政府以立法規範和司法介入的情形之下，政府對媒體角色已經逐漸形成一種概念：自由主義與前蘇聯社會主義媒體都強調媒體服務民眾與提供資訊的社會機制。但是兩者之間實際上仍存在對「資訊接收者」認定的差異性。自由媒體強調的民主責任是以社會大眾為依歸，媒體是民眾的喉舌，負責傳達輿情與監督政府施政，因此政府、媒體、社會大眾三者之間的關係是一種呈現接近資訊平衡的政治參與行為；而前蘇聯社會主義的媒體則強調媒體作為黨與政府的宣傳機器，擔任政府的喉舌，替政府監督、控制與引導社會輿論為前提。經過十餘年的摸索期之後，俄羅斯政府是希望當權者能夠在自由主義和前蘇聯社會主義的結合機制中扮演制高點的角色，媒體要成為俄羅斯在國際競爭中的先鋒隊與開路者，媒體的宣傳機制不可偏廢，俄羅斯還要保留一家國家電視臺，以維繫俄羅斯境內有一個資訊完整的資訊空間。從蘇聯過渡到俄羅斯政體轉變至今這段期間，記者角色從關心社會與黨的發展到協助政府穩定社會，再從協助政府穩定社會過渡到保衛俄羅斯的國家利益，最近俄羅斯媒體記者還肩負起反恐方面的任務。

俄羅斯新聞出版部長列辛就表示，我們希望頻道要專業化，節目要定位，以區隔與滿足各種受眾的資訊需求市場。傳媒法必須提供傳媒產業發展的健全法制環境，確定媒體在接受閱聽眾付費收視時提供最佳的視訊與內容服務。然而，由於傳媒法當中缺乏對媒體事業做出合理股份比例的限制規定，這使得媒體市場變得相當不公平，政府和銀行家與企業主成為媒體的所有者，小的媒體經營者沒有生存的空間，媒體「公共領域」的「自由意見的市場」無法形成。轉型中的俄羅斯傳媒法是一部充滿自由化理想的法律，它並沒有真正使人民的自由意見得以完整體現，反倒是政治人物、媒體精英與媒體寡頭意見最為集中體現與爭執的地方，傳播自由使得這些人首先得到發言的話語權，並且讓他們影響著俄羅斯政局發展的輿論走向。媒體在為政府服務與企業主服務之間，為公眾服務的「市民公共新聞」是未來俄羅斯媒體與政府都應該要致力關注發展的方向。

三、俄媒體精英影響政府運作

民主的相對是一種權威主義。權威主義的基本思想在於推行非國家化，權威主義在打碎傳統國家結構之後，建立新的價值取向的新的國家與社會結構，新權威主義是解決國家所有利益集團衝突的中心，國家所有的利益集團都通過權威主義進行一切的協調和庇護，在某個階段反制度的力量會參與公民社會框架之下相互協調後，權威主義會進入調整的階段。公民社會是權威主義向民主化進程當中必經階段，其中主要的原因就在於權威主義社會所積累的大量社會精英和政治運行結構非常適於公民社會的運作，公民社會應該是在整個的國家社會中，部分的民眾享有民主成果，其中主要的原因就在於國家經濟在還處於基本的發展階段中，每個公民如果想要享有充分的民主自由是非常不現實的情況，這樣公民社會中的精英階層與國家經濟共同發展，國家經濟如果處於長時間的發展階段的話，國家中的精英階層就會隨著國家經濟的發展而一同成長，擴大的精英階層和整體的社會各各階層開始在互動之中開始享受逐步的民主和自由。

俄羅斯在公民社會形成過程當中主要面臨自己本身是一個獨立的政治主體，還是它就是金融集團或者政府的工具。做這樣判斷時要有兩個因素考慮。一是，媒體是否在國家社會中保持物質上的相對獨立性，這種獨立性能在俄羅斯最初的改革階段是否以各種各樣的「贊助款」形式進入媒體，在法律上對於出版物和電子視頻的所有權在歸屬國家的同時，媒體的運行結構是如何互動成為獨立性判斷的關鍵因素。二是，大眾傳媒的立場多數是在民主運動高漲的時代中形成的，大眾傳媒一般都具有反對任何強調社會秩序的做法，媒體一般都希望國家政府能夠讓「自由多一點，國家少管一點」。這樣媒體自身的主體性和工具論是俄羅斯媒體在初期發展中遇到的主要問題，但媒體自身的主體性和工具論並不涉及關鍵性的全民利益，媒體主體性實際上反映的是自己特權地位和物質地位感興趣的傳媒集團的意圖。

比如在 1996 年，俄羅斯總統大選證明瞭媒體對於社會輿論的巨大影響之後，報業成了政治—金融集團的主要派別擴張自身影響力的主要目標，而報紙為了保住自己的特權和地位，並沒有積極抵制這樣的擴張，反而媒體卻輕而易舉地投靠權勢集團，並獲得了有力庇護。這樣對於公民社會中的媒體發展形成了巨大的障礙，這種障礙主要在於媒體在發展中國家和俄羅斯的國家結構當中必然會與政治權力結合，如果其他的精英進入媒體的話，必然會引起不必要的權力鬥爭和權力的幻想，比如金融領域的精英進入媒體的話，必然會利用媒體在政府當中謀求自己的適當地位，但政府在執行國家政策的過程當中必然不會完全滿足金融領域精英的要求，這樣金融領域精英有些時候會利用媒體謀求對於政府或者政府最高領導人總統的控制，這在政治經濟學當中是完全不可能的，最後媒體非常有可能會成為這場鬥爭的受害者，從而也影響媒體的正常發展。

政黨是有共同思想基礎、凝聚廣大社會利益並通過贏取和執掌國家政權而實現這些利益的組織。政黨在任何的民主政治裏都是保證社會利益的具體組織，政黨是保證這些利益在政權結構中有其代表地位和保證政權和社會的相互聯繫的關鍵的政治主體，但政黨在俄羅斯政治的整體發展中地位卻非常微弱。許多政治家認為這應該不是俄羅斯在政治發展中主要特點，因為幾十年在發達民主國家當中，政黨的威望和影響力一直都處於下降的趨勢。在民主制度裏，與作為主要政治主體的政黨作用減弱的同時，各種公民團體、社會精英所組成的各種利益集團對於政治的發展正在加強。在當代俄羅斯，這些在西方國家已經得到發展的主要團體並沒有獲得國家或者社會的形式上的認同，這裏既沒有公民對此的倡議，也沒有實際的利益代表機構。

俄羅斯政治在 1992 年之後已經形成了以簡單符號化的政黨為代表的微弱的政黨政治，在俄羅斯議院—杜馬中，每個政黨中選舉人具有相當穩定的政治傾向，在歷次的選舉當中選民基本上是依據自己對於當時的政治變化而進行政黨中候選人的選擇，這裏俄羅斯聯邦共產黨對於國家重要政策的決策過程有著重要的影響，1992 年之後，俄共成為一個非常複雜的政黨組合，在很大程度上俄共的存在保證了俄羅斯向現代公民社會的過渡，在結合歐洲左翼思想的影響之後，俄共在上個世紀 90 年代末期有過一段低落之後，在 2002 年，俄共開始在國家的經濟發展中扮演了只限於國家政策重要制定者的角色。

俄羅斯政黨軟弱另外一個重要原因在於國家存在的執行權力機構的政黨傾向不明顯的特徵，政黨的權力僅限於全國議會和地方議會，在現有的條件下，國家機構不可能執行有利於政黨發展的法律。2000 年之後，俄羅斯建立的是一種「超級總統制」的國家框架，對此，政黨主體性當中的權力制衡作用已經完全失效，在這樣窘迫的環境當中，政黨內部所形成的黨內寡頭則再次出現。對此，俄羅斯媒體似乎對於政黨的發展基本抱持非常失望的態度，因為政黨的軟弱導致媒體不能夠廣泛的從反對黨或執政黨的不同派別當中獲得重要的資訊，以此來達到監督政府的目的。媒體和政黨都圍繞在政府的周圍，服務於政府已經成為普京政府現今最明顯的特色。

俄羅斯在 2000 年後逐漸開始起作用的地區和專業精英卻意外的開始影響政府的運作，地區和專業精英開始於 1991 年底，這主要是由於蘇聯政府中的老人政治已經在 1990 年以後開始逐漸被取代，地區和專業精英主要的表現在於開展在莫斯科的激進自由政策的決定和保護社會的穩定，在群眾中的高威望是地區和專業精英的共同特點。地區和專業精英的真正誕生開始於 1996 年，地區精英主要是由於在州長和地方議會的選舉過後，蘇聯時期大部分的行政領導開始大面積的退出，新的地區精英開始全面進入地方政府。這些地區精英所形成的利益集團的共同特點在開始時期就非常的明確，那就是同中央進行鬥爭，爭取更多的政治和經濟權利，擴大聯邦主體，提高自己的政治獨立性。當中央侵犯自己的利益時，地區領導們就表現出強大的團結性和反抗精神。但地區精英的問題在於他們沒有統一的政治戰略。共和國同州的利益、州長和市長的利益不能和諧一致，這樣就形成了代表不同利益的橫向和縱向的集團，各政治利益集團的鬥爭，以及金融集團和地區利益集團的鬥爭，使得地區精英的權力完全分散。儘管如此，地區精英與中央抗衡的能力卻是不可小視的，其中地區精英在某個州或者共和國內的獨立權力運行是現在俄羅斯面臨的主要問題，比如在莫斯科附近的高爾梅科共和國基本上在經濟、宗教上完全獨立於中央，而該共和國的運行體制則是更加強烈的中央集權，與中央的矛盾點在於該共和國的很多政策並不能夠維護國家的整體利益。

俄羅斯專業精英主要出現在 1995 年以後，在 1996 年葉利欽總統大選之前，葉利欽開始在政府當中啟用大量的專業精英，這包括其總統府內的官員絕大多數已經在 45 歲以下，這些精英主要進入經濟、媒體和政府管理的領域，2000 年後很多精英則主要進入俄羅斯國家的國安系統。1995 年專業精英的主要目的在於快速提升國家整體的經濟實力，另外拉攏國家選民中的對葉利欽有好感的選票，並且吸引中間選民改變政治傾向，在 1996 年選舉之前，葉利欽在一次群眾聚會當中，他還不顧自己肥胖不便的身體與年輕人大跳舞蹈，這些就是圍繞在總統周圍專業精英的設計，這條新聞與鏡頭畫面被世界各國的主要媒體視為選舉中的經典。在 1996 年選舉之後，俄羅斯專業精英的範圍開始逐漸擴大。尤其在 2000 年後的媒體中，協助普京制定新聞方面的智庫以及各個媒體都充滿了媒體專業精英的身影，俄羅斯媒體專業精英在媒體寡頭退出媒體管理之後，成為唯一的媒體管理人員，因此新聞自律成為這些媒體專業精英的工作準則。如在 2004 年，當《消息報》的總編和部分記者公開支援被捕的寡頭霍多爾科夫斯基之後，在總統普京的壓力之下，總編和部分記者最終選擇離開《消息報》。媒體精英作為傳媒的主體因素，它與總統和政府互動成為俄羅斯社會穩定的關鍵因素。

參考資料—ЛИТЕРАТУРА

Батурин Ю.М., Федотов М.А., Энтин В.Л., Закон о средствах массовой информации. Республиканский вариант. Инициативный авторский проект. М.:Юридическая литература", 1991.（巴度林、費德羅夫、恩欽。《出版與大眾傳播媒體法》共和國版本，起草者原始草案，莫斯科：法律索引出版社，1991 年。）

Бердяев Н. Судьбы России. Литературная газета. 1990,12,5.（貝爾加耶夫，《俄羅斯的命運》，文學報，1990 年 12 月 5 日。）

Бурков Б.「Комсомолка」в шинели. М.,1975. 布林柯夫，《穿上軍衣的女共青團員》，1975 年。

Ведомости（2002.12.24）.（《機關報》，2002 年 12 月 24 日）。

Век（1997.8.12）.（《世紀報》，1997 年 8 月 12 日）。

Век（2000.08）.（《世紀》雜誌，2000 年第 8 期。）

Ворошлов В. В., Журналистика, СПБ.: изд. Махайлова В. А., 1999.（瓦拉什洛夫，《新聞學》，聖彼得堡：米哈伊洛夫出版社，1999 年。）

Газета Коммерсант-daily, 26 мая, 1993.（《生意人日報》，1993 年 5 月 26 日。）

Глейзер М. Радио и телевдение в СССР. Даты и факты （1917-1986）.М., 1989.（格列則爾，《蘇聯廣播電視》，日期與事實（1917-1986），1989 年。）

Государство уходит с рынка СМИ, Телевидение и радиовещание, №1（29）январь-февраль 2003（〈國家將會走出媒體市場〉，《電視與廣播雙月刊》2003 年第一期。）

Грабельников А. А.. Средства массовой информации в современном обществе:тенденции развития, подгатовка кадров, М.: Изд-во РУДН., 1995.（葛拉貝裏尼柯夫《當代社會的大眾媒體：發展趨勢，人才養成》，莫斯科：亞非民族友誼大學，1995 年。）

Грабельников А. А. Средства массовой информации в постсоветской России, М.: Изд-во РУДН.（葛拉貝裏尼柯夫《後蘇聯俄羅斯傳媒》，莫斯科：亞非民族友誼大學，1996 年。）

Два в одном канале. ОРТ и НТВ теперь зависит от ВГТРК // Коммерсантъ(1998. 5.12).（〈二合一頻道，社會電視臺與獨立電視臺現在依賴全俄羅斯國家電視廣播公司〉，《生意人》雜誌，1998 年 5 月 12 日。）

Егоров В. В.,Телевидение между прошлым и будущем. М.:《Воскресенье》, 1999.（葉戈洛夫，《電視的過去與未來》，莫斯科：復活出版社，1999 年。）

Ежегодник Фонда защиты гласности(отчет за 1997 год), М.:《Права человека》, 1998.（《1997 年保護公開性基金會年鑒》，莫斯科：人權出版社 1998 年出版。）

Закон РФ《О государственной поддержке СМИ и книгоиздания РФ》, принят Госдумой 18 октября 1995 г., одобрен Советом Федерации 15 ноября 1995 г.（國家支援媒體與出版法）

Закон РФ《Об информации, информатизации и защите информации 》См.《Правовое поле журналиста》.（俄羅斯聯邦法，《資訊、資訊化與資訊保護法》）

Закон РФ《О порядке освещения деятельности органов государственной власти в государственных средствах массовой информации》.（俄羅斯聯邦法《國有媒體報道國家政權行為秩序法》。）

Закон Союз Советских Социалистических Республик《О печати и других средствах массовой информации》,（蘇維埃社會主義共和國聯盟法律《有關於印刷媒體與其他大眾傳播法》，1990 年 7 月 12 日。）

Закон СССР о средствах массовой информации, М.: Юридическая литература, 1990.（《蘇聯新法編》第二冊，莫斯科：法律索引出版社，1990 年。）

Засурский И. Я.（1999）. Масс-медиа второй республики, М.:МГУ.（紮蘇斯基·伊凡（1999）。《第二共和國的大眾媒體》，莫斯科：莫斯科大學出版社，1999 年。）

Засурский Я. Н.,Десять лет свободы печати в России. Вестник Московского универмситета, 2001, No.1, c.12.（紮蘇斯基·亞欣，〈俄羅斯十年出版自由〉，莫斯科大學學報 2001 年第一期。）

Засурский Я. Н. （2001）. Средства Массовой Информации России , М.:Аспект Пресс.（紮蘇斯基·亞欣，《俄羅斯大眾傳播媒體》，莫斯科：新聞領域，2001 年。）

Ингулов С. Реконструктивный период и задачи печати. М., 1930. Иванов Р. Партийная и советская печать в годы второй пятилетки. М., 1961. Исмагилов М. Печать и производственння пропаганда: исторический опыт, традиции проблемы перестроечного периода（Формирование и развитие экономической прессы в годы первых пятилеток）, 1991 и другие. 印古洛夫，《重建時期與報刊任務》，1930。伊凡諾夫，《第二個五年時期的黨與蘇維埃報刊》，1961 年。伊斯馬革洛夫，《報刊與生產宣傳：歷史經驗、重建時期的傳統問題（形成與發展第一個五年經濟報業）》。

Индустрия российских средств массовой информации（《俄羅斯媒體工業十年發展》），小組的成員來自俄羅斯與美國的媒體專家。參與報告的專家分別為：Е.Абов（"Проф-Медиа"）、Ф.Абраменко（ИД "Провинция"）、О.Аникин（НТВ）、А.Аржаков（Ifra）、А.Архангельская （НАИ）、А.Асхабова（СТС）、В.Богданов（"Агентство подписки и розницы"）、А.Вдовин（"Интерньюс"）、Н.Власова（ФНР）А.Воинов（НАИ）、И.Дзялошинский（ИРП）、В.Евстафьев（РАРА）、М.Жигалова（"Проф-Медиа"）、Е.Злотникова（"Культура"）、М.Калужский（IREX）、О.Карабанова（ИРП）、С.Клоков

（ГИПП）、Р.Кряжев（Primann）、Г.Кудий（МПТР）、Б.Кузьмин（МАП）、Г.Либергал（"Интерньюс"）、К.Лыско（"2x2"）、А.Малинкин（"Агентство подписки и розницы"）、Е.Марголин（МПТР）、Д.Менакер（IREX）、О.Никулина（СИРПП）、Р.Петренко（СТС）、А.Рихтер（Институт проблем информационного права）、В.Румянцев（НТВ）、М.Сеславинский（МПТР）、Д.Соловьев（"Открытые системы"）、С.Спиридонов（REN-TV）、Г.Уваркин（МПТР）、А.Федотов（RPRG）、Ю.Федутинов（"Эхо Москвы"）、Ф.Фоссато（Internews Network）、О.Щербакова（НАТ）、И.Яковенко（Союз журналистов РФ）。負責總體審查的專家包括：Е.Абов（"Проф-Медиа"）、А.Аржаков（Ifra）、М.Асламазян（"Интерньюс"）、А.Воинов（НАИ）、А.Друккер（MTV）、Т.Карпанова（"За рулем"）、А.Качкаева（"Интерньюс"）、К.Лыско（"2x2"）、В.Рябков（МПТР）、И.Рудакова（"Интерньюс"）、Г.Уваркин（МПТР）、А.Федотов（RPRG）、Ю.Федутинов（"Эхо Москвы"）、Ф.Фоссато（Internews Network）。參加前期策劃的專家包括：А.Городников、В.Гродский（Gallup Media）、Г.Кудий（МПТР）、М.Калужский（IREX）、А.Малинкин（"Агентство подписки и розницы"）、Н.Муравьева（СИРПП）、В.Монахов（"Интерньюс"）、А.Рихтер（Институт информационного права）、А.Цимблер（"Европа плюс"）。

Ирхин Ю. В. , Политология, М.:РУДН., 1996.（伊爾欣，《政治學》，莫斯科：亞非民族友誼大學，1996 年。）

Кривошеев М.И., Федунин В.Г.. Интерактивное телевидение.-М., "Радио и связь", 2000.（柯裏瓦舍夫，《互動電視》，莫斯科：廣播與電信出版社, 2000 年。）

Кэрролл В.М.-Новости на ТВ.-М., изд. "Мир", 2000（凱羅爾，《電視新聞》，莫斯科：世界出版社，2000 年。）

Комментарий Конституции Российской Федерации（2000）. М.:《ОМЕГА-ЭЛ》.（《俄羅斯聯邦憲法批註》，莫斯科：歐美家—愛爾，2000 年。）

Маккой К.. Вещание без помех.-М., изд."Мир", 2000.（麥柯伊，《無障礙報導》，莫斯科：世界出版社，2000 年。）

Московские Новости（2002.6.11）.（《莫斯科新聞報》，2002 年 6 月 11 日）。

Нарушение прав журналистов и прессы на территории СНГ в 1995 году, -Фонд защиты гласности, М.:《Права человека》, 1996.（〈1995 年的獨聯體境內記者權利與新聞違法情形〉。莫斯科：人權出版社 1996 年出版。）

Наше Отечество. Опыт политичекой истории. Т.2. М., 1991.С. 164-209.（《我們的祖國，政治史經驗》第二冊，1991 年, 第 164-209 頁。）

Незвисимая газета 1992,8,4.（《獨立報》，1992 年 8 月 4 日。）

Овсепян Р. История советской журналистики. Первое деоятилетие оветсктй власти. М.,1991. С.75. 奧夫塞班，《蘇聯新聞學史》，蘇維埃政權第一個十年，1991 年。

Овсепян Р. История новейшей отечественной журналистики. М., МГУ,1999. 奧夫塞班，《最新祖國新聞學史》，莫斯科大學出版社，1999 年。

Основы радиожурналистики / Под ред. Э. багирова и Ружникова М., 1984 Гл. I. 巴各羅夫和魯日尼柯夫主編，《廣播新聞學基礎》第一章，1984 年。

О Российском телеграфном агентстве（РОСТА）. Постановление Президиума ВЦИК. 7 сентября 1918г. // О партий и советской печати, радиовещвнии и телевидении. М., 1972. 關於俄羅斯通訊社，最高中央執行委員會主席團命令，1918 年 9 月 7 日。//《關於黨和蘇維埃出版、廣播與電視》，1972 年。

Парламентские выборы в России. Доклад Европейского института СМИ. Международная жизнь. 1994. № 2.（《俄羅斯國會選舉》，歐洲媒體研究學院報告，《國際生活》，1994，№ 2。）

Печать СССР за 50 лет. Статистические очерки. М.,1967.（《蘇聯報刊 50 年，統計概要》，1967 年。）

Полукаров В. Л.（1999）. Реклама, общество, право, приложение 4, М.: Знак.（波陸卡若夫（1999）。《廣告、社會、法律》俄文版，莫斯科：標誌出版社。）

Правовое поле журналиста. Настольная справочная книга, М.: Славянский диалог, 1997.（俄羅斯聯邦憲法第二十九條。《記者法律總覽》，莫斯科：斯拉夫對話出版社，1997 年。）

Правовые вопросы лицензирования телерадиовещания.-М., Центр "Право и СМИ", 2000.（《廣播電視登記註冊法律問題》，莫斯科：法律與媒體中心，2000 年。）

Правовая защита прессы и книгоиздания, М.: НОРМА.（《新聞與圖書出版的法律保護》（2000）。莫斯科：法規出版社。）

Преследование журналистов и прессы на территории бывшего СССР в 1993 году. М.:《Права человека》, 1994.（〈追擊 1993 年前蘇聯境內記者和新聞〉，莫斯科：人權出版社，1994 年。）

Прохоров Е. П.《Введение в теорию журналистики》,М: РИП-холдинг,1998.（普羅霍羅夫，《新聞理論入門》，莫斯科：俄羅斯出版股份公司，1998 年。）

Прохоров Е. П.《Социология Журналистики и общесоциологическая Теория》 Весник МГУ：Журналистика 1994，02．（普羅霍羅夫，《社會新聞學和理論》，莫斯科國立大學學報：新聞學，1994 年第二期。）

Радиожурналистика.-М., Издательство МГУ, 2000.（《廣播新聞學》，莫斯科：莫斯科大學出版社 2000。）

Реснянская Л.Л. И И.Д.Фомичева，Газеда Для Всей России Москва：издательство ИКАР，1999.（列斯尼亞斯卡婭與法米切娃，《俄羅斯報紙發展》，莫斯科譯卡拉出版社，1999 年）

Романов Ю. Я снимаю войну. - М., изд. "Права человека", 2001.（羅曼諾夫，《我拍攝戰爭》，莫斯科：人權出版社，2001。）

Российская газета （1999.7.6.）.（《俄羅斯報》，1999 年 7 月 6 日）。

Российские СМИ на старте предвыборной кампании // Среда, 1995, No 3.(《俄羅斯媒體在競選的起跑點》《環境》雜誌，1995 年，第三期。)

Российские СМИ в избирательных кампаниях 1999 и 2000 годов.（Национальный Институт прессы）-М., изд."Права человека", 2000.（《競選中的俄羅斯媒體 1999 與 2000 年》（國家新聞研究院），莫斯科：人權出版社，2000。)

Российские средства массовой информации, власть и капитал: к вопросу о концентрации и прозрачности СМИ в России, М.: Центр 《Право и СМИ》, 1999.（Журналистика и право ; Вып.18）.（《俄羅斯大眾傳播資訊、政權與資金：俄羅斯媒體康采恩與透明化》（1999）。莫斯科：立法與媒體中心，同時刊載於該中心的《新聞學與立法》期刊第十八期。)

Симонов. А. К.（1998）.Средства массовой информации, М.:Галерия.（西門諾夫主編，《俄羅斯大眾傳播媒體》，莫斯科：文獻出版社，1998 年。)

Собрание законодательства Российской Федерации от 21 июня 2004 года, N 25.（第 289 號文件《關於俄羅斯文化與大眾傳播部》,2004 年 6 月 21 日《俄羅斯聯邦政府法律文集》中第 2571 頁的內容。)

Согрин В.（1994）. Политическая история современной России 1985-1994:от Горбачёва до Ельцина,. М.: Прогресс-Академия.（索格林，《1985 到 1994 年俄羅斯當代政治史：從戈巴契夫到葉利欽》，莫斯科：成果—科學院出版社，1994 年。)

Техника юридической безопасности для журналиста.-М., Изд. "Галерия", 2000.（《記者安全法律策略》，莫斯科：美術出版社，2000 年。)

Угольникова Инга, Нечаева Нина,「Друг государства」, Итоги, No48, 2003.4.2.（烏格爾尼可娃，尼恰耶娃，《國家的朋友》，《總結》周刊，2003 年 4 月 2 日，第 48 期。)

Федотова Л.Н., Массовая информацмя: стратегия производсва и тактика потребления, М.: МГУ, 1996.（費多多娃，《大眾資訊：生產戰略與使用策略》，莫斯科大學出版社，1996 年。)

У Фей, Средства массой информации и правительство не должны быть противниками,《Диалог》,М.: МГУ, 1999.（吳非，〈新聞媒體與政府管理無對立性〉，莫斯科國立大學《對話》期刊，1999 年。)

Федотова Л.Н., Социология массовой коммуникации, М.:аспект пресс, 2002.（費多多娃，大眾傳播社會學，新聞領域出版社 1996 年。)

Федотова Л.Н.,《К вопросу о рейтинге телепередач》Весник МГУ：Журналистика 1991，06．（費多多娃，《關於電視轉播收視率的問題》，莫斯科國立大學學報：新聞學，1991 年第六期。)

Ху Фенг-Йунг, Реклама в жизни современного общества: Роль и функционирование рекламы , Развитие политической рекламы в России в 90-ые годы.,《Диалог》,М.: МГУ, 1999.（胡逢瑛，〈廣告在當代社會中的角

色與功能：90 年代俄羅斯政治廣告的發展〉，莫斯科國立大學《對話》期刊，1999 年。）

Цена слова.-（Фонд защиты гласности）-М., изд. "Галерия", 2001（《言論自由的代價》，公開性基金會，莫斯科：美術出版社）

Шкондин М.В.（1999）. Система средств массовой информации, М.:МГУ.（施匡金（1999）。《大眾傳播媒體》，莫斯科：莫斯科國立大學。）

Шкляр В. И., Политика, пресс, власть: стереотипы и новые технологии // Политологии и социально-политические процессы в советском обществе – Одесса, 1991.（施柯廖爾，《政治、新聞、權力：模式與新技術》// 蘇聯社會政治學與社會政治的進程—奧德薩, 1991。）

俄羅斯原來出版印刷、廣播電視大眾傳播部（Министерство Российской Федерации по делам печати, телерадиовещания и средств массовых коммуникаций）的網址為：http://www.mptr.ru/，現一部份變為聯邦出版印刷與大眾傳播辦公室（Федеральное агентство по печати и массовым коммуникациям），網址為：http://www.fapmc.ru/。

http://www.newizv.ru/news/?id_news=10885&date=2004-09-07.

http://info.paper.hc360.com/html/001/001/001/15035.htm.

http://www.rosp.ru/index.jsp?r0=0

http://www.dm-distribution.ru/index.php?action=raspr

http://www.gipp.ru/openarticle.php?id=5941

http://www.medialaw.ru/

http://www.moswed.ru/last_paper/p3.pdf

http://praviteli.narod.ru/ussr/gorbachev.htm.

http://coldwar.narod.ru/gorbachev.htm.

http://www.russ.ru/journal/media/98-01-06/zasurs.htm.

http://www.channelonerussia.com/。

http://www.internews.ru/medianews/5453.

www.regnum.ru/news/474995.html，11:53 24.06.2005，Реформа ВГТРК подталкивает волгоградские власти к созданию спутникового телевидения，(《俄羅斯國家廣播電視公司準備在伏爾加格勒地區開設衛星電視臺》)。

http://www.fapmc.ru/documents/president/id/620052.html

Blumler, J.（1990）. Western European Perspectives on Political Communications Structures and Dynanmics. European Journal of Communication, Vol.5.

Blumler J.（1977）. The Political Effects of Mass Communication, Open University Mass Communication and Society Course, Unit 8, Open University.

Deutsch, Karl（1963）. The Nerves of Government: Models of Political Communication and Control, New York：Free Press.

Easton, D.（1965）. A System Analysis of Political Life, New York: Wiley.

Easton, D. (1965) . A Framework for Political Analysis, N.J.: Prentice-Hall.
Easton, D. (1953) . An Approach to the Analysis of Political System, New York: World Politics.
Gitlin, T. (1980) . The Whole World is watching, University of California Press.
Keane, J. (1991) . The Media and Democracy, Polity Press, Oxford.
Harbermas Jurgen: The Structural Transformation of the Public Sphere , Cambridge, Polity Press,1989.
Seymour-Ure, C. K.(1974).The Political Impact of Mass Media, Constable, London.
Sparks C. and Reading A. (1998) . Communication, Capitalism and the Mass Media, London: Sage.
John Lewis Gaddis (1987) ,「The Long Peace:Inquires into the History of the Cold War」,New York: Oxford University Press.
Kenneth N.Waltz (1967),「International Structure,National Force,and the Balance of World Power」,Journal of International Affairs,XXI.
Louis J Cantori, Steven L Spiegel, (1970) , The International Politics of Regions: A Comparative Approch, Englewood Cliffs,NJ:Prentice Hall.
William C. Wohlforth (1999) ,「The Stability of a Unipolar World」, International security, summer.
Steven Best and Douglas Kellner(1991): Postmodern Theory: Critical Interrogations, New York, Guilford Press.
Linda Jean Kensicki (2004) , No cure for what ails us: The media-constructed disconnect between social problems and possible sulutions, J&MC Quarterly, Vol. 81, No. 1 .
Peter J Katzenstein (1996), The Culture of National Security: Norms and Identity in World Politics, New York, Columbia University Press.
The Press in Authoritaeian Countries, International Press Institute。
International Radio Broadcasting: The Limits if the Limitless Medium, International Radio Broadcasting, Browne. D.R New York: Praeger.
Communication and Society, Vol 14:Seventy Years of International Broadcasting. Bumpus . B., Pairs: UNESCO.
《BBC Mornitoring Service》,1989.
Smith · Anthony, Television: An international History, New York, Oxford University press, 1995.
Malle Silvana (1994) ,「Privatization in Russia : Options and Transaction Costs」,In Robert W. Campbell, ed., The Post Communist Economic Transformation. Boulder, Colorado: Westview.
McAuley Mary (1997) , Russia's Politics of Uncertainty. Cambridge: Cambridge University Press.

Nelson Lynn D and Irina Y. Kuzes（1995）, Radical reform in Yeltsin's Russia: Political, Economic, and Social Dimensions. Armonk, New York: M.E.Sharpe.

Sakwa Richard（1996）, Russian Politics and Society. London: Routledge.

Stark David and Victor Nee（1989）,「Toward an Institutional Analysis of State Socialism.」In David Stark and Victor Nee,ed., Remarking the Economic Institutions of Socialism: China and Eastern Europe. Stanford: Stanford University Press.

Stoner-Weiss Kathryn（1997）, Local Heroes: The Political Economy of Russian Regionsl Governance. Princeton: Princeton University Press.

White Stephen（1991）, Gorbachev and After. Cambridge: Cambridge University Press.

【俄】《Итоги》，《總結》周刊，2000 年 3 月 20 日。

【俄】《獨立報》，2000 年 3 月 28 日。

【俄】《國會報》（莫斯科），《無序的媒體市場》，2002 年 5 月 7 日。

【俄】《俄羅斯報》（莫斯科），1999 年 7 月 6 日。

【俄】《莫斯科真理報》，1997 年 9 月 16 日。

【俄】《獨立報》，2000 年 11 月 1 日。

【俄】《明日報》，2001 年第 7 期。

【俄】《共產主義者》，1990 年第 7 期。

文件：《蘇共中央加盟共和國宣傳鼓動部關於＜蘇聯＞和＜星火＞雜誌錯誤的報告》1958 年 7 月 5 日，報告人：蘇共中央加盟共和國宣傳鼓動部部長伊利喬夫，蘇共中央加盟共和國宣傳鼓動部處長伯格柳喬夫。

文件：《蘇共中央書記處關於處理＜蘇聯＞雜誌藝術裝潢中錯誤的決定》，1958 年 7 月 26 日。

文件：《諾曼諾夫等關於清理書刊銷售網問題給蘇共中央的報告》，宣傳鼓動部副部長羅曼諾夫、處長布格留諾夫，1959 年 11 月 28 日。

文件：《安德羅波夫關於「地下出版物」問題給蘇共中央的報告》，1970 年 12 月 21 日。

文件：《蘇共中央關於「地下出版物」問題的決議》，1971 年 1 月 15 日，文件號：CT-119/11C，出處：中央書記處。

文件：《諾曼諾夫等關於清理書刊銷售網問題給蘇共中央的報告》，宣傳鼓動部副部長羅曼諾夫、處長布格留諾夫，1959 年 11 月 28 日。

文件：《國家安全委員會關於國內不安定情況的彙報》，1988 年 3 月 21 日 文件第 458-4 號。

文件：《安德烈耶娃談堅持社會主義原則》，1988 年 3 月 25 日。

【俄】《俄羅斯報》（莫斯科），1999 年 7 月 6 日。

【俄】《俄羅斯報》（莫斯科），1999 年 7 月 6 日。

《普京與美國哥倫比亞大學學生談新聞自由》，http://www.kremlin.ru/.

【俄】《工作報告》,《全蘇記者聯盟第六屆全會》(VI съезд Союза Журналистов CCCP),1987 年。

【俄】《國會報》(莫斯科),《無序的媒體市場》,2002 年 5 月 7 日。

《轉變》(華盛頓),開放媒體研究所公共民意調查部,1996 年 4 月 19 日。

【美】Vojtech Masstny,郭懋安譯,《史達林時期的冷戰與蘇聯的安全觀》,廣西師範大學出版社,2002 年。

【美】David E. Hoffman,馮乃祥、王維譯,《寡頭—俄羅斯的財富與權力》,中國社會科學出版社,2004 年。

【美】郭鎮之譯,賽弗林、坦卡德著,《傳播理論:起源、方法與應用》,北京市:華夏出版社,2000 年。(原著 Severin & Tankard〔1997〕. Communication Theories: Origins, Methods and Uses in the Mass Media)

【美】雷迅馬(Michael E. Latham),《作為意識形態的現代化—社會科學與美國對第三世界政策》,北京:中央編譯出版社,2003 年,加迪斯序。

【英】卡瑟琳・丹克斯,《轉型中的俄羅斯政治與社會》,華夏出版社,2003 年。

【英】蔡明燁譯,《媒體與政治》,臺北市:木棉,2001 年。(原書 Ralph Negrine〔1974〕. Politics and the mass media in Britain. London: Routledge〕

【英】彌爾(John Stuart Mill),程崇華/譯,《論自由》(On Liberty),臺北市:唐山出版社,1986 年。

【俄】戈巴契夫,蘇群譯,《改革與新思維》,新華出版社,1987 年。

[俄]安德蘭尼克・米格拉尼揚,徐葵譯《俄羅斯現代化與公民社會》,新華出版社。

【俄】戈巴契夫,《戈巴契夫回憶錄》下冊,社會科學出版社,2003 年。

【俄】戈巴契夫,《戈巴契夫回憶錄》上冊,北京:社會科學文獻出版社,2003 年。

【俄】羅伊・麥德維傑夫,《蘇聯為什麼解體》,《俄羅斯中亞東歐研究》,2004 年第一期。

【俄】羅伊・麥德維傑夫,王桂香等譯,《普京時代—世紀之交的俄羅斯》,世界知識出版社,2001 年 8 月。

【俄】羅伊・麥德維傑夫,王曉玉譯,《普京—克林姆林宮四年時光》,中國社會科學出版社,2005 年。

【俄】戈・瓦・普列漢諾夫,孫靜工譯,《俄國社會思想史》,第一卷,商務出版社,1988 年。

【俄】戈・瓦・普列漢諾夫,孫靜工譯,《俄國社會思想史》,第二卷,商務出版社,1988 年。

【俄】戈・瓦・普列漢諾夫,孫靜工譯,《俄國社會思想史》,第三卷,商務出版社,1988 年。

【俄】亞歷山大・季諾維耶夫,《俄羅斯共產主義的悲劇》,候艾君等譯,新華出版社,2004 年。

【俄】謝・卡拉—穆爾紮，《論意識形態操縱》，北京：社會科學文獻出版社，2004 年。
【俄】鮑裏斯・葉利欽，《總統馬拉松》,上海譯林出版社，2001 年。
【俄】格・阿・阿爾巴托夫著，徐葵等譯，《蘇聯政治內幕：知情者的見證》，新華出版社。
【俄】波普佐夫：《沙皇侍從驚醒》，莫斯科，2000 年版。
【俄】格・薩塔羅夫、雅・利夫希茨、米・巴圖林，格・皮霍亞等著，高增訓等譯，林軍等校，《葉利欽時代》2002 年版，東方出版社。
《列寧全集》中文第二版 33 卷，北京：人民出版社，1985 年。
《列寧全集》中文第二版 34 卷 172 頁，人民出版社 1985 年版。
《列寧全集》第 35 卷，人民出版社，1985 年第二版。
《蘇共決議彙編》中文版第二分冊，北京：人民出版社，1964 年。
《列寧論新經濟政策》，中共中央著作編譯局編，人民出版社，2001 年 3 月第 3 版。
馬克思：《〈政治經濟學批判〉序言》，《馬克思恩格斯選集》第 2 卷，人民出版社 1995 年第 2 版。
《馬克思安格斯全集》第 38 卷，人民出版社，1972 年版。
《國際共產主義運動史文獻史料選編》第 4 卷，北京：中國人民大學出版社，1985 年。
《蘇共決議彙編》中文版第二分冊，北京：人民出版社，1964 年。
童兵，〈公開發表哥達綱領批判的歷史經驗〉，《童兵自選集》，復旦大學出版社，2004 年。
童兵，〈政治文明：新聞理論研究的新課題〉，《童兵自選集》，轉錄自《新聞與傳播研究》，2003 年第 3 期，復旦大學出版社，2004 年。
李瞻，《新聞學》，臺北市：三民書局，1999 年。
李金銓，〈政治經濟學的悖論：中港臺傳媒與民主變革的交光互影〉，香港中文大學，2003 年 6 月刊。
李玉珍，《俄羅斯府會之爭的探討》，臺灣《問題與研究》，第三十七期，1998 年。
陳力丹，《再論列寧十月革命後的新聞思想》，http://ruanzixiao.myrice.com/zllnsygmhdxwsx.htm。
陳力丹，《論列寧的出版自由思想》，http://ruanzixiao.myrice.com/llndcbzy.htm。
陳世敏，《新聞自由與接近使用媒介權》，刊於大眾傳播手冊。
張國良主編，20 世紀經典傳播學經典文本，上海：復旦大學出版社，2003 年。
海運主編，《葉利欽時代的俄羅斯》，北京：人民出版社，2001 年。
鄭超然等著，《外國新聞傳播史》，北京：中國人民大學，2000 年。
鄭羽主編，《獨聯體十年—現狀、問題、前景》，上卷、下卷，世界知識出版社，2001 年。

鄭瑞成，《從消息來源途徑詮釋近用媒介權：臺灣的驗證》，新文學研究第四十五集，第 40 頁。
洪沫編譯，《論大眾傳播系統中的當代廣播》，《世界廣播電視參考》，1998 年第 6 期。
徐耀魁主編，《西方新聞理論評析》，北京市：新華出版社，1998 年。
畢英賢，《俄羅斯的新國會與新政府》，臺灣《問題與研究》，第三十三期，1994 年。
畢英賢，《俄羅斯總統選舉與政策動向》，臺灣《問題與研究》，第三十五期，1996 年。
郭武平，《社會變遷與俄羅斯政治發展的選擇》，專題報告，1998 年。
趙春山，《俄羅斯的亞太政策》，臺灣《問題與研究》，第二十七期，1996 年。
林東泰，《大眾傳播理論》，臺北市：師大書苑，1999 年。
彭芸，《新聞媒介與政治》，臺北市：黎明文化，1992 年。
葉自成，《俄羅斯政府與政治》，臺北市：揚智文化，1997 年。
張永明，新聞傳播之自由與界限，臺北市：永然文化，2000 年。
尤英夫，《新聞法論上冊》，臺北市：世紀法商雜誌社叢書，2000 年。
魏永征，《新聞傳播法教程》，北京市：中國人民大學出版社，2002 年。
吳玉山，《葉利欽後勢看俏，制度幫大忙》，《中國時報》，1996 年 6 月 15 日。
吳玉山，《俄羅斯經濟改革之研究》，研究報告，1997 年。
吳非、胡逢瑛，《轉型中的俄羅斯傳媒》，廣州：南方日報出版社，2005 年。
吳非，《俄羅斯媒體與政府角色》，《二十一世紀》，香港中文大學，2003 年第四期。
吳非，〈俄羅斯傳媒在市場經濟中的多元化發展〉，廈門大學學報 2003 年增刊。
吳非，〈俄羅斯媒體資本運作與政府角色〉，《新聞記者》2004 年 11 月刊。
吳非、胡逢瑛，《俄國媒體運營體制轉型的軌迹》，《現代中國研究》，美國普林斯頓大學 2004 年第二期。
吳非，〈俄羅斯廣電公共服務制的形成〉，《中國廣播電視學刊》2005 年 5 月刊。
吳非，〈俄羅斯媒體國有公共服務體制中的國家性與政黨性〉，中國傳媒大學《現代傳播》2005 年 5 月刊。
吳非，《論市場經濟中俄羅斯電視傳媒的多元化發展》，《暨南大學學報》，2005 年，第五期。
吳非，〈蘇共政治方針決定媒體發展〉，香港電臺《傳媒透視》2005 年第四期。
吳非，〈俄羅斯國家電視臺的轉軌方向〉，《新聞知識》2005 年 9 月刊。
吳非（2002 年 5 月 21 日）。〈俄羅斯傳媒國家化與專業化〉《聯合早報》（新加坡），社論言論天下事版。
吳非（2000 年 12 月 28 日）。〈俄羅斯媒體大亨古辛斯基年關難過〉，《聯合早報》（新加坡），社論言論天下事版。
吳非，〈俄國寡頭重新劃分勢力範圍〉，新加坡《聯合早報》，《社論言論天下事版》，2000 年 5 月 1 日。

吳非，〈俄傳媒如何看庫爾斯克號事件？—訪記者保護基金會主席西門諾夫〉，《聯合早報》，《天下事版》，2000 年 8 月 26 日。
吳非、胡逢瑛，〈從人質案看俄新聞自由〉，香港《大公報》傳媒睇傳媒專欄，2004 年 10 月 22 日。
吳非、胡逢瑛，〈中俄石油與媒體責任〉，香港《大公報》傳媒睇傳媒專欄，2004 年 11 月 23 日。
吳非、胡逢瑛，〈國家意識薄弱吉國變天〉，香港《大公報》傳媒睇傳媒專欄，2005 年 3 月 29 日。
吳非、胡逢瑛，〈俄需與鄰國團結協作〉，香港《大公報》傳媒睇傳媒專欄，2005 年 8 月 26 日。
吳非、胡逢瑛，〈車臣成俄意識型態芒刺〉，香港《大公報》傳媒睇傳媒專欄，2005 年 10 月 18 日。
吳非、胡逢瑛，〈俄改變管理媒體方式〉，香港《大公報》傳媒睇傳媒專欄，2005 年 11 月 30 日。
吳非、胡逢瑛，〈俄能源外交顯弊病〉，香港《大公報》傳媒睇傳媒專欄，2006 年 1 月 11 日。
胡逢瑛，《透視蘇俄傳媒轉型變局》，臺北：秀威資訊出版社，2005 年。
胡逢瑛，《反恐年代中的國際新聞與危機傳播》，臺北：秀威資訊出版社，2006 年。
胡逢瑛，《政治傳播與新聞體制》，臺北：秀威資訊出版社，2006 年。
胡逢瑛，〈俄羅斯傳媒背後的金融工業集團〉，上海《新聞記者》2003 年 11 月刊。
胡逢瑛、吳 非，〈俄媒體政治功能轉型對社會穩定的影響〉，復旦大學出版社《全球傳媒報告[II]》2005 年 12 月刊。
胡逢瑛，〈俄羅斯電視媒體與中央政府對危機新聞理論與危機處理模式的建構〉，準備發表當中。
胡逢瑛，〈中俄睦鄰友好合作關係〉，臺灣遠景基金會亞太安全資料庫 2001 年 8 月。
胡逢瑛，〈美俄仍有合作空間〉，臺灣遠景基金會亞太安全資料庫 2001 年 9 月。
胡逢瑛，〈阿富汗毒品困擾中亞各國〉，新加坡《聯合早報》社論/言論/天下事版，2001 年 11 月 29 日。
胡逢瑛，〈中俄關係有發展空間〉，新加坡《聯合早報》社論/言論/天下事版，2001 年 7 月 24 日。
胡逢瑛，〈俄政府預算危機〉，新加坡《聯合早報》社論/言論/天下事版，2001 年 3 月 8 日。
胡逢瑛，〈俄羅斯 2000 年形勢回顧〉，新加坡《聯合早報》社論/言論/天下事版，2001 年 1 月 27 日。
胡逢瑛，〈談俄羅斯能源改革〉，新加坡《聯合早報》社論/言論/天下事版，2001 年 1 月 3 日。

胡逢瑛，〈普京為何能致勝？〉，新加坡《聯合早報》社論/言論/天下事版，2000年3月28日。

胡逢瑛，〈車臣戰爭中的國家安全與新聞自由〉，新加坡《聯合早報》社論/言論天下事版，1999年。

胡逢瑛、吳非，〈烏傳媒在大選中分裂〉，香港《大公報》，傳媒睇傳媒專欄，2004年11月30日。

胡逢瑛、吳非，〈俄國輿論監督難體現〉香港《大公報》傳媒睇傳媒專欄，2004年12月15日。

胡逢瑛、吳非，〈極端事件考驗俄傳媒〉香港《大公報》傳媒睇傳媒專欄，2005年2月2日。

胡逢瑛、吳非，〈框架報道制約中俄關係〉香港《大公報》傳媒睇傳媒專欄，2005年7月18日。

胡逢瑛、吳非，〈國家安全壓打新聞自由〉，香港《大公報》傳媒睇傳媒專欄，2006年1月16日。

國家圖書館出版品預行編目

蘇俄新聞傳播史論 / 胡逢瑛, 吳非作. -- 一版
. -- 臺北市 : 秀威資訊科技, 2006[民 95]
面 ; 公分. -- (社會科學類 ; AF0046)
參考書目:面
ISBN 978-986-7080-64-6(平裝)

1. 新聞 - 俄國 - 歷史 2. 大眾傳播 - 俄國 - 歷史

890.948 95012569

社會科學類 AF0046

蘇俄新聞傳播史論

作　　者 / 胡逢瑛　吳　非
發 行 人 / 宋政坤
執行編輯 / 林世玲
圖文排版 / 張慧雯
封面設計 / 羅季芬
數位轉譯 / 徐真玉　沈裕閔
圖書銷售 / 林怡君
網路服務 / 徐國晉
出版印製 / 秀威資訊科技股份有限公司
台北市內湖區瑞光路 583 巷 25 號 1 樓
電話：02-2657-9211　　傳真：02-2657-9106
E-mail：service@showwe.com.tw
經 銷 商 / 紅螞蟻圖書有限公司
台北市內湖區舊宗路二段 121 巷 28、32 號 4 樓
電話：02-2795-3656　　傳真：02-2795-4100
http://www.e-redant.com

2006 年 6 月 BOD 一版
定價：450 元

讀　者　回　函　卡

感謝您購買本書，為提升服務品質，煩請填寫以下問卷，收到您的寶貴意見後，我們會仔細收藏記錄並回贈紀念品，謝謝！

1.您購買的書名：＿＿＿＿＿＿＿＿＿＿＿＿

2.您從何得知本書的消息？

☐網路書店　☐部落格　☐資料庫搜尋　☐書訊　☐電子報　☐書店

☐平面媒體　☐ 朋友推薦　☐網站推薦　☐其他＿＿＿＿＿

3.您對本書的評價：(請填代號　1.非常滿意 2.滿意 3.尚可 4.再改進)

封面設計＿＿　版面編排＿＿　內容＿＿　文/譯筆＿＿　價格＿＿

4.讀完書後您覺得：

☐很有收獲　☐有收獲　☐收獲不多　☐沒收獲

5.您會推薦本書給朋友嗎？

☐會　☐不會，為什麼？＿＿＿＿＿＿＿＿＿＿＿＿

6.其他寶貴的意見：＿＿＿＿＿＿＿＿＿＿＿＿

＿＿＿＿＿＿＿＿＿＿＿＿＿＿＿＿＿＿＿＿

＿＿＿＿＿＿＿＿＿＿＿＿＿＿＿＿＿＿＿＿

＿＿＿＿＿＿＿＿＿＿＿＿＿＿＿＿＿＿＿＿

讀者基本資料

姓名：＿＿＿＿＿＿＿＿＿＿　年齡：＿＿＿　性別：☐女　☐男

聯絡電話：＿＿＿＿＿＿＿＿　E-mail：＿＿＿＿＿＿＿＿＿＿

地址：＿＿＿＿＿＿＿＿＿＿＿＿＿＿＿＿＿＿＿＿＿

學歷：☐高中(含)以下　☐高中　☐專科學校　☐大學

☐研究所(含)以上　☐其他＿＿＿＿＿＿＿

職業：☐製造業　☐金融業　☐資訊業　☐軍警　☐傳播業　☐自由業

☐服務業　☐公務員　☐教職　☐學生　☐其他＿＿＿＿＿

請	貼
郵	票

To：114

台北市內湖區瑞光路 583 巷 25 號 1 樓

秀威資訊科技股份有限公司　　　收

寄件人姓名：

寄件人地址：□□□

(請沿線對摺寄回,謝謝!)

秀威與 BOD

BOD（Books On Demand）是數位出版的大趨勢，秀威資訊率先運用 POD 數位印刷設備來生產書籍，並提供作者全程數位出版服務，致使書籍產銷零庫存，知識傳承不絕版，目前已開闢以下書系：

一、BOD 學術著作—專業論述的閱讀延伸
二、BOD 個人著作—分享生命的心路歷程
三、BOD 旅遊著作—個人深度旅遊文學創作
四、BOD 大陸學者—大陸專業學者學術出版
五、POD 獨家經銷—數位產製的代發行書籍

BOD 秀威網路書店：www.showwe.com.tw
政府出版品網路書店：www.*gov*books.com.tw

永不絕版的故事・自己寫・永不休止的音符・自己唱